U0515356

经以济世
建德尚真

贺教育印
社大型图书项目

恭王文辉

李德林
顾问 有八

教育部哲学社會科学研究重大課題攻關項目

"十四五"时期国家重点出版物出版专项规划项目

文艺评论价值体系的
理论建设与实践研究

A STUDY ON THE THEORETICAL
CONSTRUCTION AND PRACTICE OF
VALUE SYSTEM OF LITERARY CRITICISM

刘俐俐

等著

中国财经出版传媒集团

经济科学出版社
Economic Science Press

·北京·

图书在版编目（CIP）数据

文艺评论价值体系的理论建设与实践研究/刘俐俐
等著 . -- 北京：经济科学出版社，2023.12
教育部哲学社会科学研究重大课题攻关项目 "十四
五" 时期国家重点出版物出版专项规划项目
ISBN 978 - 7 - 5218 - 4346 - 0

Ⅰ. ①文…　Ⅱ. ①刘…　Ⅲ. ①文艺评论 – 研究　Ⅳ.
①I06

中国版本图书馆 CIP 数据核字（2022）第 221971 号

责任编辑：孙丽丽　戴婷婷
责任校对：郑淑艳
责任印制：范　艳

文艺评论价值体系的理论建设与实践研究

刘俐俐　等著

经济科学出版社出版、发行　新华书店经销
社址：北京市海淀区阜成路甲 28 号　邮编：100142
总编部电话：010 - 88191217　发行部电话：010 - 88191522
网址：www. esp. com. cn
电子邮箱：esp@ esp. com. cn
天猫网店：经济科学出版社旗舰店
网址：http://jjkxcbs. tmall. com
北京季蜂印刷有限公司印装
787 × 1092　16 开　33.5 印张　660000 字
2023 年 12 月第 1 版　2023 年 12 月第 1 次印刷
ISBN 978 - 7 - 5218 - 4346 - 0　定价：128.00 元
（图书出现印装问题，本社负责调换。电话：010 - 88191545）
（版权所有　侵权必究　打击盗版　举报热线：010 - 88191661
QQ：2242791300　营销中心电话：010 - 88191537
电子邮箱：dbts@ esp. com. cn）

课题组主要成员

首席专家　刘俐俐

主要成员　陈晓明　汤晓青　宁稼雨　李利芳

田淑晶　陈新儒　李伟长　葛瑞应

傅钱余　孙铭阳　张琼洁　翟洋洋

总　序

哲学社会科学是人们认识世界、改造世界的重要工具，是推动历史发展和社会进步的重要力量，其发展水平反映了一个民族的思维能力、精神品格、文明素质，体现了一个国家的综合国力和国际竞争力。一个国家的发展水平，既取决于自然科学发展水平，也取决于哲学社会科学发展水平。

党和国家高度重视哲学社会科学。党的十八大提出要建设哲学社会科学创新体系，推进马克思主义中国化、时代化、大众化，坚持不懈用中国特色社会主义理论体系武装全党、教育人民。2016年5月17日，习近平总书记亲自主持召开哲学社会科学工作座谈会并发表重要讲话。讲话从坚持和发展中国特色社会主义事业全局的高度，深刻阐释了哲学社会科学的战略地位，全面分析了哲学社会科学面临的新形势，明确了加快构建中国特色哲学社会科学的新目标，对哲学社会科学工作者提出了新期待，体现了我们党对哲学社会科学发展规律的认识达到了一个新高度，是一篇新形势下繁荣发展我国哲学社会科学事业的纲领性文献，为哲学社会科学事业提供了强大精神动力，指明了前进方向。

高校是我国哲学社会科学事业的主力军。贯彻落实习近平总书记哲学社会科学座谈会重要讲话精神，加快构建中国特色哲学社会科学，高校应发挥重要作用：要坚持和巩固马克思主义的指导地位，用中国化的马克思主义指导哲学社会科学；要实施以育人育才为中心的哲学社会科学整体发展战略，构筑学生、学术、学科一体的综合发展体系；要以人为本，从人抓起，积极实施人才工程，构建种类齐全、梯队衔接的高校哲学社会科学人才体系；要深化科研管理体制改革，发挥高校人才、智力和学科优势，提升学术原创能力，激发创新创造活力，建设中国特色新型高校智库；要加强组织领导、做好统筹规划、营造良好学术生态，形成统筹推进高校哲学社会科学发展新格局。

哲学社会科学研究重大课题攻关项目计划是教育部贯彻落实党中央决策部署的一项重大举措，是实施"高校哲学社会科学繁荣计划"的重要内容。重大攻关项目采取招投标的组织方式，按照"公平竞争，择优立项，严格管理，铸造精品"的要求进行，每年评审立项约40个项目。项目研究实行首席专家负责制，鼓励跨学科、跨学校、跨地区的联合研究，协同创新。重大攻关项目以解决国家现代化建设过程中重大理论和实际问题为主攻方向，以提升为党和政府咨询决策服务能力和推动哲学社会科学发展为战略目标，集合优秀研究团队和顶尖人才联合攻关。自2003年以来，项目开展取得了丰硕成果，形成了特色品牌。一大批标志性成果纷纷涌现，一大批科研名家脱颖而出，高校哲学社会科学整体实力和社会影响力快速提升。国务院副总理刘延东同志做出重要批示，指出重大攻关项目有效调动各方面的积极性，产生了一批重要成果，影响广泛，成效显著；要总结经验，再接再厉，紧密服务国家需求，更好地优化资源，突出重点，多出精品，多出人才，为经济社会发展做出新的贡献。

作为教育部社科研究项目中的拳头产品，我们始终秉持以管理创新服务学术创新的理念，坚持科学管理、民主管理、依法管理，切实增强服务意识，不断创新管理模式，健全管理制度，加强对重大攻关项目的选题遴选、评审立项、组织开题、中期检查到最终成果鉴定的全过程管理，逐渐探索并形成一套成熟有效、符合学术研究规律的管理办法，努力将重大攻关项目打造成学术精品工程。我们将项目最终成果汇编成"教育部哲学社会科学研究重大课题攻关项目成果文库"统一组织出版。经济科学出版社倾全社之力，精心组织编辑力量，努力铸造出版精品。国学大师季羡林先生为本文库题词："经时济世 继往开来——贺教育部重大攻关项目成果出版"；欧阳中石先生题写了"教育部哲学社会科学研究重大课题攻关项目"的书名，充分体现了他们对繁荣发展高校哲学社会科学的深切勉励和由衷期望。

伟大的时代呼唤伟大的理论，伟大的理论推动伟大的实践。高校哲学社会科学将不忘初心，继续前进。深入贯彻落实习近平总书记系列重要讲话精神，坚持道路自信、理论自信、制度自信、文化自信，立足中国、借鉴国外，挖掘历史、把握当代，关怀人类、面向未来，立时代之潮头、发思想之先声，为加快构建中国特色哲学社会科学，实现中华民族伟大复兴的中国梦做出新的更大贡献！

教育部社会科学司

前 言

全书统稿结束后写就的前言，自然地有了总结和概括特点。在此我想简要谈谈对于教育部重大课题攻关项目重要意义的理解。

教育部重大课题攻关项目体现国家经济文化建设需要，要求"瞄准国内和世界先进水平，认真组织跨学科、跨学校、跨部门和跨地区的联合攻关。积极开展实质性的国际学术合作与交流，力争取得具有重大学术价值和社会影响的标志性成果"。[①] 课题因重大而必须综合，综合实现"联合攻关"。我们承担的"文艺评论价值体系的理论建设与实践研究"教育部重大课题攻关项目，体现了党的十八大以来"高度重视和切实加强文艺评论工作"的党和国家意志。将文艺批评定位在"是文艺创作的一面镜子、一剂良药，是引领创作、多出精品、提高审美、引领风尚的重要力量"。[②] 2021 年，中央宣传部、文化和旅游部、国家广播电视总局、中国文联、中国作协等五部门联合印发了《关于加强新时代文艺评论工作的指导意见》，则是党的十九大以后党和国家这种意志和需要的再次体现。

重大课题攻关项目不仅体现国家意志和需要，而且尊重和继承学术史积累，倡导跨越相关学科研究的拓展。质言之，重大课题攻关项目给予学者以空间和自由：遵循学术规律，体悟在自己研究领域遨游的乐趣，实现学术理想；是施展学术优长和兴趣并提高学术水平的重要机遇和平台。我们的攻关项目"文艺评论价值体系的理论建设与

---

① 《教育部社科司关于批准下达 2015 年度教育部哲学社会科学研究重大课题攻关项目的通知》，教育部官网，http：//www. moe. gov. cn/s78/A13/tongzhi/201512/t20151202_222501. html。

② 《习近平总书记在文艺工作座谈会上的重要讲话学习读本》，学习出版社 2015 年版，第 31～32 页。

实践研究"，以"文艺评论"为定语的"价值体系"是丰厚复杂的重要范畴。"价值"来自哲学领域分支的价值哲学，"体系"主要来自结构主义。"体系"广泛地运用于各个领域。因为"体系"并无单独意义，必须以定义才具有意义。"文艺评论"定义了"价值体系"，决定了此价值体系的理论建设，除了关联价值哲学之外，且关联文艺学和美学等相关学科。"实践研究"决定"价值体系"关联了中国古代文学和现当代文学，以及课题从独特性出发选取的中国少数民族文学和儿童文学等相关学科，因重大而形成如此跨学科的综合性。

那么，运作机制如何呢？关键词"价值"覆盖和关涉的最近概念是功能、标准、观念，这三者互相渗透交织。标准和观念指历史上和现实中的既有说法，功能是研究者对现实的发现和概括，功能的发现和概括潜在地蕴含标准和观念。那么，理想的值得期望的价值观念和批评标准该是怎样的呢？根据以上简要陈述的思考，课题组确定文艺评论价值体系包括实然性部分和应然性部分。价值体系建设应当以实然性为基础，走向应然性的理论探讨和批评实践。四个实践子课题回到各自领域进行实然性的文学功能、批评标准和文学价值观念考察分析，根据获得的知识、经验和启示，提出应然性文学价值观念假说。由此成果总体内容分布，除了基本概念、学术史梳理、坚守理念、研究方法、定义定位和展开逻辑等绪论性质部分外，以三章分量进行实然性的文学功能、批评标准和价值观念的考察研究。籍此知识、经验和启示，以"应然性文学价值观念假说"为题产生了最后一章。应然性的意思为导向性、值得期待。这个研究逻辑和内容布局力求实现课题的要求。至于既定任务完成得如何，水平如何，创新和拓展得到怎样评价？不该自己说。下面仅从如上理解和研究逻辑实施的点滴心得，一斑而窥全豹地说说重大攻关课题的意义和学术价值。

以五个方面为例简要陈述。

其一，向沉睡的典籍提出今人的问题，并有理论发现。

以"价值体系"建设理念为目标，研究者以当代人的文学观念和知识结构进入各自领域，实现了全新的考察角度和问题聚焦，发掘其现代启示意义。以中国古代传统文艺批评来看。例如，从

"诗可以群"探讨文学的伦理共属功能;"文以载道"的现代再评价等。① 再如,依托当代人理念:"文学为现代情感教育的重要担当之一。教育的目的意在培养能够建立秩序与规范的理性。"由此提出当代问题:文学情感教育功能的实现机制是什么?进而提出了"文学情感教育功能中理性的逻辑位序"问题:"受教育个体从文学中获得怎样的理性才能实现教育的目的,同时使情感依旧感性鲜活,是文学情感教育功能探讨中的关键问题。这一问题的实质与根本为探寻文学情感教育中理性的恰当逻辑位序。"② 怎样探讨呢?从浩如烟海的古代文论典籍中选取"以荀子的'乐教'、朱熹'诗教'为探讨核心",比较辨析后所获结论为:两者"呈现出理性的两种不同的逻辑位序。两种逻辑位序中理性的不同作用效果和结果,反映出文学情感教育功能中理性之恰当逻辑位序的结构样态。通过文学培养情感理性而非传递理性情感,才能真正实现情感教育的目的。"真正是"尔未看此花时,此花与尔心同归于寂,尔来看此花时,则此花颜色,一时明白起来"。③通俗地说,材料是历史的,问题是当代的。历史材料与现实问题互相激发,启示我们坚守审美观念,以及以文学情感理性之特质看待和评价文学。

其二,回到历史语境,发现学科关联中缺失的理论领域及其学术生长点。

库恩关于科学研究必定经历前科学到科学的螺旋形发展过程的思想具有看待学科发展的方法论价值。从库恩的思路我们意识到,实然性考察返回的总是处于学科发展某阶段的历史语境。比如儿童文学学科,按照方卫平的考察和判断,1913~1914年,是中国儿童文学批评理论作为一门学科进入了自觉、独立的发展时期,标志是周作人发表《童话研究》《童话略论》等文章。④ 课题组梳理分析和概括了我国儿

---

① 详见葛瑞应:《以美养善,群而相和——古代文学的伦理共属功能论析》,翟杨莉:《"文以明道":文学价值实现的自我规范》,均发表于《马克思主义美学》第23卷第2期,上海人民出版社2021年版,第515~547页。

② 田淑晶:《文学情感教育功能中理性的逻辑位序——以荀子的"乐教"、朱熹"诗教"为探讨核心》,载于《马克思主义美学》2020年第2期,第528页。

③ 《传习录》下,《王文成公全书》卷三。

④ 详见方卫平:《中国儿童文学理论发展史》,少年儿童出版社2007年版,第137页。

童文学百年批评标准的五副面孔：儿童本位观念以及迎合儿童心理的批评标准；"真实反映世界"的批评标准；教育效益的批评标准；艺术创新的批评标准；儿童文化塑造的批评标准。五副面孔历时性发生及转换递进，又共时性交叠共存，各有其时代性、语境性和价值取向性，各有其深刻性也有其片面性。综合五副面孔发现了一系列问题：迎合儿童心理的功能目标何在？往宏观了说，迎合儿童心理与国家民族的价值期待有什么关联？儿童文学审美属性如何？以怎样的审美感知和美的形式"真实反映世界"？儿童文学"反映"的"世界"包括哪些方面？理想的教育效益是什么？如何实现？"童年文化塑造"的立足点何在？以怎样价值的文化塑造？……系列问题归结起来会发现：根本症结指向了一点：缺失区别于一般文学的儿童文学的价值属性和审美属性的系统性理论领域，这个领域叫什么不重要，重要的是它缺位。此前儿童文学专家方卫平教授曾经说过："儿童文学理论是一门相对独立的文学研究门类，但就其学科构成基础而言，它又是跨学科的，例如它离不开文学审美特征的探索。"① 他触及了"文学审美特征"，但尚未定位是一种理论领域乃至学科领域。五副面孔的概括所暴露出的问题启示我们思考：可从文艺理论兼及美学学科的视角和方法入手，逐步形成儿童文学的价值属性和审美属性的问题域。问题域构成意味有了若干理论生长点，最终会逐步形成填补空白性的文艺理论分支。

其三，回应现实挑战，产生多方理论效应。

价值体系内外互动关系决定了功能考察必须关注现实中文艺和审美经验。课题组考察了参与者广泛且读写一体的小小说活动，此活动具有文学娱乐、认知、审美、教育等诸方面功能，而且功能遍及读写等各种主体，奉献了"深耕美育"的中国经验。② 新华社客户端电讯稿就本课题组该成果研究说："小小说培育了不少文学爱好者，形成了一道特有的民间审美需求打破生活与艺术之间界限的融合性文化景观。"③ 各类文学评奖是现实中具有导向性选拔性的社会文化行为，选

---

① 方卫平：《中国儿童文学理论发展史》，少年儿童出版社 2007 年版，第 135 页。
② 刘俐俐：《小小说活动"深耕美育"的中国经验》，载于《文艺报》2019 年 6 月 12 日。
③ 陈新儒：《小小说蓬勃发展引起学界普遍关注》，新华网，http://www.xinhuanet.com/local/2019 - 05/23/c_1124531419.htm。

拔标准有哪些深层次内涵和启示？课题组以茅盾文学奖、鲁迅文学奖、全国少数民族文学骏马奖、全国优秀儿童文学奖国家四大政府奖项和民间性的小小说金麻雀奖，以及国际的诺贝尔文学奖和安徒生文学奖等为对象，设置了系列性评奖考察，获得了系列性数据。由当代评奖扩展到古代以选代评的选本标准考察，尤以"古代唐诗选本"为个案，延及到"新时期少数民族文学选本"个案考察。课题组还关注了少数民族书面文学与口头文学保留天然联系并且依然在发生效应的现实。为此博士生张琼洁从价值思考入手，深入民间田野调查，完成了博士论文《当代河北民间故事活动价值发生研究》。该论文获得了南开大学2019年优秀博士论文荣誉。我们还关注了经典文学作品从产生到如今的传播效应，考察了价值生成与延伸轨迹的规律。

多方理论效应在于，或者提示应关注审美的新形式、新状态，以及与之相应的审美或者文学活动，其中蕴含的文学价值观念和美育观念；或者提示应区分批评标准主体、资格与品质的类型，从更多现实需要角度看待文学功能及其价值；或者提示应从国家文学场域属性理解文学评奖对于扶植繁荣发展文艺的长远效应；或者提示由文学经典不同领域时段读者效应，发现价值变异等并予以理论概括，乃至形成的理论辐射点和生长点；或者提示关注价值发生范畴带入民俗学后形成的辐射面和理论点，是否反哺或反向对文艺评论价值体系提出问题？概言之，动态中考察实然性文学功能和批评标准，是应然性文学价值观念假说建设的重要途径和资源。

其四，重大攻关课题实质性地成为培养青年教师和博士生的重要平台。

国家和教育部重大项目理当成为培养青年教师与研究生的重要平台，既是最初即秉承的理念，也是课题收获的重要方面：围绕重大课题研究任务确定并获得的博士学位论文有：张琼洁的《当代河北民间故事活动价值发生研究》（2018年，获得南开大学2019年优秀博士论文）、陈新儒的《价值论视野中的现代西方艺术观念生成研究》（2019年）、李伟长的《中国现代文学批评的多元价值维度研究》（2020年）、朱林的《文学民族志——文化人类学视野下的当代中国少数民族文学（1990年代至今）》（2021年）、李鹏的《艺术批评在学校美育中的理

5

论与实践问题研究》（2023 年）。硕士学位论文有：马文雪的《对民间文学进行文学评论的合理性及可能性》（2018 年）、翟洋洋的《鲁迅文学奖的评奖争议与价值冲突》（2019 年）、孙铭阳的《中国小小说文体发展研究的基本问题》（2020 年）。《文学评论》《文艺理论研究》《马克思主义美学研究》《兰州大学学报》《社会科学战线》《民族文学研究》《探索与争鸣》《社会科学》《南京社会科学》《中国文学批评》《社会科学辑刊》《学习与探索》《社会科学》等重要刊物发表了课题组论文 100 篇。首席专家自 2016 年开始，先后在南开大学《文学与文化》开设和主持"文艺评论价值体系建设"专栏共计 3 期；《马克思主义美学研究》和《民族文学研究》各开设专栏 1 期；举办了包括国际学术会议在内的 7 次学术会议。平台延展并获得国家社科基金规划项目有：李利芳的"儿童文学批评价值体系研究"（2017 年）、傅钱余的"百年中国少数民族小说的世界意识及其演变研究"（2021 年）、朱斌的"当代少数民族文学与中华民族共同体的审美建构研究"（2021 年）等。

其五，价值体系理论建设处于人文学科的思想和理论累积过程中，人文学科具有累积性，时刻谨记我们是"古代巨人肩膀上的现代侏儒"。① 依赖四个文学领域的丰厚批评理论和实践，才整理得出实然性价值体系，并以实然性研究为基础，走向应然性的理论探讨和批评实践，提出应然性文学价值观念假说。说明课题实然性价值体系和应然性价值体系两者构成的文艺评论的价值体系，处于人文学科思想和理论累积过程中。具有相对的知识性、理论性和体系性的正确与可靠，这缘于研究主体所处时期和知识背景毕竟是具体的。仅以实然性文学功能考察阶段"来自怎样的学术背景影响"看，"可追踪的理论背景有：后殖民理论与文化身份认同理论的合流、叙事伦理、文学传播学、美育理论、海德格尔存在论中的'诗意栖居''审美超越'等观念、发生认识论与儿童文学理论的合流等七个学术领域"。② 建设部分则更多受到马克思主义文艺理论和党的十九大以来党和国家主流意识形态

---

① ［美］马泰·卡林内斯库：《现代性的五副面孔》，顾爱彬、李瑞华译，译林出版社 2015 年版，第 11 页。

② 刘俐俐：《文艺评论价值体系建设中文学功能研究的考察与初步分析》，载于《社会科学动态》2021 年第 6 期，第 65～77 页。

的影响。如上叙述，一方面是为了正确准确地理解和认识研究成果，汲取各方意见，另一方面是为了自觉意识到后续有待完善的任务，意识到有些初露端倪但值得研究的理论与实践问题等，正在那一闪一闪地眨眼，诱惑并激发着我们的学术兴趣。还应说明，价值体系的自洽性和开放性两者并行不悖。

是为前言。

摘　要

文艺评论的价值体系包括实然性价值体系和应然性价值体系。价值体系建设应当以实然性研究为基础，走向应然性的理论探讨和批评实践。本书分别考察了中国古代文学、现代文学、少数民族文学和儿童文学当中实然性的文学功能、文学批评标准和文学价值观念。根据考察获得的知识、经验和启示，提出应然性文学价值观念假说。

全书分为五章。第一章为绪论。包括如下内容：文学批评、价值、体系等基本概念，以及环绕"文艺评论价值体系"的美学、文艺学及相关领域的学术史梳理和辨析；坚守实践论、审美意识形态和文学活动研究理念；理想与底线以及符号学方法，人文科学的深度问题汇合转换的研究方法等；价值体系的定义、定位与价值观念、标准及功能三者互相渗透的研究逻辑等。第二章为实然性文学功能考察。除了中国古代文学、现代文学、少数民族文学和儿童文学四个领域各自的考察之外，还包括现代西方艺术功能学说考察，以及以小小说活动和马克·吐温的《竞选州长》作为文学功能个案予以分析与阐释，共计七节。第三章为实然性文学批评标准考察。除了中国古代文学、现代文学、少数民族文学和儿童文学四个领域各自的考察，还分别就新时期少数民族文学选本和古代唐诗选本等进行了选本个案考察。课题就茅盾文学奖、鲁迅文学奖、全国少数民族文学骏马奖、全国优秀儿童文学奖国家政府四大奖项和民间性的小小说金麻雀奖，以及国际的诺贝尔文学奖和安徒生文学奖考察分析。在此基础上专门设置了"文学评奖综合考察"一节，共计七节。第四章为实然性文学价值观念考察。除了中国古代文学、现代文学、少数民族文学和儿童文学四个领域各自的考察之外，就马克思主义文论系统的文艺本性研究中的审美概念与审美价值以及西方当代文论中的价值观念在中国的本土化吸收做了考察，共计六节。

第五章为应然性文学价值观念假说。应然性价值观念是指导性的、值得期待的价值观念，为有意识的理论建设。其建设依赖四个实践子课题各自领域实然性文学功能、批评标准和价值观念考察的结果和启示，也依赖价值哲学、美学和文艺学等相关学科理论资源的互渗和综合借鉴，还依赖于文学批评实践的总结。文艺评论主体的批评家处于文艺评论价值体系之内外的关联位置。对内尊重审美规律和各部分和谐统一机制。对外关切社会环境变化中的审美现象及其文艺活动，以社会主义核心价值观为坐标，担负国家和民族赋予的重大责任。此为第一节"批评家的位置"。第二节"审美连续性的文艺价值观念"，视野拓展至文艺作品之外的最大审美活动范围。为应对审美经验超越艺术类型的严峻现实挑战，提出以尊重审美经验为基本原则，认可和倡导"生活本身成为艺术"的生活艺术化观念，以及阐释、艺术制度以及空间的艺术类别确认的观念，旨在提高人民审美能力。第三节为"正项美感"与"异项艺术"。艺术创造千变万化不可规约与文艺批评必定以价值坐标为参照两者关系如何？为应对此问题，提出吻合于核心价值观并占据社会主流位置的"正项美感"可以覆盖"异项艺术"的价值观念。艺术创造不可规约，"异项艺术"尤其如此，各种情感和价值冲动是作品的重要现象，价值秩序排列的终极依据问题被提了出来。所以，第四节为文学批评价值秩序的终极依据。提出社会主义核心价值观是终极依据，其中的"友善"范畴与文学书写"冲动"多样性和复杂性双向兼容，"友善"符合"大众方向"导向。第五节为最高标准与具体作品对举的文学批评理念与实践理路。提出坚守文学理想的最高标准，立足具体作品艺术价值分析，倡导最高标准与具体作品对举的文学批评理念与理路。缘于中国民族文学和儿童文学的各自独特性，第六节为基于"中华民族共同体"的中国民族文学价值观念，第七节为以"同情"为基础的儿童文学价值观念。

Abstract

The value system of literary criticism includes the system of "as it is" and the system of "as it ought to be". The former is the foundation of the construction of value system and the latter is the extended theories and critical practices. As for this book, it reviews thoughts on functions, critical standard and value concepts of ancient Chinese literature, modern Chinese literature, Chinese minority literature and Chinese children's literature, etc. Furthermore, it brings presuppositions of the literacy value concept of "as it ought to be" based on those reviews.

The book is divided into five chapters. The first chapter is about the basic concepts of literary criticism, value, system, and the academic history of aesthetics, literary studies and related fields surrounding the "value system of literary criticism". The theory of practice, aesthetic ideology and research concepts of literary activities as well as ideals and bottom lines, as well as semiotics, and the research methods of the deep problems of the humanities. Moreover, it brings the mutual proof of value facts and value ideals, value concepts and standards and functions for the research logic of the three interpenetration and research qualitative positioning, etc. The second chapter is the investigation of historical literary functions. In addition to the respective investigations in the four fields of ancient Chinese literature, modern Chinese literature, Chinese minority literature and Chinese children's literature, it also includes an investigation of modern Western artistic function theory, as well as the use of short fiction activities and Mark Twain's "Running for Governor" as an analyzed case of literary function. The third chapter is the investigation of actual literary criticism standards. In addition to the respective investigations in the four fields of ancient Chinese literature, modern literature, ethnic minority literature, and children's literature, selected case studies were also conducted on selected works of Chinese minority literature and anthology of ancient Tang poems. It also includes synthetical analysis on multiple literary awards (such as

Mao Dun Literature Awards and Nobel Prize for Literature). The fourth chapter is the investigation of historical concepts of literary values. In addition to the respective investigations in the four fields, the aesthetic concepts and aesthetic value of the nature of literature in the Marxist literary theory system and the Chinese contemporary literary theory in the West has been inspected, a total of six sections.

The fifth chapter refers to presuppositions of the literary value concept of "as it ought to be". The expected value guided by the value of ought is conscious theoretical construction which relies on the basis and enlightenment of the actual literary functions, critical standards and values of the four practical sub-topics in their respective fields, as well as the mutual infiltration and comprehensive reference of relevant academic resources such as philosophy of value, aesthetics and literature, and the summary of the practice of literary criticism. The critics of the subject of literary criticism are in a related position within and outside the value system of literary criticism, respect internally the aesthetic laws and the harmonious unity mechanism of all parts, externally concerned about the aesthetic phenomena and literary activities in the changing social environment, taking the core values of socialism as the coordinate, and shouldering the major responsibilities conferred by the country and the nation. This is the first section. The second section expands the field of vision to the largest range of aesthetic activities outside of literary and artistic works. In order to deal with the severe realistic challenges of aesthetic experience transcending the types of art, the basic principle of respecting aesthetic experience is proposed, and the concept of "life itself becomes art" is recognized and advocated, as well as the concept of interpretation, art system, and the confirmation of the art category of space, aims to improve people's aesthetic ability. The third section is about "positive beauty" and "marked art". What is the relationship between the ever-changing irreducibility of artistic creation and the inevitable reference to value coordinates in literary criticism? In response to this problem, it is proposed that the "positive beauty" that is consistent with the core values and occupies the mainstream position of the society can cover the value concept of "different art". Art creation cannot be regulated. This is especially true of "different art". Various emotions and value impulses are important phenomena of works, and the question of the ultimate basis for the arrangement of value order has been raised. Therefore, the fourth section is the ultimate basis for the value order of literary criticism. It is proposed that the core values of socialism are the ultimate basis, in which the category of "friendliness" is compatible with the diversity and complexity of the "impulsiveness" of literary writing, and "friendliness" conforms to the orientation of the "popular direction". The fifth section is the theory of literary criticism and its practice, put forward the highest standard of adhering to literary ideals, based on the analysis of the artistic value of specific works, and advocate the literary criticism concept and rationale of the highest standard and specific works. Due to the uniqueness of Chinese national literature and children's literature, the sixth section is the value of Chinese national literature based on the "community of the Chinese nation", and the seventh section is about the value of children's literature based on "sympathy".

目　录

Contents

Contents

第一章

绪　论

第一节　基本概念：文学批评、价值、体系

一、文学批评

（一）"文艺"置换为"文学"的理由

以"文学"代替"文艺"有怎样的理由？

理由之一，借助文学讨论艺术本体具有合理性。文学是历史久远的艺术门类，中西方指称文学的诗学，都是发源最早而且如今成熟的艺术门类。始于柏拉图《理想国》对诗人的理解、界定与态度，以及亚里士多德《诗学》的着重点，均为现在意义的文学。中国先秦儒道两家，有《乐记》探究音乐感物而动与体察民心特性和价值的音乐理论，但以综合性讨论艺术为主。先秦的"文以载道"，古文家文道观经过韩愈的"文以贯道"① 再到柳宗元明确提出"文者以明道"的命题，再到郭绍虞以"文以明道"概括三苏的文道观，所言之"文"均为宽泛

---

① "文以贯道"是李汉根据韩愈思想所概括。

的文艺概念（"道"也是涵义丰富的概念）。我国学者有的认为"文以明道"是更具包容性的文论观念体系。① 在西方，现代门类艺术概念发生在 18 世纪。1746年法国神学家和艺术理论家阿贝·巴托（Abbe Batteux）以认识论哲学为基础，在《归结到同一原则下的美的艺术》一文中，首次进行了艺术分类。其"美的艺术"含有音乐、诗、绘画、雕塑和舞蹈五个艺术门类。与"美的艺术"并列的还有"居中的艺术"（含有建筑和论辩术）以及"机械的艺术"（含有纺织等）。② 可见艺术门类区分及其理论比文学理论晚得多，理论成熟度亦有不同，影视和摄影等依赖现代技术出现的艺术门类的理论更晚，依托成熟的文学讨论艺术本体具有合理性。

理由之二，"文艺"概念外延宽泛并且规约困难。"文艺"概念处于增多趋势。"文艺评论"对象覆盖为包括美术、音乐、舞蹈、影视等全部艺术门类，人类审美趋向蔓延日常生活之内外，"文艺"概念外延宽泛，规约困难。"文艺评论"外延也随之规约困难。应对体现之一是近年来我国学科调整，按教育部门分类法，文艺评论分属于文学和艺术学两大门类。艺术学摆脱了文学制约，成为独立学科门类，印证了笼统的文艺评论价值体系，有必要在艺术或者文学中选取一个门类集中研究。例如，康德虽然在《判断力批判》中提出"美的艺术"是对区别于自然之美的人类审美创造的艺术的统称，但他在讨论具体特性时顺着"语言的艺术"的逻辑进一步划分出"诗的艺术"，即今天的"文学"："语言的诸艺术是雄辩术和诗的艺术，雄辩术是悟性的事作为想象力的自由活动来进行；诗的艺术是想象力的自由活动作为悟性的事来执行。"③ 总之，"文学"概念经过中西方长期发展已较为稳定，已具基本共识。

理由之三，"文艺评论"是"文艺学"概念遗留的产物。"遗留"指新中国成立初期我国从苏联引入的"文艺学"概念，研究文学发生发展、文学创作以及作品形式、文学接受活动等原理和规律的学科被定义为"文艺学"。这是照顾汉语习惯的表述，几十年来文学理论教材多以文艺学表述，回归本意应为"文学学"。将"文艺评论价值体系"的"文艺评论"直接理解为"文学评论"没有大错。

理由之四，"文学作为语言艺术的独特地位"。这是朱光潜《谈美书简》十三封信之一封的题目。他认为，"一切艺术都要有一个创造主体和一个创造对象，因此，它就既要有人的条件，又要有物的条件"。就"物的条件"，他提出"物

① 参见郭鹏：《道与文——"文以载道"理念的实践价值》，载于《光明日报》2016 年 7 月 15 日第12 版。

② ［英］E. H. 贡布里希：《艺术发展史》，范景中译，天津人民美术出版社 1989 年版，第 374 页。

③ ［德］康德：《判断力批判》（上），宗白华译，商务印书馆 1983 年版，第 168 页。

的条件包括社会类型、时代精神、民族特色、社会实况和问题……此外还要加上用来加工改造的工具和媒介（例如木、石……文学中的语言之类媒介）"。① 文学独特地位的原理如何？朱光潜提出的观点是，其一，"至于文学则用语言为媒介，而语言中的文字却只是代表观念的一种符号，本身并无意义，……所以语言这种媒介不是感性的而是观念性的，也就是说，语言要通过符号（字音和字形）间接引起对事物的观念"。② 概言之，文学效应的理路，不同于直接诉诸感性的图像或声音。其二，梳理中外美学史得知，各种艺术都要具有诗意。诗是最高艺术，是一切门类的艺术的共同要素。诗是各门类艺术都蕴含的共同点。即从语言艺术的"诗性"的基础缘由，来说明它的独特地位。其三，从西方修辞学与美学史的概括，提出"语言是人和人的交际工具，日常生活中谈话全靠它，交流思想感情要靠它，著书立说要靠它，新闻报道要靠它，宣传教育都要靠它"。概言之，"说话的艺术就是最初的文学艺术"。③ 从这个基本观念，进而推出"每个人都可当文学家，不要把文学看作高不可攀"。"工欲善其事，必先利其器"，有了语文基本功，文学普及就有了基础。这些因素之综合，可证明"文学作为语言艺术的独特地位"。其中一、二两点与"文学批评"代替"文艺评论"的合理性是印证的交叉关系。第三点，则需要阐述一下。因语言的诗性特质，"每个人都可当文学家，不要把文学看作高不可攀"④ 是与文艺评论价值体系关涉的重要问题。对于包括处理文学资格和品质的标准问题，一般文学爱好者的文学写作引发的文艺普及提高关系问题等，都有借鉴价值。朱光潜的说法还可推导出"文学评论"具有向外扩散辐射到其他艺术样式评论的特质。与文学"审美意识形态"理论相关，暂不展开，后面有论及。

（二）采用文学批评的理由

首先，理论批评与实际批评的区分与关联。

西方主要辞书的解释如下。

《不列颠百科全书》的"literary criticism"的解释是："文学评论"，"泛泛地说，文学评论是对文学作品和文学问题的理智思考，适用于任何有关文学的论述。更严格地说，这一术语仅适用于'实用评论'，即解释作品的意义和评价作品的质量。这种狭义的文学评论，不但能与美学（关于艺术价值的哲学）区分开，而且可以与文学研究者所关心的其他问题，如传记问题、目录学、历史知识

---

① 朱光潜：《谈美书简》（绘图珍赏版），中国青年出版社 2015 年版，第 108 页。
② 朱光潜：《谈美书简》（绘图珍赏版），中国青年出版社 2015 年版，第 110 页。
③ 朱光潜：《谈美书简》（绘图珍赏版），中国青年出版社 2015 年版，第 111 页。
④ 朱光潜：《谈美书简》（绘图珍赏版），中国青年出版社 2015 年版，第 107～119 页。

等问题区分开。在学术研究中，'评论'常被认为与'学问'不同。但在实践中，这种区别常常是人为的。在这里，评论概括文学的各个侧面，重点为针对文学作品的评价，及作者在文学史中的地位。"①

M. H. 艾布拉姆斯所著的《欧美文学术语辞典》的"criticism"解释是"文学批评"。"文学批评是有关解释、分类、分析和评价文学作品的一种研讨。理论化文学批评（theoretical criticism）的宗旨是在一般批评原理的基础上，确立一套统一的批评术语、对作品加以区分归类的依据，以及评价作家和作品的标准……实用文学批评（practical criticism 或 applied criticism）注重对具体作家和作品的讨论。一篇实用文学评论往往忽视指导作品分析与评价的理论原则，除非必要时才略谈一二……实用文学批评有时又划分为'印象主义文学批评'和'分析批评'。"②

以上词条引述，可看出西方人将针对具体作品以及文学现象的理性思考和讨论，明确地称为文学评论，也叫作"实用文学批评"；将文学作品的分类、风格、标准、批评术语等一般抽象理论问题的探究和讨论，明确地称为"理论化文学批评"，也叫作"理论批评"。还推导出，西方基本区分清楚了理论性批评和实用性批评各自的特性和功用，又并未截然割裂开。不列颠大百科全书和 M. H. 艾布拉姆斯就此表述相互一致，并未截然分开的表述必有其道理。

其次，我国学者的界定。中国学者以"形态学"涵义为原则，明确区分了"理论批评"与"实际批评"。提出者为《文学批评形态论》作者赖大仁教授。《文学批评形态论》提出："从本原的、本体的意义上，我们也许可以简单地说，文学批评就是'对文学的认识评判'。"这里的"文学"概念，既包括文学作品，也包括"文学与外部世界、与创作主体的关系等等……"基于这样的"文学"范围，理论界对于文学批评可有两种理解，狭义的文学批评指对文学作品的分析评论，通常称为"实际批评"；广义的文学批评则还包括"理论批评"。"理论批评主要是从理论上探讨应当如何来看待文学以及如何对待文学作品进行认识判断。"③ 这个表述借鉴认可了西方那两个辞条的区分。

再次，探索我们选择的表述方式。以认可《文学批评形态论》的区分为前提，对应文艺评论价值体系建设，就文学批评进一步说明和辨析如下："文艺评论价值体系"的"文艺"定位在"文学"，所指为"文学评论"，与狭义的文学批评即"实际批评"的涵义吻合，即"实际批评"，指对文学作品的分析评论。

---

① ［英］《不列颠百科全书》（修订版）第 10 卷，中国大百科全书出版社 1999 年版，第 142 页。

② ［美］M. H. 艾布拉姆斯：《欧美文学术语辞典》，朱金鹏、朱荔译，北京大学出版社 1990 年版，第 64 页。

③ 赖大仁：《文学批评形态论》，作家出版社 2000 年版，第 4～5 页。

艾布拉姆斯的词条，在"实际批评"所属之下，又大致分出"印象主义文学批评"和"分析批评"两种。其中的"分析批评"的分析，可做弹性理解：分析、判断、评价等。"价值体系"概念的文学评论，价值是认知、确认、判断和评价的产物，因此即便是"实际批评"，也当具有价值维度题中应有之义的分析、判断、评价等涵义。缘于"文艺评论价值体系的理论建设"的文艺学学科性质，又缘于它属文艺学之下的文学批评理论即"理论批评"，所以，虽说以"实际批评"基本涵义为所指，但考虑应当含有"分析"及其扩展的判断、价值确认和评价等涵义于其中，我们不用"文学评论"，而用"文学批评"。

"形态学"概念很准确，"形态学主要是研究事物的形态"，可应用到不同领域的不同对象，通常指的是事物的结构形态。[①] 西方对形态学的把握有不同侧重点。据赖大仁教授梳理，他发现在美学和文艺学有两种主要看法，一种是托马斯·门罗，他着眼于对事物的分类研究，把美学中的形态学研究界定为："用科学的方法对艺术进行分析、描述和分类，对这种尝试，叫做'审美形态学'。"[②] 另一种是卡冈，他着眼研究事物内部结构或者叫形态结构，即一个事物之区分（分化）为不同类型，或不同类型构成一个事物的内在系统结构关系。卡冈将之称为"关于结构的学说"。[③]

在我们看来，文学批评形态学，侧重批评施为呈现的批评文本形态即结构形态，并不侧重批评施为主体。但由于价值以及价值评价，一方面涉及价值需求和满足的主体，另一方面还要体现对此价值需求满足关系的判断和评价，这就绕不开与主体有关的问题：文学批评的主体是谁？批评主体立足点在何处？以及批评主体如何理解价值需求主体？以及这些涉及主体之间关系问题，必须进入价值体系视野。这个复杂问题，后面有专门讨论。

最后，本书强调理论批评与实际批评的交叉与重合。理论批评与实际批评区分已然明确：实际批评面对具体作品，"理论批评主要是从理论上探讨应当如何来看待文学以及如何对待文学作品进行认识判断"。[④] 两者不可截然分割，即便是西方的百科全书，抑或文学理论家，谈及理论批评时也将其看作广义的批评，意思是含有实际批评。联系的原因在于，没有理论，就不知道应当如何来看待文学以及如何对待文学作品进行认识判断。理论产生既有推导获得的合理性，也依赖于文学以及文学实际批评的经验概括总结的提升。纯粹的逻辑推导，无法得到符合实际的原理性的理论批评。区分是为了理论批评和实际批评都有各自明确任

---

① 参见徐岱：《小说形态学》，杭州大学出版社1992年版，第3页。
② ［美］托马斯·门罗：《走向科学的美学》，中国文联出版公司1984年版，第239页。
③ ［苏］莫·卡冈：《艺术形态学》，凌继尧、金亚娜译，生活·读书·新知三联书店1986年版，第15页。
④ 赖大仁：《文学批评形态论》，作家出版社2000年版，第4~5页。

务的合理性。笔者赞同两种批评应有联系。联系会有新质产生。2016 年 5 月 17 日，习近平总书记提出加快构建我国哲学社会科学的学科体系、学术体系和话语体系，学界对此的学习理解有如下看法：作为内核的学术体系由原理、观念、思想以及方法和技术两大方面构成。中国文学研究存在的明显问题是技术水平低下，根本原因是学术内核的阙如。此处所说的阙如，主要指学术内核中的批评的方法和技术。只有实际批评和理论批评相互结合，实际批评给理论批评输送经验和呈现问题，理论批评给实际批评提供方法和技术方面的理论资源，作为学术内核的文学批评理论才能发展。① 两种批评的联系具有要求提高实际批评水平的潜在要求。再说交叉，面对现实作家作品以及文学现象的批评，深层次潜涵文学的基本问题，是理论提升的机会，从前者向后者具有逻辑通道，质言之，两种批评交叉自然而且合理。仅以一例来看即可。雷达和李建军合编的《百年经典文学评论》②，其中既有较为纯粹的理论批评，如梁启超的《论小说与群治之关系》等；也有纯粹的实际批评，如傅雷的《论张爱玲的小说》等。但有的文章，难以归为理论批评还是实际批评，如王国维的《红楼梦评论》确为实际批评，探究问题和致思方式又确实为美学论文。再如朱自清的《论雅俗共赏》，既是顺着文学发展史描绘雅俗之关系，又是对雅俗作美学原理的探究。从前者看，是一种文学史雅俗演变史，从后者看，则是通俗易懂的雅俗美学理论。所以，《百年经典文学评论》一书的"评论"，是兼具实际批评和理论批评两者的"评论"涵义，而且认可两者之间互相融通关联和渗透，可见其批评观念之一斑。

（三）实际批评与理论批评的互通融合互渗的典范：王国维的《红楼梦评论》

以王国维的《红楼梦评论》为个案，看实际评论与理论批评融合的特点。

王国维《红楼梦评论》③ 既是地道的现代意义美学论著，更是实际批评和理论批评相互借力、相互交融的最好形式，以评论一部文学作品为切入口探究美学问题与提出基本概念。此种选题与写法难度较大，因为不仅需要对相当数量作品有广泛的阅读与理解，而且需要善于描述和归纳文学基本类型，在横向与纵向的比较中认识所选作品之独特价值……具备这些条件后，方可从作品批评走向对美学原理框架的搭建。

---

① 详见张伯江：《文艺评论话语建设的学术基础》，载于《中国文艺评论》2020 年第 3 期，第 74～81 页。

② 雷达、李建军主编：《百年经典文学评论》，长江文艺出版社 2004 年版。

③ 本节所引王国维的《红楼梦评论》一文，均出自雷达、李建军主编：《百年经典文学评论》，长江文艺出版社 2004 年版。

王国维此长文分为四个部分以及一个馀论。

1. "人生及美术之概观"

从朴素的人生问题入手，作出"人生之所欲，既无以逾于生活，而生活之性质，又不外乎苦痛，故欲与生活与苦痛，三者一而已"的抽象概括，将概括纳入动态的历史文化脉络，发现了文化并未能解决人之苦痛："文化逾进，其知识弥多，又其感苦痛亦弥甚故也。"还存有人之解脱之法吗？顺着这个提问，王国维继续论证："有兹一物焉，使吾人超然于利害之外，而忘物与我之关系。此时也，吾人之心无希望，无恐怖，非复欲之我，而但知我也。此犹积阴弥月，……然则，非美术何足以当之乎？"此处"美术"概念即如今的"艺术"概念。缘于艺术的无利害，可被人喜欢欣赏，但不引发占有欲，不会因新欲望产生新痛苦，从而解脱痛苦。"而艺术之美所以优于自然之美者，全存于使人易忘物我之关系也。"如此阐述的人生道理，可见他借鉴了德国叔本华的哲学思想，也隐含康德的《判断力批评》的审美无利害观点："鉴赏是凭借完全无利害观念的快感和不快感对某一对象或其表现方法的一种判断力。"[①] 如此沿着先说人生之痛苦何来，再寻解脱之法，解脱之法在美术，继而细说美术何以有解脱之功效的原理。从人生之根本为痛苦自然过渡并落实到艺术，顺着艺术逻辑探究就可以开始了。他分析说，"美之为物有二种：一曰优美，一曰壮美""至美术中之与二者相反者，名之曰眩惑。"概言之，此部分为人生与美术的概观。

2. "《红楼梦》之精神"

转换至艺术后即进入《红楼梦》评论，聚焦在"《红楼梦》之精神"。他认为，人之痛苦问题，可分布在哲学和艺术两个领域探究。"其自哲学上解此问题者，则二千年间，仅有叔本华之《男女之爱之形而上学》耳。诗歌小说之描写此事者，通古今中西，殆不能悉数，然能解决之者鲜矣。《红楼梦》一书，非徒提出此问题，又解决之者也。"即他认为哲学性质的美学，与艺术性质的文学，是关涉人生痛苦问题的两个不同领域。哲学意识到也阐述了人生痛苦问题，但无法解决。艺术之一种的文学，多有描写人生此痛苦，但也都不能解决。《红楼梦》既提出和描写了人生痛苦问题，也艺术地解决了此问题。

如何解决的？王国维深谙叙事体小说之精髓：人物是核心性艺术体现。即刻进入了《红楼梦》人物分析。策略是选取贾宝玉与其他人物相比较。分析始于贾宝玉那句"我把那玉还你罢"，得出了"《红楼梦》一书，实示此生活此苦痛之由于自造，又示其解脱之道不可不由自己求之者也。""而解脱之道，存于出世，而不存于自杀。出世者，拒绝一切生活之欲者也。"继而又进一步分析："而解脱

---

① ［德］康德：《判断力批判》（上），宗白华译，商务印书馆1983年版，第48页。

之中，又自有二种之别：一存于观他人之苦痛，一存于觉自己之苦痛。然前者之解脱，唯非常之人为能，其高倍于后者，而其难亦百倍。但由于其成功观之，则二者一也。"王国维概括出："前者之解脱，如惜春、紫鹃；后者之解脱，如宝玉。前者之解脱，超自然的也，神秘的也；后者之解脱，自然的也，人类的也。前者之解脱，宗教的也；后者美术的也。前者平和的也；后者悲感的也，壮美的也，故文学的也，诗歌的也，小说的也。此《红楼梦》之主人公所以非惜春、紫鹃，而为贾宝玉者也。"评论渗透论述：由分析解脱方式凸显了宝玉的特点与艺术价值：贾宝玉的痛苦属于"存于觉自己之苦痛"，贾宝玉的解脱，符合生活规律，符合人类特性，而且是悲剧性的，艺术性的。结论是：艺术因为无利害，可解人生之痛苦。

继而又将《红楼梦》与西方歌德的《浮士德》相比较，提出浮士德的痛苦，是天才的痛苦，贾宝玉的痛苦，是普通的人人之痛苦。"其存于人之根柢者为独深，而其希救济之为尤切。"这是对《红楼梦》之精神极高的评价，彰显了王国维注重文学普遍关怀芸芸众生的特质。不仅关怀天才之痛苦，更关怀人人之痛苦。那么，为什么如此之好的文学艺术作品，作者不敢署其名字呢？王国维采取了古代传统文学评论的"采故实"等方法，由作品回溯作家，蔓延到国人心态乃至文化根底，细致分析后说："可知此书之精神大背于吾国人之性质，及吾人之沉溺于生活之欲，而乏美术之知识，有如此也。"概言之，国人没有悲剧精神，也不懂得鉴赏艺术，回答了作者不敢署其名字的深层原因。

3. "《红楼梦》之美学上之价值"

王国维概括出"吾国人之精神，世间的也，乐天的也，故代表其精神之戏曲小说，无往而不著此乐天之色彩"，即喜剧性为主。"《红楼梦》一书，与一切喜剧相反，彻头彻尾之悲剧也。"顺着悲剧问题提出，在西方悲剧理论参照下分析《红楼梦》的悲剧属性。西方悲剧理论为，"由叔本华之说，悲剧之中，又有三种之别：第一种之悲剧，由极恶之人，极其所有之能力，以交构之者。第二种，由于盲目的命运者。第三种之悲剧，由于剧中之人物之位置及关系而不得不然者；非必有蛇蝎之性质，与意外之变故也，但由普通之人物，普通之境遇，逼之不得不如是；彼等明知其害，交施之而交受之，各加以力而各不认其咎，此种悲剧，其感人贤于前二者远甚"。为什么第三种艺术魅力最大呢？"彼示人生最大之不幸，非例外之事，而人生之所固有故也。"虽然王国维不一定阅读和有意识借鉴，但他概括的悲剧观念可看出或者借鉴，或者某些思想元素，与如下经典理论不谋而合，即《恩格斯致斐·拉萨尔（1859 年 5 月 18 日于曼彻斯特）》中所说的"在我看来，这就构成了历史的必然要求和这个要求的实际上不可能实现之间的悲剧性冲突"。① 在笔者看来，悲剧的探究，其实始终区分为形式层面和冲突为中心的内涵层面两条路线。形式层面的肇始者为亚里士多德。王国维所谓的"悲剧"，沿着冲突为中心的内涵层面，即冲突类型意义展开。王国维所说的冲突类型的机制，与恩格斯的悲剧冲突类型相吻合，关键性原理在于恩格斯所说的人之无法逃脱的历史必然性质，与王国维说的"逼之不得不如是""非例外之事""人生之所固有"等特性吻合，"其感人贤于前二者远甚"也来自于此，这是美学原理的概括。他随后以这个原理分析《红楼梦》的一系列人物："由此观之，《红楼梦》者，可谓悲剧中之悲剧也。"再联系前述优美、壮美、眩惑三个概念："由此之故，此书中壮美之部分，较多于优美之部分，而眩惑之原质殆绝焉。"探究了《红楼梦》的美学价值绝非终点，王国维随后探究将美学与伦理学关联，将话题过渡到伦理学，回顾了亚里士多德的《诗论》。亚里士多德认为："悲剧者，所以感发人之情绪而高上之，殊如恐惧与悲悯之二者，为悲剧中固有之物，由此感发，而人之精神于焉洗涤。故其目的，伦理学上之目的也。叔本华置诗歌于美术之顶点；而于悲剧之中，又特重第三种，以其示人生之真相，又示解脱之不可已故，故美学上最终之目的，与伦理学上最重之目的合。又是，《红楼梦》之美学上的价值，亦与其伦理学上之价值相联络也。"以此为基础开始探究"红楼梦之伦理学上之价值"。

4. "《红楼梦》之伦理学上之价值"

王国维说："自上章观之，《红楼梦》者，悲剧中之悲剧也。其美学上之价值，即存乎此。然使无伦理学上之价值以继之，则其于美术上之价值，尚未可知也。"在他看来，只有彻底追究到伦理学价值，美术的美学价值才算彻底搞清楚，美学价值才能彻底实现。美学价值，他又独独推崇三种悲剧的第三种。所以，对《红楼梦》伦理学价值的分析，不仅考虑到是美术，还是美术中悲剧之最悲一种。

他以这个基本观点结合作品，分析何以解脱的问题。重点在宝玉出家为解脱。辨析了出家并非不孝，探究了人生之痛苦与美术的联系：如果没有人生，美术又有什么存在价值呢？王国维质问道："难者又曰：人苟无生，则宇宙间最可宝贵之美术，不亦废欤？曰：美术之价值，对现在之世界人生而起者，非有绝对的价值也。其材料取诸人生，其理想亦视人生之缺陷逼仄，而趋于其反对之方面。如此之美术，惟于如此之世界、如此之人生中，始有价值耳。"他的概括是，美术的伦理价值，对应着世间受欲望之煎熬需要解脱的人，对于已入解脱之域的人，美术没有价值，因为解脱的人，已然没有痛苦，自然不需要美术。概言之，美术是对现实人生有价值的东西。由此推导出，"然则超今日之世界人生以外者，

---

① ［德］《马克思恩格斯选集》第4卷（下），人民出版社1972年版，第346页。

于美术之存亡，固自可不必问也"。随后分析了世上的印度佛教和希伯来的基督教，哲学家的叔本华等，都论及了人生之解脱问题。他发现人与世界上所有生物，其实共处一个世界中。人作为个人，自己之解脱，在生物世界之链的总体看，其实并未解脱。这样看，人之解脱又是不可能的："要之，解脱之足以为伦理学上最高之理想与否，实存于解脱之可能与否。若夫普通之伦理，则固如楚楚蜉蝣，不足以撼十围之大树也。"这个看法在今天的生态美学视阈的提倡生生主义，颇有先期道来的感觉。生生主义与解脱之诉求，同时共存于世界。

他的看法是："夫如是，则《红楼梦》之以解脱为理想者，果可菲薄也欤？夫以人生忧患如彼，而劳苦之如此，苟有血气者，未有不渴慕救济者也；不求之于实行，犹将求之于美术。独《红楼梦》者，同时与吾人以二者之救济。人而自绝于救济则已耳；不然，则对此宇宙之大著述，宜如何企踵而欢迎之也！"

5. "馀论"

此部分回顾了《红楼梦》评论中的几种误区，正面提出自己的美学看法，针对考据式评论，王国维提出："夫美术之所写者，非个人之性质，而人类全体之性质也"。既不是"述他人之事"，也非"作者自写其生平也"。为了说清楚美术的如此特性，王国维又联系《三国演义》，认为《三国演义》和《红楼梦》性质一样，均为美术作品。究竟如何看待作者与书写对象的关系，"且此问题，实与美术之渊源之问题相关系。如谓美术上之事，非局中人不能道，则其渊源必全存于经验而后可。夫美术之源，出于先天，抑由于经验，此西洋美学上至大之问题也。叔本华之论此问题也，最为透辟。兹援其说，以结此论"。

王国维最后总结说："由此观之，则谓《红楼梦》中所有种种之人物，种种之境遇，必本于作者之经验，则雕刻与绘画家之写人之美也，必此取一膝，彼取一臂而后可。……苟知美术之大有造于人生，而《红楼梦》自足为我国美术上唯一大著述……。"概言之，美术乃为个人之经验和艺术概括相结合之产物。

王国维此著实为评论与理论融为一体的典型文章，难以分辨是实际批评还是理论批评，既可看作借评论《红楼梦》谈论美学问题，亦可看作借美学原理力求说透《红楼梦》美学原理。与之可相互媲美的此种西方典型著述为法国叙事学家热奈特的《叙事话语/新叙事话语》，他从评论《追忆似水年华》入手，得到的却是《叙事话语/新叙事话语》这样重要经典的叙事学理论著作。[①] 此话评价《〈红楼梦〉评论》亦贴切。理论和评论一体，对作者要求极高。从实际批评角度看，王国维此著关涉和熟悉的古今中外文学作品很多。他善于将《红楼梦》置于广阔视野纵向和横向比较，认识和确定《红楼梦》独特价值。实际批评成了大

---

① 刘俐俐：《文学"如何"：理论与方法》，北京大学出版社 2009 年版，第 9 页。

视野中的个案深入性研究，当然具有美学原理性质。从理论批评角度看，王国维此著性质属于美学论文，美学与伦理学须臾不可分离。仅从 20 世纪末期以来的"价值论哲学"来看，即诞生于元美学和元伦理学两者基因之和合。这可反观美学与伦理学的天然联系。王国维由《红楼梦》探究美学，从人生问题入手，显然借鉴叔本华等人生哲学家著述之基因。由伦理学与美学的关系，王国维自然地追溯到古希腊的亚里士多德哲学。涉及悲剧理论时，可看出其中有黑格尔的悲剧思想元素，也有恩格斯的思想元素，当然更有亚里士多德形式方面的悲剧思想元素。王国维的悲剧观念和思想，依托《红楼梦》的评论，尤其依托具体的人物分析，阐述细致具体。他能以作品为例，细致地体现恩格斯的历史的必然要求与这个要求在现实中暂时无法实现的矛盾的思想原理，深入地解释宝玉乃至贾府的悲剧性矛盾，乃是不可避免无法避免的必然性悲剧，即封建社会末期无法躲避的必然性悲剧矛盾。这个现象很有趣。最后，该文继承和体现了我国传统文论的品质：具有"标示性概念"，诸如"欲与生活与苦痛，三者一而已""存于觉自己之苦痛""无伦理学上之价值以继之，则其于美术上之价值，尚未可知也""吾国人之精神，世间的也，乐天的也，故代表其精神之戏曲小说，无往而不著此乐天之色彩""美术之价值，对现在之世界人生而起者，非有绝对的价值也"等都是"一语击中要害"的金句，乃为标示性概念。写作的突出特点是，以作品为中心，又"究文体""采故实"；作品分析与理论推导，构成了"以两相对待形式出现的语码系统"等。①

二、价值

（一）中西方"价值"溯源

通俗地说，"价值"就是"有用"，有用即价值。汉语的"价值"一词，对应英语的 value，法语的 valeur，德语的 Wert，俄语的 значение。马克思曾经根据一本名为《试论哲学词源学》的书对它的词源做过考证。② 按照该书解释，"价值"一词源于古代梵文和拉丁文的"堤坝"，含有"掩盖、保护、加固"的意思。"价值"是该词派生的"尊敬、敬仰、喜爱"意思之上进一步形成的。"价值"本来含义就是"起掩护和保护作用的，可珍贵的，可尊重的，可重视的"。

---

① 这些表述有些是杜书瀛的概括，转引自张伯江：《文艺评论话语建设的学术基础》，载于《中国文艺评论》2020 年第 3 期。

② 参见［德］《马克思恩格斯全集》（中文 1 版第 26 卷 3），人民出版社 1974 年版，第 327 页。

这就是一般情况所用的"价值"一词基本含义。[①]

汉语中单字词的"价",《辞源》的解释有两个，第一个是"物品的价值"。汉代焦延寿《易林·屯之革》有"长钱善价，商李悦喜"。第二个是人的资望地位。双字词的"价值"，被解释为就是"价值"。犹言物价。《后汉书·四七班勇传》："备其逋租，高其价值，严以期会。"到了《辞海》单字词"价"的涵义有三个。第一个是"价格"，也就是价值。比如，物价稳定；《管子·轻重乙》："国贫而用不足，请以平价取之。"第二个是"声誉"。《世说新语·雅量》有："名价于是大重。"第三个是"语法学上指动词作为核心（谓语）形成一个句法结构所必须具有的组配成分的动词，为一价动词"。作为双字词的"价值"，《辞海》界定其意思有，其一，凝结在商品中的一般的、无差别的人类劳动。商品二因素之一，是商品生产者之间交换产品的社会联系的反映，不是物的自然属性。其二，"价格"。举例为《二刻拍案惊奇》卷八："郑、李二人与诸姬公估价值，所值三千缗钱。"其三，指积极作用。如有参考价值。其四，在哲学上，不同的思想视阈和思想方式对于价值有不同的理解。

从"价值"的词源获知了"价值"的基本意思，但属于静态定义。静态的"价值"置于哲学视野则是另一番天地。有哲学家说过：哲学的对象是长期有效乃至永恒有效的问题。哲学是一种耐磨损的工作。耐磨损就在于每代哲学家都能够把旧问题转换成新问题，于是诱惑人们把永远做不完的工作一直做下去。[②] 质言之，哲学可将旧问题转换为新问题，由此，哲学视野的"价值"可处于动态即实践环境解释中，于是我们找到了哲学价值论。

（二）"价值"转换到"价值论"的学理寻找

基于静态的"有用"涵义的"价值"，其动态的哲学化路径，据我们有限梳理，掌握了两个方面，分别为从现代性角度切入价值问题、直接切入并属于哲学性质的价值论。

首先，从现代性角度切入价值问题。

现代性角度切入价值问题，代表性著作为阿格尼丝·赫勒的《现代性理论》。其中的第13章《法律、风尚与伦理》聚焦于价值角度探究现代性问题。核心观点是：现代意义上的价值是从伦理学中"善"（the good）分化出来的，她追溯了这个过程，以及现代日常话语中价值的多样表达方式。质言之，伦理维度把握

[①] 参考李德顺：《价值论——一种主体性的研究》（第3版），中国人民大学出版社2013年版，第2页。

[②] 出自中国社会科学院哲学所美学室赵汀阳在室内某次会议的讲话笔记。

和运用"价值"概念。"价值是一种现代表述。从布伦塔诺经康德主义，尼采，马克思·韦伯，一直到舍勒，'价值'（value）一词在道德话语中广为流行。尼采谈到了所有价值的重估，舍勒则设计出与康德纯粹的形式伦理学对立的实质价值伦理学。尽管每一位哲学家都为一个范畴增加一丝特定的色彩，在对价值这个概念的运用中却没有简单的共同元素，而在我看来，这些元素由于理解（和构造）现代世界来说是不可少的。"她继而提出，"我们努力追求的那些目标'有'价值，但它们不是价值。事实上，我们很少贪求价值，我们通常贪求同价值有关的目标"。这就是将价值与现代性问题挂钩的逻辑，目标是现代性问题。赫勒的《现代性理论》中谈及的价值观念，紧密且具体地与伦理学，特别是具体地与"生活方式的多极化，善的等级体系的个人化，这些等级体系的持续变化、评价的市场化和二次编码，以及多重身份"① 等方面相结合。赫勒这一理论毕竟没有转换成哲学价值论，但其中某些思想元素可为资源。

其次，直接切入并属于哲学性质的价值论。

哲学价值论从马克思主义经济学理论汲取了价值概念引入哲学领域，从"价值"转换到哲学意义的"价值论"，称之为价值论哲学，或者哲学价值论。该理论具有纯粹哲学性质，这是课题汲取的主要思想资源。为避免冗长陈述哲学价值，直接汲取我国该领域成果。

我国价值哲学学者说，"20 世纪 80 年代，价值问题正式进入了中国哲学讨论的领域"。② 哲学性质的价值论的哲学分支如何？学科层面看，价值论（axiology）是继存在论（ontology）、意识论（gnosiology，包含 epistemology）之后形成且与之在同等层次上并列的哲学基础理论分支。我国学术体系中，最值得关注并可为资源的价值哲学是李德顺的《价值论》，该著已被译成英文出版，在东西方都有较大影响，是反思人与价值关系的系统思想成果。作用如同冯友兰说的，它作为"哲学的功能不是为了增进正面的知识（我所说的正面知识是指对客观事物的信息），而是为了提高人的心灵，超越现实世界，体验高于道德的价值"。③《价值论》能让普通人感觉价值与自己的关系，作为观念和思想，可用来系统反思自己与价值的关系。我们则以之系统反思文学及文学批评的诸多价值现象。

与李德顺的著述相互支撑，并在国内产生较大影响的哲学价值论的译著还有捷克的弗·布罗日克的《价值与评价》。它"力图根据马克思主义的观点，从评

---

① ［匈］阿格尼丝·赫勒：《现代性理论》，李瑞华译，商务印书馆 2005 年版，第 287～288 页。
② 李德顺：《价值论——一种主体性的研究》，中国人民大学出版社 2013 年版，第 13 页。
③ 冯友兰：《中国哲学简史》，天津社会科学院出版社 2005 年版，第 4～5 页。

价论的角度来考察价值问题",① 相当于李德顺《价值论》中的《第二篇：价值的意识论研究》的内容。此外，我国冯平教授的《评价论》关注焦点在价值"评价"，可理解为价值哲学的侧重评价方面尤其侧重评价主体方面的著作。该书各章标题分别为：在人类生活与哲学中的评价；评价主体的心理背景系统；评价的心理运作过程；评价的心理运作机制；评价的社会运作；评价的合理性等。② 此外，还有侧重"价值"的研究，如方迪启的《价值是什么？——价值学导论》③，该著讨论内容相当于李德顺《价值论》的《第一篇：价值的存在论研究》部分。

（三）哲学价值论关键概念的借鉴及其意义

1. 意义

我国哲学"价值论"认为，各种价值现象的共同特征，各种形式价值表达的共同含义，都是指向一定对象（事物、行为、过程、结果等）对于人类来说具有的现实的或可能的意义。质言之，"意义"是价值论中的关键概念。如何定性"意义"？李德顺梳理如下：第一种是"观念说"。即把"意义"或价值归根到底看作人类的一种精神显现，属于人的旨趣、情感、意向、态度和观念方面的感受状态。他认为，这观念易于导致价值相对主义。第二种是"实体说"。即把"意义"看作一种独立存在的实体或现象体系，人们最终可在世界某个地方或某种状态中找到它的终极存在。他认为，这观念最终会导致价值观上的绝对主义或神秘主义。第三种是"属性说"。即认为价值虽非特殊的实体，却是某些实体固有的或在某些情况下产生的特殊属性。这种观念又具体分为"客体属性说"和"主体属性说"两种。第四种是"关系说"。即认为"意义"本身是关系范畴，指相互联系和相互作用所产生的效果和影响。第五种是"实践说"。此说在吸收"关系说"成果的基础上，阐述了一种新型的价值学说。首先承认价值是一种关系现象，进而指出，价值的客观基础，是人类生命活动即社会实践所特有的对象性关系——主客体关系。价值是这种关系的基本内容和要素；价值产生于人按照自己的尺度去认识世界改造世界的现实活动；价值的本质，是客体属性同人的主体尺度之间的一种统一，是"世界对人的意义"。④ 课题组的反思与借鉴在于，此前对价值的理解处于"关系说"层面。刘俐俐教授的《我所理解的文艺评论价值

---

① ［捷］弗·布罗日克：《价值与评价》（中译本序），李志林、盛宗范译，知识出版社1988年版，第1页。

② 冯平：《评价论》，东方出版社1995年版。

③ 方迪启、黄藿：《价值是什么？——价值学导论》，联经出版事业公司1986年版。

④ 参见李德顺：《价值论——一种主体性的研究》，中国人民大学出版社2013年版，第29页。

体系的理论建设》一文说："由此，关于价值，可概括为：其一，不存在自在的孤立的价值，所谓'指事物的用途或积极作用'，一定是指事物对谁有用途或积极作用。即'将价值看作价值对象性的表现形式'。其二，价值存在于和需要评价主体的关系中。在这个角度看，价值的存在即价值对象性存在。其三，价值因为与人的需求关系密切而具有类别和等级。"① 借鉴李德顺的第五种"实践说"，我们将此前思想和表述加以修正：依然不丢弃"关系说"，但将意义（价值）的"关系说"提升到"实践说"层面，在关系说和实践说相结合后，理解和表述为：价值是主客体之间的"关系"，在"实践"中由静态转换为动态的关系。即价值以关系状态产生与存在，并处于活动状态，即人按照自己的尺度去认识和改造世界。概括地说，价值是主客体之间在实践运动中的关系概念。这一界定既凸显了主客体之关系，又凸显了通过实践动态化的意义（价值）呈现（生成），意义借助于关系和实践以生成，与中国语境的文化传承至今的文学以及满足当下中国人精神需求等动态性蕴涵相符合。

2. 价值需求和评价主体

价值需求和评价主体两个概念归属"价值的意识论研究"。"价值的意识论研究，就是着眼于人类的价值关系和价值现象在人的头脑即意识和精神活动中的存在和存在方式的研究。"② 随后又予以区分："人类的价值关系和价值现象"与其"在人的头脑即意识和精神活动中的存在和存在方式"。这个表述具有观念和方法双重属性。作为观念可表征文学与人类（更具体地与我国语境的人们）的价值关系，即需求主体和需求客体之关系。作为方法可表征某种特定的价值关系在批评家和理论家头脑中是否被意识到，获得了怎样的存在，存在方式如何，予以怎样的价值评判，等等。这就得到了两个主体：文学需求和满足的价值主体；需求得以满足的价值关系的评价主体。前者为第一主体，后者为第二主体。"评价主体"概念的意义何在？这点对于文艺评论价值体系的关系非常重要。"评价主体"是本课题关键概念。李德顺说：评价这种精神活动的根本特征是"主体在场"。"任何客观的价值关系都既能够是评价的对象，也能够是认知、知识的对象。评价与对一定价值关系的认知、科学研究之间的根本区别，在于这里主体的地位。当被认识的价值关系的主体仅仅是被认识客体的一部分，而非同时也是评价认识的主体时，这种认识仍然属于认知；当被认识的价值关系中的主体身份一身二任（既是价值主体，又是评价主体），或者评价主体与被认识的价值主体合二而一（评价者自己处于被认识的价值关系主体范畴之内）时，这种认识就成为

---

① 刘俐俐：《我所理解的文艺评论价值体系的理论建设》，载于《江汉论坛》2016 年第 5 期，第 71～79 页。

② 李德顺：《价值论——一种主体性的研究》，中国人民大学出版社 2013 年版，第 120 页。

评价。"① 评价主体面对的评价对象是"价值关系",即第一主体和它的客体的"价值关系"。价值关系由此成为第二客体。价值论意识的这个思想对本课题有意义:文艺评论价值体系的"文艺评论"是批评家的行为,批评家的工作对象是文学需求满足的价值关系,该价值关系中有作为价值主体的文学活动参与者,既包括作者也包括读者。评论活动的特殊性在于起步于作品阅读鉴赏,可以说,阅读鉴赏让批评家有了价值主体的特质。他既是价值主体,又因为面对一般读者文学需求满足的价值关系,因此,他又是评价主体。概言之,需求主体和评价主体概念,可覆盖、兼容乃至融通地包括作家、读者、批评家和理论家等在内的四重主体,这赋予课题考虑价值问题更加全面辩证的视角。需要说明的是,本课题对价值哲学借鉴汲取的概念不止上述几个,后面具体问题研究中根据需要会随时介绍和借鉴其他概念。

三、体系

(一)中西方"体系"以及相近语词溯源与基本理解

"体系"概念。汉语的体系/系统/体制在英文中均对应于"system"。英语中此词语的基本意思有两个:其一,一整套同时运作的事物,通常被看作是某个结构或某个具有内部联系的网络的组成部分的总和;一个复合的整体。例如国家铁路系统;液体经由管道系统进行传送。其二,按照已经完成的部分制定的整套规则或程序;有组织的计划或方法。例如政府的多党制体系;公立教育系统。从英文原来的涵义,翻译成汉语后,在不同场所,分别有体系、系统以及体制等表述。② 我国《辞海》的"体系"条目说:"若干有关事物互相联系、互相制约而构成的一个整体。如理论体系;语法体系;工业体系。"③ 关键词"构成"显示了体系是人类为实现某方面目的的人为建构,即有意识的主观行为。人为建构也要依赖于对客观规律的认识与把握。所谓体系,是基于对于客观存在事物或者事实的准确认识和把握之后有意识建构的整体。我国《辞海》除了"体系"条目之外,延展出"体系理论"一词。"西方国际关系学理论之一。萌发于20世纪40年代末50年代初,盛行于60年代。以'在特定环境下相互作用的由若干组

---

① 李德顺:《价值论——一种主体性的研究》,中国人民大学出版社2013年版,第159页。
② 参见吴衡康、周黎明、任文主编:《牛津当代百科大词典》,中国人民大学出版社2004年版。
③ 《辞海》,上海辞书出版社1980年版,第228页。

织和实体组成的体系'为研究对象。其内容可分为系统环境论、国际体系行为模式、体系结构论；范围可分为国家体系论、区域体系论、国际体系论、世界体系论。代表人物是美国芝加哥大学教授卡普兰（Morton Kaplan）。他提出国际体系六个基本模式（均势体系、松散的两极体系、牢固的两极体系、环球体系、等级体系和单位否决体系），使原来以研究国家为主的权利政治学发展为国家关系和国家体系为主要研究对象的综合学科。"① 综上，我们可以将体系的一些特质概括如下：横向与纵向的关联性（连结、继续）；作为整体的包含性（包含、容纳）；两极性（松散或牢固的两极）；主观人为性（人为建构）；客观特质与规律的制约性；实践性（实行、实践、领悟、体察）等。

与"体系"涵义相近的其他概念。

方法论角度选取的相近概念，有"系统方法"。"所谓系统方法，就是要求把对象作为一个整体加以认识和改造的方法，就是把系统和环境的关系联系起来看成一个更大整体来考察对象的方法。也就是说，它是从整体出发，始终着眼于整体与部分、整体与环境相互作用，从而综合地处理问题，以达到最佳目的的一种方法。"② 其中的"把系统和环境的关系联系起来"的思想非常重要。再借助皮亚杰在《人文科学认识论》"结构"概念，体系和系统的涵义就更清楚了。皮亚杰说，机体即"一个活的结构构成一个'开放'系统。也就是说，它在与外界不断的交流中保存了自己。但它并不因此而不含有一个自身封闭的系统，其要素在从外界吸取给养的同时通过相互作用而得到维持。……这样一种结构就能作静态描述，因为它尽管永远活动着，仍保存着自身，但原则上它是活动的，因为它构成种种不断变化的相当稳定的形式"。③ 由于结构本身可理解为是一个系统/体系，所以，可将皮亚杰关于"结构"的"与外界不断的交流中保存了自己"的思想借用来认知系统/体系。

此外，以一个问题完善如上的体系理解。问题是为什么《不列颠百科全书》中译本没有"体系"词条？查遍了《不列颠百科全书》中译本有若干个"体"字打头的词条，却没有"体系"一词。从以上梳理中可推测为：体系与修饰语组成偏正词组才有确切意义。单独"体系"一词不为有意义的名词。这反过来帮助理解和确认：所谓体系必须有修饰语方可定义和研究。

---

① 《辞海》，上海辞书出版社 2011 年版，第 4387 页。
② 朱丰顺：《系统论与文艺学和美学》，出自《美学文艺学方法论（下）》，文化艺术出版社 1985 年版，第 650 页。
③ ［瑞士］让·皮亚杰：《人文科学认识论》，郑文斌译，中央编译出版社 1999 年版，第 164 页。

（二）"体系"特性及其概括

借助梳理可获得汉语中"体系"的如下特性。

特性之一，人为性与可调整性。人为性，就是有目的地建构适合文艺评论的价值体系。可调整性，就是努力让体系与环境相吻合。因此，文艺评论价值体系应有自身调整的逻辑。建构与调整都是有意识有目的的行为，遵循文艺的审美规律和审美特质。特性之二，整体性和稳定性。整体性，指体系内部各部分相互兼容，你中有我，我中有你。文艺评论价值体系最终学术目标是包括文学批评标准和文学价值观念的理论建设，其中必然会涉及文学功能研究和文学批评标准研究两个部分，价值观念、功能、标准三者由此共同构成这一体系，此为整体性。功能论和标准论中都蕴含和指向文学价值观，呈现互相渗透的特点和互为参照的作用，有机整体性让价值体系具有稳定性。稳定性，指最终成果体现为一定程度的知识性、较为广泛的适用性。特性之三，体系的相对性与活动性。相对性，指体系不以大小为原则，仅以对内互相融洽、对外满足、适应和善于应对环境，保持自己生命力为原则。活动性，指调整的外部呈现，为了适应外部环境要求调整，从体系状态角度说，就是活动性。质言之，稳定性与活动性看似互相矛盾，但实际上互相依存。文艺评论价值体系建构努力追求和实现如上三种特性。从下一节开始，将进入相关研究的学术史梳理。

第二节 "文艺评论价值体系"相关的学术史梳理

一、相关的美学、文艺学领域研究学术史梳理

（一）著作类成果

"价值"概念进入文艺学研究始于20世纪80年代。体现于著作类，主要有杜书瀛的《价值美学》，性质是价值论为哲学基础的美学著作。他自己定性为："属人文学科，是美学的一个分支，是以哲学价值论建立起来的、把审美活动作

为价值活动来研究的一门学问"。① 切入角度是审美活动的价值维度："审美的秘密存在于主体客体之间的关系之中，审美现象即主客互动关系所生发的可感受、可体味的意义、意蕴、意味，它是一种特殊的价值形态。"② 同为价值维度切入的美学著作还有黄海澄的《艺术价值学》③。主要论述价值论哲学及其对艺术价值论的意义和位置，并未构建价值论的体系。文艺学属性的《文学价值论》有三部代表性著作。其一是程麻的《文学价值论》，提出"针对以往中国文学认识论或反映论的偏颇，文学价值理论至少可以在如下两个层面上展开：第一，确认和论证文学的本质是人的价值观念形态……""第二，文学价值论的另一个内涵，便是对文学作品蕴含和水准的判断与辨识，即对作品价值的衡量"。④ 该著作明确提出了文学价值论的两大部分是价值观念形态和评价标准。其二是李春青的《文学价值学引论》，"将文学价值学当作在文艺学领域中一个有相对独立性的研究学科"，⑤ 提出："文学是一种价值，确切地说，是一种由特殊符号负载的综合性价值系统。"⑥ 以文学价值为点，可将文学活动和文学作品中的各种因素联为一个有机整体，可以揭示文学种种特征和规律。其三是敏泽、党圣元的《文学价值论——文学价值观念的构成》。该著作系统地建立了文学价值体系，主旨为"立足于当代社会发展的现实需要，以古今中外文学史上价值论的发展为参照系，以马克思主义及其价值论的基本原则为指导，去建立科学的社会主义文学价值论。本书之作，也就是力图按照上述这种精神所作的一种探索和尝试"。⑦ 文学价值论被界定为："文学价值论是研究文学价值的一种学说，任何一种能称得上是比较完整的文学价值论体系都应该包括这样两个部分，即文学价值系统论和文学价值规范论，后者的意义在于可以为文学价值的创造、评价、接受以及关于文学价值本体的一系列理论建构、阐释提供一种框架，而最终解决文学价值应当是什么以及我们应该如何来建构、阐释文学价值的系统特点。这自然不仅是在研究文学价值观念及其规范时所要解决的问题，而同时在研究文学价值学说中的所有理论问题时都应加以贯彻。在本书的理论阐释中，我们便试图努力做到这一点。也就是说，文学价值研究不应该仅仅停留在对于文学的价值现象的描述层面上，

---

① ② 杜书瀛：《价值美学》，中国社会科学出版社 2008 年版，第 4 页。
③ 黄海澄：《艺术价值学》，人民文学出版社 1993 年版。
④ 程麻：《文学价值论》，人民文学出版社 1991 年版，第 6 ~ 7 页。
⑤ 李春青：《文学价值学引论》，云南人民出版社 1994 年版，第 8 页。
⑥ 李春青：《文学价值学引论》，云南人民出版社 1994 年版，第 5 页。
⑦ 敏泽、党圣元：《文学价值论——文学价值观念的构成》，社会科学文献出版社 1997 年版，第 42 页。

而同时应该建立关于文学的价值目的实现的评价标准的理论规范。"① 该书上编梳理中西方对于文学价值的观点（文学价值观念），即历史上人们对于文学的功用看法的讨论，属于历史梳理，夹杂了一些评价。下编进行了文学价值系统构成的多方面分析和讨论，包括文学价值基础（文学价值主体、文学价值客体、文学价值中介）、文学价值依据、文学基本特征与价值、文学观念及规范、文学创造、文学价值形态、文学实现，以马克思的实践论介入文学的创作、接受、文本形态各个方面，最后提出了社会主义文学价值论。

下面总结以上五部著作的学术影响。其一，"价值"切入文艺学和美学，可获得区别于"实然"目标的研究的文学理论和美学理论。其二，价值哲学具有对某一具体学科的"实然"作出"应然"解释的能力，客观显示了"价值"进入各领域的合理性。其三，"价值"思维方式及其特性，激发了新的体认对象和范畴。比如杜书瀛的《价值美学》确属于美学又不同于传统美学。从该著的目录可见，出现了新的研究范畴。当然如上著述也呈现了重要分歧。分歧主要在于，美学或者文艺学从哪里将"价值"引入本学科的？黄海澄认为，价值论是文艺学的哲学基础，他不同意文艺学建立在认识论哲学基础上。他认为，人与世界的价值关系与人对世界的科学认识关系不同。科学不能解决人类的一切问题。所以，应该在科学认识之外构建一个价值关系认识的网络。敏泽和党圣元的《文学价值论——文学价值观念的构成》则把文学活动看作实践—认识活动，将价值论贯穿在实践—认识的过程中。他们明确反对以价值论哲学基座代替认识论哲学基座，认为这是激进做法。他们也不同于黄海澄认为的价值是一种客观的关系。他们将文学活动视为实践活动的一种，以实践主体——人——统一了客观和主观。在尊重客观规律的同时，突出了主体的能动创造性。这个分歧的实质，是价值论与认识论可否兼容的问题。该分歧产生时间早于李德顺哲学价值论的问世，可理解为价值概念、认识论和价值论之间关系，尚未有专门的成熟的哲学价值论可为借鉴。此外缘于确实有些需要深入研究的问题。这个分歧与我们课题关系密切，后面会触及。此外，存留了一个疑惑：文学除去价值论维度外，是否还有一般文学观念？或者问，如果界定和阐述文学观念，是仅有统一的文学观念，还是既有一般文学观，又有价值维度的文学观？该疑惑之所以重要，在于它会牵扯出另一个问题：一般文学观念可以毫无疑问地衍化出一套知识体系，文学价值观可以成为知识体系吗？这个问题也与本课题关系密切，后面也会有所触及和反思。

---

① 敏泽、党圣元：《文学价值论——文学价值观念的构成》，社会科学文献出版社1997年版，第276页。

（二）论文类成果

价值切入的代表性论文有：党圣元的系列论文：《论文学价值观念的基本规定性》《论文学价值观念之规范》《论文学价值评价标准及其方法论原则》等；[①]董学文、张永刚的《文学价值生成总论》；[②] 赖大仁的《文学价值观问题探析》等；[③] 程金城、李向辉的《文学价值论的哲学特性及其几个重要问题》。[④] 这些论文探究问题集中在：文学价值观的理解；规范文学价值观念；文学价值观的意义；文学价值评价标准的涵义与构成；文学价值评价标准与文学价值标准的区别和关系；文学价值评价的方法论原则，等等。

首先，党圣元的《论文学价值观念的基本规定性》与上述诸问题关联度较高，是著作《文学价值论——文学价值观念的构成》的凝练产物。探究问题有：第一，区分了文学价值观念和一般文学观念。认为文学价值观念侧重文学应当如何，一般文学观念侧重文学是什么和实际如何。"应然"和"实然"是两者区别之标志。论文提出，文学价值观念的最高层次是审美理想，是一种内在稳定的评价模式，具有较高的抽象性、稳定性和宏观性，具有客观性，绝非主观臆造之产物。"应然"切入却是认知结果，可被实践检验（至于此认知的结果是什么？为什么可被实践检验？哲学价值论的"价值事实"等概念可为最恰切准确的解释）。文学价值观念的特殊性是较强的主体性、评价性和价值导向性。一般文学观念作为评价好坏高低标准时，就转变为文学价值观念。文学价值观念具有变革机制和可能。变革实质是审美理想、基本评价标准的转换。第二，区分了文学价值观念与文学价值论。认为文学价值观念是对文学意义或价值状况的看法，作为具体观念具有多元的合理性。如同敏泽和党圣元合著的《文学价值论——文学价值观念的构成》中所说："文学价值观念作为一个多成分、多层次的系统，其内部结构是相当复杂的。"[⑤] 文学价值论则更抽象概括，作为文学价值的根本看法是系统化、理论化观点和学说。第三，价值观念内部构成问题。他提出"文学价值观念体系从其内在结构来看，是以价值思维方式为基础，以基本评价标准'硬核'，包括许多要素在内的一个观念体系"。赖大仁的《文学价值观问题探析》

---

① 党圣元的三篇论文分别载于《学术研究》1996 年第 3 期，第 57～61 页；《中外文化与文论》1997 年第 2 期，第 178～186 页；《小说评论》1997 年第 3 期，第 75～81 页。

② 董学文：《文学价值生成总论》，载于《学术界》2000 年第 6 期，第 84～98 页。

③ 赖大仁：《文学价值观问题探析》，载于《贵州社会科学》2013 年第 5 期，第 57～61 页。

④ 程金城、李向辉：《文学价值论的哲学特性及其几个重要问题》，载于《兰州大学学报》2003 年第 3 期，第 8～17 页。

⑤ 敏泽、党圣元：《文学价值论——文学价值观念的构成》，社会科学文献出版社 1997 年版，第 272 页。

与党圣元的思想大致相似。赖大仁表述为："体现在文学创作、文学接受、文学批评和文学研究等文学实践活动中，关乎文学价值的生成与实现，以及文学的价值评判与价值导向。"就价值观念内部构成，毛崇杰著作《颠覆与重建——后批评中的价值体系》有所涉及，在他看来，当前文论界界定的文学批评的价值体系，是"包括评价标准在内的价值观念或意识，价值选择或取向等一系列范畴及相关的机制"。① 程麻的著作《文学价值论》区分了文学价值论两层面：文学价值观念形态与评价标准。与党圣元看法基本相同。

其次，文学价值生成问题。此问题作为文学价值论重要议题得到较充分探究。董学文、张永刚的《文学价值生成总论》是篇重要论文。他们认为："文学价值的生成，首先根植于文学创作过程和接受过程的辩证关系之中，并体现出生活价值与文学审美方式的高度融合；其次，文学价值按自身的结构规律即真善美的有机统一方式的构成，然后体现出认知、教育、娱乐属性并在整体上形成审美功能；第三，文学价值按'自律'与'他律'方式运动并不断发生矛盾斗争与综合融会，从而创造出又一种新的价值，深刻地影响着文化的发展与进步。在现实状态上，文学价值体现出'人间情怀'和'精神追寻'两个基本取向。"从审美本体论角度谈及价值是学界另一种思路，其推理为：审美本体的本质是人与世界、目的论与知识论的统一的意义上所具有的。作为审美依托的艺术，如果说它是反映的产物，它所反映的也不是事物的实体属性，而是一种主客体之间的关系属性，它的目的不只是为了展示"事实人生"以判明"是什么"来给人以知识，而是为了追求"应如此"、一种"应是人生"的愿景，由此为人的行为确立一种有目的的意志。因为"应如此"是一个理想的尺度，它是需要通过人的行动去争取的。因此，审美的本体论是知识论与价值论相统一的本体论。② 而王元骧教授以审美依托的艺术本体角度，融合哲学价值论思想的完整准确的表述，这是一般文学观念向文学价值观推进的成果。王元骧的思路对本课题的启发在于，可否反向推导和论述？此外，已有学者意识到审美本体论与价值论分属两个不同哲学朝向，由此提出了文学认识论与文学价值论的区别。李文英的《实现文学认识论向文学价值论转向的内在依据——兼论文学认识论与文学价值论的区别》③，该文思路体现了通过功能论和标准论最后融汇的文学价值观念要解决的问题，值得我们借鉴。

---

① 毛崇杰：《颠覆与重建——后批评中的价值体系》，社会科学文献出版社 2002 年版，第 60 页。

② 参见王元骧：《探寻文艺学的综合创新之路》，载于《社会科学战线》2006 年第 2 期，第 258 ~ 263 页。

③ 李文英：《实现文学认识论向文学价值论转向的内在依据——兼论文学认识论与文学价值论的区别》，载于《西华大学学报》2016 年第 1 期，第 22 ~ 25 页。

如上美学和文艺学领域著述，触及了文学价值论基本范畴及基本问题，触及了文学价值学的"体系"概念，均为课题研究应凭借、辨析和借鉴的理论资源。需要说明的是，已有研究成果所触及之"体系"在文学价值论层面，尚未下沉至（或者说尚缺）批评/评论"体系"。

再次，国外经典理论的价值角度研究学术史梳理。

我国美学界和文艺学界对西方哲学中既有价值论思维方式和成果，尤其是哲学价值论形成过程、资源的汲取等，并未作系统梳理借鉴性研究。前述几部文艺学美学的价值论视角著作有所述及。论文类典型成果为张玉能的《新康德主义的文学价值论》。[①] 张玉能教授提出"新康德主义的文学价值论，主要是西南学派的李凯尔特那里形成雏形。它的主要内容在于：其一，文学艺术是具有价值的文化对象；其二，文学艺术的价值在于主体与客体之间的审美价值关系；其三，文学艺术的价值取决于审美的、直观的形象；其四，文学艺术的价值必然凸显文学艺术的意义及其动态性，而不是线性发展。它对 20 世纪西方文学价值论产生了直接影响"。这篇论文提醒我们，西方哲学美学价值方面的梳理归纳和总结，对于我国文学研究具有资源性和借鉴性意义，是值得做也亟待做的问题域。再次回到前述著作类看，以李春青的《文学价值学引论》为例，在该书《导言》部分，从人类最初的意识与自我意识到逐步分离，从古希腊追问世界本源的同时，开始思考人作为"万物的尺度"所具有的各种主体能力，以及对于人类价值哲学形成的早期影响。接下来，梳理了价值哲学形成之路的一些重要节点，例如 18 世纪的康德从实践理性领域的角度观察世界，尤其观察世界与人自身的联系，在主体精神领域中发现了一个新天地。现代价值哲学正是借助康德的发现建立起一种新的哲学观念。最后，还梳理了 19 ~ 20 世纪新康德主义的文德尔班以及他的弟子李凯尔特等就人与社会、人与自身关系价值联系的思想及其分歧。李春青研究的实质是跨越了哲学价值论，以文艺学和美学角度直接探寻价值视角的文艺学美学价值论的理论资源。如今，在中国有了较为成熟的哲学价值论基础上，回头看文艺学界的如此梳理，尤为值得珍视。如果说，李春青等学者从更完整漫长的西方哲学史梳理价值论资源，那么，张玉能的论文则以李凯尔特的个案性方式，寻找文艺学美学价值论的资源。

二、相关的中国现当代文学领域研究学术史梳理

这个梳理对象主要为中国现当代文学就"价值观"切入的研究。在中国现当

---

① 张玉能：《新康德主义的文学价值论》，载于《江汉大学学报》2008 年第 3 期，第 32 ~ 35 页。

代文学领域，学者们以价值观为切入点，以 20 世纪和 21 世纪以及当下文学现象为研究对象。研究缘于现实/当下的文学出现价值多元现象，促使学界回溯 20 世纪文学价值观念，以便探寻和理解当下文学价值观念变化原因，知晓历史以判断如今。研究内容和目的是：一则翻检、总结和反思；二则重建当下批评价值体系。

（一）以"重建"为目的的研究

21 世纪文学现实出现了价值观念困境，需要以批评作为切入点应对。代表性论文有：伍世昭的《文学价值论与 20 世纪中国文学批评》①；陈传才的《构建以审美为中介的文学价值系统——兼论文学理论批评怎样应对多元化的文学格局》②；姜桂花的《新世纪文学批评人民性标准建构述评》以及《文学批评价值体系的结构及功能》③；吴家安的《文学价值论：危机与重建》④；韩伟的《重建中国当代文学批评的价值体系》⑤；王卫平的《重建文学批评价值体系》以及《当代文学批评的价值观问题》。⑥ 有批评家较全面地概括了当下文学批评病象。如南帆的《文学批评：八个问题与一种方案》，提出影响文学批评的八个理论问题：当代文学与经典；审美与历史；内部研究与外部研究；文本中心与理论霸权；作品的有机整体原则；文学批评是否科学；作家与批评家；精英主义的困境等。"这些集中展示的问题，恰恰需要批评从业者长期关注。"认为文学批评自我反思体现两方面：一方面是讨论"文学批评"与"文体意识"；另一方面是持续思考批评代际问题。⑦

（二）以翻检、总结和反思为目的的研究

这种研究与重建相互缠绕。此类研究主要聚焦历时对象回顾和反思，由此延

---

① 伍世昭：《文学价值论与 20 世纪中国文学批评理论》，载于《学术研究》2006 年第 5 期，第 135 ~ 139 页。

② 陈传才：《构建以审美为中介的文学价值系统——兼论文学理论批评怎样应对多元化的文学格局》，载于《汕头大学学报》2004 年第 5 期，第 1 ~ 6 页。

③ 姜桂花：《新世纪文学批评人民性标准建构述评》，载于《沈阳师范大学学报》2016 年第 1 期，第 98 ~ 101 页；《文学批评价值体系的结构及功能》，载于《沈阳师范大学学报》2018 年第 5 期，第 22 ~ 26 页。

④ 吴家安：《文学价值论：危机与重建》，载于《福建论坛》（文史哲版）1996 年第 6 期，第 53 ~ 54 页。

⑤ 韩伟：《重建中国当代文学批评的价值体系》，载于《文学评论》2009 年第 5 期，第 74 ~ 78 页。

⑥ 王卫平：《重建文学批评价值体系》，载于《光明日报》2013 年第 14 期；《当代文学批评的价值观问题》，载于《光明日报》2012 年第 11 期。

⑦ 参见南帆：《文学批评：八个问题与一种方案》，载于《文学评论》2018 年第 1 期，第 5 ~ 13 页。

伸到"重建"任务,具体分为如下两种:一种求"真实"状况为目标,力求描画 20 世纪文学曾经的价值系统,此为"实然"性质;另一种借鉴 20 世纪文学价值系统为基础,面向未来并重建一个价值系统,此为"应然"性质。沿此脉络展开的有程金城教授的代表性著作《20 世纪中国文学价值系统 1900—1949》①。论文有:程金城的《20 世纪中国文学价值系统与传统文学价值观》②;程金城、冒建华的《关于 21 世纪中国文学价值重建的思考》③;程金城、冯欣的《论 20 世纪中国文学价值与真理的冲突》④;程金城、马晖的《20 世纪中国社会重大变革与文学价值体系重建》⑤;汤奇云的《建设中的文学价值论》⑥……该类研究呈现总趋势是:回顾与重建的逻辑联系清晰,应对现实意识自觉:当下中国社会发生了重大变革,出现了价值多元现象,文学秩序和现象更复杂,价值体系建设或重建必要和急切。

(三) 两方面研究概括

(1) 双重视角产生了双重价值。双重视角指现当代文学和文艺学的双重学科视角。双重价值指现当代文学和文艺学的双重学科视角,而双重价值指文艺学属性产生的理论价值与现当代文学属性产生的求真价值。比如,程金城的专著《20 世纪中国文学价值系统 1900—1949》,将价值系统区分为观念系统和创造系统两种。"文学价值观念系统"部分梳理出现代阶段文学价值观念类型并予以分析。类型分别为:以人为本的文学价值观念体系;以善统真的文学价值观念体系;尊情崇智的文学价值观念体系;以我为主的文学价值观念体系;文史一体的文学价值观念体系五种。整个论述坚守审美内在特性(即自律性),设有"内在尺度"把握,即对文学需求的意识;"客观尺度"的把握,即对文学属性的意识;"文学价值创造系统",从作家、作家群、艺术思维、客观再现、文学原型置换、文学象征系统、文学的人格"再造"系统等不同角度,探究文学价值的创造,紧密依托文学经验和现象,籍此概括为基本特性和规律。该著作的借鉴意义在于:丰

---

① 程金城:《20 世纪中国文学价值系统 1900—1949》,敦煌文艺出版社 1996 年版。

② 程金城:《20 世纪中国文学价值系统与传统文学价值观》,载于《科学、经济、社会》2006 年第 2 期,第 55 ~ 57 页。

③ 程金城、冒建华:《关于 21 世纪中国文学价值重建的思考》,载于《文学评论》2006 年第 6 期,第 70 ~ 75 页。

④ 程金城、冯欣:《论 20 世纪中国文学价值与真理的冲突》,载于《文艺研究》2004 年第 3 期,第 15 ~ 22 页。

⑤ 程金城、马晖:《20 世纪中国社会重大变革与文学价值体系重建》,载于《文艺研究》2003 年第 6 期,第 147 ~ 148 页。

⑥ 汤奇云:《建设中的文学价值论》,载于《嘉应大学学报》1994 年第 4 期,第 79 ~ 82 页。

富的文艺理论范畴具有启示和参照的作用；现当代文学研究以求真为目标的研究成果。概言之，该著作依托丰赡的文学经验，使之作为理论创新的宝库，具有文艺学理论与现当代文学研究双重性质和价值。

（2）围绕"价值"发现的基本现象及其归结。该领域研究概括出若干基本理论问题："人类性"要素、文学价值与真理的冲突、价值的选择性等。这些问题的原理性恰恰是文艺学领域应该回答和解决的。此特点尤其体现于程金城的著述中。

（3）文学价值角度切入文学经验层面的同时进行了文学批评。这批研究显示了理性行为的文学批评，天然与价值选择性相关，就此思考具有借鉴意义。顺着选择和看重什么的批评经验延伸，值得我们课题参照。

（4）综合文艺学美学、中国现当代文学以及西方哲学研究既有学术史梳理的基本结论：文学批评价值体系是需要填补空白的课题：将文学价值论的基本理论问题与文学批评问题，融合于价值体系建设命题，使之成为理论与批评实践的综合性研究。避免各学科之短，借鉴各学科之长。避免各学科之短，比如中国现当代文学领域研究的概念术语不够严谨，诸如体系、价值、价值体系等的严格界定还有距离。但其长处是掌握丰厚的现当代文学批评观念和实践资料。文艺学概念术语界定较为清晰，但也有局限于理论推导层面推导、批评实践与价值观念历时性考察与分析不够的短板。总之，汲取各学科之所长，将价值观念、文学批评、价值体系三个维度，融合为综合性的文学批评价值观念体系，有历时性基础，也有理论实践结合的拓展空间。

第三节　"实践"论基本理念及其相关思想的坚守

一、实践论美学及其理解

学界已有共识：20 世纪 60 年代美学大讨论最重要成果是"实践论美学"。[1]有学者认为，"实践论美学"及其成果："由于它比其他学派更接近真理，因而也很快在我国美学界流传开来而成为我国的主流美学。它的价值就在于为我们的

---

[1]　诸多著作论文就此都有表述，最晚近的可以祁志祥的《中国现当代美学史》（商务印书馆 2018 年版）为代表。

美学研究找到了一个科学的理论依据和思想原则。"实践论美学"按历史唯物主义实践观,特别是马克思的《1844 年哲学经济学手稿》的思想,通过改造关系论美学创立",思想精髓是依托"社会存在本体论,把实践视为人与现实的审美关系,包括审美客体与审美主体形成的现实根源来看待"。为对人与现实的审美关系形成和发展缘由的一种追问。特别肯定实践论美学"把美看作是在人类生产活动中因'自然的人化'而产生的审美价值的载体"的观点。[①] 而且,"实践"观念具有贯通美学文艺学延展的相关问题和机制。延展的主要问题是文艺本体论。以"实践"观念为机制产生了哲学本体论——人学本体论——文艺本体论的逻辑。"研究文艺本体论,……主客体两方面都关涉到人的问题,关涉到人'是什么'和人'应如何'这样两个问题。这不仅表明文艺本体论与人的存在论是不可分割的,从某种意义上是二而一、一而二的问题。"[②] 接着哲学本体论的是人学本体论,由人学本体论而抵达文艺本体论。学术理路为:沿着实践观念渗透的认识论原理,进入美学和文艺学,定下美学和文艺学基本观念,并由实践打通两个学科。两个学科所涉领域有:文艺美学、文学理论、文学批评理论文学、马克思主义文艺学、审美教育、艺术本体论、文化研究、形式本体论、审美趣味、理论与批评思维方式及其方法等,可见,"实践"观念以其关键性基础性特质贯通贯穿诸问题和思考之始终。

实践论的动态逻辑,体现在思维方式上,因为动态思维,将把过去、现在和未来看作一个整体,把现在看作是过去通向未来的中途点。在此思维中,文艺学研究既应对现状有深入分析,又要以历史为参照,以未来为目标,从而赋予理论以反思和批评精神。这个思维方式关涉几个关键词及其关键性思想。第一个:"历史的高度"与"阐释有效性的标准"。意为不能以追随现状、迎合现状作为看待阐释有效性的标准,而应站在历史高度,以反思和前瞻眼光对现状分析和评判。思维方式变革与回答现实问题相结合。第二个:"目的论的高度"与"人的本体建构"。目的论的高度,意为不能站在现实高度,而应知道文艺理论研究的最终目的、目标。确切地说就是文学性质与终极性功能是什么。他认为,文学是人学,意味着文艺对完成人的本体建构担负着应有的精神承担,这是文学的性质,也就是"目的论的高度"。"人的本体建构",认可柏拉图把人的心理结构分为知(认识、知识)、意(意志、能力)、情三方面的思想,但认为"情感作为一个兴趣、爱好、意向、愿望的总和,它不仅直接导致人的行为的发生,而且还支配着人们对自己行为目标的选择,决定他的行为在社会上所产生的正负效应,

---

① 王元骧:《实践论美学的思想精髓和理论价值》,载于《文艺研究》2016 年第 9 期,第 5 ~ 15 页。

② 王元骧:《文艺本体论的现实意义与理论价值》,载于《浙江大学学报》2007 年第 5 期,第 25 ~ 28 页。

知识和能力也只有经过情感的整合才可能成为整体人格的有机部分"。质言之，"人的本体建构"，就是以具有高尚的心灵、充实而自由的精神、优雅的审美感受、健全的人格等综合的人性为目标的建构，也就是马克思所说的人的全面发展。①

实践论的动态逻辑，自然产生立体多层性的研究方法。即将认识论、价值论、本体论三者研究相结合，此乃宏观方面而言。"在看待文学实体方面的同时兼顾静态的研究和动态的研究，走静态的、层次论研究和动态的、活动论研究的综合的道路"，此乃微观方面而言。关于静态和层次，他提出把事物的本质分为普遍性、特殊性和个别性三个层面来考察，对应文学理论则是文学是一种社会意识形态（普遍性）；文学不同于一般意识形态而是审美意识形态（特殊性）；文学不同于其他艺术样式，而是以语言为媒介的艺术（个别性）。三层次互相渗透互相规定构成文学所以是文学的具体本质。关于动态的和活动论，则把文学创作、文学作品、文学阅读三者视为一个整体和活动过程。静态层次和动态活动论的两个大方面很好结合，是理论创新的微观方面的研究方法。② 从这些方法的介绍，可以贯通地看到审美反映论、文学活动论、文学价值论等观念和思想的逻辑地图。顺着这些观念和思想，最终都追溯到"实践"观念及其思想。概言之，宏观与微观两方面的方法，形成综合性，内部以文学反映观为基础、以实践为核心，综合认识论、价值论、本体论的一套方法论原理。所以，本书将实践美学及其理解作为基础的理念，由此坚守文学作为审美意识形态思想和文学活动论思想。

二、文学审美意识形态思想借鉴与坚守

"文学是显现在话语蕴藉中的审美意识形态"观念，③ 被学界看作新时期文艺学第一原理。朱立元等在总结"马克思主义文艺理论中国化"工作中，也认为"审美意识形态论不仅是新时期文艺理论对于文艺极端政治化、意识形态化反拨的结果，在某种程度上也是肇始于 20 世纪初我国现代文艺理论意识形态论和审美论两脉的扬弃与重建，代表了新时期以来文艺理论建设和发展的重要成果"④。

---

① 详见王元骧：《文艺理论的创新与思维方式的变革》，载于《文学评论》2009 年第 5 期，第 55～61 页。

② 详见王元骧：《当今文学理论研究中的三个问题》，载于《文学评论》2008 年第 1 期，第 71～76 页。

③ 童庆炳主编：《文学理论教程（修订版）》，高等教育出版社 1998 年版，第 71 页。

④ 朱立元等：《马克思主义文艺理论中国化研究》，经济科学出版社 2009 年版，第 127～128 页。

　　关于文学的审美意识形态概念，钱中文教授和童庆炳教授，以及其他一些教授的理解和表述中稍有差异，但诸位学者以此为文学基本性质这一点上没有大的分歧。童庆炳教授将文学认定为具有审美与意识形态双重性质，而且表述为文艺学的"第一原理"。在《文学理论导引》中，童庆炳从三个层次讨论文学的本质特征，分别为：第一层次，文学作为一种社会意识形态与其他社会意识形态有共同的本质，都是社会生活的能动的反映。第二层次，文学这种意识形态在内在内容和形式上有它的特殊本质：文学是一种审美意识形态，它以人的整体的具有审美属性的生活为独特内容，以艺术形象为反映生活的独特形式。第三层次，作为语言艺术，文学又有区别于其他艺术的特性，即艺术形象的间接性、描述生活的宽广性、蕴含思想的深刻性和语言媒质的韵律性。这个论证逻辑显示出，仅在第三层次上，才区分文学与其他艺术的不同，可倒向推导出，所有艺术门类均具有第一、第二层次的属性。那么，如果具体到本课题的文艺／文学之关系，我们认为，在认可审美意识形态的前提下，可以将层次做些调整。即可否把文艺价值最基本的审美情感设置为第一层次，这是超越于时代、民族的具有共同性的因素。意识形态则为第二层次。第三层次为艺术形式等技术方面因素。著名美学家蒋孔阳在 1980 年发表的《美和美的创造》一文提出，"艺术的本质和美的本质，基本上是一致的。美具有形象性、感染性、社会性以及能够实现人的本质力量的特点，艺术也都具有这些特点，正因为这样，所以我们说，美是艺术的基本属性。不美的'艺术'不能成为真正的艺术。从事艺术工作的人，不管他办不办得到，但从本质上说，他都应当是创造美的艺术的人，创造美和创造艺术，在基本的规律上是一致的"。① 我以为，蒋孔阳教授的表述可帮助我们理解文学的审美意识形态概念。倘若如此理解文学作为审美意识形态并兼顾到其他艺术门类，在逻辑上如果行得通，或许可以解决文学与文艺在概念上难以通约的问题。

　　文艺评论价值体系的理论建设，坚持文学的审美意识形态属性，首先符合"价值"属性，价值是主体性追求和功用，人是一切社会关系的总和，绝无脱离社会的孤立个人，人之文学的属性与特定社会的意识形态密切相关。其次符合"体系"特质，体系是对内在各个部分相吻合，对外与环境需求变化保持有机联系并不断调整自己以适应环境。文艺评论价值体系要追求稳定和生命力，就必定紧贴现实，与外在环境保持密切联系，如何能脱离得了与意识形态的联系？由此，课题研究将既以文学审美意识形态属性为理论资源，又将其作为思想精髓贯穿研究过程。

---

　　① 蒋孔阳：《美和美的创造》，江苏人民出版社 1981 年版，第 52 页。

三、文学活动论思想借鉴与坚守

文学的审美意识形态属性，渗透文学活动全过程，形成以审美意识形态为属性的文学活动概念。文学活动的内涵与特征如何？

文学活动的内涵是："第一，文学活动是满足人的高层次需要的一种高级精神活动。……第二，人的需要作为人的活动的动力，决定着活动的本质。文学活动作为一种意识形态活动主要是为了满足人的审美需要而产生的，因而文学活动的独特本质是审美。"① 文学活动具有哪些要素呢？"人的活动的要素共有两个：主体及其能动性，客体及其属性。所谓活动就是这两个要素之间所产生的复杂关系。具体到文学活动，其要素是四个：第一主体及其能动性（作家），第一客体及其属性（生活），第二主体及其能动性（欣赏者），第二客体及其属性（作品）。这四个要素，构成了两组关系，即第一主体及其能动性与第一客体所形成的关系（作家与生活的关系），第二主体及其能动性与第二客体所形成的关系（欣赏者与作品的关系）。"② 这个文学活动的思想与美国学者 M. H. 艾布拉姆斯的"艺术批评的诸坐标"即四要素的思想，从不同角度谈论不同问题，但显示出基本一致的思想。可谓殊途同归。他提出："第一个要素是作品，即艺术产品本身。由于作品是人为的产品，所以第二个共同要素便是生产者，即艺术家。第三，一般认为作品总得有一个直接或间接地导源于现实事物的主题——总会涉及、表现、反映某种客观状态或者与此有关的东西。这第三个要素便可以认为是由人物和行动、思想和情感、物质和事件或者超越感觉的本质所构成，常常用'自然'这个通用词来表示，我们却不妨换用一个含义更广的中性词——世界。最后一个要素是欣赏者，即听众、观众、读者。作品为他们而写，或至少会引起他们的关注。"③ 艾布拉姆斯就此四要素构筑了一个以作品为中心，世界、艺术家和欣赏者三个辐射点的艺术批评坐标。从他提出的四要素及其艺术批评的诸坐标所体现的四者相互联系的思想，如果放置于横向发展的思路来看，即可为文学活动论的思想和视野。

艺术接受者包括哪些主体？童庆炳教授在《文学活动的审美维度》的第四章指出："文学接受的艺术规律"中提出"审美接受可分为一般读者的欣赏性接受和批评家的批评性接受两种。欣赏性接受更重感性，批评性接受更重理性，但审

---

① 童庆炳：《文学活动的审美维度》，高等教育出版社 2001 年版，第 54 页。
② 童庆炳：《文学活动的审美维度》，高等教育出版社 2001 年版，第 62 页。
③ ［美］M. H. 艾布拉姆斯：《镜与灯——浪漫主义文论及批评传统》，郦稚牛等译，北京大学出版社 1989 年版，第 5 页。

美则是它们的共同特征"。① 由此可知，在文学活动思想中，批评家处于接受者位置，但又不同于一般的欣赏者。批评家秉承怎样的文学观念、评价标准，以及批评发生怎样的效应等，都将存在于文学活动中，并且与整个文学活动的其他部位发生着内在联系。在笔者看来，第一，批评家对于作品的批评、对于文学发展整体的把握和评价、对于新萌芽的文学思想和思潮的警觉与表述、总结等，其中影响较大者，均推动和助力特定时代的文学思潮、审美追求等，并以各种方式和渠道渗透、影响到作家创作的各方面，无论作家认可与否。第二，一般读者虽然不是批评家，但是他们有自发性的评论，即法国文学批评家蒂博代区分出的三种批评之一的自发的批评。街头巷尾、亲人聚会等都随时议论自己看过的电影、电视剧和阅读的文学书籍，这是自发的评论。自发式批评是构成社会精神文化生活的软性存在方式。批评家与一般读者同为接受者，但是批评家对作品的品鉴与评论对一般读者的艺术接受都会发生影响。第三，批评家批评的主要对象是艺术作品，批评既有对于艺术魅力程度的评鉴，更有对于其艺术价值构成机制的分析，并通过分析而合乎学理地转向审美价值的评价（此提法后面还会涉及，而且需要扎实理论论证）。第四，批评家对作品做学理性分析与评价，作为对于文艺作品内部艺术规律的不断发现和逐步深入，对于艺术作品理论凝练和产生具有不可替代的重要作用。第五，无论对于作家、一般读者还是对作品的品鉴、评价和判断，都以审美评价的方式，通过各种复杂的渠道影响到社会生活，特别关涉人文理想等精神价值领域。质言之，与世界发生了联系。当然影响不是直接发生的，而是经过"一般中介"——社会心理所发生的。既然批评家在文学活动中处于如此位置，有其特定功能，并且与其他各部分有内在关联。那么，在批评实践中，批评家以怎样的文学观念及融汇于其中的价值取向予以批评实践？这种实践是否有益于文学活动健康发展和人的审美需要？这些问题需要理论来回答，即应建设批评家可秉持的价值取向、立足点、评价标准等理论，质言之，从文学活动论的读者接受部分，以及批评家部分，自然可延伸出文艺批评价值体系的理论问题。换个角度说，即这种理论问题的提出，缘自文学活动论逻辑链中的作家创作论、艺术作品论、鉴赏论等理论，当然，更是来自文学活动的各个部位的实践（后面将会涉及实践问题）。

---

① 童庆炳：《文学活动的审美维度》，高等教育出版社 2001 年版，第 253 页。

第四节　理想与底线理念和符号学辩证方法

第三节和本节的主要任务是简述研究思路和方法依托的理念。此理念与上一节基础性理念区别在于，前者以"道"层面为主，后者以"术"层面为主。主要有理想与底线理念及其符号学的正项美感与异项艺术辩证关系的方法，坚守人文科学特性的理念及其深度问题汇合转换的研究方法。

一、理想与底线理念

价值体系的"价值"意涵，自身即带有"导向"涵义。汉语的"导向"是合成词：引导的方向。对应的英文词可以有两个：lead to：使事情向某个方面发展；direction of guiding：指所引导的方向。"导向"与"价值"结合比较多——"价值导向"，其他如"舆论导向""目标导向""问题导向"等。导向也是思维方式。杜威在《我们如何思维》一书中说过："思考一旦开始，它就是一种自觉和自愿的思维活动，是要在可靠理由的基础上梳理起信念。……但思考还包括预示的关系。"思维是为了"审慎和有目的的行动的可能性"。① 但是，考虑文艺评论价值体系具有的稳定性与可调整、导向性与知识性等辩证统一，"导向"易误解短时期、特定权力意志等，与知识性稳定性有所抵牾，遂之以"理想"替代"导向"，理想具有追求性、无止境性等特点，而且与艺术本体论的不断探索追求的理念吻合。理想实现与底线相对应。

底线也是思维方式。底线指不能逾越的界限。我国从 2012 年即将"底线思维"作为新时代顶层思维方式。底线思维的"内在心理需求"是"求稳"，"意识前提"是"忧患"，"动力来源"是"务实"，"行为导向"是"预防"，"文化前身"是"禁忌"。以伦理学的理解来看，伦理学是秉承"实然"原则贯彻底线思维的领域。何怀宏教授认为："'底线伦理'，即道德'底线'或基本规范，主要是相对于较高的人生理想和价值观念来讲的。不管人们追求什么样的生活方式或价值目标，都有一些基本的规则不能违反，有一些基本的界限不能逾越。"或者说，"对于道德的追求不能因为达不到最高，把最低的也给放弃了"。② 他认

---

① ［美］约翰·杜威：《我们如何思维》，伍中友译，新华出版社 2015 年版，第 3～17 页。
② 何怀宏：《我为什么要提倡"底线伦理"》，载于《北京日报》2012 年 2 月 20 日第 20 版。

为，底线伦理是指对所有人、所有社会成员共同的最低限度的道德规范要求，是
"以恻隐、仁爱为道德发端之源泉；以诚信、忠恕为处己待人之要义；以敬义、
明理为道德转化之关键；以生生、为为作为群己关系之枢纽的伦理道德观念和理
论体系"。该领域这个思想方式得到了学界认可。文学与伦理学同为人文学科，
坚持底线思维合乎其特性和规范。具体到本课题，底线的规定性内涵就是，预防
文艺评论价值体系建设偏离文学基本特性，始终秉务实精神，接地气，重现实
需求和变化，尊重实然性的已经存在的文学功能、标准和价值观念。也可以参考
此前对于"底线"曾经的思考：文艺评论价值体系"底线"，确定为两方面涵
义。其一，限定性涵义：无论如何不能违反的一些基本价值维度和规则，如违反
则属于底线之下的负面。以此为观察文学现象、某类某个作品可否被认定，可否
给予某方面或某几方面水平的认定。质言之，限定性涵义为基础性涵义。其二，
品质性涵义：具有通往"导向"目标的逻辑通道。即确认为底线之上的对象、事
实和理论，具有向价值导向目标趋近和实现的逻辑通道，即学理依据。限定性涵
义和品质性涵义两者互相锁合。①

那么，理想与底线的关系如何理解？理想在本课题设置在哪里？理想可理解
为文学理想，即文学希望实现怎样的效应，概言之，文学该对人有什么作用，以
及文学批评希望实现的效应等。这就触及以怎样的观念视野、在怎样的范围内来
看待文学理想。文艺评论价值体系的"体系"既需要确保内部组成部分彼此间的
和谐，也需要与外在环境相互适应、吻合和互动。这一静态概念只有放在当今中
国现实语境才有具体涵义，即文学理想应体现唯物史观视野下文学反映的社会生
活及其自身审美意识形态属性。由此，文学理想，可以理解为应然性文学价值观
念的总和，这是课题最终最重要研究成果。底线设置在哪里？前面所述的作为本
课题认可坚守和贯彻的理论资源、文学审美意识形态理念和文学活动论等，体现
了以审美为基点，这就是我们的底线，通俗地说，就是将文学看作是人自由自觉
地以"对世界的艺术掌握方式""按照美的规律来建造"，②用新批评的说法就是
"看来最好既把那些美感作用占主导地位的作品视为文学"，在效应方面说，就是
文学确实可以有许多作用，但是"忠实于它的本性是它基本的和主要的作用"。③
通过上面对本课题价值体系理想与底线的简要阐述，可以发现两者之间的关系
为，底线是理想实现的基础和保障性条件，确认和坚守底线，就有了奔向文学理

---

① 详见刘俐俐：《"正项美感"亦可覆盖"异项艺术"：文艺评论价值体系的导向与底线》，载于
《探索与争鸣》2018 年第 11 期，第 121～129 页。

② ［德］《马克思恩格斯论文学与艺术（一）》，人民文学出版社 1982 年版，第 123、169 页。

③ ［美］勒内·韦勒克、奥斯汀·沃伦：《文学理论》，刘象愚等译，江苏教育出版社 2005 年版，第
15、30 页。

想的合理性和可能性，有了逻辑通道。从这个角度来说，理想与底线同一。如此理解给了文学观念建设的思路、文学批评标准的最高标准如何落实到一般标准等问题研究以准绳和思路。

概言之，理想与底线理念，就是理想与底线同一。

二、符号学辩证方法

理想，属于逻辑概念中的"应然"范畴，底线，属于逻辑概念中的"应然"范畴。既然确定了理想与底线同一理念，如何将其贯彻到研究中，则需要借助一些文学范围之外的方法。文化符号学的一些范畴及其辩证方法就是这样被引入本课题。此处不再详细介绍，将在第五章相关部分伴随价值观念的阐述展开。

第五节 坚守人文科学特性理念的深度
问题汇合转换的研究方法

一、坚守人文科学特性的理念

坚守人文科学特性的理念的根本原因在于，人文科学跨学科研究中经常出现一种综合立场，即选择某一专门学科为基点，综合了其他学科，"而综合的专门学科，如果能这么说的话（而单是这样一种说法就表明这样一种假设的脆弱性），不是别的就是哲学本身。……哲学当然带有综合的立场。"[①] 皮亚杰指出，哲学确实可以与人的一切价值相协调，也可以与知识体系相协调，但是，如果采用综合立场，就有可能忽略了其他学科的各自目标，从而面临其他学科都并入哲学领域的危险。可以看出他有一种警觉：人文科学的综合立场与社会科学领域的"还原主义"倾向，将会出现忽略各人文学科具体的研究目标，从而消弭其特性的现象。所以，皮亚杰对此持批评态度。随之可推导出，以文学为研究对象的文艺学研究，如此采取综合立场，会消弭具体的时间和意义维度。这应该提示文艺学界警觉：绝不能以社会科学各学科的"还原主义"倾向，遮蔽作为"正题法则科

---

① ［瑞士］让·皮亚杰：《人文科学认识论》，郑文彬译，中央编译出版社1999年版，第155页。

学"① 的各具体学科对于具体"规律"的发现和概括。

具体到文艺评论价值体系理论建设，必须坚守人文科学具有价值取向的特性。基本理由在于：文学的审美意识形态属性，它以审美为基础又属于意识形态；文学审美意识形态属性完全落实和体现于文学活动中；文艺评论价值体系的"价值"属性，以及它的定性、定位等。概言之，本课题固然需要与其他学科相互交叉融合，但是绝不能让跨学科方法遮蔽了作为"正题法则科学"的文学研究，因此，课题组将始终保持鲜明价值取向，以及人文科学自身规定性，努力发现文学的具体规律，并予以理论概括。

二、坚守和运用人文学科内部深度问题汇合转换范式

缘于此前借助皮亚杰思想对广义叙述学研究的思考，② 课题组放弃综合研究立场，并尝试提出与之相逆的人文科学内部深度问题汇合转换的研究范式。

那么，人文科学内部深度问题汇合转换范式的涵义是什么？皮亚杰虽然分析了综合研究立场可能的困难，但他坚信人文科学依然可以实行跨学科研究，那就是人文科学内部各问题的汇合。当然，主要是某些重大问题的汇合。这些问题在我们这个广阔领域的各个分支中都能找到。而且由于这些分属不同领域的问题都有共同机制，所以，又显现出与生物科学的结构、平衡和交流的机制相吻合，从而与生命科学问题具有姻亲关系。③ 借助皮亚杰上面论述，可获得的启发是：第一，生物科学的三个中心问题是：结构的形成、结构的平衡、机体与环境（自然的或其他机体）之间的交流。即具有自身形成与维护平衡和相互之间交流的机制。皮亚杰所以说人文科学与生物科学有姻亲关系，缘于通过研究他可以证实人文科学也具有结构的形成、结构的平衡以及机体与环境之间的交流，所以，人文科学也具有生物科学的如此机制。探寻这样的机制就能够发现人文科学的某些特质。第二，生物科学具有生长发展的过程，那么，缘于姻亲关系，人文科学领域各个分支与其范畴也具有生长发展的过程，这就与发生学观念与方法相吻合，自

---

① ［瑞士］让·皮亚杰：《人文科学认识论》，郑文彬译，中央编译出版社 1999 年版，第 10 页。

② 皮亚杰认为，社会科学和人文科学则没有共同的树干和线索，各种社会和人文的问题，都可看作是现象层次的。由此立足于人文科学的文学研究，面对广义叙述学会产生如下困难：首先，共时形态中消解了历时维度，所有叙述体裁历史发生缘由无法显示。由此，当初该叙述样式发生时的人类意义无法定位。其次，叙述体裁属于形式，叙述产生的故事，谱系性叙述体裁排列中的广义故事，究竟是意义性的故事，还是涵义性的故事，两者之间的区别被消解了。参见刘俐俐：《文学研究如何面对广义叙述学出现的机遇和挑战》，载于《符号与传媒》2015 年第 2 期，第 9～10 页。

③ ［瑞士］让·皮亚杰：《人文科学认识论》，郑文彬译，中央编译出版社 1999 年版，第 154～161 页。

然符合对于人文科学研究对象的历时性考察与研究。第三，进而言之，人文科学的任何范畴或者问题，随着研究深入和时代环境改变而改变，范畴与问题亦随之深入，因此，当某问题或范畴走到当下的共时态平台，特别值得关注与发现的问题得以凸显，在此基础上深度转换汇合就有了可能。

再进一步追问，汇合与转换是怎样的关系？汇合机制在于，任何一个问题发展到当下，下一步的走向如何？与现实需求有怎样内在的关系？涉及相关的哪个领域的哪个范畴或者问题？搞清楚这些问题，就出现了两个领域的两个范畴或者问题的汇合。因此，汇合是对现实与理论问题发展的判断与回应的结果，是一个问题与范畴转换到另一个问题与范畴的机制。汇合业已具有了这样的平台效应，即有此问题与哪个对象衔接并转换为另一个问题或者范畴的方向与路径。这样就可以推导出，某领域的某范畴或者问题的汇合与转换，需要至少两个以上数量的范畴或者问题，如此，方可成为"人文科学内部各问题的汇合"，即两个问题汇合后转换为新的问题。汇合是转换的基础，转换成新问题是汇合的必然。

依据这种理念和研究范式，我们曾经在文学经典、故事和方法论三个领域各有较为深入的研究之后，梳理各自研究趋势，提出如下问题：文学经典、故事、方法论三个范畴深度汇合有怎样的合理性与可能性？最后落脚于怎样的问题？或者问，可以在怎样的问题上有所突破？对上述问题的回答大致可概括如下：文学经典问题域形成与研究问题展示与走向，逻辑地显示了文学经典的建构性质，由建构性质必定推导出读者阅读文学经典，是文学经典建构因素之一与建构过程的一个侧面。因此，读者阅读及如何阅读，成为该问题域的突出问题。具体到阅读叙事性文学经典，则会引出哪些问题呢？这就将问题传递给了故事问题。故事范畴在广泛的所涉学科相互关联性的梳理中，形成了开阔的学术视野。通过多学科的历时性梳理、分析与探究，得出了两个基本观点，一个是故事具有两种涵义，即话语涵义和接受者心理构筑结果的涵义。另一个是沿着故事作为接受者心理构筑结果的涵义，可推导出故事超越于文学文体，也超越口头与书面诉诸形式。缘于故事具有基本的故事语法，故事本体与故事要素方可传递于口头与书面文学之间，作家叙事方可在基本故事语法的把握中施展腾挪。当文学经典问题域将读者阅读及如何阅读作为问题提出时，自然与故事研究的历时与共时相结合产生的基本观点相汇合，由此，深入地提出的问题是，读者阅读叙事性文学经典，与其文本承载的故事话语有怎样的关系，或者文本承载的故事话语对于读者在自己脑海中构筑故事有怎样的内在联系和影响？这是顺着读者接受理路所提的问题，但此问题的另一侧面则是，文学鉴赏与文学批评互为联系，文学批评关联着作品，也关联着读者阅读规律与特性，所以，文学经典阅读向故事提出的问题，以及和故事问题汇合后，继而向文学研究范式与方法论提出了新的问题。文学研究方法论的历时与共时研究显示出方法论一般原理与具体批评对象的方法论的结合趋势。由此，面对叙事性文学经典这样具体对象的方法论问题得以提出。即文学研究方法论需要兼容读者的读法和批评方法两方面，使之成为一个过程的两个方面。也可以表述为，以读者阅读特点为基点的文学批评方法论是怎样的？这是文学批评方法论的最新问题。①

三、课题以深度问题汇合转换研究范式为方法论

深度问题汇合转换研究范式的意义在于，其一，由于搭建了全新、具体、具有可施展性的平台，在此平台上发现了以往未发现的问题，并提了出来。其二，深度汇合是在历时经验维度积累的共时平台上的实施，历时维度携带发生的原因，用来汇合的范畴，既可看到原初的功能特质，也可看到共时态的功能特质，由此，获得了通向价值判断和评价的逻辑通道。

结合课题实际情况，课题四个实践子课题，均携带着文艺评论价值体系建设的学术目标，返回各自批评实践和批评理论历史与现实，搜寻既有的文学功能现象、文学批评标准和批评实践的特点，其中蕴含和指向了哪些文学价值观念或者价值思想的元素。应该注意的是，这种考察和研究，是在课题目标驱使和自身学术储备知识构架的前提条件下进行的，必有关注点、侧重点和潜在的价值观念渗透。当各实践子课题携带考察和研究成果与理论子课题对话时，既会互相激发灵感，也会互相发现问题，于是，就会不断搭建全新的、具体的、具有提出问题机制的平台。反之亦然，理论子课题进入课题之初，已有理论储备和不自觉的理论偏好，绝非完全辩证和正确，当理论思考与实践子课题的考察结果相遇后，也会遇到挑战而生成问题，促使此平台不断加固。由此，可以提出以前从未能关注和提出的问题，这些问题是各个子课题研究深度问题汇合转换之后被提出的。问题具有较深层次和较大意义，而且，由于是立在当下所提出，紧贴现实语境，问题具有现实意义，这不仅坚守了人文科学研究"正题法则科学"的特性，坚守价值维度的保证，也体现科学研究的规律，被自觉意识到之后，就成为方法论。

---

① 参见刘俐俐：《人文科学内部深度问题汇合转换研究范式的原理与意义——以文学经典、故事和方法论等深度问题的汇合转换为中心》，载于《文艺理论研究》2016 年第 3 期，第 23～33 页。

第六节　文艺评论价值体系的定义、定位与研究逻辑

一、定义

基于前面的工作，大致如此定义"文学评论价值体系"：以哲学价值论基本原理支持的文学批评"应然"视角，立足中国语境，切入文学批评在当下应该并可能的状况，就文学需求主体和客体之关系的基本价值观念，以及价值观念中作为"硬核"的基本文学批评标准，建立可容纳我国既有文学批评理念与实践经验总结的自洽理论框架。借助实然性的文学功能、文学批评标准以及既有文学价值观念的梳理考察和分析，发现借鉴与反思其中包括蕴含和指向的应然性文学价值观念，以资理论建设。如上工作之成果共同构成"文学评论价值体系"，力求整个体系符合文学价值论的基本规定性。同时，始终贴近和敏锐关注现实文艺现象，艺术鉴赏的感觉性经验激发艺术思考，发现值得研究的理论问题，追求体系的动态维度和生命力。

二、定位

定位是指所建设的价值体系在学科体系、学术体系和话语体系三个体系建设中的定位。2016 年 5 月 17 日，习近平总书记在哲学社会科学工作座谈会上提出"构建中国特色哲学社会科学学科体系、学术体系和话语体系"，指出了三个体系之间的内在关联。就此，中国社会科学院原院长谢伏瞻在《加快构建中国特色社会主义学科体系、学术体系、话语体系》① 一文中，确定了三个体系的关系。在这个加快构建中国特色哲学社会科学的任务组成中，学科体系是基础，学术体系是核心，话语体系是学术体系的反映、表达和传播方式，是构成学科体系之网的纽结。联系本课题理论与实践并举的研究逻辑，"学科体系"体现在依托于既有中国语言文学一级学科的诸二级学科，乃至二级学科之下的更具体领域以上。那么，课题和最终成果又是如何体现"学术体系"与"话语体系"的呢？

---

① 谢伏瞻：《加快构建中国特色社会主义学科体系、学术体系、话语体系》，载于《中国社会科学》2019 年第 5 期，第 4~22 页。

何为学术体系？"学术体系是加快构建中国特色哲学社会科学的核心，主要包括两个方面：一是思想、理念、原理、观点、理论、学说、知识、学术等；二是研究方法、材料和工具等。学术体系是学科体系、话语体系的内核和支撑，学术体系的水平和属性，决定着学科体系、话语体系的水平和属性。近代以来的学术发展史表明，一种新的理论和研究方法的确立，往往就是一门新学科的诞生。成熟、独特的理论和研究方法，通常是区分学科最重要的标志。"这段话的要义有两点，一是需要有相对确定的学术思想和学术理念，二是要有相应的研究方法。[①]

何为话语体系？"话语体系是学术体系的反映、表达和传播方式，是构成学科体系之网的纽结，主要包括：概念、范畴、命题、判断、术语、语言等。朱光潜先生说过，思想就是使用语言。一种思想、理论、学说、知识、学术，从创立、发展到传播运用，总要通过一定的语言来塑造、成型和表达出来。思想不等于独白，即使是自言自语，也要使用一定的语言。话语既是思想的外在表现形式，又是构成思想的重要元素。当然，话语体系不单纯等同于语言，是有特定思想指向和价值取向的语言系统。"[②] 党中央把话语体系当作重要课题提出来，根本原因是话语传播力未能达到应有效果。话语传播力偏弱的深层原因，与学术体系的薄弱、学术指导思想不够坚定紧密相关。

从学术体系角度看，依托并借鉴哲学价值论以及一般文学观念的知识，总结与反思各领域文学批评理论与实践经验。搞清并确定其重要的批评如何在漫长历史中逐步建构而成，搞清批评实践可以整理并提升为哪些文学功能及其中蕴含的价值观，以便探究提供借鉴。理论建设方面，以基本文学价值观为根基，构建价值观念体系，并探究和概括出"价值观念构成了人们内心深处的评价标准系统"[③] 如何，并诉诸理论形态，这些工作均为沿着既有相关学术史线索探寻总结并接着说出新"原理""观点""理论""学说"等，其中渗透了自觉的中国语境问题意识和应对意识，有中国立场和人文关怀。更有理论与实践研究的双向对举性推进的思路与方法。毋庸置疑可属于学术体系。由此，课题处于学术体系和话语体系相互交织支撑位置。从话语体系角度看，追求依托学术内涵，逐步形成若干中国特色的"概念""范畴""命题""判断"等，承载着学术思想，力求具有学术传播力。例如在中国古代文学子课题中，课题组通过发掘和整理诉诸的

---

① 详见张伯江：《文艺评论话语建设的学术基础》，载于《中国文艺评论》2020 年第 3 期，第 74～81 页。

② 谢伏瞻：《加快构建中国特色社会主义学科体系、学术体系、话语体系》，载于《中国社会科学》2019 年第 5 期，第 4～22 页。

③ 李德顺：《价值论》，中国人民大学出版社 2013 年版，第 153 页。

若干言简意赅的短语（语词）融进价值体系。①

此前提到的课题"实践研究"的分布和涵义可以概括为：在文艺评论价值体系建设的总目标下，回到各自历史语境进行文学批评理论与批评实践的历史梳理归纳。但恰如学界已有所意识到的："至少有两个问题应该思考：一是，这种纵向的划分方式是不是最合理的方式，可不可以采取某种横向的划分方式呢？如叙事文学、诗歌文学、散文文学、戏剧文学等等；二是，我们多年来固执地选择了纵向划分法，其学理依据到底是什么？是出于该时代文学反映的历史文化政治特征的考虑，还是看在那个时代的通行文体特征抑或风格特征？自20世纪初，近代西方基于文学类别的学科分类法传入我国，诗歌、小说、戏剧的类别划分被普遍接受，而中国古代重视语言形式美的韵文、散文之分，却随着白话文的兴起和西方理论的冲击渐被放弃。与此同时值得思考的是，为什么我们的大学教育和研究机构中并没有彻底采用西方的诗歌、小说、戏剧分类而坚持用古代、现代的时代分类，这难道不是更为看重中国文学文体形式的结果？"② 此外，关于少数民族文学子课题和儿童文学子课题的设置，也存在可质疑之处。课题组在2015年已经意识到，各个历史时期都存在着民族文学，1949年新中国成立后经过民族识别，民族文学得以确认和命名。民族文学在我国约定俗成地指少数民族文学。学科定义在中国语言文学一级学科中之下的二级学科之一，但并未在此二级学科得到"理论文学"的确认，同时它又置于中国现当代文学二级学科之下，非独立性突出。此外，儿童文学观念与学科置于中国现当代学科之下，缺乏独立的"应然"视角文学批评理论与实践总结。由此课题组将民族文学和儿童文学列为两个突出特点而非时间的横向子课题，与古代、现代共同形成实践子课题。概言之，尽管如此划分依然存在各种问题，但这些问题恰恰表明，越是学科定位存疑、学术积淀程度少的领域，越值得特别关注，越可能拥有学科发展、学术发展和创立话语体系的广阔空间，值得特别关注和认真研究。

---

① 如课题组在对"文"与"道"的考察中发现，"文以明道"立足在"文以载道"逐步发展，通过对文与道各自解释不断演变逐步凝固成的文论短语，此短语既是文学本体论，有关涉价值论，对于"道"更需细心辨认所包含的丰富意涵。参见翟杨莉：《"文以明道"：文学价值实现的自我规范》，载于《马克思主义美学研究》2020年第2期，第517～527页。

② 张伯江：《文艺评论话语建设的学术基础》，载于《中国文艺评论》2020年第3期，第74～81页。

三、研究逻辑

（一）价值事实与价值理想两个概念及其相互之间关系

价值事实与价值理想这两个价值哲学的关键概念，是研究思路的理论基础。何为价值事实？"价值事实是指，主客体之间价值关系运动所形成的一种客观的、不依赖于评价者主观意识存在状态，它既是客体对主体的实际意义，又是一种'客观'的事实"。所以，文学的"价值事实"是通过评价所把握的对象。因此，李德顺又从评价角度说到"价值事实"："总之，评价所表达的，是人对一定'价值事实'的感受、理解、情感和态度。在这里，被感受、被理解、被应之以态度和情感的东西，就是评价所反映的对象，即我们所要说的'价值事实'。"[①]何为价值理想？"人们的价值意识，在具有社会共同方式的自觉水平上，成为价值观念。……价值观念，却是指人们内心深处的价值取向或价值理念。""价值观念，简要的回答是：作为人类特有的一种精神形态，它是人们关于基本价值的信念、信仰、理想的系统。价值观念的基础和来源，在于它是人们价值生活状况的反映和实践经验的凝结：价值观念的功能，在于它成为人们内心深处的评价标准系统。"[②]所以，"信念、信仰、理想是价值观念的特有形式"。我们也可以将"价值理想"理解为价值观念的具体称谓，以便对应"价值事实"概念。两者均在李德顺所著的《价值论——一种主体性的研究》的《第二篇：价值的意识论研究》部分，对价值事实的研究主要在第五章"评价、认知与反映"，而对价值观念（即"价值理想"）的研究在第四章"人的价值意识"。我们选取这两个概念，在我们课题研究中具有关键性框架和思路的意义。

（二）价值哲学延伸出的文学功能、批评标准和文学价值观念的基本思路

第一章的学术梳理显示了文艺学美学领域的文学价值著作和论文。论文类梳理显示出，探究问题集中在：文学价值观的理解，规范文学价值观念，文学价值观的意义，文学价值评价标准的涵义与构成，文学价值评价标准与文学价值标准的区别和关系，文学价值评价的方法论原则，等等。其中党圣元的论著关于文学

---

① 李德顺：《价值论——一种主体性的研究》，中国人民大学出版社 2013 年版，第 161 页。
② 李德顺：《价值论——一种主体性的研究》，中国人民大学出版社 2013 年版，第 137 页。

价值观念和一般文学观念的区分,可以推导出"应然"和"实然"两者。文学价值观念的最高层次是审美理想,是内在稳定的评价模式,具有较高的抽象性、稳定性和宏观性。但它又具客观性。"应然"是认知的结果并可接受实践检验。实然的和应然的文学价值观念,都具有变革机制和可能性。现在回顾文艺学美学领域二十余年前的探索,结合哲学价值论的观点和思想,看到了它们的默契和互相印证。

由此,课题组确定了"价值体系的理论建设"关涉的三个关键词(价值观念、文学功能、批评标准),并将最终学术目标定位于建设文艺评论价值体系。该体系包括实然性价值体系和应然性价值体系两方面。所谓建设的涵义,既包括中国古代文学、现代文学、少数民族文学和儿童文学各领域中的实然性文学功能、文学批评标准和文学价值观念的考察分析,也指根据考察分析获得的知识、经验和启示,提出应然性文学价值观念假说。概括地表述为:文艺评论的价值体系建设应当以实然性研究为基础,走向应然性的理论探讨和批评实践。

在开题之始,课题组即分析文学与其他艺术形式关系等因素,策略性地将文艺评论范围限定在以"文学评论"为中心。[①] 哲学价值论给予的基本原理为:功能和标准蕴含价值观念,反之,价值观念也含有功能和评价标准。概括地说,三者互相渗透,难以截然分清和分割。三者关系大致是:"从更深层次的方面来理解,价值观念'是什么'的问题,离不开它'如何是'(怎样形成、怎样作用、怎样变化)的问题。这就要进一步考察它的功能及其发生、变化等各方面的动态特征……人们用以把握一切价值的有效评价标准就是价值观念。这是价值观念在现实生活中起到的最普遍、最重要的作用。"[②] 借鉴20世纪末文论领域就文学价值论曾经提出的文学的"应然"和"实然"概念,[③] 课题设计的研究主体分为两大类。第一大类是实然性质的考察研究,考察研究对象分别为文学功能研究、文学批评标准研究和文学价值观念研究。何为实然性质?就是或者面对文学事实本身考察其功能、标准,或者面对历史上曾经出现过的关涉功能、标准和文学价值观念的各种思想表述。概言之,即实际存在的理论或文学事实。第二大类是应然性的理论假说,何为应然性质?即基于四个领域实然性文学功能、批评标准和价值观念考察的知识、经验和启示,并且与价值哲学、美学和文艺学等相关学科理论互渗和综合借鉴,提出的具有导向性和值得期待的价值观念。

---

① 刘俐俐:《我所理解的文艺评论价值体系的理论建设》,载于《江汉论坛》2016年第5期,第71~79页。

② 李德顺:《价值论——一种主体性的研究》,中国人民大学出版社2013年版,第153页。

③ 详见党圣元:《论文学价值观念的基本规定性》,载于《学术研究》1996年第3期,第57~67页。

第二章

实然性文学功能考察

第二章是实然性文学功能考察与研究，包括中国古代、现代、少数民族和儿童文学的考察研究，文学功能纵向横向各一个的个案考察研究，最后是总结。全章分为七节。

第一节　中国古代文艺功能考察

古代文艺论域关于文艺功能有各种认知。尽管时移世易，然而其中的一些认知对于当下现象层面和理论层面的文艺功能审视和思考仍别具启示意义。本节着重考察诗乐"持人情性""诗可以群""文以载/明道"等文艺观念中蕴涵的文艺功能认知，并立足于当下对其进行阐发。

一、诗乐"持人情性"与文艺的情感教育功能

情性教化是儒家诗乐之教的重要内容，文学思想史上诗"持人情性""陶铸情性""雕琢情性""陶冶性灵"等文学功能期待与功能肯定皆源出于此。

（一）诗乐"持人情性"历史考释

"持"为诗训之一。《诗纬·含神雾》云："诗者，持也。"郑玄《诗谱序》引述该种诗训，言道："然则诗有三训，承也，志也，持也。作者承君政之善恶，述己志而作诗，为诗所以持人之行，使不失队，故一名而三训也。"[1] 刘勰《文心雕龙·明诗》在"持"这一诗义上释诗，未取郑玄所言之"行"而言"情性"："诗者，持也，持人情性；三百之蔽，义归无邪，持之为训，有符焉尔。"[2] 训"诗"为"持"以至刘勰的"持人情性"属于儒家诗学观念，与儒家的"乐教""诗教"紧密关联在一起，是包含着对诗的功能认知和功能期待的诗本论。这种功能认知和功能期待在诗学史上被广泛接受，成为主流诗学观念之一。

"持"为"持人情性"中的关键语，含义却不难解。范文澜据"持"之义和儒家"乐教"，释刘勰"持人情性"之"持"为"节制"，《文心雕龙讲疏》："《乐记》曰：'是故先王本之情性，稽之度数，制之礼义，合生气之合，道五常之行，使之阳而不散，阴而不密，刚气不怒，柔气不慑，四畅交于中而发作于外，皆安其位而不相夺也。'《吕氏春秋·仲夏纪·大乐》篇曰：'成乐有具，必节嗜欲。'按持有制义，'持人情性'就是节制人的情感。"[3] 关于刘勰"持人情性"之"持"，另一种值得注意的解释为"规范"。[4] 从刘勰由《诗》归无邪而训"持"为"符"的思想理路看，"规范"义似乎更切当。然而，"持人情性"本为儒家诗学观念，儒家提倡的情感状态为中而有节，尤其强调"不过度"，即如范文澜引述的"刚气不怒，柔气不慑"，过度则被认为淫、邪，据此，刘勰所谓"持人情性"目的指向为使情感及其表达合乎儒家的范式，具体而主要的手段和方式则是情感节制。

"持人情性"在诗学史上长期流行，但含义没有发生大的变化。另外，《文心雕龙》中还有"雕琢情性""陶铸性情"等语：《原道》篇谓孔子"组织辞令""雕琢情性"[5]；《征圣》篇谓述作"陶铸性情，功在上哲"。[6] "雕琢""陶铸"情性对应的文体不只是诗但也包括了诗。故而，"情感节制以致其中节"为其要义之一。后世其他源于儒家诗学观的诗论、文论中的"陶冶""陶铸情性"等字眼，含义亦然。

① 毛亨传，郑玄笺，孔颖达疏：《毛诗正义》，上海古籍出版社1990年版，第3页。
② 刘勰著，詹锳义证：《文心雕龙义证》（上册），上海古籍出版社1989年版，第171页。
③ 刘勰著，詹锳义证：《文心雕龙义证》（上册），上海古籍出版社1989年版，第173页。
④ 敏泽、党圣元：《文学价值论》，社会科学文献出版社1997年版，第54页。
⑤ 刘勰著，詹锳义证：《文心雕龙义证》（上册），上海古籍出版社1989年版，第22页。
⑥ 刘勰著，詹锳义证：《文心雕龙义证》（上册），上海古籍出版社1989年版，第33页。

　　诗因何被施以持人情性的功能期待？根本原因在于在儒家思想观念中，情感的自然状态和文学状态不同，任凭情感自然发展，则可能伤身、害性、碍政。

　　《礼记·乐记》立足于情缘于物感的情感发生论，指出"物之感人无穷"，好恶无节、穷极人欲则"有悖逆诈伪之心，有淫泆作乱之事"，由此"强者胁弱，众者暴寡，知者诈愚，勇者苦怯，疾病不养，老幼孤独不得其所"。① 中国古人认为情自心中发出。关于心性，《礼记》未有善、恶之辨，荀子则提出"人之性恶，其善者伪也"②，顺从情性自然发展会陷入纷乱淫暴。孟子与荀子正相反，他认为心性本善，但并未因此认为可以顺乎情性任其自然发展。宋代理学家也纷纷强调顺乎情感之自然的危害。程颐将情性状态区分为"性其情"和"情其性"，谓前者为"觉者"，后者为"愚者"，愚者的"情其性"具体表现为"纵其情而至于邪僻"③；邵雍感叹"情之溺人也，甚于水"④。

　　除了儒家著述和学者据理而阐的情感自然状态危害，一些文学经典的创作缘由阐述和文学泄导情感功能论述对此也有隐在的表露。著名的如屈原言其作《离骚》之因："怀朕情而不发兮，余焉能忍而与此终古？"钟嵘综合诗史上的诗家吟咏言道，对于一己的喜怒哀乐，非陈诗无以展其义，非长歌无以骋其情，诗使"穷贱易安，幽居靡闷"。⑤ 史上还有诸多类似阐述，这类阐述内隐的生存体验和经验是随顺情感自然状态极其憋闷、痛苦。

　　在儒家的思想观念中，情感的文学状态与自然状态不同。儒家诗学观认为，诗感物道情，情是诗之必然构成，其乐而不及淫、哀不至于伤，发而皆中节。这样的诗情包含着对情感自然状态的对抗，而对抗的方式是在情感及其表达中引入理性。情感的自然状态是但为情主，个体溺于情；发而皆中节，以理性规约情感及其表达，使个体表达情感但又不致陷入唯情为是、被情主导的危险状态。因于此，基于对随顺情感之自然发展的危害认知，在吟咏情性、"入人也深，其化人也速"等诗体认识基础上，⑥ 诗被施以规范情感的功能期待。

（二）儒家诗乐"持人情性"功能论中理性的逻辑位序

　　儒家通过诗乐规范情性、陶铸情性的教化主张，既出于对情性及其表达中理性缺失之恶的认定，也着落在对情性及其表达中理性的呼唤和安置上。在荀子

---

① 刘沅著，谭继和、祁和晖笺解：《礼记恒解》，巴蜀书社 2016 年版，第 281 页。
② 王先谦：《荀子集解》（下册），中华书局 2013 年版，第 513 页。
③ 程颐：《颜子所好何学论》（第 2 册），见《二程集》，中华书局 1981 年版，第 577 页。
④ 邵雍：《伊川击壤集序》（中册），见吕祖谦编：《宋文鉴》，中华书局 1992 年版，第 1241 页。
⑤ 钟嵘著，曹旭笺注：《诗品集注》，上海古籍出版社 2011 年版，第 56 页。
⑥ 王先谦：《荀子集解》（下册），中华书局 2013 年版，第 449～450 页。

"乐教"和朱熹"诗教"包含的情性教化思想中，理性被置于不同的逻辑位序，对二者进行分剖、比较，有助于判分文学情感教育功能中理性的恰当逻辑位序。

荀子倡"乐教"，其乐教思想在儒家乐教思想中有其特别地位，如作为"乐教"经典文献的小戴《礼记·乐记》所引俱出于荀子《乐论》。荀子的"乐教"呈示出文学艺术陶铸情性功能中，理为情属。

荀子"乐教"的教化指向人性，他以乐为"化性"的手段。荀子认为："人之性恶，其善者伪也。"郑懿行释"性"与"伪"："性，自然也。伪，作为也。'伪'与'为'古字通。"① 如郑懿行所释，"伪"非真伪之伪，其义通"为"，如荀子言道："凡性者，天之就也，不可学，不可事；礼义者，圣人之所生也，人之所学而能、所事而成者也。不可学、不可事而在人者谓之性，可学而能、可事而成之在人者谓之伪。"② 由于天之就的性恶，故而"圣人化性而起伪，伪起而生礼义"③。圣人为化性所起之伪不只是礼，还有乐。荀子言乐"入人也深，其化人也速"④，乐"善民心"⑤。暂不论"乐"实际是否能够善民心，单从圣人作乐以善民心的角度论，"乐教"因于性恶，圣人设乐的意图是要化恶性为善性。

性恶说既为荀子"乐教"的认识论基础，性恶之因与乐之化性便内在相因相应。荀子描述性之恶和"从人之性"的恶果："今人之性，生而有好利焉，顺是，故争夺生而辞让亡焉；生而有疾恶焉，顺是，故残贼生而忠信亡焉；生而有耳目之欲，有好声色焉，顺是，故淫乱生而礼义文理亡焉。然则从人之性，顺人之情，必出於争夺，合於犯分乱理而归於暴。"⑥ 荀子论性，没有性、情、欲的判分，"性"中包含情与欲，如《性恶》篇言道："今人之性，饥而欲饱，寒而欲煖，劳而欲休，此人之情性也。"⑦ 由于性、情、欲合为一谈，荀子的性恶判定包含着情、欲皆为恶的判定；"从人之性，顺人之情"包括从情顺欲，"从人之性，顺人之情"之恶包括从情顺欲之恶。从情顺欲式的情性表达中没有人的主观介入，但是在荀子那里，性恶不是因为情性表达中人的主观作用力缺失，而是因为情性中欠缺圣人作为中所包含的理性。"古者圣王以人之性恶，以为偏险而不正，悖乱而不治，是以为之起礼仪，制法度，以矫饰人之情性而正之，以扰化人之情性而导之也。"⑧ 圣人所起之"伪"出于理性的考量，追求依赖理性作用

① 王先谦：《荀子集解》（下册），中华书局 2013 年版，第 513 页。
② 王先谦：《荀子集解》（下册），中华书局 2013 年版，第 515 页。
③ 王先谦：《荀子集解》（下册），中华书局 2013 年版，第 517 ~ 518 页。
④ 王先谦：《荀子集解》（下册），中华书局 2013 年版，第 449 页。
⑤ 王先谦：《荀子集解》（下册），中华书局 2013 年版，第 450 页。
⑥ 王先谦：《荀子集解》（下册），中华书局 2013 年版，第 513 ~ 514 页。
⑦ 王先谦：《荀子集解》（下册），中华书局 2013 年版，第 516 页。
⑧ 王先谦：《荀子集解》（下册），中华书局 2013 年版，第 514 页。

的秩序和规范，并由此达于来自理性思索的善。"伪"起于理性、终于理性、自始至终贯穿着理性，"性"则理性缺席，这种缺席为性恶之因，也是从情顺欲导致争夺乱暴等种种恶行的根源所在。

情性因理性缺席而恶，为化性而作乐，逻辑上应是向情性中注入其缺席的理性。"君子"是荀子"乐教"思想中被成功教化的人群，"小人"是与其相反的人群，《荀子》中言道："今之人，化师法、积文学、道礼义者为君子，纵性情、安恣睢，而违礼义者为小人。"① 君子作为乐教的成功教化者，其对乐的接受为"乐得其道"，进而"以道制欲""乐而不乱"。② 如果理性具有建立秩序和规范的力量，那么能够节制情感欲望、使其不乱不惑的"道"显然是理性的存在。君子从乐中获得理性，因之化恶性为善性。然而，荀子勾画的"乐教"理想图景并非只有"善"，《乐论》中言："故乐行而志清，礼修而行成，耳目聪明，血气和平，移风易俗，天下皆宁，美善相乐。"③ "乐教"的理想图景是"美善相乐"。理性是致善之因，情性未因理性失其本有的完满则是美之由。在荀子的阐述中，"乐"中情性不同于天然情性，其"兼天道"，《乐论》喻说"乐"："其清明象天，其广大象地，其俯仰周旋有似於四时。"④ 以有规律的天地四时喻说"乐"，表明理性在"乐"所包含的情性及其表达中并不缺位。《乐论》谓"乐"之象："鼓似天，钟似地，磬似水，竽笙、箫和、筦籥似星辰日月，鞉、柷、拊、鞷、椌、楬似萬物。"⑤ "乐"之象统总天地星辰日月万物，由此众音道情性，则"乐"中情性保持天然的完满。因于此，小人能够"乐得其欲"⑥，君子"得其道"而不失其美，进而在个体层次上实现了美善相乐。从存在状态看，美善相乐中情感与理性和谐统一；从达成途径角度看，美善相乐的理想情性教化图景的达成，有赖于从乐中获取理性而情性又不失其主体地位。就此而言，通过"乐"而成功化性的君子从中获得了理性，但其获得的理性从属于情性，处于宾位。

朱熹倡"诗教"，其诗教思想呈示出文学陶铸情性功能中，理为情主。朱熹"诗教"的教化指向为去"恶情"存"善情"。关于人性之善恶，朱熹认为孟子的性善说到了本原处，但是，他对于"性""情""欲"有清楚区分，认为"情有善恶，性则全善"⑦；"欲"亦有好的和不好的，《朱子语类》卷五："欲是情发出来底。心如水，性犹水之静，情则水之流，欲则水之波澜。波澜有好底，有不好底。欲之好底，如'我欲仁'之类；不好底则一向奔驰出去，若波涛翻浪，

① 王先谦：《荀子集解》（下册），中华书局 2013 年版，第 514 页。
②③④⑥ 王先谦：《荀子集解》（下册），中华书局 2013 年版，第 451 页。
⑤ 王先谦：《荀子集解》（下册），中华书局 2013 年版，第 453 页。
⑦ 黎靖德编：《朱子语类》（第 1 册），岳麓书社 1997 年版，第 82 页。

大段不好底欲则灭却天理，如水之壅决，无所不害。"① 按照朱熹的观点，"欲"是从"情"发出来的，诗吟咏的情性不必也无法细致判分情与欲，因此，"诗教"范围内的讨论可不分出"欲"而统言为"情"。情有善、恶之分，故而有情教之需，"诗教"为其中之一。情并非全恶，"诗教"不是化恶情为善情，而是去恶情存善情。

诗的去恶情存善情是从"善情"到"善情"的过程。在朱熹那里，并非所有的诗都有教化功能，《诗集传序》言道："诗者，人心之感物而形於言之馀也。心之所感有邪正，故言之所形有是非。惟圣人在上，则其所感者无不正，而其言皆足以为教。"② 惟有圣贤之诗才有教化的功能，因其感物而生之情皆正，其诗传递的都是情中善者。《诗》教可泽被万世，之所以如此，是因为在朱熹看来，《诗》的作者皆为贤人君子，如其认为《周南》《召南》为"风诗之正经"，作者"亲被文王之化以成德，而人皆有以得其性情之正"；雅、颂之篇，"其作者往往圣人之徒"；变雅作者"亦皆一时贤人君子"。③ 作者俱为贤人君子，依据朱熹圣人所感无不正的思想逻辑，《诗》传递的都是"善情"。具有情教功能的诗向读者传递善情，读者因于善情的接受自然而善。朱熹《答巩仲至》中言遴选佳篇为诗之根本准则，"其不合者，则悉去之，不使其接於吾之耳目，而入於吾之胸次，要使方寸之中无一字世俗言语意思，则其为诗，不期於高远而自高远矣"。④ 通过阅读经典而学诗者首先是一个读者，"不期于高远而自高远"表明，读者因经典阅读而情高意远，而从所阅读的诗之高情远意到读者的情高意远，其中不存在中间环节。诗之情教是"善情"的传递，读者通过"善情"的接受而自然去恶情存善情。

在朱熹的思想中，读者从诗中获得的"善情"之所以善，是因为其为"理"主。情自性发，情之恶不是因为性恶，而是"情之迁于物而然也"⑤。性无不善处，情流于物，不以性为先、不为性所主则失其善。性之所以善，是因为"性即理也"⑥，理"在天地间时，只是善，无有不善者"⑦，性因为"只是理"无不善，朱熹言道："性只是合如此底，只是理，非有个物事。若是有底物事，则既有善，亦必有恶。惟其无此物，只是理，故无不善。"⑧性因为"只是理"而无不善，情为性所主则善，由此就其根源论，情之善因于理，"善情"中理为情主。

---

①⑧　黎靖德编：《朱子语类》（第1册），岳麓书社1997年版，第85页。

②　朱熹：《诗集传序》，见《丛书集成初编》（第2379册），商务印书馆1936年版，第414页。

③　朱熹：《诗集传序》，见《丛书集成初编》（第2379册），商务印书馆1936年版，第414~415页。

④　朱熹：《答巩仲至》，见《丛书集成初编》（第2373册），商务印书馆1936年版，第24页。

⑤　黎靖德编：《朱子语类》（第1册），岳麓书社1997年版，第84页。

⑥　黎靖德编：《朱子语类》（第1册），岳麓书社1997年版，第75页。

⑦　黎靖德编：《朱子语类》（第1册），岳麓书社1997年版，第76页。

固然不能简单地将朱熹所谓的"理"理解为"理性",然而,"理"作为有规律、有秩序的存在,属于理性的范畴,代表理性的力量。从这个角度看,朱熹的诗教思想倡导传递的"善情"为经过理性考量、合乎理性需求的情感,其中理性为情感之主。

(三)儒家诗乐"持人情性"功能论之于文学情感教育的启示

尽管作为荀子"乐教"、朱熹"诗教"教化缘起的性恶说、性善说皆属主观认定和理论假说,然而,这并不妨碍他们所呈示的理性的逻辑位序对于文学情感教育功能的启示意义。文学为现代情感教育的重要担当之一。情感教育意欲使受教育个体形成美而善的情感与情感表达,就文学而言,受教育个体从文学中获得什么才能达成这一目标?教育活动是为建立规范和秩序,而规范和秩序来自理性、依赖理性,因此,教育的目的意在培养理性。情感为纯粹感性的存在,但情感如果保持感性之纯粹便无以言美与善。故而,无论是立足于教育的目的,还是立足于情感教育追求的情感状态,通过文学进行情感教育的活动意在培养受教育个体的理性。反言之,唯有通过文学培养起受教育个体的理性,才能使文学的情感教育功能实现。难题是,作为感性的对抗乃至消解力量的理性处于怎样的逻辑位序,才能不致压抑、牢笼甚至吞噬情感,使其保持本有的感性鲜活,同时实现教育意图?在荀子"乐教"中,乐之情性教化输出的是情感理性;在朱熹"诗教"中,诗之情性教化输出的是理性情感。情感理性与理性情感中,理性分别处于不同的逻辑位序。哪一种逻辑位序为文学情感教育功能中理性的恰当逻辑位序,文学的情感教育功能应当培养情感理性还是理性情感,值得深思。

不能否定理性情感的"善"性。在理性情感中,理性处于主体地位,这种主体地位使得理性先在于情感,对于情感具有莫有与之商榷、争夺的主导作用,其结果便是理性情感俱是经过理性考量和抉择的情感。因为理性的这种作用,理性情感即便不是普遍被认为"善"的某一种情感,也会是某一时代、某一群体、某一阶层认定的情感。如果文学成功传递了这样一种情感,自然实现了情感教育的功能。只是,经过理性考量和抉择的情感具体而又确定,这意味着它只是情感之一隅。《礼记·礼运篇》言人有七情:"何谓人情?喜、怒、哀、惧、爱、恶、欲,七者弗学而能。"[1] 暂且假定《礼记》列出的"七情"涵盖了人类所有的情感类型,而理性情感因于理性的作用,或许会否弃其中某一种或几种情感。如朱熹将"理""欲"对立,主张"存天理,灭人欲",这种主张如果贯彻到文学的

---

① 孙希旦:《礼记集解》(中册),中华书局1989年版,第606页。

情感教育中，势必反对文学传递七情中的"欲"。即便根基于情有善、恶之分的诗当传递"善情"的诗教观念，其中的情也已然失去本身的完整。再如获得多个重要的全球性奖项的电影《头脑特工队》（*Inside Out*）探讨了"哀"情是否有利于儿童成长的问题，电影表现了基于理性思考的对哀情的排斥。如果基于某种理性的考量认定哀情在儿童以至人的生命中不具有善性，文学应当传递的理性情感就会将"哀情"排除在外。且不论这种排除在实际生活中是否利于人的成长和安居，单观照情感本身，对情感类型有所否弃的情感不再完满。故而，理性情感本身具有善性，但情感已然不再完满。

因于理性的先在作用和主导地位，理性情感中除了情感不再完满，情之所系还可能失去本有的广阔和丰富。邵雍曾这样阐述"情"："情有七，其要在二，二谓身也、时也。谓身则一身之休戚也，谓时则一时之否泰也。一身之休戚则不过贫富贵贱而已，一时之否泰则在夫兴废治乱者焉。是以仲尼删《诗》，十去其九：诸侯千有馀国，《风》取十五；西周十有二王，《雅》取其六。盖垂训之道，善恶明著者存焉耳。"[①] 邵雍所谓的情之"要"实质为情之所系。邵雍亦倡"诗教"，在他的"诗教"观念中，《诗》是第一等具有教化作用的诗，而孔子删诗是《诗》具有教化作用的重要原因。在邵雍的阐述中，孔子删诗中保留的诗，其情之所系为"时之否泰"。邵雍直言不以天下大义为言的诗人，其诗"大率溺于情好"[②]，而"情之溺人也，甚于水"[③]。"溺于情好"的诗不具有情性教化的功能，具有情性教化功能的以天下大义为言的诗则如孔子肯定的诗，其情系于"时之否泰"。忧怀治乱，这种情之牵系不但无可厚非而且极值得称扬，然而，情感只有这一种牵系便变得偏狭。

理性情感的如上特性潜藏着削弱乃至使文学丧失情感教育功能的消极力量。先秦儒家早已指出感物生情的无法遏制，同样无法遏制的是情感类型的多样与情之所系的多元。理性情感以其有限的情感类型和有限的情之所系，无法实现对其限度之外的情感的理性规范，因而，通过传递理性情感实现文学的情感教育作用有其阈限，也造成了文学情感教育功能的局限。对于文学的功能期待直接会影响到文学创作观念和实践。如果意欲通过传递理性情感实现文学的情感教育功能，那么文学创作会以包含理性情感的文学为理想的文学，宋代理学诗的流行可谓这种现象的实际示范。公认理学诗缺少兴趣声味，缺少兴趣声味的诗不会有强烈的感染力，而感染力是文学功能实现的重要条件。由此来看，出于传递理性情感以实现情性教化的文学功能期待作用于文学创作，反而可能削弱文学的情性教化功能。不论是为文学情感教育功能的设限，还是对于

---

①②③　邵雍：《伊川击壤集序》，见《邵雍全集》（第 4 册），上海古籍出版社 2016 年版，第 1 页。

文学创作的消极影响，根源都在于理性情感中理性处于主体地位，情感理性中理性的逻辑位序与其不同。

在情感理性中，情感处于主体地位，理性处于宾位，这种逻辑位序意味着情感具有自我规范、调适的能力，规范与调适来自理性的作用，理性的规范与调适使情感与情感表达归于善。在荀子的情性教化思想中，情感理性催生的情性之善有明确指向，这种指向更多地缘于荀子思想的体系性。跳出荀子的思想体系单观情感理性的作用，它能够生成一切良性的情感与情感表达，其中包括基于各种理性考量的理性情感。与此同时，情感因其主体地位保持着完满和情感牵系的丰富。就此而言，在文学的情感教育功能中，情感理性更应当被期待。

如果相对于理性情感，在文学的情感教育功能中情感理性更应当被期待，那么同样需要考虑这种功能期待对于文学创作的可能影响，因为影响直接关系到文学是否具有情感教育的势能和势能的强弱。在文学中获得情感理性不像获得理性情感那样，表现为直接的传递过程，但是，能够使受教育个体获得情感理性的文学必然包含情感理性。因此，如果意欲通过文学培养情感理性实现其情感教育的功能，那么文学创作中包含情感理性的文学为理想的文学。包含情感理性的文学，其情感与情感表达不会是直情纵欲式，即便是直抒胸臆或顺乎激情的表达，也必然不会散乱无序，更重要的，其情感可能触及存在的幽微处，可能与神秘莫测的宇宙存在、人生存在、历史存在等联通。这样的文学带给读者的不止是简单的情感愉悦或者激动，它呈示出的深刻情感、细腻情感具有"形式价值"，并因此潜藏着某种"模仿价值"。读者或者出于主观认同而有意识地模仿，或者受其熏陶而形成同样的情感及其表达形式。毋庸讳言，理性情感同样具有这样的形式价值和模仿价值，但是，对于情感理性作用下的情感与情感表达的模仿或者无意识接受，最终收获的是情感理性。收获情感理性意味着个体情感不但能够脱离直情纵欲之恶，而且能够类似情感理性作用下的文学情感那样细腻、深刻。

荀子"乐教"和朱熹"诗教"中情性教化思想呈示的理性的两种逻辑位序的作用结果，若以荀子提出的"乐教"的理想图景"美善相乐"考衡，则理性情感中的理为情主、情为理宾，弱其美乃至失其美，善而未尽善；情感理性中的情为理主、理为情宾，美、善相兼。据此，文学之于人的情性的积极作用更应该着落在情感理性的培养上，这种培养使得理性在个体情感与情感表达中不再缺位，而在场的理性不会放逐、吞噬情感，亦不会破坏情感的完满与情感牵系的丰富。只是，在现代情感教育实践中，受教育个体通过文学生成情感理性较之于直接接受某种理性情感要漫长和困难得多。

二、"诗可以群"与文学的伦理共属功能

在艺术发生学视野中，功用先于审美。述史纪实、感发志意、娱心劝善、寓教于乐等均为前人对古代文学功用的基本认定。其中，伦理之用是古代文学最基础的功能之一。康德提出的审美共通感通过"内心状态的普遍能传达性"构建美学的公共心理纽带，在现代社会具有重要的公共文化乃至政治文化意义。尤西林认为，古代自然本体观的"天—人"元始关联为美学作为"第一哲学"提供了自然本体论基础。脱胎于上古巫术的古代艺术与宗教信仰、伦理规范交融，其共通感更侧重于共属感。① 审美共通感和伦理共属感区别在于，前者落脚在感受者切实的审美经验上，感觉能否最终凝合为公共情感或心理受到非审美因素的影响，共通感是审美发生论的理论前提；而伦理共属感则是诸个体共在一个伦理社群的归属感，它已经是公共情感的"共在"状态，是审美活动完结的表征。可见二者位于审美活动不同的时间点位，将伦理共属归为感觉一类，是伦理的功用属性介入审美活动的结果。由审美共通回溯至伦理共属，我们发现，早在《论语》中孔子不仅提出了较为完备的文学功用说，且涉及了伦理共属与审美关系的问题。

> "子曰：小子何莫学夫诗？诗可以兴、可以观、可以群、可以怨。弥之事父，远之事君；多识于鸟兽草木之名"（《论语·阳货》）

诗的形态大体经历了原生态、仪礼化、经学化、经典化的过程，彼时《诗》并非纯粹文学，其在文化政治中享有特殊地位，但孔子论诗已包蕴其文学向度，可以说《诗》以隐退的文学本体发挥着诸种功能，因此"兴观群怨"说也成为后世言说文学功能之发端。

杨伯峻将"兴观群怨"分释为"联想力""观察力""合群性""讽刺方法"。② 这个简略的解释是在对文学功能的整体考量下作出的释义，颇有启发。其将"兴""观""怨"解释为能力或方法，唯将"群"解释为"合群性"，也即目的。彭玉平认为孔子的政治抱负使其《诗》学以"群"为终极指向。③ 可见，"兴观群怨"四者关系并不对等，"诗可以群"拈出了文学功用的核心命题，

---

① 参见尤西林：《审美共通感与现代社会》，载于《文艺研究》2008 年第 3 期，第 5～12 页。

② 杨伯峻：《论语译注》，中华书局 2015 年版，第 214 页。

③ 参见彭玉平：《"群"与孔子〈诗〉学之关系》，载于《中山大学学报》（社会科学版）2012 年第 3 期，第 1～16 页。

"群"的语境义以及实现条件直指文学的伦理共属功能。

（一）"诗可以群"历史考释

《说文》解"群"字为"辈也，从羊君声""若军发车百两为辈。此就字之从车言也。朋也、类也、此辈之通训也"。综合理解，以类或辈相聚谓"群"，何以成类？《荀子》提出了"群"的条件：

> "人能群，彼不能群也。人何以能群？曰：分。分何以能行？曰：义。"又曰："君者，善群者也。"（《荀子·王制》）

不难理解，"群"的事实前提是"分"，群聚就是将享有不同观念的人分而聚之。"义"是群的条件之一。《汉书·刑法志》也提出了"能群"之条件："故不仁爱则不能群，不能群则不胜物，不胜物则养不足"，杨倞对此的注总结了群之条件——"善能使人为群者也"，上述"义""仁爱"等均为"善"的具象形式。诗在分享善的功能以达成群的目的之过程中，诗的本体特质发挥了哪些作用？"诗可以群"的阐释史展示了不同面向。

孔安国释"群"为"群居相切磋"，"切磋"引申为君子之间在道德学问方面互相研讨和勉励。如《晏子春秋·内篇》云："入则切磋其君之不善，出则高誉其君之德义"[1] 言明了切磋对象：君子德性之是非高下。孔安国以描述画面的方式解释"群"意——因研究、探讨共同的德性问题而聚集在一起。也即《诗》可为化解矛盾、磨砺道德提供载体。《论语补疏》云"诗之教温柔敦厚，学之则轻薄嫉妒之习消，故可以群居相切磋"。[2] 此意义将古代文学丰富的群体活动及作品纳入儒家正统诗学观念中。诗群观直接引导了后世文学诸多以文为交流纽带的集会，即文学的"感发志意"辅以德性切磋而实现的"群"，诸文学雅集往往在"文"与"人"两个向度上流芳后世，这表明文学在培养和交流群体伦理情感以及协调人与人之间的社会伦理关系上发挥的积极作用。

以朱熹为代表的宋儒为"群"之外延构建了完备体系。人道天道同构使很多文论问题有了理本体预设，此理自然包括伦理原则，理学家将仁义礼智等伦理范畴为内在至善本性，本性合于天理，自然与伦理合一，心即理，即道德原则的根源。由此考察程门弟子对"诗可以群"的理解，如"可以群者，相勉以正也"（范曰）；"群居相语以诗则情易达"（吕曰）；"心平气和与物无竞，故可以群"

---

① 刘向整理，殷义祥译注：《晏子春秋译注》，吉林文史出版社1996年版，第74页。
② 程树德：《论语集释》，中华书局2013年版，第1388页。

（谢曰）；"心平气和故可以群"（尹曰）。① 结合朱熹"和而不流"的解释，其共同点是对人心性的要求：与物无竞即可以达到心平气和，中正平和，群而不争方能合群，相互勉励以达性情之正。

"和"为释义重点，《尔雅》释"和"为"谐也"，"和"指双方或多方的关系协调融洽。"和而不流"的主导释义为"增进人际关系的和善敦睦"。② 朱熹引入"和"的概念来释"群"源于"群而不党"，而《论语·卫灵公》中"君子矜而不争，群而不党"一句才是"群"在伦理范畴中的实指意义，皇疏引江熙云释此为："君子不使其身偲焉若非，终日自敬而已，不与人争胜之也。君子以道相聚，聚则为群，群则似党，群居所以切磋成德，非于私也。"③ 可见朱熹的释义逻辑是把关于"群"的伦理训示挪至诗的功用上面，"和以处众曰群"。④ 此外，他还在性情关系中规定"和"："和"是指向主体内心世界的，"喜、怒、哀、乐，情也。其未发，则性也，无所偏倚，故谓之中。发皆中节，情之正也，无所乖戾，故谓之和"。⑤ 未发之性是根，已发之情是芽，情正须性无偏倚，性情皆正即谓"和"，具体而言，"恻隐、羞恶、辞让、是非，情也。仁、义、礼、智，性也。心，统性情者也。端，绪也。因其情之发，而性之本然可得而见，犹有物在中而绪见于外也"。⑥ 可见，仁义礼智组成的性统摄情的程度决定了群而"和"的程度，"性即理也"，以理节情，方能群。

王夫之以其"诗道性情"的诗学本体观为底解释"群"：

> 诗之泳游以体情，可以兴矣；褒刺以立义，可以观矣；出其情以相示，可以群矣；含其情不尽于言，可以怨矣；其相亲以柔也，迩之事父者道在也；其相协以肃也，远之事君者道在也。⑦

> "可以"云者，随所以而皆可也。于所兴而可观，其兴也深；于所观而可兴，其观也审。以其群者而怨，怨愈不忘；以其怨者而群，群乃益挚。⑧

"可以"随"所以"而皆可，船山在此辨明了"群"的发生原理：几种功能皆发端于情。群的条件是"出情相示"。相比道德，情的统纳能力更强。现代文艺学视域内，以情群聚人心、或者说维系共同体意识的观点并非什么新论，但是和以往

① 朱熹：《论语精义（卷九）》，文渊阁四库全书第 198 册，第 375～376 页。
② 莫砺锋：《论陆游对儒家诗学精神的实践》，载于《学术月刊》2015 年第 8 期，第 118～126 页。
③ 程树德：《论语集释》，中华书局 2013 年版，第 1265 页。
④ 朱熹：《四书章句集注》，中华书局 2010 年版，第 166 页。
⑤ 朱熹：《四书章句集注》，中华书局 2010 年版，第 18 页。
⑥ 朱熹：《四书章句集注》，中华书局 2010 年版，第 238 页。
⑦ 王夫之：《四书训义》，见《船山全书》（第 7 册），岳麓书社 2011 年版，第 916 页。
⑧ 王夫之：《姜斋诗话笺注（诗绎）》，上海古籍出版社 2012 年版，第 4 页。

儒家重道德政治原则的传统相比，船山此说价值正在于为群找到了普泛的源出于文学的情本体依据。而之前所论多在"群"的内涵外延上纠缠，少言及"何以群"。

船山的探讨不是纯美学的，而是在美善两种视域内谈情。上引"迩之事父""远之事君"的"尾巴"一直主导"兴观群怨"阐说，而船山认为，情的介入使事父能够"以柔相亲"，"事君"能够"以肃相协"，二者均可实现"道在"的目的，也即他所说的"得其温柔正直之致则'可以群'"①。

综上，"诗可以群"实为一个理论假设命题，彼时的文学功能探讨非常有限，"可以"只敞开可能空间，从可群过渡到善群需要不断成熟的文学本体提供理论支撑。"诗可以群"的阐释史始于功能描述，逐渐侧重为对功能发挥作用的原理描述，三家解释尽管都指向文学社会功用，但对文学本体认识有别。孔安国在道德伦理一域规定了"群"的实践形态；朱熹秉持义理之学，诗群功能的内涵外延并重；王夫之则以情本体论群，实则以解决"诗何以群"为纲，他突出情感审美特质，强调文学对感发情意作用。尽管各家阐发的内涵各异，但均可落脚到"诗群"最基本的功能——促进交流、协治人我。

（二）文学在"群"中涵养美德

"群"的动机差异甚大，伦理、审美、利害、政治等皆可成为"群"的理由，"群"的主导凝合因素决定群的不同功用。"群"本身不是目的，那么以文而群的积极意义何在，它区别于其他"群"的特征何在？如上所述，以三家为例，"诗可以群"的依据大体围绕伦理、义理、情本体顺次展开，越靠后，阐释越趋近文学本体特质。王夫之以情论群，甚至将"兴观群怨"视为"四情"，在其看来，"群"的功能必然是以情的实现为前提。但尾以"道在"又体现其在美善两域内谈情，情之"温柔正直"方可群。概言之，王夫之谈"群"是根于心，发于情而归于善的。

即便高标情（审美）本体，也终归于善，这并非船山一人之见，文学中的美善关系是常谈常新的话题，哲学对美善层次的讨论对此问题有启发：冯友兰将人生区分为自然、功利、道德、天地四境界，功利和道德境界均蕴含义利和群己关系之辨。这看似没有给审美留下独立位置，但"天地境界毕竟不同并超越于道德境界，这就使它多少能够突破道德义理的范围，具有一定的生活情趣，……冯友兰同意天地境界也可称之为舞雩境界，而舞雩境界即是审美境界"。② 而张世英则直接将审美境界作为欲求、求知、道德三境界之上的最高境界。可见，同为精

---

① 王夫之：《四书笺解》，见《船山全书》（第 6 册），岳麓书社 1996 年版，第 259 ~ 260 页。
② 汝信、王德胜主编：《美学的历史》，安徽教育出版社 2017 年版，第 468 页。

神境界，美的层次在善之上。美善位序差异表明：其一，文学中美善的体用关系分明——美为体，善为用，以美养善。审美境界超越功利和道德，内含对群己关系的回应，因而在审美境界中可以艺术地圆融地解决群己问题。其二，文学欲实现其与伦理的和谐共融，不是美去俯就善，而是善去攀登美，二者方能共同"乐"起来。① 文学审美不仅表现为作品的自在属性，还体现了创作者和读者的价值理想，所谓完美，即实现了作品与价值理想的一致，此意义上，艺术的完美与道德伦理的完善相通。

文学凭借审美力量涵养培育善的显性形态是美德。这与现代语境中的美德含义有别，后者往往与底线伦理并提，其中的"美"与"好"同义，只是一种优劣评价。美德常冠以"传统"使用，呈现为孝亲、爱国、守信、正义、节制等一系列德目。从传统语境抽离的德性似乎呈现为一种超验力量，以异己规约人的存在逻辑上有使德性与人分离的可能。

而文学涵养之美德则不同，此"美德"之"美"有丰富的审美蕴含。古代文学常用"能近取譬"的思维方式实现群己的美德共享。典型如比德之美，以自然审美经验比兴君子德性。从感性、直观的自然事象中凝练抽象的精神品质。《诗经》中有大量直接或间接的以物比德。如《秦风·小戎》"言念君子，温其如玉"，以玉比喻君子美德，再如《鄘风·君子偕老》的"委委佗佗，如山如河"，以山河广袤宽博比喻亡夫品德。孔子也曾以山水玉松土等比德，古典诗词中的比德更是不胜枚举。德性建构本是精神人格的美化，是功利的，但如有的论者所言，比德的审美努力一旦成功，就会现实地转化成为一种积极的审美成果，对欣赏者而言，美德对我们有一种让人崇敬和爱恋的精神上的吸引力。② 比德使审美生发与伦理功用形成回环，因而比一般意义的德性更具感染力，可谓不思而中、不勉而得之德性。

孔子以"兴于诗，立于礼，成于乐"总领其诗教。综合所论，具体到文学，似乎也可以说"兴于美，立于善，成于群"，群是手段，更是目的，实现此目的，当以伦理为据。有论者认为，审美与伦理的关系在前现代统一于现实领域，在现代社会断裂，而在后现代社会统一在虚拟领域。当下的审美应该实现向伦理回归，回到人类的实存领域，从物质丰裕但精神被遗忘、贫乏而低贱的"在"中提升出来，重新成为无论如何与我们的生存相关的力量。③ 当统一的价值理想和德

---

① 参见聂振斌：《"美善相乐"与"礼乐相济"述论》，载于《学术月刊》1990 年第 6 期，第 46～51 页。

② 薛富兴：《先秦"比德"观的审美意义》，载于《陕西师范大学学报》（哲学社会科学版）2009 年第 4 期，第 10～17 页。

③ 赵彦芳：《审美与伦理：从前现代到后现代》，载于《扬州大学学报》（人文社会科学版）2010 年第 5 期，第 51～56 页。

性观被原则、义务等规约所替代时，底线伦理所发挥效能就远大于美德伦理。古代文学以美生善，以美储善，以美养善，以伦理维系并培育"群"的意识，进而在群中涵养美德，这对当代文化心理建构和价值引导仍有积极意义。①

三、"文以载／明道"与文学功能的自我规范

"文与道的关系"贯穿中国古代文学思想的始终。在文、道关系中，"文以载道""文以明道"是广为人知的命题，其中包含着对于文学功能的特别认定和期待。而这些命题，尤其是"文以载道"，它是在现代文学中最容易遭到污名化的一个命题，近年来呼吁对之"再评价"的声音亦愈来愈烈。

（一）现代文学观念的认知偏差

郭绍虞的这个论断——"中国文学批评中的主要问题，不是乌烟瘴气闹什么文以载道的说法，便是玄之又玄玩一些论神论气的把戏"，② 颇能形象代表中国古代文学批评史学科初建期的普遍观念。我们知道这一学科的建立得益于新文化运动，是在西方学术观念和方法的影响下"整理国故"的产物之一，而新文化运动的思想武器众所周知是源自西方的启蒙思想，就文学观念而言，则是对个性、自由、审美的推重，"文以载道"被视为工具论文学观的典型，首当其冲遭到攻击，也因此广为人知，但细究当时破立之间的诸多说法，不难发现其中的矛盾之处。

如首倡"文学改良"的胡适著名的"八事"第一就是"须言之有物"，他解释自己所说的"物"是"情感、思想"二事，并特别说明"非古人'文以载道'之说也"，却完全忽略了"道"中一直就不曾或缺他所说的"思想"，他还将"言之无物"简单归因为"文胜"之弊，将"质"视为救弊之道，在他的理解中，质就是"情与思二者而已"，无视在中国文化传统中"文质"与"文道"之间的关联性，如果认同"文道的概念是唐以下的道统论渗入文质关系"之后的一种狭义化理解的话③，胡适之论可谓是进一步的窄化，是将"道"等同于新文化运动力求反对和打倒的封建传统文化。紧随胡适，陈独秀在进一步倡言"文学革命"的檄文中就直接将"文以载道"与八股文的"代圣贤立言"视为"同一鼻

---

① 本部分主要内容详见葛瑞应：《以美养善，群而相和——古代文学的伦理共属功能论析》，载于《马克思主义美学研究》2020年第2期，第538～547页。

② 在《中国文学批评史上之神气说》一文中，郭绍虞作出这一论断，并将之作为自己考察中国文学批评史上文道关系问题的前提，见《郭绍虞说文论》，上海古籍出版社2000年版，第66页。

③ 李贞祥：《文道关系之源、流、变》，载于《上饶师专学报》1997年第4期，第79～83页。

孔出气"。他特别强调"文学本非为载道而设",这和刘半农所谓"道是道,文是文,二者万难并作一谈"① 有近似之处,都是先通过分离二者,彰显"文"之独立性,以进一步为自己的文学观念张目。更值得注意的则是他们主张的文学也并非纯粹审美的文学,如陈独秀倡言建设的"平易的抒情的国民文学""新鲜的立诚的写实文学""明了的通俗的社会文学",以及其"欲革新政治,势不得不革新盘踞于运用此政治者精神界之文学"② 等主张,其指导思想与先行者梁启超"借新文学以新民"可谓殊途同归,从深层逻辑上来讲,与倡言"文以载道"者并无根本区别。也许正是意识到这一点,"文以载道"之"道"才被他们狭义化为陈腐的贵族化的封建思想,好作为文学革命的对象。

确实"在当时激进思潮席卷下,新文化学者来不及仔细界定封建思想与'文以载道'的不同之处,更遑论桐城派'文道观'与唐宋古文运动'文道观'的差别"③,亦忽视了历来涉及文道关系的诸多命题,因为主体立场的差异,会因一字之差而差距甚大。这种简化的认识在当时甚为普遍,因此就是倡言新文学的同道中也时有抵牾之处,如周作人将中国文学传统概括为"言志"与"载道"两类,肯定前者而否定后者,朱自清却认为言志也是载道。可见当时出于文学革命的激进化诉求,对包括"文以载道"在内的诸多古代文学观念的认知难免粗疏,因文学革命的成功其流弊又甚广。因此要发掘文道关系背后的现代意义,首先需要在"释名以彰义"的同时"原始以表末",寻找其发展演变过程中可资"敷理以举统"之处,其中关键有二:一是原"道"之本义及其流变;二是厘清言说主体的身份差异。

(二) 作为价值范畴的"道"

首先需要辨明的就是"道"的含义变迁。"道"是中国古代文化中最重要但也最复杂的概念之一,《说文解字》对它的解释是"所行道也。从辵从。一達謂之道",④ 道的本义是供人行走的道路,但其衍生义的广泛生成应该是很早的事情,这在《说文》序中所引"本立而道生"就可见一斑,更不用说在《说文》中"道"就常用于释义他字了。有研究者曾根据汉字字形的演变解释"道"的含义变迁,但并未能足够清晰阐述"道"在不同学术流派中出现的时间先后和含义的变化规律,目前对道不同含义的阐述主要是在中国哲学领域,宫哲兵在指出

---

① 刘半农:《我之文学改良观》,载于《新青年》第 3 卷第 3 号,收入《文学运动史料选》第 1 卷,上海教育出版社 1979 年版,第 33 页。

② 陈独秀:《文学革命论》,引自《独秀文存》,安徽人民出版社 1987 年版,第 95~98 页。

③ 刘成群:《道一直在场》,载于《光明日报》2016 年 7 月 15 日第 12 版。

④ 许慎:《说文解字》,九州出版社 2001 年版,第 104 页。

古"道"字有"祭道路神"这一长期被忽视的含义的时候①，梳理了冯友兰、陈鼓应、任继愈等先生对道含义的解释，认为他们的共同处在于都指出道具有两个以上的含义，差异是在认识的细致程度上。较之冯友兰最为精简的两种认识（物理性的精气与万物总原理）和王中江细致梳理的古代典籍中道的七种意思，陈鼓应的研究更具实践参考性，他主张道有三种含义：实存者、规律与人生准则②，这一说法启发我们不妨借助现代哲学观念去认知"道"。

事实上，陈鼓应坦言自己接触《庄子》就是经由尼采和存在主义的引导，他的中国哲学研究始终有西方哲学和方法作为一种对照和方法论工具，所以他常常会用到宇宙论、本体论、人生哲学这些概念，这种阐释方式尽管不尽符合古代典籍的本义，但在实现其现代转换的过程中却有认识上的清晰简明之处。在这样一种思路下首先需要回答的问题就是"道"是一个本体论范畴还是价值论范畴？

现代西方哲学观中，本体论常与认识论对举，本体"广义指一切实在的最终本性，这种本性需要通过认识论而得到认识，因而研究一切实在的最终本性的为本体论，研究如何认识则为认识论"。③ "无论是孔孟之道，还是老庄之道，实际上都不是作为认识论范畴而出现的，它不是人们对世界的认识论概括；它也不是作为本体论范畴而出现的，尽管后来它越来越被赋予了本体论的意义。"④ 值得一提的是，本体论一词进入文艺学领域，在西方是 20 世纪 40 年代，最早使用这一概念的是后来被称为新批评的诸家，借此概念他们力求建构一种具有客观精神并符合科学规范的"本体批评"，其认识论前提是将文本作为文学研究的唯一对象。20 世纪 80 年代，文艺本体论是随着西方文论的大规模引进，较早进入国人视野且被持续讨论的话题，这一讨论大体围绕两个大方向，一个是类似西方文论语境中从文艺的独立性层面探讨文艺领域中认识论和文艺本体论的有关问题，另外一个则更具中国特色，是在本质主义和反本质主义的拉锯战中，辨析文学本质和本体存在的差异。⑤ 后一个方向渐次形成了从绝对本质主义到本质主义和本体存在论相结合的基本研究共识，也就是将本质论关心的"是什么"和本体存在论关注的"如何是"结合起来思考。具体到文道关系，我们也可以这样理解——被现代文学观念所污名化的"文以载道"尤其是对其中"道"的理解近似于一种本质主义的认识，现在有必要换一个新的视角认识"道"的存在形态。

————————————————

① 宫哲兵、黄超：《道：祭道路神——古"道"字长期被忽略的一个含义》，载于《哲学研究》2009 年第 1 期，第 37～40 页。

② 陈鼓应：《〈庄子〉注评及评介》，中华书局 1984 年版，第 2 页。

③ 冯契、徐孝通主编：《外国哲学大辞典》，上海辞书出版社 2000 年版，第 146 页。

④ 李壮鹰、李春青主编：《中国古代文论教程》，高等教育出版社 2005 年版，第 34 页。

⑤ 马圆圆：《新时期以来文艺本体论建设反思》，载于《中国社会科学报》2019 年 11 月 25 日第 4 版。

　　李春青提出"'道'是一个形而上的价值范畴……作为价值论范畴存在的'道',是一种价值体系的最终依据,是价值之所从来,是某种价值观念体系一个自明的逻辑起点"①,他将附着在"道"这个概念上的价值因素视为主导型因素,旨在强调这一话语的言说主体的主体意识,即"不掌握现实权利"的士人阶层意在"承担天下之重责"的话语建构的逻辑前提,也可以说,为了让自己的言说有所凭借,他们创造了这个形而上的价值范畴,并将之作为自己的价值追求目标,即"以道自任"。从这一视角认识"道",我们就会发现"道"也好,文道关系的诸多命题也好,都和士人阶层的主体身份认知、生命价值观念息息相关,即"文与道都是有意识的创造行为,都是生命价值的实现方式"②,在这一行为过程中,始终不变的就是士人阶层"以道自任"的身份定位。

　　"以道自任"的身份定位是决定文之存在意义的理论前提,也就是说在文道关系的各种论述中,道都是决定性规范性因素,文的合理性首先取决于"道"的合理性,文的存在与发展必须有对"道"的承载和发展,这种发展主要体现为对"道"这个形而上概念的具体细化认识,这种细化认识一方面体现在日常行动层面,如孔子"志于道,据于德,依于仁,游于艺"之说;另一方面则主要体现在"立言",即为文的过程中对"道"的具体形态的思考,典型如叶燮著名的"……发为文章,形为诗赋,其道万千。余得以三语蔽之:曰理、曰事、曰情,不出乎此"之说。

　　刘俐俐教授也认为文学价值论处理的主要是"文学应该如何"的理论,但不应割裂它和一般文学观念的关系,认为"一般文学观念就是文学价值观念。文艺作品'应该如何'的理论理当属于一般文学观念覆盖之下的批评理论"③,事实上,强调从价值论的角度认识"道",并不否认以往论者从认识论、本体论或者宇宙论的意义上界定它的合理性,如果说本体论层面上的认识属于一般文学观念的话,它和从价值论角度去认识"道"并不相违,相反,其本体论意味着可以理解为是为了使这一价值之源更具说服力的一种人为的规定,这种人为的规定和话语的言说主体身份密不可分。

　　重估"文道关系"及这一关系视角下诸命题的当下价值,宏观层面是旨在寻求应对全球化挑战的具有生命力的民族文学传统的真意,微观层面上则是为当下标准混杂的文学批评寻找有效的传统理论资源。"文道关系"差异性和延续性认

---

　　① 李壮鹰、李春青主编:《中国古代文论教程》,高等教育出版社 2005 年版,第 34 页。
　　② 刘尊举:《"文以明道"与古代士人的生命价值观》,载于《文学前沿》2006 年第 1 期,第 64 ~ 77 页。
　　③ 刘俐俐:《我所理解的文艺评论价值体系的建设》,载于《江汉论坛》2016 年第 5 期,第 71 ~ 79 页。

知的考察同样重要，文学批评的价值观念体系建构自然要以文为中心，首先需要关注的言说主体就应是文章之士的主张，其脉络从韩愈的"文以贯道"发端，上承刘勰"圣因文以明道"的思想，沿着"文与道俱"的方向，北宋时期业已形成"文以明道"的体系性认识，余脉所及则是影响明清两朝的桐城派合义理辞章考据于一体的文道观念。重审代表文章之士立场的"文以明道"及其具体含义有助于我们认识传统文学观念对文学功能的规范性。①

四、重审"文以载/明道"

北宋时期是文道关系认知的成熟期，郭绍虞认为其标志就是随着"文统和道统之建立""贯道说与载道说"在这一时期分别得以完成，他开了从言说主体的身份差异去认识其主张差异的先河，指出"贯道说成为古文家的文论，而载道说则成为道学家的文论"，且进一步将之细分为三派四类型。尤其强调韩愈在这一观念形成过程中的关键作用，提出其《原道》对儒家思想流传脉络的叙述"固是道统说之所本，也是文统说之所出"，埋下了后来桐城派合"义理考据辞章为一体"的"文道混合"观的基础，更形成了他所推重的"贯道说"的转变与发展——苏轼明确主张的"文必与道俱"，或者说"文以明道"说的发扬，在这之前柳宗元在著名的《答韦中立论师道书》中已有"及长，乃知文者以明道"的提法，韩愈也有"（君子）未得位，则思修其辞，以明其道"的说法。

韩愈确实是这一观念形成的重要关捩，韩愈之前，文与道已经有所关联且形成了两种各有偏重的主张：荀子、扬雄是偏主于道的代表，且他们主张的道基本局限于儒家之说；明确在"文之枢纽"篇中提出"原道"的刘勰偏主于文，他所说的道也不囿于儒家之见，倡言"圣因文以明道"的同时，其"心生而言立，言立而文明，自然之道也""夫岂外饰盖自然耳"诸说，明显可见道家"自然"思想的影响，所以黄侃会说"此与后世言'文以载道'截然不同"②。

从具体内容来看，韩愈倡言的"道有排他性的同时也有宽泛性"的一面，是"含有道德、伦理、政治、教化的正统思想体系与实践观念体系"③，从言说方式上来看，韩愈主张的"气盛言宜"无疑更广为人知，这一说法承继孟子"养气"

---

① 本部分主要内容详见翟杨莉：《"文以明道"：文学价值实现的自我规范》，载于《马克思主义美学研究》2020 年第 2 期，第 517～527 页。

② 黄侃这里所说的后世所言"文以载道"当是理学家和政治家的文道观，见《文心雕龙札记》，上海古籍出版社 2000 年版，第 5 页。

③ 郭鹏：《道与文——"文以载道"理念的实践价值》，载于《光明日报》2016 年 7 月 15 日第 12 版。

说传统，是对写作者道德修养的重视，也是对其主体意识的强调。苏轼肯定韩愈
"道济天下之溺"的同时更强调他"文起八代之衰"这一主体身份，作为文章之
士，道是其文的起点也是落脚点，甚至可以说文是道的实体呈现和实践过程，三
苏正是这一脉观念的发展者，诚如郭绍虞所言其观念"可以包括贯道载道二者"，
至于当时被程朱等理学家视为异端，不过是因为"洛学至南宋而极盛，蜀学并无
传人，后世文论以道学家为中心，传统的文学观遂于焉确定"①罢了，但不可否
认的是，代表文章之士言说立场的"文以明道"说发展至三苏是一个高峰，体现
就是其包容性、动态性和体系性。

如果说韩愈所原之道其宽泛性主要还是在儒家范围的话，到三苏则形成融道
家自然与儒家"重学"之传统的"道可致而不可求""学以致其道"等观念，主
张学文、为文以求道，"文必与道俱"，其包容性和动态性都在增强。朱熹不以为
然，认为这是"文是文而道是道，待作文时旋去讨个道来放入里面"，或是"作
文却渐渐说上道理来"，他认同的是"先理会得道理了方作文"，泥于"惟其根
本乎道，所以发之文皆道也"，在郭绍虞看来实在是"说理而堕于理窟"，是处
处在载道的理学家立场上说话（他们强调的是文的工具性功能），忽略了通往
"道"的是一个与学、与文相生相伴的过程，或者说忽略了"道"也是文的一个
落脚点，所以郭绍虞才说他的攻击"丝毫不曾道着苏氏痒处"。

文以载道说由周敦颐发端，朱熹的阐述是进一步强调"文"的工具性作用，
因此会将"辞达而已矣"释为"辞指文辞，主在达意，不尚富艳之工"②，苏轼
的解读则不然，他将"达"视为一种理想化的境界，是"莫之求而自至"，是
"了然于心又了然于口于手"，是尽文辞之用，是"文不可胜用"的审美化境界，
这是对文道关系的一种理想状态的描述，对后世文人影响甚大。党圣元就认为
"苏轼的辞达说的基本命题是辞以达意……他对于作文如何作到达，在思维机制、
表现原则与技巧等方面提出了一系列要求，是创建文学创作表现过程的美学
原则"。③

其体系性则体现在这一动态过程中衍生出的事、理、气等范畴，这对理解他
们兼具古文家、理学家和政治家三重身份，却又始终以古文家，即文章之士的身
份为中心的主体意识也不无裨益。三苏继承了从柳宗元就开始的"及物明道"思
想，将抽象的道落实于日常人伦的认识，且自信善于为文者在道之认知和传播过

① 郭绍虞：《中国文学批评史上文与道的问题》，引自《郭绍虞说文论》，上海古籍出版社 2000 年
版，第 88 页。
② 钱穆列出了这一通常的解读，但出于历史实际，并未采用这一说法，见钱穆：《论语新解》，九州
出版社 2011 年版，第 395 页。
③ 党圣元：《苏轼的文章理论体系及其美学特质》，载于《人文杂志》1998 年第 1 期，第 129 页。

程中的优势，诚如其后进张耒所言"世之能言者多矣，而文者独传……因其能文而言益工，因其言工而理亦明"，不过他也强调"理"的重要性，强调"学文之端，急于明理"，认为"如知文而不务理，求文之工，世未尝有是也"（《答李推官书》）。与苏轼交好的惠洪更是将"理通与否"作为判断文之高下的标准，在他看来，苏轼高于欧阳修之处就是"理通"；李缢作为苏轼的后世知音，亦明言"物固有是理，患不能知之，知之患不能达之于口与手，辞者，达是理而已矣"①，可以说"理"作为具体的"事"和抽象的"道"之间不可或缺的中介，在苏轼及其同道这里得到了足够的关注。"气"更是三苏论"道"的一个关键范畴，苏辙对之贡献尤多。苏轼就说"子由之文词理精确有不及吾，而体气高妙吾所不及"，其间差异不仅在才性，也是学习过程中汲取资源的不同。郭绍虞认为"论气，亦未尝不关理""求之于理，重在体物而更须有了然于口与手的本领；求之于气，而比较的易使言之短长与声之高下者皆宜"，注意到二者各自用力之处与行文特征的差异之余，更肯定苏辙"气可以养而致"之说，认为"气是理与言中间的关键""理直则气壮，气盛则言宜"诸说有文章之士的共性，更有写作者的个性。②进而言之，如果将"文以明道"视为文章之士对写作价值的一种自我规范性命题的话，"事、理、气"就是这一命题实践过程中的几个核心要素，它们和与"道"关系更为密切的"德"一起构成"明道"这一动态过程中的重要环节，也是这一认知体系渐次形成的标志。

但中国古代并不存在纯粹独立的西方现代意义上的写作者也是一个基本常识，而这恰是中国文化的特点所在，也就是说"文章之士"只是古代士人的身份之一，从写作主体身份上来看，就是兼有多种身份就必须有所侧重或是取舍；从写作内容构成上来看，则是在坚持主流的儒家文化的同时对他种文化有所吸纳；从写作目的来看，则是"文以为用"，并不以追求审美为目的，而以服务各种社会功用为主。③正因为如此，"道"作为价值论意义上的终极依据就更是其合理性的有效支撑。

从另一个角度来说，"文以明道"是"古人对作为生命活动和价值追求的文与道之间的分化或冲突进行调和与折衷的产物"，文是道的实现途径，这并非仅仅意味着道需要通过文来表达，更不是说只有认识到了"道"，才有可能为文，而是说求道和为文都是一个动态的过程，道是起点更是落脚点，但作为落脚点的

---

① 李缢此说见程洵：《尊德性斋小集钟山先生行状》，转引自党圣元：《苏轼的文章理论体系及其美学特质》，载于《人文杂志》1998年第1期，第131页。
② 郭绍虞：《中国文学批评史上文与道的问题》，转引自《郭绍虞说文论》，上海古籍出版社2000年版，第87页。
③ 赵辉：《中国文学主流不是纯文学》，载于《光明日报》2015年7月30日第7版。

道势必与作为起点的道有所差别。文学价值也只能在这一活动过程中实现或者说"彰明"①，其实现过程中的具体性差异正是文的魅力所在。

第二节　中国现代文学功能考察

文学批评家关于文学功能的理解，来源于将文学视为社会能量流通的一种形式，由此认为其具有某种意识形态功能的预设，"在历史现实与意识形态之间有一种普遍的社会能量在往返流通，从具体的社会事件到笼统的社会现实都具有一种能量，它'具有产生、塑造和组织集体身心经验的力量'"，而"文艺既是社会能量的载体和流通场所，也是社会能量增殖的重要环节"。② 在此预设下，中国现代文学批评家们结合自身所处的"现代中国"多元、复杂的时代语境，各自形成了对于文学功能的独特理解和认知，本节着重考察在"改良群治"、"为人生"、为"齿轮和螺丝钉"，以及"怡情养性""健全人性""诗意栖居"等观念中蕴含的文学功能认知，并立足于当下对其进行阐发。

一、现代文学功能的外部指向：思想启蒙与革命政治功能

由于中国现代文学主要发生于别林斯基所说的"非艺术的时代"，处于救亡图存、强国新民的时代语境，一些文学批评家在思考文学具有何种功能时，更多关注民族与国家的前途命运，将文学与建构、发展"现代中国"联系起来。从文学"外部"着眼，将文学视为服务于文学之外某种目的的手段和工具，认为文学是促发民族"觉醒"的关键，具有实现"新人"的重要功能，也强调文学与政治斗争有着密切关联，是推动革命事业的有力武器。在此，文学功能以依附为特性，其中包括了以下两种面向。

（一）"人的觉醒"：现代文学的思想启蒙功能

如李泽厚先生所说，启蒙构成了中国近现代历史的主题之一，学界就启蒙已有很多相关论述，启蒙无论在何种层面阐释，最主要终究是"人"的问题：启蒙

---

① 钱中文：《文学是审美价值功能系统》，载于《文艺争鸣》1988 年第 1 期，第 33～37 页。
② 张进：《"批评工程论"——新历史主义批评理论的当代意义》，载于《文艺理论研究》2005 年第 1 期，第 56～65 页。

注重通过特定途径，使人从某种被束缚状态逐步走向某种理性和成熟状态，以此实现人的精神层面的进步。可以说，经由"人的觉醒"达到"新人"是启蒙的重要内涵。在这一时代主题的强烈感召之下，梁启超、鲁迅、周作人、茅盾等中国现代文学批评家们围绕着"人"这一核心，分别展开了文学如何实现"人的觉醒"之功能的阐释。

（1）"开民智""改良群治"之功能。梁启超可为代表。面对晚清时期民族危难和维新改良的国事，作为政治活动家和启蒙宣传家的梁启超，通过欧美以及日本诸国文明富强的实现轨迹考察，认识到是文学发挥了推波助澜的关键作用。从此理解出发，他在"诗界革命""文界革命""小说界革命"等的"三界革命"中，积极主张文学应当通过传播西方的启蒙思想，发挥"开民智""改良群治"之功能。在"诗界革命"中，他认为诗歌能对人进行精神的培育，因此，他一方面要求诗歌在内容上要关注中国的社会现实尤其是民族危机，以诗歌干预现实，"以诗补史"，唤醒民众、重铸民魂；另一方面，他还要求诗歌在形式上要多采用那些包含了"欧西文思"的"新语句"，他大为赞赏郑西乡的诗作《奉题星洲寓公风月琴尊图》，"全首皆用日本译西书之语句，如共和、代表、自由、平权、团体、归纳、无机诸语是也"。[①] 在"文界革命"中，则以社会文明程度与其文章之间的直接关系为着眼点，指出文章的功用在于通过传播文明思想，提高全体国民的文明程度，达到改良社会的目的，"著译之业，将以播文明思想于国民也，非为藏山不朽之名誉也"。[②] 为了更好地实现这一功能，他提出以俗语创作出能够使民众易于阅读接受的文章，以此来打破艰深的古文与广大民众之间的隔阂。在用力最多的"小说界革命"中，他将小说具有的更容易使人接受而感到快乐的特性，与群治、新民的功用密切联系起来，强调"小说为国民之魂"，因为小说具有"熏、浸、刺、提"的不可思议之力，可以使中国的国民彻底获得新生，使他们的道德、宗教、政治、风俗、学艺以及人心、人格等方面经历由低级向高级的发展进化，"盖今日提倡小说之目的，务以振国民精神，开国民智识，非前此诲盗诲淫诸作可比"。[③]

（2）批判"国民性"以促进国民灵魂改造的功能。鲁迅可为代表。五四"新文化"运动所倡导的解放个体、个性和人性的时代氛围中，"新文化"运动扛鼎人物的鲁迅，高扬以文学"立人"主张的大旗，致力于批判"国民性"以促进国民灵魂的改造。将文学与此重大任务关联，得自于对人之物质性与精神性相互区分的理解。在他看来，人的躯壳属于物质性的存在，躯体仅关涉现实之

---

① 《梁启超全集》（第 2 册），北京出版社 1999 年版，第 1219 页。
② 梁启超：《绍介新著〈原富〉》，载于《新民丛报》1902 年 2 月 8 日。
③ 梁启超：《〈新小说〉第一号》，载于《新民丛报》1902 年 11 月 14 日。

区，精神才是人的精魂，关涉理想之域。文学发生作用的机制在于"使观听之人，为之兴感怡悦"①，首先认可了文学愉悦特性，愉悦使人的精神欲求得到想象性满足，给人提供现实生活之外的理想境界，由此"涵养人之神思""致人性于全"，使人性日臻完善。在此基础上，文学还可进一步发挥"撄人之心"的巨大力量——以其所蕴含的美伟强力的思想情感，震撼读者心灵，激发反抗和进取的决心，塑造出积极健康的国民精神，从而使人从静止、沉闷之中振作行动起来。"盖诗人者，撄人心者也。……诗人为之语，则握拨一弹，心弦立应，其声澈于灵府，令有情皆举其首，如睹晓日，益为之美伟强力高尚发扬，而污浊之平和，以之将破。平和之破，人道蒸焉。"②他概括出"文艺是国民精神所发的火光，同时也是引导国民精神的前途的灯火。"③恰如他说的："说到'为什么'做小说罢，我仍抱着十多年前的'启蒙主义'，以为必须是'为人生'，而且要改良这人生。"④

（3）"国民精神之所寄"的功能。周作人可为代表。周作人也是"新文化"运动代表人物之一。他在思考文学功能时将文学与人的精神世界关联。他说文学"与心灵直接，故其用至神"，⑤文学具有"国民精神之所寄"的特性，因此文学是"于人生很切要的一种工作"。这种工作的功能在于，传播人道主义的思想给读者，使人类的思想情感向着更健康和高级的方向发展、提高，"养成人的道德，实现人的生活"。⑥可见，在周作人这里，文学是重新发现人的一种手段，可以将非人的生活转变为理想的生活。他的"人的文学""平民文学""人生的文学"三个相互递进的口号，就是依据这样理解提出的。

（4）"唤醒民众而给他们力量"的功能。茅盾可为代表。受到"新文化"运动强烈影响的茅盾，明确地以"为人生"作为文学研究会基本纲领。在他看来，文学不单单可以"表现人生"，即"指出现人生的缺点"，揭露出社会的病根，更重要的是它还具有"指导人生的能力"，即通过"提出一个补救缺憾的理想"，文学可以发挥出使人的心灵发生觉醒的重要作用：指人以正道，使人不悲观，进而唤起人们从事改造社会的行动。"我们相信文学不仅是供给烦闷的人们去解闷，逃避现实的人们去陶醉；文学是有激励人心的积极性的。尤其在我们这时代，我

① 《鲁迅全集》（第1卷），人民文学出版社1981年版，第71页。
② 《鲁迅全集》（第1卷），人民文学出版社1981年版，第70页。
③ 《鲁迅全集》（第1卷），人民文学出版社1981年版，第240页。
④ 《鲁迅全集》（第4卷），人民文学出版社1981年版，第512页。
⑤ 周作人著，杨扬编：《周作人批评文集》，珠海出版社1988年版，第5页。
⑥ 周作人：《人的文学》，载于《新青年》1918年第5卷第6期。

们希望文学能够担当唤醒民众而给他们力量的重大责任。"①

可以说，中国现代文学的"人的觉醒"功能既关系到了对文学之事、人自身之事的认识、理解，"作为一种启蒙话语，它一方面表现为对于'人'的重新认识，即什么样的人才是真正合乎人性的人？另一方面则是对于'文学'的重新理解，即什么样的文学才是真正有意义价值的文学？这两个方面结合起来成为一个整体命题，就是文学应当表现和改良人生，唤起人的觉醒和促进人的解放"。②同时，它还关系到社会之事、时代之事，文学的功能与时代的需求具有一种明显的契合性：面对着具体的时代主题，文学作为人学，积极地充当着一种"急先锋"的角色，回应社会和时代所提出的具体需求，为特殊时代中的个体提供了一种精神的食粮，进行着一次次"新人"的培育，不断促进着个体精神的进步。正是这些多重元素的复杂交织，导致了文学批评家们对于"人的觉醒"之功能的理解表现出在不同层面上的侧重和挪移。

（二）"齿轮和螺丝钉"：现代文学的革命政治功能

随着民主革命运动成为中国社会新的时代主题，文学批评家们关于文学功能的理解也发生了一次根本的转变，集中体现为主导的文学观念由"人的"文学转变为了"人民的"文学，这是一种包含着极强的阶级性、政治性和革命功利性的意识形态话语，以宏大视角将文学视为实现革命任务的必要工具，文学成为社会动员的有效方式。正如特里·伊格尔顿所说，"现代文学理论的历史是我们这个时代政治和思想意识历史的一个部分。……文学理论一直不可分割地与政治信仰和思想价值有着密切的关系。"③ 秉持这种理解方式的主要为兼有无产阶级革命家和文学批评家双重身份的毛泽东和周扬。

作为"左联"的领导人，周扬从无产阶级革命政治的现实需要出发，以"政治视角切入来从事文学研究，并把对文学的体会消解在对政治的理解当中"④。因此，他认为文学的主要功能就在于为无产阶级的政治服务，即以文学配合政治动员、教育人民群众以及打击、消灭敌人，"在政治斗争非常尖锐的阶段，每个无产阶级作家都应该是煽动家，他应该把文学当做 Agitprop（宣传）的武器。……而且越是好的文学越有 Agitprop 的效果。"⑤ 可以看出周扬的文学功能

---

① 沈雁冰：《大转变时期何时来》，转引自刘运峰主编：《中国新文学大系导言集》，天津人民出版社2009年版，第38页。

② 赖大仁、张圆圆：《"人的文学"与"人民文学"——五四以来"人学"文论观念的双重维度及其辩证发展》，载于《学术月刊》2021年第1期，第172~182页。

③ ［英］伊格尔顿：《当代西方文学理论》，王逢振译，中国社会科学出版社1988年版，第281页。

④ 张颖：《周扬文学理论主体研究》，山西师范大学博士学位论文，2009年，第25页。

⑤ 《周扬文集》（第1卷），人民文学出版社1984年版，第36页。

阐释中，明确"把文艺看作是一种宣传工具，是一种专为国家政治服务的意识形态机器"，认为"文艺斗争必须从属于政治斗争。政治之于文学，是始终居于领导地位的"。[①]

在深刻总结无产阶级文艺运动经验教训基础上，毛泽东从马克思主义哲学层面，对文学如是功能，作出了更权威的阐释并有了创造性发展。在承认经济基础的决定地位的前提下，毛泽东指出作为意识形态和上层建筑之一部分的文艺，与处于经济基础与文艺之间的中间环节的政治存在着辩证关系，一方面，"文艺是一种社会意识形态，它对物质经济基础的服务往往需要政治作中间环节，文艺不能脱离政治是客观规律"，另一方面，文学对于政治还具有重要的能动作用，"文艺是从属于政治的，但又反转来给予伟大的影响于政治"。[②] 因此，他将文艺称作是革命事业必不可少的"齿轮和螺丝钉"，强调其能够"激发和调动人的积极性、主动性和创造性""鼓舞人们为实现历史实践所必然导向的目标而奋斗"[③]，从而推动革命事业向前发展，是革命事业的有力武器，"在战争年代，文艺的主要职责就是鼓动广大人民支持革命，参加革命"。[④] 毛泽东在《在延安文艺座谈会上的讲话》中所系统提出的"人民文学"观念，是这种文学功能论的具体展开，它要求文学要为以工农兵为主体的人民大众服务，要为他们创作也要能为他们所利用。伍世昭将毛泽东的这种文学功能论概括为："将文学的功用理解为文学的政治功能以及文学对中国革命的实际效用。由此，文艺被视为革命事业的一部分，被赋予了崇高的历史使命。"[⑤]

文学的革命政治功能，其实质上是一种文学"从属论"的表现，即在文学与政治本质同一性关系中的"政治优位性"，在此，任何文学总是从属和表现某种政治关系的，也必须为特定的政治服务。这种格局的形成是由于在"现代中国"的时代语境中，与当时人民民主革命的发展要求相适应，革命政治话语占据了强大的主流话语地位，因此，对于文学功能的理解也自然要受到革命话语的直接影响和折射。也因此，这种文学观念论的形成既是历史的必然，也有着其存在的合理性和进步意义，认识到了这一点，就能正确地理解现代文学之所以在相当长的时期内与革命政治保持一种密不可分的关系这种独特现象的原因所在。但同时要警惕的是，这种文学功能论"在一定时代条件下也容易走向片面性发展，从而产

---

① 饶秋晔：《周扬在政治与文艺之间》，暨南大学博士学位论文，2015 年，第 15 页。
② 《毛泽东选集》（第 3 卷），人民出版社 1991 年版，第 865～866 页。
③ 张晓亮：《毛泽东文艺大众化思想研究》，南京师范大学博士学位论文，2011 年，第 16 页。
④ 张晓亮：《毛泽东文艺大众化思想研究》，南京师范大学博士学位论文，2011 年，第 17 页。
⑤ 伍世昭：《中国 20 世纪文学理论批评价值取向研究》，人民文学出版社 2009 年版，第 34 页。

生某些消极作用"①，即过滤和遮蔽了文学的其他功能。

二、现代文学功能的内部指向：美"善"功能

与上述从文学之外思考文学功能不同，有些现代文学批评家反对将文学作为实现文学之外目的的手段和工具，他们从文学内部着眼，即从文学本身审美特性出发，认为文学具有独立自为的功用，其与政治、经济、宗教等一样，都能以自身独具的姿态和视角表达对于整个世界的理解，是总体化言说人类生活的一种方式，具有无法替代的独特性，由此就形成了文学的美"善"功能：通过非实然的虚构和想象，文学能够营造出一方超越于现实利害关系的净土，读者在其中可以获得审美愉悦和享受，情感与意志得到陶冶和升华，并确证与完善人之为人的本质所在，进而为人类提供超脱现实种种桎梏的"澄明"境界。按照其所作用的不同方面，可将其分为以下三个层次。

（一）审美感知：文学的怡情养性之用

人作为动物性的存在，先天有着最基本的与生存紧密相关的低级欲望，这些欲望将人紧紧束缚。如马克思所说，这是物对于人的占有、"异化"。而文学之美作为"后"生存必需之事，可超越这些生活之欲，使人的情感趣味以及人生观等自我修养方面，向高雅高级方向转化。就文学这种功能，梁启超和朱光潜先后从不同角度有过相关阐释。

（1）以梁启超为代表的"趣味"功能。远离政治中心并游历欧洲之后，梁启超就文学功能的理解有了明显变化，由外在功能论者变为了内在情感论者。他的出发点是：文学之美能给人带来快感，人们对美的事物也有先天性喜好。美的文学与人的爱美本能一拍即合，文学与人的"情感""趣味"有了密切关系。由此，"情感"和"趣味"成了梁启超理解文学功能的新切入点。在梁启超看来，文学（在此，他有时也称为美术、音乐）既由情感所产生又是情感载体，"美术是情感的产物""美术的任务，自然是在表情"②，因文学善于贮藏和表达人类的复杂情感，自然成了情感教育的最大利器，对整个社会人生的健康发展可以发挥重要影响力，"音乐、美术、文学这三件法宝，把'情感秘密'的钥匙都掌握住了。艺术的权威，是把那霎时间便过去的情感捉住他，捉住他令他随时可以再

---

① 赖大仁、张圆圆：《"人的文学"与"人民文学"——五四以来"人学"文论观念的双重维度及其辩证发展》，载于《学术月刊》2021年第1期，第172～182页。

② 《梁启超全集》（第7册），北京出版社1999年版，第3961页。

现；是把艺术家自己'个性'的情感，打进别人们的'情阈'里头，在若干期间内占领了'他心'的位置。因为他有怎么大的权威，所以艺术家的责任很重，为功为罪，间不容发"。① 与之相关，梁启超继而认为，文学之美的特性还能将积极、健康的趣味，重新注入中国人衰老的心智中，治愈精神病症，恢复整个民族的生机活力。他说"文学是人生最高尚的嗜好，无论何时，总是要积极提倡的。……因为文学的本质和作用，最主要就是'趣味'"。② "美术的功用，在把这种麻木状态恢复过来，令没趣变为有趣。换句话说，是把那渐渐坏掉了的爱美胃口，替他复原，令他常常吸收趣味的营养，以维持增进自己的生活康健。"③

（2）以朱光潜为代表的"陶冶""启迪"功能。深受中国传统美学以及西方现代美学思潮影响的朱光潜认为，文学独特的审美性，可对读者情感和心灵审美陶冶和启迪，提升人的自我修养，"文学的效用"在于"逐渐启发人，提高人的心灵水准"④，"人们可以通过文学的阅读而获得美的感受，通过美的陶冶而达到修身养性的目的"。⑤ 他以自己的经历说，正是文学使自己获得了冷静、客观的头脑，在把握住"有我"世界的同时，又能将"自我"限制在合理范围内，继而跳出"我的世界"，形成对整个世界的平等观照，"拿自己的前前后后比较，我自觉现在很冷静，很客观。……凡是不能持冷静的客观的态度的人，毛病都在把'我'看得太大。他们从'我'这一副着色的望远镜里看世界，一切事物于是都失去他们本来的面目。所谓冷静的客观的态度，就是丢开这副望远镜，让'我'跳到圈子以外，不当作世界里有'我'而去看世界；还是把'我'与类似'我'的一切东西同样看待。这是文艺的观世法，这也是我所学得的观世法"。⑥

以文学之美来"怡情养性"构成了文学美"善"功能的第一个层次，主要作用发生在人的感官层面，这在后续发展脉络中，预留了文学为人类由较低级、原始的状态逐步向全面发展完善的可能性与理论空间。

（二）审美教化：文学作为引人向"善"的力量

文学伦理学认为，教化功能是文学应有的重要功能之一，"这种功能在阅读和接受的过程中具体化为审美性与伦理性的融合"，即文学对读者具有"传达审

---

① 《梁启超全集》（第7册），北京出版社1999年版，第3922页。
② 《梁启超全集》（第9册），北京出版社1999年版，第4927页。
③ 《梁启超全集》（第7册），北京出版社1999年版，第4018页。
④ 《朱光潜全集》（第1卷），安徽教育出版社1987年版，第318页。
⑤ 周海波：《文学的秩序世界：中国现代文学批评新论》，人民出版社2013年版，第415页。
⑥ 《朱光潜全集》（第3卷），安徽教育出版社1987年版，第343~344页。

美经验和道德情感，产生精神净化、伦理建构、推动人性完善等方面的作用"。①这个理解比较吻合沈从文的文学功能思想。

沈从文认为文学具有引人向上的特殊功能。作为地域和民族特色凸显的作家，沈从文的文学作品常常呈现出美好和谐的乡村世界蕴含的"观念的单纯""情感的朴素"等人性理想。作为文学批评家的沈从文也以"培养理想的人性"为切入点，来考量文学应具有的功能。在他看来，文学以其审美方式，传达的积极健康人性理想，作为博大的精神力量，能帮助人们逐渐培养起更强劲的生命力，使他们更积极乐观地面对生活的得失成败，"一个伟大的作品，总是表现人性最真切的欲望！……一个伟大作品的制作者，照例是需要一种博大精神，……且能组织理想在（对未来的美丽而光明的合理社会理想）篇章里，表现多数人在灾难中心与力的向上，使更大多数人浸润于他想象和情感光辉里，能够向上。"②沈从文将这看作文学的引人向"善"的特殊力量，这种力量不同于仅仅使人成为普通意义上的好人，是通过展示另种与现实不同的人生世相引人向上，让人深刻认识和体悟生命和人生的本质。"我说的向善，这个词的意思，并不属于社会道德一方面做好人的理想，我指的是这个：读者从作品中接触了另外一种人生，从这种人生景象中有所启示，对人生或生命能作更深一层的理解。"③他继而将文学以"白日梦"式的想象与创造力，看作对现实中那破损了的灵魂提供的陶冶与滋养，这是人类进步之关键所在。

文学作品蕴含的美好人性理想、博大的精神力量等可作用于人的心灵世界，起到濡染、疏导、教化、训导、引领的功能。审美经验与道德情感融合升华之中，文学为人类提供了引人向"善"的重要力量，使人摆脱他律控制，逐步自律地理性地为自己立法，获得自由和尊严。

（三）审美超越：文学作为"诗意栖居"的存在方式

超越性是包括文学在内凡属美的事物的根本特性，即以有限的在场的事物显现无限的、不在场的"理想"的特性，使人不再以有限的个体的眼光，而以无限和整体的眼光看待外物与自身的关系——超然物外、泰然任之，达到对相互的联系和隶属的整体世界的领悟，摆脱和征服"必然的沉沦"的人生不自由和非本真状态。这个关于文学"怎么样"的思索，成为一些文学批评家思考文学"有何用"的基本出发点：文学因此特性具有审美超越的重要功能。"现代中国"的王

---

① 张一玮：《回忆性散文的文学特征与功能——以〈从百草园到三味书屋〉为个案》，载于《文学与文化》2021 年第 1 期，第 14～22 页。

② 《沈从文文集》（第 12 卷），花城出版社 1992 年版，第 110 页。

③ 沈从文：《抽象的抒情》，复旦大学出版社 2004 年版，第 18 页。

国维和朱光潜就此功能均做出过相关阐述。

（1）王国维从文学之美"不与吾人之利害相关系"的特性出发，认为美术（即文学艺术）的独特功能就在于使人忘物我之关系、超越与现实之间的利害冲突，由此进入纯粹无欲状态，缓解、摆脱生活之欲带来的被动与压制状态，抵达自足平和精神境界，"美术之务在描写人生之苦痛与其解脱之道，而使吾侪冯生之徒，于此桎梏之世界中，离此生活之欲之争斗，而得其暂时之平和。此一切美术之目的也"。① 他以为，这恰是《红楼梦》的最高价值，即以真正的悲剧精神，描写贾宝玉在欲望与痛苦之间"屡微屡振"的历程，向人们直观展示解脱痛苦的过程和方式：宝玉以绝父子、弃人伦之不忠不孝的罪人形象，彻底断绝了人生之欲，从根上结束痛苦根源，实现不再是世俗理解的此"孝"，获得了超越普通道德的彼"孝"而抵达了形而上的伦理学高度。王国维因此称赞《红楼梦》的价值可与《浮士德》相提并论，"夫欧洲近世之文学中，所以推格代之《法斯德》为第一者，以其描写博士法斯德之苦痛，及其解脱之途径，最为精切故也。若《红楼梦》之写宝玉，又岂有以异于彼乎！彼于缠陷最深之中，而已伏解脱之种子，……屡蹶屡振，而终获最后之胜利。读者观自九十八回以至百二十回之事实，其解脱之行程，精进之历史，明了精切何如哉！"② 在我们看来，王国维的文学功能理解，已较为接近马克思·韦伯就文学艺术之功用的说明，马克思·韦伯认为，文学艺术能通过构造独立于理性主义主导的外部世界的空间，承担起世俗的救赎功能。

（2）受王国维诸多影响的朱光潜，认为"文学以其所营造的与现实社会中的道德、政治不具有任何必然性联系的纯粹意象世界，提供出了一种超越性的维度，由此美感世界，人类就可以摆脱、超越和征服现实的实用世界"③，文学"摆脱的是日常繁复错杂的实用世界"④，"在欣赏文艺时我们暂时忘去自我，摆脱意志的束缚，由意志世界转移到意象世界，所以文艺对于人生是一种解脱。"⑤"文艺所创造的世界就可以帮助我'解脱'现实""'超脱'了现实，那就等于'征服'了现实。"⑥

由文学之美的超越性特征，王国维和朱光潜的文学功能理解，达到了文学美"善"功能的最高层次。其中既体现了中国传统文化"天人合一"的思想渊源，又近似海德格尔由"澄明之境"达到的"诗意栖居"。在文学敞开的"去蔽"的

①② 王国维著，姚淦铭、王燕编：《王国维文集》（上部），中国文史出版社2007年版，第6页。
③ 李伟长：《中国现代文学批评的多元价值维度研究》，南开大学博士学位论文，2019年，第154页。
④ 《朱光潜全集》（第1卷），安徽教育出版社1987年版，第212页。
⑤ 《朱光潜全集》（第1卷），安徽教育出版社1987年版，第214页。
⑥ 《朱光潜全集》（第5卷），安徽教育出版社1989年版，第16页。

全新世界中，审美主体在现实的"实体性"、社会的"同一性"与"非实体性""非同一性"之间的旋荡中，从现实的"沉沦"超越而出。"之间"状态既是审美的至高境界，也是人生的最高境界，这时的人既非完全脱离低下的欲念、功用、理性等高高在上，也不只沉溺于"地下"事物不思仰望"上天"，人成了最具体、完全自由的人。

三、"冷"与"热"：现代文学功能论的历史反思

中国现代文学批评家分别从文学外部和内部着眼，或将文学视为实现"人的觉醒"、革命任务的有力工具，或认为文学由自身的审美特性陶冶人的性情，提升人的生命境界，乃至为人类提供超越此岸"沉沦"的路径，由此形成文学的思想启蒙、革命政治以及美"善"功能。这诸方面功能理解和阐述，呈现了矛盾对立与互补交融的张力关系，如鸟之两翼，均为文学功能论的题中应有之义，共同充实丰富了文学功能理论内涵与外延。在"现代中国"的具体语境中，由于存在着非常剧烈的民族矛盾、阶级矛盾，因此直接回应了时代主题的文学功能论，自然上升为"热门"，成为主导声音；从审美维度出发的文学功能理解，则下降为边缘被暂时贮存起来。这一格局的形成，是时代主题使然，具有历史合理性和必然性，但这种文学功能理解也有狭隘化和一体化趋向。主要弊端在于，长时期压抑、扭曲了文学自身功能全面客观的认识，文学被简单机械地视为宣传政治话语的"传声筒"，文学本应具有的超越性质被排斥乃至被视为异端。其中经验教训值得仔细研究和思索。"新时期"以来的中国文学界许多新思潮和创作活动，恰以纠正此偏颇展开，文学审美特性与超越维度得到了"补偿"性张扬与提倡，极大促进了文学功能理论。当然矫枉过正之处亦有。文学的这两种功能正如一个硬币的两面，相互依存的同时，往往仅以其一面示人，平衡竖立、同等程度显现两面，则是比较困难的实践和理论问题。

较之"冷"与"热"反思更为宏观全面富有历史感的是"庆祝中国共产党成立100周年"的理论总结。代表性论文为谭好哲教授的《百年中国马克思主义文艺价值观的思想谱系与理论积淀》，从价值中心变迁的历时性角度考察，归纳了中国马克思主义文艺价值观经历的四个阶段，分别为20世纪20~40年代以政治革命为核心的宣教价值为主的阶段、新中国成立后五六十年代的以现实生活反映为核心的认识价值为主的阶段、八九十年代以张扬情感和形式自律为核心的审美价值为主的阶段，以及新世纪以来以时代精神价值重塑为核心的文化价值为主的阶段。四个阶段的理论探索和实践取向在历史性变化中合力共构了中国马克思主义价值观的思想谱系，并且在理论逻辑上认同和持续性强化了意识形态文艺本

质观，在文艺价值源泉的理论追溯中建构起了文艺与时代生活之间的辩证反映关系，在文艺价值的主体归属上把人民需要作为文艺的根本价值所在，从而成为指引中国现代文艺走向进步、服务人民的思想火炬与灯塔。其中的"合力共构"蕴含了体现了理论积淀的思想，各阶段的价值观念的思想元素不是割裂的，而是积累积淀性的。[①] 这个思想方法和结论更加辩证和全面，对于价值观念建设的意义不言而喻。

第三节　中国少数民族文学功能考察

中国少数民族文学，理当贯通于文字记载开始的各少数民族文学文艺活动及其潜在观念等，并归属于中国范畴。但作为专门术语的"中国少数民族文学"，乃是中华人民共和国成立后才逐渐兴起的概念。由于历史沿革过程中立足点和视野的不同，对之有不同角度的功能认知。本节考察中国少数民族文学概念内涵和发展沿革；立足国家层面视野的功能观念；立足民族本位及其文化视野的功能观念，籍此辨析两者关系。

一、中国少数民族文学概念及其沿革

（一）少数民族文学的法理确认

1949 年新中国成立的时间标志，影响到中国少数民族文学的理解。李鸿然认为，"少数民族文学"一词最早由茅盾在 1949 年提出，指少数民族作家创作的、体现少数民族特点的作品。[②] 这个提法太早。因为随着 20 世纪 50 年代初民族识别、语言调查、民间文学调查等，才有法理意义的"少数民族文学"概念。《中国大百科全书》则说："1958 年 7 月 17 日中共中央宣传部召开座谈会，确定编写少数民族文学史或文学概况，'少数民族文学'这一概念被正式提出。"[③] 这个提法偏晚。费孝通和张寿康以区分"汉"与"非汉"的思路划分少数民族文

---

① 详见谭好哲：《百年中国马克思主义文艺价值观的思想谱系与理论积淀》，载于《文学评论》2021年第3期，第5～14页。

② 李鸿然：《中国当代少数民族文学史论》（上），云南教育出版社2004年版，第6～7页。

③ 中国大百科全书总编辑委员会《中国文学》编辑委员会：《中国大百科全书·中国文学2》（第二版），中国大百科全书出版社1988年版，第700页。

艺或文学则更为明确和严谨。费孝通 1951 年发表了《发展为少数民族服务的文艺工作》，后来收入同年出版的《少数民族文艺论集》，编者张寿康撰写了代序《论研究少数民族文艺的方向》。两篇文献提出了"民族文学中带根本性的重要问题，是民族文学赖以存在和发展的理论支点"，"首次明确提出了中国少数民族文艺的地位问题"，"是最早公开为民族文学在文艺领域中争取获得一席地位"的"理论呼喊"。① 茅盾则是最初对少数民族文学提出政府希望和建设色彩的领导者和理论家。

中国经过复杂分化融合与移动，形成多民族共生局面。有些民族如柔然、鲜卑等消失在历史长河中；有些分合演化而发展为今天的民族。由此少数民族文学研究领域已有共识：中国少数民族文学，指现今生活于中国境内的 55 个少数民族和历史上曾存在于中国境内的少数民族的文学现象，包括这些民族的民间口承文学和文人书面文学创作，以及文学批评和文学理论成就。该共识对于课题展开的最大价值是不人为划定固定研究边界，以文学实践价值为依托并拓展探索的开阔空间。

（二）定位、分期观念和功能观念立足点

学术界对少数民族文学定位定性和分期观念存在不同理解和界定，关涉与上述"中国少数民族文学"差异的相关概念。

1. 定位定性

20 世纪 50 年代，"少数民族文学"开始进入国家主流体制视野。1960 年中国作协第三次理事会上，老舍作了《关于少数民族文学工作的报告》，明确将少数民族文学作为"祖国社会主义文学事业"② 的一部分。姚新勇教授认为，这一年是少数民族文学的诞辰年。姚新勇将半个多世纪的少数民族文学区分为"社会主义的民族文学、民族的民族文学、后殖民弱势文学"③，对应于 20 世纪 50 年代至 80 年代、80 年代至 90 年代以及 90 年代以后，仅作为分期之一种，值得讨论

---

① 费孝通 1951 年发表了《发展为少数民族服务的文艺工作》，此文后来收入同年出版的《少数民族文艺论集》（张寿康编，北京建业书局 1951 年版，第 1~19 页）。编者张寿康为该书撰写了代序《论研究少数民族文艺的方向》（代序 1~6 页）。何联华教授认为费孝通的文章"提出了民族文学中带根本性的重要问题，是民族文学赖以存在和发展的理论支点，是最早公开为民族文学在文艺领域中争取获得一席地位的理论呼喊"，"代序"一文"首次明确提出了中国少数民族文艺的地位问题"，参见何联华：《民族文学的腾飞》，四川民族出版社 1996 年版，第 18 页。

② 老舍：《关于少数民族文学工作的报告》，见玛拉沁夫、吉狄马加主编：《中国少数民族文学经典文库（1949—1999）·理论批评卷》，云南教育出版社 1999 年版，第 4 页。

③ 姚新勇：《少数民族文学：身份话语与主体性生产》，载于《暨南学报》（哲学社会科学版）2014 年第 2 期，第 2~18 页。

的命名印证了区分探究不同立足点和思想方法之必要性。

以怎样条件确定何为民族文学是个重要问题。民族成分、语言和题材等长期被认为是确立少数民族文学的三项标准。如以此观念和标准，20世纪50年代末至80年代撰写的《中国少数民族文学史编写参考资料》①、《中国新文艺大系（1976－1982）少数民族文学集·导言》②等即是。但这些"硬指标"不符合实际情况，也缺乏科学性。朝戈金认为，"一个作家可以运用别民族语言，借用别民族的文学样式，描写别民族的社会生活（当然都是'自己的'在文学形态上就更纯粹），但只要他的作品客观地显示出'民族本位偏见'，或者说他还戴着民族的'文化眼镜'，那么他的全部文学创作都不折不扣地属于他自己的民族，是他所属民族的民族文学"。③为引导少数民族文学创作，早在1986年，《民族文学研究》上就有署名为《民族文学》和《民族文学研究》评论员的作者发表过《民族特征 时代观念 艺术追求——对少数民族文学创作理论的几点理解》一文，强调"民族特质、时代特点、艺术追求，在文学创作中是互相交织、互相渗透的。文学的民族特质与艺术追求，都应有鲜明的时代观念予以关照；文学的民族特质与时代观念，都要借助艺术追求去升华；而对少数民族作家来说，时代观念与艺术追求，又都要围绕民族特质这一少数民族文学的命脉来加以体现。在少数民族文学创作主体的自身建设中，三者不可或缺，三者必须结合"。④

本课题将少数民族文学定义确定为：依据不被民族身份、本民族语言和必须本民族题材所束缚的原则，以作家文字创作的书面文学为主体，顾及民族传统和文体及审美连续性，需要时旁及民间口头文学现象。

2. 相关概念

"族裔/族群文学"概念，是与"世界文学"对照的范畴，伴随世界范围内族权运动、亚文化以及多元文化主义而兴起。在我国少数民族文学是现代的产物。中国少数民族文学多民族一体的总体特征，决定"族裔/族群文学"概念可以使用的前提下，仅在有限范围有特殊意义。关纪新曾从文化认同角度，将少数民族作家分类为："本源派生—文化自恋型""借腹怀胎—认祖归宗型""游离本源—文化他附型"，认为"三种类型的作家在不同民族的不同文学发展时期内次第出现，总的来说，是历史使然""我国拥有作家文学的诸少数民族，基本上都处在了第一、第二两种类型作家并存的状态。至于第三种类型的少数民族作家，

---

① 中国社会科学院民族文学研究所编：《中国少数民族文学史编写参考资料》，1984年版。
② 玛拉沁夫：《中国新文艺大系（1976－1982）少数民族文学集·导言》，中国文联出版社1985年版。
③ 朝戈金：《民族文学范畴之我见》，载于《民族文学研究》1987年第2期，第7～12页。
④ 《民族文学研究》《民族文学》评论员：《民族特征 时代观念 艺术追求——对少数民族文学创作理论的几点理解》，载于《民族文学研究》1986年第4期，第42～49页。

总的来说，队伍还不很大"。① 如上分类和倡导，在近四十年少数民族文学创作和研究中起到了多元思维的作用。此外，本世纪以来少数民族文学批评发明或借用的如"多民族文学史"②、"小民族文学"③ 等关键词，涉及身份、语言、文化、政治等层面，发现复杂微妙的文学现象并提出了有价值的问题。

3. 功能观念立足点的区别

价值哲学意识论确认："主体的定位和自我意识，简称主体意识。一种价值观念'是谁的，最终为了谁'，就会以谁的地位、立场、利益为根据，反映和代表谁的意志。所以构成任何一种价值观念的第一个基础，就是确立价值主体；而每一价值主体确立自己价值观念的第一个基础，则是要充分认识自己的社会角色、地位和使命，包括责、权、利的定位。"④ 少数民族文学功能观念清晰地显示了两种立足点：立在国家层面，即"社会主义的民族文学"；立在民族本位层面，即"民族的民族文学"甚至"后殖民弱势文学"。⑤

---

① 关纪新：《少数民族作家与民族文化传统的关联》，载于《民族文学研究》1994 年第 1 期，第 27 ~ 34 页。

② "多民族文学史"无疑是本世纪少数民族文学研究最显赫的议题，自 2004 年首届"中国多民族文学论坛"举行以来，该论坛已相继举办十余届。2007 年开始，《民族文学研究》编辑部陆续编发了"创建'中华多民族文学史观'笔谈"的文章，影响甚大。目前，国内重要中文期刊已刊发有关这一议题的大量论文，可参考：关纪新：《创建并确立中华多民族文学史观》，载于《民族文学研究》2007 年第 2 期；姚新勇：《关于"多民族文学史"研究的断想》，载于《民族文学研究》2007 年第 2 期；朝戈金：《"中华多民族文学史观"三题》，载于《民族文学研究》2007 年第 4 期；杨曦、潘年英：《"多民族文学史观"之管见》，载于《民族文学研究》2008 年第 2 期；欧阳可惺：《当代中国多民族文学史观建构的思考》，载于《民族文学研究》2008 年第 2 期；李晓峰：《中华多民族文学史观的理论基础及其内涵》，载于《民族文学研究》2008 年第 4 期；李翠芳：《中华多民族文学史观：理论的论证与践行的途径》，载于《云南社会科学》2012 年第 1 期；李长中：《少数民族文学的公共性与"多民族文学史观"之检讨》，载于《学术论坛》2013 年第 11 期；陈平原：《"多民族文学"的阅读与阐释》，载于《文艺争鸣》2015 年第 11 期；汪荣：《"内部的构造"：从少数民族文学到多民族文学》，载于《中国比较文学》2017 年第 2 期，等等。

③ "小民族文学"的提出者是德勒兹和瓜塔里，又被翻译为"少数文学"。在《卡夫卡：通向小民族文学》（*Kafka：Toward a Minor Literature*. London：University of Minnesota Press，1986）一书中，德勒兹和瓜塔里认为，"小民族文学"的特征有三个：第一个特征是在任何情况下语言都是高度的解域化；第二个特征是小民族文学中的所有的事物都是政治化的；第三个特征是小民族文学中的所有事物都有集体价值。我国文学研究领域将这一概念借用过来，发表了若干学术成果，可参考：陈永国：《界限与越界：小民族文学的解域化》，载于《清华大学学报》（哲学社会科学版）2005 年第 6 期；尹晶：《小民族政治的文学实践》，载于《国外理论动态》2008 年第 1 期；杨喻清：《从"小民族写作"和块茎理论看"中国多民族文学视野"》，载于《民族文学研究》2016 年第 6 期；以及本项目有关成果。

④ 李德顺：《价值论——一种主体性的研究》，中国人民大学出版社 2013 年版，第 145 ~ 146 页。

⑤ 本部分主要内容详见李晓峰：《论少数民族文学的社会功能与评价体系》，载于《民族文学研究》2021 年第 3 期，第 5 ~ 17 页。

二、"社会主义的民族文学"的功能观念

"社会主义的民族文学"的价值主体是社会主义性质的国家。该价值主体的功能观念，提出时期及具体内容如下。

（一）第一时期：促进民族团结，宣传民族政策

1949 年之后，少数民族文学纳入了新中国社会主义新文学整体格局。新中国文学是一体化政治文化组成部分，少数民族文学被赋予了特殊使命和功能。

促进民族团结是新中国成立之初最重要的社会使命。1953 年周扬在全国第二次文代会的大会报告说："开始出现了新的少数民族的作者，他们以国内各民族兄弟友爱的精神，真实地描写了少数民族人民生活的新旧光景，创造了少数民族人民中先进分子的形象，他们的作品标志了国内各少数民族文学的新的发展。"① 这是基于文学实绩的评价。1952 年《人民文学》发表了玛拉沁夫短篇小说《科尔沁草原上的人们》，《人民日报》在题为《文化生活简评——〈人民文学〉发表了两篇优秀的短篇小说》评价该作品"五个新"："写了新的主题、新的生活、新的人物，反映了现实生活中先进的力量，用新的伦理和新的道德精神教育人民。"周扬说的"他们以国内各民族兄弟友爱的精神"，相当长时期仅出现在少数民族文学或者少数民族题材的作品语境的评价之中。"友爱精神"是国家所期望的各民族关系的最佳状态，少数民族文学承担的特殊社会使命——民族团结，是根本价值指向。

宣传民族政策也是一项重要社会使命。新中国成立之初的平等为核心的民族政策刚制定，落实民族政策和完善民族政策是当时的主要任务。宣传民族政策成为少数民族文学的特殊社会使命。早在 1951 年费孝通就结合自己的现实体会指出："在访问西南少数民族的工作中，我们深切地体会到文艺工作是宣传民族政策最有效的方法。"② 李乔《欢笑的金沙江》等即为实绩。"政策过江"等艺术描写至今是文学史佳话。

社会使命和评价体系内在的规定性，《人民文学》发刊词已有确定："开展国内各少数民族的文学运动，使新民主主义的内容与各少数民族文学形式相结合，各民族间互相交流经验，以促进新中国文学的多方面的发展"③，则为该时

---

① 详见《周扬文集》（第 2 卷），人民文学出版社 1985 年版，第 237 页。
② 费孝通：《发展为少数民族服务的文艺工作》，载于《新建设》1951 年第 4 卷第 3 期，第 1～19 页。
③ 茅盾：《人民文学：发刊词》，载于《人民文学》1949 年 10 月 25 日第 1 卷，第 13～14 页。

期少数民族文学最主要艺术标准和目标。无论是毛依罕、芭杰、康朗英、康朗甩等用本民族传统形式表现新生活作品受到的重视，还是饶阶巴桑、纳·赛音朝克图、韦其麟等诗人极具民族特色的诗歌创作受到的肯定，都有明确的规定性和导向性。

该时期少数民族文学较好完成了自己的使命，特殊功能得到实现。1960 年老舍在《关于少数民族文学工作的报告》总结说："我国各少数民族中都出现了崭新的社会主义文学……这些新文学都是我国社会主义文学的长江大河的条条支流，且各以独特的色彩，金涛雪浪，洋洋大观，丰富着祖国文学！在加强民族团结上，在提高人民政治觉悟与共产主义道德品质上，在促进各民族文化的繁荣上，这些新文学都发生了不容忽视的作用。"[①] 1962 年《中国当代文学史稿》表述为："在这个时期里，各兄弟民族的诗人和艺人们，开始用本民族特有的歌谣配合各项运动，宣传党的政策，如宣传民族政策、婚姻法、抗美援朝运动等等，使文艺发挥了更多的作用。"[②] 在此基础上，《中国当代文学史稿》强调了少数民族文学在新中国文学中的地位："我国的事业也是各民族的共同事业。各民族的文学艺术都处于平等的地位，同是社会主义文艺不可分割的部分。"[③]《中国当代文学史稿》还指出："各兄弟民族作家的作品，出色地反映了各族人民的生活和斗争，特别是反映了解放以后在党领导下各族人民建设事业的光辉成就以及他们精神面貌的变化，热情地歌颂了党和国家的英明的民族政策。作品反映的生活面是广阔的，内容是丰富多彩的。在形式上，继承和发展了自己的文学传统，富有民族风格和地方特色，深为各族人民所热爱。"[④] 少数民族文学社会使命的完成及其发挥程度的评价，与中国新文学整体的少数民族文学地位的内在逻辑关系为：少数民族文学成为"社会主义文学不可分割的部分"，缘于它承担着特殊社会使命；少数民族文学在新文学整体的地位，取决于使命能否与完成程度。强调各民族艺术"平等"地位，源自《宪法》规定的民族平等和反对大汉族主义与地方民族主义，这也随之成为少数民族文学创作与理论批评的重要原则。

国家赋予少数民族文学社会使命，即确立了少数民族文学批评标准刚性的内在规定性。此规定性意味着文学"齿轮"和"螺丝钉"的使命性功能的少数民族文学具体化，也意味着少数民族文学的使命担当，必定呈现出少数民族新文学之"新"的衡量标准。

---

① 老舍：《关于少数民族文学工作的报告》，引自《中国少数民族文学经典文库》，云南人民出版社1999 年版，第 4 页。
② 华中师范学院编：《中国当代文学史稿》，科学出版社 1962 年版，第 175 页。
③ 华中师范学院编：《中国当代文学史稿》，科学出版社 1962 年版，第 808 页。
④ 华中师范学院编：《中国当代文学史稿》，科学出版社 1962 年版，第 33～34 页。

始于 1949 年的以促进民族团结和宣传民族政策为特殊社会使命的第一阶段大致延续到 20 世纪 70 年代末。

（二）第二时期：共同繁荣发展、建立新型民族关系

新时期的 20 世纪八九十年代破除了文学"工具论"观念。"我国少数民族文学创作怎样才能适应新时期四个现代化的要求？尽可能迅速地有一个更大的发展和繁荣？更好地担负起伟大时代赋予我们的迫切任务？"[①] 国家层面就此的明确规定中，将"要求""迫切任务""发展和繁荣"与少数民族文学关联。国家层面的稳定、必要、合乎规律的价值导向为：多民族国家、民族平等、民族政策、民族团结等。此导向支撑少数民族文学执行特殊的使命。换句话说，中国少数民族文学的特殊使命和功能在 1980 年以后依然被确定和存在，只是由于"新时期"的特定语境而有了新的内在规定性。

"不断加强民族团结，发展社会主义新型的民族关系，大力帮助少数民族全面发展政治、经济、文化建设事业，逐步消除历史遗留下来的民族间存在的事实上的不平等，实现各民族的共同繁荣，共同建设具有中国特色的社会主义"[②] 成为新时期民族政策的重点。民族团结成为新型民族关系的要素之一。由此，少数民族文学使命和功能便成为"少数民族文学工作者一定要为提高民族文化，发展民族经济，促进各民族间的团结，促进民族内部的团结和巩固祖国的统一，做出新的贡献""各少数民族作家把加强民族团结作为文学创作的一个长期的重大主题和神圣职务，发挥文学的力量，歌颂各族人民识大体、顾大局、讲团结、讲平等的精神风貌。少数民族文学艺术工作者肩负着促进民族团结、建设精神文明的重大使命"。[③] 可见，新中国成立之初的少数民族文学宣传党的民族政策的功能隐遁，核心要素的民族团结则始终如一。于是，书写或者表现维护和巩固祖国统一和民族团结、建设社会主义精神文明、实现各民族共同繁荣，成为新时期少数民族文学新的使命和功能。此变化原因有四：一是中国少数民族社会历史调查和民族识别基本完成，民族政策得到很好落实，各民族经济社会有了较大发展，统一的多民族国家根基较为扎实；二是改革开放后中国法治化进程加速，政策执行力度加大，民族政策已经成为一条刚性的"红线"；三是在中华民族形成的历史中，肯定各民族历史贡献已成共识并被法律固定下来；四是 20 世纪八九十年代，各民族共同发展和繁荣成为国家和各民族的共识和核心诉求。少数民族文学坚守

---

①② 冯牧：《大力发展和繁荣我国各少数民族的社会主义文学》，载于《中国民族》1980 年第 8 期，第 25～26 页。

③ 《喜庆丰收，预报繁荣——贺全国少数民族文学创作发奖大会》，载于《中国民族》1982 年第 2 期，第 32 页。

使命的核心价值基础上，升级为历史必然。例如，20 世纪 80 年代初，国家纠正"文革"时期民族工作系统性偏差，正本清源"民族问题的实质是阶级问题"，彻底纠正"文化大革命"期间少数民族地区和少数民族文学工作者中的冤假错案，清理反对地方民族主义扩大化中的遗留问题等。① 民族政策全面恢复和落实等的具体话语，传达出了"共同繁荣发展"和"新型民族关系"的国家意志，既符合各民族的利益诉求，也符合统一多民族国家的稳定和巩固。

少数民族文学从 20 世纪 80 年代开始进入快速发展的黄金期。爱国主义、民族团结是少数民族文学主旋律。少数民族文学触及和反映民族地区新情况和新问题等选题获得了合法性，加之改革开放宽松的政治文化语境。改革开放以来少数民族生活的巨大变化（包括改革开放冲击和影响下各民族生存环境、生活方式、民族习俗、民族心理、情感发生的巨大震荡、变化、彷徨、适应、选择）也成为少数民族文学的重要流脉。

1980 年后，国家层面注意和发现了少数民族文学评价标准和体系滞后。1986 年《民族文学研究》上署名为《民族文学》和《民族文学研究》评论员的作者发表过《民族特质　时代观念　艺术追求——对少数民族文学创作理论的几点理解》一文，对于少数民族文学发展状况和存在问题进行了总结、评价和未来走向的思考，有了建构少数民族文学评价体系和标准的共识。这篇文章与国家对少数民族文学的期望不谋而合："我国的少数民族文学是整个当代中国社会主义新文学的有机组成部分"，改革开放以来，"在党的民族政策和文艺政策指引下，少数民族的文学创作，迅猛崛起，健康发展，展现出为国内外所瞩目的巨大实绩"，作者认为，"为了发展，少数民族文学的创作实践，非常渴望的，乃是创作理论对创作主体自身建设的深广辐射。既往的少数民族文学创作，已经提供了可资检视和总结的丰富经验。完全有必要，在民族文学研究者已达到的理论抽象的基础上，继续加强这一工作。"因为在改革开放的新时期，"各民族作家有责任有义务向民族与社会奉献出标志着这一伟大时代前行动律的作品"，这是"少数民族作家肩负的社会使命和时代使命"。②

第二个时期的基本使命，可概括为：共同繁荣发展、建立新型民族关系。

（三）第三时期：办好民族文学，促进民族团结进步

第三时期为 20 世纪 90 年代至今。新世纪少数民族文学平稳推进纵深发展。

---

① 马寅：《壮大少数民族队伍繁荣少数民族文学创作》，载于《中国民族》1980 年第 8 期，第 28 ~ 29 页。

② 《民族文学研究》《民族文学》评论员：《民族特质　时代观念　艺术追求——对少数民族文学创作理论的几点理解》，载于《民族文学研究》1986 年第 4 期，第 42 ~ 49 页。

各区域多民族文学整体繁荣，人口较少民族文学快速发展，少数民族文学整体水平提升。新时代语境也相应给少数民族文学提出了挑战和难题。世界政治格局的重组；多极化与一体对决；地缘政治格局动荡；中亚、中东局势复杂化；"三股势力"渗透中国，对国家安全造成新威胁。此外，受外部因素影响，中国民族问题有了许多新情况。就此国家层面提出各民族团结进步和共同繁荣发展的总体目标，具体化为全面建成小康社会"少数民族一个不能少"的国家理念，以此化解国家统一和民族团结受到的挑战和威胁。在这种情况下，维护国家统一，促进民族团结，反对大汉族主义和地方民族主义仍是绝不能触碰的两条红线。国家赋予少数民族文学的使命以及少数民族文学的功能，不但没有弱化，反而得到了加强。2009年时任国家总理的温家宝在《民族文学》蒙、藏、维文版创刊之际的题词中，他明确提出"办好民族文学，促进民族团结进步"。国家赋予民族文学的使命再次得到强调。中国作协与国家民委共同主办的骏马奖和全国少数民族文学创作会议的制度化，也成为国家规范、评价和引导少数民族文学发展方向的话语方式。由此2012年李冰在全国少数民族文学创作会议上的讲话中，概括少数民族新世纪的成绩说："少数民族作家们紧贴时代脉搏，真实描绘少数民族地区发生的巨大变化，生动地反映了少数民族群众的现实生活和精神风貌，反映了新时代人们的生活观念和思想情感。少数民族作家深入挖掘本民族文化资源，大力弘扬优秀传统，热情讴歌在社会主义新型民族关系中平等团结、共同发展的情谊，创作了一大批思想性艺术性俱佳、具有鲜明民族特色、充满爱国情感、深受各族人民喜爱的优秀作品。"在分析少数民族取得新发展原因时，李冰指出："在党的民族政策指引下，我国各族人民和睦相处、和衷共济、和谐发展，民族地区经济社会发展不断取得新的成就。党和政府对繁荣少数民族文学高度重视，提供了良好的外部环境和物质保障。各族人民共同团结进步、共同繁荣发展的伟大实践，为少数民族文学创作提供了丰富源泉。"由此可见，制度环境、国家规范，少数民族文学使命与功能的标准均未改变。少数民族文学实际地承担了自己的使命。

新世纪以来，这种使命和功能除了体现在创作与评奖等方面的重大变革外，还体现在对于各民族文学经典的重视已超出了少数民族文学学科和领域。"少数民族文学经典进课堂""编一本少数民族文学读本又何妨"等话题频频出现。少数民族文学作品选编辑出版，证实了新中国成立以来少数民族文学的成就，本书第四章有专节梳理和分析少数民族文学选本。①

---

① 本部分主要内容详见李晓峰：《论少数民族文学的社会功能与评价体系》，载于《民族文学研究》2021年第3期，第5～17页。

三、"民族的民族文学"的功能考察研究：民族文学志的文化记忆与阐释功能

（一）从民族志到文学民族志

民族志是人类学概念，《中国大百科全书》的定义为，民族志是"民族学学者（文化人类学者）发表的用于描述田野调查过程的工作报告。书面民族志描述某个具体时空条件下的人群，具有独特的写作风格和理论话语"。[①] 其实民族志的独特写作风格和理论话语始终处于变化中，最晚近的剧烈变化是 20 世纪 60 年代人类学的"表述危机"和"写文化"[②] 的大讨论，该讨论反思民族志写作立场和偏见，倡导采用文学或叙事方式等更新写作方法，这成了后经典民族志的重要特点。讲故事原本就是叙事文学和民族志的共同形式，叙事建立对社会事实的共识，是民族志的写作追求。民族志与文学有着内在相通性、关联性和相似性。人类学的"文学转向"，甚至被称为一场范式革命。此外，人类学家、民族学家群体历来不吝惜自己的"作家笔墨"，"民族志"与"民族志写作"相互贯通并有自己的历史。老一辈人类学家林耀华的名著《金翼》，即为小说体式的民族志作品，再如潘光旦的《铁螺山房诗草》、费孝通的《孔林片思》、庄孔韶的《自我与临摹——客居诗选》等。[③] 庄孔韶、萧兵、潘年英等人类学家，还对民族志的文学性质进行了理论总结，乃至提出"不浪费的人类学"[④] 等观念。格尔兹提出"作为作者的人类学家"[⑤]，也认为民族志书写中渗透了文学属性的探索。

文学领域如何接过民族志概念，拓展为文学民族志？中国 20 世纪 90 年代以

---

① 《中国大百科全书》总编委会：《中国大百科全书·第 16 卷》（第二版），中国大百科全书出版社 2009 年版，第 130～131 页。

② 参见詹姆斯·克利福德、乔治·E. 马库斯主编：《写文化：民族志的诗学与政治学》，高丙中、吴晓黎、李霞等译，商务印书馆 2006 年版；乔治·E. 马库斯、米开尔·M. J. 费彻尔：《作为文化批评的人类学：一个人文学科的实验时代》，王铭铭、蓝达居译，生活·读书·新知三联书店 1998 年版等。

③ 参见潘光旦：《铁螺山房诗草》，群言出版社 1992 年版；费孝通：《孔林片思：论文化自觉》，生活·读书·新知三联书店 2021 年版；庄孔韶：《自我与临摹——客居诗选》，湖北教育出版社 2001 年版等。

④ "不浪费的人类学"是人类学家庄孔韶提出的思想，作者的《银翅——中国的地方社会与文化变迁》（生活·读书·新知三联书店 2016 年版）是这一思想的生成之作，另外可参见庄孔韶：《远山与近土》《文化与性灵》《表现与重构》《家族与人生》《自我与临摹》5 册"独行者"人类学随想丛书（湖北教育出版社 2001 年版）。

⑤ 参见［美］格尔兹：《论著与生活：作为作者的人类学家》，方静文、黄剑波译，中国人民大学出版社 2013 年版。

来，少数民族文学特别关注少数民族的地方性知识，关注他们理解的弱势族群以及其边缘文化。文学作品展示巫术、神话、宗族的艺术描写中，呈现了对"他者"的关注和认同。创作中有意识运用人类学思想和手段，作家从书斋走向田野，同时充当了人类学家角色。作品不一定明确以文学民族志命名，却具有民族志的意义。例如 20 世纪 90 年代的"词典体"的小说、魔幻现实主义、"文史杂糅"等现象，都已具有文学民族志元素。本世纪以来，"非虚构"思潮中，诞生了阿来的《瞻对》、潘年英的"人类学笔记"、Y. C. 铁穆尔的《星光下的乌拉金》等作品，既是纪实性的又可归入文学民族志范围。在文学民族志呈现为突出现象的过程中，文学批评界将之通称为"人类学写作"或"民族志写作"。①

文学民族志的主要特性是"地方性知识"② 记录。大范围看可以归属文学认知功能。文学民族志的"地方性知识"绝非"地方性知识"的简单记录，它是文学审美创造结果。彭兆荣在《再寻"金枝"——文学人类学精神考古》③ 一文中认为：事实/虚构是可以在文学人类学中相互转化的，这种可交换性体现在自然与文化、历史与故事、进程与话语三个方面。文学民族志亦然，它是在事实与虚构、根基论与工具论之间衍生若干功能。文学认知功能大概念覆盖之下，可具体分解为文化记忆功能和文化阐释功能。

（二）文学民族志的文化记忆功能及其实现机制

文化记忆是文学民族志的基本功能。中国许多少数民族的文字文学形成较晚，直到 20 世纪 50 年代以后，有了"少数民族文学"命名后，有的少数民族依然没有自己的书面文学或以汉语写作的文学。书面的民族文学对少数民族，涉及记忆媒介的改变和民族文化存续与传承。20 世纪 90 年代以来出现的文学民族志，就是少数民族文学发展到特定阶段的集体征候。文化记忆与个体记忆不同，莫里斯·哈布瓦赫提出的"集体记忆"之时，即已设定了记忆离不开社会框架，记忆

---

① 此类说法使用较多，目前叶淑媛的博士论文《1990 年代以来的民族志小说研究》（2012），以及周霆的《民族志叙事：文学与人类学的学科互涉》（2016）、刘慧的《人类学文学写作理论与实践——以潘年英的创作为例》（2010）、颜早霞《文学人类学视域下铁穆尔写作研究》（2014）、盛春利的《在文学与人类学之间徘徊与创新——潘年英"人类学笔记"系列作品研究》（2016）等数篇硕士学位论文是关于这一现象比较系统的研究。彭兆荣在《文学民族志：一种学科协作的方法论范式》（《青海社会科学》2020 年第 3 期）一文中首次明确提出了"文学民族志"的说法，但与课题组提出的"文学民族志"略有差异。目前，收入中国知网（CNKI）以"民族志书写""民族志小说""人类学小说""人类学的文学转向"等为主题词显示的国内文学民族志研究成果有 40 余篇期刊论文。

② ［美］克利福德·吉尔兹：《地方性知识——阐释人类学论文集》，王海龙、张家宣译，中央编译出版社 2000 年版，第 222～322 页。

③ 彭兆荣：《再寻"金枝"——文学人类学精神考古》，载于《文艺研究》1997 年第 5 期，第 92～100 页。

依赖社会化和交往化形成。20 世纪 70 年代，扬·阿斯曼、阿莱达·阿斯曼夫妇正式提出"文化记忆"，① 并在个体记忆与文化记忆之间引入了交往记忆，他们认为，交往维系的集体记忆最多只有 80～100 年，所以，需要文化记忆对其制度化。

因为与少数民族文学的文化记忆功能相关，需要介绍"重写历史"现象。文化记忆离不开"重写历史"，文化记忆并不是对过去事件的全记录，"重写历史"就是文化记忆对事件进行筛选、强化和遗忘的微观过程。20 世纪 80～90 年代以来民族文学出现了"重写历史"热潮，一些作家深入民族精神秘史领域。如张承志的《心灵史》、乌热尔图的《鄂温克史稿》、Y. C. 铁穆尔的《苍天的耳语》、阿来的《瞻对》等，文学评论家一般将其纳入历史民族志范畴。"重写历史"是在现代性、全球化冲击和压力下保存记忆延续性的一种方式，意味主流叙事和民族国家话语之外，另外开辟了新史学或"后设历史"写作模式。批评家普遍意识到民族文学的"重写历史"有着主体诉求和身份政治的意义，在二元对立的立场下，"重写历史"并不是真正的历史。"重写历史"的文化记忆很少有私人化的写作，作家似乎意识到，若要构造民族的文化记忆，便无法容纳私人话语。这种谋求差异性的集体身份含有情绪化的对抗态度，也显示了美学趣味和世界认知的差异。乌热尔图笔下的鄂温克族驯鹿文化、张承志《心灵史》中的穷人教派"哲合忍耶"、铁穆尔散文中的"尧熬尔"游牧文化记忆都各有声色。如刘大先所说，"少数民族文学的再造文化记忆，显示了身份追求和特定认知合法化的尝试。其意义不唯在所叙述的内容本身，也不仅仅是其叙事形式的转变，更在于它们建立了与曾经的外来人的不同的感觉、知觉、情意基础上的概念认知工具"。②

文学民族志的显著特点是知识品格，其中有民族文化的细枝末节、心理和习俗等。文学民族志随之与文化随笔有所混同，互相掺杂。20 世纪 90 年代，乌热尔图搁下了小说写作，转向文化随笔和文史类读物写作，张承志、扎西达娃等大批作家也一改文风，在文学民族志特点的创作中倾注大量精力。现在，文化文本已经成为民族文学中典型的文学民族志类型。阿莱达·阿斯曼曾对"文化文本"予以细致界定：文化文本在"身份认同""接受关系""创新表达和经典化"以及"超越时间性"③ 四个方面与文学文本有明显的区别。概言之，文化文本是对

① 参见［德］扬·阿斯曼：《文化记忆：早期高级文化中的文字、回忆与政治身份》，金寿福、黄晓晨译，北京大学出版社 2015 年版；［德］阿莱达·阿斯曼：《回忆空间：文化记忆的形式和变迁》，潘璐译，北京大学出版社 2016 年版。

② 刘大先：《叙事作为行动：少数民族文学的文化记忆问题》，载于《南方文坛》2013 年第 1 期，第 45～50 页。

③ ［德］阿莱达·阿斯曼：《记忆作为文化学的核心概念》，见《文化记忆理论读本》，阿斯特莉特·埃尔、冯亚琳主编，北京大学出版社 2012 年版，第 140 页。

真相有要求的文本，读者也是某群体一员。

（三）文学民族志的文化阐释功能及其实现机制

文化记忆与文化阐释是不同矢量的两个方面：一个是指向过去的主体行为，另一个是基于当下的赋值行为。两者并不割裂，文学的文化阐释先设了文化记忆功能的合理性，文化记忆也立足于当下的时间基点。此外文学民族志功能离不开文学之外的主体，如学者、媒体、旅游等。概括地说，文学民族志绝非自足的，而是主体间性的产物。

民族文学的文化阐释涉及两个梯度：一是文化文本对民族文化的阐释；二是对文化文本的接受和解读。前者将社会历史视为大文本，参照文本—语境的语义框架，文学被视为表征。后者挖掘作品的少数民族知识、地方性知识以及知识谱系等问题。无论哪个梯度上，民族文学的文化阐释都不将知识仅仅当作"留照"式的符号，也绝不抽离解读。文学的文化阐释中，格尔兹所说的"深描"① 是有效方法之一。"深描"之精髓在于注重揭示行动与文化之间的关系。格尔兹认为，"理解一个民族的文化，既揭示他们的通常性，又不淡化他们的特殊性。这使他们变得可以理解：将他们置于他们自身的日常状态之中，使他们不再晦涩难解"②，即与他的"文化持有者的内部眼界"③ 相通。

文学民族志的文化阐释功能关涉若干理论问题。20 世纪 60 年代，反思人类学针对民族志写作的主位与客位问题，就主体合法性问题曾经有过激烈论战并在我国民族文学中有所震荡。20 世纪 90 年代初，乌热尔图在《读书》杂志上发表了《声音的替代》《不可剥夺的自我阐释权》等文章，随后姚新勇也在《读书》发表了《未必纯粹自我的自我阐释权》，④ 对少数民族作家的主体性展开了"解构"式批评。遗憾的是这段交锋没有走远，但可以从当代少数民族作家自我解读的文字中看到其影响。例如侗族作家潘年英在《故乡信札》自序中说"我更倾向于'本土'人类学者的研究，原因很简单，就是'异地研究'的学者很难做

---

① ［美］克里福德·格尔兹：《文化的解释》，纳日碧力戈等译，上海人民出版社 1999 年版，第 3～38 页。

② ［美］克里福德·格尔兹：《文化的解释》，纳日碧力戈等译，上海人民出版社 1999 年版，第 16 页。

③ ［美］克利福德·吉尔兹：《地方性知识——阐释人类学论文集》，王海龙、张家瑄译，中央编译出版社 2000 年版，第 70～92 页。

④ 参见乌热尔图：《声音的替代》，载于《读书》1996 年第 5 期；乌热尔图：《不可剥夺的自我阐释权》，载于《读书》1997 年第 2 期；姚新勇：《未必纯粹自我的自我阐释权》，载于《读书》1997 年第 10 期。

到像'本土'学者那样对文化背景有一种'吃透'的深刻。"① 20 世纪 90 年代以后，民族文学进入新阶段，姚新勇称为"后殖民弱势文学"，其主体意识不仅区别于国家宏大话语的民族本位意识，还有同时期后殖民思想的刺激。这也是文学民族志此时期大量涌现的原因。小说、诗歌等体裁呈现的文学民族志构成了本土经验的重要表达，西方人类学家评价说"来自于第三世界大部分地区的大量当代小说和文学作品，也正在成为民族志与文学批评综合分析的对象"。②③

四、"民族的民族文学"的功能考察研究：地方性知识的认知与传播功能

（一）地方性知识概念与中国学界的理解和运用

地方性知识（local knowledge）概念是美国人类学家克利福德·吉尔兹（Clifford Geertz）在探究印度教法律与伊斯兰法律的地方性特性时指出："我一直在说，法律，与英国上院议长修辞中那种密码式的矫饰有所歧异，乃是一种地方性的知识；这种地方性不仅指地方、时间、阶级与各种问题而言，并且指情调而言——事情发生经过自有地方特性并与当地人对事物之想像能力相联系"，吉尔兹通过上述对于法律所具有的地方性知识特性的分析，得出"可能的结果不会是彼此不断接近的法律的统———……却会是法律进一步趋向于互有区别。"吉尔兹指出，"法律与民族志，如同驾船、园艺、政治及作诗一般，都是跟所在地方性知识相关联的工作"。④ 可以通俗地理解和表述为，认为相对于普遍性知识，地方性知识是一种差异化的知识体系，强调知识形成的具体环境，包括地理、实践、社会、文化等，具有个别性、地方性、零散性的特点。以吉尔兹为代表的人类学的地方性知识概念，其内涵包括特定民族和国家鲜明原生态性质的认知观念与知识系统两个方面。

经我国人类学家及相关学科学者阐释和引申，这个概念与族群、地域、传统等术语的内涵关联了起来。如李怡教授认为，在中国这个概念主要意指建构中的

---

① 潘年英：《故乡信札》，上海文艺出版社 2001 年版，第 3 页。

② ［美］乔治·E. 马库斯、米开尔·费切尔：《作为文化批评的人类学——一个人文学科的实验时代》，王铭铭、兰达居译，生活·读书·新知三联书店 1998 年版，第 111 页。

③ 本部分主要内容详见朱林：《文学民族志：民族文学的文化记忆与阐释功能》，载于《民族文学研究》2020 年第 5 期，第 39 ~ 41 页。

④ ［美］克利福德·吉尔兹：《地方性知识——阐释人类学论文集》，王海龙、张家宣译，中央编译出版社 2000 年版，第 222、273 ~ 274 页。

"新型的知识观念"，可"被视作边疆的知识体系的少数民族知识也摆脱了简单的'文化戍边'的意义，正在不断被挖掘出内在的个性魅力"。① 更有中国学者的具体化理解，例如将此概念转换为方法论运用于具体地区的少数民族文学研究："人类学领域的地方性知识，……尤其是它所注重的'深描'方法，对研究西部少数民族文学发展十分具有理论及现实价值。"② 还有学者将地方性知识看作超越浅表的努力形式。朱斌教授认为，"当代少数民族文学强化其民族性价值追求的深度，总体上要求民族作家超越浅表的、外在形貌上的民族特征，而深入把握自我民族的内在精神、性格、情感和心理，以及深层的思维方式等"。③

近几十年中国少数民族文学作品确实出现了鲜明的地方性知识色彩：思想情感，生活与生产方式的审美表达，民族记忆、民族文化、风俗、传统、地域等方面的强调。④ 少数民族文学差异化审美成为趋势。

（二）少数民族文学的认知功能

少数民族文学的地方性知识特征的认知功能已被学界注意和阐述，可概括为，在文学活动论思路中，首先，对少数民族作家，地方性知识具有独特的创作素材价值，给予更独特的想象空间。吉狄马加在《自画像》中充满激情地写道："我——是——彝——人！"⑤ 吉狄马加的诗篇大多围绕着彝族人的神话传说、生活故事与历史记忆展开，体现出强烈的民族认知功能。其次，对于本民族或者其他民族的读者的认知功能有所分别。本民族的认知功能体现在，如同回顾和切身体验家族历史和亲人，如同熟悉和温习民族历史文化，艺术化地帮助族群成员抵抗民族民俗风情和文化传统的遗忘，强化民族文化记忆，维系族群团结和传承民族精神之根，强化民族身份认同。⑥ 他民族读者的认知功能在于，艺术作品的世界超出了既有的认知经验，形象地接触了以往不知道的他民族生活方式，凝聚他民族文化性格的人物形象、意象进入读者脑海，拓宽了知识面，丰富了多样人生体验。在文学活动论思路之外，学界还注意到了少数民族文学与其他民族文学乃

---

① 李怡：《少数民族知识、地方性知识与知识等级问题》，载于《民族文学研究》2010 年第 2 期，第 51 ~ 56 页。

② 吴世奇：《地方性知识视阈下的西部少数民族文学内涵》，载于《广西社会科学》2019 年第 10 期，第 153 ~ 159 页。

③ 朱斌：《当代少数民族文学的民族性价值追求反思》，载于《文学与文化》2018 年第 1 期，第 82 ~ 89 页。

④ 详见朱斌：《当代少数民族文学的民族性价值追求反思》，载于《文学与文化》2018 年第 1 期，第 82 ~ 89 页。

⑤ 发星工作室编：《当代大凉山彝族现代诗选》，中国文联出版社 2002 年版，第 32 页。

⑥ 详见谷禾：《云南跨境民族身份认同研究》，中国社会科学出版社 2017 年版，第 27 页。

至汉族文学在知识性方面的区分功能："当代少数民族小说的审美追求具有浓郁的民族特色,追求少数民族小说的风俗画、风情画和宗教特色。"① 此外,为批评理论拓展更开阔的视野,少数民族文学作品的遣词造句、修辞手法和体裁风格,精神气韵、文化意蕴等,呼吁批评理论针对性更强的批评话语。

(三) 少数民族文学的传播功能

与认知功能同时发生的是传播功能。首先,少数民族文学作品成了传播源。汉译让原本只流传于特定区域的知识经验和故事,以书面形式传播到更为宽广的空间。例如云南各少数民族叙事长诗《阿诗玛》,被撒尼人称为"我们民族的歌",讲述了彝族人勇于反抗阶级压迫的英雄故事,故事的主人公阿诗玛也被看作撒尼人优秀品质的代表,汉文出版发行前,主要以古彝文的形式保存和流传。汉文译作出版后,迅速扩展到各民族读者中。如今傣族孔雀公主"喃诺娜"、哈尼族"简收姑娘"等,与"阿诗玛"一起,是各民族人民熟知的人物和故事。再如"巍山回族特有的'拜开斋'习俗,表现出与周边其他民族文化的趋同与区隔、文化多样性的共存和繁荣,为和谐民族关系建构提供了强有力的文化支撑,体现了地方性知识的和谐社会建构功能、文化保护与传承功能。"② 概言之,地方性知识的广泛传播,使得各民族文化深入汇入中华民族精神中。

(四) 认知下的传播和传播中的认知

认知下的传播与传播中的认知,两者是关联互动关系。先来说"认知中的传播",其发生原理可用阿格妮丝·赫勒的"为我们意识"(we-consciousness)来解释。少数民族作家"个人把'我们'——无论是有机共同体,选择的共同体或团体——视作他自身的延伸和拓宽。相应地,为我们意识不是立根于理念王国之中,而是主要建立在尘世发展的基础之上"。③ 立在尘世发展基础上,少数民族作家笔下的地方性知识,绝非与世隔绝,地方性知识的名称天然地与非地方性知识相对应,在参照比对下让地方性知识凸显,所以,文学中的地方性知识天然具有通过传播得到扩散,并形成比对凸显自己特色的诉求。认知中的传播由此而具有必然性。再说"传播中的认知",传播的朴素涵义是让更多的读者阅读而发生审美感受,获知地方性知识。更多的读者既包括本民族读者,更包括其他民族

---

① 杨彬、田美丽、沙媛等:《中国当代少数民族小说的审美特色研究》,中国社会科学出版社 2012 年版,第 30 页。

② 马慈君:《巍山回族"拜开斋"习俗的地方性知识解读》,载于《湖北民族学院学报》2016 年第 2 期,第 75~81 页。

③ [匈] 阿格妮丝·赫勒:《日常生活》,衣俊卿译,黑龙江大学出版社 2010 年版,第 38 页。

读者。其他民族读者的文化基因和环境，毕竟与作品的民族地方性知识有或大或小的差异，差异产生新鲜感和陌生感，新鲜和陌生，恰恰是审美兴趣和感受发生的心理条件之一，由此，地方性知识进入这些读者内心感受，他们知道了，也感受了，但此知道此感受千变万化、各个相异。他们与自己民族文化比对，形成传播中的认知。认知是传播中扩散的变异了的认知，认知伴随想象而创新和扩展。①

五、"民族的民族文学"的功能考察研究：民族文学的民族认同建构功能

（一）概念理解和考辨

"民族"有两个层面含义：一为民族国家意义上的民族；二为民族国家内部各族群意义上的民族。民族认同建构功能概念里的民族兼有两个层面的含义，但以后者为主。选择"民族认同建构功能"，舍弃单纯"民族认同功能"，学理依据在于，民族文学是民族作家的创造物，直接认定具有民族认同功能有失全面辩证。逻辑上说，它被接受后在少数民族人民心理上，客观上会成为建构本民族认同的功能。民族认同理论可为理论依据。认同理论经历了从本质的认同论到建构的认同论的发展嬗变，建构认同论认为，认同包括民族认同是建构的产物，而非对某种本质之物的机械归附。我国民族文学研究界对之认识，从自发到自觉。早期尚未明确提出民族文学认同建构功能，也没有理论阐述，具体研究中有所渗透功能意识。如关纪新和朝戈金于 1995 年合著出版的《多重选择的世界——当代少数民族作家文学的理论描述》就较早认识到了民族认同建构功能。

此后认识逐渐清晰，相关阐释和演绎随之展开，主要有四个维度：（1）研究单一作家作品的民族认同。如刘洪涛《沈从文：民族身份与国家认同》②、高宏存《族裔认同·民族精神·文化民族主义——作为一种文化现象的张承志研

① 本部分主要内容详见曾斌：《地方性知识：少数民族文学的认知与传播功能》，载于《民族文学研究》2020 年第 5 期，第 33～38 页。
② 刘洪涛：《沈从文：民族身份与国家认同》，载于《楚雄师范学院学报》2003 年第 1 期，第 10～14 页。

究》①、李建《阿来：边缘书写与文化身份认同》② 等。（2）研究群体作家作品的民族认同。如杨继国《认同与超越——回族长篇小说发展论》③、雷鸣《危机寻根：民族文化的认同与现代性反思——对少数民族作家生态小说的一种综观》④、王志萍《他者之镜与民族认同——简析新疆少数民族女作家作品中的民族意识》⑤、闫秋红《论当代满族作家民族身份的认同》⑥ 等。（3）研究语言、文体等文学性要素和民族认同的关系，即考察语言、文体等如何作为建构民族认同的手段。如高梅《语言与民族认同》⑦、马红艳《回族语言及其反映的民族认同心理》⑧、张直心《"汉化"？"欧化"？——少数民族作家汉语写作的文体探索》⑨ 等。（4）从理论上阐述民族文学的民族认同建构功能。如刘俐俐《走进人道精神的民族文学中的文化身份意识》⑩、刘俐俐《汉语写作怎样成就了少数民族优秀文学作品的独特价值——以鄂温克族作家乌热尔图的作品为例》⑪、姚新勇《追求的轨迹与困惑——"少数民族文学性"建构的反思》⑫、张永刚和唐桃《少数民族文学：民族认同与创作价值问题》⑬ 等。

① 高宏存：《族裔认同·民族精神·文化民族主义——作为一种文化现象的张承志研究》，载于《首都师范大学学报》2005 年第 1 期，第 55 ~ 61 页。

② 李建：《阿来：边缘书写与文化身份认同》，载于《西北民族大学学报》2004 年第 2 期，第 126 ~ 129 页。

③ 杨继国：《认同与超越——回族长篇小说发展论》，载于《民族文学研究》1993 年第 2 期，第 74 ~ 79 页。

④ 雷鸣：《危机寻根：民族文化的认同与现代性反思——对少数民族作家生态小说的一种综观》，载于《前沿》2009 年第 9 期，第 126 ~ 130 页。

⑤ 王志萍：《他者之镜与民族认同——简析新疆少数民族女作家作品中的民族意识》，载于《民族文学研究》2009 年第 4 期，第 94 ~ 100 页。

⑥ 闫秋红：《论当代满族作家民族身份的认同》，载于《西南民族大学学报》2010 年第 9 期，第 223 ~ 227 页。

⑦ 高梅：《语言与民族认同》，载于《满族研究》2006 年第 4 期，第 47 ~ 51 页。

⑧ 马红艳：《回族语言及其反映的民族认同心理》，载于《青海民族学院学报》2001 年第 4 期，第 108 ~ 110 页。

⑨ 张直心：《"汉化"？"欧化"？——少数民族作家汉语写作的文体探索》，载于《民族文学研究》1998 年第 4 期，第 35 ~ 41 页。

⑩ 刘俐俐：《走进人道精神的民族文学中的文化身份意识》，载于《民族研究》2002 年第 4 期，第 47 ~ 55 页。

⑪ 刘俐俐：《汉语写作怎样成就了少数民族优秀文学作品的独特价值——以鄂温克族作家乌热尔图的作品为例》，载于《学术研究》2009 年第 4 期，第 134 ~ 141 页。

⑫ 姚新勇：《追求的轨迹与困惑——"少数民族文学性"建构的反思》，载于《民族文学研究》2004 年第 1 期，第 15 ~ 24 页。

⑬ 张永刚、唐桃：《少数民族文学：民族认同与创作价值研究》，载于《文艺理论与批评》2010 年第 1 期，第 116 ~ 119 页。

（二）"民族认同建构功能"的基本定义、可能性与合理性

民族认同建构功能可以概括如下：本民族（族群）认同和中华民族认同的双重建构，但以前者为主。文本中体现为三方面：对本民族身份的指认、对本民族文化特质的把握和对本民族感情的归属。三方面有机统一：民族身份指认是民族认同建构的前提。把握民族文化特质是民族认同建构的关键。民族认同建构与民族文化认同建构大致相当。民族感情归属是民族认同建构的伴生特性。民族认同功能建构有显性和隐性两层次。显性层次体现为文学的故事情节与主题等方面。隐性层次体现为文学语言、叙事、文体和形象等方面。显隐两层次有机统一，前者为基础，后者为支撑。规律为显性层次逐渐移向隐性层次。

民族文学的民族认同建构功能生成的合理性和可能性，首先在于民族作家的双重性身份：中华民族一员又归属所属民族（族群）。其次他们都有使命感和保护民族文化的焦虑。担负本民族文化代言人的作家尤其如此，他们深刻敏感地感受了本民族认同危机，担忧纯粹性民族身份的消解，民族文化流失变质消亡，丧失民族自信心和民族感情等。为了缓解这种精神焦虑，民族作家们几乎集体性地选择以建构民族认同为民族文学"无目的的目的性"。① 再次，民族认同建构功能不仅体现了民族文学作家的民族认同表达，更体现在借助种种建构民族认同的文本策略，使作家和同族的读者之间产生精神和感情上的共鸣，构成一种民族的想象共同体。由此，民族文学作家和同族读者的民族认同得到强化，民族文化也因此得到宣扬、保存和交流等。而当文学文本指向民族国家意义上的民族时，这种民族认同建构功能就超出了单一民族的范畴，体现出对我们中华民族的整体认同。最后，最重要的是，他们熟悉本民族的民间仪式、习俗、习语和风情，积淀了民族文化场景各种丰富的表象，有相当艺术经验积累，懂得文学以审美为基点，善于将表象凝练艺术形象，这些都是民族文学的民族认同建构功能的可能性和合理性元素。

（三）"民族认同建构功能"的功能属性与历史沿革

一般认为，文学功能有审美功能、认识功能、教育功能和娱乐功能等。审美功能为基本功能，这同样适用民族文学。但是，有其特殊性。如果说审美功能是民族文学基本功能，民族认同建构功能则为民族文学特殊功能。"民族性"是民族文学的基本性质之一，民族认同建构功能和民族性的区别何在？"文学中的民

---

① ［德］康德：《判断力批判》（上），宗白华译，商务印书馆 1963 年版，第 65 页。

族性是指在作品的内容和形式诸方面体现出的民族特征。"[1] 民族文学的民族性
是对文学的性质认定，指民族文学中的民族特质，不同民族的文学因为这种民族
特质而相互区别，凸显本民族的特色。民族性表现在内容和形式两个方面。民族
认同建构功能是文学功能的认定，与作品体现的民族作家对本民族的文化特质把
握、文化身份指认和民族感情归属有关，概念属性和内涵等都不相同，相似点
是都强调民族的独特性。审美角度强调的独特性指民族性，文化角度强调的独
特性指民族认同建构功能。概言之，民族性偏重审美性，民族认同建构功能偏
重文化性。

　　严格意义的民族认同建构功能，始于中国当代文学的开始。20 世纪 50 年代
民族识别后有了少数民族作家身份，才有民族认同建构的文学功能之可能。时至
今日，民族认同建构功能的动态大致可分三阶段：第一阶段从 1949 年至 "文革"
结束，特点为局部性、含蓄性和浅层化。第二阶段从 "文革" 结束至 20 世纪 80
年代中期，特点为意识逐渐自觉，数量上逐渐增多并表现为逐渐外显。第三阶段
从 80 年代后期至今，特点为普遍性、明朗化和深层化。民族认同功能建构包含
族群建构以及国族（中华民族）建构等各个方面。"20 世纪八十年代中后期以来
的少数民族文学可能更偏向表现民族特质，而在这之前特别是 '十七年' 间的少
数民族文学可能更偏向于表现中华民族的集体性认同。"[2] 空间维度，国家范围
之内，民族文学作家强调族群认同功能建构；国家范围之外，则强调国族认同功
能建构。近年的新特点是族群认同与国族认同并行不悖，互相促进。少数民族文
学价值观念理论建设当予以关注。[3]

第四节　中国儿童文学功能考察

　　世界范围内自觉意义上的儿童文学发展还不到 300 年，长期以来有关其基本
功能的认识与理解主要纠结在 "教育" 与 "娱乐" 这两端。"教育和想象这两种
力量的平衡不断变动而引起创作方法的冲突。以娱乐而不是以自我完善为目的，
为了陶冶性情而不是为了增进文化知识的儿童文学往往发展较晚。教育性和想象

---

　　① 关纪新、朝戈金：《多重选择的世界——当代少数民族作家文学的理论描述》，中央民族大学出版
社 1995 年版，第 122 页。
　　② 陈祖君：《汉语文学期刊影响下的中国当代少数民族文学》，中国社会科学出版社 2009 年版，第
144 页。
　　③ 本部分主要内容详见樊义红：《民族文学的民族认同建构功能》，载于《民族文学研究》2020 年
第 5 期，第 30~32 页。

性常被视为两种相反性质，但未必总是敌对的。"① 儿童文学观念愈益成熟的标志是对这两大功能及其关系作更为有机融通的理解。我国现代儿童文学诞生百余年来，始终立足"儿童本位"与社会实际发展需求这两大支点去推动儿童文学的功能建设，所获得的理论命题及思想成果既有普遍文学原理层面的，亦有本土色彩极为浓郁的功能价值内涵，体现出充分的中国儿童文学的学术体系与话语体系特征。

一、科学起步：为儿童带来乐趣的文学

"儿童"是一个历史和文化概念，近代中国社会的变革诉求唤醒了国人的"儿童问题"意识，这一概念在思想启蒙运动中浮出并逐渐进入话语中心场域。19 世纪末，有关儿童教育关乎民族存亡，新国必先新民的新思想将"为儿童"的认识推向文化前沿。梁启超的观念倡导最有代表性："故吾恒言他日救天下者，其在今日十五岁以下之童子乎。西国教科之书最盛，而出以游戏小说者尤夥。""故教小学教愚民，实为今日救中国第一义。"② "发现儿童"的话语建设在起始处就与国家话语紧紧绑定在一起，我国现代儿童文学就萌生于这样的文化自觉中。

"科学地"认识儿童是对儿童施以新教育的起点。19 世纪末 20 世纪初，我国"儿童问题"的讨论与内涵建设具有政治、文化、科学、文学艺术等多重价值属性，而"科学"毫无疑问是基础。只有基于科学原理真正弄清楚了"儿童"是怎样的一群人，才能从根本上改变儿童教育的理念、方法与材料。具有鲜明的现代性特质的儿童话语虽然其宗旨与目标是建设现代民族国家，但其"现代性"的要义正体现在它是能够顾及或体察"儿童"的现代价值观念，它是在发现与尊重儿童主体性的基石上开展的"国家"文化建设。以认识儿童为基础，"为儿童"可以专门做很多文化上的事情，这是古代中国和现代中国不一样的地方。

从世界范围来看，科学认识儿童、儿童问题跃出历史地表是近代社会变革推进的结果。1658 年夸美纽斯（Comenius）出版《世界图解》，洛克 1693 年出版《关于教育的考察》，卢梭 1762 年出版《爱弥儿》，裴司泰洛齐（Pestalozzi）用科学方法对儿童开展实地考察研究，随后戴台曼（Dietrich Teidemann）、普莱尔（William Preyer）、霍尔（Granville Stanley Hall）等的研究标志着儿童研究开始进

---

① 《不列颠百科全书（国际中文版第 4 卷）》，"children's literature"（儿童文学）词条，中国大百科全书出版社 2007 年版，第 154 页。

② 梁启超：《〈蒙学报〉、〈演义报〉合叙》（1897），见《梁启超全集》（第 1 册），北京出版社 1999 年版，第 131 页。

入科学的纯粹研究阶段。[1] 19 世纪末，科学的儿童研究普盛于西方诸多国家，并从个体式的研究发展为学术团体的规模。如"1893 年美国组织全国儿童学研究会，1894 年英国儿童学会成立"[2] 等。1898 年高岛平三郎、松本孝次郎、塚原政次发刊《儿童研究》杂志，1902 年创设了一个以本杂志作机关的"日本儿童学会"。[3]

此一时期，我国积极引进接受世界先进的儿童观及儿童研究成果。1903 年 7 月至 8 月，卢梭的《爱弥儿》开始在《教育世界》杂志上连载。德国赫尔维的《教育应用儿童心理学》于 1902 年在我国译介出版。1906 年《教育世界》介绍了瑞典爱伦凯的《儿童世纪》一书，[4] 该书 1900 年出版，1902 年德国有节译本。爱伦凯在书中提出的"二十世纪为儿童的世纪"在世界范围内振聋发聩，同样对我国现代儿童观的确立产生重要影响。《教育杂志》与《教育世界》持续译介传播先进儿童观文章。周氏兄弟从日本学习归来后，也由日本方面译介了一些重要成果，如周作人的译文《游戏与教育》、鲁迅的译文《儿童之好奇心》等。20 世纪 10 年代我国出现一系列或翻译、或编或著的儿童研究著述。日本关宽之的《儿童学》写于 1918 年，此书统合了世界儿童学研究成果，我国于 1922 年译入。经由一段时间的观念传播，我国于 1925 年也成立了"儿童学研究会"[5]。

科学儿童观的确立使科学地为儿童提供文化产品成为可能。孙毓修于 1908 年编译的第一本童话《无猫国》被认为是中国儿童文学的真正开端。孙毓修在《童话》序中表达了他的认识："西哲有言，儿童之爱听故事，自天性而然。诚知言哉！欧美人之研究此事者，知理想过高、卷帙过繁之说部书，不尽合儿之程度也。乃推本其心理之所宜，而盛作儿童小说以迎之。"[6]《教育杂志》在 1910 年为《童话》所作的宣传广告中，是这样表达的："本书以浅明之文字，叙奇诡之情节，并多附图画以助兴趣。虽语多滑稽，然寓意所在，必轨于正。使略识文字之童子，时时观览，足以增长其德智；妇女之识字者，亦可藉为谈助。"[7] 这些表述均深刻地指明了为儿童提供的最新的读物的"文学"特质，对"文学性"内涵的尊崇基于以儿童为本位的关怀，文化建设者们强烈认识到爱听故事是儿童的天性，文学可以为儿童带来乐趣。科学地对待儿童、从儿童天性出发来创造新

---

[1][3] ［日］关宽之著，朱孟迁、邵人模、范尧深等译述：《儿童学》，商务印书馆 1922 年版，第 56 页。

[2] 凌冰著，胡适校订：《儿童学概论》，商务印书馆 1921 年版，第 24 页。

[4] 爱伦凯：《儿童世纪》，载于《教育世界》第 127 号，上海新马路昌寿里教育世界社发行，丙午（1906 年）五月。

[5] 苏耀祖：《我们成立儿童学研究会的旨趣》，载于《京报副刊》第 340 号，1925 年 11 月 26 日。

[6] 孙毓修：《童话序》，载于《教育杂志》第 1 年第 2 期，1909 年。

[7] 《教育杂志》第 2 年第 2 期，1910 年 2 月 10 日。

的儿童文化，这是我国现代儿童观确立时的根本价值遵循。

对儿童文学作专门系统的理论研究，最早的文献应为周作人于 1912 年所写的《童话略论》与《童话研究》。[①] 在《童话略论》中，周作人明确提出"童话研究当以民俗学为据，探讨其本原，更益以儿童学，以定其应用之范围"[②]。以此立场，可以清晰地看到当时儿童学的推广对儿童文学建设的基础学理支持。周作人在《童话略论》中将童话功能定位于"儿童教育"，他在"教育"语境中讨论"文学"问题，但他的教育观是开放的，他所论及的文学教育功能没有脱离文学本体。他指明了童话的具体文学性所在，"长养想象""感受之力敏疾"道出了童话的审美功能，"了知人事大概""多识名物"又兼顾童话的认识功能。

理解周作人所作的初始儿童文学研究文献，特别要注意的首先是他对童话教育应用的重视，其次是他对教育功能实现中文学艺术本体特质的坚守，"盖凡欲以童话为教育者，当勿忘童话为物亦艺术之一，其作用之范围，当比论他艺术而断之，其与教本，区以别矣。故童话者，其能在表见，所希在享受，撄激心灵，令起追求以上遂也。是余效益，皆为副支，本末失正，斯昧其义"[③]。周作人在此特别使用了"享受""撄激心灵"等语词来表达童话的"文学"之作用力，这一研究归位从基点上确定了童话"为儿童"的属性，奠定了我国现代儿童文学"儿童本位"的文学关怀立场。

二、新教育材料：以儿童为本位的文学

在思想启蒙运动的语境中，"儿童文学"作为"新文学"的一个有机组成部分而诞生，它的属性是"现代"的。它要基于儿童维度从文学途径解决中国进入现代社会必须要面对解决的问题，其时关键的成就是确立了"儿童本位"的文学关怀成立的前提、路径与内容。

从近代以来的观念传播、翻译实践到理论探索，以儿童为本位的文化建设到了"五四"时期形成高潮，特别是基于对"儿童本位"话语与概念层面的使用、阐释与讨论，构成为新文化新文学思想系统中重要的意义范畴。这其中，美国实用主义教育家杜威的"儿童中心主义"思想在华的广泛传播起到了推波助澜的作

---

① 李利芳：《中国发生期儿童文学理论本土化进程研究》，中国社会科学出版社 2007 年版，第 38～39 页。
② 周作人：《童话略论》，见《儿童文学小论》，儿童书局 1932 年版，第 7 页。
③ 周作人：《童话研究》，见《儿童文学小论》，儿童书局 1932 年版，第 34～35 页。

用。杜威认为"儿童的生活和本能，就是教育的起点"①，一切真正的教育是从经验中产生的，课程教材不能是儿童经验之外的，而必须站在儿童的立场上，以儿童为出发点。这一观念极大地影响到当时国人将儿童文学作为教育材料应用于儿童，确立了基础的以儿童为本位的文学认识。

鲁迅 1919 年的《我们现在怎样做父亲》②是一篇深度剖析"长与幼"之传统关系，严厉批判父权思想，为儿童讨回权利的檄文。它在中国树立起了"幼者本位"的大旗。"五四"时期，系统专论儿童文学的第一人依然是周作人。他于 1920 年 10 月 26 日在北京孔德学校演讲的《儿童的文学》③，是将"儿童—文学"两个词语组合在一起，作为文章题名专论的第一文。在该文中周作人从"儿童仍是完全的个人，有他自己的内外两面的生活"立论，特别强调所供材料为"儿童的"这一点，至于于儿童将来生活上有益，那是副产物，且不可因为这将来的效果，而不管儿童的需要，强迫他吞下去。这样一种纯粹的本位的功能认识，对于实施"为儿童"的文化工作与精神创造，是思想基石。

"五四"时期，"人的发现""儿童的发现"使得思想家们、教育家们能够站在儿童的本位上去看取与发现问题，尤其肯定来自儿童自身的情感与精神需求。叶圣陶基于一名小学教师的身份，说他的学生都是十一二岁的少年，读文时最欢喜富于感情的，更欢喜诗，他指出，"可以看出儿童心里无不有一种浓厚的感情燃烧似地倾露。他们对于文艺、文艺的灵魂——感情——极热望地要求，情愿相与融和混合为一体"④。叶圣陶从教学现场获得的强烈感受，催促着发出强烈的呼唤，"为最可宝爱的后来者着想，为将来的世界着想，赶紧创作适于儿童的文艺品，总该列为重要事件之一"⑤，并且他认为这类创作"应当将眼光放远一程；对准儿童内发的感情而为之相应，使益丰富而纯美"⑥。叶圣陶基于教育实践论析儿童发自本能的文学需求，特别澄明"感情"是儿童索取文学的灵魂，这是儿童文学功能论中的要点。以感情熏染为根，他也认识到"更进步的思想"的融入与其积极价值，同时也注意到了儿童的想象，指出，"儿童于幼小时候就陶醉于想象的世界，一事一物都认为有内在的生命，和自己有紧密的关联的。这就是一

---

① ［美］杜威：《教育哲学》，收入《杜威五大讲演》（上卷），北京晨报社 1920 年 6 月 20 日印刷，1921 年 5 月 25 日九版发行，第 22 页。

② 鲁迅：《我们现在怎样做父亲》，载于《新青年》第 6 卷第 6 号，1919 年 11 月，署名唐俟。

③ 周作人：《儿童的文学》，载于《新青年》第 8 卷第 4 号，1920 年 12 月。

④ 叶圣陶：《赶紧创作适于儿童的文艺品》，原载 1921 年 3 月 12 日《晨报》副刊，题目系王泉根在评选时所加，引自王泉根评选《中国现代儿童文学文论选》，广西人民出版社 1989 年版，第 48～49 页。

⑤ 王泉根评选：《中国现代儿童文学文论选》，广西人民出版社 1989 年版，第 49～50 页。

⑥ 王泉根评选：《中国现代儿童文学文论选》，广西人民出版社 1989 年版，第 50 页。

种宇宙观，于他们的将来大有益处"。①

在整体教育系统内讨论儿童文学的积极价值，讨论儿童文学何以对以儿童为本位的新教育如此重要，这是 20 世纪 20 年代初儿童文学功能论建设的文化场域特征。这一状态与其时儿童教育处于新旧转型期，急切需要解放观念、补给新教育材料有密切关系。对儿童文学的认可建立在教育研究的变革上，而后者又建基于儿童研究，或儿童学的基础上，是以儿童为本位的。"凡是叫儿童学的，必得是那些切于儿童的生活，适应儿童的要求，能唤起儿童的兴趣的东西。"② 严既澄的这个表达代表了当时人们普遍的认识，所以他在 1921 年面向师范班所作的讲演，当时听讲的有来自 15 个省的 500 余人③，题目就为《儿童文学在儿童教育上之价值》④，指出儿童文学就是适应儿童心理和精神的，"神怪荒诞，情节离奇的诗歌和故事之类"，这是满足"儿童偏于想象和情绪的要求"。"想象"的属性和功能是严既澄着力强调的。

对儿童想象力的重视是新儿童教育理念最为根本的一点，这也是郑振铎专门为儿童创办《儿童世界》文学期刊的动因，他说"以前的儿童教育是注入式的教育……现在我们虽知道以前的不对，虽也想尽力去启发儿童的兴趣，然而小学校里的教育仍旧不能十分吸引儿童的兴趣……儿童自动的读物，实在极少。我们出版这个《儿童世界》，宗旨就在于弥补这个缺憾"⑤。《儿童世界》于 1922 年 1 月 7 日正式创刊，是中国最早的儿童文学刊物，郑振铎亲自担任主编，他于 1921 年发布的《儿童世界》宣言，从文学阵地的立场宣布了儿童文学在中国的出场。

面对初生的儿童文学，20 世纪 20 年代的人们对儿童文学的认识表达均离不开它的功能，就是它落在儿童身上究竟有什么用。"儿童文学效用的主要目的，使儿童一读，便生无限的快乐和兴趣，及温柔的感情，爱不释手；且于儿童性情上，发生极大的影响；智识上亦能增进。"⑥ 这是陈学佳的表达，而胡适说："他们既欢喜了，有兴趣了，能够看的，不妨尽搜罗这些东西给他们，尽听他们自己去看，用不着教师来教。"⑦ 戴渭清则提出，儿童感受文学，身心发生的影响有"真情共鸣、陶冶理性、精神享乐"三个方面。⑧ 谈到儿童文学之于儿童的作用时，研究者们多使用"快乐、欢喜、趣味、兴趣、喜悦、同情"等语词来描述，

① 叶圣陶：《儿童的想象和感情》，原载 1921 年 3 月 22 日《晨报》副刊，题目系王泉根在评选时所加，引自王泉根评选：《中国现代儿童文学文论选》，广西人民出版社 1989 年版，第 55 页。
②④ 严既澄：《儿童文学在儿童教育上之价值》，载于《教育杂志》1921 年第 13 卷第 11 号。
③ 王泉根评选：《中国现代儿童文学文论选》，广西人民出版社 1989 年版，第 63 页。
⑤ 郑振铎：《儿童世界宣言》，载于《晨报附刊》1921 年 12 月 30 日。
⑥ 陈学佳：《儿童文学问题》，收入赵景深《童话评论》，新文化书社 1924 年版，第 169 页。
⑦ 胡适：《儿童文学的价值》，收入赵景深《童话评论》，新文化书社 1924 年版，第 191 页。
⑧ 戴渭清：《儿童文学的哲学观》，收入赵景深《童话评论》，新文化书社 1924 年版，第 93~95 页。

这些"印象"均深刻彰显出儿童文学的功能动力机制，也是这一时期儿童本位论的主要文学思想创获。

我国"儿童问题"在"五四"时期作为一个现代科学问题提出时，"儿童文学"确实在推进思想启蒙、教育观念与儿童观念解放、满足教育需求、建设新儿童文化等方面发挥了举足轻重的作用，当时"儿童文学"是一种现象级的存在。我国儿童文学在诞生时被赋予的功能期待与实际的功能建设都达到了一个相当的高度。在我国第一本儿童文学理论著述中，作者魏寿镛与周侯予这样欣喜地表达："旁的不用说，年来最时髦，最新鲜，兴高采烈，提倡鼓吹，研究试验的，不是这个'儿童文学'问题么？教师教，教儿童文学，儿童读，读儿童文学，研究儿童文学，演讲儿童文学，编辑儿童文学，这种蓬蓬勃勃勇往直前的精神，令人可惊可喜。"[1] 这样一种新鲜如初、欣欣向荣的历史表达，即便汇通到现在，我们依然能够强烈共鸣到其内部生长的力量，感悟到这一特殊文类所能够释放的巨大的文学与社会功能。

三、面向社会现实：走向革命的儿童文学

"五四"时期，周作人为以儿童为本位的审美价值论提出了一个经典美学命题——"无意思之意思"。1922 年他写文[2]指出，《阿丽思漫游奇境记》是一部"给小孩子看的书"，但是大人也不可不看，看了必定使他得到一种快乐。这部书的特色在于有意味的"没有意思"。"无意思之意思"是纯粹的儿童本位的审美功能论表达，代表了我国现代儿童文学在发生期对儿童文学审美认识的最高水准，它是童年文化语境中一种理想的美学形态。但一旦我们回到文学发生的具体的现实语境，考察儿童同成人一样在经历着悲惨的现实人生这一状况，完全的儿童本位的审美情怀是否还有可能？文学是为人生的，儿童文学首先是为儿童生的，这便意味着它与儿童生活是息息相关的，而儿童又生活在具体的现实世界中，因此即便是"为儿童"的文学，它也永远不可能是一个脱离社会的、抽象的、纯文学或纯儿童的命题。儿童文学是成人创造的产物，它在本质上牢牢受限于成人社会的客观发展状态。某种程度上我们可以说，儿童文学不是作家想象的产物，它是社会发展形态的产物。当我国发生期儿童文学在从观念倡导走向创作实践时，由社会现实情境所决定的本土化的美学气质很快便显露无遗。

有感于儿童阅读文学嗷嗷待哺，叶圣陶身体力行为孩子创作文学。1921 年

---

① 魏寿镛、周侯予：《儿童文学概论》，商务印书馆 1923 年版，第 1 页。
② 周作人：《阿丽思漫游奇境记》，载于《晨报副镌》1922 年 3 月 12 日，署名仲密。

11月15日他创作第一篇童话《小白船》，接着在短短一年的时间里，共创作童话23篇，1923年11月题名《稻草人》结集出版。这本中国有史以来的第一本原创童话集是一个矛盾的纠结体，清晰记录了中国原创儿童文学发生演变的价值路向。"圣陶最初动手作童话在我编辑《儿童世界》的时候。那时，他还梦想一个美丽的童话的人生，一个儿童的天真的国土……然而，渐渐地，他的著作情调不自觉地改变了方向……在成人的灰色云雾里，想重现儿童的天真，写儿童的超越一切的心理，几乎是个不可能的企图。"①从"小白船"田园唯美的浪漫主义，到"稻草人"悲怆愤懑的现实主义，童话美学风格在短短一年时间里的骤变，昭示的是儿童文学在本土化进程中必然的价值选择。叶圣陶的实践探索说明，"儿童本位"是有条件的，儿童文学是一种"限制性"很强的文学。从观念输入到立足中国大地的实践生成，这中间儿童文学有很长的路要走。它必然要走中国的道路，它的功能论必然是符合中国国情的，从中国现实中生长的，且首先为中国儿童服务的。中国儿童文学是现代中国社会发展的有机组成部分。

随着社会政治形势变化，20世纪20年代中后期，中国现代文学主潮开始发生新变，儿童文学作为其中的有机组成部分与时代同行。左翼文艺运动为中国儿童文学发展注入新鲜的血液，将其作为一项重要的文学事业来建设，为其赋予更高的社会地位，并提出了明确的功能定位——"竭力和一切革命的斗争配合起来"②。阶级斗争强化了儿童文学的社会功能，现实主义精神被注入更多的时代内涵，一大批底层"柔弱""可怜""被压迫"，甚至"疯狂"的孩子们获得细致入微的文学表现。"五四"新文化运动在观念层建设起了"儿童文学"，但在真正提供出充裕的作品、切实满足儿童精神需要方面，这条文化生产的路才要开始。左翼文艺运动将儿童文学带入广阔的社会现实，以革命进步思想引领儿童文学立足中国大地思考文学使命，关怀儿童发展成长，为"新的孩子们"提供"新作品"，向着"新世界"发展。这样的价值建设是历史的选择、人民的选择、文学艺术自身的选择，它是一条必然的道路。

基于对儿童的现实及未来高度负责的态度，20世纪30年代的儿童文学选择了批判、战斗与引领理想的功能，它的批判既包括对现实的，也包括对此前儿童文学界所倡导的观念。陈伯吹1933年写文③指出，童话也正在革命中，渐渐形成一种现代的"新兴童话"，这种童话是社会的。"现代的童话作家应把握文学的

<hr />

① 郑振铎：《〈稻草人〉序》，引自《1913—1949儿童文学论文选集》，少年儿童出版社1962年版，第103页。

② 《〈大众文艺〉第二次座谈会记录》，载于《大众文艺》第2卷第4期，1930年5月1日，引自《1913—1949儿童文学论文选集》，少年儿童出版社1962年版，第139页。

③ 陈伯吹：《童话研究》，载于《儿童教育》第5卷第9期，1933年12月15日。

目的，认清儿童将来的责任，要启发，暗示，鼓励他们以将来的职责，使他们深深地了解人间的阴暗与悲惨，激发他们对于革命的信心。"严峻的生存现实赋予儿童文学具体的时代使命，从深层次看，这样的教育功能同样也是以儿童为本位的，但它是一种对儿童的生存与未来负责的本位，是一种务实的、非想象与抽象的本位，是文学应时应势主动选择的价值本位。

1934年，陈济成、陈伯吹合著的《儿童文学研究》在确认儿童文学的存在价值时，遵循了"优美纯洁的社会——优美纯洁的人——优美纯洁的儿童——儿童教育——儿童文学"这样的逻辑递推思路，提出了革命的时代与革命的儿童文学一致呼应的问题。"革命的儿童文学"就是"非贵族的而应为平民的，非怯懦和平而应为勇敢反抗的，非歌颂过去的而应为追求进化的"①。"平民的""反抗的""进化的"直指出儿童文学的美学功能。1936年，在国难当头的时刻，穆木天在《儿童文艺》一文中写道："新的儿童，需要新的文艺……在现阶段的中国，是不要那种蒙蔽儿童眼睛的东西……是需要用现实主题，去创造新的儿童文艺的。"②

"时代性""社会性"的急切召唤映照出其时儿童文学现状的窘迫，"饥饿的儿童文学"③ 这一提法很形象地描绘出当时人们的忧虑与期待："在这样一个世界上，谈起'儿童文学'来，是不是要欺骗这些饥饿的，或是更多的一样贫穷的孩子呢？""我想，我们应该有一部告诉饥饿孩子的所以该挨饿的理由，怎样可以走到不挨饿的前途的书。"作者在列举了当时能看到的《安徒生童话》《爱的教育》后，诘问道："我们自己的孩子的书呢？'中国的童话'呢？"作者对儿童文学表达了强烈的民族主体性诉求，清晰呈现出儿童文学在当时应该承担的功能。

20世纪30年代我国儿童文学的译介从以欧洲为主转向以苏联为主。茅盾《儿童文学在苏联》④ 一文充满激情地介绍了苏联儿童文学的发展新态势，藉由对苏联儿童文学新的时代精神的宣介，表达对我国儿童文学的时代期盼。"因为，'苏联的儿童'——还是马尔夏克的话，'需要懂得许多事，他注意文学，而且要求于文学者，极多。他爱英勇的行为，特别是革命时代的英勇的行为；他爱技术和历史；他要懂得科学的秘密，他是热心的探险家和梦想家，他找求着伟大人生的充分的描写；他在等待着社会主义建设的史诗。"茅盾在文中所引用的马尔夏克的话，从"苏联儿童需要懂得"的角度，阐述的就是时代儿童文学的功能。

鲁迅于1935年翻译了苏联作家班台莱耶夫的中篇小说《表》。《表》写的是

---

① 陈济成、陈伯吹：《儿童文学研究》，上海幼稚师范学校丛书社1934年版，第5页。
② 穆木天：《平凡集》，新钟书局1936年版，第33～34页。
③ 梦野：《饥饿的儿童文学》，载于《文学青年》第1卷第2期，1936年5月5日。
④ 茅盾：《儿童文学在苏联》，载于《文学》第7卷第1号，1936年7月1日。

一个底层流浪儿的故事，写他在苏联社会新生活的感召下由一个小偷转变为新人，故事价值底色高度映合左翼儿童文学运动的精神主旨。"是要将这样的崭新的童话，介绍一点进中国来，以供孩子们的父母，师长，以及教育家，童话作家来参考""所以我想，为了新的孩子们，是一定要给他新作品，使他向着变化不停的新世界，不断的发荣滋长的"。① 《表》的发表以及鲁迅作为译者的话在当时引起了很大反响。胡风对《表》给予了高度评价，认为其最基本的特色是"对于传统儿童文学的最有力的反抗"，认为"我们所要求的儿童文学必须是反映人生真实的艺术品"。②

张天翼是左翼儿童文学的重要建设者，是一位对"儿童的"文学理解得非常深刻的作家，他将儿童主体性与20世纪30年代文学时代命题高度融合，实现了题材之"重"与儿童文学艺术形态之"轻盈"的错位统一，创造性地通过童话的超现实属性演绎了儿童文学功能实现的可能性。"只要不是一个洋娃娃，是一个真的人，在真的世界上过活，就要知道一些真的道理。"③ 他通过"秃秃大王"让孩子们明白统治阶级的贪婪与残酷，通过"大林和小林"让孩子们明白两个阶级的尖锐矛盾与两条道路的问题。

左翼运动带动了儿童科学文艺的兴起，20世纪30年代的儿童读物注重科学常识，注重以文学培养儿童"求真务实"的科学情怀与爱国主义理想，出现了贾祖璋、董纯才、高士其、顾均正等重要作家。儿童文学的科学教育功能丰富了此一时期的功能内涵。

四、强化的意识形态功能：教育儿童的文学

我国现代儿童文学从诞生始即与一个独立民族的觉醒斗争紧紧地绑定在一起。儿童文学的功能建设始终是一个紧迫的、现实的、实践的话题。在满足儿童精神需求与适应社会进步趋势二者的平衡中，儿童文学找寻到了"主体性"发展的有效路径——即以尊重儿童主体创造为前提的民族主体性建设，儿童文学的意识形态功能不断获得深化。

抗日战争爆发后，儿童文学成为表达我国儿童高扬的战斗意志与爱国主义精神的关键通道，一批具有时代精神的儿童人物形象屹立起来，"不屈服"是他们

---

① 鲁迅：《〈表〉译者的话》（1935），见王泉根评选《中国现代儿童文学文论选》，广西人民出版社1989年版，第148～149页。

② 胡风：《〈表〉与儿童文学》（1935），见王泉根评选《中国现代儿童文学文论选》，广西人民出版社1989年版，第975、981页。

③ 张天翼：《奇怪的地方》，上海文化生活出版社1937年版。

主要的精神品格。战争环境对儿童文学文体建设有重要影响，童话的隐喻功能得到重大发挥，身体参与、极具感染力的儿童戏剧功能被释放，儿童小说的再现与批判现实、理想引领功能被强化。如苏苏 1938 年出版的《小癞痢》就是将儿童主体性系统置于"新中国"的高度而创作的一部佳作，"他们非但是他们父母一代的鲜血所创造的新中国的继承者，他们简直是跟他们的父母一代一样，是新中国的直接创造者呀！"[①]《小癞痢》出版后重印了几次，虽然是秘密发行，但却在广大少年儿童中引起强烈反响。巴人将"小癞痢"与日本的孩子进行了比较，特别强调"小癞痢"——这个中国农村社会中典型的孩子身上具备的对"正义与公理的爱好"，希望日本的孩子们能够读到这册书。[②] 1938 年许幸之在《论抗战中的儿童戏剧》[③] 中提到，"一切儿童文化，应当在抗战中发芽，一切儿童艺术，也应当在解放斗争中开花""特别在儿童戏剧中最忌那些空洞的高谈阔论，那些像成人一样的表演方法（除非特殊场合）和一些生硬奥妙的哲理渲染""在现阶段的儿童戏剧家，应当采取最积极的，最现实的，最有教育意味的，最能引起儿童关心和引起儿童兴趣的题材"。

随着政治形势的不断变化，儿童文学理论界出现了针锋相对的理论争鸣，深刻反映出儿童文学的意识形态属性，以及其所潜藏的巨大的社会功能。1931 年"鸟言兽语"论辩的起因就是政治背景，体现出不同政治立场儿童文学观的根本差异，从 1931 年到 1949 年，进步与落后的儿童文学观的对峙一直存在。抗战胜利后，革命的儿童文学受到国民党的严加管制，"中国儿童读物作者联谊会"文化团体的成立，成为发展进步儿童文学事业最有力的组织平台，1949 年初组织开展的儿童文学应否描写阴暗面问题的讨论，也深刻反映出"什么样的价值观念是进步的、儿童文学的存在究竟为了谁的利益"等这样一些根本性的涉及评价的问题。"儿童文学必须暴露当前政治所造成的贫穷、黑暗，这是儿童文学写作者不可躲避的责任。"[④] 通过研讨，进步儿童文学界对这一问题的思考更加深入。

1947 年范泉在《新儿童文学的起点》[⑤] 一文中，在回顾了"五四"以来儿童文学取得的成绩与作家队伍后，不无忧虑地指出"这贫弱的中国儿童文学，虽然已经萌芽，但却始终还是停留在鲁迅先生的'格言'时代！——'救救孩子'的时代！"他提出了处在这样的社会环境和政治情势之下，我们应当建立怎样的

---

① 苏苏：《小癞痢·后记》，引自《苏苏作品选》，少年儿童出版社 1982 年版，第 197 页。

② 巴人：《小癞痢·序》，引自《苏苏作品选》，少年儿童出版社 1982 年版，第 3～6 页。

③ 许幸之：《论抗战中的儿童戏剧》，引自《1913—1949 儿童文学论文选集》，少年儿童出版社 1962 年版，第 274～276 页。

④ 《中国儿童读物作者协会简史》，收入《一九四八年儿童文学创作选集》，中华书局 1949 年版，第 4～5 页。

⑤ 范泉：《新儿童文学的起点》，载于《大公报》1947 年 4 月 6 日。

中国风格的新儿童文学呢？他提出了四个据点，其中第一个就是"应当把血淋淋的现实带还给孩子们，应当跟政治和社会密切地连系起来"，第三个提到"要使他们认清现实，指示他们未来的路向"。

陈伯吹1947年在《儿童读物的编著与供应》中同样忧虑地指出，战火与经济崩溃使文化与教育首先遭受到摧残，儿童读物的贫血状态要立即医治了。他详细地论述了编著各方面的问题，甚至提到了人才的培养。对于"题材的采择"，他指出了两个标的指向两个广大的领域，第一就是"社会"，"我们必须把历史上的人类从石器时代进化到原子时代的生活的演变情形，指给我们年幼的一代的儿童看。旧世界怎样改变成新世界……最后还要强调那最后的胜利，必属于最大多数的劳苦大众"[①]。考察20世纪三四十年代我国儿童文学发展主潮，我们可以看到，从为儿童带来乐趣、以儿童为本位，到认识、批判、斗争功能的逐步强化，社会意识形态属性占据主导，这一演变趋势深刻地说明"社会性"是儿童文学的本质属性。儿童文学与社会不同阶段的发展任务紧密关联。

1949年10月新中国成立开辟了中国历史的新纪元。新阶段，新征程，儿童文学在新的政治社会环境中被赋予新的价值使命。"考察'十七年'儿童文学，最能显示其作为'儿童的'文学的特殊发展规律与演进态势的是这样三种现象：就文学制度而言，是共青团中央和中国作家协会双重管理下的童书出版与儿童文学；就文学思潮与创作气脉而言，是少先队的文学与'共产主义教育方向性'的红色基因；就文学的中外关系而言，受苏联儿童文学从理论到创作的多方面影响。"[②] 在党中央的高度重视下，中国少儿出版及儿童文学事业迎来黄金发展时期，儿童文学对于培养社会主义事业接班人的关键作用获得从上到下的充分共识。20世纪50年代的儿童文学饱满地浸润了时代风气，呈现出蓬勃的发展态势。

意识形态功能的强化一方面使儿童文学获得更多的建设资源，在主流文化体系中受到积极的关注，被给予充分的重视，但另一方面影响到"儿童"与"文学"主体性的发扬，导致创作出现公式化、概念化的倾向。陈伯吹在1956年《谈儿童文学创作上的几个问题》中提出了著名的"童心论"，就是希望从儿童文学美学原理的坚持中努力引导正确的创作方向。但在后来特殊的政治环境中，陈伯吹的"童心论"受到了批判。"如果把文学艺术比作整个革命机器的齿轮和螺丝钉，那么儿童文学可以说是这个齿轮上的一个牙齿，这个螺丝钉上的一条螺纹。"[③] 这句话是鲁兵在他1962年出版的《教育儿童的文学》一书中开篇即亮明

---

① 陈伯吹：《儿童读物的编著与供应》，载于《教育杂志》第23卷第3号，1947年9月。

② 王泉根：《"十七年"儿童文学演进的整体考察》，载于《中国现代文学研究丛刊》2019年第4期，第39~65页。

③ 鲁兵：《教育儿童的文学——儿童文学讲座之一》，少年儿童出版社1962年版，第1页。

的一个观点。在本书中，鲁兵对我国无产阶级革命儿童文学的发展自 1923 年始
作了一个清晰的梳理，强调了要坚持儿童文学的共产主义教育方向，指出儿童文
学所担负的首要任务是思想教育的任务，培养儿童的社会主义共产主义觉悟和道
德品质，同时也指出了知识教育和语言教育，同时他也认识到"儿童文学的特点
就是儿童特点的反映"，儿童文学应具有鲜明性、趣味性等特点。

五、回归文学与面向未来：解放儿童的文学

百年来，我国儿童文学功能建设的主体性就表现在它的实践性、社会性与发
展性。它始终是一个与时俱进的观念系统，没有对童年世界作静态与抽象观照。
儿童问题是社会问题的有机一环，儿童文学的功能建设从根本上依赖于社会进步
发展。新时期的思想解放潮流与社会发展任务重心的迁移，使得儿童文学观念革
新与功能拓展有了坚实的保障。

从愈来愈狭隘、机械的教育功能中解放出来，从不同年龄的小读者的接受能
力和欣赏趣味出发，让儿童文学能够更好地满足儿童多方面的需求，尽可能不拘
一格地扩展主题内容，这是 20 世纪 80 年代初儿童文学重新讨论功能问题的认识
起点。1981 年刘厚明以"试谈儿童文学的功能"[①] 为题，表达的这一定位代表了
时代的声音。"儿童文学对小读者可以起些什么作用呢？"刘厚明提问并用"导
思、染情、益智、添趣"八个字作了回答。对功能的不断提问与回答标志着儿童
文学学科意识的自觉推进，也透视着"功能"视角是认识理解儿童文学绕不过去
的一个元问题视域。功能的常提常新表明了儿童文学内涵层次的复杂性与社会议
题性。新时期儿童文学正是在对功能多种角度的论析中使得儿童文学走向开放的
发展空间。

1984 年 6 月 16 ~ 29 日，文化部在石家庄召开了全国儿童文学理论座谈会。
这是新中国成立以来第一次召开的全国性儿童文学理论工作会议，也是我国儿童
文学界大家期待已久的一次会议。[②] 这个会上发出了一些具有重要的方向引领性
的观点。曹文轩提出"孩子是民族的未来，我们是民族未来性格的塑造者"，这
一观点集中代表了新时期儿童文学界对儿童文学价值使命的理解与担当。站在新
的历史起点上，曹文轩承接着鲁迅改造"国民性"的思想，对教育思想作了批判
反思，剖析了传统的"顺从观念""老实观点""单纯观点"，指出了对儿童强烈

---

① 刘厚明：《导思·染情·益智·添趣——试谈儿童文学的功能》，载于《文艺研究》1981 年第
4 期。

② 《全国儿童文学理论座谈会纪实》，收入陈子君编选：《儿童文学探讨》，河北少年儿童出版社
1991 年版，第 277 页。

的民族意识培养的紧迫性。"只有站在塑造未来民族性格这个高度，我们才有可能出现包涵着深厚的历史内容，富有全新精神和具有强度力度的儿童文学作品。也只有站在这个高度，我们才会更好地表现善良、富于同情心、质朴、温良等民族性格的丰富性。"①

新时期在"人的重新发现"的文学主潮中，儿童文学界对"儿童"之为人的主体性有了全新的思考。从强调游戏精神的"热闹派"童话的崛起，到对"好孩子""听话的孩子"的标准的质疑，以及少年小说对青春期心理的深度开掘，共同强化的都是儿童文学塑造"新人"的功能拓展。儿童文学从单一的教育功能中被拯救了出来，它被赋予更为开阔纵深的人性与人格养成空间。而要获得如此自由丰富的可能性功能，儿童文学要实现的另一个观念转型就是回归"文学"。学界呼唤从"文学的全部属性"去定位理解儿童文学的功能，"儿童文学是文学。它要求与政治教育区别开来，它只能把文学的全部属性作为自己的属性。它旨在引导孩子探索人生的奥秘和真谛，它旨在培养孩子的健康的审美意识，它旨在净化孩子的灵魂和情感，它旨在给孩子的生活带来无穷无尽的乐趣，而在这同时，它也给了孩子道德和政治方面的教育"。② 儿童文学功能建设在批判反思中获得积极推进。

从文学的、审美的属性去匡正儿童文学的功能，是 20 世纪 80 年代最具主流特质的一种声音，它的反驳对象主要是前一时期的教育工具论。刘绪源《对一种传统的儿童文学观的批评》③ 是批评"教育儿童的文学"价值观念的代表性文章。作者开篇第一句话即亮明："我不同意这样一种概括：儿童文学是'教育儿童的文学'。"对应"教育儿童的文学"，刘绪源提出儿童文学是"供儿童审美的文学""审美的价值一旦在儿童心灵中实现了，下一步，就有可能转化为'团结''教育'的效果。但那必须是由审美过程转化而来的'团结'和'教育'，而不是直接从报告上搬来的，它们将从文学艺术的角度并以新的深度给儿童以影响"。作者坚定地认为"文学的本质只能是审美""儿童文学虽有一定特殊性，但在本质上与成人文学是一致的，二者遵循的是共同的艺术规律""儿童文学应该找到自己的本质了"。

从文学自身的属性出发去诠释儿童文学的功能，探寻讨论的主旨便聚焦在了文学审美活动中的各个主体及其关系上。班马在对儿童文学创作主体观念意识上

---

① 曹文轩：《儿童文学家必须有强烈的民族意识》，收入陈子君编选：《儿童文学探讨》，河北少年儿童出版社 1991 年版，第 374 页。

② 曹文轩：《儿童文学观念的更新》，载于《儿童文学研究》总第 24 辑，1986 年。

③ 刘绪源：《对一种传统的儿童文学观的批评》，载于《儿童文学研究》1988 年第 4 期。

的四个议题的论述很有创新性。[①] 他指出，长期以来我们偏重强调接受主体儿童读者，区分出一个有别于成人和成人文学的独立美学范围，但这造成了成人儿童观上的时间封闭、描写范围的空间封闭、文学功能上的"审美"自我封闭，以及作者身上的"创作心理情绪"的自我封闭。班马提出要注重童年的向前向后研究，"模糊边界"为儿童文学出征美学新领地带来机会。班马的儿童文学美学观主旨就是在寻求"放大"的儿童文学，他在1984年提出的振聋发聩的新论——"儿童反儿童化"更是一个对儿童文学功能定位提出严肃挑战的理论命题。"当我们竭力'向下'俯就儿童的时候，却不知儿童读者自己的心理视角恰恰是'向上'的！"[②] 囿于"儿童生活"的儿童化的美学小天地，使得儿童文学成为超脱于社会之外的美学范畴，班马认为儿童文学是绝对离不开本时代的社会美学价值的。

对"儿童本位"的儿童文学本体观作积极反思是一个很重要的突破，除班马外，方卫平的思考也很有深度。他认为"在'儿童本位论'的规定下，儿童文学的观念性本体构成被视为儿童心理、儿童观念的同义语。实际上，这种儿童文学本体观是倾斜的"[③]，他希望建立的是"作家世界——读者世界"相互融合的本体观。双主体视域融合是新时期以来儿童文学观念最大的突破点，它让儿童文学功能内涵在艺术发生时便走出单一性束缚，儿童文学实际上成为一种兼容形态的文学，它是两个主体共同介入与发生关系的文学，它的功能设置与功能释放便在这"第三"的主体世界中，就是游移于儿童与成人之间。汤锐在这个问题上是以"双逻辑支点"[④] 来表达的。李利芳在新世纪将其发展为"与童年对话"的"主体间性"[⑤]。

"教育儿童的文学"——"供儿童审美的文学"，这是从鲁兵到刘绪源的观点变化，2000年朱自强提出"解放儿童的文学"[⑥]，他认为这将成为新世纪的儿童文学观。从"教育"到"审美"，再到"解放"，从儿童文学施予儿童的功能变化，映射的是成人对待儿童的不同价值态度与立场。朱自强认为，20世纪80

---

① 班马：《当代儿童文学观念几题》，载于《文艺报》1987年1月24日。

② 班马：《初探"儿童反儿童化"的心理视角——中高年级儿童文学的审美特点》，1984年4月"全国儿童文学理论座谈会"论文，收入班马：《游戏精神与文化基因》，甘肃少年儿童出版社1994年版，第63页。

③ 方卫平：《儿童文学本体观的倾斜及其重建》，原载《儿童文学研究》1988年第6期。参见方卫平：《思想的边界：方卫平儿童文学理论文集卷二》，明天出版社2006年版，第22～23页。

④ 汤锐：《现代儿童文学本体论》，江苏少年儿童出版社1995年版，第8页。

⑤ 李利芳：《与童年对话——论儿童文学的主体间性》，载于《兰州大学学报》2005年第1期，第32～38页。

⑥ 朱自强：《解放儿童的文学——新世纪的儿童文学观》，原载《中国儿童文学》2000年第4期，参见朱自强：《儿童文学论》，中国海洋大学出版社2005年版，第39～53页。

年代出现的"儿童文学是文学"的观念反对的只是将"教育"当作儿童文学的"本质"或"实质",而并不否认儿童文学具有教育的功能,他认为任何"规范""框范"论都是具有明显的成人本位色彩的,既背离文学精神,也背离儿童生命世界。他认为,儿童文学要进一步向"儿童性"和"文学性"回归,"解放儿童的文学"就是解放和发展肩负着中华民族未来的儿童的想象力的文学。从儿童文学的人文关怀视野看,朱自强甚至提出"教育成人的文学"这样一个反命题,因为大概在他看来,中国的儿童问题究其根本,该教育的是成人而不是儿童,儿童是需要成人解放的。

整体来看,百年来我国儿童文学的功能始终紧紧围绕儿童主体发展与社会进步、民族复兴这两大问题领域展开。基于不同的社会任务形势,价值选择的重心会有显著的倾向与差异。从为儿童带来乐趣,更为丰富的以儿童为本位的功能内涵开拓,到走向广阔的社会现实,参与革命,以及强化的意识形态功能建设,到新时期的思想解放,向儿童与向文学的双重回归,"解放儿童"的时代命题的提出,我国现代儿童文学主体性养成走过了艰难曲折的道路,但以伟大的革命实践为基础,儿童文学功能从理论到实践,均获得了丰富的本土文学经验,为新时代新发展奠定了坚实的理论与思想基础。

第五节　现代西方艺术功能学说考察

结束中国古代、现代、少数民族和儿童文学等历史线索和领域的文艺文学功能思想与实践之后,我们将转向现代的西方,缘于本节囊括了追溯西方漫长的历史,所以选取"文艺"概念考察现代西方就艺术功能的思考和实际。网络搜索、日常讨论、美学著作乃至通识教材中的翻检可知,艺术功能是一系列貌似接近却意指模糊的短语:审美功能、教育功能、认识功能、交流功能、娱乐功能……也有如审美教育功能这样的复合短语。人们从公认的艺术作品及其现象总是能找到上述各种说法的依据。但实际上,无法借助这个逻辑抵达艺术功能的外延:其一,艺术功能指对艺术家、艺术接受者而言的功能,还是指艺术在广阔的社会文化中的某种功能?其二,艺术功能的各种定语,特定生成背景得到确定,才可能有准确内涵。

因此本节回到艺术功能主要说法的诞生语境,梳理定义艺术诸功能的各种涵义。美学学科诞生于18世纪的欧洲之后,在美学内部,艺术与美、崇高、趣味、天才、想象、创造、感性等新概念得以相互结合,并在社会、接受者和创造者的综合语境，现代艺术观念及其艺术诸功能得以生成。

一、从非实用到审美：社会维度的艺术功能学说

从古希腊到文艺复兴，艺术始终泛指一切人工技巧，涵盖了知识和技能等在内的一切人类生产活动，艺术的社会功能普遍被视为对社会实际有用。文艺复兴后期，情况发生了变化，部分艺术门类凭借"迪赛诺艺术"（Arti del Disegno）进行观念的联合，即借助作品形式的自由创造，超越商业行会的实用要求，艺术被视为一种特殊的智性活动——这是艺术与非实用性的最初联系。但当时的主流看法还是艺术更接近于科学或者神学，例如人体透视画法就是对解剖科学的贡献，再如教堂逼真的宗教画的作用就是吸引虔诚教众。真正意义的变革，始于17世纪的唯理主义哲学和基督教神学对人类知识领域的瓜分，[①] 将艺术逼入了功能的墙角，迫使观念上拉开功能与实用技艺的距离，让艺术获得独立价值，转变导致了以对原有概念重新诠释为标志的新概念出现。

（一）"无利害"

首要概念是"无利害"。其反义词"利害"（interest）最初是经济学用语，即为个人或集体对利益的追求，以及追求如何推动社会发展。18世纪初期，主张美善分离的英国经验主义者认为，存在着以"美"来形容的与利害无关的知觉："用整个世界作为奖赏，或以最大的恶为威胁，都不能使我们赞美丑的对象，或不赞许美的对象。奖赏或威胁可能使我们假意接受使我们在外在行为上放弃对美的追求，而投进丑的怀抱，但是我们的知觉始终不会有改变。"[②] 美与善分离成为现代美学核心观点之一和现代艺术观念的基础。艺术由此有了定语"美"。"美的艺术"专指没有实用功能的艺术门类，艺术与实用的紧密纽带被割断了。"美的艺术"概念得到推广，诗、音乐、绘画、舞蹈和雕塑这五个艺术门类被视为不可分割的整体。非实用性艺术功能学说成为共识："美的艺术"具有不可替

---

① 这里以莱布尼茨为例。莱布尼茨承认"直觉知识"的存在，但他将其认为这是上帝的领域，他所认为的理性的对立面也仅仅是信仰而非感性，在他对科学诸领域的划分方式中也基于感性的位置。他眼中的科学分为三种：第一种是物理学或自然哲学，它不仅包括物体及其属性如数和形，而且也包括精神，上帝本身以及天使；第二种是实践哲学或伦理学，它教人获得良好和有用的事物的办法，并且不仅提出对真理的知识，而且还有正当的实践；第三种是逻辑学或关于记号的知识，因为我们需要观念的记号以便能够彼此沟通思想和把它们记录下来以供自己所用。详见 ［德］莱布尼茨：《人类理智新论》，陈修斋译，商务印书馆1982年版，第634页。

② Francis Hutcheson：*An Inquiry into the Original of Our Ideas of Beauty and Virtue.* G. Olms，1971，P. 25.

代的作用，虽然不能为社会带来实际益处。

（二）"审美"

伴随美善分离和艺术观念独立，出现了另一个新概念："äesthetik"。今日译为"审美"，但它在早期的鲍姆嘉通那里指低级的感性认识，与"美"没有直接联系。① 鲍姆嘉通在 1850 年的《美学》重新定义为"作为自由艺术的理论、低级认识论、美的思维的艺术和与理性类似的思维的艺术的感性认识的科学"。② 虽说他未提出现代意义上的艺术概念，但他有意识地将广义的艺术中的自由与感性的部分视作整体，集合性的艺术概念首次以感性领域的哲学思考被演绎。受鲍姆嘉通的影响，康德在《判断力批判》中将 äesthetik 的范围再次缩小为美和适意两个范畴，并与善区分："在感觉中使感官喜欢的东西就是适意的……借助于理性而通过纯然概念使人喜欢的东西就是善的……对美的事物的愉悦必须依赖于导向某个（不确定的）概念的、关于一个对象的反思，并由此不同于适意的事物，但适意完全基于感觉。"③ 在康德看来，纯粹满足感官之欲的适意对象尽管依然可以算作 äesthetik，但已经被排除在"美的艺术"之外了："意图直接引起愉快的感受的艺术是审美的艺术。审美的艺术要么是适意的艺术，要么是美的艺术。如果其目的是使愉快来伴随作为纯然感觉的表象，它就是前者，如果其目的是使愉快来伴随作为认识方式的表象，它就是后者。"④

康德将艺术界定为与知性有关的令人愉悦的具体对象并和"适意"特性也有区分，因为"适意"毕竟有实用特点。但在康德那里，二者都可以被视为审美的。康德的追随者席勒、谢林、黑格尔等人，则较之康德更向前走了一步，他们把艺术的审美功能与"适意"所代表的实用功能看作对立项。由此，美学也成了艺术哲学的同义词，与审美领域的其他方面脱离了关联。18 世纪末到 19 世纪初的欧洲主流艺术观念中，社会维度的艺术功能学说，否定了艺术的实用性并转向了强调审美性。

---

① 鲍姆嘉通 1835 年出版的《诗的哲学默想录》中首次出现了 äesthetik，但全书并未出现"美"这一字眼。将 äesthetik 与美相联系是在 1839 年鲍姆嘉通在《形而上学》中对 äesthetik 的新定义："与感觉相关的认识与呈现的科学（低级认识功能的逻辑，优雅与沉思的哲学，低级的神思，优美地思考的艺术）。"详见刘旭光：《回到康德之前——鲍姆嘉通的美学思想再研究》，载于《学术界》2016 年第 2 期，第 38 ~ 50 页。

② ［德］鲍姆嘉通：《美学》，简明、王旭晓译，文化艺术出版社 1987 年版，第 13 页。

③ Immanuel Kant：*Critique of Judgment*. Trans. Pluhar, Werner S. Hackett Publishing Company, 1987, pp. 47 – 49.

④ Immanuel Kant：*Critique of Judgment*. Trans. Pluhar, Werner S. Hackett Publishing Company, 1987, P. 172.

二、从激发情感到表达情感：艺术的接受/创造功能学说①

（一）艺术与情感

艺术功能的个人维度阐释如何呢？即艺术对欣赏者/创作者的作用何在？艺术被称为"摹仿技艺"的古希腊时期的哲学家普遍认为，激发情感是艺术欣赏者最重要的功能是。柏拉图主义者认为，激发情感是种缺陷（迷狂对人会产生消极影响）。亚里士多德主义者则认为是种力量（净化对人会带来积极影响）。但是，艺术情感的具体功能尚未真正开始讨论就被基督神学浪潮淹没了。和情感有关的所有概念都限制在宗教语境并和世俗生活拉开了距离。文艺复兴后期艺术与情感的关系才开始重新被审视。人们开始以"美"形容从大师作品中感受到的特殊情感，这种特殊情感不同于宗教式的虔诚，也不同于科学式的真实感受。日后不久兴起的早期启蒙主义者及其新古典主义追随者，则又有了一番别样的看法。他们认为，艺术对真实对象的摹仿和有序严谨的结构，是比欣赏者情感体验更为重要的事情。

随着 17 世纪末"古今之争"的兴起，学者们注意到当时哲学著作的一个趋势，即都片面强调理性带来的客观秩序比感性激发的主体感受更有价值，但却解释不了如下这些现象：人们在音乐、绘画、建筑等艺术作品直接获得的愉悦或截然不同，或程度不一。于是，艺术激发接受者情感的这一功能再次受到重视并被重新命名。哈奇森称为"内在官能"（internal sense），艾迪森则称为"想象的快感"（pleasures of imagination），而杜博称为"人工激情"（artificial passions）。18世纪早期这些个人维度的艺术功能学说中的情感概念范围很广：自然对象和艺术欣赏直接获得的愉悦、部分艺术作品的神秘方式引发的恐惧、厌恶和怜悯，以及由此转化为更高层次的愉悦。

（二）艺术情感功能学说的细化过程

艺术的情感功能学说逐渐发展并成了共识之后，18 世纪后期的美学家开始

---

① 在现代心理学诞生以前，情感（emotion）、感情（sentiment）、感受（feeling）、激情（passion）等一系列概念在西方哲学史中始终处于交织不清的混乱状态，但它们背后所代表的内涵是接近的。限于篇幅和研究对象，本节不在这些概念之间进行严格的区分，而统一称为"情感"。

细致划分这种个人情感，这是艺术观念史一次重要分化，也是启蒙主义与浪漫主义的根本分歧之一。50 年代末，伯克首先将崇高与美视为对立的一组生理反应，各有自己的生理反应。崇高与恐惧关联，崇高通过主体与对象的疏离获得。美与愉悦关联，美通过主体与对象距离的靠近获得。① 这样，伯克就借助崇高概念与美的概念的区分，排除了理性与道德的因素，将崇高与美看作纯粹由生理引发的情感活动，个人情感被具体和细化了。此外，伯克将讨论对象限定在艺术领域，试图将崇高与美视为艺术评价的二元。18 世纪末，席勒融合了伯克和康德的主要思想，从主体愉悦角度，在艺术欣赏方面将崇高与美予以统一："只有崇高和美是艺术所特有的，而愉快则不是艺术应有的，而善至少不是艺术的目的，因为艺术的目的是令人愉悦，而善不论在理论上还是在实践上都不可能也不应该充当使感性满足的手段。"② 此说法有着古希腊艺术激发欣赏者情感这样古老观念的影子。但不同的是，席勒将纯粹感官刺激排除在了情感功能之外，将融合了感性与理性的审美情感视为被激发的特殊对象。审美情感实现途径是介于感性和理性状态之间的艺术。

依循这样的逻辑，艺术功能与创作者情感紧密相连的观念也被认可。在艺术家那里，自身情感表达是艺术最主要功能，建立此观念经历了战胜摹仿论/再现论的漫长过程。18 世纪初，美学家普遍认为艺术创作要义，不是摹仿自然或经典作品的范式，而是呈现创造中内心自由联想的状态。由此，想象力（imagination）、独创性（originality）、创造力（creativity）、天才（genius）等概念出现，并逐渐成为艺术讨论中的核心概念，"天才"则是重中之重。"天才"被理解为驾驭艺术的唯一能力。比尔兹利评述道："一种强烈的激情的爆发就像是磁铁一样，将一切可能会满足、滋养它，或者与其因或其果有某种联系的观念都吸向它。因此，诗人（艺术家）在捕捉了这种情感以后，几乎是奇迹般地将他的材料整合了起来。在情感的控制下，心灵中相关的观念被提出来，不相关的被排除。显然，一种新的与理性主义美学完全不同的关于艺术创造的观念，在这里出现了。"③

受此观念影响的浪漫主义美学出现，其提倡的表现论取代了摹仿论/再现论，成为主流的艺术创作理念。表现情感成为创作理论中的艺术功能学说的核心，也成了文学（诗）强调自身不同于其他艺术的独特功能的重要论据。华兹华斯的宣

---

① ［英］埃德蒙·伯克：《关于我们崇高与美观念之根源的哲学探讨》，郭飞译，大象出版社 2010 年版，第 36~38 页。

② ［德］席勒：《秀美与尊严：席勒艺术和美学文集》，张玉能译，文化艺术出版社 1996 年版，第 82 页。

③ ［美］比尔兹利：《西方美学简史》，高建平译，北京大学出版社 2006 年版，154 页。

言颇具代表性："诗是强烈情感的自然流露，它起源于在平静中回忆起来的情感。诗人沉思这种情感直到一种反应使平静逐渐消逝，就有一种与诗人所沉思的情感相似的情感逐渐发生，确实存在于诗人的心中。"① 这一"流露"将诗人喻为容器，诗的素材从诗人液体般的情感而来；"自然"的意思是艺术家天生具有的原动力。在浪漫主义者那里，艺术表现情感的观念，具体化为既满足艺术创作需求，艺术与审美紧密联系，此观念成了艺术社会功能学说的重要组成部分。

三、艺术功能假说的二元对立误区及其反思

现代西方艺术观念史中的诸种艺术功能学说，不是对实际艺术现象的客观归纳，而是预设的价值立场上的理论假说，似乎希望回答的问题是"艺术有哪些功能"，实际是"艺术应该有哪些功能"的主观意愿。这种艺术功能假说，是认识论哲学语境的产物，它的最大问题是两组二元对立的误区。两组误区的局限性一直影响到今天的艺术观念。

（一）误区之一：审美与实用的二元对立

现代西方美学史上，艺术社会功能假说将审美确立为核心，艺术的实用功能逐渐被忽视。浪漫主义时期，审美借助"艺术自律"观念被视为艺术唯一重要的社会功能，最终演变为19世纪后期的唯美主义（aestheticism）。以审美之名全盘否定艺术的实用功能造成了不可调和的矛盾：一方面艺术的审美功能排斥了艺术可能的其他社会功能维度；另一方面，唯美主义又无法解释当代众多与审美无直接功能关联的艺术作品与现象。比尔兹利依然坚持从审美功能角度定义艺术，成了当代美学家中的例外。他试图从"审美利害"（äesthetic interest）这一看似矛盾的术语出发来解决审美与实用之间的鸿沟，但他艰难的努力招致许多批评。② 确实，审美利害与实用的根本性割裂，无法有效证明，审美性质究竟处于何地，是导致某物获得艺术作品身份的原因呢？还是艺术作品的结果呢？如果将审美与实用截然分割，确实面对诸多悖论。伊格尔顿清醒地意识到这一点："只有对功能概念一知半解的人才会看不清这一点。那些可耻地宣称艺术没有任何功能的唯美主义者，在此意义上和市侩庸众是一对可怕的孪生兄弟。这两种人对功能的理

---

① William Wordsworth：Preface to *Lyrical Ballads*. In Charles Harrison ed. *Art in Theory* 1648 –1815. Blackwell，2000，pp. 923 –924.

② 详见黄应全：《艺术的审美功能论如何可能？——门罗·比尔兹利的审美式艺术定义及其相关启示》，载于《文艺研究》2020年第7期，第13～14页。

解相当贫乏。这是因为小市民相信任何东西只有立竿见影的效用才有价值，而唯美主义者错误地认为，具备某种功能和为审美而审美必然毫不相干。然而，实现了自我价值的功能依然是功能。此外我们已经知道，对激进的浪漫主义传统来说，艺术作品的功能就在于它为己而存，因此可以预见未来人类也将会享受到艺术作品拥有的丰厚待遇。"① 以伊格尔顿为代表的当代马克思主义美学家还意识到，审美与实用截然分割固然不会有广泛追随者，但是由唯美主义发展而来的"文学艺术主要是审美的而不是实用的"这一较温和的看法依然是对审美与艺术之间关系的严重误解。固然可以把"审美"作为思考和评价艺术的基点，但不意味可忽视其中的实用成分。艺术的审美功能与实用功能在社会中无本质冲突。现实中追求自身的实用性与审美性之间的平衡、横跨工程技术和人文艺术的建筑艺术，以及作为日常生活中消费品的大众文艺作品等都为证据。事实是，摒弃了审美与实用的二元对立，高雅艺术与通俗艺术的隔阂，在逻辑上就可被消除。实用主义美学倡导者舒斯特曼指出："审美这个术语被明显运用为一种高级艺术和复杂风格的术语，好像通俗审美的观念几乎是在术语上就自相矛盾。这种倾向已经妨碍某些同情对文化的通俗需要和识破高级文化的无利害、非商业的意识形态的人们，去认可一种并不是全盘否定的、被支配的和贫乏的通俗审美的存在……通俗艺术提供的显然的满足、感动和经验，被当作虚假的和欺骗的东西而排除出去，而高级艺术则被认为提供了某种真正的东西。"② 高雅艺术与通俗艺术的通融，理论依据与事实证明兼具，打破审美与使用二元对立误区势在必行。

（二）误区之二：情感与理性的二元对立

美学史显示出，情感与理性的二元对立来自从个体出发的艺术情感功能假说。托尔斯泰的艺术情感交流说可为代表。他对情感表现假说和情感激发假说做了融合性尝试，受此假说影响形成的某些思想影响至今。诸如，艺术品表达艺术家创作时的情感，艺术欣赏的最主要的功能是激发自身情感。当代艺术史家杰内弗·罗宾逊，以超越情感主义预设框架为基础，考察历史上艺术与情感的种种观点后发现："存在着大量不怎么关注情感的优秀艺术，这种现象不是最近才有的。古埃及的伟大雕塑、拜占庭的偶像、波斯人的毯子，它们并不把情感的唤起作为主要的审美目标。艺术中的情感是最近几个世纪才变得十分重要起来。"③ 在他看来，许多艺术依赖激发受众情感起作用，情感却既非艺术产生的必要条件，也

---

① ［英］伊格尔顿：《文学事件》，阴志科译，河南大学出版社2017年版，第230页。
② ［美］理查德·舒斯特曼：《实用主义美学》，彭锋译，商务印书馆2002年版，第229~236页。
③ ［美］彼得·基维主编：《美学指南》，彭锋等译，南京大学出版社2008年版，第160页。

非艺术实现自身目的的必要手段。作者情感表现说和受众情感激发说的艺术的情感功能假说，只是产生于特定时代与地域的美学观念，不具备超越时空的普适性。我们可以发现，当代艺术家的创作过程往往并不必然表现自我情感，作品表现的情感仅是丰富情感或者思考中的一个角色、叙述者或者隐含作者中的情感。[①]如今艺术家更感兴趣的是从非情感的角度处理艺术创作中的情感，例如波普艺术和法国新浪潮电影。

过于强调艺术和情感的个体功能联系，无节制地抬高情感地位，可能导致艺术与现实的割裂，忽视现实中的道德原则。就此舒斯特曼警告说，这种通过情感排斥理性的艺术功能学说中，情感将不作为真正道德感觉和行为的一种有效刺激，而是作为对它们的一种不费气力的和自我欺骗的替代，一旦艺术所表达和激发的情感被视为与现实无关，甚至会导致如纳粹军官一边欣赏贝多芬时哭泣一边大规模屠杀无辜平民的极端惨案。[②]

概言之，艺术功能的审美与实用、情感与理性这两组二元对立的误区，是从西方现代美学延续至今的艺术观念所导致。如今，审美与情感依然普遍被看作艺术两大核心功能。但理论考察基础上的理论建设，应将这两对概念的内涵置于当下美学语境，消除对立隔绝思维，予以更新与扩展。审美涵盖实用艺术和通俗艺术的现实会得到正视，艺术创作和欣赏中的情感就必然会呼唤更多的理性思考和现实关怀。

下面一节，我们将回到中国审美现实，并选取被倡导者名之为"平民艺术"的"小小说"为个案考察，看看这个事实性经验如何融通了审美与实用、严肃与通俗、情感与理性，如何超越了主流、精英和大众三种意识形态的划分，与主流观念相吻合，又有精英艺术家引领示范，还能满足和适应最广大民众的需求[③]，对于将审美和情感作为认识艺术功能的有哪些启示。

第六节　文学功能个案考察（一）：小小说活动

秉承动态与实践研究理念，几年来课题组跟踪考察调研和探究了小小说活动。"活动"包括文学活动论的活动和"事件"性的活动两方面涵义。"事件"

---

① ［美］彼得·基维主编：《美学指南》，彭峰等译，南京大学出版社 2008 年版，第 157 页。
② ［美］理查德·舒斯特曼：《实用主义美学》，彭峰译，商务印书馆 2002 年版，第 207 页。
③ 刘俐俐：《文学存在复杂样态的认定与价值评价问题：以小小说考察为中心》，载于《湘潭大学学报（哲学社会科学版）》2019 年第 2 期，第 106～119 页。

是西方事件哲学理念及其理论的概念："事件不纯粹是一个事实的出现，而且它也是从没有位置（no-place）向占据某个位置（place）的转变"。① 我们理解，小小说的文学活动是基础，事件性突出了这个文学活动的特异性。关键点是"小小说"和"活动"。本节分析阐述它的文学功能、特点，以及可能蕴含和指向价值观念元素。

一、个案简要介绍

（一）文体名称考释

"小小说"是我国目前就字数在 1 500 字（或者 2 000 字）左右的短小的非纪实性叙事性文体。国内高校领域学者对此文体研究的重要立项情况如下：龙钢华教授的国家社科基金项目"世界华文微型小说综合研究"（09BZW064）。最终成果为龙钢华主编：《世界华文微型小说综论》，由中国社会科学出版社 2018 年出版。随后 2018 年龙钢华又获得国家社科基金重点项目"世界华文微型小说百家创作年谱"（18AZW024），目前在研。张春教授的 2010 年湖南社科评审委立项的《中国小小说史研究（1949—2009）》（1011093B）。随后 2020 年张春又获教育部社科规划项目"中国小小说发展史（1916—1949）"（20YJA751026）。刘海涛教授的教育部 2016 年人文社科研究项目：《"微文学与新读写"课程的研发与实践》（16YJE880003）。目前国内研究一般使用"微型小说"和"小小说"两个称谓。

研究大致显示的"中国微型小说发展脉络"为："先秦时期的神话传说与寓言故事是微型小说的萌芽。……神话传说具有的小说萌芽属性主要体现在四个方面：一是虚构性……。二是叙事性。三是形象性……。四是散文体语言艺术。……我国古代的神话传说就是一种具有特殊意义的文言微型小说，只不过它还不是完全意义上的成熟的微型小说。……先秦寓言是微型小说的雏形。……魏晋南北朝时期的志怪志人小说开始独立成篇，向自觉意义上的'小说'迈进。……隋唐至清末的笔记小说，承志怪志人小说发展而来，仍然保持原有实录性质和文字体例，但已褪去或淡化了宗教色彩，偏重于记叙故事，其中相当一部分已经是成熟的微型小说。……20 世纪初，'小说界革命'以后，小说的地位空前提高。……1920 年，《民生月报》第 3 期刊发《夫妻谐好》时首次标注'小小

---

① 蓝江：《面向未来的事件——当代思想家视野下的事件哲学转向》，载于《文艺理论研究》2020 年第 2 期，第 150 ~ 158 页。

说'，1921年设有'小小说选'等栏目发表'小小说'，使'小小说'的文体和名称正式登上了文学大舞台。30年代'左联'时期，'墙头小说'作为抗战微型小说的一种样式，很受推崇。50年代的'大跃进'时期，微型小说受到广泛倡导。80年代以后，微型小说进入全面兴盛时期，名称就有40余种，有'小小说''微型小说''超短篇小说''掌上小说''疾风小说''精短小说''超短小说''瞬间小说''摄影小说''镜头小说''电报小说''焦点小说''微信息小说'……影响最大的有三种：一是中国大陆以郑州为中心的北方称之为'小小说'；二是中国大陆南方和海外主要称为'微型小说'；三是'微型小说'在学界有一定的认同度。目前，官方比较认同的名称是'小小说'和'微型小说'，中国作协主办的每四年评选一次的鲁迅文学奖评选中，按照《鲁迅文学奖评选条例》（2014年2月27日修订）的表述，用的是'小小说'名称。而在1992年就成立了由中国作协和民政部主管的'中国微型小说学会'，认同了'微型小说'这一名称。学术界则认为，从学理上来说，按长篇、中篇、短篇、微篇来取名，四足鼎立，'微型小说'的名称最经得起推敲。"[1] 还有学者查阅得出，中华书局1917年在《卧薪尝胆》中有《小小说例言》中说："本书文字浅显，材料活泼，取名为小小说"的说法。[2] 我国学者张春先后发表以第一、第二、第三个十年为副题的三篇论文《"名家尝试"与"名称产生"——中国现代文学第一个十年时期的小小说发展概观》。[3]

世界文学视野中的小小说，据维基百科的说法，小小说起源于早期人类口传故事，包括古希腊的伊索寓言和古代中国的诸子寓言在内，在文学摇篮期都存在类似小小说的文体。现代意义的小小说文体起源于西方。19世纪中期以来，小小说写作开始在美国兴起，包括惠特曼、欧·亨利在内的许多作家都会写一些很短的短篇并以"闪小说"（flash fiction）命名，直到20世纪初期，在美国报刊十分流行刊登这类短小文字，此时"短短篇"（short short story）也作为短篇小说（short story）的对应称呼开始出现，short short story指在极短的篇幅内写出的一个浓缩故事。随之小小说的称呼开始细化，比如750字以内称为"瞬小说"（sudden fiction），100字以内称为"速写文"（drabble，200字可叫double drabble），50字以内称为"极短篇"（minisaga）等。这些称呼不固定并且时有互相替换。发展至今，小小说已成为世界文学主流中经常出现的文体，诺贝尔文学奖

---

[1] 龙钢华：《世界华文微型小说综论》，中国社会科学出版社2018年版，第3~7页。
[2] 《卧薪尝胆·〈小小说例言〉》中所说的"小小说"，意思是口袋小说，相当于儿童图书，与现代意义上的小小说不同。《小小说例言》下面有红色印章"郑浩曌"，应该不是作者，作者不详，待考。
[3] 分别发表于《文艺理论与批评》2012年第1期第135~139页、第3期第89~92页和第5期第116~119页。

得主海明威、川端康成和纳吉布·马哈富兹等都曾出版过小小说选集。"瑞典杰出的小说家和戏剧家斯特林堡的《半张纸》，是典型的微型小说，仅有一千多字"，是"浓缩人生经历的艺术""典型的空白艺术"。①

（二）民间倡导与活动状态

说小小说是民间倡导的文体，指杨晓敏 20 世纪 90 年代提出"小小说是平民艺术"的文体倡导。他将字数界定为："1 500 字左右可能是小小说字数的较为合理的限度。除了极个别写得特别精粹的百字小说外，1 500 字基本上能体现出小小说有别于其他小说文体在字数限定、结构特征、审美形态等艺术规律上的界定。"② 他是以悟性和经验将小小说自动地列为"艺术"，即康德"诗的艺术"。康德时代没给他细致区分"诗的艺术"分类的条件。倡导者自动而且朴素地把小小说作为"艺术"，回避了暂未进入文体秩序的困难，同时有高雅的文体色彩。"艺术"一词，可从经验层面推断憧憬热爱希望亲近艺术是人的天性和本能。取"平民"概念，缘于"平民"可与精英、大众相对应，又可与职业作家相对应，号召力和凝聚力强。"1 500 字左右"字数的短小易于把握的叙事体，书面叙事与口头叙事之差异有弹性，既是"艺术"又可让普通人上手。

"活动"的基本涵义是有生命力的活物。小小说活动，既指团结凝聚了许多人，也指适应社会环境并善于调整自己。怎样适应调整？小小说短小有趣的叙事，以休闲欣赏方式渗透人们日常生活的零碎时间，让人们以生活状态进入文学世界。如何实现呢？倡导者和主要参与者，充分利用现代科技的自媒体多媒体等便利扩大影响，以便利和接地气让小小说进入更多文学爱好者的生活。考察数据显示：小小说作品除了刊发于纸媒刊物之外，更借助多媒体和自媒体寻求便利，比如公众号筛选推送优秀小小说作品。公众号成为重要传播、鉴赏、消费平台。仅以课题组统计的小小说的公众号，目前重要的公众号有：金麻雀文化有限公司创立的系列公众号：（1）"金麻雀文选"；（2）"金雀坊"；（3）"杨晓敏自述"；（4）"小小说选刊"：既有纸媒刊物载体，又作为网络载体。公众号的"小小说选刊"，有"微小说""微阅读""微互动"等栏目，与纸媒刊物《小小说选刊》互动。统计得出以小小说或者微型小说等相近名称标示的网络公众号大约有 35 个。发布的作品、理论及评论，多为纸媒书籍和刊物发表过，继而再通过网络广泛传播。除了公众号，2016 年 11 月 9 日，郑州人民广播电台正式上线了星光小

---

① 刘俐俐：《浓缩人生的艺术——〈半张纸〉的文本分析》，引自《外国经典短篇小说的文本分析》，北京大学出版社 2004 年版，第 44～49 页。

② 杨晓敏：《小小说·文学梦》，载于《文艺报》2014 年 3 月 26 日第 7 版。

小说网络电台，这是全国首个以小小说为核心产品的互联网类型化广播。目前已制作完成小小说及微小说共计150篇，其中大部分为名家近作，试运行的两个月中，实现累计点击量134万人次，总收藏订阅人数达108 949。[1] 公众号和广播以刊发小小说作品及其鉴赏为主。功能与每天发布天气预报相似，以"我们"[2] 的口吻低调展示，强调立足民间立场，印证了民间倡导的实践理性目的即自由意志，体现了民间文学"初心"善于"和光同尘，与时舒卷"的特点。[3]

（三）创作队伍状况

小小说创作队伍的构成也体现了活动性。纵向发展显示了创作主体最初由两部分人组成，后分为三部分。最初两部分人，其一为知名作家。他们曾以或长篇、中篇或短篇小说等其他文体的优秀作品，在文坛产生过较大影响，他们携带文学经验、体悟和热情进入小小说领域，并作出成就和贡献。第一届金麻雀奖（1982—2002）获奖名单中的知名作家有：王蒙、冯骥才、林斤澜等。随后又有聂鑫森等获奖。这些早已成名的作家参与形式很多，或者直接以小小说文体创作，如冯骥才的《俗世奇人》等；也有些如贾平凹等，原以短篇小说文体创作，因篇幅短小，被"金麻雀文选"等公众号以小小说命名再次发表，广泛传播。其二为成长性作家。成长性作家仅是区别知名作家的权宜性表述，两者几乎同时开始作为。成长性作家的一部分人，后来发展为有成就的小小说知名作家。活动中不断加入的文学爱好者，则为两部分人之后的第三部分人，此现象持续至今。

仅以成熟作家代表冯骥才来看。冯骥才20世纪80年代即以《三寸金莲》《神鞭》《高女人和她的矮丈夫》等中篇在文坛广为人们关注。获第一届小小说金麻雀奖，参评作品为《刷子李》《张大力》《死鸟》《酒婆》《小杨月楼义结李金鳌》《西式幽默》《我警告我》《老头们的电视机》《胖子和瘦子》《勇士》10篇。获奖理由是："作为我国新时期文坛的著名作家，冯骥才的小小说写作为小小说这种新兴文体注入了极大的活力。他的这组小小说获奖作品，具有深厚的民间文化底蕴，犹如一幅幅精雕细刻的民俗画，多为广大读者津津乐道，堪为当代小小说名篇。用'言近旨远，大义微言'来形容是毫不过分的。冯骥才小小说具有引人入胜的可读性，往往给读者带来阅读惊喜。冯骥才小小说刻画人物非常成功，他笔下人物一半是旧天津的三教九流，一半是当代生活中的人。无论写今述古，皆娓娓道来，纤毫毕现，一人一个性，无脸谱化之形，无概念化之嫌，栩栩

---

[1] 阚小丹：《未来值得期待》，公众号"小小说选刊"2018年2月9日"视野"栏目推送，https://mp.weixin.qq.com/s/zLGg5g9sTkqSrBEP_FTNTw。

[2] 就"我们"后面会有专门介绍。

[3] 房玄龄等：《晋书》（第1册），中华书局1974年版，第21页。

如生，呼之欲出。作者的语言自成风格：平白朴实中流露出真切的生活感受和哲理。其驾驭小小说文字的功力颇见大家风范，不做作，不卖弄，活灵活现，妙趣盎然。"① 冯骥才从民间亚文化领域取材，凭借熟悉的民间社会人们及其生活世界讲述民间故事，而且始终保有深切人文关怀，他的故事让人们自觉地信服和赞美民间社会历经淘洗凝练而成的素朴价值观，比如民间社会的义气、一诺千金、友情和好善乐施、自我检省等心理和品质，民间能人的本事、技艺等。冯骥才小小说的思想价值在于，较多地批判丑陋腐败以及受其影响的各色人等。这幅风俗画艺术地体现了马克思恩格斯关于"统治阶级的思想在每一时代都是占统治地位的思想。……支配着物质生产资料的阶级，同时也支配着精神生产的资料，因此，那些没有精神生产资料的人的思想，一般地是受统治阶级支配的"。② 冯骥才的小小说深得我国传统叙事《世说新语》《太平广记》精髓。以写人物为主，多以人物名字或者绰号为题。夹带着人物心理活动。艺术效果为：小而博大或深远；好看而显示智慧；依循读者想象空间拓展创作空间；细节产生魅力；短小而有弦外之音。以其突出的艺术特点形成了自己风格，有较高审美水准，可当之无愧地称为语言艺术。我们将这些意蕴和思想归属为民间亚文化，将其艺术成就看作中国民间口头和书面叙事传统的继承发展。除了冯骥才之外，聂鑫森等成熟的小说家进入小小说园地，也以他们各自风格发生了艺术效应。这些知名作家的作用在于：释放了他们的艺术激情，艺术经验在小小说领域施展发挥；以艺术经验、审美理想和探索，以自己的优秀作品示范引领、规范和推进了小小说文体稳步成熟，客观地培育了一批文学爱好者。

再看小小说园地成长成熟并知名的作家，可以谢志强为代表。谢志强分别为第三届和第七届获奖作家。第三届参评作品为：《黄养泉》《桃花》《提前草拟的悼词》《女模肚里有条虫》《哑巴补鞋匠》《享受错误》《神奇之泉》《无情的命令》《消失》《外婆点亮煤油灯》10篇。获奖理由："在当代小小说作家队伍中，谢志强的探索精神和创新力度是众所周知的。他乐于展开想象的翅膀，把小小说写得空灵洒脱。他的小小说大致可以分为两类，一类是现实的，另一类是超现实的。前者把着眼点放在人物的心灵史中，善于表现苦难和黑暗中的光明一面，给读者留下无尽的希望。而后者，如《珠子的舞蹈》《神奇之泉》等，较为娴熟地运用象征、隐喻、魔幻等表现手法，超越时空和现实，构筑了一个想象中的奇幻世界，以哲理思辨与现实世界发生内在联系。"③ 第七届的获奖理由为："谢志强

---

① 历届小小说金麻雀奖见 http：//www.chinawriter.com.cn/2007/2007－06－07/33614.html。
② 《马克思恩格斯选集》（第1卷），人民出版社1995年版，第98页。
③ 第三届（2005—2006年度）小小说金麻雀奖获奖作家、参评作品见 http：//www.chinawriter.com.cn/2007/2007－06－07/33610.html。

是小小说创作领域的常青树，早在上世纪九十年代，他就以独特的艺术追求为自己的小小说打上了'魔幻'的标签。在最新系列创作'王国秘史'中，他以丰富的想象力和充满现实隐喻的探索精神，以超现实的视角和观念，构建了一个天马行空的异想世界，用一种飞翔的创作姿态，为我们打通了幻想与现实的通道。《渡河》……等作品，无论表现形式、审美意蕴还是语言风格都不落窠臼，开创了一种小小说的另类美学原则。"两份获奖理由，概括谢志强小说价值观念和取向特点，首先，为小小说艺术空间发展作了有益有效的探索。由于汲取我国古典叙事文学传统和西方现代以来艺术思潮和手法，结合当代人感受，彰显了小小说艺术魅力，远眺了小小说的未来发展，可汇入小小说文体建构的努力中。其次，关注和干预人们现实生活的感受思考。谢志强小小说知识性弱于冯骥才和聂鑫森，现实人文关怀更凸显。关怀深处的意蕴为：检视当代人生活方式；想象极为奇特；深度透视和思考人工智能的现实功效、伦理悖论与令人担忧的前景；赞美和坚守对传统文化中民间百姓历史铸就的本分、不贪不义之财、坚韧、顽强生命力、勤劳等品质精神；揭露和批判现实诸种逐利趋财等丑陋人性和风气，彰显张扬诚信、正直、仗义、善良、互助等美德。但其作品不如冯骥才和聂鑫森作品那样蕴藉。价值定位在于，以对现实关怀切入短小叙事，以传统文化的当代发展即和谐、生态、环保、正直、坚韧和勤劳等为价值支撑，彰显和坚守人文理念。

到目前为止，知名作家和从小小说园地起步作家已经汇合成中国当代重要的文学力量，团结了大批文学爱好者。

（四）进军主流文学场域

国家文学奖项设置是文学制度体现。以民间的"平民"理念进入文学的小小说，将主流文学乃至制度覆盖为努力目标。国家奖项的鲁迅文学第五届之后将小小说纳入其中。该奖参评作品的体裁与所设奖项一致，最初有中篇小说、短篇小说、报告文学、诗歌、散文杂文、文学理论评论和文学翻译等，近年来评奖条例不断修订，参评作品范围扩大，具体表现在从第五届开始，网络文学被纳入参评范围。从第六届开始评奖条例明确了小小说、纪实文学、传记文学、旧体诗词、散文诗具有参评资格，分别归属短篇小说、报告文学、诗歌三个评奖单元。小小说在第六、第七两届评奖中均为空缺，直至第八届冯骥才的小小说集《俗世奇人》首获小小说奖，印证了小小说活动的动态性和事件性特点。

二、社会范围的功能描述与概括

"社会范围"涵义在于，活动性、多方面性和以事件性等特点出现在中国近

121

几十年动态发展中，成为重要社会现象。① 此外，社会范围还有视野和对象功能的涵义规定性。现在侧重从普通阅读者角度考察描述和概括其功能。

（一）功能之一：传授各类知识

小小说的参与者杂多，文化程度参差，以写实风格记述现实生活的普通人生，围绕最具共鸣的人生话题，辐射诸多生活方式、风土人情等更丰富情节和场景，阅读即传递和扩散知识。我国始自先秦，人们就意识到"自朝会聘宴以至事物细微，皆引诗以证其得失焉。大而公卿大夫以至舆台贱卒，所有论说皆引诗以畅厥旨焉。余尝伏而读之，愈益知《诗》为当时家弦户颂之书。"② 可见民间叙事积淀的成语隐喻、诗歌的含蓄多义等，都可被灵活地引申到生活中，在政治外交以及各种与社会和人打交道，委婉且宜于成事。可以说，从孔子《论语》始的所谓"学诗"，即成了"多识草木鸟兽之名"的重要渠道。此外，翻检中国民间故事集并品味其分类目录，可知民间故事能为民间亚文化传递播散诸如春播秋收、冬藏夏晒、四时节令、民间习俗等各方面的知识。起步于民间的小小说，沉潜中国传统诗歌和民间叙事传统之精髓，传授生产生活知识和提高大众认知是它的重要功能。

（二）功能之二：舒缓生活压力

民间文学叙事构成中华文化传统重要方面。所叙之事有信息及其传递功能，叙事主体方面有叙述主体和倾听主体。叙述主体讲述或长或短的故事或者故事片段，倾听主体获取信息和倾听有趣故事。民间故事学告诉我们，人们讲述和倾听故事，心灵在趣味中休息放松，解除劳作之疲劳、舒缓生活之压力。小小说是以书面叙事继承了这个传统，以接近普通人生活心灵，欢乐和痛苦，吸引大众阅读得到宽慰休息，舒缓生活压力。恰如恩格斯《德国民间故事书》说的："一本书能被称为民间故事书，称为德国民间故事书，这难道不是对它的高度赞扬吗？但是，正因为如此，我们就有权对这类书寄予更大的希望；也正因为如此，这类书就应当满足一切合理的要求并且在各个方面都称得上是尽善尽美的。民间故事书的使命是使农民在繁重的劳动之余，傍晚疲惫地回到家里时消遣解闷，振奋精神，得到慰藉，使他忘却劳累，把他那块贫瘠的田地变成芳香馥郁的花园；它的使命是把工匠的作坊和可怜的徒工的简陋阁楼变幻成诗的世界和金碧辉煌的宫

---

① 陈新儒：《小小说蓬勃发展引起学界普遍关注》，新华网，http://www.xinhuanet.com/local/2019 - 05/23/c_1124531419.htm.

② （清）劳孝舆：《春秋诗话（卷三）》，广东高等教育出版社1996年版，第66页。

殿，把他那身体粗壮的情人变成体态优美的公主。"①

（三）功能之三：提高审美素养

审美教育是感性教育或情感教育：通过感性方式培养个体感知美、鉴赏美和创造美的能力，陶冶人的审美情感、提升人的审美境界，以使人成为完整和全面发展的人为终极性目标。小小说活动整体审美水平如何与是否具有审美品质是两个必须区分的概念。从冯骥才等知名作家加入起到的示范和引领作用，到进入鲁迅奖并获奖等事实，审美品质为基点已毋庸置疑。整体审美水平的普及提高，则是另外的问题。实事求是地说，大量文学爱好者操持小小说文体，水平参差不齐是必然，作品艺术水平提高空间很大，如果全社会助力爱好者提升审美能力和小小说书写水平，必定提高全民审美素养。想想看，小小说适于讲短小故事，故事在表层叙事和深层叙事呼应中，蕴含生活观照和世事洞察，人情眷恋和尊重生命等，难道不可以滋养读者心灵吗？不可以在生活状态中陶冶人们审美情感和提升审美境界吗？

（四）功能之四：培育道德品质

道德品质是伦理学的范畴，在康德的知情意三分中归属于意。康德恰是看到情在知和意之间的桥梁作用，特意提出和假设了审美判断力理论。现实中的道德品质培养主要归属思想政治教育，一般通过形势政策报告、思想政治教育、教育系统中的课程等显性形式进行。比如，"思想品德"课或者"道德与法治"等课程，属于育德活动性质。② 小小说则以审美特性，以情感染人，客观地实现隐性的德育功能：对大众价值引导、明确人生理想和塑造完美人格，实现德性内化。概言之，"以美启真""以美储善"③ 的审美方式发挥德育功能。例如，聂鑫森作品中氤氲的中国古典文化，冯骥才作品饱含的民间民俗文化，都蕴含有中华民族传统美德与精神，吻合我国当代核心价值观，客观上汇入社会主义先进文化建设。

综上所述，小小说直接或间接涉及文学娱乐、认知、审美、教育等诸方面的

---

① 《马克思恩格斯全集》（第 41 卷），人民出版社 1982 年版，第 14 页。

② 李晓兰、管鸣明：《浅议文学的思想政治教育功能》，载于《齐齐哈尔大学学报（哲学社会科学版）》2009 年第 4 期，第 171～173 页。

③ 李泽厚说："这种主体性的人性结构就是'理性的内化'（智力结构），'理性的凝聚'（意志结构）和'理性的积淀'（审美结构）。它们作为普遍形式是人类群体超生物族类的确证。它们落实在个体心理上，却是以创造性的心理功能而不断开拓和丰富自身而成为'自由直观'（以美启真）、'自由意志'（以美储善）和'自由感受'（审美快乐）"，详见李泽厚：《实用理性与乐感文化》，生活·读书·新知三联书店 2008 年版，第 221 页。

功能。新华社电讯稿说："小小说培育了不少文学爱好者，形成了一道特有的民间审美需求打破生活与艺术之间界限的融合性文化景观。"①

三、小小说活动特点分析："我们"

个案考察功能并分析，意在发现有哪些文学批评标准和价值观念元素指向和蕴含，从中能提出哪些相关问题，继而借助特点分析。

"我们"的概念来自户晓辉的专著《民间文学的自由叙事》。民间文学原指民间集体口头创作流传而且不断变异的文学，如今民间文学理论研究已突破了民间文学仅有口头语言方式的狭窄范围，认为口头语言与书面文字不是民间文学和作家文学的根本区别性标志，转而从其他角度定义民间文学。以户晓辉的民间文学的文艺美学观念来看，民间文学主体有两个层面的界定：一是实践主体的民间文学层面，二是实践主体的人的层面。实践主体的人的层面形成了"我们"的心理联盟。因为，"我们"是民间文学体裁叙事的发生条件。"我们"既是现实对话的复数人称，也是体现心理认同感的第一人称，由此，"我们"在最广大人群中产生了天然的亲切感。② 如前所述，小小说作为民间倡导的命名，虽然依循既有小说系列秩序，却天然带有民间文学自发性、平民性自愿自觉和生活性等特点。小小说就是以"我们"崇尚文学而相号召而形成了联盟。联盟基于天然热爱向往艺术的人性。"平民"与"艺术"让人们热爱文学与向往艺术走到一起，在实践主体的人的层面，形成了"我们"的心理联盟，汇聚到容易"上手"的小小说文体的旗下，彼此"默契"。"默契"造就了凝聚力，体现在创作、阅读和相互评论等方面。"我们"不是精英和专业作家，业已经历了生活的酸甜苦辣，熟悉人们的各种感情和经历，知道了"事实人生"又不满足于此，"我们"天然地向往"应如此"的生活，以"应如此"作为理想，"我们"立足在感受和反映现实的基础上，携带着自己的理解和感受，努力虚构/书写出一个"我们"向往的"应如此"的世界，这个世界的涵义很丰富，包括生活状态、精神境界、人际关系等各方面，为"我们"在生活中增添一份诗意、一种企盼、一种梦想、一种美好的心愿。当然，"梦想"借助的形式、话语、元素等可能多种多样：留恋感与失落感，以消逝的美好与现实对照抒发对美的向往、塑造现实中少见的人物，启迪人们眷恋、思索和向往某种人生境界。

---

① 陈新儒：《小小说蓬勃发展引起学界普遍关注》，新华网，http：//www.xinhuanet.com/local/2019 - 05/23/c_1124531419.htm。

② 参见户晓辉：《民间文学的自由叙事》，社会科学文献出版社 2014 年版，第 134 页。

第七节　文学功能个案考察（二）：文学经典价值延伸

本节选取美国作家马克·吐温的《竞选州长》为个案，分析阐述它的文学功能和特点，力求发现蕴含和指向的价值观念元素。

一、个案简要介绍

下文简要介绍选取此个案的内在价值、文本基础，以及译介研究情况等。

（一）"内在价值"概念

"内在价值"是"文本基础"的理论依据。"内在价值"概念来自英国的艾·阿·瑞恰慈（I. A. Richards）。瑞恰慈《文学批评原理》中说过"一件艺术作品的缘起即创造的时刻以及它成为交流载体这个方面，从这两点来看都能找到理由，让艺术在价值理论中占有一个极其重要的地位"。"理解文学艺术中发生的一切乃是价值理论所需要的。"① 综合瑞恰慈其他著述可将"内在价值"涵义概括为：文学所以能够触及人类丰富复杂的精神世界，缘于它有艺术效应的内在机制，也可以说是读者感受体悟的内在合理性，我们称为"艺术价值形成的内在机制"。"对文学的艺术作品进行研究的前审美认识，目的是发现那些使它成为一部艺术作品的特性和要素，……这种东西是有价值的。……文本分析，其实就是在探寻作为文学的艺术作品的'艺术价值'，以及这样的艺术价值是怎样形成的，即分析出这些经典文学作品何以在那么漫长的时间里能够徐徐不断地挥发出艺术魅力的原因。"② 如果内在形成机制成功，文学作品触及的人类隐秘复杂的心灵世界，读者就能体悟和感觉得到，也就是实现了其"意义"。"意义"是主观心理性概念，人的主观心理性因素会产生内在和外在各种效应，文学作品经由意义发生的效应，一般称作"功能"。将"内在价值"与"功能"联系起来，我国学术界也表述为文学价值的结构与功能："文学价值按自身的结构规律即真善美的有机统一方式构成，然后体现出认知、教育、娱乐属性并在整体上形成审美功

---

① ［英］艾·阿·瑞恰慈：《文学批评原理》，百花洲文艺出版社 1992 年版，第 26、31 页。
② 刘俐俐：《外国经典短篇小说文本分析》，北京大学出版社 2004 年版，第 2 页。

能。"① 所言的"结构规律"和"真善美的有机统一方式构成",相当于我们所说的"内在价值",也就是艺术价值。探寻文学作品的价值何以发生?首先要看"内在价值"即艺术构成本身是否符合艺术规律(符合艺术规律,是一个涵义丰富也很复杂的命题,需专门研究,此处不展开),下面以"艺术价值"即"内在价值"为理论根据,首先分析《竞选州长》的文本基础。

(二) 文本基础

文本基础包括作家情况和发表背景,以及作品本身的内在价值。

马克·吐温(Mark Twain),原名萨缪尔·兰亨·克莱门(Samuel Langhorne Clemens),是美国的幽默大师、著名小说家,也是著名演说家,19世纪后期美国现实主义文学的杰出代表。代表作有《汤姆·索耶历险记》《哈克·贝利历险记》《卡拉维拉斯县有名的跳蛙》等,作品以幽默、机智见长,奠定了美国文学作品的简洁风格,被称为"现代美国文学之父"。《竞选州长》发表于1870年12月的《银河系》(The Galaxy)杂志上。当时美国资本主义经济迅速发展,形成垄断资本,控制国家政权,且已实行两党制,总统和各州州长选举均为两党竞选产生,民主党与共和党各自拉选票,不惜重金收买以实现胜选,两党互相攻击、造谣中伤。1868年马克·吐温在纽约州订婚,正值州长竞选,他目睹了全过程。当时,他任《银河系》杂志休闲类栏目"备忘录"(MEMORANDA)专栏作家。这个栏目以轻松幽默为风格,讽刺性描绘美国"民主"状态的小品《竞选州长》就这样发表于该栏目。

《竞选州长》"内在价值"分析。

作品的"内在价值"构成有如下三点值得分析。第一,"通篇性讽刺"结构。② 这是完整讲述一个故事的总体方式。不是哪句话是讽刺,整个结构就是一个自我讽刺,或者说,故事本身就是自我讽刺。主人公即这个叫作马克·吐温的人自己叙述了参选、竞选和退出等与竞选州长发生关联的全过程。他是叙述的言者,但又是不知情者。这个完整的叙事,承载了个人内心平衡变迁的故事(用民间故事产生于"平衡—不平衡—再平衡—再不平衡—直至平衡"的逻辑来看),和民间故事一般是外在情节的"平衡—不平衡—再平衡……"有所不同,③ 而是通篇性讽刺的结构承载了一个叫作马克·吐温的人内心平衡变迁的故事,即他反复承受了诸多诽谤和诬陷,经受了反复的磨难,同类反复的磨难情节的串联形

① 董学文、张永刚:《文学价值生成总论》,载于《学术界》2000年第6期,第84~98页。
② [美]M.H.艾布拉姆斯:《欧美文学术语辞典》,朱金鹏、朱荔译,北京大学出版社1990年版,第161页。
③ 详见刘俐俐:《外国经典短篇小说文本分析》,北京大学出版社2004年版,第23~28页。

式，具有累积效应，达到心理的极度不平衡，导致他选择退出竞选，回归于平常人，获得心理再度平衡。这个结构显示出竞选者的心理过程。第二，这个叙事同时承载了外在环境的平衡与个人内心不平衡的对比效应。外在环境，指竞选事件及过程，是故事发生原因和语境。马克·吐温最终退出竞选，可以表述为退出这个事件或语境。可推理为竞选并不因为某人退出而终止。某个竞选个人内心痛苦的同时，该竞选事件依然按照自己规律运转。质言之，竞选平衡圈的游戏规则不是针对某个具体竞选者的所指，而是针对竞选者的能指。竞选者都应遵守此规则。这个叫作马克·吐温的竞选者，他进入了竞选的封闭系统，却并没有搞明白这个规则，把自己当作了竞选者的所指，以为只针对他个人。进入竞选州长的封闭系统之后，难以承受被诽谤的精神痛苦，都因为他的不明白。他退出竞选，位置自然有他人代替。封闭系依然故我地运转。这就形成了竞选结局，彰显了马克·吐温的不明竞选规律，是个糊涂人。糊涂人说自己竞选故事，就成了自我讽刺。第三，通篇性讽刺结构本身即具有整体性的讽刺、嘲笑效应，加之由一个糊涂人叙述故事，反讽效应更为凸显。

（三）译介研究

马克·吐温的作品是西方作家在我国译介充分的代表，作品翻译、编辑成各种选集、全集。译介充分意味着经典化程度高。从 20 世纪 50 年代以来，我国新文艺出版社、人民文学出版社、上海译文出版社和后来多家出版社等，都有颇具规模的马克·吐温小说译著出版。目前以吴钧陶主编、河北教育出版社的《马克·吐温十九卷集》（2002）为最完整的马克·吐温作品集。这套丛书包含了 1996 年最新牛津版《马克·吐温全集》收录的全部作品，又从其他选集中增益了一些散文和书信等作品，如他的自传（据奈德主编的 1959 年版译出）、游记、传记、文论、政论文、剧本、演讲、书信，后一部分内容计有 100 多万字，占丛书的四分之一，大多数为首次译成中文。向上追溯，马克·吐温作品在我国译介始于 20 世纪初。一百年间再版再译情况非常普遍，主要翻译家有叶冬心、董衡巽、张友松、唐萌荪等。

学术界对于该作的译介分期表述不一。有三个阶段说，如杨金才和于雷合著的论文《中国百年来马克·吐温研究的考察与评析》，分为 20 世纪初到新中国成立阶段；新中国成立到改革开放阶段；改革开放到 21 世纪初阶段三个阶段。[①] 有四个阶段说，如唐婕的《意识形态操纵下的马克·吐温作品译介史》，第一阶段

---

① 参见杨金才、于雷：《中国百年来马克·吐温研究的考察与评析》，载于《南京社会科学》2011年第 8 期，第 32~38、44 页。

(1905～1930)，该阶段"主流意识形态"为"推翻封建主义、帝国主义的统治，唤醒广大人民的革命、民主意识、改变陈旧腐朽的政治制度"；第二阶段(1930～1949)，该阶段"主流意识形态"为"战争意识形态，抗日救亡，保卫中国，强调为战争服务"；第三阶段（1949～1979)，该阶段"主流意识形态"为"走社会主义道路，改造个人（尤其是知识分子），反帝，阶级斗争"；第四阶段（1980～2013)，该阶段"主流意识形态"为"实现现代化，发财致富，反对资产阶级霸权主义，构建和谐社会"。这个阶段划分思路依据的理念是：马克·吐温作品译介史就是意识形态具体体现史。由此而有依据意识形态不同时期的分期。我们以为，该分法的"意识形态"乃为中性概念，指某社会历史阶段占据主要地位的政治及精神追求的目标，而不是经济基础之上的上层建筑中漂浮在空中的包括宗教、哲学、论文和文学艺术的那个意识形态概念。借助四阶段逻辑，得知《竞选州长》翻译处于第三阶段（1949～1979）。同阶段所译作品还有《哈克贝利·费恩历险记》《汤姆·索亚历险记》《败坏了哈德莱堡的人》《镀金时代》等。"所译作品主题"为"揭露美国民主政治的腐败和资产阶级政客的丑恶嘴脸，鞭挞了资产阶级的拜金主义，道德沦丧、贪婪本性"。①

二、译介传播过程的纵向功能描述

文学经典"内在价值"作为艺术构成，一经脱离作家之手，即物化为多层次立体的话语体系，属于静态话语。文学价值延伸的提法和思维方式本身，即为坚守实践美学理念的动态考察研究：静态话语置于动态文学活动，看文学功能发生和价值延伸。文艺学理论的表述就是："文学价值的生成，首先根植于文学创作过程和接受过程的辩证关系之中，并体现出生活价值与文学审美方式的高度融合。"现在，我们侧重"辩证关系"的"接受过程"考察，创作完成于异域他国，与"译介传播过程"一起，构成与中国本土接受过程的功能实现的辩证运动。

以《竞选州长》在我国接受过程的功能阶段为线索，分析发生机制和背景。

（一）认知性质的"知道"覆盖的文学知识和情感教育功能

认知性质的"知道"覆盖的文学知识和情感教育功能，大致为始于20世纪50年代，持续到本世纪初，至今也没有完全消除。50年代到70年代中美外交关

---

① 唐婕：《意识形态操纵下的马克·吐温作品译介史》，载于《重庆第二师范学院学报》2014年第2期，第74～77、175页。

系建立之前的二十年间，处于社会主义阵营和西方国家的对立状态，意义的发生基于冷战思维：《竞选州长》揭露和讽刺了所谓民主虚假，读者看到了美国民主制度黑暗腐败的实际情况，除了这种基本属于客观现象认知的意义之外，更有将此与我国社会主义制度的较强的主观性比对，并由此激发人们爱国情怀，以及对社会主义制度的信赖。与其说是教育，不如说是对资本主义认知。除了这方面认知，认知还有另外重要方面，即基于"知道"文学作品有讽刺风格和讽刺手法，既是汲取文学知识，又是文本体悟。再进一步，由"讽刺"而发生的"揭露""讽刺"，将新中国与美国"对比"，生出"热爱"祖国情感。认知功能逐步向情感教育功能拓展，但均以"内在价值"为审美基础。

"知道"覆盖的文学知识和情感教育功能的根本依据是国情，即"具体国情与语境决定的意义发生走向"。国情指我国意识形态为主导的氛围，语境指我国以中学语文课本为基本所在的教育接受语境。文学经典理论研究专家认为："作为基础教育重要组成部分的中学教育与我们每个人的成长息息相关，中学语文课本（以下简称中语课本）更是大众接触文学经典、理解文学经典最为重要的途径之一。"[①] 就此作品的中学语文教学教育目标，紧密依托当时意识形态语境，认知与揭露民主选举制度虚伪，以及批判资本主义的教育相结合，呈现了教育顺着意识形态方向的规律。

首先，看我国中学教科书的情形。《竞选州长》曾三次被收录到初中语文课本。上述功能依托第一、第二次收录。第一次收录进人民教育出版社出版的全日制十年制学校初中课本语文第六册（供初三下学期学生使用）的版本，出版于1980年，于1981年秋季投入使用。20世纪90年代初之后陆续停用。第二次收录进人民教育出版社出版的九年义务教育三年制初级中学语文第六册（供初三下学期学生使用）的版本，于1993年秋季学期开始试用，2000年春季学期结束后停用。这两次入选中学语文课本，选用的都是叶冬心译本（第三次归属于第二阶段，后面随问题展开再介绍）。两次入选该作品的备课笔记和教案规定，总体基调为《竞选州长》揭露和讽刺了所谓民主虚假，让我们看到了美国民主制度黑暗腐败的实际情况，关键词是"揭露"和"讽刺"。

其次，大学教科书也是功能发挥实现的重要渠道。出版较早的外国文学史类教科书，意义表述与此功能相吻合。代表性的有朱维之主编的《外国文学简编（欧美部分）》（中国人民大学出版社1980年版），其表述为："《竞选州长》是马克·吐温早期的一篇优秀短篇小说。作品主人公作为独立党的候选人参加了纽约州州长的竞选，自信'声望很好'。但……作者紧紧抓住资产阶级报纸专事造谣、

---

① 李玉平：《多元文化时代的文学经典理论》，南开大学出版社2010年版，第78页。

诬陷这一特征，有力地揭露素称‘最民主’的美国‘民主’选举的虚伪，指出它不过是对人民的欺骗与愚弄。作品篇幅短小，但是写得泼辣有力，用夸张、讽刺的笔法烘托出喜剧的气氛，突出讽刺的主题，为‘美国的民主’描绘了一幅绝妙的讽刺画。"表述大致相似的文学史教材，还有刘念兹主编的《欧美文学简编》（山东教育出版社 1983 年版），董衡巽《美国文学简史》（人民文学出版社 1986 年版），郑克鲁《外国文学史（上）》（高等教育出版社 1999 年版），张志庆《欧美文学史论》（科学出版社 2002 年版），蒋承勇《世界文学史纲》（复旦大学出版社 2001 年版），杨正先《简明外国文学史》（中国社会科学出版社 2003 年版），毛信德《美国小说发展史》（浙江大学出版社 2004 年版），张德明《世界文学史》（浙江大学出版社 2006 年版）等。

另外，译介和研究性论文也是观察渠道之一。国内学术研究就马克·吐温译介和批评，都已意识到曾经有个遵从作品的揭露与讽刺意义方向的意识形态阶段。以译介三分法对第三阶段译介的概括看：第三个阶段：即"百花齐放：译作数量多，范围广"阶段，20 世纪 70 年代末开始。《竞选州长》即是此阶段译介到中国。即便此时期，"篇目的选择体现了这一时期意识形态对翻译的影响。《王子与贫儿》……；《竞选州长》揭露了帝国主义的残暴和罪恶，美国政治的腐败以及资产阶级道德的虚伪"。从批评和研究状况来看，可分为：从 20 世纪 30 年代到 70 年代末的"介绍性和政治性研究"阶段；20 世纪 80 年代中期开始的"百家争鸣：学术化与专业化的研究"阶段；20 世纪 90 年代之后开始的"他山之石可以攻玉：结合理论以及跨学科研究"三个阶段。①

（二）"宽容"和"借鉴"等心理认知体悟功能的发展与拓展

此种功能的概括，适宜依据实际考察调研的经验予以呈现。

经验（1）：美国学研究领域的意义发生。美国研究领域的教学研究培训实践，出现了最为特异的现象。刘小勇有一篇综合性的培训班综述《德者有言 睿智无声——谈美国文学对美国开明政治的促进》。② 培训班指的是，受美国和中美教育基金会的资助，2012 年 7 月 16～27 日，由北京外国语大学英语学院举办的"美国研究课程建设和师资发展高级研修班"，邀请几位此领域著名专家授课。该综述叙述了讲课专家的讲授内容，与本论题有关联的是："在社会生活中，政治对文学的影响最大，最为突出的特点是要求文学必须适应上层建筑和经济基

① 石婕：《国内马克·吐温研究述评》，载于《河南教育学院学报》2015 年第 6 期，第 95～100 页。
② 刘小勇：《德者有言 睿智无声——谈美国文学对美国开明政治的促进》，载于《世界文学评论》2012 年第 2 期，第 301～304 页。

础，必须有利于社会的运作和发展"，其中"美国文学和开明政治"专题，则归纳为"文学传播民主和自由，吸引人民关注和参与政治""文学敦促政治除垢排污""里应外合，共同发展"三方面。就"文学敦促政治除垢排污"则指出，"众所周知，美国政府从来不乏肮脏和龌龊，到处充斥着不和谐因素。难能可贵的是，美国政府对此并不回避。可以说，美国历史就是一部不断促进民主的历史，就是不断除垢排污的历史"。具体到《竞选州长》，则认为该作"一针见血地揭露了美国州长竞选中的种种龌龊行为，是说明美国政治的开明和透明的典型范例，也无疑会促进美国政府改善选举制度。《竞选州长》能够发表，说明即使在物欲横流、大亨当道的'镀金时代'，美国也有基本的言论自由。如果他生活在一个非民主国家，这篇小说也许永远不可能以正常的渠道出版"。①

对该材料分析，可以将其意义发生概括为：依然遵循和认可作家意图诉求方向和"第一批读者"② 意义发生的方向，而且，继承了上述功能，由文本意义域引申误读所获的"对比"和"热爱"的意义元素，在此基础上，朝向语境和时代理念和氛围方向发展。时代理念指我国尊重任何国家的社会制度选择权利，尊重和认可任何国家和其他各级政府的首脑，尊重他国主权，更尊重他国文化传统。由此，才有看到、体悟、并认可了《竞选州长》似乎原本并不诉求的"基本的言论自由"这方面的意义。意义的发生呈现了宽容、平和和借鉴的趋势。

经验（2）：《今日重读马克·吐温〈竞选州长〉》学术讲座的意义发生。2016 年 11 月 19 日，应香港浸会大学珠海国际学院邀请，课题首席专家刘俐俐教授和其他六位学者共同给该校本科讲座，每人一小时。刘俐俐教授的演讲题目为《今日重读马克·吐温的〈竞选州长〉》。现场与学生互动环节，获取了学生理解和意义发生，主要为：好玩、有趣，这个叫马克·吐温的竞选者可笑愚蠢。恰好时值美国总统大选全球关注时节，有学生联系眼下美国总统竞选体悟到"惊人的相似"。现场互动产生的意义，可做如下描述和概括：由既往单一的"揭露""讽刺""批判"和"对比""热爱"等，逐步将作品人物州长的"竞选者"和当下语境美国总统的"竞选者"身份两关联，聚焦于现实竞选：冷静地甚至带着品味的眼光看特朗普和希拉里竞选针锋相对中的各自表现和风格。放弃了关注竞选互相诽谤诬陷，津津乐道的是如下信息：希拉里依然例行地向特朗普表示祝贺。特朗普的胜选演说："我刚刚接到了国务卿希拉里的电话，她向我们表示祝贺。这是有关我们的事业和我们的胜利，同时我也向她和她的家庭表示敬意，她们在这场硬仗中坚持了下来""同时，对于她为国服务的经历，我们欠她一个

① 刘小勇：《德者有言 睿智无声——谈美国文学对美国开明政治的促进》，载于《世界文学评论》2012 年第 2 期，第 301~304 页。

② ［英］安妮·谢泼德：《美学——艺术哲学引论》，艾彦译，辽宁教育出版社 1998 年版，第 143 页。

感谢""而现在，是美国从分裂的伤口中重新捆成一团，集结在一起的时候了。我想对所有的共和党人、民主党人和独立人士说，现在是我们重新作为美国人站在一起的时候了。"希拉里的败选讲演《为正义奋斗是值得的》向支持者表示感谢，对竞选失败表示道歉，她祝贺特朗普，说我们欠他一个开放包容的精神和一次带领我们的机会。[①] 概而言之：竞选后无论胜者还是败者的自尊与绅士风度纳入了欣赏范围。乃至从年龄、家庭、父女夫妻关系等方面，品味其人生态度，《竞选州长》成为一道心灵鸡汤的前菜（值得一提的是，这是几年前的经验，其实功能还在延伸，关键在于延伸的走向会有奇妙变化，但辩证关系依然）。

经验（3）：南开大学本科生现场问卷分析的经验。就《竞选州长》我们设计了一份问卷，于 2017 年 3 月 14 日《大学语文》课堂发放和回收。共回收 181 份问卷。参与问卷答题的对象主要为本科学生，年龄分布在 18～24 岁之间，以文科专业学生为主。问卷有单选和简答题。主观性问题有："重读（今读）后对作品主题的理解""是否认可该作品的发表在一定程度上佐证了美国的民主（言论自由）"等。

重读后的个人感受方面，33 人中有 4 人依然认为以政治批判为主，24 人持怀疑态度，意识形态色彩淡化，5 人能够接受美国竞选制度中的种种现象，认为无可厚非。其余未在中学课堂接触过《竞选州长》的 148 人的阅读感受为：52 人选择政治批判性强烈，从中认识到资本主义制度存在严重弊端；76 人选择小说与当下美国选举现象惊人相似，对当下民主政治持怀疑态度；20 人选择能够接受美国竞选制度中的种种现象，认为无可厚非。

就"《竞选州长》在如此辛辣露骨地讽刺当时美国民选黑幕的情况下还能顺利发表，可以说这是美国民主（言论自由）的又一佐证"有何看法，参与答题的 181 人中，81 人表示认可，54 人表示不认可，46 人表示不确定。就最后的"在美国总统大选的热点事件之下对《竞选州长》是否有新的理解"简答题中，提到较多的依然是政治批判，主要抨击资本主义民主选举制度下的权钱交易、操纵媒体、煽动民众等现象，不过少数人也能认识到小说的讽刺功能对社会发展进步的意义，认为这些选举现象反映一种有意思的文化氛围，耐人寻味。

如是数据可大致归纳为：其一，除了《竞选州长》两次以精讲课文方式进入中学语文课本，还有第三次进入。第三次是以《义务教育课程标准实验教科书语文自读课本九年级下册》的形式作为教材出版的。首次出版并投入使用的时间为

---

① 由课题组根据网络收集到诸多信息梳理。

2003 年，至今仍作为人教实验版初中语文教科书之外的补充读物在各中学使用。《竞选州长》由精讲课文转变为"补充读物"，是目前在读大学生中的不少人没有读过该作的主要原因。其二，缘于中学接触过此作，导致产生传统理解的惯性和延续性，由此出现重读有所变化又仍以批判资本主义制度为主。同时，意识形态色彩明显淡化，逐步从文化认知的角度来理解美国政治制度，开始接纳多元文化现象。其三，部分学生看到小说批判性一面，能以辩证眼光意识到这种讽刺文学的发表恰恰在一定程度上反映了民主。其四，和珠海讲学现场互动的意义发生相似：由小说情节和美国总统大选热点联系，且注意到了媒体、民众在政权斗争中扮演的角色，意识到大众传媒、民众心理对政治的影响，能够从更开阔层面理解文学，认识世界。

学术界关于马克·吐温作品研究，特别是对他《竞选州长》的研究，出现了与上面动向相似和呼应的现象。截至 2017 年 2 月 4 日在中国知网（CNKI）平台，以"竞选州长"嵌入，课题组获得 275 篇论文。越到晚近，诗学转向性质论文选题越多。仅以 2007~2017 年间，共收有 126 篇论文，其中有 52 篇论文题目中有"幽默""讽刺""叙述""技巧""艺术特色""语言幽默""'漫画'式艺术韵味""文本类型""亦庄亦谐""审美表达"等关键词，诗学批评走向明显。此类选题增多并不表明批评水平有很大提高。事实是"绝大多数批评观念缺乏真正意义上的创新，难以摆脱西方学者研究成果的影响，人云亦云的现象不在少数""政治化解读趋势仍处于强势，诗学意义的真值评估仍处于待开发状态，大量的所谓'艺术特色'研究仍然属于重复劳动，缺乏开创性"。[①] 但印证了转向艺术形式研究，以及修正了原本纯粹意识形态方向研究也是事实。

描述和概括"宽容"和"借鉴"等心理认知体悟功能的发展与拓展："宽容"和"借鉴"的心理感受，归类于宽泛的认知功能以及狭义的心理影响功能。被讽刺的对象由美国竞选制度逐步转换为参与竞选者个人。在现在时语境中对个人产生"宽容"和理解，并形成"借鉴"的心理特征，超越了意识形态范围，侧重于个人鉴赏体悟，接受空间趋于自由多向。

第一种和第二种功能是互补、多元兼容的关系，根本原因在于作品译介早、中国语境变化以及接受历史长所致。

三、支撑文学功能纵向发展和转换的几个相关概念

个案的功能分析，由如下相关文学批评概念为资源和支撑，提取和概括如下。

---

① 杨金才、于雷：《中国百年来马克·吐温研究的考察与评析》，载于《南京社会科学》2011 年第 8 期，第 32~38、44 页。

（一）"第一批读者"

"第一批读者"概念，来自英国艺术哲学家谢泼德的《美学——艺术哲学引论》。谢泼德指的是对于"成为这第一批观众的某个成员将是什么样子的一般性理解。从'理想'这个词语的两种意义上说，我们都是在追求实现一种理想。在'第一批观众的期待'是一种并不与这批观众的任何一个成员的反应相一致的这种抽象意义上说，它是一种理想。"①"理想"的观众即作家艺术家期望的读者和观众。从《竞选州长》发表于属于休闲类的以幽默讽刺为特色的《备忘录》栏目来看，可见马克·吐温期待"第一批观众"，与他当时对竞选腐败黑暗的讽刺揭露的情绪情感相同。

（二）"正读"与"误读"和"曲解"

三个相互关联的概念，是我国学术界根据西方诸如哈罗德·布洛姆影响焦虑理论以及误读图式等理论，大致区分出来的三种文学阅读形态。②

"正读"，在我国理论家那里，指重视吸收和接受，是一种尽量接近文学作品客观内容的阅读，文本意象内容的复原和创作意图的究问是"正读"的常见步骤。③具体到这篇作品，指我国读者所获意义与马克·吐温预想的"第一批读者"相吻合，是马克·吐温"理想"的观众。该判断从《竞选州长》发表刊物的幽默讽刺特性，马克·吐温写作这篇小说当时对竞选腐败黑暗的讽刺揭露的情绪情感特征，以及艺术风格追求背景等资料综合分析所获。讽刺、揭露的意义期待，与译至我国后的认知性质的"知道"覆盖的文学知识和情感教育功能大致相当，我们概括为"时间错位的'正读'"。"正读"作为一个理想悬设，标明了文本自身意义要素的客观性和正确阅读的可能性。这个理论表述，印证了此作进入语文课本，原因在于它自身意义要素易于理解、正确阅读可能性大。作品的"内在价值"也提供了这样的基础：揭露与讽刺，得益于"通篇性讽刺"凸显的"讽刺"效应，又由于人物形象和内在感觉与情绪非常凸显，读者立在优越地位，既同情又轻松地观察叙述者的窝囊和不明事理，揭露叙述者所处的竞选事件情境的理解成为自然。意义发生是人类本能本性层面就可达成的共识性意义，与国家制度和意识形态没有大的关联。时间错位中的"正读"是人类心理和对艺术感受的共通性所致。

---

① ［英］安妮·谢泼德：《美学——艺术哲学引论》，艾彦译，辽宁教育出版社1998年版，第143页。
②③ 详见汪正龙：《"正读"、误读与曲解——论文学阅读的三种形态》，载于《江西社会科学》2005年第4期，第72~77页。

"误读",误读发生的原因,学者认为有多种多样,有自觉的"为改变我们对世界的理解或推动我们的再思考"的阅读,有非自觉误读,这种非自觉的误读,"误读者一般倾向于从当代社会现实所提供的问题和本人的理解需要出发向文本发问"。不自觉误读有多种情况,其中最重要的是,"对文本意义域的引申"。① 所谓创造性阅读是中性概念,是对阅读出现的文本意义域放大、文本意义域缩小、文本意义引申、文本意义域的析取等的描绘,本身并不具有评价性质。

如上所说,认知性质的"知道"覆盖的文学知识和情感教育功能,与时间错位的正读相当,但也与"误读"有关系。在误读那里发生的功能,是以"对文本意义域的引申"实现的。无论哪种阅读产生的意义,都是中国国情和语境中发生的,也与作品艺术构成合理,"内在价值"得到了释放等有关系,奠定了后续功能的延伸。功能发生的总体趋势为增多、丰富和多元。

"曲解",对于积极性文学接受没有意义,故略去不谈。

(三)"想像性洞见"

"想像性洞见"概念,也来自谢泼德的《美学——艺术哲学引论》。谢泼德说过:"时常有人提出这样的主张,即艺术的道德价值存在于它向我们提供有关他人的想像性洞见的能力之中。我把文学当作向我们表明事物可能是什么样子的艺术形式的做法,也许支持这种主张。有人也许会问,想像性洞见与道德有什么关系呢?我们的回答是,更好地理解他人,有助于发展道德方面的各种美德。如果我们能够更好地理解其他人,我们就会更仁慈,更公平地对待他们。理解我们自己和理解其他人是联系在一起的,因为我们作为人都具有共同之处。此外,如果我们理解我们自己,那么,也许我们就更能够进行有效的道德行动。"② 可以说,将此议题的"道德"换成"意义"会非常好懂。所谓"想像性洞见",就是作品自身具有的一种能力,这可归结为前面分析的"内在价值"。《竞选州长》这篇小说(原本发表时作者称为"小品")讲述的竞选者马克·吐温的故事,既具有当时语境接受理解的充分理由,也具有移植到另外时代和语境的自由特性,它依赖后续其他语境和其他时代读者,根据本节的基础,有理由和条件自由联想到各方向意义。"洞见"具有极大自由和开拓性,"想像性"活动是其精髓。"想像性洞见"可归为"内在价值"范畴。将"内在价值"的性质的"想像性洞见"

---

① 参见汪正龙:《"正读"、误读与曲解——论文学阅读的三种形态》,载于《江西社会科学》2005年第4期,第72~77页。

② [英]安妮·谢泼德:《美学——艺术哲学引论》,艾彦译,辽宁教育出版社1998年版,第226页。

概念与道德问题联系，是谢泼德的《美学——艺术哲学引论》极有价值的思想，辩证而有道理，值得借鉴。

四、文学经典价值延伸个案蕴含与指向的理论诉求

上述考察分析已经显示，缘于文学经典价值延伸时间长历史久，出现了两方面值得思索现象，一个是"暂且教育功能缺失"，另一个是"文学经典的冷热变化"。

（一）"暂且教育功能缺失"与"文学经典的冷热变化"

"暂且教育功能缺失"是我们的概括，其现象可大致描述如下：《竞选州长》的意义发生性质的变化引发了功能变化：今天语境的读者有了放弃揭露和讽刺这样的动词，以及对应宾语，转而从作品"竞选者"身份，联系现实竞选者表现。扩而联想到现实竞选者风度、人生态度以及对个人的启迪。这种认知超越了国家、民族。这种站在地球村和人类命运共同体开阔视野的认知，可确认为认识功能。清晰明确的教育功能似乎暂时缺失了。"文学经典的冷热变化"也是我们的概括。冷热变化是考察《竞选州长》的一个副产品。考察时发现，目前大学生和研究生，对待19世纪欧洲现实主义文学传统兴趣不大。《竞选州长》固然是一例，此外如对狄更斯的《艰难时世》等基本都不喜欢，认为陈旧无趣，陈旧的意思那个时代历史他们已经很熟悉，情节和人物命运不再吸引人。可是，西方法学领域《艰难时世》已成为探究"法律与文学"关系的典型案例，成就了另外的功能。美学法学文学交叉研究的学者努斯鲍姆，借鉴了亚当·斯密的思想，认为恰恰是读者和经典文学作品的时间距离而产生了"明智旁观者"身份。这是由于"小说这种体裁结构的一般特征，这种体裁本身普遍建构了与公民身份高度相关的理解与同情"，从而依据"明智旁观者"的态度模式与情感模式。当然，不是所有的作品都有这样的效应。批评家和理论家的分析和判断非常重要和必要。努斯鲍姆说："当然，并不是每一部和这种体裁有许多共同特征的作品都会对公民身份起到同样的作用。……因此，如果要使小说发挥政治功效，那么在小说与其他读者，与道德和政治理论进行对话的时候，就有必要对小说自身的伦理进行评估。在审慎的道德与政治判断和我们阅读所获取的洞识之间，我们在寻找一个最佳的契合点。阅读能够改变我们一些固有的判断，但是在另一些场合，这些固有

的判断也可能使我们拒绝某些变态和有害的阅读体验。"① 从这个法律与文学领域关于文学阅读的看法，也可扩展到亚当·斯密的《道德情操论》的道德哲学领域看法，以及文学理论领域侧重人文关怀的学者如韦恩·布斯、哈罗德·布鲁姆等就文学经典关于"如何读，为什么读"等问题的思考，此外，冷热和价值判断也有关联。美学家谢泼德曾经引述过一个个案："第一次世界大战时期英国诗歌为我们提供了一个更加典型的例子。鲁伯特·布鲁克和其他人在这次大战开始时创作的爱国主义诗歌，被威尔弗雷德·欧文和西格弗里德·萨松创作的截然不同的诗歌取代了。这种变化反映了战士们的态度从侵略主义的爱国主义向认识到战争毫无意义的变化。欧文和萨松的诗歌也同样使读者对这种战争的无意义留下了深刻的印象，有助于使他们对由战斗人员和非战斗人员参加的战争的态度发生根本变化"。② 谢泼德已经说得很清楚了：虽然同为爱国主义诗歌，但不同历史阶段，人们却有了更抵达人性、人类性的评价尺度，即超越特定国家的人类意义的爱国主义诗歌代替了囿于本国民族精神的爱国主义诗歌。这个评价的变化靠的是时间。其实，不仅是时间视野，还配以空间视野。综合地看待可以概括为"文学经典冷热变化"现象。

（二）两种文学功能现象的理论诉求

两种文学功能变化现象，共同指向了呼吁一种文艺价值观念的建设任务。如果说上一节小小说活动个案考察的价值观念蕴含和指向探讨，从侧重艺术生活化和追求独立文学文体诉求的浑然一体角度，提出了中国语境审美连续性文艺价值观念建设任务，那么，此节则从功能有所缺失和文学经典冷热变化角度，再次将此观念建设提上了日程。

教育功能暂时缺失，关键概念是"教育功能"和"暂时缺失"。教育功能涉及如何准确理解审美与教育功能的关系，文艺学界的学者几十年研究就此问题已有共识，稳定性突出的教科书可以一窥这个共识。王元骧的《文学原理》第八章题目是"文学的社会功能"，其理念为所有功能都是社会性功能，所以该章第三节为"审美视野中的文学功能系统"，分别为"一、审美认识作用；二、审美教育作用；三、审美愉悦作用"，即认识、教育和愉悦三种功能都以审美为基础。借助王元骧教授的文学功能理念以及三种作用的区分思路，就可理解教育功能暂时缺失的同时，其他功能依然在审美前提下存在。反之，其他功能依然存在意味

---

① ［美］玛莎·努斯鲍姆：《诗性正义——文学想象与公共生活》，丁晓东译，北京大学出版社2010年版，第23～24页。

② ［英］安妮·谢泼德：《美学——艺术哲学引论》，艾彦译，辽宁教育出版社1998年版，第227～228页。

和再次印证了作品具有的审美特质，并可与本节的"内在价值"概念互通和交织。同时，其他功能依然在审美前提下存在的"存在"属于动态范畴，由此关涉"暂时缺失"的涵义。"暂时缺失"依托实践论美学的理念，具体地说，即在特定语境中的功能与价值都是动态的，缺失为暂时而非永久。

再说冷热变化是功能持续过程的变化性描述。"冷"是指某类文学或某题材文学或某作家文学，已有较高艺术水平，但是并未引起人们广泛阅读，处于被阅读冷落状态。20世纪80年代，我国西部的甘肃、新疆、宁夏、青海等地作家，以集结于黄河西岸为口号发起"西部文学"活动，书写血性质朴的西部汉子和蛮荒生存状态，以凌厉粗犷为基本特色。其"热"持续了大约十余年，到了世纪末，已经慢慢冷了下来。如今当年一些西部作家依然在执着地创作着，但其作品却被读者和市场所冷落。比如甘肃作家柏原的《我的黄土高原》等作品艺术性与深厚底蕴等都可称为一流，但当下确为被冷落的文学作品。不过可以想象，当陇东黄土高原传统的生活方式和样态在发生或快或慢的变化后，若干年或若干代之后的人们，将无从实地看到和体验到原初的一切。《我的黄土高原》将未来必然消失的一切予以文学贮存，留待以后实现其价值，可能既有放松的审美鉴赏、品味，更有发现曾经有过的文化，如同在博物馆，这就是知识的认知价值了。最起码可以说，冷文学绝非与价值实现无关。

第三章

实然性文学批评标准考察

本章为实然性文学批评标准考察与研究。包括中国古代、现代、少数民族和儿童文学的考察研究；文学评奖标准综合考察研究；以及两个标准个案的考察研究，分别是新时期少数民族文学选本和古代唐诗选本。共计七节。

第一节　中国古代文学批评标准考察

本节考察文艺思想史上具有底线意味和理想色彩的文艺批评与创作标准；钩沉钟嵘《诗品》、刘勰《文心雕龙》、严羽《沧浪诗话》中具有现代示范意义的批评标准的建构理路和话语方式予以检视，以求考索范式意义的文学批评标准的建构方法，并有助于反思当下的文学评价标准。

一、文艺创作与评论的价值底线与价值理想

文艺创作原则和批评标准往往根基于某种价值观念，抑或指向某种价值观念。不落窠臼是文艺思想史上普遍流行的创作原则和评鉴标准。如书学中，书家恐为"奴书"以致在创作中"耻以为师，甫习执笔便羞言模仿古人"；[①] 书法评

---

① 冯班：《钝吟书要》，见《美术丛书》（第 1 册），江苏古籍出版社 1986 年版，第 193 页。

鉴者以屋下架屋为传习之陋，论评中"有奴书之诮"；① 学书者且不论，被奉为师者亦反对被模仿和追随，李邕在世时书法便多被师法，对此他直言："学我者拙，似我者死。"② 古代作为主流意识形态的儒家重传统，通过向典范学习掌握以至精通创作、提升创作水平为文艺实践中的必要之事，而"我与他"为学习活动中的基本关系。窠臼的主体源出为"我"所学习之"他"，不落窠臼则"艺自我出"。韩愈强调古文创作应"惟陈言务去"，对此朱熹言韩愈"论当世之弊，但以词不己出而遂有神徂圣伏之叹"。③ 与此相类，傅山言道："文若为古人作印板，尚得谓之为文耶？"④ "艺自我出"，在传统文艺价值观念系统中底线意味浓厚。

"艺自我出"具体是何意谓？"何者为我""我如何我"，为意谓探究的关键。传统文艺思想对于文艺作品有形与神、技与意的分判，并以神、意等范属精神层面的要素为文艺的本质性要素、文艺品格高下的决定性要素，如书画之贵神、诗之重韵，即使叙事作品，也以神理表现为妙，脂砚斋点评《红楼梦》第24回中的"又下一回棋，看两句书"："棋不论盘，书不论章，皆是娇憨女儿神理。写得不即不离，似有若无，妙极！"⑤ 在这样的文艺本质论和评价观念中，"独立"主要不在技法层次，而主要在精神层次，作为独立文艺主体之源的"我"亦为精神之我。传统文化思想在发展过程中出现了多种立足于精神的自我认知和使精神之我不在肉身之我处缺席的途径与方法，与其相因相应，作为文艺价值底线的"艺自我出"内涵复杂，不同的内涵又各有其理想价值趋向。

（一）悟而我，"艺自我出"以至不朽之艺

关于"我如何我"，禅宗贡献了一种使精神之我不在肉身之我处缺席的途径与方法。五祖弘忍教导六祖惠能传法："法以心传心，当令自悟。"⑥ 香严智闲曾几次力请沩山灵佑为自己解疑，灵佑都坚定地拒绝，其拒绝的原因是："吾说得，是吾之见解，于汝眼目何有益乎？"⑦ 禅宗的以心传心、自度自悟，"我之我"着眼于精神层次，心会、神悟为自我取得主体地位、具有主体功能的唯一途径。文艺创作论中有主"悟"一派。之所以主悟，固然与古人认为文艺之道如同佛道一样不可思议有密切关系，但其中还有不为文奴、艺丐的创作追求，如《小草斋诗

---

① 《宣和书谱》，上海书画出版社1984年版，第132页。
② 《李北海集·附录·遗事》，《文渊阁四库全书》本。
③ 朱熹：《读唐志》，引自《晦庵集》卷七十，《文渊阁四库全书》本。
④ 傅山：《家训》，引自侯文正辑注《傅山文论诗论辑注》，山西人民出版社1985年版，第5页。
⑤ 俞平伯辑：《脂砚斋红楼梦辑评》，中华书局1960年版，第336页。
⑥ 法海集：《坛经》，引自《大正藏》（第48册），第338页上。
⑦ 道原纂：《景德传灯录》，引自《大正藏》（第51册），第283页下。

话》言道："诗无悟性，即步步依唐人口吻，千似万似只是做得神秀地位，较之
獦獠尚隔数尘在。"① 晚唐书僧辩光谓"书法犹释氏心印，发于心源，成于了悟，
非口心所传"。② "悟"使作者不为奴为丐，臻于艺术至境，这是传统文艺创作论
中主"悟"一派的共识之一。然而，与禅家之悟在悟者一方只是心会至道并未曾
别立新法一样，借由"悟"实现的文艺独立不是现代理解的以"新""奇"
"异"为显著特征的个性化创作，而是别有其内涵。

借由"悟"实现的文艺独立具体是何意谓，与悟后的创作状态紧密相关。传
统文艺理论对于悟后的创作状态有详细描述。张璪主张作画"外师造化，中得心
源"③，符载记述其作画："投笔而起，为之四顾，若雷雨之澄霁，见万物之情
性。观夫张公之艺非画也，真道也。当其有事，已知夫遗去机巧，意冥玄化，而
物在灵府，不在耳目。故得於心，应於手，孤姿绝状，触毫而出，气交冲漠，与
神为徒。"④ 杨万里自述其悟后的创作："万象毕来献予诗材，盖麾之不去，前者
未雠，而后者已迫，涣然未觉作诗之难也。"⑤ 一些杰出创作被归因于悟，论者
对作者由悟而作的状态想象同于符载之所见和杨万里的自述，如沈括谓王维的雪
中芭蕉："此乃得心应手，意到便成，故造理入神，迥得天意。"⑥ 观者所见、作
者自述、论者臆测的悟后创作状态应目会心、得心应手、意到便成，"信手拈出
皆成章"。⑦ 在这样的创作状态中，创作的欲望、灵感自然而生，作品自然而成，
他者在作者处没有存在的时机，文艺自作者的悟心流出。

单论作者之心，可能个性化突出，"悟心"却不然。从"悟"的对象区辨，
传统文艺理论阐发的"悟"包括"悟自然"和"悟古人"两种。所谓"悟自
然"，为心会宇宙之道、造化之理，如宗炳谓图绘山水："夫以应会心为理者，
类之成巧，则目亦同应，心亦俱会，应会感神，神超理得，虽复虚求幽岩，何以
加焉！"⑧ 在这种悟中，作者之悟心与他者之悟心俱为体道之心，并无不同。所
谓"悟古人"，为心得奉为典范的古人的神髓、妙处。黄庭坚言道："凡作字，

① 谢肇淛：《小草斋诗话》，引自周维德集校：《全明诗话》第4册，齐鲁书社2005年版，第3503页。
② 魏了翁：《题送辩光序》，《苏魏公文集》卷七十二，《文渊阁四库全书》本。
③ 张彦远著、俞剑华注释：《历代名画记》，江苏美术出版社2007年版，第265页。
④ 符载：《观张员外画松石序》，引自俞剑华编著：《中国古代画论类编》上册，人民美术出版社1998年版，第20页。
⑤ 杨万里：《诚斋荆溪集序》，引自辛更儒笺校：《杨万里集笺校》第6册，中华书局2007年版，第3260页。
⑥ 沈括：《梦溪笔谈》，中华书局2009年版，第179~180页。
⑦ 韩驹：《赠赵伯鱼》，引自傅璇琮主编：《全宋诗》，北京大学出版社1995年版，第16629页。
⑧ 宗炳：《画山水序》，引自张彦远著、俞剑华注释：《历代名画记》，江苏美术出版社2007年版，第162页。

须熟观魏晋人书，会之于心，自得古人笔法。"① 他提出学习《兰亭序》的方法："摹写或失之肥瘦，亦自成妍，要各存之以心会其妙处尔。"② 唐志契谓传移模写为"画家捷径"，继而指出："盖临摹最易，神气难传。师其意而不师其迹，乃真临摹也。"③ 沈颢言道："临摹古人不在对临，而在神会，目意所结，一尘不入，似而不似，不似而似，不容思议。"④ 吴乔提出"诗道不出于变复"，其中"复谓能得其神理"，他批评"弘治间庸妄全不知诗，侈意于复，止在状貌间，为奴才，为盗贼，为笑具"。⑤ 叶燮言作者"要见古人之自命处、着眼处、作意处、命辞处、出手处，无一可苟，而痛去其自己本来面目。如医者之治结疾，先尽荡其宿垢，以理其清虚，而徐以古人之学识神理充之"。⑥ 姜夔《白石道人诗说》文末言道："《诗说》之作，非为能诗者作也，为不能诗者作，而使之能诗；能诗而后能尽我之说，是亦为能诗者作也。虽然，以我之说为尽，而不造乎自得，是足以为能诗哉？"⑦ 神会古人、得其妙，抑或"自得"古人创作的妙理，作者与古人精神相通。

作者的悟心与他者的悟心，或俱为神会至道之心，或精神相通，这使得自作者之悟心而出的文艺，虽然辞皆自"我"出，却不是现代惯常理解中以"新""奇""异"为显著特征和存在意义的独立文艺。在传统文艺观中，这种类型的文艺不只是没有逾越"独立"这条文艺价值底线，还有其理想价值趋向。

"不朽"是上古时期即已出现的理想色彩浓厚的价值追求。《左传·襄公二十四年》载叔孙豹如晋，范宣子向叔孙豹发难，问古人所言的死而不朽是何意谓。范宣子尚言古人所谓的不朽，可见不朽的观念及其追求在中国文化中出现之早。面对范宣子的发难，叔孙豹提出，不朽不是"保姓受氏，以守宗祊，世不绝祀"的"世禄"，而是身没德在、功传、言立。⑧ 叔孙豹的"三不朽说"源远流长，直至清时，还有张岱于暮年时专做了一部《三不朽图赞》。在叔孙豹那里，立言是不朽的实现途径之一。通过立言而不朽随着"三不朽"说深植于传统文化心理，为传统文人所共知、认同和想往，史上司马迁、扬雄、刘勰、曹植、曹丕

① 黄庭坚：《跋与张载熙书卷后》，引自潘运告编注：《中国历代书论选》（上册），湖南美术出版社2010年版，第335页。

② 黄庭坚：《跋兰亭》，引自潘运告编注：《中国历代书论选》（上册），湖南美术出版社2010年版，第329页。

③ 唐志契：《绘事微言》，山东画报出版社2015年版，第29页。

④ 沈颢：《画麈》，引自《美术丛书》（第1册），江苏古籍出版社1986年版，第318页。

⑤ 吴乔：《逃禅诗话》，广文书局影印本，转引自蒋寅：《〈逃禅诗话〉与〈围炉诗话〉之关系》，载于《苏州大学学报》2000年第3期。

⑥ 叶燮：《原诗》，人民文学出版社1979年版，第18页。

⑦ 姜夔：《白石道人诗说》，引自何文焕辑：《历代诗话》（下册），中华书局2004年版，第683页。

⑧ 《十三经注疏》第4册，中华书局2009年版，第4296～4297页。

等许多文人都直接表达过意欲通过立言不朽。人若要通过立言不朽，则言须为不朽之言。郑燮谓一些人的创作："初惊既鄙久萧索，身存气盛名先亡；辇碑刻石临大道，过者不读倚坏墙。"① 似这种纵然刻于金石亦无人瞻顾的文章无法令作者不朽，通过立言不朽蕴蓄着以"不朽"为"言"的理想价值观念。

在"不朽"的观念和追求普遍而流长的传统文化语境中，凭借文艺创作身灭名在、被奉为典范的古人，其创作具有不朽的价值属性，也被视为和实际成为不朽的存在。"悟"能使作者与被奉为典范的古人等齐、通过"悟"与古人等齐，是主"悟"一派的认知和追求之一，如范晞文言道："盖文章之高下，随其所悟之深浅，若看破此理，一味妙悟，则径超直造，四无窒碍，古人即我，我即古人也。"② "悟"消除了作者与被奉为典范的古人的差距和主体隔碍，他们精神相通，在文艺境界、文艺造诣上等齐。与被奉为典范的古人等齐，其中等齐的具体内容可能是高超的技艺，如王僧虔《笔意赞》言道："书之妙道，神彩为上，形质次之，兼之者方可绍于古人。"③ 除了技艺上的等齐，"不朽"为与被奉为典范的古人等齐客观上和深一重的结果指向。史上的文艺论评中亦有直接拈取出不朽的，范允临论文征明作画："殊不知衡山皆取法宋元诸公，务得其神髓，故能独擅一代，可垂不朽。"④ 纪昀认为自立于当时、不朽于后世的诗人皆为得师承之真传者，朱庭珍谓"斯言尽矣"。⑤ 由此种种看，在中国传统文化语境中，与古人的不朽之艺等齐，不论是在客观上还是在一些文人的主体意识当中，都包含着"不朽"的理想价值趋向。

基于佛禅以"悟"为"我而我"的实现途径与方法，艺自悟心出成为传统文艺肯定和追求的独立之一种。而依赖"悟"显现的作者之心与他者精神相同或相通，因于此，这种文艺独立并非现代惯常理解的个性化创作，而是与被奉为典范的文艺一样，或贯载宇宙之道、造化之理，或合乎典范文艺创立的文艺至道，内含长存不朽的理想价值趋向。坚守和追求这种意谓的独立及其理想价值趋向，显然有利于保存和传承经典文艺精神。

（二）脱异方为我，"艺自我出"以至完全之创新

传统思想中关于"何者为我"，有一种与他者相异方有"我"、方为"我"的认知。与这种自我认知相因应，作为文艺价值底线的独立还有与他者相异的意谓。

---

① 郑燮：《偶然作》，引自《郑板桥集》，上海古籍出版社 1962 年版，第 28~29 页。
② 范晞文：《对床夜话》，引自丁福保辑：《历代诗话续编》（中册），中华书局 2006 年版，第 415 页。
③ 王僧虔：《笔意赞》，引自潘运告编著：《汉魏六朝书画论》，湖南美术出版社 1997 年版，第 171 页。
④ 范允临：《轮蓼馆集》，引自杨大年编著：《历代画论采英》，河南人民出版社 1984 年版，第 42 页。
⑤ 朱庭珍：《筱园诗话》，引自《丛书集成续编》（第 158 册），上海书店 1994 年版，第 188 页。

在与他者相异方为"我"的自我认知中，"我与他"是紧张对立的关系，这种自我认知反映到文艺创作中，与他者的任何近似、相同或相通都会削弱乃至剥夺文艺的独立性。姜夔谓书法创作："大抵下笔之际，尽仿古人，则少神气。"① 尽仿古人，则"我"与古人同，姜夔认为这种创作少神气。在以"神"为文艺本质性要素的艺术观中，少神气的创作处于艺术与非艺术的边缘。顾源论书曰："书须古法四分，己意六分乃妙。不然，纵笔笔似古，终成奴书，不足贵也。"② 奴书在书法创作中属极下品，甚至不能入品第，作为典范的古人创作当然不会如此不堪。笔笔似古却未如古人那样成就高作，"我"与古人异的自我认知以及基于此种认知的对独立艺术的追求为深层原因之一。笔笔似古，我是古人，但古人不是我，我无以安立，不具有主体地位，我之所作亦不具有独立的品格。顾源提出摆脱奴书、跻身上乘的方法为"己意六分"。"己意"既与"古法"相对，则与古不同；己意六分，与古不同之意占据主要，在这种摆脱奴书之法中，创作的独立品格来自与他者的不同。

与他者的不同在不同的论家那里有程度上的分别，较为激进的是自我与他者不能有丝毫干连。皎然论诗："凡诗者，惟以敌古为上，不以写古为能。立意于众人之先，放词于群才之表，独创虽取，使耳目不接，终患依傍之手。或引全章，或插一句，以古人相黏二字、三字为力，厕丽玉于瓦石，殖芳芷于败兰，纵善，亦他人之眉目，非己之功也，况不善乎？"③ 在皎然那里，如果与他人眉目相似，纵善也不可取。与此类近，陆时雍言道："绝去故常，划除涂辙，得意一往，乃佳。依傍前人，改成新法，非其善也。豪杰命世，肝胆自行，断不依人眉目。"④ 在这类较为激进的看法中，自我是与他者迥异的存在，所谓"我有我之精神结构，我有我之意境寄托，我有我之气体面目，我有我之材力准绳"⑤，自我无法与任何他者共为文艺的主体源出。

通过与他者相异取得独立品格的文艺也有其理想价值趋向，其理想价值趋向取精要、概而言之为"创新"。需要指出的是，这种创新不是顾源所论的与古人有几分相异，它是一种完全的创新，具体包括在体式、风格等方面自成一家之体，可为后世范式。在古人的观念中，新创之体不是凭空而来，关注、学习他者为必经之途。苏轼《跋黄鲁直草书》中言道："学即不是，不学亦不

① 姜夔：《续书谱》，引自潘运告编注：《中国历代书论选》（上册），湖南美术出版社 2010 年版，第 370～371 页。
② 《佩文斋书画谱》卷四十三，《文渊阁四库全书》本。
③ 遍照金刚撰、卢盛江校考：《文镜秘府论汇校汇考》（下册），中华书局 2015 年版，第 1354 页。
④ 陆时雍：《诗镜总论》，引自丁福保辑：《历代诗话续编》（下册），中华书局 2006 年版，第 1412 页。
⑤ 朱庭珍：《筱园诗话》，引自《丛书集成续编》（第 158 册），上海书店 1994 年版，第 191 页。

可。"① 董其昌谓士人作画未有"舍古法而独创者"。② 袁枚论诗,一方面指出,竟似古人,无处著我;另一方面认为:"不学古人,法无一可。"③ 关注、学习的理想境界为自成一家之体,欧阳修言道:"学书当自成一家之体,其模仿他人谓之奴书。"④ 冯班谓赵孟頫的书法创作:"出入古人无所不学,贯穿斟酌自成一家,当时诚为独绝也。"⑤ 元好问谓杜甫之妙为"释氏所谓'学至于无学'者耳"。⑥ 佛教中的"无学"为圆融所有已学、未学的境界,《法华经》载佛为两千有学无学授记,以多闻著称的阿难授记后,"即时忆念过去无量千万亿诸佛法藏,通达无碍"。⑦ 临济宗高僧普庵言无学:"学至于无学之处,妙解色空,入无边际,忽得自心,本源一合,便解诸佛语默。"⑧ 以杜甫论,他的无学境界不仅圆融悟解所有,而且自成一家,吴澄即言杜甫学汉魏"一变其体,自成一家"。⑨ 学古而不求与古同而求与古异,异而自成一家之体,此为在相异独立基础上发展出来的以完全创新为核心精要的文艺理想价值趋向之一。在相异独立基础上发展出来的完全创新不止是文体创新,《苕溪渔隐丛话》谓苏轼《浪淘沙·大江东去》等词"绝去笔墨畦径间,直造古人不到处,真可使人一唱而三叹"。⑩ 朱庭珍以"有我之诗"为"真诗",其详释"有我之诗":"决不拾人牙慧,落寻常窠臼蹊径之中。任举一篇一联,皆我之诗,非前人所已言之诗,亦非时人意中所有之诗也。"⑪ 造古人不到处、非时人意中所有,这是另一种处于价值等级顶端的全新创造。

　　与他者相异,这是传统文艺肯定和追求的又一种文艺独立,关注、学习他者以至与他者彻底相异、完全创新作为其理想价值趋向,带来的是新的文艺精神、新的文艺境界,因此,坚守和追求这种意谓的独立及其理想价值趋向,能够有效推进文艺的发展和进步。

① 苏轼:《跋黄鲁直草书》,引自《苏轼文集》(第5册),中华书局1986年版,第2194页。
② 董其昌:《画禅室随笔》,山东画报出版社2007年版,第13页。
③ 袁枚著、郭绍虞辑注:《续诗品》,人民文学出版社2005年版,第176页。
④ 欧阳修:《笔说》,引自李之亮笺注:《欧阳修集编年笺注》(第7册),巴蜀书社2007年版,第155页。
⑤ 《钝吟书要》,引自《美术丛书》(第1册),江苏古籍出版社1986年版,第193页。
⑥ 元好问:《杜诗学引》,引自狄宝心校注:《元好问文编年校注》(上册),中华书局2012年版,第91页。
⑦ 《妙法莲华经》,引自鸠摩罗什译:《大正新修大藏经》(第9册),第30页上。
⑧ 《普庵印肃禅师语录》,引自《卍新纂大日本续藏经》(第69册),第387页上。
⑨ 吴澄:《孙静可诗序》,《文渊阁四库全书》本。
⑩ 胡仔纂集:《苕溪渔隐丛话》后集,人民文学出版社1962年版,第192页。
⑪ 朱庭珍:《筱园诗话》,引自《丛书集成续编》(第158册),上海书店1994年版,第191页。

（三）本初、自然为我，"艺自我出"以至真文至文

关于"何者为我"，儒、释心性学说中共有一种神性自我论，这种自我认知导引出作为文艺价值底线的独立另一重特别内涵和价值理想。

佛学认为众生悉有佛性，《景德传灯录》载达摩弟子波罗提为王说法，王问："性在何处？"波罗提说偈曰："在胎为身，处世名人。"又言道："识者知是佛性，不识唤作精魂。"[1] 天人无间、道心与人心本一心，为儒家的思想观念之一。黄宗羲言儒、释的区别："释氏于天地万物之理，一切置之度外，更不复讲，而止守此明觉；世儒则不恃此明觉，而求理于天地万物之间，所为绝异。然其归理于天地万物，归明觉于吾一心，则一也。"[2] 黄宗羲所谓的"明觉"，在佛学中即佛性，又有本心、本觉真心、自性清净体等种种异名；在儒家则称性、心、本心、道心、明觉等。如黄宗羲所论，儒、释都认为每个人胸中有一个本体论意义上的"我"在。此"我"以其源初地位、本体地位被视为真实之我，它本性坚实，不会被损毁，只会被遮蔽、拘缚；它圆满充实、活泼灵慧，即道即理，即人即神，如《坛经》中言道："不识本心，学法无益。若识自本心，见自本性，即名丈夫、天人师、佛。"[3] 李翱以圣人为本性的先觉者，言其"不往而到，不言而神，不耀而光，制作参乎天地，变化合乎阴阳"。[4] 程颢认为"心即理"，谢良佐发挥其说，言道："何者为我？理便是我。穷理之至，自然不勉而中，不思而得，从容中道。"[5]

儒、释心性学说建构了一种不待后天建构、既有既成、智慧自足的自我，这种自我带有某种神性，但常因被遮蔽、拘缚而不得显现，故而世人之我有真、假之分，真实自我显现的过程为去蔽、解缚、明心见性、见道得理的过程。儒、释心性学说建构的神性自我论渗透到文艺论域，保留了神性，也因于此，它兼具底线和理想双重价值属性，既被视作文艺所应当的主体源出，又被视作文艺的理想创作主体。

在底线方面，神性自我为文艺独立的主体条件，源出于神性自我的文艺即为"我"之创作。李贽"童心说"所谓的童心是儒、释建构的神性自我在文艺论域的异名之一，如他提出，"苟童心常存，则道理不行，闻见不立，无时不文，无

---

① 道原纂：《景德传灯录》，引自《大正藏》（第51册），第217页上。
② 黄宗羲：《明儒学案》（上册），中华书局2008年版，第181页。
③ 宗宝：《六祖大师法宝坛经》，引自《大正藏》（第48册），第349页上。
④ 李翱：《复性书》（上），引自《李文公集》卷二，《文渊阁四库全书》本。
⑤ 黄宗羲原著、全祖望补修：《宋元学案》（第2册），中华书局1986年版，第922页。

人不文，无一样创制体格文字而非文者"。^① 对于不是从童心而出的文章，李贽言道："言虽工，于我何与？"^②即便工绝，因与"我"无干也不足取，独立创作被置于文艺价值的底线地位。袁宏道论诗文主性灵，他在《叙小修诗》中论袁中道诗："大都独舒性灵，不拘格套，非从自己胸臆流出，不肯下笔。有时情与境会，顷刻千言，如水东注，令人夺魂。其间有佳处，亦有疵处，佳处自不必言，即疵处亦多本色独造语。然予则极喜其疵处；而所谓佳者，尚不能不以粉饰蹈袭为恨，以为未能尽脱近代文人气习故也。"^③ 袁宏道以粉饰蹈袭为文章恨事，粉饰蹈袭的另一面为诗文从自家心性中直出，这种诗文袁宏道谓为"本色独造语"。结合袁宏道的相关思想看，"本色"为"独造"之因，"独造"缘于"本色"。文艺论域主性灵或直抒胸臆者，大都在不同程度上认为作者胸中有一个神性自我，作为文艺价值底线的独立缘于神性自我。

在价值理想方面，基于神性自我的性状结构和文艺自神性自我流出的创作情态，抒写真性情成为源出于神性自我的文艺理想价值之所在。传统思想很早就有关于心性的探讨，如性善论、性恶论和心性无善不善之说。在这些论说中，心性被区分出本初之性和后天之性。儒、释建构的神性自我以本初之性为"我"之真性，文艺论域的神性自我论继承了这种观念。李贽释童心为"最初一念之本心"^④，认为"多读书识义理障其童心"。^⑤读书识义理的目的之一为化性，荀子性恶论即认为圣人制礼乐是为化原本的恶性为善性。在这个意义维度上，肯定读书识理即肯定后天之性；李贽认为读书识理障童心，则是肯定童心含具的本初之性。具体到文艺创作，李贽言道："诗何必古选，文何必先秦。降而为六朝，变而为近体；又变而为传奇，变而为院本，为杂剧，为《西厢曲》，为《水浒传》，为今之举子业，皆古今至文，不可得而时势先后论也。故吾因是而有感于童心者之自文也，更说什么《六经》，更说什么《语》、《孟》乎？"^⑥放逐经典、童心者自文，李贽的这种思想包含着文艺当抒写本初之性的主张。在具体论说中，李贽罗列的都是"古今至文"，言语之中亦以抒写本初之性为理想的文艺。在李贽那里，童心"绝假纯真"，^⑦童心不存，人为假人、文为假文，假人、假文贻害无穷，其言道："盖其人既假，则无所不假矣。由是而以假言与假人言，则假人喜；以假事与假人道，则假人喜；以假文与假人谈，则假人喜。无所不假，则无所不喜。满场是假，矮人何辩也？然则虽有天下之至文，其湮灭于假人而不尽见于后

---

①②④⑤⑦　李贽：《童心说》，引自《李贽文集》（第1册），社会科学文献出版社2000年版，第92页。
　③　袁宏道：《叙小修诗》，引自钱伯城笺校《袁宏道集笺校》（上册），上海古籍出版社1981年版，第187～188页。
　⑥　李贽：《童心说》，引自《李贽文集》（第1册），社会科学文献出版社2000年版，第92～93页。

世者，又岂少哉！"① 由此真假之论可见，李贽以本初之性为"我"之真性，以真性抒写为真文，真文不仅本身为天下至文，而且不会令天下至文湮没以致其不见于后世。实际上，以本初之性为"我"性本身就包含着以本初之性为真性的观念。

肯定本初之性并以本初之性抒写为文艺理想价值之所在不独见于李贽，江盈科文论中的"元神"是儒、释建构的神性自我在文艺论域的另一异名。江盈科言道："吾尝睹夫人之身所为流注天下，触景成象，惟是一段元神。元神活泼，则抒为文章，激为气节，洩为名理，竖为勋猷，无之非是。"② "元神"抒为文章"无之非是"与李贽的存童心"无时不文""无人不文"没有根本差别，俱是神性自我才有的功能特征。江盈科释"元神"："夫人之元神无不活泼，有弗然者，或牿之也。牿有二端：尘俗之虑，入焉为牿；义理之心，入焉而牿。"③ 尘俗之虑和义理桎梏元神，解除桎梏，显现的惟本初之性，自元神而出的文章抒写的是本初之性，而此种文章在江盈科那里为上品之作。唐顺之论诗文以清净心源为理想主体源出，他提出，诗文创作"虽其绳墨布置，奇正转折，自有专门师法，至于中间一段精神命脉骨髓，则非洗涤心源，独立物表，具今古只眼者，不足以与此"。④ 创作者据于清净心源，"即使未尝操纸笔呻吟，学为文章，但直据胸臆，信手写出，如写家书，虽或疏卤，然绝无烟火、酸馅习气，便是宇宙间一样绝好文字"；⑤ 创作者没有回归清净心源，则"虽其�颛颛学为文章，其于所谓绳墨布置，则尽是矣，然翻来覆去，不过是几句婆子舌头话，索其所谓真精神与千古不可磨灭之见，绝无有也，则文虽工而不免为下格"。⑥ 在唐顺之那里，回归清净心源，要去除种种私见、习气，他在《与蔡子木郎中书》第二书中言道："来书提出'小心'两字，诚是学者对病灵药。但如前所说，细细照察，细细洗涤，使一些私见、习气不留下种子在心里，便是小心矣。"⑦ 私见、习气皆后天生成，将其尽除以回归清净心源，则清净心源为本初之性，自清净心源流出的文章抒写本初之性，这种文章用唐顺之语言之，包含"真精神与千古不可磨灭之见"。除此之外，文艺论域肯定或主张直抒胸臆者，大多隐蔽地以本初之性为"我"之真性并将其抒写置于文艺理想价值地位。

思想史上亦有泛泛言"心"、言"我"，但其中隐以通于道的本心为文艺理想价值之所在的论者。如石涛立"一画"，谓"一画"为"众有之本，万象之

---

① 李贽：《童心说》，引自《李贽文集》（第 1 册），社会科学文献出版社 2000 年版，第 92 页。

②③ 江盈科：《白苏斋册子引》，引自《江盈科集》，岳麓书社 2008 年版，第 420 页。

④ 唐顺之：《答茅鹿门知县》，引自《唐顺之集》（上册），浙江古籍出版社 2014 年版，第 294 ~ 295 页。

⑤⑥ 唐顺之：《答茅鹿门知县》，引自《唐顺之集》（上册），浙江古籍出版社 2014 年版，第 295 页。

⑦ 唐顺之：《与蔡白石木郎中》，引自《唐顺之集》（上册），浙江古籍出版社 2014 年版，第 255 页。

根；见用于神，藏用于人"。① 这种意义的"一画"被置于宇宙本源、本体的地位，在形上层次为"道"，在物的层次为"理"。石涛认为，"画者，从于心者也"，其所从之心深入物理、曲尽物态、得一画之洪规。② 这种意义上的画心与"道"无隔碍，即道即我，带有本体论的色彩。不满时人摹古之风，石涛明确以"我"为理想的创作主体。他批评"我为某家役，非某家为我用"的创作："纵逼似某家，亦食某家残羹耳。于我何有哉！"③ 他阐释作为理想创作主体的"我"："我之为我，自有我在。古之须眉，不能生在我之面目；古之肺腑，不能安入我之腹肠。我自发我之肺腑，揭我之须眉。纵有时触着某家，是某家就我也，非我故为某家也。天然授之也。我于古何师而不化之有？"④ 作为理想创作主体的"我"与得一画之洪规的"画心"名异事同。在石涛那里，出自"我心"的艺术纵然与古人偶同，因其源自通于道的"我心"，亦是理想的艺术；同样，纵使笔不笔，墨不墨，画不画，其中有通于道的"我在"，也是"化一而成氤氲，天下之能事毕矣"。⑤

基于神性自我的性状结构，书写纯然本初之性成为文艺理想价值之所在，与此相伴随、相共生的，是基于文艺自神性自我流出的创作情态对抒写自然直起之情的高度肯定。文艺自神性自我流出的创作情态在各家描述中，没有理性思虑和考衡的环节、直抒胸臆为其共有特征。如在李贽的阐释中，存童心，自然成天下至文。江盈科提出据元神成文："要以无意出之，无心造之。"⑥ 唐顺之以陶渊明为据于清净心源创作的典范，沈约为反面典型，他论评二人的创作："陶彭泽未尝较声律雕句文，但信手写出，便是宇宙间第一样好诗"；"自有诗以来，其较声律雕句，文用心最苦而立说最严者，无如沈约。苦却一生精力，使人读其诗，祗见其捆缚龊龊，满卷累牍，竟不曾道出一两句好话。"⑦ 石涛谓太古无法，法立于一画，他以得"法之化"者为画中能家，言其"内空而外实"，"不假思索，外形已具"。⑧ 无论是从逻辑上看，还是在创作实际中，直抒胸臆、信手写出所抒之情必然是自然直起之情，而自然直起之情的主体归属为"我"，此情为"我"之真情。

基于神性自我的性状结构和文艺自神性自我流出的创作情态，不仅抒写真性情被视作文艺的理想价值之所在，而且纯粹性情书写也被置于文艺价值的最高等级。何绍基论诗曰："将一切牢骚语、自命语、摹古语、随便语、名士风情语、

---

① ②　石涛：《画语录》，引自杨成寅编著：《石涛》，中国人民大学出版社 2009 年版，第 264 页。
③ ④　石涛：《画语录》，引自杨成寅编著：《石涛》，中国人民大学出版社 2009 年版，第 265 页。
⑤　石涛：《画语录》，引自杨成寅编著：《石涛》，中国人民大学出版社 2009 年版，第 267 页。
⑥　江盈科：《白苏斋册子引》，引自《江盈科集》，岳麓书社 2008 年版，第 420 页。
⑦　唐顺之：《答茅鹿门知县》，引自《唐顺之集》（上册），浙江古籍出版社 2014 年版，第 295 页。
⑧　石涛：《画语录》，引自杨成寅编著：《石涛》，中国人民大学出版社 2009 年版，第 269 页。

勉强应酬语，概从刊落，戛戛独创，本根乃现。"① 牢骚、自命、摹古等语非"我"性情中语，全数刊落，既现"我"之性情，又尽为性情之语。贺贻孙谓盛唐诗"有血痕无墨痕"，模拟盛唐者"有墨痕无血痕"，② 他批评模拟者"舍我性灵"；③ 郑燮有诗云："英雄何必读书史，直摅血性为文章，不仙不佛不贤圣，笔墨之外有主张。"④ 直摅血性、有血痕无墨痕，这种创作及其胜处必然为性情书写，而贺贻孙将其视为最高典范，郑燮以其为创作的法则。

以本初之性为"我"之真性，以自然直起之情为"我"之真情，抒写真性情、但写性情，这是传统文艺观肯定和追求的又一种独立与理想的价值趋向。坚守和追求这种意味的独立与文艺之真，有助于保持文艺的抒情传统和使创作更加具有感动人心的力量。

健康、富于活力的文艺生态，应包括既有经典文艺精神的保存和传承、不断有新的经典文艺精神生成，以及自然纯然、真挚赤诚的创作在总体文艺创作中占据重要一隅。就此而言，传统文艺观肯定和追求的三种独立与理想的价值趋向具有普遍意义，无论是文艺理论者进行文艺价值之思和文艺价值体系探索，还是文艺创作者进行文艺创作，都应予以重视和进一步的思索。

二、文艺批评标准的建构理路与话语方式

（一）钟嵘：回到权威诗学之源分其流

钟嵘《诗品》对汉以讫齐梁一百二十多位诗人一一做评，其品评有明确的标准依据和价值取向。王叔岷归纳钟嵘《诗品》的评诗标准首列"重性情"，并引《诗品序》中"吟咏情性，亦何贵于用事"为据。⑤ 尽管王叔岷所引《诗品序》文字不足为证——这段序文中的"吟咏情性"偏于文体意谓，以诗为性情吟咏，然而，"重性情"确乎为《诗品》评诗的重要标准。《诗品》上品评陆机所拟古诗十四首言其"意悲而远"，⑥ 评李陵言其"文多凄怆，怨者之流"，⑦ 评班婕妤

---

① 何绍基：《符南樵寄鸥馆诗集叙》，引自《何绍基诗文集》，岳麓书社 1992 年版，第 775~776 页。
② 贺贻孙：《诗筏》，引自郭绍虞编选：《清诗话续编》（上册），上海古籍出版社 1983 年版，第139 页。
③ 贺贻孙：《诗筏》，引自郭绍虞编选：《清诗话续编》（上册），上海古籍出版社 1983 年版，第142 页。
④ 郑燮：《偶然作》，引自《郑板桥集》，上海古籍出版社 1962 年版，第 28~29 页。
⑤ 王叔岷：《钟嵘诗品笺证稿》，中华书局 2007 年版，第 25 页。
⑥ 钟嵘著、曹旭集注：《诗品集注》，上海古籍出版社 2011 年版，第 91 页。
⑦ 钟嵘著、曹旭集注：《诗品集注》，上海古籍出版社 2011 年版，第 106 页。

《团扇》言其"词旨清捷，怨深"，① 评曹植诗言其"情兼雅怨"，② 评刘桢言其"真骨凌霜，高风跨俗"，③ 评王粲言其"发愀怆之词"，④ 这些品评所取都是性情吟咏。钟嵘"重性情"的评价标准有其独特的建构理路和话语实现方式。

钟嵘在《诗品序》中阐述了诗的本源、本质与功能等，其重要观念多出自儒家诗论，表述也或直引或压缩《乐记》《诗大序》以及《论语》等儒家经典中的话语而成，这一点《诗品》的各种注释本有详细呈现。"重情性"的评诗标准并非采自儒家诗论，但其思想之源在儒家，其话语亦是通过节略儒家诗论话语而成。具有思想建构功能的话语节略在《诗品序》中共计两处，现分而论之。

第一处为《诗品序》对《诗大序》中"正得失"的节略，具体如下：

> 动天地，感鬼神，莫近于诗。⑤
>
> ——钟嵘《诗品序》
>
> 情发于声，声成文谓之音。治世之音安以乐，其政和；乱世之音怨以怒，其政乖；亡国之音哀以思，其民困。故正得失，动天地，感鬼神，莫近于诗。⑥
>
> ——《诗大序》

《诗大序》阐述诗的功能首列"正得失"。"正得失"的功能论上接儒家的诗歌发生论，下衔"重德音"的诗乐价值取向。儒家乐论思想认为，音声歌咏缘于心动，《乐记》言道："凡音之起，由人心生也。人心之动，物使之然也，感于物而动，故形于声。"⑦ 人心之动是"情动于中"，⑧ 故而，歌咏传情、含情，所含之情与外物相应。《乐记》《诗大序》指出治世之音、乱世之音、亡国之音所含之情不同，由此将诗和国政联系起来。关于诗与国政的联系，《乐记》有明确表述。《乐记》在"治世之音安以乐，其政和；乱世之音怨以怒，其政乖；亡国之音哀以思，其民困"之后言道："声音之道，与政通矣。"⑨ 基于这种相通的论断，《乐记》提出由五音可观得君是否骄、民是否怨、事是否动、财是否匮乏，国是否有灭亡之相。⑩ 由五音观国政，圣王可据此正得失。

① 钟嵘著、曹旭集注：《诗品集注》，上海古籍出版社2011年版，第113页。
② 钟嵘著、曹旭集注：《诗品集注》，上海古籍出版社2011年版，第117页。
③ 钟嵘著、曹旭集注：《诗品集注》，上海古籍出版社2011年版，第133页。
④ 钟嵘著、曹旭集注：《诗品集注》，上海古籍出版社2011年版，第142页。
⑤ 钟嵘著、曹旭集注：《诗品集注》，上海古籍出版社2011年版，第1页。
⑥ 阮元校刻：《十三经注疏》（第1册），中华书局2009年版，第563~564页。
⑦ 孙希旦：《礼记集解》（下册），中华书局1989年版，第976页。
⑧⑨ 孙希旦：《礼记集解》（下册），中华书局1989年版，第978页。
⑩ 孙希旦：《礼记集解》（下册），中华书局1989年版，第980页。

儒家诗乐论认为诗乐能够"正得失"，以诗乐为实现世治的手段和方法，同时，又发现并非所有诗乐都有利于世治。儒家乐论提出，声有正声、奸声之分，"凡奸声感人，而逆气应之，逆气成象而淫乐兴焉。正声感人而顺气应之，顺气成象，而和乐兴焉"。① 正声、奸声感人，生出和乐和淫乐。圣王君子贱淫乐，《乐记》谓淫乐："其声哀而不庄，乐而不安；慢易以犯节，流湎以忘本；广则容奸，狭则思欲；感条畅之气而灭平和之德。是以君子贱之也。"② 乐者"象德"，③ 君子所贵之乐为"德之华"。④ 君子作乐，"奋至德之光，动四气之和，以着万物之理"。⑤ 乐有淫、和之别，淫乐非德音，圣王君子作和乐、重德音。而之所以如此，根本在于圣王君子意欲通过诗乐实现世治的功能需求。《诗大序》在诗能"正得失"云云之后言道："先王以是经夫妇，成孝敬，厚人伦，美教化，移风俗。"⑥《乐记》强调先王制礼乐"非以极口腹耳目之欲也，将以教民平好恶而反人道之正也"；⑦ "暴民不作，诸侯宾服，兵革不试，五刑不用，百姓无患，天子不怒，如此则乐达也"。⑧ 君子所作德音"行而伦清，耳目聪明，血气和平，移风易俗，天下皆宁"。⑨ 圣王君子以诗乐为治世手段，德音能令世治，因此，圣王君子重德音。

基于"正得失"的功能需求，儒家诗论发展出"重德音"的诗乐价值取向和批评标准。钟嵘《诗品序》节略"正得失"，则截断了由这一功能需求发展出来的"重德音"的价值观走向。又因为"正得失"的功能需求主体和评价主体是圣王君子，所以节略"正得失"也节略了这一特殊功能需求和评价主体，释放了诗乐功能需求主体和评价主体的定义空间。

《诗品序》第二处具有思想重建功能的话语节略是对《诗大序》所述六义之三义的节略。《诗品序》："故诗有六义焉：一曰兴，二曰比，三曰赋。"⑩《诗大序》："故诗有六义焉：一曰风，二曰赋，三曰比，四曰兴，五曰雅，六曰颂。"⑪

① 孙希旦：《礼记集解》（下册），中华书局1989年版，第1003页。
② 孙希旦：《礼记集解》（下册），中华书局1989年版，第1001～1002页。
③ 孙希旦：《礼记集解》（下册），中华书局1989年版，第997页。
④ 孙希旦：《礼记集解》（下册），中华书局1989年版，第1006页。
⑤ 孙希旦：《礼记集解》（下册），中华书局1989年版，第1004页。
⑥ 阮元校刻：《十三经注疏》（第1册），中华书局2009年版，第565页。
⑦ 孙希旦：《礼记集解》（下册），中华书局1989年版，第982～983页。
⑧ 孙希旦：《礼记集解》（下册），中华书局1989年版，第987页。
⑨ 孙希旦：《礼记集解》（下册），中华书局1989年版，第1005页。
⑩ 钟嵘著、曹旭集注：《诗品集注》，上海古籍出版社2011年版，第47页。
⑪ 阮元校刻：《十三经注疏》（第1册），中华书局2009年版，第565页。

据研究者考证，六义之"六"在《诗品》的一些流传版本中并作为"三"。① 不
管是作六义还是并作三义，关于《诗品序》节略了《诗大序》六义中的"风"
"雅""颂"三义并无异说。《诗大序》"风""雅""颂"三义详解了何谓风诗、
雅诗和颂诗，其中包含着对"作者为何而作"的阐述。《诗大序》释风诗，言
"下以风刺上"，以"一国之事，系一人之本，谓之风"；② 释雅诗，"雅者，正
也，言王政之所由废兴也。政有小大，故有小雅焉，有大雅焉"；③ 释颂诗，"美
盛德之形容，以其成功告于神明"。④ 从这些阐述看，无论是哪一种诗的作者，
都是为国、为政而作。这种带有揭示性质的阐述包含着强烈的规范、导向意味。
儒家诗论中的诗乐"作者"涉及两类不同身份、角色的人：一类为圣王君子，
《乐记》有言："王者功成作乐，治定制礼。"⑤ 另一类为诗乐的创作者，《诗大
序》"风""雅""颂"三义阐述的"作者"，尤其是风诗的作者就属于这种意义
的作者。《诗品序》节略"正得失"，"正得失"功能需求主体和"重德音"的
评价主体是圣王君子，因此，这一节略了圣王君子这一类诗乐作者及其对诗乐的
功能需求和价值取向；节略"风""雅""颂"三义，节略了第二类作者"为国
为政而作"这种带有规范和导向性的思想，并创造出诗歌创作者为何而作的意义
空白地带。

《诗品序》通过兼具事实揭示性质和价值导向功能的阐述，填充了"三义"
节略创造出诗歌创作者为何而作的意义空白。《诗品序》中言道："嘉会寄诗以
亲，离群托诗以怨。至于楚臣去境，汉妾辞宫，或骨横朔野，或魂逐飞蓬，或负
戈外戍，杀气雄边；塞客衣单，孀闺泪尽；又士有解佩出朝，一去忘返；女有扬
蛾入宠，再盼倾国：凡斯种种，感荡心灵，非陈诗何以展其义，非长歌何以骋其
情？"⑥ 作者作诗或为增进其乐情，或为抒泄内心的悲情、怨情。"使幽居靡闷，
穷贱易安，莫尚于诗矣"，这种诗歌功能论从儒家的"为人"而作沉降到"为
己"而作，功能需求主体从圣王君子转换为一般个体，其隐含和导向的诗歌价值
取向是吟咏一己性情。具体地说，对于作者而言，吟咏性情为诗之价值所在、功
能所在。

综观钟嵘"重性情"诗歌价值取向和评价标准的建构理路和话语策略，儒家
诗论、乐论是其思想的起点和基石。《诗品序》开篇即论诗之发生："气之动物，

---

① 详见曹旭"故诗有六义焉"校异，钟嵘著、曹旭集注：《诗品集注》，上海古籍出版社 2011 年版，
第 48 页。

② 阮元校刻：《十三经注疏》（第 1 册），中华书局 2009 年版，第 566、568 页。

③④ 阮元校刻：《十三经注疏》（第 1 册），中华书局 2009 年版，第 568 页。

⑤ 孙希旦：《礼记集解》（下册），中华书局 1989 年版，第 991 页。

⑥ 钟嵘著、曹旭集注：《诗品集注》，上海古籍出版社 2011 年版，第 56 页。

物之感人，故摇荡性情，形诸舞咏。"① 比照儒家诗歌发生论，《诗品序》的这段文字是撷取《礼记·乐记》《诗大序》阐述诗乐发生的关键概念、压缩精练其话语而成，在观念方面没有变化。回到儒家诗歌发生论，钟嵘通过具有思想重构功能的对儒家经典论诗话语的节略，建构出"重情音"的价值取向和评诗标准。这种建构理路和方法可谓从儒家诗乐思想之源而分其流。

（二）刘勰：本二理成一论

刘勰论文尚通变，通变也是《文心雕龙》考衡文学的标准之一。《通变》篇品评史上文学创作，谓宋初文学"讹而新"，原因在于竞今疏古；汉初以后文学在"夸张声貌"方面循环相因，前者偏于变疏于通，后者偏于通疏于变。② 作为至今仍被肯认的文学价值取向和评价标准，《文心雕龙》尚通变的建构理路和话语方式别异于钟嵘的"重情性"。文理本乎圣道是刘勰文论建构的原则和方法。在刘勰的思想中，详本源者莫非经典，"文章之用，实经典之枝条"。③ 这种文章观隐含的文理建构方法是将先哲之道、经典之理运用到文学当中。刘勰的尚通变亦是同样的建构方法。只是，其运用到文学当中的经典之理并非一理，经典之理在文学论域的具体运用和话语展开也不尽相同。

刘勰的尚通变，首先将《系辞》的"尚通变"运用到文学论域。不论是"通变"概念，还是"通变"观念，都非刘勰首创。在刘勰以前包含通变观念的典籍文献不止一种，研究者钩索出刘勰通变观念与《易·系辞》通变观念的渊源关系。马茂元《说通变》言道："'穷则变，变则通，通则久'是《周易》的一句名言，符合客观事物矛盾运用的规律。然而，把它具体地运用到文学理论上，则自刘勰始。"④ 刘勰对《系辞》思想的运用不止于"一句名言"，而是包括整个思想理路。《系辞》尚通变缘其对"久"的肯定和追求，《系辞》谓"可久"为"贤人之德"。⑤ 通变是实现千秋久业的方法和途径，《系辞》因之高度肯定通变，谓通变"天祐之，吉无不利"。⑥ 没有对永恒的追求和对变、通、久之间因果关系的建构，便不会尚通变。刘勰接受《系辞》对永恒的价值认定，追求文学的永恒；接受《系辞》建构的变、通、久三者之间的因果关联，以通变为文学永在之法，提出通变能够"骋无穷之路，饮不竭之源"。⑦ 由此，《系辞》以永恒为

① 钟嵘著、曹旭集注：《诗品集注》，上海古籍出版社 2011 年版，第 1 页。
② 刘勰著、詹瑛义证：《文心雕龙义证》，上海古籍出版社 1989 年版，第 1089、1096 页。
③ 刘勰著、詹瑛义证：《文心雕龙义证》，上海古籍出版社 1989 年版，第 1909 页。
④ 刘勰著、詹瑛义证：《文心雕龙义证》，上海古籍出版社 1989 年版，第 1078 页。
⑤ 阮元校刻：《十三经注疏》（第 1 册），中华书局 2009 年版，第 157 页。
⑥ 阮元校刻：《十三经注疏》（第 1 册），中华书局 2009 年版，第 180 页。
⑦ 刘勰著、詹瑛义证：《文心雕龙义证》，上海古籍出版社 1989 年版，第 1081 页。

终极目标的尚通变思想被贯彻到文学论域，产生出文学论域的通变崇尚。

在话语方式上，《文心雕龙·序志》提出论文理"不述先哲之诰，无益后生之虑"，①《通变》篇践行这一话语方式，直用《系辞》中的概念和思想。"通变则久"是刘勰"尚通变"的重要命题，这个命题显然是《系辞》"穷则变，变则通，通则久"的精练。"通变无方"是刘勰通变论的另一个重要观点，这个观点也非刘勰的发现。在《系辞》话语体系中，通变属于易理，所谓"易穷则变"。②而关于《易》，《系辞》有"神无方而易无体"之说。③

刘勰的"尚通变"并非完全祖述《系辞》尚通变的观念，它对通变之文学具体化形式进行了辨识。尽管《系辞》谓《易》"广矣大矣""范围天地之化而不过，曲成万物而不遗"，然而，《系辞》阐述作为《易》理的通变未及文学。文学包罗甚夥，何者适用于通变之道需要辨识。《通变》篇指出文学中"体"之常："凡诗赋书记，名理相因，此有常之体也"；谓"文辞气力"通变可久。④《系辞》阐述的通变之变有特殊含义，其言道："化而裁之谓之变""化而裁之存乎变"。⑤ 文学中的变，何者属《系辞》标倡的通变之变需要辨别。《通变》篇喻说宋初的文学之变，言道："夫青生于蓝，绛生于蒨，虽踰本色，不能复化。"⑥从青到蓝、从绛到蒨属于"变"的范围，但这种"变"不能"复化"，不是达于"通"既而"久"的通变之变。刘勰尚通变中创造性的思想与话语，都凝聚在对通变之文学具体化形式的辨识上。

刘勰的尚通变，除了将《系辞》的尚通变运用到文学论域，还将大乘佛学的"不二"思想运用到文学论域。"通"与"变"是"尚通变"价值取向的两个基本方面。《系辞》关于两个基本方面的关系，止于变为通因、变为通法这种因果关系建构，由此关系建构，在方法论上主张"变而通之以尽利"。⑦刘勰《通变》篇则另外提出"变""通"不可偏执一端的主张。这种主张之所本为大乘佛学的"不二"思想。大乘佛学认为真实的存在、最高的存在空无所有，没有生灭、来去、净垢等分别，如《大般若经》言道："我、有情等毕竟不生亦复不灭。"⑧ 与这样的世界观相对应，大乘佛学主张不偏执二元分别之任何一端，《大智度论》有言："离有离无，离非有非无，不堕愚痴而能行善道，是为般若波罗蜜。"⑨

---

① 刘勰著、詹锳义证：《文心雕龙义证》，上海古籍出版社1989年版，第1923页。
② 阮元校刻：《十三经注疏》（第1册），中华书局2009年版，第180页。
③ 阮元校刻：《十三经注疏》（第1册），中华书局2009年版，第160页。
④ 刘勰著、詹锳义证：《文心雕龙义证》，上海古籍出版社1989年版，第1079页。
⑤⑦ 阮元校刻：《十三经注疏》（第1册），中华书局2009年版，第171页。
⑥ 刘勰著，詹锳义证：《文心雕龙义证》，上海古籍出版社1989年版，第1093页。
⑧ 《大般若经》，玄奘译，引自《大正藏》（第5册），第37页上。
⑨ 龙树：《大智度论》，鸠摩罗什译，社会科学文献出版社2014年版，第558页。

刘勰对大乘佛学的"不二"思想颇为肯定,《文心雕龙·论说》谓般若"不偏解""诣正理""动极神源"。① 严格来讲,"变""通"并非佛学"不二"思想针对的非此即彼的二元分别,但是,刘勰将其贯彻到"变""通"关系的处置上。《通变》篇言道:"若乃龌龊于偏解,矜激乎一致;此庭间之回骤,岂万里之逸步哉!"② 无论偏执"变""通"哪一端,文学都无法恒久,而追求文学恒久是尚通变的目的旨归。在话语方式上,《通变》篇运用大乘佛学的"不二"思想没有引述佛学相关概念和表述,而是直用其"理"。

将《系辞》的尚通变和大乘佛学的"不二"运用到文学论域,刘勰建构出文学中的尚通变思想。这种思想以文学之永在为终极目的,包含两种主张:其一,主张达于通之变;其二,主张"变""通"不偏执一端。两种主张哪一种缺位,文学都无法永在。故而,在将经典之理运用到文学论域的建构方法中,刘勰的尚通变是博取二理成一论。在理的方面,刘勰以经典之理为文理,没有创造;其创造尽在通变之文学具体化形式与问题的辨识与解决上。刘勰的尚通变之所以被后世接受,除了"理"之普适,其对通变之文学具体化形式与问题的辨识与解决,同文学实际颇为符契亦是重要原因。以经典之理为文理附以文学论域内的切实分析,刘勰尚通变的建构理路清晰,话语圆整,没有强以文学以外的经典之理附会文学的嫌疑。

(三)严羽:师心而论与话语权变

严羽论诗独标妙悟,《诗辨》谓:"禅道惟在妙悟,诗道亦在妙悟";③ 妙悟也是他评价诗人的标准之一,如《诗辨》言道:"孟襄阳学力下韩退之远甚,而其诗独出退之之上者,一味妙悟而已。"④ "悟"在严羽那里存在等级,《诗辨》依据悟的等级把古今诗人划分出等级,认为"谢灵运至盛唐诸公"之外的悟者,"皆非第一义"。⑤ 严羽独标妙悟的价值标准建构理路和话语方式都很特异。

钟嵘的重性情自儒家诗学出,刘勰的尚通变以文学之外的圣哲之道、经典之理为本,虽然源出不同,但思想皆有所源。钱会谓《沧浪诗话》是"师心"而论。⑥ 师心而论无以言建构理路。严羽在《答出继叔临安吴景仙书》言《诗辨》"是自家实证实悟者,是自家闭门凿破此片田地,即非傍人篱壁、拾人涕唾得来

① 刘勰著,詹瑛义证:《文心雕龙义证》,上海古籍出版社1989年版,第690~692页。
② 刘勰著,詹瑛义证:《文心雕龙义证》,上海古籍出版社1989年版,第1105页。
③④⑤ 郭绍虞:《沧浪诗话校释》,人民文学出版社1983年版,第12页。
⑥ 钱会:《读书敏求记》卷四,乾隆十年嘉兴沈尚杰刻本。

者"。① 鉴于严羽的这种宣称，郭绍虞特别关注严羽诗论在诗学上是否有渊源。经过考溯，郭绍虞提出，严羽在诗学思想史上是"有所承受的"。具体到尚妙悟的思想，有苏轼的"空静说"、《次韵叶致远见赠》中的"一伎文章何足道，要言摩诘是文殊""微旨所在，已逗沧浪先声"。② 关于严羽尚妙悟的思想渊源，古人也有相关论述。《四库全书总目》指出严羽诗论与司空图《二十四诗品》的联系。但是，《四库全书总目》在指出渊源关系的同时，也指出二者的不同，谓司空图《二十四诗品》"不列一格"，严羽则"专主于妙远"。③ 纪昀《田侯松岩诗序》的看法与《四库全书总目》相近，一方面，认为严羽所谓"如空中音，如相中色，如镜中花，如水中月，如羚羊挂角无迹可寻，即司空图所谓'不着一字尽得风流'也"；另一方面，指出司空图《二十四诗品》"无美不收"，严羽《沧浪诗话》"始独标妙悟为正宗"。④ 严羽在《答出继叔临安吴景仙书》中表明之所以作《诗辨》，是为"辨白是非、定其宗旨"；他自评《诗辨》"乃断千百年公案，诚惊世绝俗之谈，至当归一之论"。⑤ 据此看，严羽的尚妙悟属于定宗旨之言、至当归一之论。肯定妙悟和独标妙悟、以妙悟为至当归一之论，对妙悟诗学价值的认知不同。另外，从理论上讲，纵然思想史上已有对妙悟诗学价值及其相应诗境的肯定，严羽独标妙悟及其相应诗境也不必然与之存在渊源关系。

就思想建构的方式方法论，严羽所宣称的证悟在中国佛学发展过程中早已存在，并且很有建树。天台宗为发挥印度佛学思想建立的中国佛教宗派，智颉是天台宗的实际创立者，他的经典著述《摩诃止观》被认为是入道的枢机，《摩诃止观·序》言道："此之止观，天台智者说己心中所行法门。"⑥ 智颉的另一部经典著述《修习止观坐禅法要》序文解释因何谓止观是"说己心中所行法门"，其言道："穷万法之源底，考诸佛之修证，莫若止观。天台大师灵山亲承，承止观也。大苏妙悟，悟止观也。三昧所修，修止观也。纵辩而说，说止观也。故曰，说己心中所行法门。"⑦ 所谓"己心中所行法门"，即心中实感实证的法门。天台智者"己心所行法门"虽有承自灵山之说，实则为西来思想的发挥。据《修习止观坐禅法要》序文所言，其生成方式为自家证悟而得。华严宗、禅宗等中国佛学宗派的思想建构方式与天台智者建构天台学说的方式无别，都属于"说己心所行法门"。严羽以禅喻诗、以禅论诗，他是否有意识地引入佛禅实证实悟

①⑤　严羽：《答出继叔临安吴景仙书》，引自郭绍虞：《沧浪诗话校释》，人民文学出版社1983年版，第251页。

②　郭绍虞：《沧浪诗话校释》，人民文学出版社1983年版，第21页。

③　《四库全书总目》卷一六三，文渊阁四库全书本。

④　纪昀：《田侯松岩诗序》，《纪文达公遗集》卷九。

⑥　灌顶记：《摩诃止观》，引自《大正藏》（第46册），第1页上。

⑦　智颉述：《修习止观坐禅法要》，引自《大正藏》（第46册），第462页上。

的思想建构方式不可知，然而，他宣称的思想生成方式与禅宗以至天台宗、华严宗等中国佛教宗派无二致。严羽对证悟而来的思想颇为自信，谓"李杜复生，不易吾言矣"。① 由此看，至少严羽认为，从自身证悟的思想比从他人思想中借来的思想更具"真"性。

严羽独标妙悟缘于证悟到诗道与禅道相通，都惟在妙悟，而据此，诗悟、禅悟当无二，具体到话语表述上，阐述诗悟移用佛禅悟论话语即可，严羽也直言"以禅喻诗，莫此清切"。② 然而，《诗辨》不是简单移用佛禅话语，而是整合佛禅话语，整合过程中不论佛禅话语的佛学使用语境、思想地位与意义。史上一些论者因此讥嘲严羽实不懂佛禅，或懂得浅。从《答出继叔临安吴景仙书》中严羽关于如何论诗的议论看，严羽或许不是因为对佛禅无真解或未深解才如此运用佛禅话语。《答出继叔临安吴景仙书》载吴景仙认为论诗不要"直致褒贬"，对此严羽回答道："辨白是非、定其宗旨，正当明目张胆而言，使其词说沉着痛快，深切著明，显然易见。所谓不直则道不见。虽得罪于世之君子，不辞也。"③ 严羽认为，论诗当"深切著明"，使诗道"显然易见"，为此可以明目张胆而言，即使得罪世人也在所不辞。据此推揣，严羽运用佛禅话语的方式或是为诗道"著明""显然易见"的话语权变。具体到对妙悟的文学标倡上，《诗辨》整合佛禅的非典型语、非重要语，还有对佛学重要术语的偏用。

《诗辨》谓"悟有浅深，有分限"。④ "悟有浅深"散见于中国僧人的著述。智顗《仁王护国般若经疏》："由根有利钝，悟有浅深。"⑤ 吉藏《中观论疏》："今欲闻声闻法入第一义，第一义即是中道。但悟有浅深，犹如三狩。"⑥ 佛典中没有"悟有分限"说，但有"分限"一语。《大般若经》载具寿善现对佛言："世尊！如是般若波罗蜜多是无分量波罗蜜多。"佛言："如是！诸法分限不可得故。"⑦《金刚般若经赞述》："有相我者有其分限是有拘碍，无相施者无其分限宽广无边无有拘碍。"⑧ 湛然《法华文句记》："无边者，非如偏小分限法故。"⑨ 佛典中的"分限"有"分别""边际""界限"等义。"悟有浅深"不难解，严羽

①③ 严羽：《答出继叔临安吴景仙书》，引自郭绍虞：《沧浪诗话校释》，人民文学出版社1983年版，第251页。

② 郭绍虞：《沧浪诗话校释·附录》（人民文学出版社1983年版）所收严羽《答出继叔临安吴景仙书》作"莫此亲切"，《历代诗话本》作"清切"。据严羽论诗追求"著明""显而易见"，"清切"似更合其义。

④ 郭绍虞：《沧浪诗话校释》，人民文学出版社1983年版，第12页。

⑤ 智顗说，灌顶记：《仁王护国般若经疏》，引自《大正藏》（第33册），第276页中。

⑥ 吉藏：《中观论疏》，引自《大正藏》（第42册），第21页上。

⑦《大般若经》，玄奘译，引自《大正藏》（第6册），第507页下。

⑧ 窥基：《金刚般若经赞述》，引自《大正藏》（第33册），第132页上。

⑨ 湛然：《法华文句记》，引自《大正藏》（第34册），第319页中。

用"分限"申明悟存在分别，言简意明。

《诗辨》谓悟有"透彻之悟"和"但得一知半解之悟"，① 这种划分取自佛典，却不是佛禅对悟严肃、严谨的理论划分。佛学中，"透彻"是佛的法力和境界。《大方广如来藏经》："如来应正等觉为菩萨时在母胎中，以身光明透彻于外，普照东方十佛刹土微尘等百千世界。"② 唐代高僧临济义玄言道："佛者，心清净光明透彻法界。"③ "透彻"与"悟"关联在一起见于一些禅师语录。宋时曾蒙两代帝王赐号、极富声名的高僧圆悟克勤有言："唯本色衲子，自既了悟透彻。"④《宏智禅师广录》卷六载宋时名僧天童正觉法语："本明破昏，真照鉴远……心心不触物，步步不在途，唤作能绍家业底，既然透彻便好亲近去。"⑤ 子璿录《金刚经纂要刊定记》卷一释解宗密述《金刚般若经疏论纂要·序》中的"慧彻三空檀含万行"："彻谓透彻，慧是能彻，三空是所彻。般若照时透过三空之表，即与本源相应。以本心源非空非有，为对人执方说人空，为对法执方说法空，为对二执方说俱空。即空是能对，执为所对。所对之执既遣，能对之空亦除，空执两亡方契本性，若住空境未曰相应。所以疏中特言慧彻。"⑥ 彻三空、契本性、含万行为彻悟境地。至于"一知半解"见于禅师语录，使用则更是随意。宋孝宗对其执以师礼的大慧宗杲有言："这里一千二百衲子，个个有一知半解。"⑦《禅林宝训》卷三载万庵禅师曰："比见衲子，好执偏见不通物情，轻信难回爱人佞己，顺之则美，逆之则疏。纵有一知半解，返被此等恶习所蔽，至白首而无成者多矣。"⑧ "透彻之悟"和"但得一知半解之悟"分别出自一些禅师之口，并且语出随意，不是佛禅对悟的严正划分。然而，严羽用以阐明悟的深浅分别，颇合其"显然易见"的诗论追求。

《诗辨》视透彻之悟为第一义。⑨ "第一义"是重要的佛学概念，严羽用其表示悟的最高等级。佛典中表示次第，有"初义"推及"第二义""第三义"以至数义的表示法，《出生无边门陀罗尼经》："随入一切法涅盘，如是八字义应当随入，此是入初义。于此陀罗尼法要，善应书写当受持之，即随入第二义。于此陀罗尼法要，半月半月当读勤加修习系念，则随入第三义……"⑩ 表示价值等级，

①⑨ 郭绍虞：《沧浪诗话校释》，人民文学出版社 1983 年版，第 12 页。
② 《大方广如来藏经》，不空译，引自《大正藏》（第 16 册），第 464 页下。
③ 慧然集：《镇州临济慧照禅师语录》，引自《大正藏》（第 47 册），第 502 页上。
④ 绍隆等编：《圆悟佛果禅师语录》，引自《大正藏》（第 47 册），第 786 页上。
⑤ 集成等编：《宏智禅师广录》，引自《大正藏》（第 48 册），第 74 页上。
⑥ 子璿录：《金刚经纂要刊定记》，引自《大正藏》（第 33 册），第 176 页中。
⑦ 蕴闻编：《大慧普觉禅师普说》，引自《大正藏》（第 47 册），第 886 页中。
⑧ 静善重集：《禅林宝训》，引自《大正藏》（第 48 册），第 1033 页下。
⑩ 《出生无边门陀罗尼经》，不空译，引自《大正藏》（第 19 册），第 678 页上。

佛典中有"第一善"之谓,《中阿含经》:"我施设彼成就善。第一善,无上士,得第一义。"① 得第一义为最高的善,此处第一义意谓究竟真理,这也是佛典中"第一义"的意谓。《长阿含经》卷三载佛偈:"善解第一义,说道无垢秽。"②《出曜经》:"速得第一灭渐入无为际者,众结除尽诸德普具,净如光明内外清彻。意欲所求第一义者寻时即获,欲得永入虚无之处,寻时即得。"③ 表示究竟真理的"第一义"又名"真谛""实相""真如"等。依究竟真理义,又有"第一义空""第一义相""第一义谛""第一义戒""第一义心"等名词语汇,不过没有"第一义悟"。概因第一义依赖悟得,悟者所悟即是第一义。"第一"在佛典中有表示最高、最上的使用,子璇录《金刚经纂要刊定记》卷五谓第六般若波罗蜜"六中最胜,故称第一"。④ "第一义"之"第一"在佛典中也有最高、无上的义解,《中论疏》:"以其最上莫过,故称第一";⑤《法华义疏》:"第一义者,一实之道,理极无过为第一。"⑥《诗辨》用"第一义"而偏取"第一"最高、最上的佛学义解,不合佛学"第一义"的含义,但其语义、语势有令诗道"著明"的表达效果。

证悟是思想生成的方式和途径之一。整合佛禅话语而不论其思想地位、不谨守其源始意义,置于佛禅中看,没有什么高深见谛,甚至不值一观;但是,置于文学论域看,却有使诗家妙悟"著明""显然易见"的效果。据此论,这种话语方式极显话语权变,有其可取之处。

钟嵘的重性情、刘勰的尚通变、严羽的独标妙悟各有其建构理路和话语方式,除此之外,他们也有相同之处,即皆有历史缘起和现实针对,都有纠偏除弊的主观意图和客观作用。如钟嵘追溯诗史,指出永嘉时的诗"理过其辞,淡乎寡味",孙绰、许询、桓、庾诸公"诗皆平典似道德论"。⑦ 性情之诗富于滋味,重性情能使诗富于滋味。刘勰观照诗史和当今诗坛分别指出偏于通、偏于变的创作现象,主张"变""通"不偏执一端以使文学生生不息。严羽的现实针对包括诗歌创作和文论建构两个方面。在诗歌创作方面,《诗辨》谓近世诗人遗弃谢灵运、盛唐诗人的彻悟诗法,创作"不问兴致,用字必有来历,押韵必有出处,读之反复终篇,不知着到何在。其末流甚者,叫噪怒张,殊乖忠厚之风,殆以骂詈为

① 《中阿含经》,僧伽提婆译,引自《大正藏》(第 1 册),第 720 页中。
② 《长阿含经》,佛陀耶舍共竺佛念,引自《大正藏》(第 1 册),第 18 页中。
③ 《出曜经》,竺佛念译,引自《大正藏》(第 4 册),第 754 页中。
④ 子璇录:《金刚经纂要刊定记》,引自《大正藏》(第 33 册),第 211 页下。
⑤ 吉藏:《中观论述》,引自《大正藏》(第 42 册),第 34 页上。
⑥ 吉藏:《法华义疏》,引自《大正藏》(第 37 册),第 504 页下。
⑦ 钟嵘著、曹旭集注:《诗品集注》,上海古籍出版社 2011 年版,第 28 页。

诗，诗至此一厄也"；① 在文论建构方面，《答出继叔临安吴景仙书》谓吴景仙《诗说》中的"异户同门之说"："晚唐本朝，谓其如此，可也；谓唐初以来至大历之异户同门，已不可矣；至于汉、魏、晋、宋、齐、梁之诗，其品第相去，高下悬绝，乃混而称之，谓锱铢而较，实有不同处，大率异户而同门，岂其然乎？"② 在诗歌创作方面，诗自悟出，能够避免以文字为诗，以才学为诗，以议论为诗，从而解严羽所谓的诗厄；在文论建构方面，严羽意图建立普适的诗法，妙悟是其中之一。钟嵘的重性情、刘勰的尚通变、严羽的独标妙悟皆有的放矢，针对当世而又延及百代，这一点尤其值得引以为范。

第二节　中国现代文学批评标准考察

本节依据艾布拉姆斯的"四要素"思想方法和哲学价值的主体论视角，从标准提出主体入手，梳理和考察现代文学批评标准。

一、历史、概念与基本问题的思考基础

（一）提出主体与话语方式区分

1. 提出主体

中国现代文学批评标准发展演变大体经历了两个阶段：一是19世纪末20世纪初的晚清至"五四"时期。在这20年间，"强调思想和文化的改革应优先于政治、社会和经济的改革"。③ 当时中国先进知识分子的既有共识为："要振兴腐败没落的中国，只能从彻底转变中国人的世界观和完全重建中国人的思想意识入手。"④ 二是20世纪20年代中后期到新中国成立前。在这20年间，"五四"退潮之后，苦闷彷徨的气氛笼罩了中国文坛，"政治革命"遂为主导社会意识，文学批评标准随之转变为从政治角度把握文学"为何"以及"何为"。

中国现代批评标准的提出和表述有政治家和文学理论工作者两类基本主体。

---

① 郭绍虞：《沧浪诗话校释》，人民文学出版社1983年版，第26页。
② 严羽：《答出继叔临安吴景仙书》，引自郭绍虞：《沧浪诗话校释》，人民文学出版社1983年版，第252页。
③④ ［美］林毓生：《中国意识的危机——"五四"时期激烈的反传统主义》，穆善培译，贵州人民出版社1988年版，第45页。

161

前一种代表是毛泽东等，后一种身份则复杂得多：文学理论工作者身兼作家、批评家等身份、身兼政党文化部门领导人身份、单纯学者身份或思想家、启蒙者、纯粹美学家等混合身份。从价值取向线索梳理，概括分为以"精神启蒙""革命政治""认识现实""尊情崇志"和"审美"五种取向的批评标准。①

2. 话语方式

两类提出主体形成了两种基本话语方式。我国现代以来有意识提出和表述文艺批评标准始于毛泽东在延安文艺座谈会上的讲话："文艺批评有两个标准，一个是政治标准，一个是艺术标准。""政治标准"是："一切有利于抗战和团结的，鼓励群众同心同德的，反对倒退、促成进步的东西便是好的；而一切不利于抗日和团结的，鼓励群众离心离德的，反对进步、拉着人们倒退的东西，便是坏的。"② 提出主体是中国共产党及其政治家代表毛泽东。如今政治家的文艺批评标准提出者是习近平，以 2014 年 10 月 15 日在文艺工作座谈会上的讲话为代表，确定了"实现中华民族伟大复兴需要中华文化繁荣兴盛"的时代目标，规定了"社会主义文艺是人民的文艺"的本质，提出文艺家"创作无愧于时代的优秀作品"的任务，批评标准相应为"优秀文艺作品是思想性和艺术性有机统一"。可见代表国家意志的政治家或者政党领袖为主体的批评标准的话语方式，其基本特征是：原则性、方向性、概括性、导向性、政策性。而文学理论工作者的话语方式则侧重具体、学理、展开与分析，一般伴随文学批评实践。立足当代来看，缘于西方和中国古代文论资源的借鉴，文学理论工作者批评标准的话语方式，则更加复杂纷繁。这些问题将在理论建设部分详细展开。

（二）区分基础上的几个问题理解

1. 毛泽东及其提出的"政治"标准的理解

学术界近期研究成果显示：毛泽东其实有显和隐两条文艺价值思想线索。③即两个标准提出者的政治家线索和诗人的文艺思想线索。诗人线索体现于毛泽东气势磅礴的诗词，更体现于他给臧克家、陈毅等人诗歌讨论的信件，透露出文学艺术的"形象思维""诗味"等的批评标准。作为诗人的毛泽东和作为政治家的毛泽东有着完全不同的艺术价值取向。

作为政治家的毛泽东站在民族利益和国家前景立场上提出政治标准。"他对

---

① 此五种的引号内的关键概念，四种为课题组拟订。其中的"尊情崇志"说法，出自程金城：《中国 20 世纪文学价值论》，甘肃人民美术出版社 2008 年版，第 165 页。

② 《毛泽东选集》（第 3 卷），人民出版社 1991 年版，第 855 页。

③ 参见高建平主编：《当代中国文艺理论研究（1949—2009）》，中国社会科学出版社 2011 年版，第 101~123 页。

政治标准的描述不能作为一个严格的定义来看，只是一种权宜之策。但仅从当时的时代状况来看，这个定义的内涵还是非常明确的。对于艺术标准是什么，毛泽东却是直接绕过了对它的界定，仿佛视之为一个自明的命题，只是提出了艺术性高低，相应地存在着好与坏的问题。然而，艺术性并不是一个自明的概念，何谓艺术性，何谓艺术性高，而又何谓低，这些需要做出规定的概念他都没有再做进一步的说明。"[1] 习近平的讲话提出"创作无愧于时代的优秀作品"，涉及标准的表述为："传播当代中国价值观念、体现中华文化精神、反映中国人审美追求，思想性、艺术性、观赏性有机统一的优秀作品""优秀作品并不拘于一格、不形于一态、不定于一尊，既要有阳春白雪，也要有下里巴人，既要顶天立地，也要铺天盖地""精品之所以'精'，就在于其思想精深、艺术精湛、制作精良"。[2]如上与标准相关的表述，可理解为以人民为中心的基本导向前提下，习近平更加自觉地尊重艺术自身的规律，虽然他提出的标准，特点依然为原则性、指导性，而非具体性。总括毛泽东和习近平文艺批评标准的思想和表述，均未对于艺术性、观赏性、不拘于一格、不形于一态、不定于一尊等表述予以具体阐述。文学批评又确实需要具体尺度。政治标准的提出为具体批评标准及理路预留了理论空间。

2. "政治"标准的理解

如何理解"政治标准"而且是"政治标准第一"？政党领袖或国家领导人以及倾向性质的文艺联盟等所提出的标准均有文艺工具观念的痕迹。如何辩证地看？中国 1928 年兴起的"革命文学"运动，文学被视为政治的"留声机"，喻的是文学要反映真实。真实成了批评标准之根本，"真实"的文学与"宣传工具"一体两面。毛泽东显然视文艺为整个革命机器的一个组成部分，"革命文化对于人民群众，是革命的有力武器。革命文化，在革命前，是革命的思想准备；在革命中，是革命总战线中的一条必要和重要的战线"。[3] 毛泽东的"政治标准第一"并不意味着否定文艺特性。他将文艺特性和作用放在国家民族利益大视野的角度来看待，启示我们考察文学批评标准的两个维度，大视野绝不排斥文艺审美特性；"政治标准"的"政治"具有随语境变化赋予不同任务的属性。我们选取俄国布尔什维克领袖列宁和卢那察尔斯基，考察他们相向而行言说文艺观念的情况，以作为参照理解上述的两个维度。

---

① 高建平主编：《当代中国文艺理论研究（1949—2009）》，中国社会科学出版社 2011 年版，第 102 页。

② 习近平：《在文艺工作座谈会上的讲话》，载于《人民日报》2015 年 10 月 15 日第 2 版。

③ 《毛泽东选集》（第 2 卷），人民出版社 1991 年版，第 708 页。

（三）列宁和卢那察尔斯基相向而行言说的总体面貌

1. 列宁

19 世纪的俄国文学群星璀璨：普希金、陀思妥耶夫斯基、托尔斯泰……列宁熟悉且热爱这些俄罗斯作家，他评价俄国作家作品的立足点为：其一，清楚地意识到农奴制改革后俄罗斯面临"普鲁士式的道路和美国式的道路"这一命运攸关的选择。"在前一种情况下，演进的基本内容是农奴制转变为盘剥，转变为在封建主——地主——容克土地上的资本主义剥削。在后一种情况下，基本背景是宗法式的农民转变为资产阶级农场主。"即"改良"还是"革命"的道路。此疑惑与争执"直到一九一七年十月才从议事日程上被撤销。"列宁始终赞同走第二条道路。他认为，俄国改革后全部历史的核心是剥削者和被剥削者两个阵营间的斗争。无产阶级出场既是农民争取完全摆脱专制制度和封建残余时的领导者，又是实现社会主义的战士，即"从小资产阶级的民主共和制度进到社会主义。"[①]可见列宁概括了俄国的独特道路。其二，"列宁不但制定了两种倾向的历史斗争图，而且指出了俄国文学对这场斗争的从属关系"，列宁视野中的贵族地主出身的作家、革命民主主义作家和无产阶级作家三部分人组成的俄国文学家，"与其说是作家隶属的家系，不如说是他对社会变动的反映，与其说是作家主观上的依附性和他同某个社会环境的联系，不如说是他对于这种或那种历史局势的客观代表性。"[②] 显然，列宁将诸多作家对俄国历史进程的态度与选择的差异，看作 19 世纪"俄国文学史上的路标"，"路标"是列宁评价作家和作品的准则之一。其三，立于唯物史观的反映论，列宁谈论了诸多俄国作家。仅以卢那察尔斯基的重要论文《列宁与文艺学》中"列宁对个别俄国作家的看法"一节的叙述，可见从别林斯基开始，继之以赫尔岑、涅克拉索夫、萨尔蒂科夫—谢德林、车尔尼雪夫斯基、乌斯宾斯基、托尔斯泰、高尔基等，列宁如数家珍地列出了一个大名单。列宁从作家们与第二条道路即革命道路若即若离的关系，及其迂回曲折地接受无产阶级革命的态度转变，以辩证、兼容和富于动态感的眼光，不绝对否定和绝对肯定某位俄国作家，但总归将他们看作俄罗斯民族精神文化的宝贵财富。这一点提醒我们，列宁以认可文学作品的艺术成就效应为前提。

列宁论托尔斯泰七篇论文全面体现了上述三维度的价值。卢那察尔斯基概括为："列宁对托尔斯泰的看法对于今后整个文艺学的道路有着巨大意义。"[③] "它

---

① ［苏］列宁：《社会民主党在民主革命中的两种策略》，引自《列宁全集》（第 1 卷），人民出版社 1971 年版，第 575～576 页。

② ［苏］卢那察尔斯基：《卢那察尔斯基论文学》，蒋路译，人民文学出版社 1978 年版，第 6 页。

③ ［苏］卢那察尔斯基：《卢那察尔斯基论文学》，蒋路译，人民文学出版社 1978 年版，第 30 页。

们在一切主要方面透彻地阐明了托尔斯泰的创作和学说这样伟大的文学现象与社会现象，它们是把列宁的方法应用于文艺学的光辉典范。"① 可以概括为：列宁以俄罗斯人民未来幸福方向为目标，理解和定位群星璀璨的俄国作家及其重大价值。这与哲学反映论基础的最大范围和最为根本的文学功能论相吻合。列宁曾经说明，托尔斯泰对资产阶级的批判是典范式的，在某些方面是无与伦比的。我们如果认可"整个美学史几乎可以概括为一个辩证法，其中正题和反题就是贺拉斯（Horace）所说的'甜美'（dulce）和'有用'（utile），即诗是甜美而有用的"。那么，列宁则以容纳民族最大利益的"有用"为目标，不以"甜美"为立足点又与"有用"相融。如韦勒克和沃伦的《文学理论》所说，"我们在谈论艺术的作用时，必须同时尊重'甜美'和'有用'这两方面的要求"。② 列宁以最大范围的"有用"，给了"甜美"开阔的空间。下面我们考察卢那察尔斯基的审美基点及其视野。

2. 卢那察尔斯基

作为马克思主义文艺学家，卢那察尔斯基的审美理念与列宁的最大功能论相互兼容，并且赞同和高度评价列宁的文艺观念。在文艺与传统的关系方面，他强调文化文学的继承性以及艺术归属于全人类，"历代和民族作品中最珍贵的东西都是全人类宝库中不可分割的内容"。在文艺与政治的关系方面，他认为"从政治的角度看待文艺问题"是错误的，党在制定文艺政策的决策"不考虑艺术的特殊规律"最后终将葬送艺术，所以要重视艺术家的个性特征。对于文学批评，他提出应充分重视文学批评的特性，要从文学的特性出发，而且他"特别强调马克思主义文艺批评应当是社会批评和美学批评的结合"。文学批评家应当是"特殊的艺术家"。在文学批评的美学维度方面，他重视艺术形式，认为文学是高度细腻的"瓷器"……这些都是他立足于审美视野得出的结论。③

3. 基本看法

综合列宁与卢那察尔斯基两方面的大致考察，可见他们的区分仅在立足点即出发点，双方均可兼容对方的视野和理念。列宁立于民族前途视野的最大范围和最远的文学功能，可兼容"甜美"的阐述空间。反之，从卢那察尔斯基的审美立足点，可向列宁所说的文学伟大使命空间发挥，具有价值最大化的合理性。两者互相兼容和互补：两方面视角均可容纳对方视角的内容；各自的出发点的理解及其观点具有互补性。认可两者相向而行的言说特点，可知列宁以齿轮和螺丝钉喻

---

① ［苏］卢那察尔斯基：《卢那察尔斯基论文学》，蒋路译，人民文学出版社1978年版，第40页。

② ［美］韦勒克、沃伦：《文学理论》，刘象愚等译，江苏教育出版社2005年版，第20页。

③ 列述的主要内容来自程正民、王志耕、邱运华：《卢那察尔斯基文艺理论批评的现代阐释》，北京大学出版社2006年版，第83～85页。

说文学功能的缘由，理解了此喻说容纳审美标准的原理。

考察分析的提示是："政治标准第一，艺术标准第二"，乃至"优秀文艺作品是思想性和艺术性有机统一"，以及"思想性、艺术性、观赏性有机统一"的标准等，给了具体批评标准以合理性和广阔的空间。这是下面四种取向的批评标准的基本思想基础。

二、以"精神启蒙"为取向的批评标准

"精神启蒙"与文学的关系在于，"精神启蒙"为目标，文学为手段或者武器。"精神启蒙"是 20 世纪重要文学价值观念，启蒙对象是民众，求得民众从"蒙昧"状态走向"觉醒"。核心是文学以其特性理当肩负起重建理想人格的使命。该价值取向及其批评标准提出者和阐述者以梁启超、鲁迅为代表。

（一）梁启超：熏、浸、刺、提

（1）梁启超提出三界革命，小说界革命尤其影响广大深远。《论小说与群治之关系》充分体现了"精神启蒙"价值取向和批评标准。[①] 在他看来，小说与其他文体有体裁的分别，小说对人有着特殊效应：绝非人们通常理解的"浅而易解"和"乐而多趣"。特殊效应在于，其一，"小说者，常导人游于他境界，而变换其常触常受之空气者也，……"。此为"理想派小说尚焉"。其二，"'善哉善哉，如是如是'……'于我心有戚戚焉'，感人之深，莫此为甚"。此为"写实派小说尚焉"。确认了小说这样"不可思议之力支配人道"的特殊功效基础上，梁启超进一步区分了新小说和旧小说。旧小说之毒，"可以毒万千载"，小说是各种毒"最易寄者"，"可畏哉小说！"决定了批评家和理论家辨识新小说和旧小说的任务。"可爱哉小说！"凭借的就是"新"，包括区别旧小说名词意义的"新"，也是希望大家写新小说的祈使涵义。此倡导性质缘于新小说有其他文体没有的特性又绝非毒之"最易寄者"，此说体现了梁启超的文艺价值观念，蕴含了梁启超新民乃至新人路径的思想。新小说实现"新人格""新人心""新学艺""新风俗""新政治""新宗教""新道德"乃至"新一国之民"的功能思想，意味它在品质、责任、能力等诸方面都应担负"精神启蒙"的任务。

（2）新小说的独特魅力何在？立足读者接受心理感受状态，梁启超概括为四种力：熏、浸、刺、提。"熏"关键的心理特点是："而眼识为之迷漾，而脑筋

---

① 本部分所引的梁启超语，皆出于梁启超：《饮冰室合集》（第 4 册），中华书局 1989 年版，第 864 ~ 868 页。

为之遥扬，而神经为之营注。"此种心理感觉是"不知不觉"、"相断相续"、重复自熏又复熏他人、如同种子……"熏以空间言，故其力之大小，存其界之广狭。""浸"关键的心理特点是："浸也者，入而与之俱化者也。"新小说"往往既终卷后数日或数句而终不能释然"。恋和悲缠绕，快与怒缠绕，"浸以时间言，故其力之大小，存其界之长短。""刺"关键的心理特点是："刺也者，刺激之义也。""刺之力，在使感受者骤觉。刺也者，能入于一刹那顷，忽起异感而不能自制者也。"与前两者比较为："熏浸之力利用渐刺，刺之力利用顿。熏浸之力，在使感受者不觉；刺之力，在使感受者骤觉。""提"关键的心理特点是："提之力，自内而脱之使出"，与"前三者之力，自外而灌之使入"显然不同。四力的审美接受特点为：时间空间两个维度均具；外向内发与内向外发双向均具；渐悟与顿悟均具；自熏与熏人均具；限于文本与超越文本均具。与当代文艺理论诸多范畴相通并可转换；与文学经典价值延伸、文学"艺术价值"、文学立足现实又超越现实，抵达理想境界等关节点都有关联。启迪我们思考：可否将审美接受的四范畴转换成批评标准？转换学理何在？

（3）"文家能得其一，则为文豪，能兼其四，则为文圣"具有标准和批评理路和方法论意义，即均可作为批评标准。文学作品风格特点相异而不可规约。四力给出了大致规约的理路：沿四种心理接受效果转而寻找文本特点，就是从艺术效果出发反转探寻效果的机制。概言之，即将梁启超的描述性语词返转到文本，则可转换为批评标准，看看具体作品实现了哪种"力"。这就是乔纳森·卡勒说的诗歌学的批评模式，"诗歌学以已经验证的意义或者效果为起点，研究它们是怎样取得的。"① 当然，从心理效果为进入标准的路径，理论上会有两个困难，其一，鉴赏者千千万万，去哪里找？此思路必然推导出批评家同时即是文学鉴赏者。诸多理论家都涉及了批评家同时兼具鉴赏者问题。卢那察尔斯基提出文学批评家应当是"特殊的艺术家"。文学活动论也蕴含此思想。问题是落到怎样的批评家，以及怎样的熏、浸、刺、提？如果按照梁启超说的文学之小说的目的是"欲新一国之民"，问题就转换到"新民"上，如何界定新民的特性？这就返回到国家民族诉求的立足点了。依此逻辑，批评家立场须与"新民"立场相吻合。自然有了其二，不同批评家会有不同的四力，意味着鉴赏者也是如此。由接受效果换到的批评标准，相对性问题就被提了出来，随之必定提出可依赖的终极价值坐标何在的问题。

① ［美］乔纳森·卡勒：《当代学术入门：文学理论》，李平译，辽宁教育出版社、牛津大学出版社1998 年版，第 64～65 页。

（二）鲁迅："睁眼看"和"正视人生"

鲁迅全部文学创作形象展示了他的文学批评标准："真的猛士，敢于直面惨淡的人生，敢于正视淋漓的鲜血。这是怎样的哀痛者和幸福者？"① 以《论睁了眼看》体悟和概括。②

（1）鲁迅认为文艺并非真善美必定相结合。如果说，文艺作品是美的，此美的艺术中可能包含相当多的瞒和骗的艺术。何止文艺作品如此？翻看中国古籍、历史和民间传说、话本和口头故事等，瞒和骗的元素比比皆是。他以才子佳人小说为例说："明末的作家便闭上眼睛，并这一层也加以补救了，说是：才子及第，奉旨成婚……。"③ 这种审视和批判眼光给我们以警觉，启示批评标准须有基本原则。

（2）鲁迅认为文艺和现实是互为因果关系："文艺是国民精神所发的火光，同时也是引导国民精神的前途的灯火。这是互为因果的。"结合鲁迅此篇全文可以理解为：国民精神是怎样的，引导国民精神的前途的灯火就是怎样的。所以他要带着审视的眼光，看中国文艺并由文艺而看文人："中国的文人，对于人生，——至少是对社会现象，向来就多没有正视的勇气。"关于"正视"，"先既不敢，后便不能，再后，就自然不视，不见了。""不视"可以，但事实依旧，如何办？鲁迅发现事实"由本身的矛盾或社会的缺陷所生的苦痛，虽不正视，却要身受的。"甚至会出现危机一发之际，那怎么办？于是文人们就发明了一种解释的逻辑："并无其事""同时便闭上了眼睛。这闭着的眼睛便看见一切圆满，当前的苦痛不过是'天之降大任于是人也，必先苦其心志，劳其筋骨，饿其体肤，空乏其身，行拂乱其所为'，于是无问题，无缺陷，无不平，也就无解决，无改革，无反抗。"这就是中国文化和文艺"用瞒和骗，造出奇妙的逃路来，而自以为正路。在这路上，就证明着国民性的怯弱、懒堕。而又巧滑"。他秉承革命的理念，从根子意义的国民性上看中国文化和文艺。基于以上两方面，他提出要精神启蒙"必须敢于正视"，痛批瞒和骗，以求正视方可看到的真实。于他而言，批评标准的原则是反思和批判，"必须敢于正视"地追求真实是具体标准之一。

（3）"必须敢于正视，这才可望敢想，敢说，敢做，敢当。"显然他立足中

---

① 鲁迅：《纪念刘和珍君》，见《鲁迅全集》（第3卷），人民文学出版社1981年版，第273～278页。

② 本部分所引的鲁迅语，除了特别注明之外，皆出于《鲁迅全集》（第1册），人民文学出版社1981年版，第237～241页。

③ 对于"明末的作家"有个注释："指明代末年写才子佳人小说的那些作家，如著《平山冷燕》的荻岸山人、《好逑传》的名教中人等。"见《鲁迅全集》（第1卷），人民文学出版社1981年版，第241页。

国彻底改变的目标看待敢于正视的意义。结合前述分析的鲁迅关于火光和灯火的"互为因果的"思想可以推导出，文艺乃至文学批评的标准，就是"睁了眼看"，看文艺是否"敢于直面惨淡的人生，敢于正视淋漓的鲜血"。睁眼看，还是闭上眼睛，会产生不同的文艺，要辨析和评价文艺究竟怎么样，从批评态度看，就是敢于睁眼看，从批评标准看，就是看文艺是否直面现实地说真话。真实描写人生和世界。"只有真的声音，才能感动中国的人和世界的人。"① 此即从"真实"角度切入由"精神启蒙"形成的批评标准。

梁启超和鲁迅的共同点，首先认为并非全部文艺都是好的，必须予以辨析，批评家要有审视的眼光。其次从精神启蒙的价值取向出发，辩证地看待中国传统文化，并从自己角度提出了文学批评之"真"标准。以怎样的精神启蒙辨析和判断"真"？他们都相应提出了价值坐标问题。

三、以"认识现实"为取向的批评标准

受现实主义文学观以及科学主义思潮影响，一些中国现代文学批评家形成了以深刻认识和反映现实为指向的文学批评标准。要求文学真实揭露社会与时代的矛盾、特点以及本质，回答社会人生重大问题，实现文学与社会人生双向互动。此种指向的文学批评标准以茅盾和周扬为主要代表。

（一）茅盾的"认识现实"为取向的批评标准

从理论表述和文学批评实践两个方面来看茅盾的批评标准思想。

1. 理论表述

（1）批评标准的基本原则："表现人生，指导人生"。

"为艺术而艺术"与"为人生而艺术"两者之间，茅盾选取和确定了"为人生而艺术"的理念。"表现人生，指导人生"是他批评的基本原则。他非常赞赏西洋研究文学者的一句标语："'文学是人生的反映（Reflection）'，人们怎样生活，社会怎样情形，文学就把那种种反映出来。……所以可说'文学的背景是社会的'。"② 人绝非孤立存在，总生存在特定社会环境中，他说："我觉得表现社会生活的文学是真文学，是于人类有关系的文学，在被迫害的国里更应该注意这社会背景。"由表现人生而扩展到社会，在社会生活中的"表现人生"，才能起到"指导人生"的作用。茅盾认为，"表现人生"是前提，"指导人生"是目的。

---

① 《鲁迅全集》（第4卷），人民文学出版社1981年版，第15页。
② 沈雁冰：《茅盾文艺杂论集》（上集），上海文艺出版社1981年版，第110～111页。

（2）文学批评标准的核心：如何"表现人生"。

如何"表现人生"与文学作品为核心的批评思想相互吻合。"表现人生"体现在题材选取、形貌与神韵关系、人物性格描写、情感的一己还是社会等诸方面。如何"表现人生"成为批评标准的核心和扩展的出发点。如《译文学书方法的讨论》中，茅盾发现中西文不同，原作"形貌"与"神韵"常常无法同时保留。他说："就我的私见下个判断，觉得与其失'神韵'而留'形貌'，还不如'形貌'上有些差异而保留了'神韵'。文学的功用在感人（如使人同情使人慰乐），而感人的力量恐怕还是寓于'神韵'多而寄在'形貌'的少。"① 再如他说："文学家要在非常纷扰的人生中搜寻永久的人性。要了解别人，也要把自己表露出来使人了解，要消灭人与人间的沟渠，要齐一人与人间的愿欲；所以文学是人精神的食粮，它不但使人欣忭忘我，不但使人感极而下泪，不但使人精神上得相感通，而且使人精神向上，齐向一个更大的共同的灵魂。"② 他还多次说到一些小说作品的人物形象虚浮、不实在，皆在于"他们的题材的人生世态，不是自己捉来的，却是从别人那里看来的"。③ 作品如何"表现人生"与作家态度相互联系。

（3）"独创"是如何"表现人生"的关键。

"独创"是"表现人生"的关键。他说："好古与趋时正是一件事底两面，都是忘了自己。……朋友们，弃了你们储蓄的滥调，抛了你们做作的腔势，自出心裁地去'创作'罢！"④ 他发现，中国现代作家太浪漫，"中国古来文人对于文学作品之视为抒情叙意东西；这历史的重担直到现在还有余威。"去乡村，把"赞美'自然美'的成见放在胸中，所以进了乡村便只见'自然美'，不见农家苦了！我就不相信文学的使命是在赞美自然！"⑤ 他说："我妄下一个断语：现在的创作所以如此雷同，因为作家太把小说'诗化'了。"⑥ 茅盾以为文学作品和作家独创性两者合二为一。"齐向一个更大的共同的灵魂。然而这是重大的工作，自古至今的文学家没有一个人曾经独立完成了这件大工作。"⑦ 可见作家终究属于特定社会的特定群体。

（4）文学要求作家作品认识并反映社会人生。

茅盾认为，文学也应采用科学的方法去认识并反映社会人生，"文学到现在

① 沈雁冰：《茅盾文艺杂论集》（上集），上海文艺出版社 1981 年版，第 41 页。
②⑦ 沈雁冰：《茅盾文艺杂论集》（上集），上海文艺出版社 1981 年版，第 66 页。
③ 沈雁冰：《茅盾文艺杂论集》（上集），上海文艺出版社 1981 年版，第 79 页。
④ 沈雁冰：《茅盾文艺杂论集》（上集），上海文艺出版社 1981 年版，第 73 页。
⑤ 沈雁冰：《茅盾文艺杂论集》（上集），上海文艺出版社 1981 年版，第 59 页。
⑥ 沈雁冰：《茅盾文艺杂论集》（上集），上海文艺出版社 1981 年版，第 78 页。

也成了一种科学，有它研究的对象，便是人生……"① 要 "把科学上发现的原理应用到小说里"，去 "研究社会问题，男女问题，进化论种种学说"。② 他提醒作家创作时最重要的是做到 "客观的观察" 与 "客观的描写"，这是现实主义或自然主义创作方法的关键："自然主义的真精神是科学的描写法。见什么，写什么，不想在丑恶的东西上面加套子，这是他们共通的精神。"③ 如此基础上，文学就能 "指导人生"，给现实问题开药方，向社会成员指出 "你应该"，以此发挥出改造社会的实际功效。他的批评原则和核心标准及其扩展，均沿 "真实" 维度拓展而来。下面细读茅盾的一篇批评文章。

2.《读〈呐喊〉》体现的批评标准

茅盾的《读〈呐喊〉》兼具文学观念与批评标准。此篇突出之处是发现了异项艺术并纳入批评视野。

首先是文体的异项引发注意。第一章曾经介绍过正项美感与异项艺术的辩证方法。"文体属于稀少过渡性质" 甚至尚未被命名是辨析异项艺术方法之一。茅盾认为《呐喊》文体异常："古怪而不足为训的体式""大概总是因为《狂人日记》只是一篇不通的小说未曾注意，始终没有看见罢了。"该作提示年青人："使他们抛弃了 '旧酒瓶'，努力用形式来表现自己的思想。"文体异项是发现新思想的渠道。

其次是思想的异项引发注意。《狂人日记》的 "题目，体裁，风格，乃至里面的思想，都是极新奇可怪的"。它的 "离经叛道""传统的旧礼教，在这里受着最刻薄的攻击，蒙上了 '吃人' 的罪名了"。极度悲观是异项思想的体现。茅盾认为，《狂人日记》《头发的故事》《自序》《故乡》等都传递了悲观。《自序》中的 "铁屋子" 之喻，对 "希望" 的怀疑，是如此之 "刺"，即为异项思想。《茅盾文艺杂论集》多篇以鲁迅作品之优异批评某些作品不尽如人意。

再次，异项文体和异项思想共同促成了 "刺" 的艺术力量。"这奇文冷隽的句子，挺峭的文调，对照着那含蓄半吐的意义，和淡淡的象征主义色彩，便构成了异样的风格。""几乎无句不狂，有字皆怪的。"阅读 "只觉得受着一种痛快的刺戟，犹如久处黑暗的人们骤然看见了绚丽的阳光。""愈辣愈爽快""笑中含泪""不可言喻的悲哀的愉快"。真正是与梁启超的 "刺" 相互暗合："刺之力，在使感受者骤觉。刺也者，能入于一刹那顷，忽起异感而不能自制者也。"

最后，茅盾意识到文学接受的曲折、反复和逐步等特点。他叙述了《狂人日记》发表之初，"悄悄地闪了过去，不曾在 '文坛' 上掀起了显著的风波。""现

① 沈雁冰：《茅盾文艺杂论集》（上集），上海文艺出版社 1981 年版，第 24～25 页。
② 沈雁冰：《茅盾文艺杂论集》（上集），上海文艺出版社 1981 年版，第 95 页。
③ 沈雁冰：《茅盾文艺杂论集》（上集），上海文艺出版社 1981 年版，第 108～109 页。

在差不多没有一个爱好文艺的青年口里不曾说过'阿Q'这两个字。我们几乎到处应用这两个字，……"《呐喊》中的作品，"几乎一篇有一篇新形式，而这些新形式又莫不给青年作者以极大的影响，必然有多数人跟上去实验"。历史流动中优秀文艺作品价值逐步被认可。

概言之，茅盾此文的批评标准体现为：其一，文学作品形式和思想之新，作为异项艺术的体现，肯定的同时亦应为批评切入点，并属于异中求同的标准。其二，警人耳目，刺戟人们思考乃至认识自己和世界，应给予认可和肯定，此点与上面有相互重合之处。其三，影响历久而弥新的持久性，也应为标准之一。如上标准均出自茅盾"认识现实"的价值观念。①

（二）周扬的"认识现实"为取向的批评标准

周扬在中国文论的位置、特点和作用，与卢那察尔斯基相似，为处于政党领袖和文艺理论家的中介位置，向上承接和阐述毛泽东《延安文艺工作座谈会讲话》的文艺思想，向下则接通具体的文艺理论。周扬文艺思想的著述主要有《周扬文集》（一至五卷）（人民文学出版社1984年版），朱耀军选编的《周扬文论选》（人民文学出版社2009年版）。《周扬文集》以年代为序编排文章顺序，1949年以前的文章收入第一卷。本书主要依据第一卷考察周扬的文学批评标准思想。

1. 简要概述

茅盾和周扬都列属"认识现实"为取向的批评标准，但文艺观念和批评标准均有差异。理解国防文学方面也有分歧，如《与茅盾先生论国防文学的口号》。②他们的根本区别在于，茅盾强调"为人生而艺术"，周扬则强调"无产阶级的文学"。20世纪30年代"左联"成立以后，以周扬为代表的文学批评家承认文学是社会生活的客观认识和反映，但更强调文学的阶级和政治倾向。周扬不认可文学是"镜子"式的社会纯客观观照，认为只有无产阶级文学才能实现对社会彻底的认识，因为"无产阶级的主观是和历史的客观行程相一致的。"③能最大限度认识和深刻反映社会现实，达到周扬理解的所谓"本质的真实"，即社会历史发展中"必然的本质的东西或运动的根本法则。"④由此，"本质的真实"成为文学批评的根本标志。向上联系政党意识形态，向下与文学理论与批评标准相通。理论的"本质的真实"表述如何落实到具体文学现象？周扬的概念是"现实主

---

① 此部分均出自沈雁冰：《茅盾文艺杂论集》（上集），上海文艺出版社1981年版。
② 《周扬文集》（第1卷），人民文学出版社1984年版，第186~191页。
③ 《周扬文集》（第1卷），人民文学出版社1984年版，第64~65页。
④ 《周扬文集》（第1卷），人民文学出版社1984年版，第127页。

义"，他引用了狄纳莫夫论莎士比亚的话，认为"现实主义的标准在这里取得了较为明确的规定"。这段话说："对于莎士比亚的评价并不是依据现实主义的外表，重要的是在莎士比亚没有用观念论的观点去看现实，他在意图上，内容上，他的作品的性质上是现实主义者，他利用各种各样的文学戏剧的形式和体裁，从喜剧到悲剧，从悲剧到轻松的故事，从来没有把客观现实当成简单的'精神'的反映，他的基础根本是周围世界，现成的而非杜撰的。"① 可见具体批评标准顺其自然地接着"现实主义的标准"。

此卷周扬的文学思想和批评有几种类型。其一，基本问题的论述，如《现实主义试论》《文学的真实性》《关于"社会主义的现实主义与革命的浪漫主义——'唯物辩证法的创作方法'之否定"》《典型与个性》。其二，作为批评理论哲学基础的美学思想，如《艺术与人生——车尔内雪夫斯基的〈艺术与现实之美学的关系〉》等。其三，刊物和文学团体规则章程等文章。其四，具体文学批评实践。这类占有重要分量，比如《辛克来的杰作：〈林莽〉》《绥拉菲莫维奇——〈铁流〉的作者》《果戈里的〈死灵魂〉》《夏里宾与高尔基》《论赵树理的创作》《略谈孔厥的小说》《论〈雷雨〉和〈日出〉——并对黄芝冈先生的批评的批评》《郭沫若和他的〈女神〉》等。下面以关键词方式呈现周扬批评标准的具体思想。

2. 典型

"本质的真实"直接具体地落实在典型上。周扬的"典型"作为批评标准，包括典型性格和典型环境："典型的创造是由某一社会群里面抽出最性格的特征，习惯，趣味，欲望，行动，言语等，将这些抽出的东西体现在一个人物身上，同时，使这个人物并不丧失自己独有的性格。"典型人物都是"描写得很生动，各具特色各具不同的个性症候的人。"② 他有时也将典型性格称为典型人物。他给了《子夜》的吴荪甫，《雷雨》中的周萍、繁漪，果戈理《死灵魂》中的乞乞科夫等以典型性格的评价。综合几处表述，大致可概括周扬的所谓"典型环境"，首先，典型环境是主观判断和选择的结果，"完全打开旧世界的牢笼，以全部的率直和诚恳的希望来改造自己，走到现实的将来所属的那边去。""一切客观现象表面看来似乎凌乱庞杂，难以捉摸的，只有透过现象的表皮，深入到客观现实的底里，我们的全部主观才能被磨炼被充实，才能获得把握客观法则性的能力。"其次，典型环境是环绕着典型人物的环境。他评论《雷雨》时说此剧"最成功的一面是人物"。他认为，要作品中的人物起来反抗，当然是很好的事，但先要

---

① 《周扬文集》（第1卷），人民文学出版社1984年版，第154页。
② 《周扬文集》（第1卷），人民文学出版社1984年版，第163~164页。

看看他们有没有这样的力量，先要看看这些人物是怎样的性格，"环绕他们，使他们行动"的是怎样的力量。[①] 概言之，典型环境与典型人物两者互相依存。他说《死灵魂》的"这个戚戚珂夫在当时俄国文学中是一个完全新的典型。这是初期资本主义的企业家的典型"。[②]

3. 语言、细节和体裁

语言是重要标准之一，他评价赵树理的《小二黑结婚》《李有才板话》《李家庄的变迁》三部作品成功之处，"一，是他的人物的创造；二，是他的语言的创造。""语言的创造"突出地体现于是"群众的语言。""一切都是自然的，简单明了的，没有一点矫揉造作，装腔作势的地方。而且，只消几个动作，几句语言，就将农民的真实情绪的面貌勾画出来了。""他总是通过人物自己的行动和语言来显示他们的性格，表现他们的思想情绪。"[③] 他赞赏语言风格多样化，但必须"语言是新鲜活泼的，没有空洞概念，也没有故意修辞。"[④] 关于细节，他提出的意见是，"艺术既然要强调事物的主要特征，就不能包罗太多的细节，……车尔尼雪夫斯基提出了一个值得遵守的标准，当细节损坏整个艺术作品的完整的时候就必须割弃。细节之所以必要，是为了赋予作品以血肉而不是为了肢解它。"[⑤] 就体裁的标准，周扬的意见是，体裁的选取应该跟着表达感情和意蕴走。他赞美郭沫若的《女神》："为他的诗，他觅取了适当的形式。……不同于'五四'许多新诗人的都留有旧诗词的调子，他和旧传统作了最大的决裂，也没有象后来的所谓格律诗派一样自造新镣铐给自己套上。"[⑥] 体裁标准中含有其他媒介的元素，比如对赵树理的小说，周扬认可和赞扬了赵树理汲取民间故事元素进入小说。综合上面三个方面，可见文学审美特性的周扬式的独特表达："文学可说是最需要精细准确而深忌粗枝大叶的。"[⑦]

4. 历史的美学的思维方式与独创的批评理念

周扬的批评标准思想与实践，呈现了回到特定语境的特点。他区分了"文艺批评"和"社会批评"。他说，文艺批评不能简单化，"如果把文艺必做一面镜子，那末，人不能因为照出了丑恶的东西，便把过错推到镜子上"。他分析果戈理的《死灵魂》，高度评价第一部，历史性地批评了被果戈理烧毁了一大部分的第二部，说"这是一个现实主义者的悲剧。然而这也正是现实主义的胜利，这烧

---

① 《周扬文集》（第1卷），人民文学出版社1984年版，第201页。
② 《周扬文集》（第1卷），人民文学出版社1984年版，第146页。
③ 《周扬文集》（第1卷），人民文学出版社1984年版，第490～493页。
④ 《周扬文集》（第1卷），人民文学出版社1984年版，第486页。
⑤ 《周扬文集》（第1卷），人民文学出版社1984年版，第378～379页。
⑥ 《周扬文集》（第1卷），人民文学出版社1984年版，第354页。
⑦ 《周扬文集》（第1卷），人民文学出版社1984年版，第332页。

毁昭示了现实主义是不能容易说谎的。"① 他看出了曹禺《雷雨》的局限:"如果说反封建制度是这剧本的主题,那末宿命论就成了它的 Sub – Text (潜在主题),对于一般观众的原和命定思想有些血缘的朴素的头脑会发生有害的影响,这大大降低了《雷雨》这个剧本的思想的意义。"说到《日出》他说:"历史舞台上互相冲突的两种主要的力量在《日出》里面没有登场。……对于隐在幕后的这两种社会势力,作者的理解和表现了它们的能力,还没有达到使人相信的程度。"② 显示了回到历史语境的宽宥眼光。

他强调独创是个重要标准。在对于郭沫若、赵树理、果戈理、曹禺等诸多作家的作品认可、艺术特点分析和赞美中,都贯穿以独创性。

概言之,周扬站在政党意识形态和文艺理论家两者的中介位置,他的批评思想兼有上接和落地两个维度的批评标准,更有对批评家的要求。

四、以"尊情崇志"为取向的批评标准

(一) 以"尊情崇志"为取向的批评标准概说

现实遭遇与人生理想冲突际遇中,一些受西方浪漫主义、表现主义思潮熏陶的作家和文学批评家,形成了另一种逻辑的文学批评标准,认为抒发强烈的个体情感和充分表达独立意志是文学主体的主要需求,这种顺着人的文学需求逻辑展开的思考,这就是"尊情崇志"的批评标准。郭沫若的早期诗学思想和胡风的"主观精神"理论,内含了此逻辑方向的文学批评标准的某些思想。

(二) 郭沫若

"五四"时期"解放个性"的时代氛围以及个人遭际的双重作用下,郭沫若提出了现代的"心灵诗学"。"心灵诗学"是"唯自我论"与"情感论"的有机融合。该理论认为源于作者主观精神寻求外化的冲动,艺术创作是对于创作主体的主观情感的表现:"艺术是自我的表现,是艺术家的一种内在冲动的不得不尔的表现。"③ 在郭沫若看来,这种"自我自由地表现"就是文学艺术的本质特征。缘此他指出,所谓的"真诗""好诗"就是诗人心中之诗意、诗境的纯真表现与自然流露,是源于心底的颤动和呼喊。依照这种文学批评标准,郭沫若赞赏呈现

---

① 《周扬文集》(第 1 卷),人民文学出版社 1984 年版,第 151 页。
② 《周扬文集》(第 1 卷),人民文学出版社 1984 年版,第 208 页。
③ 肖斌如、伍加伦、王锦厚:《郭沫若佚文集》,四川大学出版社 1988 年版,第 123 页。

"裸体的美人"的绝对自由的诗歌形式，反对理性和功利主义思考掺杂其间，形成了"无目的"的文艺创作思想，认为"创作家创造时功利思想不准丝毫夹杂入心坎"①，只能以主体心中流淌出的旋律去感染人和影响社会。

（三）胡风

同样重视对人的主观情感的表达，胡风则在新的时代需要影响下，将人的欲求、理想、人格等视为文艺作品的"真的生命"和出发点，形成了以"主观精神"为指向的文学批评标准。与郭沫若不同，胡风的文学思想以唯物主义反映论为底色，他认为主体的思想、观念以及人格的力量等只能形成于现实生活之中，即"主观精神"来源于生活实践，是作为社会进步群体的作家由生活中的苦难和黑暗经历激发出的热望和梦想。因此，胡风指出"主观精神"以"主客观融合"为特征，是现实生活与作家主观世界的斗争中生成和扩展而成，即"主体克服（深入、提高）对象，对象也克服（扩大、纠正）主体。"② 依照这个思想逻辑，他强调作家在这种"自我斗争"之中，首先要发挥主观能动作用：主体要去体验、突进客观对象的本质内容，而后在创造主体与创造对象之间发生相生相克的"化学作用"：客观对象在"主观精神"的作用下"发酵"，从而变成主体的对象被表现出来，——"主观精神"就成为将生活材料与人的欲求和理想相综合、统一的熔炉。胡风认为，这是现实主义的最基本精神，由此形成的就是"第一义诗人"，即"抱着为历史真理献身的心愿再接再厉地向前突进的精神战士"。③

五、以"审美"为取向的批评标准

现代文学批评标准坐标系中，有一种相对游离于时代和社会主题影响的批评标准，即以审美为价值取向的文学批评标准。受西方唯美主义思潮以及中国审美传统浸润，这个批评标准将文学作品视为独立自足的存在，从作品本身的审美特性介入，将审美属性认定为文学的根本属性，审美属性作为评判文学价值的最高标准。代表人物是美学家身份的王国维和朱光潜。

---

① 郭沫若：《致陈建雷》，载于《新的小说》第2卷第1期，1920年9月10日。
② 《胡风全集》（第三卷），湖北人民出版社1999年版，第237页。
③ 《胡风全集》（第三卷），湖北人民出版社1999年版，第76页。

（一）王国维

王国维立足于审美自治，坚持"非功利"的美学观。美"其价值亦存在于美自身，而不存乎其外"。①《论哲学家与美学家之天职》中认为，文艺的审美价值在于摆脱了道德、政治等实用目的束缚，这也恰是其神圣之所在。他认为审美价值是"无用之大用"，不关涉社会人生的利害问题，仅以审美之维给人以精神上的慰藉和超脱，"使人忘一己之利害而入高尚纯洁之域"。② 概括为以推崇"审美价值"为文艺之根本价值。我们选取和分析王国维两篇文章，看看以审美价值作为起点，就文艺批评标准有哪些具体的思想。

1. 《人间词话》体现的词的批评标准——境界、真、自然

《人间词话》引用了大量词作进行批评，具有批评实践与理论专著的双重性质。首先，词以境界为最上，有境界则自成高格，自有名句。"境界"又区分为"有我之境"与"无我之境"。前者即"以境胜"或"以意胜"，后者即"意与境浑"。有无境界，是以审美价值起步的关于词的最高批评标准。王国维称赞创造出"境界"的是天才的大诗人，因怀有内美的"赤子之心"而超脱个人与尘世的私欲。其次，境界的构成要件有景和情。"能写真景物、真感情者谓之有境界；否则谓之无境界。"衡量境界如何，尺子为是否写出了"真景物"和是否道出了"真感情"。这是较为具体的标准。再次，由景情的规定性衍生出的具体标准——真、自然。真指除去伪饰，合乎天然的物境，自然指审美主体情感的真诚。因为"真"和"自然"，而产生了另外一个具体标准——"不隔"。如果说此篇侧重从作品角度提出标准，《屈子文学之精神》则侧重从诗人角度提出标准。③

2. 《屈子文学之精神》的标准思想

首先，以主体及其所处地域为考察艺术之标准之基础。所谓主体，是大主体或者说群体的主体概念。借助追溯中国历史，他区分出了帝王派和非帝王派。前者属性为：贵族派、入世派、热情派、国家派、北方派。后者属性为：平民派、遁世派、冷性派、个人派、南方派。两者的关系是他们各自的主义常常相反对而不能调和。这种主体和地域角度切入的标准思想，与今日诸多批评现象有所相似，可被文艺批评理论借鉴。

其次，人生标准的思想。主体及其地域之区分而有了作品描写人生的标准思

---

① 《王国维文集》（下部），中国文史出版社 2007 年版，第 17 页。

② 《王国维文集》（下部），中国文史出版社 2007 年版，第 69 页。

③ 此部分所引述均出自王国维：《人间词话》，上海古籍出版社 1998 年版。

想。他认为："诗歌者，描写人生者也"，但不能狭义理解人生。即便描写景物，"其写景物也，亦必以自己深邃之感情为之素地，而始得于特别之境遇中，用特别之眼观之"。由人生扩而展之："而人生者，非孤立之生活，而在家族、国家及社会中之生活也。"人生的涵义在与家族、国家和社会一体中得到界定。"北方派之理想，置于当日之社会中；南方派之理想，则树于当日之社会外。"所以，前者在于改作旧社会；后者在于创造新社会。由此形成南北文学风格之区别。

再次，想象标准的思想。主体及其地域之区分，而有了作品的"想象力之伟大丰富"的标准思想。南方式的文学，富于想象。何为想象？想象是人类之原质。他用儿童来比对，个体儿童就是人类童年时期的样子。"夫儿童想象力之活泼，此人人公认之事实也"，想象是人类文艺之"原质"。接续与家族、国家和社会一体中的人生涵义，遂有"北方人之感情，诗歌的也，以不得想象之助，故其所作遂止于小篇。南方人之想象，亦诗歌的也，以无深邃之感情之后援，故其想象亦散漫而无所附丽，……而大诗歌之出，必须俟北方人之感情，与南方人之想象合二为一，即必通南北之骑驿而后可"。他赞美屈子即缘于此。

最后，由"廉贞"而自由的标准思想。"廉""贞"分别为南方和北方学者（诗人）之各自所优长。他赞扬屈子得此两者。他既有南方人的充分想象力，又有北方人的"其於国家既同累世之休戚"的特点。文体获得的自由在于，"变短什而为长篇""於是思想之游戏，更为自由矣""感情之发表，更为婉转矣。"综合屈原就诗歌、想象、感情、原质之关系的思想是："诗歌者，感情的产物也。虽其中之想象的原质（即知力的原质），亦须有肫挚之感情，为之素也。"屈原的文学批评标准可概括为，以大主体为基础的人生标准、想象标准和"廉贞"而自由的标准。①

（二）朱光潜

1. 趣味

同样重视文艺的自律性，朱光潜则从文艺心理学视角形成了以"美感经验"为核心的文学批评标准。他认为，文学的根本价值存在于如何艺术地表现人的心灵世界，他以文学之美的心理因素为逻辑线索，经过思考提出了"美感经验"的概念，认为"美感经验"是直觉的经验与对象的形象二者间的结合，不涉及知觉、概念以及对象的实用性，即主体"无所为而为地观赏形象"，对于客体的形象，则"直觉除形象之外别无所见，形象除直觉之外也别无其他心理活动可见

---

① 此部分所引文字，均出自《王国维文学美学论著集》，北岳文艺出版社1987年版，第30～33页。

出"。① "美感经验"形成的外在机制如何？朱光潜认为，要将审美主体从现实功利和情感纠葛中超脱出来，让两者形成"恰当的距离"。"美感经验"形成的内部机制如何？朱光潜认为，主要依靠移情。即主体凝神地观照审美对象中，主体的情趣与物的情趣之间发生的双向运动、往复回流的状态。即一方面主体将情感外射到对象身上，使其生命化、情感化；另一方面对象将自身的姿态和神情反射到主体身上，"它不仅把我的性格和情感移注于物，同时也把物的姿态吸收于我"。② 他将这种由主体的情趣与对象的情趣契合而成的艺术境界称为"趣味"，认为"文学作品在艺术价值上有高低的分别，鉴别出这高低而特有所好，特有所恶，这就是普通所谓的趣味"。③ "趣味"成为朱光潜批评文学的主要标准，也成为他文艺理论的核心观念和概念。

2.《说"曲终人不见，江上数峰青"——答夏丏尊先生》体现的批评标准

此文收入艺术鉴赏类的绘画珍藏版的《朱光潜谈欣赏》。其独到之处是以美学理念切入批评，深入浅出地带领读者抛弃功利之心，纯净地进入艺术世界，品味它的美。以下体悟这篇批评实践性文章的批评标准。

其一，趣味落实于作品有机体是最主要的标准。

朱光潜的"趣味"概念大致与审美感受相当。不可争辩，审美感受因人而异。但主观趣味可否落在具体作品上，与作品相互接通互动，是"趣味"审美理念的第一个批评标准。文中说到了钱起的《省试湘灵鼓瑟》中的收尾两句"曲终人不见，江上数峰青"，他以鉴赏者的口吻说二十多年过去了，"只有它还是那么清新可爱"。为什么呢？因为它能给人"一种哲学的意蕴"。他说，"曲终人不见"所表现的是"消逝"，"江上数峰青"所表现的是永恒。消逝与永恒，既符合人生常态，又能安抚"消逝"产生的失落感，让心灵有所归依。何以能如此？这就是朱光潜所理解的美的艺术品是完整的有机体："美不完全在外物，它是心物婚媾所产生的婴儿。"④ 具体到此诗，是怎样的有机体？全诗为"善鼓云和瑟，常闻帝子灵。冯夷空自舞，楚客不堪听。苦调凄金石，清音入杳冥。苍梧来怨慕，白芷动芳馨。流水传潇浦，悲风过洞庭。曲终人不见，江上数峰青。"这些诗句构成有人有景有具体时空情感体验的世界。所以，在前几句情境和景物的叙述和描写的基础上，最后两句成为提升出来的"趣味"：衡量美的艺术作品的首要标准，是作品有机体具有引发鉴赏趣味的品质。

其二，鉴赏可否变化是艺术作品的第二个标准。

---

① 《朱光潜全集》（第 1 卷），安徽教育出版社 1996 版，第 214～215 页。
② 《朱光潜全集》（第 2 卷），安徽教育出版社 1996 版，第 22 页。
③ 《朱光潜全集》（第 4 卷），安徽教育出版社 1996 版，第 171 页。
④ 朱光潜：《谈美》，中国出版集团、现代出版社 2017 年版，第 61 页。

朱光潜以鉴赏者的口吻叙述了就这两句诗他自己的趣味变化。他曾经"以为它所表现的是一种凄凉寂寞的情感，……现在我觉得这是大错……。"他现在的体悟是什么？"它所表现的情感就决不只是凄凉寂寞，就只有'静穆'两个字可形容了。""凄凉寂寞的意味"和"得到归依似的愉悦。这两种貌似相反的情趣都沉没在'静穆'的风味里。"这种鉴赏者的趣味变化，他具体描述为快乐的可以变成愁苦的，本来诙谐的，可以误认为沉痛，本来沉痛的也可以误认为诙谐……这种变化包括修改、反复和提升的涵义。

其三，鉴赏可否与其他艺术作品相贯通是艺术作品的第三个标准。

此文有将钱起这两句诗与其他民族国度的诗作相互贯通的思想方法，比如在"并不觉得人事之中猛然插入物景为不伦不类，反而觉得它们天生成地联络在一起，互相烘托，益见其美，这就由于它们在情感上是谐和的"。朱光潜如此心得来自与李白的《长相思》、温飞卿的《菩萨蛮》、秦少游的《踏莎行》等诗作或者收尾，或者前阙相互比对贯通的审美体验。再如他将自己读钱起此诗的心理感受与读英国诗人华兹华斯的《独刈女》的感受相比对而获得的贯通感等。

上述三条批评标准，均缘于鉴赏主体投射并落在艺术作品的规律概括。三个标准背后的批评思想，可以概括为：其一，审美效应发生起于审美主体，但落实在"完整的有机体"上，趣味才会发生。审美主体方面的心理条件包括想象、联想、灵感、移情等。"完整的有机体"方面则包括意向、格律、结构、修辞等。衡量准则在于"不似则失其所以为诗，似则失其所以为我。"[1] 其二，文艺鉴赏具有再造艺术的属性。所以，他倡导"慢慢走，欣赏啊！"[2] 人生由此而艺术化。其三，高级的审美趣味，具有哲思意蕴。其四，推崇"静穆"的趣味。其五，优秀文艺作品是人的理想与心灵寄托之所在，永恒不朽。[3]

第三节　中国少数民族文学批评标准考察

本节考察中国少数民族文学批评标准，分别为：立足国家层面视野的批评标准；立足民族本位及其文化视野的批评标准；思考两者相互关系，并总结和提出应然性批评标准和价值观念建设值得思考的问题。

---

[1]　朱光潜：《谈美》，中国出版集团、现代出版社2017年版，第117页。
[2]　朱光潜：《谈美》，中国出版集团、现代出版社2017年版，第137页。
[3]　本部分未注明的引述，均出自《朱光潜谈欣赏》，中国青年出版社2014年版，第84~88页。

一、"社会主义的民族文学"的批评标准

(一) 第一时期的批评标准

新中国成立后,少数民族文学成为新中国社会主义新文学重要组成部分。"新"中国呼唤了"新文学","新"是此时期少数民族文学的统一标准、规范和外在标志。

20 世纪五六十年代的批评标准以主要功能的逻辑展开,体现为宣传和展示党的民族政策给各民族生活带来的新变化、表现各民族的大团结,由此确定内在的规定性。《人民文学》发刊词就此表述为:"开展国内各少数民族的文学运动,使新民主主义的内容与各少数民族文学形式相结合,各民族间互相交流经验,以促进新中国文学的多方面的发展。"① 文学作为"齿轮"和"螺丝钉"被具体化了,意味着少数民族文学使命和功能担当与批评标准融合一体。历史显示,毛依罕、琶杰、康朗英、康朗甩等用本民族传统形式表现新生活作品受到重视,饶阶巴桑、纳·赛音朝克图、韦其麟等诗人极具民族特色的诗歌创作得到肯定,都体现了规定性和导向性。"政治标准与艺术标准相统一"起到了规范少数民族文学批评的作用,体现在:单纯"歌唱"民族平等政策和民族团结但缺少艺术性的作品不能被认可;侧重追求民族形式却较少反映少数民族新生活的作品也不被承认。作为 1949 年之后最早编写的当代文学史教材,《中国当代文学史稿》总结新中国成立后少数民族文学成就时指出:"各兄弟民族作家的作品,出色地反映了各族人民的生活和斗争,特别是反映了解放以后在党领导下各族人民建设事业的光辉成就以及他们精神面貌的变化,热情地歌颂了党和国家的英明的民族政策。作品反映的生活面是广阔的,内容是丰富多彩的。在形式上,继承和发展了自己的文学传统,富有民族风格和地方特色,深为各族人民所热爱。"② 少数民族文学特定的政治和艺术标准统一的批评实践,形成了这个时期少数民族文学的特定批评范式。③

(二) 第二时期的批评标准

第二时期为 20 世纪八九十年代。此时期少数民族文学的艺术规范、评价体

---

① 茅盾:《人民文学〈发刊词〉》,载于《人民文学》1949 年 10 月 "创刊号"。
② 华中师范学院编:《中国当代文学史稿》,科学出版社 1962 年版,第 33~34 页。
③ 参见李晓峰:《论 20 世纪 50 至 70 年代少数民族文学批评范式》,载于《民族文学研究》2017 年第 6 期,第 120~132 页。

系和评价标准，随着该时期使命而发生了变化。首先，基于对"我国五十多个少数民族的各不相同的历史进程、千差万别的生活形式和丰富多彩的现实生活"的正确认识，以及"在各族文学创作者面前展开了多么广阔的天地"的文学意义，正式提出了少数民族文学的艺术标准："鼓励和提倡题材、体裁、形式、风格的多样化"；尊重作家个体性精神劳动，"提倡、鼓励和保证各民族的作家最大限度地发挥个人艺术独创性"进入评价标准；文学评价体系的标准内容日益丰富和细化："要勇于触及和反映民族地区的新情况和新问题，要敢于探索民族文学创作的新课题，要勇于攀登民族文学创作的新高峰。"①

1986 年，《民族文学研究》上署名为《民族文学》和《民族文学研究》评论员的作者发表的文章《民族特质　时代观念　艺术追求——对少数民族文学创作理论的几点理解》，代表了对新时期以来少数民族文学发展状况、存在问题的总结、评价以及未来走向思考，也表明了建构少数民族文学评价体系和标准的共识，确立了改革开放的新时期，"各民族作家有责任有义务向民族与社会奉献出标志着这一伟大时代前行动力的作品"，这是"少数民族作家肩负的社会使命和时代使命。"② 这是建构少数民族文学评价体系和标准的意识基础，该文章明确指出，少数民族文学民族特质主要表现在四个方面：第一，表现民族风情，即真正的民族风情应该是作为民族经济、文化及精神生活的有机组成部分的民族风情；第二，塑造民族性格和形象，即塑造出鲜明的少数民族人物形象，特别是少数民族新人形象；第三，从各民族的审美传统中选定最佳审美视点，即对民族性格、民族心态深层开掘和适度描绘；第四，继承本民族独特的文学样式并形成鲜明表现风格，即严肃地观察、揭示本民族的历史命运，以文学去辨析和扬弃自己民族性格的优质与劣质，从而自为地完成主体追求。此外，继承民族文学传统、借鉴既有艺术资源推动艺术创新，也是新时期少数民族文学重要的艺术标准："民族特质、时代观念、艺术追求，是少数民族文学的三个基本支撑点。"③ 三个支撑点成为此后少数民族文学评价的三个重要维度。后来的历史表明，如何认识和评价本民族传统文化，如何辨析传统文化与现代文化的关系，如何评价人物形象塑造、民族生活表现、文学作家文法和表现形式等问题的讨论，都没有超出这三个范畴，可见该文的重要影响。

---

① 冯牧：《大力发展和繁荣我国各少数民族的社会主义文学——在全国少数民族文学创作会议上的报告》，载于《中国民族》1980 年第 8 期，第 25～26 页。

②③ 《民族特质　时代观念　艺术追求——对少数民族文学创作理论的几点理解》，载于《民族文学研究》1986 年第 4 期，第 42～49 页。

（三）第三时期的批评标准

20世纪90年代至今为第三时期。该时期少数民族文批评理论更加自觉，研究范式和评价标准发生了重要转型。创办于2004年的"中国多民族文学论坛"引发了诸多新议题：多民族国家与多民族文学关系，中华多民族文学史观，现代中国与少数民族文学关系，人口较少民族文学，等等。少数民族文学发展与中国统一多民族国家的成长历史与现状乃至未来发展等联系了起来。统一的多民族国家为少数民族文学发展创设了怎样的制度环境得到凸显，少数民族文学与多民族国家互相依存关系得到了分析与总结，其中最重要的成果是达成了少数民族文学作为国家文学学术乃至国家知识属性的共识；少数民族文学培养各民族的统一的多民族国家的认同功能。少数民族文学理论研究登上了新层次。

新层次与拓宽视野、发现思考新维度等相互因果。多民族文学论坛的诸多问题形成了新语境，新语境形成也得益借鉴西方多元文化主义、人类学、政治学、社会学等理论，视野随之扩展。批评标准及其依托体系问题凸显，诸如，作为经验的中国现代民族国家成长的历史记忆；作为现实体验的中国国内民族问题新趋向……少数民族文学是否应有独属自己又依托国家的标准？如果确实应该有，具体特点如何？批评标准的民族特性和文学审美属性怎样融合为一体？批评中出现了哪些探索性实践？所有这些给理论建设和批评实践总结提出了任务。中国少数民族文学研究及其评价标准，从未有过这样鲜明的问题意识，历史性、现实性、未来性的统一。以往是少数民族文学使命和功能，是自上而下赋予的模式，现在则以自觉意识的方式，自下而上地提出和讨论。①

二、"民族的民族文学"的批评标准考察：普遍标准、特殊标准、文化标准

就"民族的民族文学"批评实践，已经考察概括了三种主要批评标准："普遍的文学标准"；"既承认普遍性，又看到特殊性"的文学标准；文化研究的标准。三种主要批评标准经历了嬗变的历史过程，值得考察和反思。

（一）"普遍的文学标准"

这一标准延续了马克思主义美学和历史的原则，也延续了中国的思想和艺术

---

① 此部分主要为东北民族大学李晓峰教授完成，详见李晓峰：《论少数民族文学的社会功能与评价体系》，原载《民族文学研究》2021年第3期，第5~17页。

标准统一的理论逻辑。① 把少数民族文学与一般性的中国文学等而视之，但忽略了少数民族文学与一般文学的区别，分别被等同于一般文学理解中的地域文学、边地边疆乃至边缘文学。批评实践显示为，"普遍的文学标准"过滤后，一流作家作品仅有老舍、沈从文、张承志、扎西达娃、阿来、霍达等极少数作家得到关注，少数民族作家大多被忽略了。即便被认可的少数作品的独特性、民族性也被遮蔽了。这与文学批评界对当代少数民族文学特殊性认识的"无知"或"无视"相关。② 近 10 年来，陈思和、陈平原等学者关注了少数民族文学特性和理论批评建设，学界开始走进少数民族文学内部并更新传统认识，对"普遍的文学标准"有所纠偏。前文曾提到中国知网（CNKI）收录以"民族志书写""民族志小说""人类学小说""人类学的文学转向"等为主题词，显示了国内文学民族志研究成果有 40 余篇期刊论文，体现了突破"普遍的文学标准"的实绩。关注人口数量较少民族的文学，也显示了批评家力图突破"普遍的文学标准"。

（二）"特殊的文学标准"

此即坚持"既承认普遍性，又看到特殊性"的文学标准。既意识到并认可了当代少数民族文学特殊性，亦承认文学一般特性，倡导少数民族文学批评的双重标准。持此标准的批评家，认为特殊性来自族群文化孕育和传统影响，以民族认同特性、文学人类学特征、介于口头文学和书面文学之间的过渡性文本形态等为外在标志，更具体地表现在少数民族文学语言、观念、形象塑造和文体形式，以及叙事技巧等各层面；一般特性来自外来文化文学因素影响，如现代性、全球化、主流文化和文学话语等。在批评实践中，普遍性和特殊性的双重标准侧重点不同，可细分为以下两类情形。

第一，承认少数民族文学普遍性前提下偏重特殊性标准。认为少数民族文学较之地域性文学复杂得多，标准更新势在必行。更新渠道为从文本出发关注异质性文学现象，凝练理论生长点。如从异质性特殊性维度解读文学史，发现了中国当代文学史即汉族文学文学史，忽略了少数民族文学的特殊性。更有试图建构新型的复线的中华多民族文学史的努力。代表性研究成果如姚新勇教授的专著《寻找：共同的宿命与碰撞——转型期中国文学多族群及边缘区域文化关系研究》等。③ 文艺学界学者也予以了关注与思考。刘俐俐教授认为，民族文学理论与一

---

① 详见《文学理论》编写组：《文学理论》，高等教育出版社 2009 年版，第 219～228 页。

② 刘大先、周明全：《对少数民族文学不能因"无知"而去"无视"》，载于《边疆文学·文艺评论》2016 年第 2 期，第 34～39 页。

③ 详见姚新勇：《寻找：共同的宿命与碰撞——转型期中国文学多族群及边缘区域文化关系研究》，中国社会科学出版社 2010 年版。

般的文学理论既有共通性也有差异性，就民族文学的性质、宗旨、思路、方法提出了宏观性思考。相关系列论文可作为这个趋向的代表。①

第二，承认少数民族文学特殊性前提下偏重普遍性标准。有学者和批评家认为，少数民族文学固然有特殊性，但终究为中国文学组成部分。中国文学是少数民族文学存在的国家背景与平台。过分强调少数民族文学特殊性，可能造成少数民族文学保守狭隘乃至导致意识形态的分裂主义。认为从更富典型性和文学价值的立场出发，应警觉专注特殊性而丧失代表中国文学走向世界文学的更大目标。代表性成果是刘大先的专著《现代中国与少数民族文学》。② 刘大先在主流文学（汉族文学）和少数民族文学两个领域活动，他从把握中国文学整体角度出发，认为中华各民族有共同利益和目标，相通之处甚多。少数民族文学不能局限于讲述单一族群故事，应致力于讲述中国的甚至是世界的故事。"多民族文学正是我们时代文学的一种，它早已经不再仅是某种地域性写作或族群性言说——这当然也是它题中应有之义——而同时也是带有时代症候的表述，是描摹和回应我们时代生活的种种面相与问题，因而也是'世界文学'。"③ 这种承认少数民族文学特殊性的前提下偏重普遍性标准的思路，从文学发展角度看，不失其真知灼见。

（三）"文化研究的标准"

此即以文化研究的标准评论当代少数民族文学，把文学置于文化整体框架，考察文化环境影响和存在形态等，属于文学外部研究。文学既被看作可被文化解剖的文化形态，又力求从文本发现多种文化元素，探究文本中文化内涵的价值和意义，这属于文学的内部研究。与韦勒克和沃伦所指的"内部研究"不同，此"内部研究"指对文学作品内部文化元素及其关系的研究，文学被看作文化机制和策略的载体。前者倾向于文学当作文化形式，后者倾向于把文本文化内涵及其表现形式置于批评首位。文化研究标准的最大特点是未把文学审美特性放在首位。当代少数民族文学批评，浸染了丰富独特的民族文化，化作审美体悟和元素

---

① 刘俐俐教授这方面的系列论文主要有：刘俐俐：《"美人之美"为宗旨的民族文学理论与方法的几个论域》，载于《文艺理论研究》2010 年第 1 期，第 61～68 页。刘俐俐：《"美人之美"：多民族文化的战略选择》，载于《浙江工商大学学报》2009 年第 5 期，第 44～52 页。刘俐俐：《文学人类学写作的性质与作为——阿库乌雾人类学散文集〈神巫的祝咒〉述论》，载于《西南民族大学学报》2010 年第 2 期，第 74～81 页。刘俐俐：《汉语写作如何造就了少数民族的优秀作品——以鄂温克族作家乌热尔图的作品为例》，载于《学术研究》2009 年第 4 期，第 134～141 页。

② 刘大先：《现代中国与少数民族文学》，中国社会科学出版社 2013 年版。

③ 周新民、刘大先：《批评何为、文学共和与重建集体性——刘大先访谈录》，载于《长江文艺评论》2016 年第 4 期，第 62～69 页。

带入批评，因此新方法常常独树一帜。代表性成果如关纪新的专著《老舍与满族文化》。① 该书从八个方面探讨了满族文化对老舍及其文学作品的深刻影响，以及老舍作品的满族文化因子。"《老舍与满族文化》建构了一个'文化—文学—文化'的论述模式。这里，文化包括了家庭出身、社会变迁、伦理观念、地理、艺术、语言、文化调式、文化反思八个单元的内容，每个单元又各自对应了老舍的人文模塑、民族心理、精神伦理、地理情节、艺术才华、语言天分、文学风格以及思想境界八种个人因素。"② 文化研究的标准，还借助某些其他学科的专业知识和方法，践行方式多样复杂。运用人类学或文学人类学方法的批评即为其一：自由，便捷地拓展了谈论空间。"以人类学的观点看，文学的范围大大超越了书写和印刷，扩大到更为宏大的口头传统和仪式领域。于是，由于与人类学结合，对文学的审视获得了更大的空间，以及更多样的文本。"③ 代表性成果如徐新建的专著《多民族国家的文学与文化》。④ 徐新建注意到国内的当代少数民族文学人类学批评普遍囿于族别文化关注，有意无意忽视或遮蔽了文学的人类共性追求。他指出"人类学的根本问题是人的问题而不仅仅是地方、族群或国家的问题"，他认为写作的重点不是"中国的人"而是"人在中国"，⑤ 这种纠偏指向了真正的文学写作精神。

民族学角度的批评是"文化研究的标准"践行之一种。钱穆认为："文化只是人类集体生活之总称，文化必有一主体，此主体即民族。民族创造了文化，但民族亦由文化而融成。"⑥ 这类批评从"民族"角度切入民族文学现象，发现有价值的文学问题：作家的民族身份、作品的民族主义思想、民族美学特征、内容和形式对民族认同的建构、不同民族读者对作品的接受等，以借鉴西方最新民族理论与方法资源为主。

（四）三种标准的产生以及相互关系的简要描述和概括

以上梳理显示和印证了少数民族文学功能和标准的改变与主体及其立场相关，也印证了价值哲学意识论的原理："主体的定位和自我意识，简称主体意识。一种价值观念'是谁的，最终为了谁'，就会以谁的地位、立场、利益为根据，

---

① 关纪新：《老舍与满族文化》，辽宁民族出版社 2008 年版。

② 黄伟林：《潜入民族文化深水区，探究文学多样性——从关纪新〈老舍与满族文化〉谈少数民族文学研究问题》，载于《中国现代文学研究丛刊》2009 年第 3 期，第 195～200 页。

③ 徐新建：《解读"文化皮肤"：文学研究的人类学转向》，载于《文化遗产研究》2016 年第 2 期，第 141～148 页。

④ 徐新建：《多民族国家的文学与文化》，人民出版社 2016 年版。

⑤ 徐新建：《多民族国家的文学与文化》，人民出版社 2016 年版，第 192～193 页。

⑥ 钱穆：《民族与文化》，东大图书股份有限公司 1989 年版，第 3 页。

反映和代表谁的意志。所以构成任何一种价值观念的第一个基础，就是确立价值主体；而每一价值主体确立自己价值观念的第一个基础，则是要充分认识自己的社会角色、地位和使命，包括责、权、利的定位。"① 如此前考察已经确定的事实和"社会主义的民族文学"和"民族的民族文学"的区分。由此少数民族文学研究主体历来也为两种：立在国家层面的观念和视野的践行，以及立在民族本位层面的观念和视野的践行。仅以立在国家层面的观念和视野的分期逻辑来看，"社会主义的民族文学"的第一时期以第一种标准即普遍的文学标准为主。这个历史时期内，该标准有其历史合理性和过程性。第二时期开始，以"既承认普遍性也看到特殊性"的批评标准为主。但即便从 20 世纪 80 年代后期至今，虽说第一种标准不再是少数民族文学批评的唯一标准，却依然有较大影响。其效应和背后原因复杂，既有中国少数民族文学多民族一体特质规定性在起作用，也是对少数民族文学新现象捕捉关注不够，批评观念方法标准滞后的表现。例如，20 世纪 80 年代前期开始，少数民族文学已有了具有独特民族元素和鲜明民族特色的作品：回族作家张承志 1982 年发表了《黑骏马》，1985 年发表了《黄泥小屋》；鄂温克族作家乌热尔图 1982 年发表了《七叉犄角的公鹿》；白族作家景宜 1983 年发表了《谁有美丽的红指甲》；佤族作家董秀英的《马桑部落的三代女人》；西藏作家扎西达娃的《西藏，系在皮绳结上的魂》和《西藏，隐秘岁月》等。但当时学界较少注意其"民族特质"，卓有成就的民族文学批评家白崇人的系列论文，直至 80 年代中期以后才发表。关纪新和朝戈金合著的《多重选择的世界——当代少数民族作家文学的理论描述》的撰写起意于 1987 年，直到 1995 年才出版。概括地说，后两种批评标准，实际地对少数民族文学进行了不同路径的引领，共同推动了少数民族文学理论和批评的建设，亦向理论界提出了建设的时代要求。第三时期，即 20 世纪 90 年代后期以来，西方文化研究影响到我国少数民族文学批评，逐步形成文化的批评标准，偏离了少数民族文学审美性的同时也开辟了新的批评范式。三种主要标准呈现的发展轨迹为：一元到多元，关注普遍性到发现特殊性，关注文学性到发现文化性，各因素互渗互融，潜在地呼吁少数民族应然性文学观念和批评标准的建设。

"民族的民族文学"批评标准有怎样初步的理论探索呢？②

---

① 李德顺：《价值论——一种主体性的研究》，中国人民大学出版社 2013 年版，第 145～146 页。
② 此部分详见樊义红：《当代少数民族文学批评的三种标准》，载于《民族文学研究》2018 年第 4 期，第 64～70 页。

三、"民族的民族文学"的批评标准：人文性、民族性和文学性的三元统一

这部分的标准究其实是应然性的，但是作为已出现的少数民族文学批评的标准理论研究，又属于既有理论，所以归类到了实然性标准考察部分，为后面应然性研究之准备。

（一）人文性标准

人文性观念与思想在中国既有历史传统也有共识。我国较早明确提出人文性观念的是五四新文学运动时期的胡适和周作人。他们借鉴西方文艺复兴时期的启蒙思想而提倡"人的文学"。胡适"主张个人须要充分发扬自己的天才性，须要充分发展自己的个性"。[①] 周作人则强调"从个人做起，要讲人道，爱人类，便须先使自己有人的资格，人的位置"。[②] 均体现了基于个人主义和人道主义的人学思想。20 世纪 50 年代中期钱谷融先生再次聚焦"文学即人学"命题：文学表现对象是人，文学创作主体要有独立思想和个性，文学的核心是人道主义，只有人道主义具有永恒价值。[③] 1979 年之后，钱谷融人学思想直接启迪了人道主义思潮。

如今"文学是人学"已为共识，"人学"之"人"的理解则有分歧。钱谷融以为，"人"即人道主义，文学创作和评价的基本标准应以"人"为目的，尊重人、解放人、把人当作人，肯定共同人性、普遍人性的存在，并以这种态度来描写人、揭示人性的广度和深度；[④] 童庆炳先生认为，"人"即"人文精神"，文学应表现人性的各种情感、人的童心、人的善良、人的倔强，表现人对自己的信心，表现人决心掌握自己命运的决心，表现人性的美丽；[⑤] 杜梁则认为应该从价值论的立场阐释文学的人学命题，人的自由与文学的自由性内在同一，作家的创作和读者的接受都是以审美的方式实现超越和追求精神自由。[⑥] 但他们都肯定文学以人为中心，要肯定人的价值、尊严和自由，肯定人性的美丽。

---

① 《胡适文集》（第 2 卷），北京大学出版社 1998 年版，第 485～486 页。
② 周作人：《艺术与生活》，上海文艺出版社 1999 年版，第 9～10 页。
③ 参见钱谷融：《论"文学是人学"》，引自《钱谷融文集·文论卷》，上海人民出版社 2013 年版，第 3～43 页。
④ 朱立元教授对钱谷融的人道主义思想进行了很好的归纳，参见朱立元：《对"文学是人学"之命题之再认识——对刘为钦先生观点的若干补充和商榷》，载于《文学评论》2012 年第 1 期，第 16～23 页。
⑤ 参见童庆炳：《"文学是人学"新论》，载于《学习时报》2002 年 4 月 22 日。
⑥ 参见杜梁：《"文学是人学"的现代阐释》，载于《求是学刊》2014 年第 3 期，第 124～129 页。

　　少数民族文学的审美属性决定了应以"人"为出发点和落脚点，追求人的生命价值为根本，人的生命价值之重要，体现是人之情感及其人性之美丽。人道主义在以人为本的根基上，无论是追求人的自由解放、不断超越和完善自己，以及将目标定在人类的彻底解放等，都可概括在"人文性"价值取向性的首要标准之中。人文性标准含有恒定性和多元性两种品质：从人类总体的发展历程和方向上看，确实存在着一些共同的价值；但不同时代、不同地域亦实际地存在着差别。基于中国多民族文化互融渗透多元一体的历史和现实，少数民族文学的人文性标准，应在差异中寻找共识，确定价值标准的底线；同时，面对多元价值标准时，取向适宜未来社会和人性发展的人文标准。

　　以上为原则性、概括性的表述，如何将人文标准具体化？如何在差异中寻找共识？如何确定标准的底线？

　　国家层面基于现实和未来发展确立了宏观导向。2012 年 12 月，党的十八大报告中明确社会主义核心价值观即"三个倡导"："倡导富强、民主、文明、和谐，倡导自由、平等、公正、法治，倡导爱国、敬业、诚信、友善"；2014 年 10 月 15 日，习近平主席主持召开文艺座谈会并做了重要讲话，其中强调："艺术的最高境界就是让人动心，让人们的灵魂经受洗礼，让人们发现自然的美、生活的美、心灵的美。……我们要通过文艺作品传递真善美，传递向上向善的价值观，引导人们增强道德判断力和道德荣誉感，向往和追求讲道德、尊道德、守道德的生活。"将两者结合起来并综合学界的讨论，中国当代文学一般的人文性标准可表述为：艺术应传递真善美、传递向上向善的价值观，表现人的情感和人性的美丽，追求生命的价值，让人动心，让人们的精神升华；应倡导富强、民主、文明、和谐、自由、平等、公正、法治的社会，倡导爱国、敬业、诚信、友善的个人。依此，少数民族文学自然亦应将此作为创作和评价的原则，在此基础上寻找底线，寻找自己的人文性特点。

（二）民族性标准

　　国内知识界就文学民族性相关问题曾经有过三次大讨论。20 世纪 20～40 年代，民族国家的危机导致民族主义情绪的高涨，促成了关于"文学民族性"的第一次讨论高潮。民族性被认为是"民族的性质"（茅盾，1922）、"中华民族性"（邓中夏，1923）、"中国气派"（柯仲平，1939），是"中国向来的魂灵"（鲁迅，1927），"是一个民族生活的根本态度"（陈高佣，1933），"民族的特殊性"（郭沫若，1940）。这时期讨论意涵与民族国家独立的政治要求相结合，强调文学的意识形态作用。20 世纪 80 年代中后期至 90 年代中期，经济全球化以及国外各种思想的涌入，促成了国内第二次"民族性"问题讨论热潮。受别林斯基和果戈

理等人的重大影响,① 此处讨论强调民族性是一种特有的"民族差别",要具有
"民族的眼睛"。到 21 世纪初,学界终于从理论上用"民族精神"来概括,认为
文学民族性的核心和灵魂便是民族精神。② 2014 年 4 月 29 日,《人民日报》刊发
了一篇题为"重建文学的民族性"的讨论文章。这次讨论由著名评论家、学者张
江、朝戈金、张清华、阎晶明以及著名作家阿来组成,一致认为民族性是文学的
身份标识,文学意义上的民族性,不只是由语言文字、叙述方式所体现出来的形
式方面的民族特色,而主要还是由行为方式、生活习性所体现的一定民族所特有
的精神气质与思想意识,这种内在的东西才是民族性的魂魄。③ 随后《民族文学
研究》刊发一组以"民族性"为主题的文章,"文学民族性"又成为学界讨论的
焦点。

百年民族性论争的简要回顾和反思,可确认民族性乃优秀文学的基本属性之
一,民族性应指一个民族在文化心理和价值观念等层面的特点。值得注意的是,
学界普遍承认文学的民族属性,文学如何表现民族性则少有研究。朝戈金认为:
文学民族性主要有五个阐释维度:历史的维度、形式/内容的维度、功能的维度、
比较的维度和文化的维度。④ 此研究路径较为完备,但依然可追问:五个维度
如何阐释?具体到中国少数民族文学的民族性研究,还必须追问的是:民族性
是何种层次上的言说?如果承认少数民族文学的民族性具有两个维度——中华
民族民族性和具体民族(族群)民族性,那么如何把握两种民族性之间的区别
和联系?如何面对只具有中华民族民族性而不具备或较少具备族群民族性的文
学作品?

中国各民族文化互融互渗的历史,以及近几十年来频繁的文化交流语境中,
假定具有某个民族身份的人必然具有其民族的民族性是牵强的。民族身份并不必
然意味着民族性,民族身份的政治背景较强,所谓民族性,则强调的是文化层
面。同理,亦不能认为具有相同民族身份的人具有一样程度的民族性。基于此,
可以确认的态度是:少数民族文学创作和评价中民族性(族群意义上)是个值得
提倡但并不必需的价值标准。因为民族性不会从具有民族身份作家的笔下自然而
然进入文学作品,具有民族身份作家的创作也不必然具有民族特征,文本世界的

---

① 别林斯基认为文学是民族意识、民族精神生活的全部花朵和果实,参见〔俄〕别林斯基:《别
林斯基论文学》,梁真译,上海新文艺出版社 1958 年版;果戈理认为真正的民族性不在于描写农妇穿的
无袖长衫,而在表现民族精神本身,参见〔俄〕果戈理:《文学的战斗传统》,满涛译,新文艺出版社
1953 年版。

② 张俊才:《民族精神:文学民族性的核心和灵魂》,载于《文艺理论与批评》2004 年第 1 期,第
114 ~ 119 页。

③ 张江、朝戈金等:《重建文学的民族性》,载于《人民日报》2014 年 4 月 29 日,第 14 版。

④ 朝戈金:《文学的民族性:五个阐释维度》,载于《民族文学研究》2014 年第 4 期,第 5 ~ 10 页。

民族性并不简单等同于生活世界的民族性。这是认可民族性标准及其批评实践必须注意的理论基础。

文学民族性的批评标准只有深究文化到文学的转化过程里，深入文学的艺术世界中，在语言蕴藉的故事、形象、意象等艺术元素的层面，才能体悟和说清楚。从文学活动论角度说，则是民族文化、作家、作品、读者的互动转化生成过程的总体体现。由此，必定产生文学性标准。

（三）文学性标准

人文性和民族性的价值只能在审美形态中实现。文学性的标准由此提出。"文学性"概念最早提出者——俄国形式主义理论家罗曼·雅各布森断言："文学科学的对象不是文学，而是'文学性'，也就是说使一部作品成为文学作品的东西。"[①] 俄国形式主义者们基于对当时俄国主流理论思潮——历史文化学派泛社会文化论的反拨，提出了对文学本质的重视。在他们看来，文学的本质即形式特征，这种形式特征又进一步被追踪到语言问题，认为文学性即"打破语言的正常节奏、韵律、修辞和结构，通过强化、重叠、颠倒、浓缩、扭曲、延缓与人们熟悉的语言形式相疏离相错位，产生所谓'陌生化'的效果"。[②] 俄国形式主义者将文学从社会文化中区别出来，划分文学与非文学的界限，这个思路到了以雅克·德里达为首的解构主义者们那里，却成了火力攻击的主要目标。德里达认为："没有任何文本实质上是属于文学的。文学性不是一种自然本质，不是文本的内在物。"[③] 解构主义理论家以及后现代主义者们以怀疑的眼光看待传统文学观念，否定中心、否定本质、否定真实、否定意义、否定价值等，戏仿、碎片、异质、断裂、互文、去中心等词汇是其关键术语。这拓宽了文学的范围，反思了文学的精英主义和经典主义传统，深刻地揭示了语境对界定文学以及文学研究的重要性。然而，文学的后现代主义将相对性推向了极致和虚无，却反之以确定的语言论证相对主义观点。美国著名文论家艾布拉姆斯，对希利斯·米勒略带嘲讽的批评说："他……使用两种极为不同的规则来玩语言游戏：一种是对文学文本的解构批评，另一种是他间或迈出他的图像中心前提，来到这个讲台并开始向我们谈论。"[④] 如上简要回顾文学性概念发展过程和赋义的变化，

① ［法］茨维坦·托多洛夫：《俄苏形式主义文论选》，蔡鸿滨译，中国社会科学出版社1989年版，第24页。

② 姚文放：《"文学性"问题与文学本质再认识——以两种"文学性"为例》，载于《中国社会科学》2006年第5期，第157～166页。

③ ［法］雅克·德里达：《文学行动》，赵兴国等译，中国社会科学出版社1998年版，第11页。

④ ［美］M. H. 艾布拉姆斯：《以文行事——艾布拉姆斯精选集》，赵毅衡、周劲松等译，译林出版社2010年版，第232页。

可见文学性作为批评标准固然与审美特性吻合，但须在特定语境中下沉性理解和界定。

下沉性理解即回到具体语境。这与本书将静态理论范畴置于动态语境，秉承实践论理念重新考察研究和赋义的理路相符合。如何下沉？首先下沉到语言层面。即便文学审美意识形态属性的理解也是基于语言的："文学是一种语言艺术，是话语蕴藉中的审美意识形态。"① 杨春时版的《文学概论》的表述："文学是语言艺术……是以审美为导向的精神活动，即现实生存方式基础上的自由的生存方式，以及现实生存体验方式基础上的超越的体验方式。"② 可见美学理解也基于语言。语言的恒定性和语境性，可作为下沉着落之基地。循此理，少数民族文学作品，即便是汉语写作而成，也会携带民族作家审美心理积淀的文化遗传基因，必定随语境变化而有自己的特有变化，此为语境性。概言之，文学语言的恒定性和语境性，意味着文学观念和方法的相对稳定，意味着特定时期文学作品理解"有范围之限度"，即少数民族文学自己的语言层面，诸如口头文学语言和形态的渗透等。③

四、少数民族文学批评标准考察研究的简要概括

首先，通过如上梳理，可见"社会主义的民族文学"与"民族的民族文学"两者之间呈现的关系为：国家层面的批评标准制定导向与"民族的民族文学"批评标准的理论假设并不矛盾，与批评实践标准运用实际考察的概括也不矛盾。区别在于，国家层面的标准，以国家民族的总体利益为基点确定文化文学发展为总目标，因此更具有覆盖性而概括程度高，有巨大的理论解释空间。

其次，"民族的民族文学"批评标准的实然考察与应然标准假设，两者之间互有重复和交叉。可以看出具有相似性的范畴有："文化研究的标准""民族性标准"各自涵义有互相重复和渗透关系；"特殊的文学标准"与"人文性标准""民族性标准""文学性标准"三者都有关系。可以说，"特殊的文学标准"，是少数民族文学批评标准理论建设值得关注的切入点，理论拓展空间宽阔。反之，"人文性标准""文学性标准"两者，从概念涵义来看，该两个标准似乎适合所有文学，不具有少数民族文学批评标准独具的特性，因此，即便将此两个标准纳入理论建设，也要针对民族文学特性进一步将其涵义下沉。

---

① 童庆炳：《文学理论教程》（修订二版），高等教育出版社 2004 年版，第 76 页。
② 杨春时、俞兆平、黄鸣奋：《文学概论》，人民文学出版社 2002 年版，第 40 页。
③ 本部分详见傅钱余：《论中国民族文学研究的价值标准与前景》，载于《中国社会科学评价》2016年第 3 期，第 89～98 页。

　　最后，从"社会主义的民族文学"国家层面导向性的三个阶段标准的始终如一和发展的辩证趋势看，从少数民族文学的"新"到"政治标准与艺术标准相统一"，再到"鼓励和提倡题材、体裁、形式、风格的多样化"正式作为少数民族文学艺术标准，进而将"提倡、鼓励和保证各民族的作家最大限度地发挥个人艺术独创性"，尊重作家个体性精神劳动，以及"要勇于触及和反映民族地区的新情况和新问题，要敢于探索民族文学创作的新课题，要勇于攀登民族文学创作的新高峰"①，等等，可见纳入评价体系的标准内容越来越丰富与细化，如此一来，发展趋势便有了与"民族的民族文学"批评标准相互贯通融合的合理性与逻辑渠道。反过来看，"特殊的文学标准""文化研究的标准""民族性标准""文学性标准""人文性标准"五个考察或假设的范畴，都具有与之理论衔接的可能性与合理性。

第四节　中国儿童文学批评标准考察

　　本节考察中国儿童文学诞生至今出现的诸种批评标准及其演变。

一、"迎合儿童心理"的批评标准

　　"迎合儿童心理"②的批评标准产生于中国儿童文学的起步阶段，而且贯穿中国儿童文学发展始终。该标准有两层含义：其一，符合儿童的独特的审美心理个性，富有儿童情趣。其二，照顾特定年龄阶段儿童读者的阅读理解能力和阅读趣味，吸引儿童阅读，便于儿童理解。

　　前者产生于五四时期。在新文化运动"人的解放"的旗帜下，周作人提出个人主义精神生活解放思想③，推崇人的个性和个体精神生活需要。以此为起点，

---

① 冯牧：《大力发展和繁荣我国各少数民族的社会主义文学——在全国少数民族文学创作会议上的报告》，载于《中国民族》1980年第8期，第25～26页。

② "迎合儿童心理供给他们文艺作品的义务，我们却是有的。"周作人：《儿童剧》，原载于《晨报副镌》1923年3月8日，见钟叔河编：《周作人文类编5 上下身性学·儿童·妇女》，湖南文艺出版社1998年版，第705页。

③ 周作人在《人的文学》一文中提道："我所说的人道主义，并非世间的所谓悲天悯人"或"博施济众的慈悲主义，乃是一种个人主义的人间本位主义"，见周作人著、刘绪源辑笺：《周作人论儿童文学》，海豚出版社2012年版，第102～103页。

反对把儿童看作"不完全的成人"①。认为儿童有独立的地位，儿童与成人在审美的需要和特点方面都有差异性。② 推崇儿童审美的纯净性、愉悦性、无功利性和儿童趣味，通过推崇自然天真的儿童情趣，为儿童打造优游享受的审美花园，以此与无视儿童个性趣味，注重"载道""教化"现实目的的成人文学或旧儿童读物相区分，为儿童的天性生活争取文学的自由空间。基于这样的儿童文学观念，儿童文学批评要求成人作家创作出表现儿童心理和情感的作品。

有了如是观念，他特别提出儿童文学的最上的标准是"无意思之意思"。③"意思"指儿童的童真稚趣，"无意思"指无任何现实功利。在他看来，"无意思之意思"符合儿童天然无功利又有童趣，自然延展出能否表达这种纯正的儿童心理，成为评价儿童文学作品的标准，延展出对作家的要求。周作人说创作儿童文学"非熟通儿童心理者不能试，非自具儿童心理者不能善也"。④ 似乎是呼应，郭沫若也提出，儿童文学"就创作方面言，必熟悉儿童心理或赤子之心未失的人，如化身而为婴儿自由地表现其情感与想象"。⑤ 叶圣陶倡导："对准儿童内发的感情而为之相应，使益丰富而纯美。"⑥ "迎合儿童心理"的标准思想，在20世纪80年代有了呼应和接续。班马提出的"儿童反儿童化""原始思维""前艺

---

① 周作人：《儿童的文学》（1920年）："以前的人对于儿童多不能正当理解，不是将他当作缩小的成人，拿'圣经贤传'尽量地灌下去，便将他看作不完全的小人，说小孩子懂得甚么，一笔抹杀，不去理他。"见周作人著、刘绪源辑笺：《周作人论儿童文学》，海豚出版社2012年版，第122页。

② 周作人：《儿童的文学》（1920年）："儿童在生理心理上，虽然和大人有点不同，但他仍是完全的个人，有他自己内外两面的生活。儿童期的二十几年的生活，一面固然是成人生活的预备，但一面也自有独立的意义和价值；因为全生活只是一个生长，我们不能指定哪一截的时期，是真正的生活。"见周作人著、刘绪源辑笺：《周作人论儿童文学》，海豚出版社2012年版，第122页。周作人：《儿童的世界》（1922年）："儿童决不是未成熟未长成的大人，正如女人不是未成熟未长成的男人一样。儿童与大人，恰似女人与男人的关系，立于相对的地位。他们各自占有着别个的独自的世界。这个世界里自然有或一程度的相互理解之可能性，但或一程度的理解之不可能确也存在。"见周作人著、刘绪源辑笺：《周作人论儿童文学》，海豚出版社2012年版，第135页。

③ 周作人：《儿童的书》（1923年）："其实艺术里未尝不可寓意，不过须得如做果汁冰酪一样，要把果子味混透在酪里，决不可只把一块果子皮放在上面就算了事。但是这种作品在儿童文学里，据我想来本来还不能算是最上乘，因为我觉得最有趣的是有那无意思之意思的作品。……只因他那非教训的无意思，空灵的幻想与快活的嬉笑，比那些老成的文字更与儿童的世界接近了。我说无意思之意思，因为这无意思原自有他的作用，儿童空想正旺盛的时候，能够得到他们的要求，让他们愉快的活动，这便是最大的实益，至于其余观察记忆，言语练习等好处即使不说也罢。"见周作人著、刘绪源辑笺：《周作人论儿童文学》，海豚出版社2012年版，第185~186页。

④ 周作人：《童话略论》，王泉根编《周作人与儿童文学》，浙江少年儿童出版社1985年版，第78页。

⑤ 郭沫若：《儿童文学之管见》，蒋风主编《中国儿童文学大系·理论1》，希望出版社1988年版，第91页。

⑥ 王泉根评选：《中国现代儿童文学文论选》，广西人民出版社1989年版，第50页。

术思想"等概念，就是通过对儿童心理的研究和还原实现的艺术突破。①

在"迎合儿童心理"的脉络中，还具体演化为"照顾儿童阅读能力"的标准。这一标准则得益于 20 世纪二三十年代儿童文学作为"小学校里的文学"②所具有的革新儿童教育的功能。以郑振铎为代表，将儿童文学作为尊重儿童特点的教育工具，以教育性作为儿童文学的根本特性，从而强调儿童文学与儿童阅读能力和阅读趣味的适配性。这种标准一方面强调儿童文学作为一种新式教育在思想内容上的独特性，要求"内容适合于儿童的年龄与智慧，情绪的发展的程序"，③ 以反对"注入式的教育、顺民或忠臣孝子的教育"，进行"适合于儿童时代的特殊教育"，④ 故而需要成人进行"很谨慎的选择"，"神话、传说、神仙故事等等，并不是为儿童而写的，他们是人类的童年时代的产物。固然人类的'童年时代'和今日的儿童，其间的智慧和情绪有几分的相同处，却也并不能把野蛮时代的'成人'的出产物，全都搬给了近代的儿童去读"。另外，强调成人对作品的改编，使之契合儿童的理解能力和阅读兴趣，从而达到意义传达与接受的良好效果。郑振铎在《儿童文学的教授法》中引用了美国儿童文学理论家提出的三项原则："一、要注意儿童的趣味和嗜好是怎样的，教材应适宜于儿童的性情和习惯，而增之减之"。"二、教材里面所用的地名物名人名——也须用儿童所熟知的，譬如风车为荷兰儿童所熟知的，但是用之于中国儿童，便觉隔膜"。"三、但有许多新奇而不费解释的事物，却不妨尽量引用，譬如鸵鸟、袋鼠，虽非儿童所熟知，但可以扩充儿童智识范围，又可以迎合他们的好奇心而又不费解，所以为可用的材料。"⑤ 可以看到，从教育工具角度出发的批评标准，是将儿童作为文本接受者来看待，以文本意义传达的便利性和有效性作为评价儿童文学好坏的标准。它并不是将儿童文学的特性限定为对儿童心理的再现，从而满足儿童的阅读期待，而是从尊重儿童阅读理解水平和兴趣出发，通过运用儿童熟知或感兴趣的

---

① 班马："野蛮的原型情感，幽古的超验情绪，巫与魔的体验方式，万物有灵的心意，都是儿童内在的原生性内容""儿童的神秘感本身是一种现实态度，能区别于超现实的神话和童话的虚幻性，应是更对应儿童心灵的追求。"详见班马：《中国儿童文学理论批评与构想》，湖北少年儿童出版社 1990 年版，第 161～162 页。

② "'五四'之后儿童文学理论建设的展开，在相当程度上是得益于教育界对儿童文学的重视。从 20 世纪 20 年代到 30 年代……当时的小学国语课和幼儿师范、普通师范文科专业已普遍把儿童文学作为一种基本教材；教授儿童文学，学习儿童文学，讲演儿童文学，研究儿童文学，成为教育界一时之风尚。"参见方卫平：《中国儿童文学理论发展史》，少年儿童出版社 2007 年版，第 193 页。

③ 郑振铎：《中国儿童读物的分析》，转引自方卫平：《中国儿童文学理论发展史》，少年儿童出版社 2007 年版，第 225 页。

④ 郑振铎：《中国儿童读物的分析》，载于《文学》第七卷第一号 1936 年 7 月 1 日，转引自方卫平：《中国儿童文学理论发展史》，少年儿童出版社 2007 年版，第 223 页。

⑤ 蒋风主编：《中国儿童文学大系·理论（二）》，希望出版社 2009 年版，第 654 页。

事物，增加文本对于儿童读者的亲近性、熟悉度，从而降低阅读理解难度，吸引儿童自主阅读，达到对儿童的智识开发扩展的最终目的。这一标准后来演变成为儿童文学的"可读性"标准，作为成人对儿童读者相对较低的阅读理解水平的照顾原则存在于儿童文学的批评之中。后来又经过对皮亚杰认知心理学的借鉴强化[1]，而成了儿童文学界广泛认可的一种评判依据[2]。然而在商业化语境下，"可读性"标准往往被商业批评利用推销肤浅、庸俗、模式化的儿童文学作品以迎合儿童趣味，这是值得警惕和注意的。

相比以儿童审美气质为审美境界追求的浪漫抽象，这条标准更加务实，它面对的服务对象是具体现实的儿童读者，故而更讲求实证性和技术操作性。其一，它注重对现实读者需求的客观把握，如 1931 年徐锡龄对不同年龄、性别的儿童阅读兴趣的调研和实证研究。[3] 其二，注重文本编写的策略，迎合儿童兴趣、便于儿童理解记忆，以保证教育信息被儿童主动地接收并留下印象。如 20 世纪 30 年代左翼作家华汉指出："儿童读的东西与成人读的不同，儿童读物应该要有趣味——当然仅仅是技术上的趣味。"[4] 钱杏邨、田汉、叶沉、沈起予、冯宪章、周全平等左翼作家提倡征求小朋友意见、了解少年趣味，并提出诸多如文字通俗浅显、多加色彩、插画、多用注音字母、多加歌曲等具体可操作的文本编织手段。

二、"真实反映世界"的批评标准

娱乐、审美、宣泄、做梦等，是儿童这一特殊年龄阶段的精神需要，"迎合儿童心理"标准，看重和旨在满足，并致力于儿童阅读兴趣的培养。与此种标准不同的另一种标准，是强调儿童文学对真实世界的反映。确实，这是一条成人价值浓厚的标准，它更看重儿童文学对儿童未来成长所肩负的"社会化"的教育责任。

"真实反映世界"的批评标准，是成人文学评价在特定时期对儿童文学进行统领的结果。它不是来自西方理论的引进和思考，也不以儿童本位为基础，而是完全借助于时代环境的强力，经由左翼运动和抗日救亡的现实需求鼓动，逐渐吞没精神解放的儿童文学潮流，成为抗日战争时期主导性的现实主义儿童文学标

---

[1] 详见方卫平：《从发生认识论看儿童文学的特殊性》，原载《浙江师范大学学报》1985 年儿童文学研究专辑，引自方卫平：《儿童文学的当代思考》，明天出版社 1995 年版，第 90～101 页。
[2] 全国优秀儿童文学奖 2021 年公布的评选标准为"坚持思想性、艺术性、可读性相统一的原则"，将"可读性"作为成人文学"思想性、艺术性"评价标准之外的儿童照顾性标准。参见《全国优秀儿童文学奖评奖条例》，载于《文艺报》2021 年 3 月 17 日第 1 版。
[3] 徐锡龄：《儿童阅读兴趣的研究》，民智书局 1931 年版。
[4] 参见方卫平：《中国儿童文学理论发展史》，少年儿童出版社 2007 年版，第 201 页。

准。"迎合儿童心理"标准强调成人与儿童世界的区分,"真实反映世界"标准则是突出儿童与成人生活在同一个世界的结果。

"真实反映世界"的标准,一方面拒绝以儿童幻想遮蔽现实认知,要求儿童文学不避讳现实苦难和阴暗面的书写,全面反映现实真实;另一方面,它注重思想性,绝不以美好的幻想粉饰美化现实,力图揭露批判现实生活中的不合理现象,树立儿童斗争(改变世界)的意识。

五四是中国现代这一标准的渊源。早在1919年鲁迅倡导儿童文学时,就强调了成人对儿童成长的指导功能,在《我们怎样做父亲》中提的第二点便是指导。"时势既有改变,生活也必须进化""养成他们有耐劳作的体力,纯洁高尚的道德,广博自由能容纳新潮流的精神,也就是能在世界新潮流中游泳,不被淹没的力量"。① 鲁迅就将儿童生活与时势相联系,将儿童未来与社会相联系。五四的背景下这些观点的依据还在于"专为他们自己"②,而非为了改变社会的理想。明确地将儿童文学是否应该书写社会真实作为问题提出,来自郑振铎在《〈稻草人〉序》中对1923年叶圣陶创作的现实主义转变的评论,他明确提出"深挚的成人的悲哀与极惨切的失望的呼声,给儿童看是否会引起什么障碍;幼稚和平纯洁的心里应否即投入人世间的扰乱与丑恶的石子。……这个疑惑似未免过于重视儿童了。把成人的悲哀显示给儿童,可以说是应该的。他们需要知道人间社会的现状,正如需要知道地理和博物的知识一样,我们不必也不能有意地加以防阻"。③ 鲁迅在1926年的《二十四孝图》中也写道:"小孩子多不愿意'诈'作,听故事也不喜欢是谣言。"④ 1931年开始了"鸟言兽语之辩"⑤,就是对儿童教材中使用"草木说话""鸟兽思想"的幻想作品的抵触,是儿童文学现实转向思潮萌发的结果,只是强行以反映现实的标准去评判幻想作品⑥,造成了标准的过度使用。茅盾更是在1933年发表的《论儿童读物》等系列评论中,直接提出了儿童文学"要能给儿童认识人生"的思想。⑦ 1937年抗日战争全面爆发,以抗战为内容的儿童剧成为抗战的重要宣传武器和抗战之中儿童的精神食

①② 参见鲁迅:《我们怎样做父亲》,原载于1919年11月《新青年》月刊第6卷第6号。

③ 郑振铎:《〈稻草人〉序》,见蒋风主编《中国儿童文学大系·理论(1)》,希望出版社2009年版,第68页。

④ 鲁迅:《二十四孝图》,见张效民主编《鲁迅作品赏析大辞典》,四川辞书出版社1992年版,第280~283页。

⑤ 参见方卫平:《中国儿童文学理论发展史》,少年儿童出版社2007年版,第228~238页。

⑥ 尚仲衣在《选择儿童读物的标准》的发言中(这篇发言稿后来分别发表在4月20日的《申报》等上海各报和5月出刊的《儿童教育》第3卷第8期上)批判鸟言兽语类读物"违反自然规律""违反社会价值和曲解人生关系"。参见方卫平:《中国儿童文学理论发展史》,少年儿童出版社2007年版,第232页。

⑦ 参见王泉根:《中国儿童文学的多维阐释》,人民出版社2020年版,第13页。

粮，儿童戏剧批评成为主要的儿童文学批评形式，讨论重点在于剧本对话语气、表演动作、神情要符合真实儿童的特点，内容要写战争中儿童最关心的战斗内容和英雄题材，[①] 并肯定其鼓动战斗的功能。

"真实反映世界"的标准一方面要求儿童文学不避讳将现实苦难记录给儿童，这是对儿童文学创作片面注重表现儿童情趣、营造美好梦境的反拨，同时也根源于文学与时代现实、儿童生活与社会难以斩断的关联。虽然在这个标准下的儿童文学创作，多显得过分阴暗冷酷，但在那个战乱的时代中，儿童的现实生活已经失去了和成人世界的界限，当时的儿童即使不阅读儿童文学也必须变得早熟，对儿童的欺瞒也许会导致儿童在现实中遭受更大的伤害，儿童的天真单纯美好不是儿童文学之力所能保护。正如张天翼所说："只要不是一个洋娃娃，是一个真的人，在真的世界上过活，就要知道一些真的道理。"[②] 1936 年梦野在《饥饿的儿童文学》中写道："成千成万的孩子买不起猫狗说话的教科书，成千成万的孩子从小做小奴隶，成千成万的孩子没有了祖国，成千成万的孩子活活地被他们活不了的父母丢下或是跟随着死去。有人写一部书把这许多现象告诉给那些总算幸福识得字的小学生吗？"[③] 强烈表达了儿童文学也应切合生活实际，具有现实关怀的思想。然而，对现实苦难的书写并不仅是为了让儿童知晓生活的残酷，更是为了灌输给他们创造新世界的革命斗争思想。"培养他们的'同情心'、'人类爱'"，指示他们'社会的生路'和'民族的生存'"，告诉饥饿孩子"挨饿的理由，怎样可以走到不挨饿的前途"，"告诉幸福的孩子一些贫穷的悲惨的不合理的故事"，"教全中国的小朋友一致起来不愿做小亡国奴和反对大汉奸"。[④] 可见该标准着眼在现实社会的改造，而不在儿童个体自身的完善，与上一条标准已经有了质的区别。在民族危亡、社会混乱的情况下，现实压倒个性不难理解，而且在战争中，对侵略者的仇恨和战斗的热情是儿童与成人共同的心理，对战争真实详尽的描写关注实际也迎合了成人和儿童共同的精神需要。只是在当下和平的时代环境下，该条标准的使用需要注意增加对过于血腥暴力、推崇斗争和渲染仇恨的内容的限制，采用更巧妙的表现方式。

该标准有时代的必然性，也被当今的儿童文学批评所继承，成为中国儿童文学创作的主要传统。区别仅在于如今该标准的运用，脱离了抗战救亡和阶级斗争的时代内容。继承了关注现实苦难的人文关怀，将内容聚焦于"儿童"生活感受中，强调儿童文学对现实儿童生存困境的关照。如谭旭东对新世纪儿童小说的批评，该批评指向一味"追随都市商业化进程和休闲文化的脚步""表现都市儿童

---

① 参见方卫平：《中国儿童文学理论发展史》，少年儿童出版社 2007 年版，第 270～271 页。
② 《张天翼文集》（第 8 卷），上海文艺出版社 1991 年版，第 8 页。
③④ 梦野：《饥饿的儿童文学》，载于《文学青年》第 1 卷第 2 期（1936 年 5 月 5 日）。

的快乐生活，'苦难，表现快乐'"，而"很少表现乡村少儿的心灵感受""不再是对底层儿童的生活和情感的再现或表现"等现象。他呼唤儿童文学出现更多书写"关注苦难，描述苦难"的作品，"剥去华丽的轻浮的外衣走向更多儿童的内心世界，使儿童文学真正为建构儿童理想世界服务"。① 书写苦难，关怀现实的实践精神与人文关怀，形成了中国儿童文学批评独特的价值维度，也契合了中国现实主义的文学传统，但是以"真实反映世界"的标准创作的作品往往过分注重真实的反映，而忽略想象和理想，故而风格往往过于沉重枯燥，与儿童耽于幻想、寻找快乐的阅读需求产生错位，容易成为成人本位的文学追求倾向，无法获得儿童青睐。不避讳苦难却不沉溺于苦难，揭露现实苦难的同时给人温暖和希望，苦难中探寻人的正义感和不屈的精神力量，或许才是儿童的文学独特又富有文学气质的批评标准。

三、"富有教育效益"的批评标准

毋庸置疑，儿童文学具有"教育"的功能，"怎样的作品富有教育意义"？不同时代的理解和侧重点是不同的。从五四开始，儿童文学以其革新教育的意义即得到重视，教育方式和教育内容的"革新"成为关注点。不同于传统儿童教育植根成人本位的经验和道德灌输，儿童本位的教育观，将尊重儿童心理趣味、阅读理解能力作为儿童文学的评价基点，反对讲求效率的实用教育，即"对儿童讲一句话，眨一眨眼，都非含有意义不可""把儿童故事当作法句譬喻看待"② 的做法，拒绝在儿童文学中进行直接的道理教训，并秉持"立人"的广义教育观点，将保存和发展儿童的想象力与学习兴趣作为儿童文学的教育价值③，反对"在诗歌里鼓吹合群，在故事里提倡爱国，专为将来设想"的成人本位教育观，认为那样的儿童文学"不顾现在儿童生活的需要""浪费了儿童的时间，缺损了儿童的生活"。儿童文学的教育，应当依据儿童"内外两面的生活的需要，适如其分地供给他"，先使之"生活满足丰富，至于因了这供给的材料与方法而发生的效果，那是当然有的副产物，不必是供给时的唯一目的物。……小学校里的文学的教材与教授，第一须注意于'儿童的'这一点，其次才是效果，如读书的趣

---

① 参见谭旭东：《寻找批评的空间》，黑龙江教育出版社 2007 年版，第 78~80 页。

② 周作人：《儿童的书》（1923 年），见周作人著、刘绪源辑笺：《周作人论儿童文学》，海豚出版社 2012 年版，第 185 页。

③ 周作人："小学校里的正当的文学教育，有这样三种作用：（1）顺应满足儿童之本能的兴趣与趣味；（2）培养并指导那些趣味；（3）唤起以前没有的新的兴趣与趣味。这（1）便是我们所说的供给儿童文学的本意，（2）与（3）是利用这机会去得一种效果。"见周作人：《儿童的文学》（1920 年），周作人著、刘绪源辑笺：《周作人论儿童文学》，海豚出版社 2012 年版，第 124 页。

味，智情与想象的修养等"。① 在儿童本位的教育思想影响下，儿童的教材大部分采用"鸟言兽语"的童话作品，在培养儿童的阅读趣味基础上辅助儿童的认知和道德教育。

30 年代左翼的儿童文学批评对儿童文学的教育意义更加重视。茅盾提出儿童文学"要能给儿童认识人生""构成了他将来做一个怎样的人的观念（《关于"儿童文学"》《再谈儿童文学》），张天翼提出儿童文学要告诉儿童"真的人，真的世界，真的道理"（《〈奇怪的地方〉序》）。② 如果说之前的教育更在意的是"专为他们自己""全部为他们自己所有，成一个独立的人"，左翼的批评标准基本上已经脱离了对儿童个体素质的培养，开始注重成人价值对儿童的渗透和改造，"把儿童文学看作培养新一代少年的阶级意识和斗争精神的工具"③。这时的儿童文学批评已经走出了个性解放的运动，集体的现实价值、普遍的阶级思想成为儿童文学的教育内容。左翼作者们怀着将儿童兴趣引导到成人关注的问题上来的目的，利用儿童的兴趣，"另外给他们一点新的，有益的东西"④。

新中国成立后，"教育意义"上升为一项主导的批评标准。一方面和平环境和建设热潮促使人们将儿童文学的工作重心放在培养社会主义接班人的目标之上。如 1949 年对儿童文学是否应该书写阴暗面的讨论，就已经不再从文学与现实的关系角度，而是从文学对儿童品格的影响方面进行的批评了。⑤ 另一方面，对苏联儿童文学理论的借鉴，使得苏联儿童文学理论成为指导创作和批评的主要思想，⑥ 导致"共产主义教育方向性"⑦ 成为儿童文学的首要评价标准。这种教育侧重成人对儿童的改造，早在 20 世纪 30 年代，茅盾就引进了苏联儿童文学理论家马尔夏克的观点，认为"'儿童文学'是教训儿童的，给儿童们'到生活之

---

① 周作人：《儿童的文学》（1920 年）。见周作人著、刘绪源辑笺：《周作人论儿童文学》，海豚出版社 2012 年版，第 122～123 页。

② 参见王泉根：《中国儿童文学的多维阐释》，人民出版社 2020 年版，第 244 页。

③ 方卫平：《中国儿童文学理论发展史》，少年儿童出版社 2007 年版，第 201 页。

④ 详见方卫平：《中国儿童文学理论发展史》，少年儿童出版社 2007 年版，第 202 页。

⑤ 这场讨论意识到，儿童对阴暗面的接触也许会引发儿童对不好的行为的模仿。因为儿童的理解能力不强，他也许会断章取义。本来文学表现现实黑暗是揭露，是有文学价值的，但是由于儿童接受主体的理解能力较低、价值观尚未定型的特点，也许接受与作者意图会产生偏差，从而主张对阴暗面的描写要有限度，要尽量少写阴暗面，或者必须揭示光明面。详见方卫平：《中国儿童文学理论发展史》，少年儿童出版社 2007 年版，第 282～283 页。

⑥ 参见方卫平：《中国儿童文学理论发展史》，少年儿童出版社 2007 年版，第 295 页。

⑦ 特·考尔聂奇克："为少年儿童写作的优秀作品的教育方向性具体表现在什么地方呢？这是表现在这些作品中的作者都努力以艺术的方法，用一列形象，用易懂的语言和有趣的形式，使一定的思想、观念和知识达于儿童们的意识。这种思想观念和知识就包括在形象和被描写的生活本身中。"参见方卫平：《中国儿童文学理论发展史》，少年儿童出版社 2007 年版，第 297 页。

路'的，帮助儿童们选择职业的，发展儿童们的趣味和志向的"。① 一直到 80 年代，还不乏这种论述："儿童文学担负的任务跟儿童教育是完全一致的""儿童文学作为一种教育工具，它辅助学校教育、成为对广大少年儿童进行全面教育的完整的系统的教育部署的一个重要环节。"② 鲁兵则干脆认为，"儿童文学是教育儿童的文学"，③ 儿童文学自由的审美本质被特定教育的目的挤占。

在完成对儿童的教育任务的思想指导下，儿童文学作家往往有一种倾向：限制儿童文学对黑暗面的表现，重在对理想儿童形象的塑造。为了避免儿童模仿学坏，因而回避现实的黑暗面，为了引导儿童成长为社会主义接班人，因而注重塑造榜样形象。儿童文学本来就不排斥成人对儿童的经验传递，在趣味中引导儿童养成良好的生活习惯和高尚的道德情操，这些都无可厚非。应该说，极左思潮产生之前，由于"新的社会心理与文学情绪建立了一拍即合的精神联系，儿童文学欢快昂奋的情调适应了新的时代要求和新的审美趣味"，④ 加之儿童文学作家对儿童发自内心的爱护和对儿童趣味和理解力的照顾，还是产生了不少深受儿童喜爱的作品，50 年代甚至被称为中国儿童文学的第一个黄金时代。但是将"教育意义"提到过高的地位，甚至片面强调，导致儿童文学的整体创作存在着概念先行、主题题材单一、人物形象单面而缺乏创新性和思想深度的时代缺陷。⑤ 直到 80 年代还有人认为"不能以为 80 年代与 50 年代少年会有根本不相同的思想和气质；儿童文学应该努力塑造值得广大读者直接仿效的优秀少年形象。"⑥ 可见以"教育"为目的，和"文以载道"的意义基本相似，当文学为了狭隘单一的道理（概念）服务时，文学就失去了它思考和表现人性复杂面的独特个性，甚至有可能沦为"演绎政治概念、追赶各种运动的文字工具"。⑦尽管在教育的目的下也有人写出了有趣的儿童文学作品，如《小布头奇遇记》《小兵张嘎》等，但是细究下来，这些作品的成功都不是因为它们的教育性价值，而是因为它们富有童趣的语言、曲折有趣的情节和生动的人物形象。简言之，教育意义可以作为儿童文

① 茅盾：《关于"儿童文学"》，转引自方卫平：《中国儿童文学理论发展史》，少年儿童出版社 2007 年版，第 219 页。
② 贺宜：《小百花园丁杂说》，少年儿童出版社 1979 年版，第 102 页。
③ 鲁兵：《教育儿童文学》，少年儿童出版社 1982 年版，第 1 页。
④⑦ 方卫平：《1978—2018 儿童文学发展史论》，少年儿童出版社 2020 年版，第 58 页。
⑤ 基本都是写积极正面的人和事，如歌颂祖国歌颂党赞美新生活，塑造的少年儿童形象要么是榜样性的，要么就是有缺点的儿童在集体的帮助教育下改正了缺点最终成为一名合格的少先队员的故事，要么就是革命故事里面的小英雄。
⑥ 详见李楚城：《浅谈当代少年形象》，达应麟：《章杰这个人物》，均载于《儿童文学选刊》1984 年第 1 期。

学选本的评价标准，但不宜直接用来评价儿童文学的品质好坏。儿童文学的根基在审美，不该让教育喧宾夺主，舍本逐末以功利目的来反对摧毁儿童文学的"无意思"的审美自由。1960年政治运动导致教育标准过度使用，陈伯吹的"童心论"受到批判，50年代中期，严文井、冰心、陈伯吹对"童心"的提倡，并没有阻止儿童文学创作"用概念说教代替生动的形象"的创作风潮，[1] 最终造成1960年儿童文学"故事公式化，人物概念化"[2] 的创作困境。这是前车之鉴。

"富有教育意义"标准影响非常深远，80年代出版的儿童文学教材还把"教育的方向性"和"儿童年龄特征"作为儿童文学的两大基本特征。[3] 如今的儿童文学批评文章中也经常将"趣味性"与"教育性"作为儿童文学的批评标准。但通过历史梳理可以看到，"有益"和"有趣"，是儿童文学自发生以来就存在的评价标准，但却是一条具体内容非常驳杂、价值差异甚至巨大的评价标准。对这条标准的模糊使用本身意义不大，而对这条标准的狭隘理解则最有可能导致对儿童文学文学价值的误判。正如方卫平所说，"根据某种教育需要去演绎出'作品'。这样创作出来的东西也许不会是坏的教育工具，但却肯定难以成为好的文学作品。"[4]

四、"文学艺术创新"的批评标准

"艺术革新与独创性"的批评标准起源于80年代儿童文学的文学性探索。80年代之前，人们将关注点放在成人对儿童的单向给予，一方面满足儿童当下的精神需求，注重趣味；另一方面引导儿童成长，注重教育性。即周作人提出的，"儿童的文学只是儿童本位的，此外更没有什么标准"。[5] 80年代的研究者认识到"不可能单纯以儿童本位为依托来构建其艺术系统"，[6] 并形成共识："长期以来，儿童文学理论偏重于强调接受主体而忽视创作者的主体性，回避了儿童文学成人作者自我意识的存在，并以年龄划分和社会生活圈为限定，区分出了一个有别于成人和成人文学的独立美学范围，超越了这一范围就是超越了儿童文学的特性，

---

① 王泉根：《中国儿童文学的多维阐释》，人民出版社2020年版，第172页。

② 茅盾：《六零年少年儿童文学漫谈》，载于《上海文学》1961年第8期。

③ 具体为1982年出版的北师大等五院校合著《儿童文学概论》（四川少年儿童出版社）以及蒋风著的《儿童文学概论》（湖南少年儿童出版社）。参见王泉根：《中国儿童文学的多维阐释》，人民出版社2020年版，第181页。

④ 方卫平：《1978—2018儿童文学发展史论》，少年儿童出版社2020年版，第109页。

⑤ 周作人：《儿童的书》（1923年），见周作人著、刘绪源辑笺：《周作人论儿童文学》，海豚出版社2012年版，第186页。

⑥ 方卫平：《中国儿童文学理论发展史》，少年儿童出版社2007年版，第359页。

这实际上造成了一种自我封闭的状态",① 将对儿童文学特性的强调视作阻碍儿童文学发展的根源。80 年代曹文轩提出"儿童文学是文学。它要求与政治教育区别开来，它只能把文学的全部属性作为自己的属性",② 要求打破以儿童文学特性为依据的种种限制，大胆向成人文学寻求借鉴,③ 将评价文学价值的一般标准——艺术史的创新价值和作家的独创表达作为儿童文学的标准。一方面，这个标准脱离"儿童中心"束缚，为打破儿童文学以特性为由设定的题材、表达方面的种种限制提供支持。另一方面，该标准推崇作家的创造力，重视作家独创性和艺术风格、表现手法的革新，反对作品题材、主题、表现手法的千篇一律或作家的自我重复。

因为该标准基于对一般文学性的追求，而文学性概念本身蕴含着对文学与生活非同一性的强调，故 80 年代批评的关注点从对接受者（儿童）的影响转移到了作品本身的艺术价值、儿童文学的创作规律和艺术对生活的表现可能。80 年代的儿童文学批评跟随创作实践展开，根据创作现实提出的问题展开讨论，批评话题集中于创作的操作层面，如"怎样把握和塑造当代少年形象，如何表现社会生活的广的'外宇宙'，如何开发人物心理的'内宇宙'如何认识童话幻想的时代特征，怎样看待儿童文学（尤其是少年文学）审美形态的发展，如此等等"。④看重的都是艺术创造而非儿童接受的问题。五六十年代的儿童文学往往为了所谓的教育特殊性，艺术表现范围受到诸多限制，回避社会阴暗面、悲剧、早恋等题材，呈现出积极阳光的单一风格、"单一、贫乏的传统写作手法"⑤ 和道理教训的思想单一性，将儿童看作灌输对象，对儿童进行成人理想化的改造，而没有把真实的儿童和儿童生活（童年）作为儿童文学的艺术表现对象，故而在表现现实儿童多方面的真实生活和探索儿童生活的切身问题方面显示出巨大缺陷（如青春期早恋、儿童真实生活的苦难与压抑都没有得到儿童文学的应有关注）。艺术性的标准将文学性抬高到至上的地位，将生活功利性和文学的距离拉开，为儿童文

---

① 方卫平：《中国儿童文学理论发展史》，少年儿童出版社 2007 年版，第 359 页。

② 曹文轩：《儿童文学观念的更新》，载于《儿童文学研究》1986 年总第 24 辑。

③ "1980 年代的儿童文学领域里就出现了一种向成人文学寻求启发的横向借鉴意识。它要求儿童文学打破封闭自足的状态，从作品内容到艺术表现形式都谨慎而大胆地借鉴成人文学创作中的成功经验，以期迅速而有效地使儿童文学创作摆脱胶着状态。" 见方卫平：《1978—2018 儿童文学发展史论》，少年儿童出版社 2020 年版，第 58 页。

④ 方卫平：《中国儿童文学理论发展史》，少年儿童出版社 2007 年版，第 151 页。

⑤ 方卫平：《1978—2018 儿童文学发展史论》，少年儿童出版社 2020 年版，第 5 页。

学题材的丰富①、艺术表现方式的探索②开辟了道路，推动了儿童文学对儿童生活现实的反映，维护了儿童文学作家的创造自由。

新世纪谭旭东的批评立场便是这个标准的典型代表。谭旭东提出的对抗儿童文学类型化的两种可能向度③——"难度写作"和"独创意识"，实际上就是艺术标准的现代深化。"难度写作"意味着不能"一味使用那种直抒胸臆的现实主义再现方式去进行文学艺术创作，满足于表现事物表面的现象和意义，而应该深入到神秘世界的内部"，以文学语言的自足性建构文学的象征世界。在"与生活保持一定的审美距离"的方式下，实现儿童文学的思想深度，"创作语言下面沉潜着一定的文化，包含着一定的精神，甚至是带有永恒真理性的精神""传达人类基本人性和道德的力量"。④曹文轩也有类似观点，认为"道义的力量、情感的力量、智慧的力量和美的力量"⑤是儿童文学打动世世代代儿童的永恒力量，从而能够"超越低俗的、平庸的语言的屏障，给读者建构一个独特的、具有震撼人心效果的精神空间"。⑥曹文轩在80年代就曾说过，"儿童文学不应就低，它本来就应当有一些难度，就像供给成人欣赏的成人文学一样，它丰富的内容不一定要让读者仅仅在阅读了一遍作品以后就轻而易举地全部获得，而是让他们先部分地获得，然后再逐步全部获得，即使不全部获得也可以，甚至是朦朦胧胧地感觉到一点什么动人的东西而一下子无法说清楚都可以"。⑦而"独创意识"则"要求作家不要一味地模仿别人，不要一味地复制自己"，⑧从而在艺术史上取得独特位置。

虽然艺术创新标准的诞生促使儿童文学对以往因为注重教育性而强调语言浅显、主题鲜明的单一创作风格进行了扩充，从主题、题材、语言、艺术手法等方面对儿童文学进行了突破，在儿童文学历史上具有开拓性的意义，但是以该标准

---

① "受传统艺术思维定势的影响，人们在心理上存在着许多写作禁忌和表达障碍，例如，社会阴暗面、悲剧、早恋等题材不能涉及。而在新的时代氛围的影响下，作家们，尤其是年轻一代的儿童文学作家们，已经不愿意再受这些清规戒律的束缚了。就在《祭蛇》引起关注的前后不久，王安忆的《谁是未来的中队长》、曹文轩的《弓》、刘健屏的《我要我的雕刻刀》、常新港的《独船》等作品接连问世，并先后引起了许多讨论——当代儿童文学一点一点顽强地拓展了自己的文学视野和写作疆域。"见方卫平：《1978—2018儿童文学发展史论》，少年儿童出版社2020年版，第4~5页。

② "作家的主体意识正在日益加强。程玮作品的哲理色彩，黄蓓佳作品的抒情意味，曹文轩作品追求的'真''力''美'，常新港作品的悲剧感等。"见方卫平：《1978—2018儿童文学发展史论》，少年儿童出版社2020年版，第61页。

③④ 谭旭东：《寻找批评的空间》，黑龙江教育出版社2007年版，第64页。

⑤ 曹文轩：《曹文轩论儿童文学》，海豚出版社2014年版，第67页。

⑥ 谭旭东：《寻找批评的空间》，黑龙江教育出版社2007年版，第64~65页。

⑦ 曹文轩：《儿童文学观念的更新》，转引自谭旭东《重绘中国儿童文学地图》，西北大学出版社2006年版，第67页。

⑧ 谭旭东：《寻找批评的空间》，黑龙江教育出版社2007年版，第66页。

脱颖而出的作品却往往遭受争议。如书写少年悲剧的《独船》一边被赞反映了少年"生活的深广多样"，[①] 一边却也被质疑应当是家长读物。班马陌生化的《鱼幻》探索，虽然精致，却被质疑超越少年儿童阅读素养，探索失败。[②] 80 年代的创作探索被方卫平评价为过于深沉，缺失了儿童文学独特的幽默和想象力，"当1980 年代儿童文学带着严峻和思考的态度切近生活，力图反映时代、直面人生的时候，我们的艺术想象力却受到了不应有的钳制，儿童文学丰富活泼的想象力没有得到相应的发挥。……这种状况是不利于培养少年儿童的好奇心，扩大他们的眼界和丰富他们的想象力的"。[③] 朱自强也曾批判道："不加节制地强调'儿童文学首先是文学'这一本来是正确的命题""而没有建立儿童文学就是儿童文学这一命题……其结果便是向成人文学靠拢""这种情况下，文学性越高，作品便离儿童文学越远。"[④] 在不需要矫枉过正的今天，我们更需要思考的是真正属于儿童文学的文学性问题，期待在简单的表达与深度的思想之间寻求平衡，实现真正属于儿童文学的文学性和创作难度。相比于晦涩沉重的探索，我们更期待"以幽默的故事来写有重量的思想"，表现"浅语艺术的哲理深度"[⑤] 的作品。正如曹文轩评价经典儿童文学作品《窗边的小豆豆》时指出的，"复杂容易，简单难。艰深容易，平易难""越简单的东西就越不能被模仿""《窗边的小豆豆》的这份意义丰厚的简单，使它赢得了广泛的读者"。[⑥] 在简单与复杂、深邃与轻逸的创作张力之中，我们或许可以找到那份儿童文学独特的艺术独创价值。

五、"童年文化塑造"的批评标准

20 世纪 90 年代，随着市场经济改革，商业文化兴起，儿童开始掌握一定的消费自主权，儿童文学成为可供儿童选择消费的文化产品。儿童的消费需要推动作家纷纷关注当下儿童生活，表现当代儿童的精神面貌，生产内容和趣味与儿童亲近的作品，这样创作出来的儿童文学也就具有了时代记录和儿童文化展示的功能。21世纪以来，随着文化批评引入，儿童文学研究视阈也逐渐从"儿童文学"拓展为

---

① 周晓：《〈弓〉与〈祭蛇〉的启示》，载于《儿童文学选刊》1983 年第 4 期。

② 参见余衡：《鱼幻太精致了》，载于《儿童文学选刊》1987 年第 2 期。郑晓河：《不要离开自己的读者——评〈鱼幻〉》，载于《儿童文学选刊》1987 年第 2 期。

③ 方卫平：《1978—2018 儿童文学发展史论》，少年儿童出版社 2020 年版，第 63 页。

④ 朱自强：《新时期少年小说的误区》，载于《当代作家评论》1990 年第 4 期。

⑤ 方卫平、赵霞：《儿童文学的中国想象：新世纪儿童文学艺术发展论》，安徽少年儿童出版社 2018年版，第 204 页。

⑥ 曹文轩：《曹文轩论儿童文学》，海豚出版社 2014 年版，第 15 页。

"儿童文化",① "童年文化塑造" 的标准开始建构。目前可归纳为三个维度：

其一，"塑造童年文化"，首先要认识到儿童是 "独特文化的拥有者，儿童与成人在存在感觉、价值观和人生态度方面存在着许多根本的区别"。② 尊重儿童的文化权利，具有自觉的儿童立场，呈现出儿童文化独特的精神特质。这与商业标准有重合的部分。如方卫平、赵霞所说，"及时、准确地把握特定时间段内当代童年文化的基本特征，使之在儿童文学创作和出版中获得相应的表现，在很大程度上决定着儿童文学能否在读者与消费者对象的层面上获得成功"。③ 如 90 年代秦文君的《男生贾里》《女生贾梅》都市少年小说的成功，就是因为 "全身心地投入对于当代都市儿童鲜活的思想、情感及其个人意志的表现中"，反映了少年最关心的问题，"临近青春期都市少年的心理和情感、市场经济背景下的城市家庭与社会结构变迁、应试教育下的升学烦恼等" "赋予了小说中那些都市少年以更独立的思想和个性"，④ 从而走进了少年读者的心中。新世纪杨红樱的商业童书畅销的原因也在此，《女生日记》对于少女青春期初潮等发育体验的书写，反映了 "许多普通少女所面临的真实的成长环境" "贴近寻常儿童真实的生活世界" "在'淘气包马小跳系列'的前十部作品中，杨红樱展示了她对于童年生活细致的观察和真诚的理解" "小说中多处可见鲜活生动而充满灵光的童年生活感觉和细节。在切入儿童生活现实的同时，作家也把握并表现出了儿童天性中特有的幽默感，它来自与城市中层阶级富裕的物质生活相连的某种自在和潇洒，并在很大程度上参与塑造了一种简洁利落而轻快怡人的叙事风格" "面对生活时的幽默感，也是当代童年生命力的一种自然的外化"。⑤

然而对童年文化的表现并不能仅仅停留在生活表面，对儿童生活和心灵世界进行关照还只是第一步，要想获得更高的艺术品格还需作者生成 "对儿童生命形态、性质的看法和评介"，建立一种面对儿童的 "人生哲学观"。⑥ 刘丽莎在《试论新时代儿童文学的价值准则》中明确论指出："未能'生成'对儿童生命形态、性质的看法和评价……的儿童文学是'成人儿童文学'，而不是真正的儿童文学。这也就是我们的儿童文学难以表达出真正童心、童趣的原因所在。"中国

① 李利芳：《价值学视阈中的方卫平儿童文学理论批评研究》，载于《太原学院学报（社会科学版）》2018 年第 3 期，第 38 ~ 45 页。

② 朱自强：《儿童文学概论》，高等教育出版社 2009 年版，第 25 页。

③ 赵霞、方卫平：《论消费文化背景下的儿童文学创作与出版》，载于《南方文坛》2011 年第 4 期，第 43 ~ 47 页。

④ 方卫平、赵霞：《儿童文学的中国想象：新世纪儿童文学艺术发展论》，安徽少年儿童出版社 2018 年版，第 134 页。

⑤ 方卫平、赵霞：《儿童文学的中国想象：新世纪儿童文学艺术发展论》，安徽少年儿童出版社 2018 年版，第 139 页。

⑥ 朱自强：《中国儿童文学与现代化进程》，浙江少年儿童出版社 2000 年版，第 214 页。

儿童文学的问题在于"往往以成人的思维方式来讲述故事和塑造人物形象"。①

塑造儿童文化，表现儿童独特的生命特质和精神风貌，不仅是为了做儿童的知音和支持者，保护他们在成人与儿童不平等的文化权力环境中不被成人文化淹没，保障他们享受童年的文化权利，更是为了展现儿童独特的精神力量，让成人"从'儿童'（儿童文化）中汲取思想资源"，② 展现儿童文学"儿童与成人双向、互动的关系"的特殊性质。让儿童文学在"解放儿童"之外，还能成为"教育成人的文学"和"全人类的文学"。③ 通过儿童的眼睛和儿童的生活感受，焕新"那些微小的生活事件的独特意义"，肯定"童年生活自身的意义"，④ 提升我们对生命、人性和人生的理解。如方卫平评价任永恒的《一下子长大》，"以童年的小故事完成了一次关于人性的'大'书写"，在现实功利性准则的残忍荒谬中，"少年出于本能的同情的一个举动"，打破了习以为常的野蛮，"在某种程度上成了陀思妥耶夫耶基所说的人性获得拯救的场所"。"保留在童年心灵中的人性的种子，使小说的精神从充满人的私欲和功利的尘世生活中升举起来，获得了一种洁净的品质。"⑤ 正如方卫平提到的，儿童文学创作技术已经发展到了一定程度，"在文学创作到达一定的技术水准之后，其艺术境界的提升便取决于作家对于世界、人生、人性的洞察力和穿透力；对儿童文学来说，还要加上作家对于童年生命和童年文化的洞见。"⑥

其二，"塑造儿童文化"还要具有文化批判性和理想向度，以此参与"当代童年文化和童年观的建构"。"在表现童年文化的同时，对这一文化的现状与走向展开有深度的反思、批判与指引"，承担起"消费文化时代儿童文学的一份历史责任"。⑦ 儿童文学是真正参与儿童生活事件的文学，它的功能绝不是将儿童培养成成人理想中的好孩子，而是通过参与儿童文化的塑造而塑造儿童，并且改变成人对儿童的看法。它自产生以来就"以文学的独特方式参与着特定时代的童年观建构。许多经典的儿童文学作品不但诠释和反映了人们对童年的普遍观念，也

---

① 刘丽莎：《试论新时代儿童文学的价值准则》，载于《海南大学学报（人文社会科学版）》2020 年第 4 期，第 114～119 页。

② 朱自强：《儿童文学概论》，高等教育出版社 2009 年版，第 24 页。

③ 朱自强：《儿童文学概论》，高等教育出版社 2009 年版，第 20 页。

④ 方卫平、赵霞：《儿童文学的中国想象：新世纪儿童文学艺术发展论》，安徽少年儿童出版社 2018 年版，第 119 页。

⑤ 方卫平、赵霞：《儿童文学的中国想象：新世纪儿童文学艺术发展论》，安徽少年儿童出版社 2018 年版，第 122 页。

⑥ 方卫平、赵霞：《儿童文学的中国想象：新世纪儿童文学艺术发展论》，安徽少年儿童出版社 2018 年版，第 301 页。

⑦ 赵霞、方卫平：《论消费文化背景下的儿童文学创作与出版》，载于《南方文坛》2011 年第 4 期，第 43～47 页。

塑造乃至改变着这些观念"。① 所以在儿童文学创作中，必须对当下的文化现象有清醒的反思和批判意识，不能一味跟随潮流。"儿童文学的文化问题最关乎的不是文化的内容，是文化的见识，这见识的深度决定了儿童文学写作的厚度。"② 儿童文学的写作要在对题材的巧妙处理中展现出思想的深度。

新世纪的女性主义批评，通过揭示儿童文学中的女性视角和女性意识，揭露文本中传统社会观念对女性的压抑，寻找儿童文学中女性在"对传统力量反抗中形成的对自己的认识和意义的建构"，③ 推动平等的性别文化的建立。方卫平在作品批评中提出，儿童文学书写苦难，"终点不是叙说苦情，而正是要借助于某些与童年有关的力量来穿透苦难"；④ 儿童文学书写战争，"不是对战争生活的人为美化或伪饰，而是从它最深刻的恐惧中向我们揭示人性的光亮"；⑤ 当代童话"摆脱了借物喻人的人类中心主义创作模式"，⑥ "把作品的精神旨归放到全部人类文明的大背景上"，⑦ "借自然意象对现代文明下生命精神所受到的压抑和污染提出了警醒与批判"，"表达了在节奏日益加快的现代生活中对于生命诗意的呼唤"。⑧ 通过想象，"参与塑造一个更好的现实"。⑨ 概言之，儿童文学是朝向未来的文学，书写童年不能"仅仅停留在现实记录的层面上"，而应让人看到"童年以自己的方式超越这现实的可能"，⑩ 以批判意识和创造性的想象突破成人文化中的狭隘性，塑造新文化，改造文化环境，塑造下一代更加开放和先进的文化观念。

其三，"塑造儿童文化"要注意成人文化的影响。文化本身是具有时代性和

---

① 赵霞、方卫平：《论消费文化背景下的儿童文学创作与出版》，载于《南方文坛》2011年第4期，第43~47页。

② 方卫平、赵霞：《儿童文学的中国想象：新世纪儿童文学艺术发展论》，安徽少年儿童出版社2018年版，第300页。

③ 唐兵：《儿童文学中的女性主义声音》，湖北少年儿童出版社2003年版，第114页。

④ 方卫平、赵霞：《儿童文学的中国想象：新世纪儿童文学艺术发展论》，安徽少年儿童出版社2018年版，第319页。

⑤ 方卫平、赵霞：《儿童文学的中国想象：新世纪儿童文学艺术发展论》，安徽少年儿童出版社2018年版，第183页。

⑥ 方卫平、赵霞：《儿童文学的中国想象：新世纪儿童文学艺术发展论》，安徽少年儿童出版社2018年版，第197页。

⑦ 方卫平、赵霞：《儿童文学的中国想象：新世纪儿童文学艺术发展论》，安徽少年儿童出版社2018年版，第198页。

⑧ 方卫平、赵霞：《儿童文学的中国想象：新世纪儿童文学艺术发展论》，安徽少年儿童出版社2018年版，第200页。

⑨ 方卫平、赵霞：《儿童文学的中国想象：新世纪儿童文学艺术发展论》，安徽少年儿童出版社2018年版，第201页。

⑩ 方卫平、赵霞：《儿童文学的中国想象：新世纪儿童文学艺术发展论》，安徽少年儿童出版社2018年版，第344页。

地域性的，儿童文化的塑造不是空中楼阁，必须建立在世界和民族的大文化基础之上。儿童文化的塑造需要继承传统文化，表现时代和民族的精神风貌，从而能够凸显民族的文化个性。这是全球化语境下，文化"走出去"的战略要求，也是将儿童文化纳入民族大文化的结果。正如李敬泽所说，儿童文学"从来就不仅仅是文学，它体现着一个国家、一个民族最深刻、最基本的价值取向和文化关切"。[①] 儿童文学不仅塑造未来的民族性格，儿童文学作品本身也是一种文化展示，王泉根曾说："认识中国的未来发展，最好的方法则是通过中国儿童文学。儿童文学蕴含着两代人之间的精神对话和价值期待。……既可以让世界看到今日中国儿童的现实生活与精神面貌，他们的理想、追求、梦幻、情感与生存现状；又可以看到中国文化、中国社会如何通过儿童文学作品，体现出今日中国对民族下一代的要求、期待和愿景。"[②] 从文化展示的角度来评价儿童文学，则看重儿童文学对当代儿童精神面貌和两代人理想追求的准确把握，要求其"真实地讲述本民族的故事，表达儿童的情感和心理，不露声色地将'民族性'融入到现实的日常生活之中"。[③]

成人文化的影响还表现在成人趣味对儿童趣味的引导方面。比如在商业的语境中，出现了一味迎合儿童，打着"儿童性"的旗号，进行段子拼贴，用粗制滥造和低俗搞笑去敷衍儿童读者的创作，这种创作一味追求娱乐，失去了对生活的思考和艺术审美的品位，不利于儿童阅读审美趣味的提高。对于这种一味谄媚儿童的做法，进行反拨的代表就有曹文轩。他明确地反对一味追求"快乐"的儿童文学，要求儿童文学的创作不应"失去应有的庄严与深刻"[④] 变成无质量、"没有精神内涵"[⑤] 的傻乐。他说，"我蔑视那种浮躁的、轻飘的、质量低下的愉悦……尤其是儿童文学，正丢弃安徒生的传统格调，片面地、无休止地去追求着那种毫无美感的、想象拙劣的愉悦。……把天真好奇的孩子吸引过去，挠人以痒，使孩子们发出一阵阵空洞的、毫无高雅气息的傻笑。它们对孩子的文化教养，对孩子的性格塑造，毫无意义。它们甚至把孩子的想象力引向了一个平庸甚至庸俗的境界。……我不光反对这种廉价的愉悦，而且还主张文学要有一种忧郁的情调"。[⑥] 对于这种忧郁的情调的提倡，他提出了几点理由：一、宗教是忧郁

① 李敬泽：《儿童文学的再准备》，载于《人民日报》2015 年 7 月 17 日第 24 版。

② 李虹：《中译出版社：双轮驱动，加速中国优秀文学作品"走出去"》，载于《中华读书报》2018 年 6 月 27 日第 6 版。

③ 刘丽莎：《试论新时代儿童文学的价值准则》，载于《海南大学学报》（人文社会科学版）2020 年第 4 期，第 114 ~ 119 页。

④ 曹文轩：《曹文轩儿童文学论集》，21 世纪出版社 1998 年版，第 119 页。

⑤ 曹文轩：《曹文轩论儿童文学》，海豚出版社 2014 年版，第 179 页。

⑥ 曹文轩：《曹文轩论儿童文学》，海豚出版社 2014 年版，第 41 页。

的，围绕着人生痛苦主题，而宗教是文化的核心。二、忧郁是高度文化教养的表现。三、忧郁是美的。四、忧郁不可避免。曹文轩所提倡的儿童文学创作的苦难和悲剧意识，悲悯和忧郁的人道主义，实际上都是成人文化的表现。他以成人的忧患意识和深刻思考，将儿童引向具有世界性、永恒性的精神境界，使儿童文学与成人文学、世界文化一般，承担起"为人类提供良好的人性基础"[①] 的责任，以永在的"道义的力量、情感的力量、智慧的力量和美的力量"[②] 打动儿童，将儿童培养成一个有深刻人文情怀和文化底蕴的人。曹文轩所谓的"精神内涵"实际上是一种文化情怀，他从儿童文学的教育引导责任出发，却不是走向狭义的经验灌输和道德训诫，而是借助文学的想象力、人文关怀和语言美感达成，构成一种以文化人的广义教育，推动儿童文化质量的提高。

第五节　文学评奖综合考察

本节任务是课题组逐一考察国内四个文学政府奖、一个民间文学奖以及两个国际文学奖基础上的综合性分析。

一、文学评奖综合考察研究理由、选取原则以及基本思维方法

（一）"资格评价"和"品质评价"的区分

文学评奖综合考察研究依托"资格评价"和"品质评价"区分，区分理由何在？

1. 资格评价

"资格"是名词，对应一系列动词，分别有：关注、辨别、分析、判断、认定等。"评价"这一动词包含和覆盖它前面所有的行为。"资格评价"主要任务为判断"是否为文学作品，而不是宣传品、广告等其他东西，即承认它具有文学

---

① 曹文轩：《文学给孩子什么》，载于《文艺报》2005 年 6 月 2 日第 4 版。
② 曹文轩：《曹文轩论儿童文学》，海豚出版社 2014 年版，第 67 页。

的基本品质。并不评价其是否达到了怎样'伟大的'或者是优秀作品的水平"。①
"评价"是最后动作，含有认可、确认，以及值得评论和推崇等意思。"资格评价"的提出，缘于文学批评面对动态的复杂纷繁的文学现实，新的书写方式和体裁不断出现，必须提出"文学存在复杂样态的认定与价值评价问题"。② 通俗地说，确认对象"是不是"文学成了一个问题，"资格评价"是认定文学作品"优秀的""伟大的"等赞美、推崇、珍视和传承等评价行为的基本前提，具有基础性。当然，辨别具备文学资格与否，自身就有追求和崇尚文学的价值态度，所以被社会和批评家关注，具有评价特质。

2. 品质评价

"品质"也是名词，对应一系列动词，分别有：描述、分析、阐述、鉴赏、判断、比较、赞美、推崇和推广。"评价"这一动词包含和覆盖它前面所有行为。"品质评价"主要任务包括对于已经确认为文学的作品分析阐述、赞美和推介等，还包括以"比较"和"选拔"为主要行为切入的编辑选集和文学评奖等，是沿着"推崇和推广"的深化行为，这就必定以某种尺度"比较"和"选拔"。由比较和选拔等级较高而产生的"品质评价"结果，逻辑上说，就是最"优秀的""伟大的"作品。文学评奖尤其是政府文学评奖即以"比较"和"选拔"为主要特质，属于这种"品质评价"。③"品质评价"的提出，缘于文艺评论价值体系需要文学价值观和批评标准问题，两个重要任务均浸透"导向"蕴涵。

3. 价值哲学

价值哲学是沿着"品质评价"覆盖的"比较"和"选拔"方向展开的重要理论资源。价值哲学认为，价值通过评价而彰显。"评价具有四种最为基本的功能，其一是判断功能；其二是预测功能；其三是选择功能；其四是导向功能。""处于核心地位的功能是导向功能。从层次上看，以上三种功能都是隶属于这一功能的。"④ 对应于文学领域：人类需要文学，它是人类精神中有独立存在价值的事物。文学活动原发性地携带导向属性，无论人们是否自觉意识到。"品质评价"任务中侧重"比较""选拔"的文学评奖活动最明显体现导向特性，此外还有文学经典，业已为人类重要精神财富。文学经典理论发现：称之为经典的作品

---

① 刘俐俐：《文艺评论价值体系与文学批评标准问题研究》，载于《南京社会科学》2016 年第 12 期，第 119～127 页。

② 刘俐俐：《文学存在复杂样态的认定与价值评价问题——以小小说考察为中心》，载于《湘潭大学学报》2019 年第 2 期，第 106～119 页。

③ 我们在《文艺评论价值体系与文学批评标准问题研究》（《南京社会科学》2016 年第 12 期）一文中曾论及此议题，当时区分为"资格性评价"和"选拔性评价"两者，但是并未深入细致展开。经过近两年的研究，现修订为"资格评价"和"品质评价"，予以说明。

④ 冯平：《评价论》，东方出版社 1995 年，第 4 页。

太多了，必须甄别才可以让读者在有限时间内读最好的作品。"选拔"行为在经典化过程中发挥了重要作用。① 评奖和文学经典之"选"，都有"选"的角度和原则。

当然，"资格评价"和"品质评价"两者各有其合理性和必要性，两标准绝非完全区隔，而是既区分又关联，正如瑞恰慈所言，"理解文学艺术中发生的一切乃是价值理论所需要的，'什么是好的？'和'什么是文学艺术？'这两个问题是互为照明的。实际上二者缺少任何一个都无法给予充分的解答"。② 此二者的关系是后续将深入研究的问题。

文学评奖作为"品质评价"中侧重"比较"和"选拔"的评价，那么以谁为主体发起、组织和主导？在怎样语境中选拔？作品选拔限定的外延如何？以文体、作家哪个为准则？还是二者兼顾？当下选拔与历史性的选拔必有不同。持续进行选拔的历史渊源和可持续性如何？概言之，选拔评价非常复杂。此为以文学评奖为抓手进行综合考察研究的基本缘由和思考基础。

（二）文学奖项选取的原则

在确定选取原则之前，应该先回答奖项选择的理论前提。理论前提就是价值体系的特质。此问题绪论已经详细阐述，不再赘述。那么，以价值体系为理论前提的文学奖项选取原则如何呢？

文学评奖制度作为一种文学激励机制，是中国当代文学制度重建的重要内容。文学评奖以及颁奖都是经验层面的重要事件。英国的人文与社会科学学者迈克尔·格伦菲尔（Michael Grenfell）在《布迪厄：关键概念》中说布迪厄的理论"是一种对于理论与实践之关系的独特理解，……他运用了一套极具个人风格的独特概念术语。这些被布迪厄称为'思想工具'（thinking tools）的术语常常出现于他的经验研究中，被用于解释和阐明某种被揭示出来的社会规程。……他的出发点一直都是某种特定的社会现象和实践。确切地说，任何布迪厄框架下的研究都必须源于对现实以及经验的记录"。③ 这是我们运用法国社会学家皮埃尔·布迪厄的场域理论与方法的根本理由。

1. 根据布迪厄"文学场"观念的"占位"和"配置"思想选取四个政府奖

布迪厄提出，要实现科学的文化产品批评，就必须与理解作品的社会现实相

---

① 参见［美］布斯：《修辞的复兴》，穆雷等译，译林出版社 2009 年版；［英］F. R. 利维斯：《伟大的传统》，袁伟译，生活·读书·新知三联书店 2002 年版；［意］伊塔洛·卡尔维诺：《为什么读经典》，黄灿然、李桂蜜译，译林出版社 2006 年版。

② ［英］艾·阿·瑞恰慈：《文学批评原理》，杨自伍译，百花洲文艺出版社 1992 年版，第 31 页。

③ ［英］迈克尔·格伦菲尔：《布迪厄：关键概念》，林云柯译，重庆大学出版社 2018 年版，第 2 页。

互联系，由此有"三个层次必不可分的三个步骤：第一，分析权力场内部的文学场（等）位置及其时间进展；第二，分析文学场（等）的内部结构，文学场就是一个遵循自身的运行和变化规律的空间，内部结构就是个体或集团占据的位置之间的客观关系结构，这些个体或集团处于为合法性而竞争的形势下；最后，分析这些位置的占据者的习性的产生"。① 将政府意志为主导的政府文学奖项看作"权力场内部的文学场"应该没有问题。同时借鉴布迪厄有关"占位"和"配置"思想，这样茅盾文学奖、鲁迅文学奖、全国少数民族文学骏马奖、全国优秀儿童文学奖等国家政府四大奖项进入我们的视野，显示了从文体、被奖励主体以及民族性主体和接受主体的区分，以及文体开放性等各个方面"配置"，全面体现文学在国家权力覆盖范围之内的作用和功能。四大奖项组成了体现国家意志的文学评奖整体。

2. 根据文学的人类相通性以及体系与外在环境互动的基本原理，选取中国之外的国际文学奖项——诺贝尔文学奖和安徒生文学奖

选取理由为民族、国度、国家制度不同，关切民族性和注重儿童成长具有共同性。布迪厄文学场界定乃为相对性思维方式，所以可将国内文学场与国际文学场理解为是互相依存的关系。其实，诺贝尔文学奖和安徒生奖均是学术团体组织的"民间性"奖项，都有或长或短评奖历史及评奖理念标准，而非政府性文学评奖。由此理解出发可涵盖文体、作家、作品和思潮等诸多因素，这启发我们对政府文学奖以及政府以外的其他文学奖项进行比对性考察，再如国外的安徒生奖可对应我国的全国儿童文学优秀作品奖。

3. 布迪厄"习性"概念作为方法，适用于面对具体国情和语境的历史与现实交织的经验

"习性"和"场域"以及占位思想结合汇通，给予思想方法。按照布迪厄的思路，习性、资本和场域互相纽结，习性是一种关系性结构。"布迪厄指出，给定境况中的实践是一种对行动结果的期待所带来的，而这种行动又是一种给定了路径的行动，这反过来又回到了过往那些结果的经验基础之上，而这就是诉诸习性"。② 可见习性超越了主客二分，被定位在关系中。我们选取了民间自发性奖项"小小说金麻雀奖"，就是依据布迪厄关于文学场与社会场、权力场同源的原理。我国近30余年来由民间人士倡导发起的小小说蔚为大观，倡导者联合小小说刊物设置了民间性质的小小说金麻雀奖。小小说倡导者最初定位为"小小说是平民艺术"（当然这个定位和定性值得深入探究），确实具有布迪厄在《艺术的

---

① ［法］皮埃尔·布迪厄：《艺术的法则——文学场的生成和结构》，刘晖译，中央编译出版社2001年版，第262页。

② ［英］迈克尔·格伦菲尔：《布迪厄：关键概念》，林云柯译，重庆大学出版社2018年版，第73页。

法则》一书中提倡的"新科学精神"意涵：展示习性和主体的活跃的、有创造性的、"创造的"的能力。习性概念"最适合表达这种脱离意识的哲学的意愿，而又不消除处于真实建设的实践者这一事实中的主体"。① 小小说是"平民艺术"显示了民间对文学的兴趣。有一定读写能力的人都可参与，确实为"习性"观念覆盖的实践行为。仅以一点证实：参与小小说活动的人们，自觉地以"我们"相号召并似乎天然自明地成为叙事和倾听主体，并以"我们"为话题写作……② 可以说，当代中国文学场域让民间此习性得以成为该"习性"。金麻雀奖与权力场内的文学场的关系确实值得深入研究。

四个政府奖，一个民间奖，两个国际奖，七个研究对象贯穿了历时共时、国内国际、政府民间等，通过梳理各个奖项（选本）的不同观念和标准，然后互相比较和参照，意在发现共同点和不同点，更希望发现某些规律性。这些奖项构成的整体呈现为以政府奖为圆心辐射到民间，以及国际文学因素进入中国的效应等多层次的文学场。考察所获的发现如何？

二、发现之一：作为事实论据的发现以及初步观念

（一）政府文学奖项考察：权力场内文学场的建构与配置

"场是位置之间的关系网，每个位置都被与其他位置的客观关系决定且与之相关，位置依靠它在场的结构中的资本分配，占位与位置是同源性的关系，占位可以是文学或艺术品，也可以是政治行为或话语，宣言或论战，它是一个对立'系统'，是持久冲突的产物和焦点。"③《艺术的法则——文学场的生成和结构》译者刘晖"译后记"这段话非常精炼地概括了场以及占位和位置的相对性。政府文学奖居于文学场的圆心位置，缘于诸般考虑：茅盾文学奖（简称茅奖）以文体为原则颁发给长篇小说作品，有作家说长篇小说是一个民族的秘史，适宜从容壮阔地描写漫长中国历史，塑造体现民族精神和文化传统精髓的人物形象和人物群，承载信息量大，具有史诗可能性。鲁迅文学奖（简称鲁奖）为相对综合性的奖项，具有包容性和开放性，是国家顺应人们精神生活日益纷繁丰富以及新文体

---

① ［法］皮埃尔·布迪厄：《艺术的法则——文学场的生成和结构》，刘晖译，中央编译出版社2001年版，第221~222页。

② 详见刘俐俐：《文学存在复杂样态的认定与价值评价问题——以小小说考察为中心》，载于《湘潭大学学报》2019年第2期，第106~119页。

③ ［法］皮埃尔·布迪厄：《艺术的法则——文学场的生成和结构》，刘晖译，中央编译出版社2001年版，第432~433页。

文类不断涌现之趋势设定的奖项。此奖偶有同一作者以不同文体重复获奖的现象。网络文学和小小说纳入鲁奖体现了其开放性。虽说小小说奖项连续两届空缺，这是该文体被认可接受过程的必然现象。终于，第七届鲁奖由冯骥才的《俗世奇人》摘走了该奖项，小小说在政府认可层面登堂入室。

除了茅奖和鲁奖的配置特性之外，依据我国多民族一体国家性质以及少数民族经济文化相对落后的国情，还设置了少数民族文学骏马奖，该奖项评奖条例虽经多次修改，但始终保留有"激励、引导、扶持、示范等骏马奖所要起到的显示效果"表述，印证了配置特性。全国儿童文学优秀作品奖设置的深层观念包含有诸多元素：儿童文学教育首位性质的特殊性；文类不宜界定也难以囊括到所谓的综合性文学文类；儿童文学对于民族复兴和国家强盛有着重要功能，所以需要单独设奖。套用骏马奖就位置与配置的表述："少数民族文学评奖'内'与'外'的制度属性反映的是少数民族文学在中国文学整体中的位置。"① 儿童文学奖与骏马奖属性相同。除了儿童文学优秀作品奖，学术界就其他三个政府奖有较为丰厚的研究。目前既有的政府文学奖研究侧重制度运行和评奖标准研究两大方面。本节侧重评奖标准。

（二）政府文学奖项考察：选择标准（选拔）总体稳定中的不断变化

政府文学奖运行过程体现的选拔标准如何？用一句话概括：评奖标准以保持总体稳定为前提，以阐释的方式使其处于变化状态。

稳定的机制如何？中国政府是中国共产党领导的政府，党的文艺方针政策最早源头为毛泽东《延安文艺座谈会讲话》，提出文艺是为"最广大的人民大众"服务的总目的以及"文艺批评有两个标准，一个是政治标准，一个是艺术标准"的思想。政治具有涵盖当时反帝反封建的国情性和时代性的任务特质。政治是权力的体现。"政治"与"艺术"两个概念对举的二分思维给新中国成立后的文学批评标准定下了最初框架，是当代国家奖项的最初总原则。我们发现，四个政府奖均将"政治"换成了"思想"，这既尊重初心又是重大变革。"思想"与"政治"分属不同的领域，但又互相联系，"思想"主要属于意识形态范畴，"思想"可包括和演化为哲学思想、宗教思想、民间思想、历史思想、文学思想等各分支意识形态。"思想"与"感情"的关联和同质，较之"政治"与"感情"的关联更加接近，是可以互相转化的两个范畴。西方文论和中国文论都有过如此思想

---

① 朱林：《全国少数民族文学"骏马奖"的制度属性与演化逻辑》，载于《民族文学研究》2019年第1期，第97~106页。

元素（这是个重要的理论问题，现在仅侧重经验层面的分析）。四个奖项的评奖准则总是沿着这样的模式修改性地套用。茅奖总目标表述为"文艺为人民服务，为社会主义服务"，评奖标准的总原则为"坚持思想性与艺术性有机统一"；鲁奖总目标为"坚持以人民为中心的创作导向，贯彻'二为'方针和'双百'方针"，评奖标准则为"坚持思想性和艺术性统一的原则"；少数民族文学骏马奖的总目标是：遵循"二为"方向，贯彻"双百"方针，体现少数民族文学始终是社会主义文学的一部分。评奖标准则为：政治标准第一，艺术标准第二，艺术性与思想性统一，民族性与当代性兼顾。中国儿童文学优秀作品奖评选总体上坚持了"思想性、艺术性、可读性相统一的原则"。"骏马奖"可如是表述：以2016年2月29日修订的《全国少数民族文学创作"骏马奖"评奖条例》为例，指导思想要求"遵循文艺为人民服务、为社会主义服务的方向，贯彻百花齐放、百家争鸣的方针"。[①] 须注意的是，这一思想也是茅盾文学奖、鲁迅文学奖、全国优秀儿童文学奖的指导思想，可谓社会主义文学总纲。场域理论认为，在权力场内的文学场，处于被权力统治的地位。可以推导出文学批评也处于同样的地位。

变化状态如何？此状态是怎样实现的？课题组就各奖项的考察，都有作家所用文体、获奖者性别、民族属性、获奖者性别、获奖数量等数据收集和分析，颁奖词词频以及颁奖词的关键概念的分析，颁奖词部分是各奖项考察重中之重。这些数据分析综合概括的大致判断：根据总原则，随着该奖项最初设置目的和配置，标准的侧重点也在不断调整。

调整维度可大致描述为：其一，国家意志及其主流意识形态导向与艺术水准之间倾斜程度的适度调整。浅白地说，即思想性和艺术性之间倾斜的变化。以骏马奖看，设置之初明确强调鼓励、扶持少数民族文学创作繁荣的意义，少数民族文学逐步发展兴盛起来之后，第八届评奖条例中，首次在指导思想里提出"坚持少而精、宁缺毋滥的原则"。从侧重"奖"与"扶"一极向文学品质提高和要求"选拔"一极倾斜。运行过程曾出现"人口较少民族特别奖"设置与随后取消的事件，增加设置是向扶持和鼓励方面倾斜；取消是因为发现此设置影响了"选拔"的文学特质。恰如翟洋洋在《"骏马奖"评奖标准的历史演变：分析与启示》概括为："'骏马奖'评奖标准的发展趋势是：初期评奖标准以思想性作为评奖决定要素，以民族性作为政策倾斜要素，目的在于鼓励多发展；近年来评奖标准转变为在坚守思想性和民族性这两个要素之外，强化'少而精'原则，提高艺术性门槛，力求少数民族文学精品。这一变化是文学发展进步的必经阶段，反

---

① 参见朱林：《全国少数民族文学"骏马奖"的制度属性与演化逻辑》，载于《民族文学研究》2019年第1期，第97～106页。

映出少数民族文学这一文学谱系自诞生以来取得的进步。"① 其二，根据社会热点和时代性任务，向题材选取和作品类型丰富性上适度倾斜，但终究不离总原则。如鲁迅文学奖对精准扶贫战略历史性成就以及生态文明理念方面题材优秀作品的侧重。作品类型扩展也是调整的一个方面。其三，以总原则为前提，不断向接受者实际状况和理解方向调整。如"全国儿童文学优秀作品奖"运行体现了对儿童文学性质体认的逐步深化，由此而有文类调整，如"科幻文学奖"就是2013 年修订评奖条例时将原来的"科学文艺奖"调整后的新表述。比如寓言奖，除第一届和第五届有获奖之外，其他八届均为空缺，缘于此文体有悖于新时期以来儿童本位的儿童观念。其四，通过价值内核细化而实现意涵和价值的增多与丰富。如茅奖在主旋律前提下，扩展到以个体性的人作为落脚点的一些精神现象，诸如德性、友善、美好、正义、幸福、尊严等。此外还包括自由、发展、创造等价值。茅奖奖项研究者认为：作为党的政策的主旋律具有很强的包容性，且不断从动态的文艺政策中吸附理论资源用以扩充自己的辐射范围。事实上，主旋律提出之初就具备了这样的特质。②

（三）选择标准（选拔）总体稳定中的不断变化

总体稳定中不断变化的结果大致概括如下。其一，客观上实现了国家主流价值观为导向并渗透于文学活动的功能，体现了国家奖项的设置初心。其二，引导和推进了我国文学追求艺术本性和提高审美价值，最有力证据是各个国家奖项获奖的数量总体趋向减少。骏马奖"获奖总数的减少和奖项设置的压缩是近年来'骏马奖'评奖活动的一个显著特征，……逐步提高评奖门槛，从优选拔，更加注重作品的艺术特质。换言之，'骏马奖'评奖活动的政治干预色彩淡化了，而文学性和艺术性作为评奖标准的地位逐步提高了"。③全国儿童文学优秀作品奖数据显示：综合历届评奖情况，除了第一届和第二届的获奖数量分别为41 部和29部，数量较多，第七为 13 部，数量较少之外，从第三届开始，获奖作品数量大都介于16 部到20 部之间，比较稳定。鲁奖总体趋势是近年来参评总数持续上升，其中由作协推荐的作品数量接近一半，可见作协推荐是作品参评的重要渠道。而初评和终评环节中，提名作品数量持续减少，逐步稳定在 70 部，入围比例下降为 5%，获奖作品数量则逐步稳定在 30～35 部（篇），获奖比例为 2%。④

①③ 翟洋洋：《"骏马奖"评奖标准的历史演变：分析与启示》，载于《民族文学研究》2018 年第 1 期，第 103～114 页。

② 详见葛瑞应：《价值哲学视野下茅盾文学奖的导向功能和可能未来》，载于《烟台大学学报》2019 年第 5 期，第 75～83 页。

④ 详见翟洋洋：《鲁迅文学奖的评奖争议和价值冲突》，南开大学硕士学位论文，2019 年。

总体可概括为：参与数增大和获奖数减少乃至稳定，由此而形成的反差越大，选拔性质越凸显。客观上促进了文学回归文学艺术本质特性，审美价值得到支撑。如上事实印证了我们一贯认为的作品的"内在价值"是文学价值发生最初基础的观点，理当成为价值体系的有机组成部分。

三、发现之二：作为事实论据的发现以及初步观念

（一）国际文学奖与国内文学场的互动与印证

我们认为，国际性诺贝尔文学奖和安徒生奖，在我国语境被关注议论的性质绝非纯粹原初发生意义的，事实上成了中国人理解的国际奖项和中国问题，具有互动和印证的合理性。

先说印证。印证是指国内文学场核心性的政府奖部分，其选拔原则及标准以不断调整方式实现稳定与动态的结合。诺贝尔文学奖遗嘱中将颁发对象设定为创作出"在文学领域具有理想倾向的最杰出作品"的作家。在颁发给作家而非作品前提下，遗嘱提出了"文学领域""理想倾向"和"最杰出作品"三个关键词。作为评奖和颁奖机构的瑞典学院最常使用的词是"理想主义"（idealist）。这并非出自诺贝尔遗嘱，而是瑞典学院早期对"理想倾向"的一种解释。[1] 在漫长的评奖历史中，诺奖组委就遗嘱中的"理想倾向"有过几个关键性阐释。最初将其解释为对于20世纪初社会传统秩序的维护；30年代后解释为"对人类的深刻同情"和"广泛的博爱主义"；50年代后，解释为"文学的开拓者"；70年代后至今，评委逐渐放宽"理想倾向"一词对评奖的限制，开始注意到"地方上的文学巨匠"；[2] 近年来，诺奖评委又有将目光投放到文学殿堂之外的趋势。我们曾经概括为："可见，诺贝尔在遗嘱中所提到的'理想倾向'时至今日，已经被诺奖评委会诠释为一种多元的价值导向。"而且发现："诺奖与主流文学观念的双向影响"，体现了对待文学冷热的独特立场，以冷来看，有两种冷，"第一种冷，指诺奖常颁发给那些读者并不广泛、人们知之甚少的作家""第二种冷，指超越了一般对文学的传统理解，呈现为特异的文学现象"。"诺奖正是通过与时代主流文学观念的双向互动不断塑造自身品牌，同时也不断施加自身在全球文化领域的影

---

① 参见刘俐俐、翟洋洋：《百余年诺贝尔文学奖价值导向的历史演变分析及启示》，载于《江汉论坛》2017年第5期，第153~160页。
② 参见佘烨：《诺贝尔文学奖百年扫描》，见屠国元主编《外语翻译文化》（第4辑），湖南人民出版社2005年版，第359~360页。

响力"。① 这个现象与我国政府文学奖从政治标准与艺术标准对举模式，到当代以思想性和艺术性为主要模板得到不断变化性阐释很相似。准则基本稳定不变，运用中的阐释不断变化。可以推论，但凡发生较大影响的文学评奖只有保持稳定性的同时又保持阐释的自由度方可持久。诺奖这个立场与变化性阐释，是在诺奖评委的各种场合言语表述以及颁奖对象和颁奖评语中体现的。中国政府文学奖的阐释主要体现在颁奖评语中的潜在变化。

再说互动。互动是指我国文学进入诺奖视野和诺奖影响了我国的文学。当代中国有实力的在世作家向往诺贝尔文学奖，莫言获诺奖得到广泛关注等就是证明。安徒生奖也是如此。曹文轩 2016 年获得国际安徒生奖作家奖，人们几乎都如此感慨：中国最优秀的儿童文学作家的好作品已经站在了世界最高美学平台上。评奖具有示范引导作用，有多方面影响和效应。茅盾文学奖研究者则说过"写作导向价值"现象，例如范国英指出就文学评奖而言，要分清文学评奖制度下的写作和以文学评奖为目的的写作。② 以文学评奖为目的的写作，是诸多影响之一种。

（二）权力场之内文学场与民间文学奖之比较性考察的发现

我们近年来对民间性质的小小说及其金麻雀奖有较多研究。对于小小说暂用"活动"而不用"作品"表述。潜台词：小小说文学体裁尚未搞清楚，凭借怎样的特性可列入文体秩序、审美特点如何等问题需要深入研究。虽说如此，作为民间热爱文学人士倡导的参与者（阅读者、写作者、谈论者）的广泛活动确实发生了。"小小说是平民艺术"的涵义可理解为：向往和尊崇艺术，将这种写作范式直接定于艺术位置；认定小小说为艺术前提下范围划定在平民而非精英以及专门以写作为职业的作家，让操持小小说的非作家的其他职业的人们，因写作具有艺术家的自信心和荣誉感；说小小说是活动，除一般文学活动论涵义之外，更在于倡导者依托刊物举办了网络公众号、讲习班和文学评奖等。金麻雀奖即为活动之一。该奖是小小说领域内公认的最高奖项，于 2003 年由《小小说选刊》、《百花园》、《小小说出版》、郑州小小说学会联合设立。该奖项以每位作家在规定年度内创作发表的 10 篇作品为参评单元，至今已经评选了八届。它是文体内的奖项，此奖以自觉的引导性区别于一般民间文学奖。遴选宗旨先后有变化，依次为："为遴选精品，推举名家，促进文学事业的繁荣发展"；此后"……文学事业"修改为"小小说事业"；再此后则将这段话去掉，改为一句："为促进小小说创

---

① 刘俐俐、翟洋洋：《百余年诺贝尔文学奖价值导向的历史演变分析及启示》，载于《江淮论坛》2017 年第 5 期，第 153~160 页。

② 参见范国英：《制度·文学制度·文学评奖》，载于《西北农林科技大学学报》（社会科学版）2009 年第 9 期，第 117~120 页。

作的繁荣兴盛"，强化了"创作"；"为倡导文体，推介作家，促进小小说创作的
繁荣昌盛"等。归纳金麻雀奖全貌和过程，我们以为，倡导者强调"作家""创
作""文体"三者，体现了最初制定的"艺术"目标，呈现了如下特点：其一，
编辑作为评奖主体，促使文体建构不断深入；其二，评奖范围扩大以体现影响
力；设奖数量收缩以体现标高性；其三，标举作家身份使平民不再与文学分隔，
形成努力向精英体制靠拢的事实。其结果就是鲁迅文学奖凭借其文体扩展性质将
小小说奖项纳入其中。① 连续两届空缺后，终于颁给了冯骥才的小小说集《俗世
奇人》。从逻辑来说，小小说文体得到了国家奖项的认可，证明了小小说金麻雀
奖的地位和价值。

综合考察数据分析和上述情况可见：政府文学奖与民间奖的共同点是，都体
现了评奖总原则稳定和具体语境阐释的动态变化相统一规律。小小说以确立文体
合法性合理性不断调整评奖原则；以最初"扶持新人"逐步向确定作家身份转
变，以求平民可为作家的事实。不同点是：其一，政府奖的茅奖和鲁奖评奖结果
多有争议，金麻雀奖评奖从未引发争议。主要原因可能是民间属性使其意识形态
性较弱，加之小小说文体短小和大众化语境，难以容纳宏大主题。从获奖评语的
关键词属性看，思想性语词，诸如"国家""社会主义""爱国"等语词没有出
现，相比茅奖，也没有出现"中国""人民""民族""现代性""家族"这样的
大字眼。较高的思想性语词词频依次是：生活、现实、人性、文化、社会、历
史、人生、传统等。其二，虽然此奖有向精英话语靠拢趋势，其中也有过弱化这种
靠拢的时期，但总趋势确为精英化。获奖数量和获奖者分析显示，写作小小说取得
文学成就进入主流精英话语体系的人数不断增加，小小说内部精英化已获得成功。

综合以上发现之（一）和（二），大致概括出的基本结论和观点为：（1）中
国当代语境文学场性质，基本为权力场之内的文学场。政府文学奖项占据主导地
位，体现和承载了国家意志，立意在传承民族精神，希冀实现鼓舞人们进入新时
代的导向作用。这是集我国漫长的历史与当代现实而成就了的具有"自主的获
得"性的结果。（2）政府文学奖以各自所占位置并经过配置形成了具有影响力
和高层次性评奖原则和基本标准，是文学场内文学之圆心，具有号召、宣传、影
响以及吸纳等重要作用，是重要的文化资本，也是权力场运行机制必然产生的效
应。此即"场内部占统治地位的评判标准"。② （3）文学场的圆心部分之外的国
际性奖项以及民间奖项所发挥的作用，呈现为双向性：国家文学奖具有导向和吸

① 详见孙铭阳：《"经验"视野下的民间奖项——小小说金麻雀奖考察分析》，载于《小说评论》
2019 年第 4 期，第 177～184 页。

② ［法］皮埃尔·布迪厄：《艺术的法则——文学场的生成和结构》，刘晖译，中央编译出版社 2001
年版，第 143 页。

纳性；国际奖在国人理解中也具有了被国家文学奖吸纳的作用，民间奖被圆心性的政府奖吸纳，具有主动投入其运行轨迹的意向和特质。（4）文学评奖作为文学场特性的重要体现，遵循文学场自主运行的逻辑，即在艺术特性和权力资本的两极摆动和游移，体现在体裁倾斜与变换、题材与风格、思想与主题等各方面。

四、作为理论问题式的发现

"作为理论问题式的发现"，"发现"的是问题，就是携带考察的基本结论进入价值体系建设发现的理论问题，当下并不能解决，仅在于理出头绪和分解，留待后续逐一解决。

（一）从"政治"到"思想"的继承性问题

考察已获知：延安文艺座谈会讲话的"政治"与"艺术"两个概念对举的二分思维，给新中国成立后的文学批评标准定下了可继承性的框架，同时被确定为国家文学奖项总原则的基本理路。延安时期和新中国，是中国共产党领导处于同一权力场的两个时空。中国共产党产生和延续至今形成的意识形态，始终贯穿其"习性"。确如布迪厄理解的，"习性"绝非纯粹主观或纯粹客观。"习性"是被塑造的、动态的，即"我们习性的塑造是如何通过一种实践上的精训而给予我们的；我们的过去以及正在发展中的存在境遇会使我们在一些游戏中比其他人更具有一种'感觉'，同时也以特定的方式来进行那些游戏"。[①] 可以理解为："政治"到"思想"是"习性"所致，也是合乎不同时期与主体追求目标以及客观情境变化的概念。延安文艺座谈会讲话的 1942 年，正是共产党领导全国人民抗日最艰难的时期，民族矛盾上升为最主要矛盾。只有"政治"概念才能包括如此重要的历史境况。"讲话"的"政治"涵义，可以理解为作为阶级斗争的政治的延伸——民族斗争，或者表述为，1942 年的语境中，意识形态和人的解放的政治，都要置于民族解放斗争之下。这是顺理成章的对"政治第一"的理解。"习性"经过民族斗争的政治，延伸到当代自然可以转移到以"人的解放的政治"为主了。可以说，"思想性"是中国共产党场域"政治"随着不同时期变迁，逐步转移到人的解放的"政治"的具体体现。质言之，从"政治"到"思想"，具有中国语境共产党领导场域的历史继承性。"政治"到"思想"批评总原则的历史转换与继承具有合理性与必然性。

---

① ［英］迈克尔·格伦菲尔：《布迪厄：关键概念》，林云柯译，重庆大学出版社 2018 年版，第 73 页。

（二）继承性的可能变迁与拓展空间问题

从"政治"变为"思想"，具有"习性"适应不同时期的主要任务，以及"思想"可置于此"习性"的"政治"概念之下等方面的合理性与必然性，但是"政治"与"思想"毕竟是属于不同层次的两个概念。按照符号学理解，"思想"是边界模糊不清晰的语词符号。模糊和不清晰恰恰缘于它与诸多学科相交叉互渗互融，这是思想可能继续分解为若干细致问题的机制，也可说是分解为外延更小但内涵更深的一些范畴，此其一；其二，不仅如此，思想也具有转换为人的感情、情绪等精神活动范畴的合理性与可能性。可否说，较之"政治"，"思想"被分解的可能性要大一些？从文艺心理学、美学、精神现象学等相关学科的资源可进一步证明和探究。其实，文学评奖综合考察的颁奖辞和获奖评语分析已显示：这些语词已非抽象的思想，而是思想的具体化。证明了选拔标准的"思想性"呈现为持续性分解和阐释的开阔空间，客观上扩容了思想内涵。以骏马奖获奖作品评语考察为例，引在下面：

在内容层面上，"民族/民俗"出现频率最高，占67%，其次是"人物/人性/人文关怀""历史/文化/传统""现代/现实/时代/当代""乡村/农村/游牧/乡土"，占50%左右，这些关键词凸显了评奖标准中的"民族性"特征；此外还有8部作品评语中提到"抗战/爱国/社会主义"，9部提到"变迁/变革/变化/改造"，5部提到"民族交融/和谐共处"，这些直接表现了社会主义制度下少数民族生活的发展变化，表达对拥护党的领导和对社会主义制度的热爱，体现出评奖标准中的"思想性"特征。还有4部作品评语中提到"女性/女性主义"，4部提到"自然风光/地理"，1部作品涉及"估计体裁"，体现评奖标准中的"多样性"特征。①

从"思想性"引出的若干更具体语词，还可进一步具体化从而转换为情感范畴的合理性与可能性，比如人性、人文关怀。人性主要诉诸情感和本能性的情绪、行动等，向上，可联系道德情操等，向下，可沉置于情绪、"冲动"等。②人文关怀的阐释空间更大，作为大词的"爱国"，落实在个人层面，就是人性的善。由此还可具体分解为情感和理性体认等。

金麻雀奖获奖评语也印证了上述看法。此奖"思想性"高频词，按照所占百分比依次为：生活、现实、人性、文化、社会、历史、人生、传统、生命9个语

---

① 详见翟洋洋：《"骏马奖"评奖标准的历史演变：分析与启示》，载于《民族文学研究》2018年第1期，第103~114页。

② 此处"冲动"概念来自英国批评家艾·阿·瑞恰慈：《文学批评原理》，杨自伍译，百花洲文艺出版社1992年版。详见该书的第七章。

词。与骏马奖颁奖词"思想性"高频语词有诸多重合。传统、生命、生活9个语词，都可转换为感情范畴，还可以加前缀或后缀让意义扩展和具体化。比如"生活"可转换为"热爱生活"，"热爱生活"又可生出更丰富的感情与情绪性表述。

如上内容可概括为："思想"批评总原则在具体批评中的具体化与转换，得以实现思想内涵的扩展，其机制与理路是个值得研究的问题。

概言之："政治"到"思想"批评总原则的历史转换与继承的合理性与必然性问题；"思想"批评总原则在具体批评中的具体化与转换，得以实现思想内涵的扩展，其机制与理路问题等，是我们"作为问题式的发现"分解出的两个问题，值得继续研究。

（三）"品质评价"向"资格评价"逆向转换的可能性与合理性问题

文学评奖颁奖词和评语显示出"思想"具体化和扩展的规律，这与我们此前思考的一些问题和既有研究成果关系密切。首先，与政府文学奖的评奖机制和运作相区别，一般文学批评行为是评论家所为。一般评论家面对的是复杂的动态的文学现象和作品，重要任务是确认其是否为文学艺术作品，当然，评价文学作品"品质"优秀的程度也是他们的重要任务。但是，"品质评价"中侧重"比较""选拔"任务，在当下中国语境，其评价主体主要是政府或某些文学组织机构出面组织。文学评奖的颁奖词评语中确有一般评论家参与的成分，这个复杂性提示我们："资格评价"和"品质评价"并非截然分割。其次，我们已经提出文学作品的"内在价值"是价值体系的组成部分，文学评奖总体原则是"思想性"与"艺术性"相统一。就"内在价值"，我们曾以作品"艺术价值构成机制"表述，① 意思是文学的艺术作品凭借什么对人发生了艺术魅力？凭借的就是"艺术价值构成机制"，艺术魅力是个整体概念，它可容纳的就是"思想性"与"艺术性"相统一的那个东西。是否具有"艺术价值构成机制"，只有经过分析才能知道和确认。文学评奖颁奖词和获奖评语等，执行的就是对于"艺术价值构成机制"的确认和表述，其实具有"资格评价"性质。最后，"思想"内涵在批评中的具体化和转换，无论怎样具体化和转换，都应该可置于"思想性"覆盖之下，都会汇入"艺术价值构成机制"中。或者说，只有能被"思想性"覆盖方可对"艺术价值构成机制"起作用。概言之，"资格评价"依然遵循"思想性"与"艺术性"相统一的批评总原则。不过是基于由果溯因的分析工作。

---

① 参见刘俐俐：《经典文学作品文本分析的性质、地位、路径和意义》，载于《甘肃社会科学》2008年第3期，第9~16页。

无"果"何以有动力去溯"因"？这涉及如何理解文学评论家进入批评的路径、方式、状态等理论问题，客观上给予批评家较大自由度和知识生产的可能空间。

第六节　文学批评标准个案考察（一）：新时期少数民族文学选本

本节梳理考察和研究新时期少数民族文学选本。少数民族文学选本正式进入中国文学视野，始于20世纪80年代。

一、新时期少数民族文学选本的出版概况

20世纪80年代初，中国文学艺术联合会成立专门的编辑委员会，决定"编纂一部反映'五四'以来中国新文艺优秀成果及其发展历程的拔萃本总集"。[①]按照历史时期分为五辑，由近及远地编纂出版，最先出版的是《中国新文艺大系（1976—1982）》第五辑，在本辑中，首次提出编纂少数民族文学专集，此后出版的《中国新文艺大系（1949—1966）》第四辑也将少数民族文学集单独编纂成册，而第一辑至第三辑至今尚未出版（详情不知），此外，20世纪90年代初，上海书店组织编纂的《中国近代文学大系》（1840—1919）系列丛书，单列了少数民族文学集。21世纪前后独立成套的少数民族文学选集开始出现。1999年，由云南人民出版社的《全国少数民族文学作品50年精选》问世，该套丛书"以诗歌、散文、中篇小说、短篇小说、报告文学和理论批评等文学样式，展示50年来少数民族文学的风貌"。[②]2009年，由中国作家协会主编、作家出版社出版的《新中国成立60周年少数民族文学作品选》系列丛书问世，共6卷20册，分为中篇小说卷、短篇小说卷、诗歌卷、散文卷、报告文学卷和理论评论卷。2013年，由"中国少数民族文学发展工程"组织领导、作家出版社出版的《新时期中国少数民族文学作品选集》问世，全套丛书首次以民族立卷，共55卷60册，收录了2 218位作者的4 279篇作品，包括小说、散文、诗歌、报告文学、电影

[①]　玛拉沁夫主编：《中国新文艺大系（1976—1982）少数民族文学集》导言，转引自刘锡诚《双重的文学民间文学＋作家文学》，百花洲文艺出版社2016年版，第287页。

[②]　玛拉沁夫、吉狄马加：《波澜壮阔的历史画卷——〈全国少数民族文学作品50年精选〉总序》，载于《民族文学》1999年第7期，第83～85页。

剧本等体裁。2020 年，由国家出版基金资助项目资助、译林出版社出版的"文学共同体书系·中国当代多民族经典作家文库"（第一辑）出版，该套丛书收录了 2 位蒙古族作家（阿云嘎、莫·哈斯巴根）、2 位哈萨克族作家（艾克拜尔·米吉提、叶尔克西·胡尔曼别克）、1 位维吾尔族作家（阿拉提·阿斯木）、1 位彝族作家（吉狄马加）、3 位藏族作家（扎西达娃、次仁罗布、万玛才旦）的代表作。①

二、各少数民族文学选本的比较

从上文所举的少数民族文学系列丛书来看（见表 3 - 1），少数民族文学选本的编纂过程呈现了阶段性变化的特点，是个从无到有、从边缘分支到独立成套、从总集汇编到经典选拔的过程。

《中国新文艺大系》和《中国近代文学大系》中，少数民族文学选本均以独立选集纳入其中，全套丛书占比小，但表明了少数民族文学逐渐被主流文学认可，以独特身份纳入多元一体中国文学场域。两本选集编纂主体不同，内容差异较大。就少数民族文学集的作品类别入选角度看，《中国新文艺大系》仅选取诗歌、散文、小说（短篇小说、中篇小说）三种体裁；《中国近代文学大系》选取作品，按作家文学和民间文学分为两编，每编再依体裁分类。作家文学选取小说、散文、戏曲（曲艺）、诗词四种体裁，民间文学选取民歌（含叙事诗）、传说故事两种体裁。就少数民族文学集的作品数量和身份看，《中国近代文学大系》入选作品的诗词作品数量超过 75%，小说作品入选仅 5 部（节）；《中国新文艺大系》诗歌作品略多于小说作品，散文作品最少。比较这两套丛书的结论是：《中国近代文学大系》填补了民间文学在少数民族文学选本的空白。我国新时期出版的少数民族选本，大都以作家文学为选取线索，民间文学的当下发展延续有所被忽略。

《全国少数民族文学作品 50 年精选》《新中国成立 60 周年少数民族文学作品选》《新时期中国少数民族文学作品选集》三套丛书，显示少数民族文学在我国文学场域的重视程度提高。三套丛书均由中国作家协会主编，编纂原则具有强烈的政治属性，选本体系庞大，作品数量多，体裁丰富，涵盖民族作家范围广，充

---

① 《"文学共同体书系·中国当代多民族经典作家文库"（第一辑）出版》，中国作家网，http://www.chinawriter.com.cn/n1/2020/1105/c404098 - 31919679.html。

表 3—1 各少数民族文学选本的基本情况对比

选本名称	出版时间	出版社	主编	选本数量	文本类别	作品数量（个）	选本作家数量	作家所属民族
《中国新文艺大系（1976—1982）》第五辑少数民族文学集	1985年	中国文联出版公司	玛拉沁夫	1辑（共23集）	中篇小说、短篇小说、散文、诗歌	120	96位作家	31个少数民族
《中国新文艺大系（1949—1966）》第四辑少数民族文学集	1991年	中国文联出版公司	晓雪	1辑（共19集）	小说、诗歌、散文	115	94位作家	21个少数民族
《中国近代文学大系》第10集第25卷少数民族文学集	1992年	上海书店	马学良	1卷（共12集30卷）	作家文学（诗词、散文、小说、戏曲曲艺）；民间文学（民歌、叙事长诗、传说故事）	986	103位作家（不含民间文学）	35个少数民族
《全国少数民族文学作品50年精选》	1999年	云南人民出版社	中国作家协会	不详	不详	不详	不详	不详
《新中国成立60周年少数民族文学作品选》	2009年	作家出版社	中国作家协会	6卷20册	中篇小说、短篇小说、散文、诗歌、理论	不详	不详	不详
《新时期中国少数民族文学作品选集》	2013年	作家出版社	中国作家协会	55卷60册	中短篇小说、散文、诗、报告文学等	4 279	2 218位作家	55个少数民族
"文学共同体书系·中国当代多民族经典文库"（第一辑）	2020年	译林出版社	何平	9册	中篇小说、短篇小说、诗歌、随笔等	93	9位作家	5个少数民族

分彰显了国家的政策鼓励和扶持，显示了各少数民族文学的发展成就。尤其是《新时期中国少数民族文学作品选集》无一疏漏地为每个少数民族编纂选集。新近出版的"文学共同体书系·中国当代多民族经典作家文库"作为国家出版基金资助项目，由南京师范大学文学院何平教授主编，仅入选了5个少数民族的9位作家作品，收录作品数量亦有限，多为获奖作品。本套文库与前面三套丛书相比的最突出特点是选树精品，可代表该民族当代文学发展最高成就，从经典化角度反映了少数民族文学的发展趋势。

少数民族文学选本编纂过程与我国政治文化环境的密切关系有三个特点：一是选本兴起依托于少数民族识别与确认。我国55个少数民族的识别和确认，是伴随人口普查工作而逐步完成，直到1979年，基诺族作为第55个少数民族正式被确认为单一民族，形成了今天我们普遍认知的我国少数民族版图。二是选本彰显了少数民族文学是社会主义文学组成部分。少数民族文学选本的兴起与新中国成立以来特别是新时期以来我国文艺政策有着密切联系。新中国社会主义制度的确立，迎来了各民族团结、平等、共同繁荣发展的新时代。20世纪80年代以前，我国少数民族文学与汉族文学一样，在延安文艺思想和"双百"方针的鼓舞下，少数民族作家群出现形成创作热潮，评论和研究也随之兴起。一批优秀少数民族文学作品进入大众视野。80年代少数民族文学迅速复苏，重视各民族文化精神独特性的新时期到来。我们认为，这是从单一的社会主义的民族文学，拓展和扩容到民族的民族文学，但依然归属于社会主义的民族文学的螺旋形转变时期。当然，其中依然有许多理论与实践问题有待解决，将在价值观念建设部分展开。三是少数民族文学选本作为独立单元出版尚属起步阶段。一个事实是，缺少民族文学维度的我国现当代各类文学选本处于"井喷"状态，其中偶有少数民族作家作品入选。闪烁独特民族文化色彩，读者熟知的少数民族文学经典作品更是凤毛麟角。深层原因何在？选本线索或者说原则固然是原因，更深层原因则在于中华民族多元一体的文学观念建设和进入学术体系和话语体系的问题。

三、少数民族文学选本的批评意识

文学选本由选家依据特定标准选拔作品编纂成册。少数民族文学选集被关注不够，选择和编纂过程有意识的观念观点的表述较少。目前大体量少数民族文学选本，文学研究内部影响不大。面对从体系庞大、文类丰富的少数民族文学选本，只能从导言、序跋入手，能够发掘选家的编纂目的、选拔标准，从而对选本中的批评意识略窥一二（见表3-2）。

表3-2　　　　　　　各少数民族文学选本的编纂目的、选拔标准

选本名称	编纂目的	选拔标准
《中国新文艺大系（1976—1982）》第五辑少数民族文学集	编纂一部反映"五四"以来中国新文艺优秀成果及其发展历程的拔萃本总集。帮助读者选择精英，帮助世界各国了解和研究中国的新文艺	以马列主义、毛泽东思想为指导，以历史唯物主义的态度，遵循双百方针，坚持精选、严选、拔萃与代表性相统一的标准，力求实事求是地、全面地反映我国新文艺在不同时期的历史概貌
《中国新文艺大系（1949—1966）》第四辑少数民族文学集		
《中国近代文学大系》第10集第25卷少数民族文学集	便于文学专业工作者、教学工作者和文学爱好者的研究、选材、教学和鉴赏；为填补中国文学史的空白提供极有价值的文学资料；是研究该民族的历史、语言、民俗、宗教、文化和人类学上的重要材料	结合实事求是、尊重历史、以文学自身为主、体现发展阶段性、年代长短适度、前后一致的分期原则，重视反映时代特点，表现各民族人民反帝反封建、谋取自由幸福的爱国主义精神和崇高愿望
《全国少数民族文学作品50年精选》	欢庆新中国成立50周年，展现50年来少数民族文学的风貌	不详
《新中国成立60周年少数民族文学作品选》	全国少数民族作家向新中国成立60周年献上的一份厚礼，集中反映了新中国成立60年来少数民族文学创作的优秀成果	不详
《新时期中国少数民族文学作品选集》	该丛书属于"中国少数民族文学发展工程"中"少数民族文学作品出版扶持"专项的先期部分	坚持科学性、时代性和权威性的标准，使之臻为典藏读本
"文学共同体书系·中国当代多民族经典作家文库"（第一辑）	本书系是2018年国家出版基金资助项目之一，入选作家在各自民族文学史中最具代表性，在中国当代文学史中不可忽视	集结了当代蒙古族、藏族、维吾尔族、哈萨克族和彝族五个民族小说家和诗人的经典作品，部分作品先后获得各类文学奖项

（一）从"发现"到"拔萃"

以上初步罗列可见，各选本共同的理念是：少数民族文学是我国多民族文学共同体不可忽视的一部分，形成和发展有丰富的民族文化土壤，离不开时代环境的影响并融入鲜明的时代特点。编纂选本最直接的目的是：展示不同时期的少数民族文学成果。由于各少数民族物质生产条件、历史文化基础和语言文字习惯等差异，各少数民族文学发展差异较大。蒙古族、藏族、满族等少数民族文学发展较为成熟。20世纪80年代至90年代的少数民族文学选本，编纂过程即为少数民族文学的"考古"和"发现"过程，各选本入选作家所属民族数量和分布可得以印证。新世纪以来，从所有少数民族独立立卷，到选树最具代表性作家的经典作品，反映了选本标准逐渐收紧，体现了少数民族文学选本从"高原"到"高峰"的追求目标。在"发现"更多少数民族文学作品基础上，侧重于众多作品"拔萃"，遴选少数民族文学精品，这种现象值得理论关注。

（二）从"政治主导"到"回归文学"

选家主体身份是选本价值导向研究的重要切入点。《中国新文艺大系》的编纂主体是中国文学艺术联合会领导下的专门编委会，《全国少数民族文学作品50年精选》《新中国成立60周年少数民族文学作品选》《新时期中国少数民族文学作品选集》的编纂主体都是中国作家协会，均为官方文艺机构。《中国近代文学大系》的编纂主体，则是上海书店为依托的专家学者编委会，"文学共同体书系·中国当代多民族经典作家文库"（第一辑）系列丛书的编纂主体也是专家学者，虽说两部丛书的主体有所不同，但是同样都离不开官方文学机构的影响和支持，《中国近代文学大系》的出版设想受到当年上海市出版局的重视，"文学共同体书系·中国当代多民族经典作家文库"系列丛书是2018年国家出版基金资助项目之一。

主流意识形态程度不同程度地投射到编纂原则，凸显了社会主义文学的创作导向，正如玛拉沁夫所言，"社会主义，是我们各民族文学的共同旗帜"。[①]《全国少数民族文学作品50年精选》《新中国成立60周年少数民族文学作品选》作为国庆献礼，目的是选树代表性作品，展示我国少数民族的发展成就，彰显社会主义制度优越性，强调作品的"思想性"。《中国近代文学大系》《中国新文艺大系》《新时期中国少数民族文学作品选集》的编纂在于，全面反映我国各民族的

[①] 玛拉沁夫：《〈中国新文艺大系（1976—1982）少数民族文学集〉导言》，见《中国少数民族文学经典文库1949—1999理论评论卷》，云南人民出版社1999年版，第35页。

文学发展成就前提下，尽量发掘各时期文学的民族特色，凸显"民族性"，显示多民族文学共同体的文化魅力。"文学共同体书系·中国当代多民族经典作家文库"（第一辑）系列丛书则以社会主义文化发展方向为基本前提，注重回归文学自身，发掘少数民族文学中思想性、民族性和艺术性俱佳的作品，目标是少数民族文学优秀作品进入当代文学经典文库。

（三）从"同构叙事"到"多元共生"

从选本书写主题角度看，新世纪以前选本，较多选取书写现实社会并与时代同频共振的同构化叙事主题，聚焦反映国家和民族的命运。如揭露封建专制的腐败和帝国主义侵略的罪恶行径，反映劳动人民的疾苦，表现各民族人民反抗精神、斗争精神和爱国主义精神；描绘民族地区的风土人情，反映少数民族人民的美好心灵和情操，表达对民族生活的向往；歌颂新中国成立后少数民族地区的发展变化，歌颂党和社会主义制度，表达对民族生活的热爱。近年选本，突破了统一宏大叙事主题，吸纳、包容当代文学发的新态势，积极融入世界文学发展潮流。主要变化体现在，语言媒介开拓双语写作，内容注重探索自我民族精神内蕴、性格心理、情感态度、思维方式等，逐步形成探寻少数民族文学的艺术价值并多元共生的选拔标准。

少数民族文学与我国当代文学是同一发展历程的两面。两者是不可分割的整体。少数民族文学选本标准从"思想性""民族性"为导向，逐渐向兼顾"思想性、民族性、艺术性"的更高要求转变，是少数民族文学蓬勃发展，以及社会主义制度下多民族文学共同体形成发展的见证。

（四）"民族性"与"去民族化"

少数民族文学选本依然有其局限性。定义"少数民族文学"的困境体现在选本中。语言、族属、题材三者是历来定义少数民族文学的三个指标。任何一项标准均无法合理回答"少数民族文学是什么"，编纂选本的困难也由此而来。选家就此一般以民族属性为选本主要标准，即以入选作家身份确定是否为少数民族，并专门为少数民族单独立卷编册，以此突出选本的"民族性"特点。但相应现象为，不少作家特别是年轻作家因生活环境变迁，对自己民族历史文化缺乏深厚积累，文学的"去民族化"倾向明显，基于时代大背景书写人类社会现实，与汉民族作家作品无异。此外，选本编纂出版过程中，选取对象聚焦作家文学且汉译本作品，民间口头文学以及民族语言的文学选本较少，这是各民族经济文化发展差异性造成的不平衡现象。

基于此，编纂少数民族文学选本应首先明确其在文学场域的定位。在《中国新文艺大系》和《中国近代文学大系》中，少数民族文学集作为其中的一个子集，通过与其他子集比较，非常鲜明地显示出其在同时期中国文学版图中的独特位置。而《全国少数民族文学作品 50 年精选》《新中国成立 60 周年少数民族文学作品选》《新时期中国少数民族文学作品选集》三套丛书独立出版，内容丰富、全面，但忽略了同时期中国文学的整体版图。相比而言，"文学共同体书系·中国当代多民族经典作家文库"系列经典作品的出版，收录作品不多却多为精品，是面向大众读者较为成功的集体亮相。

尽管新时期少数民族文学选本存有一定局限性，但出版意义深远：文学场域得到定位；便于读者了解各民族文学阶段性发展全局视野和总体面貌；经典性选本可在文本细读基础上形成与国内外经典作品比较研读，以生发理论思考和问题。

第七节　文学批评标准个案考察（二）：古代唐诗选本

古代文学选本类型庞杂，数量不知凡几。以独体选本为考察对象，从数量多寡、影响大小、批评强弱等视角看，当以唐诗选本为冠。唐诗选本是理想的个案研究对象，但据孙琴安研究成果，目前尚存的古代唐诗选本就有三百余种。[①] 若全面诠释这些选本选诗旨趣，不免陷入泛泛之论。本书辨析与批评标准有关的古代选本概念，结合选家选诗观或可对唐诗选本的批评标准问题做出集中讨论。

一、选本相关概念及其与批评标准的关系

文学视域中的选本概念并不自明，重点是在"选"的辨析上。一般认为，选本是选者将符合其意图与标准的作品编选而成的合集。编纂选本的活动必然含有选家主观判断下的删选行为，但涉及具体作品的判定，还是会出现准的无依的情况。按古籍四部分类，选本从属于集部总集类，但需细辨总集下的两种类别：全集和选集，前者总罗作家作品，求全求整，如《全唐诗》《全唐文》等。后者体现选家眼光，求精求粹，如《昭明文选》《唐诗品汇》等。古代并没有选本的概念，现代批评话语中的选本大致对应总集中的选集。相较全集，部分作者、部分作品是选集最简单直接的判断标识，即或选人或选作品或二者兼有。但是剩下的

---

① 孙琴安：《唐诗选本提要·自序》，上海书店 2005 年版，第 1 页。

选集中仍有一部分"选"的批评意识稀薄，不需要进入考察视野。如有的选本以体例、姓氏、地域等编纂，并没有对文本本身的衡裁。此外，选心、选型，选源、选域等与标准的关系也需辨明。

（一）选心、选型与标准的关系

选心指选家的目的和意图，落实到选本上则体现为不同的选型。意图目的决定选本基本样貌。选型是选本研究的出发点，李长之把选本选型分为三种——文学史型、文学批评型、实用型，"三种出发点是完全不同的，结果也是迥异的"，[①] 各种类特征越突出，区分越明确，分类才越有效用。且此三种围绕文学的发展论、本体论、功能论分类，全面自洽，后人多沿用此分类。具体到某一文体，则有更详切的分类，如龙榆生将词选本分为四种选型：便歌型、传人型、开宗型、尊体型。[②] 这四种分类也可以归类到上述三类中。开宗和尊体在选本中常混杂不易分，但都是全然本于文本的批评型，便歌是词选本专属的功能，传人则偏重存史。综合前论，选型可分为三类："文学史"或存人或存诗词文曲，总归为存史型选本；"文学批评"为批评型选本；"实用"出于功能的考量，是为功能型选本。

具体到唐诗选本，存史型选本如《全唐诗》《全唐近体诗钞》《唐诗英华》等卷帙浩繁，力图展现唐诗发展全貌，批评的色彩不浓重。功能型选本形态各异，如以儿童伦理道德启蒙为务的《唐代伦常诗选》《唐家诗训》，专为科举考试服务的《唐人试律说》《唐是律笺》，为练习书法绘画服务的《唐诗画谱》《新镌草字唐诗》，还有以姓氏为编选标准，如同姓选本《全唐刘氏诗》《全唐诗蟠根集》；有的专选两位或以上诗人并举，如《李杜五律辨注》《韩柳诗选》。功能型选本以尚用为导向，可谓"标准在选外"。

有抱负的选者并不满足选本的文籍存续或某一实用功能，而希望通过选本传达或个人或某个文学集团的文学观念，如《昭明文选》以体例文，选文严谨，析出"事出于沉思，义归乎翰藻"的标准，是对文学本体特质做出的规定。标准是批评型选本的首要问题，本节探讨的即是此类秉持严肃文学观念的唐诗选本，下文细述。

（二）选源、选域与标准密度

选源是选家用于淘选文本的待选范围，是作品得以成集的视野"前件"。选

---

① 李长之：《谈选本》，载于《北京师范大学学报》1980 年第 5 期，第 52~54 页。
② 龙沫勋：《选词标准论》，载于《词学季刊》1933 年第 1 卷第 2 号。

源大小反映选家占有资源的丰富程度。具体形态包括口传文学和书面文学两类。就唐诗选本而言，选源包括口传、传抄、别集、总集、官私文献、类书、诗话、传记等。其中各个作家的别集是唐诗选本最重要的选源。选域是选本定形后的文本跨度，包括文本跨越时代、地域、作者、文体、风格、主题等的范围。选源与选域，在文本外与内两个方面体现选本的采辑博专、选择精粗程度。选域是选源的投影。不论选家出发点是存史、选派还是立论，一般都会竭力搜求，广开选源。选源选域的宽窄决定批评标准的密度。考察选本演进史可见，选源表现出宽窄相济的规律：一般朝代更迭前后，以承前启新、存人存史为目的的宽选源选域选本较多。而新兴文类发展初期，客观上选源狭窄，选域相应就有剑走偏锋的情况。文学史中选本的宽选源是选择精要的必要条件，但非充分条件，如果选家致力于存史，即便采辑广博，而其本身出发点就是求全求备，选的行为并不明显，标准就会很单一甚至没有标准。选派型或立论型选本不同，该种选本要求选源宽而选域窄或特征突出。选源越宽，越有助于构建令人信服的坐标系，从而使作品在选集中的位置更具合理性。唐诗选本确定标准的大体规律可概括为：选源以初盛中晚四分期中的某一期或几期为侧重，凸显选域中的风格一域，以风格拈出对作家作品评价。

二、古代唐诗选本定量统计及分析

有唐以来，从孙季良编纂第一本唐诗选本《正声集》开始，有籍载录的唐诗选本多达六百余种，尚存的也有三百多种。概观各代选本数量（见图3-1）及主要选本的影响力，唐诗选本发展可概括为四时期：唐五代草创期、宋金元发展期、明代纵深期、清代集成期。

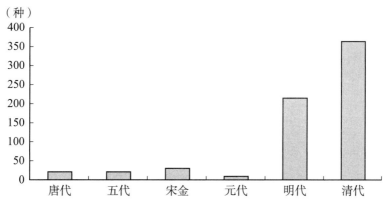

图 3-1　唐诗选本数量断代统计

草创期的唐人选唐诗囿于选源，数量并不多，体例较单一，但该时期唐诗选更重要的意义在于"当代人选当代诗"所衍生的诗学问题。包括其一，唐人对唐诗的认识从依附于唐前诗歌逐渐走向独立，体现为通代选诗逐渐过渡为断代选诗。其二，新体出现迫使选家主动提炼标准，反而使其有更敏锐的嗅觉把握唐诗的风格特征。该时期唐诗选本的标准多侧重风格，体现了选家的努力；宋金元的唐诗选本因选源的客观完备，加上宋诗创作给予唐诗批评以丰富参照，选家有了更明晰的辨体意识，标准重心移向形式层面；明代的唐诗选本非常繁荣，各诗派以选唐诗为媒介阐发各自诗学观念，侧面说明唐诗的美学弹性和容括力。此时期也出现了选源宽幅的存史型唐诗选本；清代是唐诗选本集成期，选型更细致和多样，在对前代唐诗选本刊印、总结基础上出现经典批评型选本，如《唐诗别裁集》，还有影响深远的功能型选本，如《唐诗三百首》等。

依据各分期选本的影响力选择典型个案，以成书年代先后为序，统计如表 3 - 3 所示。

分析可见：

选家方面，私选（独选）主导唐诗选本史，明清的群选所做的唐诗全集为私选提供了可靠全面的选源。私选凭借个性化且如一的诗学眼光和标准，往往成为选本品质的最佳注脚。而群选一般由文人集团或官方组织，或为存史而选的全集或为趋近实用功能的杂选。私选选家多进士（表中选家除不可考的四家外，剩余选家中进士及第占 85%）且兼有创作者或文论家的身份，叠合身份使选本批评意识浓厚，给予选本以足够的诗论营养。如明代陆时雍及其《唐诗镜》，其"总论"中言明"不惟其词而惟其情，不惟其貌而惟其意"[1]，去词貌而扬情意的去取标准从何而来？其诗歌理论专卷《诗镜总论》中有明确的线索，陆时雍尊《诗经》风雅精神，认为"古人善于言情，转意象于虚圆之中，故觉其味之长而言之美也"。[2] 言当源出于情，同时自身当满足"韵"的要求："诗之可以兴人者，以其情也，以其言之韵也。夫献笑而悦，献涕而悲者，情也；闻金鼓而壮，闻丝竹而幽者，声之韵也。"[3] 二者互相感发，"情生于文，文生于情"，[4] 重情与言情同等重要，"以意索情"之诗就并非上品。

---

① 陆时雍选评，任文京、赵东岚点校：《诗镜》，河北大学出版社 2010 年版，第 2 页。
② 陆时雍选评，任文京、赵东岚点校：《诗镜》，河北大学出版社 2010 年版，第 3 页。
③ 陆时雍选评，任文京、赵东岚点校：《诗镜》，河北大学出版社 2010 年版，第 9 页。
④ 陆时雍选评，任文京、赵东岚点校：《诗镜》，河北大学出版社 2010 年版，第 4 页。

表3-3

古代重要唐诗选本概况

序号	选本名称	选家	成书时代	基本选本类型	选人数	选诗数	人诗比	选域				选诗最多者	选诗标准
								初唐	盛唐	中唐	晚唐		
1	搜玉小集	佚名	唐	批评型	34	63	1.9					宋之问	凄凉、哀愁
2	篋中集	元结	唐	批评型	7	24	3.4					孟云卿	枯淡、雅正
3	河岳英灵集	殷璠	唐	批评型	24	234	9.8					王昌龄	风骨、兴象
4	国秀集	芮挺章	唐	批评型	90	220	2.4					卢僎	风流婉丽
5	中兴间气集	高仲武	唐	批评型	26	134	5.2					皇甫冉	体状风雅、理致清新
6	极玄集	姚合	唐	批评型	21	99	4.7					司空曙等	清幽、淡雅
7	又玄集	韦庄	唐	批评型	142	297	2.1					杜甫	清词丽句
8	才调集	韦縠	唐	存史型	194	1 000	5.2					韦庄	韵高、词丽
9	唐百家诗选	王安石	宋	批评型	104	1 200	11.5					王建	写实、讽喻
10	唐诗鼓吹	元好问	宋	批评型	96	597	6.2					谭用之	伤实感怀
11	唐音	杨士弘	元	批评型	179	1 341	7.5					刘长卿	格调、世变、各体兼备
12	唐诗品汇	高棅	明	存史型	620	5 769	9.3					韦庄	九品
13	唐诗归	钟惺、谭元春	明	存史型	291	2 252	7.7					杜甫	法不前定、趣不强括
14	唐诗解	唐汝询	明	批评型	184	1 546	8.4					张籍	格、言志
15	唐诗镜	陆时雍	明	存史型	307	3 158	10.3					杜甫	情与韵
16	贯华堂选批唐才子诗	金圣叹	明	批评型	145	595	4.1					许浑	蕴藉醇正
17	唐诗评选	王夫之	明	批评型	约150	约540	3.6					杜甫	求古、雅正、温婉

235

续表

序号	选本名称	选家	成书时代	基本选型	选入数	选诗数	入诗比	选域				选诗最多者	选诗标准
								初唐	盛唐	中唐	晚唐		
18	唐诗英华	顾有孝	清	存史型	355	2 290	6.5					李商隐	感伤时事
19	唐贤三昧集	王士祯	清	批评型	44	447	10.2					王维	隽永、超诣、生气
20	全唐诗录	徐倬	清	存史型	451	9 634	21.4					杜甫	存史、言志、缘情
21	唐诗摘钞	黄生	清	批评型	约120	约520	4.3					杜甫	约、精、显易
22	唐诗别裁集	沈德潜	清	存史型	278	1 940	7.0					杜甫	温柔敦厚
23	唐诗三百首	孙洙	清	批评型	77	310	4.0					杜甫	重情、启蒙

注：第一，表中各个案的选择是根据各自重要性和对诗学史的贡献，而非根据总数成比例选择。第二，选域中所涉初盛中晚分期，用深色色块区分选本涉及各期的数量多寡，白色表示不涉及该期。第三，选本选型并不单一，可能兼有批评、存史、功能中的两种或三种。表格所列的是从主要选型而定性的"基本选型"。

236

文艺评论价值体系的理论建设与实践研究

基本选型和选域方面，选人、选诗数直观地显示了选型倾向，《全唐诗》收录唐诗四万八千余首，成书仓促，多有重收复出之作，缺漏亦多。据陈尚君研究，唐诗今存数在五万三千首上下。[①] 表格所列选本，以选源较完备的明清而论，选诗数过千的渐有存史倾向，如《唐诗别裁集》选诗 1 940 首，其序曰："有唐一代诗，凡流传至今者，自大家名家而外，即旁蹊曲径，亦各有精神面目，流行其间，不得谓正变盛衰不同，而变者、衰者可尽废也。……然备一代之诗，取其宏博。"[②] "备一代之诗"显然是为存史而选。而类似《全唐诗录》《唐诗品汇》等录诗几千者，存史意图更明显。但该类选家也非单纯致力完备唐诗典籍，存史亦有批评的介入，因此附加选型是批评型。选人数选诗数比例（人诗比）反映选本的精当程度。分析可见，指数越大，越趋近选史型，指数越小，选择更谨慎，批评观念更浓。如《又玄集》指数小至 2.1，其序云："故知领下采珠，难求十斛；管中窥豹，但取一斑。……昔姚合撰《极玄集》一卷，传于当代，已尽精微，今更采其玄者，勒成《又玄集》三卷。……采实去华，俟诸来者。"[③] 选家欲求选目之精要可见一斑。

唐诗选本的选域中，分期一项较为特殊，初盛中晚四唐法尽管并非定论，但却是唐诗研究中最流行的发展分期说。而此说也正是在选本中生成的。分期是对唐诗进行整体批评的理论结果，唯有在历时回顾，有参照系的情况下才能对"今"的诗歌做出恰如其分的评价。表格所示，唐人选唐诗随着选源的客观扩容，选域渐趋丰富。整体表现为尊盛唐而略初中晚唐，盛唐的重选率最高。相较"初中晚"三个客观的历史分期表述，"盛唐"之"盛"本身有褒扬的评价，在唐诗批评上体现为"盛唐之音""盛唐气象""诗必盛唐"等诗学命题。诸唐诗选本提出发展并完善了四期说，如《唐音》以"推尊盛唐"为选诗观，明清人以四期论唐诗，实肇始于《唐音》。[④] 高棅的《唐诗品汇》不仅沿用四分期的方法，而且将系统完备的"九品"赋予四期，使其有了鲜明评价。

"选诗最多者"一项，选诗多寡是评判某一作者的直观体现。以"菁华毕出"为目标的选本，其对个体作家的批评是在群诗组成的结构性关系中进行的，即便在经典尚未形成的阶段，这种关系也给予了选家以主动凝结批评观的压力，使其从体裁到风格对待选作家作品进行权衡。选本的这种批评惯性使经典得以生成。

---

① 陈尚君：《存世唐诗知多少》，载于《文汇报》2017 年 4 月 17 日第 W02 版。
② 沈德潜：《唐诗别裁集·序》（上），吉林出版集团股份有限公司 2017 年版，第 1 页。
③ 孙琴安：《唐诗选本提要·自序》，上海书店 2005 年版，第 22 页。
④ 王宏林：《论"四唐分期"的演进及其双重内涵》，载于《文学遗产》2013 年第 2 期，第 37 ~ 50 页。

以杜甫为例，其诗歌的经典化很大程度是在选本批评活动中完成的。杜甫在唐五代选本中得到的评价并不高，宋元时地位上升，但因其别集易得，选本反而对其"尊而不亲"，① 明清唐诗选本以尊杜为风尚，但各选本批评视角不同：《唐诗评选》肯定杜甫七言诗源流之正，"七言之从谢出者唯杜陵耳。一出笔有三留三折，他人不能尔，亦不尔也"②。《唐诗别裁集》多从诗教思想评价杜诗："发乎情止乎礼义，得国风之旨矣。"③ 《唐诗三百首》选杜诗39首，为诸家之最，但选家孙洙出于童蒙教化的目的，对杜诗中近于宋诗言理一路的诗作一概不选，凸显了杜诗"重情"的一面。上述杜诗在不同时段表现出接受方面的冷热差异，实为文本本有价值和价值实现的时间错位现象，④ 与杜甫类似，李白、王维、白居易、李商隐、许浑等人均有不同程度的起落，而诸选家的个性化视角，即鲁迅所谓的"选者之意"会累积式地赋予作品以不同角度的评价，使得评价趋于稳定。

三、标准的演进与融通

表3-3各选本的标准，多为选本序中由选家言明，也有概括选诗而得。大略可见规律有二：其一，草创期的标准多停留在风格层面，如哀愁、枯淡、清幽、清新等。而越靠后，特别是到集成期，标准越具有综合概括性，越具有一般诗学命题的特征，如品、格、温柔敦厚等。其二，批评型选本标准和存史型选本标准差异在于，前者选家有较明确的批评观念，在个性化的批评视域内筛选作品，标准是属于唐诗的独体标准；后者选域宽，作品的风格、体裁、题裁等宽泛，标准不容易凝缩，就趋近于一般的诗歌标准，如"言志缘情"说、"含蓄蕴藉"说等，都是唐前共识度最高的诗歌评价标准。那么在唐诗选本的流变中，个性标准和一般标准如何生成互动的，以选本一脉而言，唐诗的评价标准最后呈现为什么。图3-2说明此问题。

---

① 丁放：《唐诗选本与李杜诗歌的经典化——以唐代至明代唐诗选本为例》，载于《文史哲》2018年第3期，第106~167页。

② 王夫之：《唐诗评选》，上海古籍出版社2011年版，第205页。

③ 沈德潜：《唐诗别裁集》（上），吉林出版集团股份有限公司2017年版，第60页。

④ 参见刘俐俐：《科幻小说：文学理论创新的重要机遇》，载于《社会科学报》2016年10月13日第5版。

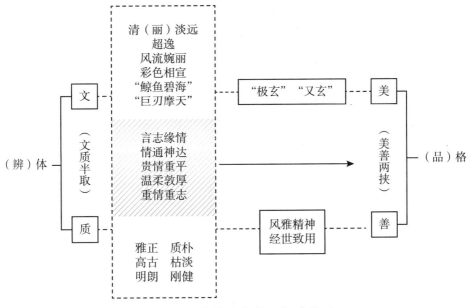

图 3 - 2　唐诗选本批评标准关系

（一）体：标准形成的驱动力

对新文类进行认知、解释、评价最初是围绕"体"展开的，因为"体兼具惰性与活性，惰性持久稳定，活性表现为各体结构之间及其内部的兴替。……文学批评需要相对稳定的标准，因而多借重体的惰性一面。没有体的标准，批评无据，很容易褒贬失当"。① "体"分二义，作为形式的体裁和文本整体面貌呈现的风格。辨体意识在唐诗选本草创期中体现得非常充分——从风格一域厘定唐诗标准。

《河岳英灵集》是唐人选唐诗中影响最大的一部，专选盛唐诗，两方面体现其以"体"为本确定批评标准的策略。一是"复晓古体"的选诗倾向，所选的234 首诗中，古体诗 174 首，占 3/4。收录李白的 13 首诗中又重"奇之又奇"的古体，评价曰"自骚人以还，鲜有此体调"，② 足见其对古体的倚重。殷璠在《河岳英灵集序》中言明"文质半取"的选诗标准，结合该集专选盛唐诗的选诗实践可知其更偏"质"一端——对唐前五七言古诗质朴高古，明朗刚健等特质的承继，而对"文质半取"中的"文"，因新体唐诗格律严苛，难显风骨而

---

① 葛瑞应：《作为文本批评标准的"体"之生成与延展》，载于《海峡人文学刊》2021 年第 1 期，第 36 ~ 42 页。

② 王克让：《河岳英灵集注》，巴蜀书社 2006 年版，第 36 页。

稍显疏慢，比如殷璠并未选录以律诗见长的杜诗，所选为数不多的律诗绝句中有的还杂以古调。二是"三来四体"诗学观念，序有曰："夫文有神来、气来、情来，有雅体、野体、鄙体、俗体，编纪者能审鉴诸体，委详所来，方可定其优劣，论其取舍。"① "三来"大体是对创作模式的概括，重点为"四体"，"鄙""俗"显然是否定性的类目，"雅"最受殷璠推重，而"野"的直朴、纵逸内在地与"雅"相通，二者"基本上是兼容并蓄的，并无明显高下轩轾之分"。② 殷璠之所以将"审鉴诸体"作为"定优劣""论取舍"的前提，是因体本身含有差异高下。

（二）从文质半取到美善两挟

相较殷璠调和风骨和兴象的努力，草创期其他选本的标准多从题材意蕴延展而来的艺术风格方面入手，准确来讲，起初"文质半取"中的"半取"多为"分而取之"，突出一端，典型如《极玄集》《又玄集》《国秀集》。

《极玄集》多选送别、酬唱、寄赠类题材，体裁以五律为主。清幽、淡远、悲凄是该集的风格特征。李泽厚曾论："峭洁清远，遗世独立，绝非盛唐之音，而是标准的中唐产物。"③ 姚合选此集切合安史之乱后的社会现实，妙合中晚唐诗风。《极玄集序》曰："此皆诗家射雕手也，合于众集中更选其极玄者"，④ 何谓"玄"，《说文解字》释为"幽远"，可见姚合选诗以风格为准的批评方式。把《极玄集》的这种思路做进一步发挥的是"更采其玄者"的《又玄集》，其序云："故知颔下采珠，难求十斛，管中窥豹，但取一斑。……但掇其清词丽句。"⑤ "清丽"何解，王运熙认为，"丽和清相配合则作品具有清新风味，而不流于浮靡繁缛"。⑥ 这种"清新风味"体现在意境的明朗自然和感情的深挚，题材上则侧重描摹生活之平淡自然的诗作，而那些突出社会教益功能、书写民生疾苦的篇什极少。

《国秀集》的编选思想和标准体现在其对陆机诗学观的解释中，"昔陆平原之论文曰：'诗缘情而绮靡'，是彩色相宣，烟霞交映，风流婉丽之谓也。"⑦ 诗本性情之发，陆机缘情说，是对言志说的某种反拨，但只解决了诗之本源及托物

① 王克让：《河岳英灵集注》，巴蜀书社 2006 年版，第 1 页。
② 陈伯海：《殷璠诗学与盛唐诗风》，载于《中国文学研究》2013 年第 3 期，第 64～71 页。
③ 李泽厚：《美的历程》，天津社会科学院出版社 2001 年版，第 250 页。
④ 元结、殷璠：《唐人选唐诗十种》，上海古籍出版社 1958 年版，第 318 页。
⑤ 孙琴安：《唐诗选本六百种提要》，陕西人民教育出版社 1980 年版，第 26 页。
⑥ 王运熙、杨明：《中国文学批评通史·叁·隋唐五代卷》，上海古籍出版社 1996 年版，第 704 页。
⑦ 楼颖：《国秀集序》，见陈尚君、徐俊、傅璇琮编：《唐人选唐诗新编》，中华书局 2014 年版，第 280 页。

的问题，缘情后如何示情则有丰富的理论言说空间。芮挺章顺缘情说而确定了示情的标准——诗歌辞藻和声律的风流婉丽，具体来说包括对偶精整、声律谐协、用词工巧等方面。

上述三例批评局限也很明显：选家以独标一格的诗学观"管窥"唐诗作品，所持标准对唐诗群文本而言就不只是一种评价，而是一种重新赋予意义的再阐释。为达到诗学示范这一批评目标，该种策略就不免偏"文"或"质"的一端，文的一端经过"极玄"而"又玄"的提纯，指向诗性自身，突出审美一维。质的一端，经风雅精神和经世致用的功能性引导，指向善的共适性价值。而选域稍宽的唐诗选本则更重视文质的兼顾、平衡，美善两挟，如以"贵情重平"为选诗标准的《唐诗评选》。

《唐诗评选》是选评相结合的一部"披沙淘金"的唐诗选本，选诗仅 500 余首。王夫之选诗标准可概括为两方面：重情和贵平，分别主唐诗缘情和示情两方面。王夫之首先言明情与诗是源与流的关系："诗以道情，道之为言路也。情之所至，诗无不至。诗之所至，情以之至。"① 同时，入诗之情须有"动人兴观群怨"效用，典型如杜诗"摄兴观群怨于一炉"（评《野望》），其对情的认知已然含有善的评价。"贵平"则从风格、情感、语言、谋篇等方面规定示情的限度：平正典丽、平和蕴藉、平净洗练、平雅舒缓。此论源出儒家诗教的温柔敦厚说，广披性情方能以情动人，表达温婉和平方能以情感人。

（三）品格之正：标准的成熟融通

《唐音》《唐诗品汇》《唐诗别裁集》等集除"以选寓评"外，选家还主观地着力构建唐诗评价体系。其中《唐诗品汇》凭借独立的唐诗审美范式成为有明一代的诗学风标。该集先分唐为初盛中晚四期，依体排列，每体再分正始、正宗、大家、名家、羽翼、接武、正变、余响、旁流九品目。该种体例在显示唐诗各体发展脉络的同时，还直观展示了各体内作者作品的高下。其中"正宗""大家""名家"是高标标举的典范，正宗"声调最远，品格最高"，大家兼收并蓄，集其大成，名家"人各鸣其所长"；沈德潜《唐诗别裁集》虽有存史倾向，却有鲜明的诗学旨趣。其选评标准一语以蔽之："以及作诗之先审宗旨，继论体裁，继论音节，继论神韵，而一归于中正和平。"② "宗旨"亦有明指：仰溯《风》《雅》，以"温柔敦厚"为旨，"去淫滥以归雅正"，"于古人所云微而婉、和而庄

---

① 王夫之：《古诗评选》，岳麓书社 1996 年版，第 654 页。
② 沈德潜：《重订唐诗别裁集序》（上），吉林出版集团股份有限公司 2017 年版，第 4 页。

者，庶几一合焉"。① 可见，沈氏以儒家"尽善尽美"的文学观为根基，从"体裁""音节"的美饰层面对唐诗进行"别裁"，进而将唐诗个性的美学风貌提炼为"鲸鱼碧海""巨刃摩天"。

唐诗选本的批评标准经历了由粗到精再到粗的演进。两种粗的差异在于，唐人选唐诗之粗疏是混杂了唐前诗标准思维的"半取"，而明清集成期的粗疏是美善批评框架下的"两挟"，标准融通渐而沉置为"品""格"，使选家得以御粗遗精，从更宏观的层面考察得失。与"品""格"紧密相契的是"正"这一评价标尺，即对文质、美善平衡力的一种评价。与"正"推衍组合而成的标准多见于唐诗选本中，如《唐百家诗选》："拔唐诗之尤，清古典礼丽，正而不冶。"②《唐诗摘钞》多选"秀润隽永""诗意雅正"作品，《唐诗评选》秉持"平正典丽"的选诗观等。最典型如《唐诗三百首》青睐"中正和平"之作，"正"意味着风格的和谐无间，选家孙洙遂忽略甚至排斥独标风格之作，如初唐仅选6首，卢照邻《长安古意》与张若虚《春江花月夜》这样的名篇都未入选，盖因风格轻绮；李贺、储光羲诗一首未选，风格诡谲、轻淡；杜诗中"三吏""三别"以及《北征》等名篇也未入选。《唐诗三百首》确乎离唐诗全貌远矣，然而从接受史角度看，它又是唐诗选本中影响最大、风行海内的圭臬之作，足见作为评价标尺或某种评价思维的"正"的生命力，这完全适用于唐诗外的其他文学体裁。

---

① 沈德潜：《唐诗别裁集·序》（上），吉林出版集团股份有限公司2017年版，第2页。
② 倪仲傅：《唐百家诗选序》，见陈伯海主编：《历代唐诗论评选》，河北大学出版社2003年版，第265页。

第四章

实然性文学价值观念考察

本章为实然性文学价值观念考察与研究，包括中国古代、现代、少数民族和儿童文学价值观念，文艺本性研究中的审美概念与审美价值观念，以及当代西方文论中的价值观念在中国的本土化吸收等六个方面的考察研究，共计六节。

第一节 中国古代文学价值观念考察

一、中国历代文艺评论价值评价主体及其评价特色

（一）中国社会文化发展进程三阶段

任何文艺评论现象都是一种社会活动，都必然带有其所从属的社会环境的影响制约因素。同时，文艺评论往往又要以个人身份进行。所以，文艺评论又是一种在一定社会环境制约下的个人活动，带有个人和社会的双重属性。如果上述的社会环境制约因素有一定的稳定性的话，那么这种稳定性又不是凝固不变的。所以，文艺评论又是一项静态与动态相互交错的历时过程。

243

从文艺评论的价值观念角度看，尤为重要的是："文学价值观念体系从其内在结构来看是以价值思维方式为基础，以基本评价标准为'硬核'，包括许多要素在内的一个观念体系，价值思维方式是主体据以形成一定的文学价值观念的思维准则和评价方式。基本评价标准作为文学价值观念的'硬核'是文学价值观念的生长点，聚汇点，每一个民族或社会的文学价值观念体系内部都有这么一个'硬核'并以这个硬核为中心，直接或间接地派生出一系列文学价值观念来。"①

那么，如何理解把握中国古代文学价值观念体系？这些价值观念体系形成了哪些价值评价主体？这些主体内部的思维准则和评价方式有些什么差异？这是理解把握中国古代文艺评论价值体系问题的基础性问题。

20世纪以来从西方学者提出大传统小传统（或精英文化和大众文化）的理论，到中国台湾学者借鉴这些学说用"雅俗文化"对于中国传统文化解释，都不能从根本上解释中国文化一些深层问题，尤其不能解释中国古代帝王、士人、市民三个不同"思维准则和评价方式"阶层在文艺活动和文艺评论活动中各自不同的价值观念和价值标准。可以中国传统文化"三段说"为理论基础，将帝王、士人、市民这三个不同的社会身份类型作为解读中国古代文学价值观念体系的切入视角。②

中国古代文艺评论基本评价标准这个文艺评论价值观念的"硬核"之所以会发生动态变化，就是由于中国文化发展过程中帝王、士人、市民三个主要文化阶层群体在文化舞台的主次角色变化所决定的。

本节的基本看法是，从进入文明社会开始，按照文化的社会属性划分，大致分为帝王、士人和市民三个文化发展时段。这三个时段和相应主体既是中国社会文化色块交错更替的历时进程，也是构成中国古代文艺批评的社会基础和评价主体构成。

帝王文化是中国文化的起步奠基阶段。帝王文化的时间跨度大约是先秦两汉时期。中国封建时代的政治根基就在这个时代，其核心就是帝王的王权意志。这种政治上帝王轴心的形成和巩固，对于整个中国封建社会乃至当代未来的社会结构和意识，都具有强大的制约和影响力。从文化基本建设的主导倾向上来看，整个这段时间的观念体系也是以帝王为主导的——"普天之下，莫非王土；率土之滨，莫非王臣"，其核心价值观念是以帝王为出发点。

帝王文化这个价值评价主体的社会地位决定了文艺评论的价值取向必然是为

---

① 党圣元：《论文学价值观念的基本规定性》，载于《学术研究》1996年第3期，第59页。
② 参见宁稼雨：《中国传统文化"三段说"刍论》，载于《求索》2017年第3期，第4~13页。

帝王利益张目。中国文艺评论一些最基本的标准导向和评价取向，如"道统观念""教化观念""忠君观念"等都由此派生形成。帝王文化背景下的文艺评论价值评价标准的核心是以"善"为核心的"载道"和"教化"标准，其文艺评论价值评价形式主要是帝王阶层这个评价主体以政治组织形式实现其"载道""教化"评价标准的贯彻执行。

士人文化是中国文化的成熟繁荣阶段。从魏晋南北朝至唐、宋，前后大约一千年的时间为文人文化时期。此间，中国文化的性质发生了极大的转变。在帝王文化的根基依旧稳固的基础上，以文人学士为主体的中国文人文化开始成为中国文化舞台上的主打戏。士人阶层接替帝王成为中国文化舞台的主角，是中国文化史上的大事。它不但催生完成了各种文学艺术形式的成熟独立，而且还拉开了中国文艺评论走向成熟和独立的大幕。

在三个评价主体中，士人阶层对于中国古代文艺评论价值体系建设的贡献最大。士人文化不仅是中国古代文艺评论价值体系的整体构建者，同时也是"真善美"价值标准中以"美"为内核的价值评价标准在中国古代文艺评论价值体系中安家落户的操作者。

市民文化是中国文化的转型和深化阶段。这个时期从宋代已经开始萌发，主要包括元、明、清三个时代。城市经济的繁荣，不仅造就产生数字庞大的市民阶层，同时也直接刺激了广大市民阶层精神文化的需求。这种文化需求直接导致了宋代以后市民文化的繁荣，并使市民文化进入并占据了这个时期社会的核心价值观念。

市民阶层在中国文化舞台上的登台亮相，改变了中国文化的构筑结构。从文学艺术的样式，到文艺评论的方式方法，都出现了全新的变革。以李贽为代表的市民文化代言人，不仅用文学发展史观颠覆了以往的复古文学观，而且以"真"为文艺评论价值评价标准，提出了与帝王"载道""教化"评价标准针锋相对的文艺评论价值评价标准。

中国古代文艺评论体系庞大，硕果累累，其中不乏含有价值评价的要素。这些价值评价要素反映了不同时期不同社会群体的价值诉求。所以，对这些价值评价要素的梳理，需要从不同价值评价主体的价值评价异同切入。

帝王、士人、市民，三个不同的社会阶层，构成了几千年中国文化的社会基础，同时，也构成了三个不同的文艺评论的价值评价主体。这由文学价值观念主体差异性所决定："文学价值观念的另一个特点是具有明显的主体差异性。由于每一个接受主体都有自己特殊的现实经历和文学知识背景，往往使他们在目的、需求、愿望、情感、直觉、潜意识等方面形成差异，因而亦使他们的文学价值观念形成差异，因人而异，各不相同。除了主体之间文学价值观念的差异外，不同时代、不同民族、不同群体也有不同的文学价值观念。"① 同时，由于评价主体各自社会地位和文学观念的不同，在评价要素方式上所表现出来的分析性评价和价值性评价的比重有很大差别。所以，从三个评价主体渠道分析中国古代文学评论中分析性评价和价值性评价差别，寻找其各自在二者关系中实现"兼容"和"自洽"的程度，也不失为一条有效渠道。

（二）帝王文化文艺评论价值评价主体及其评价特色

帝王文化的核心是政治文化，是以维护封建专制统治为核心目标的社会文化。包括文艺和文艺评论在内的所有社会活动，都要绝对服从封建政治统治这个重中之重。所以，帝王文化背景下的文艺评论，其价值评价"硬核"的出发点，自然也就是以维护封建专制统治为目的的价值取向。其价值评价要素从内容到方式带有明确的政治功利目的，主要表现在：

以维护封建专制统治为目的的文艺评论价值观念"内核"主要包括以是否具有"载道"内容和是否具有"教化"功能的基本价值评价条件。所谓"载道"的内涵主要包括："忠君""颂圣""修齐治平"等政治社会观念。就是要以此观念去教化世人，这是中国文化最初的本意。《周易·贲卦·彖传》："刚柔交错，天文也；文明以止，人文也。观乎天文以察时变，观乎人文以化成天下。"② 在先民看来，天文和人文分别是自然界和人类社会规则秩序的总结。了解天文可以掌握自然规律，而了解人文则可以用来教化天下。这样也就为后代社会所有文化活动的目的做了预设规定，文学艺术当然也在其中。如果说这个时候还是一个笼统的意向设定的话，那么从春秋战国之后，随着从思想文化到文学艺术的逐渐成熟繁荣，这种以教化为目的的"载道"内涵价值观念也就不断充实细化，逐渐成为一种代表官方文学艺术价值观念的概念范畴。从孔子开始，以忠君为核心目的的"兴观群怨"观念就一直作为官方认可的文学艺术评价观念推行于世。

如果说在孔子那里，"君使臣以礼，臣事君以忠"还只是一种理想的礼制设计图的话，那么从汉代开始，经过一番"君权神授"的造神舆论鼓噪，帝王成为天和神的化身，也成为国家的化身，成为封建时代衡量一切事物是非和高下的终极标准。歌颂帝王就是歌颂天意，歌颂国家；批评和反对帝王就是反对天意和国家。从汉代到清末尽管有两千多年的历史，但以君权利益作为文学艺术教化目的这个基本的核心"内核"始终没有发生根本的动摇和改变。《毛诗序》：

> 治世之音安以乐，其政和；乱世之音怨以怒，其政乖；亡国之音哀以

---

① 党圣元：《论文学价值观念的基本规定性》，载于《学术研究》1996 年第 3 期，第 59 页。
② 孔颖达：《周易正义》，见《十三经注疏》，中华书局 1980 年版，第 25 页。

　　思，其民困。故正得失，动天地，感鬼神，莫近于诗。先王以是经夫妇，成
孝敬，厚人伦，美教化，移风俗。①

　　颂者，美盛德之形容，以其成功告于神明者也。②

　　在《毛诗序》作者看来，诗作为一切文学艺术形式的最高代表，其全部责任
和价值就在于对民众进行人伦秩序的培育教化。这个思路成为一种定式，规定了
汉代以后文艺评论价值取向的基本尺度。

　　一些文学艺术运动和理论主张，也在此核心"内核"规定下不断努力拉回他
们认为已经偏离的"载道"线路。从唐代古文运动，到北宋诗文革新运动，再到
明清时期文学艺术领域的各种复古思潮，都是对"载道"价值观念在文学领域的
不断贯彻落实和重新认识。

　　在这个基本"内核"的规定下，帝王文化的文艺评论价值要素有着相当严密
而有效的评价机制和操作程序。

　　在文艺评论价值观念的表述上，作为评价主体的帝王文化有三种具体评论
渠道。

　　首先是帝王登场，直接表述代表帝王文化"内核"价值观念的文艺评论言
论。曹丕说："盖文章，经国之大业，不朽之盛事。"此语是从帝王文化角度对文
学艺术的社会地位价值做出的最高估价，表现出帝王这个文艺评价主体对文艺地
位价值的最大肯定。这一传统在后来历代帝王都得到继承和发扬，牢牢抓住并掌
控用文艺评价导向作为教化工具手段的渠道。

　　其次是帝王与官僚文人君臣组合，共同探讨设计帝王文化文艺"内核"价值
观念。他们一方面为"载道"的文学价值观念不断变换包装，反复向世人强调和
凸显"载道"价值观念的地位价值，另一方面还身体力行，利用自己的显赫地位
身份，从批评理论到文学创作本身的实绩来引领帝王文化背景下的"载道"价值
观念导向。唐代初期，在唐太宗李世民和周围文臣共同参与下，完成了一部关于
强调文学艺术必须以"载道"教化为目的的文艺价值综合讨论。史载李世民
"罢朝之后，引进名臣，讨论是非……才日昃，必命才学之士，赐以清闲，高谈
典籍，杂以文咏，间以玄言。乙夜忘疲，中宵不寐"。③ 他们这些热烈的学术活
动成果，尤其是其中关于文艺"载道"这一核心价值"内核"观点散见于这些
参与者的各类文章中：

---

　　① 孔颖达：《毛诗正义》，见《十三经注疏》，中华书局 1980 年版，第 270 页。
　　② 孔颖达：《毛诗正义》，见《十三经注疏》，中华书局 1980 年版，第 272 页。
　　③ 李百药：《封建论》，见《旧唐书》卷七十二《列传》第二十二，中华书局 1997 年缩印本版，第
2576 页。

文之为用，其大矣哉！上所以敷德教于下，下所以达情志于上，大则经纬天地，作训垂范，次则风谣歌颂，匡主和民。（《隋书·文学传序》）①

经礼乐而纬国家，通古今而述美恶，非文莫可也。是以君临天下者，莫不敦悦其义，缙绅之学，咸贵尚其道，古往今来，未之能易。（《梁书·文学传序》）②

夫文以化成，惟圣之高义；行而不远，前史之格言。……移风俗于王化，崇孝敬于人伦，经纬乾坤，弥纶中外，故知文之时义大哉远矣！（《晋书·文苑传序》）③

《隋书》的主编是魏征，《梁书》的主编是姚察、姚思廉父子，《晋书》主编是房玄龄。除了主编之外，当时一些著名文人都参加了诸史的编纂工作。魏征和李世民的关系世所公知，其他几位也都是李世民的得力帮手。不难想见，这几位重量级文豪也正是李世民"罢朝之后，引进名臣，讨论是非"活动的参与者。而这几篇殊途同归的渲染"载道"教化文字内容，也应该是君臣"乙夜忘疲，中宵不寐"的共同研讨成果，是他们向全社会发出的文艺评论重要价值评价标准。古代君臣共谋文艺评论"载道"大业，于此可见一斑。受此风影响波及，一些官僚文豪干脆把迎合君王所好，捍卫振兴"文以载道"价值标准大旗，作为文人"三不朽"（立德立功立言）伟业的具体实践了。从韩愈、柳宗元的古文运动，到欧阳修的诗文革新运动，大抵如此。

最后是动用国家权力的机器功能，直接参与和掌控文学艺术的价值肯定和否定评判。刘向《说苑·指武》谓："圣人之治天下也，先文德而后武力。凡武之兴为不服也。文化不改，然后加诛。"④ 这已经把王道教化和政治处罚的关系说得一清二楚。对于颂圣有功，贯彻"载道"观念得力的官僚和其他文人，予以表彰奖励；反之，则运用政治手段予以严惩。从"乌台诗案"到明清各种文字狱，再到元明清以后从中央到地方各级政府颁发的对于小说戏曲的各种禁毁法令，把国家和政府使用政治方式否定乃至枪毙文学艺术作品价值的举动，推演到无以复加的地步。这种不讲学理，直接以权力裁定文学艺术价值甚至夺走文学艺术家生命的做法尽管能一时获得政权和形势地位稳定，但是会在政治上产生民心和舆论损失的严重结果，而且也是中国文艺评论难以从学理的角度构筑完整科学的科学价值体系的重大障碍，对后代文艺评论实践中类似的越过学理直接进入价值裁决

---

① 魏征等：《隋书·文学传》，中华书局1997年缩印本版，第1729页。
② 姚思廉等：《梁书·文学传》，中华书局1997年缩印本版，第685页。
③ 房玄龄等：《晋书》，中华书局1997年缩印本版，第2369页。
④ 刘向：《说苑》，《龙溪精舍丛书》本，中国书店1991年版，第1037页。

的方式，具有直接的示范效应。

以帝王评价主体的价值诉求，其主要特征表现在：价值取向偏向政治统治和道德教化，价值陈述比较笼统直接，价值评价的行政灌输甚至暴力渠道多于学理分析。从中可见，帝王文化背景下的文艺评论，其价值性评价大于分析性评价，因而二者的"兼容"和"自洽"也就难以顺畅实现。这对于当下乃至未来政府层面的文艺评论理论构建和相应政策制定，应该有一定借鉴意义。

（三）士人文化文艺评论价值评价主体及其评价特色

士人文化的核心是审美文化，是封建时代文人士大夫突出自己的社会地位，加强自身人格和修养的文化建设。士人文化及其文艺评论活动的出现有两个重要的前提，一是门阀士族作为一个具有独立经济、政治、文化和人格实力的社会阶层形成崛起，二是文学艺术作为独立的文化精神活动从其他实用性社会文化功能（尤其是政治礼教功能）中分离出来。这两个前提的出现，既保证了一个作为独立文艺评论价值评价主体的实体存在，又为文艺评论的价值评价"内核"发生的时代性转换，以及分析性评价和价值性评价之间的"兼容"和"自洽"创造了必要条件。

士人文化文艺评论价值要素的呈现方式渠道主要通过以下途径实现：

关键的节点是人物品藻活动从人物品评向文艺评论过渡的嬗变承接。人物品藻活动是中国文化史上的一件大事，它对中国文化各个方面都产生了极为重要的影响。其中一个重要方面就是对文艺评论及其价值评价要素的直接影响。

人物品藻起源于汉代，本来是一项政府人才选拔的方式。汉代人才选拔分自下而上和自下而上两个途径。自下而上叫"荐举"，自上而下叫"征辟"。"荐举"和"征辟"的依据就是地方乡里缙绅对参选人员的品评。这就是最早的人物月旦评活动：

> 初，劭与靖俱有高名，好共核论乡党人物，每月辄更其品题，故汝南俗有月旦评焉。（《后汉书·许劭传》）①

这个活动从汉代一直持续到东晋，尽管在人物品评方式相对稳定，但在评价标准上却随着社会变迁发生很大变化。最终结果，直接导致催生了文艺评论价值评价的出现。

从人物品评标准来看，汉代号称以"孝"治天下，所以人物评价以道德为先，"孝"字为上。曹魏时期天下大乱，诸侯群雄纷起，各路草莽求贤若渴，所

---

① 范晔：《后汉书》，中华书局1997年缩印本版，第2235页。

以，此时人物品评的标准由汉代"孝"字替换为"才"字。曹操本人就大声疾呼："二三子其佐我明扬仄陋，唯才是举，吾得而用之。"[①] 于是，执政管理和军事韬略之才能便成为曹魏时段人物品评的优先价值标准。

重要的变化在两晋时期。司马氏鼎革之后社会上人物品藻活动在标准方面发生重大变化。一方面，"九品中正制"的实行，改变了以往人才选拔的机制。人才选拔的依据不再是来自社会舆论的人物品评，而是家族的社会地位。门阀士族操控了官场进退之门，形成"上品无寒门，下品无世族"的现实，造成"世胄蹑高位，英俊沉下僚"的政治局面。另一方面，司马氏政权的高压统治造成"道统"与"势统"的严重分裂。两方面的社会变化，导致人物品藻的标准发生重大调整——由汉代以来以官场选拔官员为目的的社会政治标准变为疏离社会政治的审美性标准。对人物自身的审美性品评热潮如同钱塘潮发，势不可挡，如同宗白华先生所说："一般知识分子多半超脱礼法观点直接欣赏人格个性之美，尊重个性价值。"[②]

人物品藻活动评价的标准发生变化对以文人为评价主体的文艺评论价值产生了重要的催生推动作用。其具体途径就是在人物品藻的审美性评价中，加入自然美和艺术美的评价，使三者相互借用比附，从而大大增强了人物、自然、艺术三者审美的认知度和表现力，并直接导引出文艺评论价值评价标准的形成。

魏晋之前，中国人对于人物、自然、艺术三者审美关系的认识虽然已经萌发，但比较朦胧。儒家对于三者美感的认识带有较强的礼制和道德教化色彩和实用功利目的。道家在艺术审美的自觉程度上要超过儒家，庄子对藐姑射仙人"肌肤若冰雪，淖约若处子"的赞美描绘中，已经开始采用自然美和人物美相互比喻的手法。《离骚》中也熟练使用了香草喻美人的手法。但他们对三者美感特征和相互关系的认识仍然比较朦胧，还没有从美学和价值评价的角度来认识把握三者的关系。

魏晋时期由于士族文人崭露头角，几乎垄断了社会舞台从经济、政治到文化的所有市场份额。但从文化方面看，士族文人的人格独立和文学艺术自身独立这双重因素决定他们有足够的影响力来左右改变和引导当时社会的文艺评论价值导向。人物品藻活动不仅大大开掘了社会对人物美的认识层次，而且还把对人物美的品评方式和评价标准，移用于自然美和艺术美的评价，实现了审美性人物品藻标准向山水诗创作和文艺评论价值标准的移植转换。如同宗白华先生所说："晋人向外发现了自然，向内发现了自己的深情，山水虚灵化了。"[③]

---

① 曹操：《求贤令》，见严可均辑：《全三国文》，中华书局影印本 1965 年版，第 1063 页。
② 宗白华：《论〈世说新语〉和晋人的美》，见《美学散步》，上海人民出版社 1981 年版，第 178 页。
③ 宗白华：《论〈世说新语〉和晋人的美》，见《美学散步》，上海人民出版社 1981 年版，第 183 页。

创造和转换的契机在于，当人们苦于用精准确切的语言用来进行人物美的描述评价时，想到用自然美和艺术美的描述评价作为替代。如人物品评使用频率比较高的借用自然美的语词有"瑶林琼树""璞玉浑金""龙跃天津""岁寒之茂松，幽夜之逸光""九皋之鹤鸣，空谷之白驹"等。通过自然美的描述，人物美的内在精神境界和气质美感得到彰显。有了这样的评价经验积累，艺术美也可以用自然美来比喻形容：

> 桓征西治江陵城甚丽，会宾僚出江津望之，云："若能目此城者，有赏。"顾长康时为客在坐，目曰："遥望层城，丹楼如霞。"桓即赏以二婢。（《世说新语·言语》）①

顾恺之身为大艺术家，当然深得艺术个中三昧，面对桓温的悬赏，他能信手拈来，用彩色红霞这一自然美景来形容江陵城建筑艺术。艺术修养之深，可见一斑。

于是，人物美、自然美、艺术美三者之间概念难以表述的美感通过相互比拟得到了形象提示，因而获得艺术通感的实现。这样，三种美的评价相互借力，从而使评论价值从内涵到形式都取得了清晰呈现。文人文化以审美价值取向为中心的价值"内核"，也由此生成推行。

除此之外，人物品藻的评价程序和标准设定，也直接为士人文化的文艺评论价值标准评定提供了具体规范范式：

> 世论温太真是过江第二流之高者。时名辈共说人物第一将尽之间，温常失色。（《世说新语·品藻》）②

故事告诉我们，东晋时期的人物品藻活动中，人们把温峤列入二流上品。每次品藻活动人们谈论一流人物即将结束时，温峤脸上总是非常窘迫。这就涉及了人物品藻活动的品评等级划分的具体程序。此法渊源于《汉书·古今人表》。该表以古代人物为经，以品第人物为纬，按九品分了九栏。根据表序"上智""下愚"的理论及表所分的具体情况来看，品第标准，是以人的品行为主，参之以事功的大小和学术的高低。这种形式在曹魏时期吸收依据汉代以来以乡里人物品藻为基础的"荐举""征辟"人才选拔制度改造成为"九品中正制"（九品官人法）。其内容是将参评人物分为：上上、上中、上下、中上、中中、中下、下上、下中、下下九个级别。这也就是魏晋人物品藻活动根据"九品中正制"将

---

① 刘义庆撰，余嘉锡笺疏：《世说新语笺疏》，中华书局1983年版，第141页。
② 刘义庆撰，余嘉锡笺疏：《世说新语笺疏》，中华书局1983年版，第517页。

《汉书·古今人表》这一书面文字的人物品行等级划分标准用之于现实的任务品藻活动中，将品藻的任务对象按既定标准的程度差别分为九个档次级别规则范式的由来。

从六朝开始，在以审美取向为价值评价标准，以优劣程度为区分条件的人物品藻活动直接影响下，按质分品，以品次第的方法成为士人文化文艺评论价值评价一直沿用不衰的固定评价形式。

较早采用分品形式进行文艺评论的是南朝梁谢赫《画品》。《画品》完全依据以审美价值为标准的人物品藻分品形式，按作者理解的画家作品价值高下，分为"六品"（六个档次级别），其品第原则是：

> 夫画品者，盖众画之优劣也。图绘者，莫不明劝戒、著升沉，千载寂寥，披图可鉴。虽画有六法，罕能尽该。而自古及今，各善一节。……然迹有巧拙，艺无古今，谨依远近，随其品第，裁成序引。故此所述不广其源，但传出自神仙，莫之闻见也。①

从谢赫的宣言中能清楚地看到，如同人物美的高下需要品第一样，绘画作品也需要按照审美价值的高下进行品第。

与谢赫大约同时的南朝梁钟嵘《诗品》则是文学评论领域采用人物品藻的审美评论方式，从审美角度进行诗人价值评价的发轫之作。钟嵘在《诗品序》里，他将诗歌艺术的审美价值评价原则定义为：

> 故诗有三义焉，一曰兴，二曰比，三曰赋。文已尽而意有馀，兴也；因物喻志，比也；直书其事，寓言写物，赋也。宏斯三义，酌而用之，干之以风力，润之以丹采，使味之者无极，闻之者动心，是诗之至也。若专用比兴，患在意深，意深则词踬。若但用赋体，患在意浮，意浮则文散，嬉成流移，文无止泊，有芜漫之累矣。②

从文中内容可见，钟嵘是把赋和比兴的相济为用，以及内在的风力与外在并举作为诗歌艺术的价值评价标准的。在此标准下，钟嵘《诗品》共品评了两汉至梁代的诗人一百二十二人，其中上品十一人，中品三十九人，下品七十二人。

如果说人物品藻的按次品第方法为后代文艺评论价值评价提供了外在范式方法的话，那么人物品藻活动对人物内在精神世界的观察挖掘和精准评价则为文艺

---

① 谢赫：《画品》，载《古画品录》，转引自北京大学哲学系美学教研室编：《中国美学史资料选编》，中华书局1980年版，第190页。

② 钟嵘著，曹旭集注：《诗品集注·诗品序》，上海古籍出版社2011年版，第47~53页。

评论价值评价找到了最核心的评价焦点，二者结合，成为中国古代士人文化背景下文艺评论以鉴赏为价值评价主要形式的直接渊源。

汉代以来兴起的人物品藻活动，广泛推广流行于全国各地，在参考吸收先秦以来包括相术在内的各种人物观察评价方法的基础上，总结出逐渐形成一整套严密周详的方式方法。这些方法集中表现曹魏时期名家学者刘劭《人物志》一书中。该书全面总结了汉代以来人物品藻活动各种方式途径，提出以"平淡无味"为核心的人物品评最高价值标准，不仅成为魏晋玄学"贵无"学说的主要理论来源，而且为后代士人文化背景下以"价值认知"为文艺评论取向规则奠定了坚实基础。

刘劭在《人物志》中提出，人之筋、骨、血、气、肌与金、木、水、火、土五行相应，而呈显弘毅、文理、贞固、勇敢、通微等特质。此"五质"又分别象征"五常"：仁、义、礼、智、信，表现为"五德"。也就是说，从"气质"的层面看，人的自然气血生命，具体展现为精神、形貌、声色、才具、德行。内在的材质与外在的徵象有所联系，呈显为神、精、筋、骨、气、色、仪、容、言等，是为"九徵"。

在才性方面，刘劭将人物分为"兼德""兼才""偏才"三类。透过德、法、术三个层面，依其偏向，又可分为"十二才"（清节家、法家、术家、国体、器能、臧否、伎俩、智意、文章、儒学、口辩、雄杰），依其才能不同担任不同的官职。

刘劭将才、德并列标举，作为评价和拔选人才的标准。刘劭的品评，以中和为最高，讲究平澹无味，是为圣人。所谓中和，在于兼具"平澹"与"聪明"两种层次，聪明为才，而平澹则是生命所展现的境界，已不单纯是道德修养和社会实用的层次，更是从"全幅人性"角度对人性内在本质的审美把握和审美评价。除中和外，其馀为偏至之材。"九徵"兼至的人，"阴阳清和，中叡外明"，就是中庸，称为圣人，是君王之才；具体而微，称为"德行"，是大雅之才；偏于一才的人，称为偏材，是为小雅。此外尚有依似、无恒等级别。

在此基础上，刘劭进一步提出甄别人才的"八观""五视"等途径。"八观"由人的行为举止、情感反应、心理变化由表象而深至内里，反覆察识。"五视"则在居、达、富、穷、贫特定情境中，考察人的品行。

刘劭对于人物品藻活动通过各种方法渠道认识把握人物内在品德性格，进而达到带有审美意义的价值判断，这一思路方向大大影响了文学走向独立过程中士人文化以审美为"内核"取向的文艺评论价值评价。

首先受其影响的是刘勰的《文心雕龙》。作为第一部"体大思精"的文学批评理论著作，文学批评在其理论体系中占有重要位置。纵观其书可以发现，书中很多涉及作家个人修养和作品价值评价的部分，内容都与人物品藻的范畴概念和价值评论方法有关，明显有人物品藻活动暨《人物志》影响的痕迹。从《体性》《才略》，到《神思》《情采》，人物品藻氛围气息，迎面扑来。而其中最为突出的则是《知音》篇有关文学批评鉴赏的内容。该篇从知音（文学批评）之难入手，提出文学批评的具体方法，进而总结文学批评的规律原理。其中两个重要核心点完全来自对人物品藻活动的借鉴发挥。其一是借用人物品藻方式，提出文学批评的"六观"方法："是以将阅文情，先标六观：一观位体，二观置辞，三观通变，四观奇正，五观事义，六观宫商。斯术既形，则优劣见矣。"① 对比一下刘劭《人物志》从"九徵"到"十二才"的各种观察评价人物方法，就不难看出二者之间的渊源关系。其二是对文学批评原理的总结：

> 夫缀文者情动而辞发，观文者披文以入情；沿波讨源，虽幽必显。世远莫见其面，觇文辄见其心。岂成篇之足深？患识照之自浅耳。夫志在山水，琴表其情，况形之笔端，理将焉匿？故心之照理，譬目之照形：目瞭则形无不分，心敏则理无不达。②

如同审美性的人物品藻需要从外貌入手，逐渐洞悉把握其内在精神气质再作出评价断语一样，批评者需要"沿波讨源""觇文见心"，方能"披文入情""虽幽必显"——"故心之照理，譬目之照形：目瞭则形无不分，心敏则理无不达"，《知音》篇最后关于文学批评的原理陈述，完全是借用人物品藻的语言表述方式，来说明文学批评通过何种方式渠道，才能最后达到"见心""入情""达理"这些从学理的层面科学进行审美性文学评论的士人文化背景下价值评价"内核"。

可见，到刘勰的《文心雕龙·知音》，士人人物品藻活动以审美为基本价值取向的评论方法，从整个体系框架到具体方式范畴，已经完全为中国文学批评所吸收，形成一套以审美判断为基本价值取向，以范畴分类为价值区分方法的士人化文学批评价值评价方法。这一方法范式经过《文心雕龙·知音》的定型，成为一种规范，对后代文艺评论的价值评价方法产生直接的规定和影响。司空图《诗品》将诗歌审美范畴区分为二十四种：雄浑、冲淡、纤秾、沉著、高古、典雅、洗炼、劲健、绮丽、自然、含蓄、豪放、精神、缜密、疏野、清奇、委曲、实境、悲慨、形容、超诣、飘逸、旷达、流动；严羽《沧浪诗话》所体制、格力、气象、兴趣、音节五种诗法；高、古、深、远、长、雄浑、飘逸、悲壮、凄婉九种诗品，都是这种审美性文艺评论价值评价范式的成功再现和演示。

① ② 刘勰著，范文澜注：《文心雕龙注·知音》，人民文学出版社 1958 年版，第 715 页。

这样，从谢赫的《画品》、钟嵘的《诗品》，到刘勰的《文心雕龙》，就从晋代审美性人物品藻那里接过了从审美角度进行人物价值评价的理念方法，并成功移用于中国文艺评论，把文艺作品的审美性评价作为一个固定的范式确定下来，为中国古代文艺评论中士人文化以审美为"内核"价值评价形式奠定了第一块基石，影响并规定了后来士人文化文艺评论的价值评价形式。这个"内核"的基本构成就是以审美评价为核心，把人物品鉴的方法转换为文学鉴赏的方法，形成中国古代士人文化背景下文艺批评的独有方式和固定传统，对后代中国文学艺术的接受传播，尤其是价值评价，产生深远的影响。正如宗白华先生所说："中国美学竟是出发于'人物品藻'之美学。美的概念、范畴、形容词，发源与人格美的评赏。"①

相较于帝王文化背景下文艺评论以"载道""教化"为基本"内核"的价值评论标准和主要通过官方行政渠道进行价值评价标准宣传的方式渠道，士人文化背景下文艺评论价值评价的"内核"转而为审美，方式渠道则主要集中在人物品藻人物品鉴方式基础上的审美鉴赏。同时，士人文化背景下的文艺评论价值评价框架结构有较强的体系感和科学性，基本从学理研究分析的角度进行，相比于帝王文化背景下某些越过学理直接用政治手段褒贬进行文艺评论价值判断的方式更具有真理性的含量。因此，其分析性评价和价值性评价之间的"兼容"和"自洽"程度最高，最为成熟。

（四）市民文化文艺评论价值评价主体及其特色

市民文化的核心是实用性文化。从需求的动力来看，帝王文化通过政治手段达到"文以载道"和"教化"的目的是出于专制统治的需要，士人文化以品鉴方式达到审美阅读目的是出于士人自身"修身""怡情"的需要。而对于市民阶层来说，"统治""怡情"都是距离遥远的奢侈问题。他们最关心的还是与自己的日常生活相关的现实生存问题。虽然市民阶层也需要精神生活，也需要文化消遣，但是，他们的精神生活和文化消遣从内容的价值取向，到文艺创作和文艺评论的方式渠道，都难以超越自身生存需求。所以，市民文化从文艺样式，到价值诉求，再到文艺评论的价值取向，很大程度上改变了整个中国文化舞台的底色，在诸多方面呈现出新的文化风貌和价值标准。

首先是关于市民文化背景下文艺评论的价值评价主体构成和时间跨度问题。从时间上看，市民文化大幕正式拉开是从元代开始，但从宋代起这个帷幕已经徐徐拉开，并基本上做好了市民文化舞台的格局设计和初步施工。宋代代表市民文

---

① 宗白华：《论〈世说新语〉和晋人的美》，见《美学散步》，上海人民出版社1981年版，第178页。

化文艺创作和评论，均已初具规模，为元代开始的市民文化高潮的到来做好了充分准备。

从市民文化背景下文艺价值评论主体构成来看，市民阶层与其他两个文艺评论价值评价主体（帝王和士人）有所不同。由于自身社会地位和文化素质的限制，市民阶层自身难以完成以表达自己的利益诉求为目的的文学艺术创作及其价值评价工作。所以，市民文化的创造和评价需要借助帝王文化和士人文化。一方面，他们需要借助帝王文化基本要义的"内核"作为包装，同时，也在一定范围内吸引帝王文化的眼球，取得自身存在的社会认可；另一方面，他们也需要士人阶层中的代言人。所以，士人中地位和感情倾向于市民阶层的往往成为市民文化文艺创作和价值评价的执行者。从罗烨、李贽，到冯梦龙、金圣叹等，均属此类参与者。有了以上两方面的要素，市民文化背景下的文艺评论价值评价主体才是完整和有效的。正因为有以上因素，市民文化背景下文艺评论价值评价的"内核"形成路线，是从较为单纯的市民文化色素，逐渐转入以市民文化求真求实的色素为主，部分融入士人文化的审美要素和帝王文化的"教化"要素的汇通走向。

其次是关于市民文化背景下文艺评论价值评价对象的转换认识问题。帝王文化背景下的文艺评论价值评价"内核"是"载道"和"教化"，士人文化背景下文艺评论价值评论的"内核"是"审美"和"怡情"。尽管二者在文艺评论价值评价取向的"内核"上取径不同，但二者的评价对象却基本同一，都是以诗歌和散文为代表的传统主流样式。市民文化在此背景下登台亮相，遇到第一个障碍难关就是表达自己的利益诉求的载体渠道问题。相比之下，对于市民阶层来说，诗歌散文这些传统主流文学样式不仅有接受和传播的障碍，而且它们（诗歌散文）已经为帝王文化和士人文化所操控垄断，成为宣扬各自文化诉求的创作渠道和价值评价对象。不仅如此，在以往的文化舞台中，代表市民或下层民众文化属性的小说、戏曲等各种通俗文学形式已经被帝王文化和士人文化的否定贬低而处于文化舞台的门外。所以，市民文化想要登堂入室，当务之急就是提高反映自己阶层文化精神的各种样式载体的社会地位。在此背景下，市民文化文艺评论的价值评价首要工作就是改变各种通俗文学样式的社会地位和社会形象，重新评价各种通俗文学样式的作用价值。这一工作从宋代市民文化刚刚起步繁荣的时候就已经开始了，代表性观点就是罗烨《醉翁谈录》：

> 夫小说者，虽为末学，尤务多闻。非庸常浅识之流，有博览该通之理。幼习《太平广记》，长攻历代史书。烟粉奇传，素蕴胸次之间；风月须知，只在唇吻之上。《夷坚志》无有不览，《琇莹集》所载皆通。动哨、中哨，莫非《东山笑林》；引倬、底倬，须还《绿窗新话》。论才词有欧、苏、黄、

陈佳句；说古诗是李、杜、韩、柳篇章。举断模按，师表规模，靠敷演令看官清耳。……

　　小说纷纷皆有之，须凭实学是根基。开天辟地通经史，博古明今历传奇。蕴藏满怀风与月，吐谈万卷曲和诗。辨论妖怪精灵话，分别神仙达士机。涉案枪刀并铁骑，闺情云雨共偷期。世间多少无穷事，历历从头说细微。①

　　与此前帝王文化和士人文化的文学评论价值观念中对于小说的蔑视歧视态度相比，罗烨对小说价值和小说家艺术修养的分析评价令人耳目一新，完全反映出一个新兴文化舞台对于自己舞台主角的高度评价和热烈鼓励，体现出一种全新的文艺评论价值取向。正如宁宗一先生所说："罗烨《醉翁谈录》中敢于突破统治阶级鄙视通俗小说和小说家的偏见，把小说家的才识和一般人心目中的大学问家并列，确是非常大胆而卓越的见解。同时这也多少反映了市民阶层为自己喜爱的文学争取地位的要求。"②

　　这种对于通俗文学样式给予合理的社会地位和正面评价到了元代之后得到更加广泛的呼应和更加学理化的论证。其中最有代表性就是李贽的进化文学史观。与罗烨相比，李贽不只是单纯直接肯定小说等通俗文学价值，提高其社会地位，而是从进化论的角度，指出所谓天下"至文"不是一成不变的，而是随着时代变化而变化。这就不仅以科学的态度，从学理的角度指出戏曲小说理应成为当时社会文化舞台的正当理由，充分肯定了小说戏曲等通俗文学样式的社会价值，而且也有力反驳了前后"七子"站在复古立场，强调"文笔秦汉，诗必盛唐"的静止文学史观，为转变传统世俗观念，科学地阐释说明小说戏曲成为文化舞台主角的道理，作出了决定性的贡献。经过这些卓有成效的工作，小说戏曲等通俗文学样式取代诗歌散文的主角地位，成为元明清以来文学舞台的主流文体和文艺评论价值评价的主要对象的浩大工程，已经基本就绪。这等于为文艺评论的价值评论"内核"从士人文化背景下的"审美""怡情"转向市民文化背景下的变异，扫清了障碍，搭建了基本平台。

　　再次是关于市民文化背景下以市民阶层利益和观念为基本出发点的文艺评论价值评价"内核"逐渐形成。宋代以来尽管社会变动很大，但城市经济在社会的动荡中却不断增长繁荣，反而刺激促进市民阶层的膨胀，促生市民文化及其价值评价"内核"。这个"内核"是建立在肯定市民阶层生存需求价值取向基础上，

---

① 罗烨：《醉翁谈录·小说开辟》，古典文学出版社1957年版，第3~5页。
② 宁宗一：《从罗烨〈醉翁谈录〉谈说话艺术》，见《中国古典小说戏曲探艺录》，中州古籍出版社1986年版，第79页。

肯定真情实感表现以"真"为核心的文艺评论价值取向标准，其内容主要包括：

以王学左派（泰州学派）关注百姓日常生活的思想为基础，将其引入文艺评论领域，把肯定文学艺术作品反映和支持百姓正常生活和生理需求作为文艺评论的正面价值肯定要素。代表这一文学思想潮流在小说创作领域的反映就是通俗小说的题材从帝王演义、英雄传奇、怪异神魔向世情题材小说的过渡。

南宋说话艺术传有"四家"之说，它们各自形成不同的题材类型，并且对明清时期长篇章回小说的题材流派直接产生规定性影响。其中"讲史"一家演化成《三国演义》为代表的历史演义小说系列，"说铁骑儿"一家演化成为《水浒传》为代表的英雄传奇小说，"说经"一家演化成为《西游记》为代表的神魔小说，"小说"一家演化成为从《金瓶梅》到《红楼梦》这一系列的世情小说①。四个小说题材流派的消长走势明显呈现逆向趋势。历史演义、英雄传奇和神魔小说走势一致——巅峰在前，仿作续之无力，呈强弩之末态势。相反，世情小说则后发制人，"小说"家在南宋说话艺术时期只是一种表现现实生活题材小说故事的总称，罕有其他三类中含有的经典佼佼者。但从明代后期开始，表现现实生活题材的"小说家"题材小说突然喷涌而出，既有《金瓶梅》之类的长篇章回小说，也有《三言二拍》之类的短篇拟话本小说。到清代，其他三种类型小说虽然数量不少，但精品难寻，而世情小说却依然后劲十足，变异演化出《儒林外史》《红楼梦》这样的经典巨著。十分明显，小说创作舞台的这个巨大转变，正是泰州学派"百姓日用即是道"民本思想在文学舞台的落实实践。

面对这场文学题材的重大变革，那些愿意为市民文化代言的批评家以敏锐的目光抓住这些文艺变革的重要成绩，及时给予正面肯定和价值认可。对于《金瓶梅》这部明代世情小说奇书，明末著名学者谢肇淛慧眼评价道：

> 其中朝野之政务，官私之晋接，闺阃之蝶语，市里之猥谈，与夫势交利合之态，心输背笑之局，桑中濮上之期，尊罍枕席之语，驵侩之机械意智，粉黛之自媚争妍，狎客之从臾逢迎，奴怡之稔唇淬语，穷极境象，駴意快心。譬之范工抟泥，妍媸老少，人鬼万殊，不徒肖其貌，且并其神传之。信稗官之上乘，炉锤之妙手也。（谢肇淛《金瓶梅跋》）②

谢肇淛所列举的《金瓶梅》题材范围，几乎涵盖了市民文化视角所关注的各种社会题材的全部。在肯定《金瓶梅》题材的广泛之后，谢肇淛将其艺术效果赞美为"譬之范工抟泥，妍媸老少，人鬼万殊，不徒肖其貌，且并其神传之"的高

---

① 关于南宋说话"四家"所指，诸家说法不尽一致，本节取胡士莹先生观点，见胡士莹：《话本小说概论》第四章，中华书局1980年版。

② 转引自朱一玄编：《金瓶梅资料汇编》，南开大学出版社1985年版，第190页。

妙境界，并且进一步将其定位于"信稗官之上乘，炉锤之妙手也"的高级档次。与之相类，抱瓮老人对《三言》《二拍》两部拟话本小说也做了全面的价值肯定：

> 墨憨斋增补《平妖》，穷工极变，不失本末，其技在《水浒》、《三国》之间。至所纂《喻世》、《警世》、《醒世》三言，极摹人情世态之歧，备写悲欢离合之致，可谓钦异拔新，洞心骇目。而曲终奏雅，归于厚俗。即空观主人壶矢代兴，爰有《拍案惊奇》两刻。颇费搜获，足供谈座。合之共二百种。（笑花主人《今古奇观序》）①

如果说文学价值生成的重要标志是其以审美的形式表现出现实生活的功利价值的话，那么从谢肇淛到抱瓮老人，其共同点就是他们都不约而同抓住从《金瓶梅》到《三言二拍》对于它们各自反映的生活功利价值的"恰当处置"："文学在反映表现生活之时，对事物与现象中的复杂的价值内蕴必须恰当处置，才能生成自我价值。所谓恰当处置，是指文学必须立足于反映事物的审美价值但又不排斥、不违背其他众多的功利价值。"② 这样，市民文化背景下文艺评论关注肯定现实世俗生活的价值"内核"就宣告形成。

最后是关于市民文化背景下文艺评论价值评价的方式渠道。由价值评价"内核"和通俗叙事文学文体所决定，其价值评价方式渠道也充分体现了面向市民文化的主旨特色。市民阶层文艺价值评价主要方式渠道为通俗小说戏曲评点、序跋和笔记短文等其他方式等。三种方式源头均来自传统士人文化圈，但序跋和笔记短文并非市民文化独有的评价方式。而评点虽然源自士人文化圈，但在市民化文人的努力打造下，几乎成为市民文化文艺评论价值评价的独有形式利器。

评点的形式古已有之，其中也含有某些人物品藻中人物评价的形式特征，但成为文学评论的专有形式始自唐代以来的诗话。不过，和品鉴形式的主流态势相比，评点在诗话领域的发展非常有限，基本是冷落萧条之势，但却在小说戏曲等通俗文学领域获得无限生机，成为通俗文学评论的主要形式。

评点在小说领域的落脚始自南宋刘辰翁对于文言笔记小说《世说新语》评点。在传统帝王和士人文化背景下，文言小说的社会地位介于文史与白话通俗小说之间。与白话通俗小说相比，文言小说还属于正统主流文体范围；但在正统主流文体范围内，文言小说又处在末端。这个地位对于将诗话中的评点方法移至到

---

① 转引自黄霖、韩同文：《中国历代小说论著选》，江西人民出版社1985年版，第263页。
② 董学文、张永刚：《文学价值生成总论》，载于《学术界》2000年第6期，第84～98页。

白话通俗小说来说，具有得天独厚的有利位置。刘辰翁是一位稔熟并以评点见长的文学批评家，他在传统文史领域有过诸多评点著作，如《班马异同评》《批点孟浩然集》《批点选注杜工部》《评点唐王丞集》等。而《世说新语》是六朝以来文人雅士趋之若鹜的热门书。刘辰翁以之为评点对象自然是顺理成章。但他始料不及的是，《世说新语》的小说文体身份使其成为评点这一传统诗文领域文艺评论的方式渠道为通俗小说戏曲所用的发轫点。在刘辰翁的带动下，明清时期小说戏曲评点如雨后春笋，令人目不暇接。从李贽到金圣叹、脂砚斋，这些具有代表性的通俗小说戏曲批评家所采用的评价方式几乎殊途同归地选择了评点。这就说明，评点这种文艺评论方式有其更适合市民文化的评价主体用来表述自己的价值标准和好恶取向。这正如清初涨潮所言：

> 触目赏心，漫附数言于篇末；挥毫拍案，忽加赘语于幅余。或评其事而忼慨激昂，或赏其文而咨嗟唱叹，敢谓发明，聊抒兴趣；既自怡悦，愿共讨论。（《虞初新志·凡例》）①

这里提到的各种有感于作品内容而产生的各种评价表达方式，其共同特点就是随感而发，自由畅快。这与帝王阶层行政命令和"载道"任务的沉重和士人阶层"怡情""养性"目的的含蓄相比，更能体现出市民文化从内容的通俗质朴到评价方式的简洁明快特征。它用来评价市民阶层关系的各种现实生活问题题材和从市民角度审视历史的观念等，显然更能得心应手，随感随发。

从市民文化背景下的文艺评论中的分析性评价和价值性评价的比重来看，与帝王文化评价主体相比，其分析性评价成分超出价值性评价；与士人文化评价主体相比，无论是分析性评价和价值性评价的比重，还是整个价值评价体系，都相对较弱。②

二、古代选本批评的价值追求及其当代启示

选本，顾名思义，是选者将符合其意图与标准的作品编选而成的合集。作为文学作品载体的一种，选本广泛存在于古今中外文学的传播中。按古籍四部分类法，选本存于集部，即收录诗文词总集、专集的部类。在中国文学语境下，选本价值独特：其最直接的价值体现为对文学作品的载录，即收藏价值，这对早期文

---

① 张潮：《虞初新志》，上海书店 1986 年据开明书店 1935 年版复印本，第 2 页。
② 本部分内容参见宁稼雨：《中国历代文艺评论价值评价主体及其评价特色》，载于《学术研究》2019 年第 1 期，第 152～161 页。

学的发展尤为重要。再者，随着"众家之集，日以滋广"，为便于引导读者，使其免于"劳倦"，选本在完成"采摘孔翠，荟剪繁芜"①的基本功能上，批评的效用日渐凸显，选本通过选文取舍、序跋以及评点等形式成为中国古代文学批评一种重要形式。选本功用早有共识。如鲁迅先生说的，"评选的本子，影响于后来的文章的力量是不小的，恐怕还远在名家的专集之上"。②胡大雷也认为，"选本是不断需要的，它总是以载录优秀文学作品的面貌出现的，就这个意义而言，好的选本的生命力远远超过文学史著作。因为文学史写得再好，也总是具有时代性的，也总会出现时代的局限。"③选本繁复多样，二人言说的也是选本中之优秀者，那么，选本为何以及是否"总是"以优秀为标准？这个标准又从何而来？

文艺作品的多层次价值与价值实现会有时间错位现象，于是出现文学接受冷热之区分，如何使冷的文学得到储存，热的文学有未来的价值预期？应在同文类的纵向河床中给予文学的基本评价标准，使得冷的文学储存有理由，热的文学有思考空间。④那么选家秉持何种评价标准才能实现对"价值彰显"与"存储模式"的妥善分配？此中既有不同时代文化环境或文学观的规约，亦有选者本身价值诉求的差异，影响程度不同，相应的个性化理论问题就有差异。这个问题须从选本的批评活动，即"选"的价值意涵处开始分析。

（一）删选的价值学意涵及选本批评活动

价值问题很大程度可以转换为选择问题。胡塞尔在《伦理学与价值论的基本问题》中通过现象学方法尝试对伦理学问题进行复原，他认为伦理内在要求一种价值选择的自主性，而价值的比较体现为选择行为，价值选择同理性相关，对于好坏的选择可能是非理性的结果，但理性推论能给予我们指导，所以，"毫无疑问，优先选择的价值是由这种认为好的价值来制约的"⑤。李德顺则将价值哲学研究分为存在论、意识论、实践论三个面向，我们看到，"选择"贯穿其中，尤其在"存在"中，选择是使主体与对象客体发生价值关系的重要契机。在"意识"与"实践"中，选择行为表征主体性以及价值意识、价值标准、价值评判等内容。统而言之，删选过程即价值生成与呈现的过程。

---

① 魏征、令狐德棻：《隋书（卷三十五）》，中华书局1973年版，第1089～1090页。

② 《鲁迅全集》（第7卷），同心出版社2014年版，第174页。

③ 胡大雷：《论古代选本的类型及其文学史意义》，载于《学术论坛》1991年第5期，第85～87页。

④ 刘俐俐：《科幻小说：文学理论创新的重要机遇》，载于《社会科学报》2016年10月13日第5版。

⑤ 埃德蒙德·胡塞尔、胡塞尔、艾四林等：《伦理学与价值论的基本问题》，中国城市出版社2002年版，第113～114页。

我们由此进入选本价值活动的探讨。选本活动包含选家、选本、读者三个要素。其中，选本作为核心要素，连接选家与读者，也是今人考察选本活动最为可靠的依据；选家作为价值主体，通过对作品的删选决定了选本的基本面貌；读者在选本活动中的位置及权重随着文学的传播度、接受度的差异而有不同变化，不能一概而论。如鲁迅认为，"读者虽读古人书，却得了选者之意，意见也就逐渐和选者接近，终于'就范'了。"① 而陈允衡曾论，"然宁简略，使读者自得之章法，是所最重。"② 后者看似信任读者鉴赏力，推崇选本维持作品本然的质地，少批评的介入，但寻踪"章法"的过程实际上也是被选家精心设计的。选家对读者的态度不同于创作者对读者的态度，后者若按照接受美学的说法，存在着"隐含读者"，即作者为完成文本所假设出的对作品首肯、赞赏的读者形象。这是创作阶段作者主动组织的一种对话关系，对某一篇作品有效。而选本面对的是多篇作品，选家的重心在于由选而生的批评，选家往往含有明晰的文学或道德的价值诉求，读者的反作用并不显。依据价值哲学相关内容，我们可以把选本活动大致描述为：选家萌发"选"的意识，在作为实践层面的文学制度和作为意识层面的文学观的相互作用，在价值关系和非价值关系的统一中形成具有个性的选文标准，并将其实践于选本中，如图 4 - 1 所示。

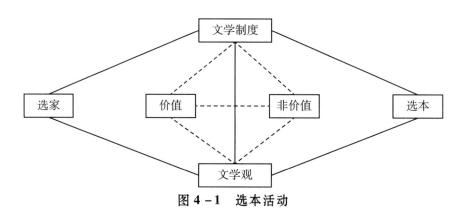

图 4 - 1　选本活动

具体而言，选家对作品的删选，理论上首先从彼时文学观与文学制度的双重考察中寻找价值评判的依据。文学观，即文学价值意识，是文学接受者在特定时代凝结而成的对文学的根本看法，回答"文学是什么"。文学观经由接受主体提炼、内化后往往被当作不证自明的思维框架，一旦成型，就被当作工具性对象，

---

① 《鲁迅全集》（第 7 卷），同心出版社 2014 年版，第 174 页。
② 四库全书存目丛书编纂委员会：《四库全书存目丛书（集部三九九）》，齐鲁出版社 1997 年版，第 6 页。

具有极大惰性。[①] 而选本批评特性在于，被选文本形成的结构性关系将惰性文学观从工具性对象转为批评性对象，给予选家以主动凝结文学观的压力，此时的文学观就带有强烈的积极评价性质，在选本活动中起到或显或隐的定向作用，具有价值导向性。

文学制度包括文学创作、体制、体性、批评、发展等，饶龙隼用此词来指称文学活动，认为它可以"从整体上涵盖中国文学活动诸层面"。[②] 文学观往往在文学制度中生成，选家可由此获得直接的选择标准，但多数选家不止步于此，也即不会满足于贮存价值已充分发酵并获得广泛认可的文学作品这一简单目的。因为选本活动本身也在文学制度范围之内，选家更倾向于通过"以选为评"的策略贡献新的文学观。在此文学观和文学制度的相互作用中，选家的主体尺度体现为价值关系，如选家个人理想、标准、好恶、趣味甚或单纯的情绪。选本的客体尺度体现为非价值关系，此中内蕴着选本的自在规定性，选家总是在平衡二者的过程中锚定选择标准。

以上是理论层面的描述。实际情况是，中国的文学观本身经历了从无到有、从简到繁的过程，在文学的自觉时代到来之前，文学长久处于蛰伏状态，加之文学新形态不断生成，选家对文学作品的判定以及对自身价值主体的体认就并非易事。而《诗》以"述而不作"的旨归奠定了选本"以述（选）为作"的价值主体呈现方式和基本的批评策略。

（二）辨体：选本的层递批评机制

选本批评依靠选文、序跋、评点等要素。"以选为评"的策略体现在选文方面：选家将静态的诸多作品置于一处，进行新的整合从而产生价值。分散的作品在选家文学观的聚合下获得了新的意义，从而产生整体大于部分之和的效应。与此同时，序跋、评点等典型批评形式与选文一道将选本经验概括为理论的形式，从而使选本常成为汇集最新古代文学批评成果的载体。此为选本批评的表层。而选家面对不同文本而能够产生批评意识的深层动力因素来自对所选文本的质的整体评价，即辨体。

辨体意识肇始于《诗》的"四始六义"，现在看来，这是编选诗集的客观需要产生的成果。但此后的选本中，辨体成为选本批评的重要内容。明代徐师曾在《文体明辨·自序》中说："是编所录，唯假文以辨体，非立体而选文。"[③] 在此，

---

① 敏泽、党圣元：《文学价值论》，社会科学文献出版社 1997 年版，第 255 页。

② 饶龙隼：《中国文学制度论》，载于《文学评论》2010 年第 4 期，第 5～17 页。

③ ［明］徐师曾撰、罗根泽校点：《文体明辨序说》，人民文学出版社 1962 年版，第 78 页。

选文就完全成了"辨体"的工具。宋以后至近代,与辨体相对立的破体也成为文体探究的一个面向。前者主张辨明和守护文体,后者主张打破文体界限,使各文体互相融合。无论辨明还是破界,均须对文体进行学理式认定,而认定过程即是为文体立法,标准随之产生。明晰的文体界定使批评有旨归,创作有依据,对文类兴盛有极大作用。

在文艺评论价值体系视野中,文学评价标准分为两种:一是判断是否为文学作品,此为"品质评价";二是判断是否为优秀乃至伟大的作品,此为"选拔评价"。① 选本辨体兼具两种评价功能,也可相应地可分为两种类型:一种是对新兴文学形式的辨体可以及时学理地确证其价值,进而迅速走上经典化轨道。如现存最早的文人词选本——《花间集》,很典型地体现了对"词"这一体裁的文体确认。其序言是中国文学史上第一篇词学论文。它对词体的特征、功能和渊源做了完整的论说。词学批评肇始于此。由此看,辨体亦是文论发展的动力。另一种辨体是对已成经典的文体进行深入辨析,这可衍生出更高一级的评价标准,即由"品质评价"上升到"选拔评价",典型如《唐诗品汇》,不同于唐人选唐诗的当代性,明人选唐诗只是元人复古宗唐的余绪,唐诗的文体早已完备,但《唐诗品汇》从风格论入手,将唐诗建构为一个完整严密的体系,成为自宋至明最完备的唐诗选本,《唐诗品汇》用大量作品直观地展示唐诗的演变过程,从"审音"的维度进一步深化、细化了唐诗辨体,高棅通过它来确立唐诗何音为正,何音为变,从而判断唐诗高下。②

古代文学选本的辨体意识对当代文学批评颇有启发。在制度规划下,当代文学的创作、批评、理论各有分工,如不考虑语境,要求当代文学选本的辨体功能只能是一种苛责,因为显然这是文学理论家职责所在。但明晰的分工同样弊端重重,如"没有文学的文学批评"饱受诟病,"文学批评不再是关于文学的批评,而成为关于批评的知识生产,……放逐了作为文学批评之活力所在的美学直觉。"③ 在此情境下,选本是否对批评有补偏救弊的意义?余虹认为,中国文论要么对大共名"文"进行形而上的玄思,要么对已然在此的各体之文进行具体的历史考辨与经验归纳,因此,它主要由总体文论和诸体文论这两极构成,而所谓文学性、叙事性、戏剧性、抒情性这些问题则从未进入其视野。④ 如果说,"没有文学的文学批评"是由于受西方思潮影响过甚,偏爱于形而上的理论玄思所

① 刘俐俐:《文艺评论价值体系与文学批评标准问题研究》,载于《南京社会科学》2016 年第 12 期,第 119~127 页。

② 申东城:《唐诗品汇研究》,黄山书社 2009 年版,第 134 页。

③ 山东省作家协会编:《山东作家作品年选》(2013 评论卷),作家出版社 2014 年版,第 161 页。

④ 余虹:《中国文论与西方诗学》,生活·读书·新知三联书店 1999 年版,第 61 页。

致，那么，回到文本自身，从"诸体"之辨进入批评或是一条可行之路。上引"文学批评危机"之文选入"作家作品年选"饶有意味，可见编者之努力。

（三）以述为作：选家的主体呈现方式

选家作为价值主体，主导选本活动，而对选家的考察仍当从"第一部诗歌总集"——《诗》开始。出于尊经观念，古人不敢将《诗》与集部中的文学作品相提并论。如今我们赋予它以文学史上的崇高地位，是对其文学价值的一种追认。以《诗》为核心对象的儒家文论对后世文学批评产生了极深远的影响，分析《诗》成书过程对选本研究同样重要，可由此窥见选本的价值根性。

《诗》的成书有"采诗""献诗""删诗"等说，其中"删诗说"质疑者甚多，信服者亦多。有学者综合前人研究并结合最新考证成果认为，司马迁关于孔子删诗的记述在总体上不容置喙。① 此说最早见于司马迁《史记·孔子世家》：

> 《诗》三千余篇，及至孔子，去其重，取可施于礼义，上采契、后稷，中述殷、周之盛，至幽、厉之缺，始于衽席，故曰《关雎》之乱，以为《风》始，《鹿鸣》为《小雅》始，《文王》为《大雅》始，《清庙》为《颂》始。三百五篇，孔子皆弦歌之，以求合《韶》《武》《雅》《颂》之音。礼乐自此可得而述，以备王道，成六艺。②

从此文可知《诗》的成书背景、目的以及编排原则。"去其重"大致对应后世选本通常秉持的"汰芜收华"的标准，古代文献保存难度大，所以拣选意味着同时实现了文献保存功能。"施于礼义"和"礼乐自此可得而述，以备王道，成六艺"结合解读，表明《诗》的成书目的，同时表明孔子删诗有一个外在于文本的明确的政治理想和功利诉求，有论者将此概括为"观历史盛衰、见微知著和成王道义法。"③ 于是《诗》有了成就"王道义法"与"六艺"的载体性质，礼乐借这一载体得以"述"。《诗》被先在地赋予崇高使命，如何选诗才能切中目的？孔子对自我的评价——"述而不作"表明了选诗的核心标准。

"述而不作"语出《论语·述而》。杨伯峻在《论语译注》中将"述而不作，信而好古，窃比于我老彭"译为"阐释而不创作，以相信的态度喜爱古代文化，

---

① 刘生良：《孔子删诗说考辨及新证》，载于《陕西师范大学学报（哲学社会科学版）》2003年第3期，第92~98页。
② 司马迁：《史记（卷四七）》，中华书局1959年版，第1935页。
③ 张华林、滕兴才：《从编〈诗〉方式与目的论司马迁"孔子删诗"说的提出》，载于《古籍整理研究学刊》2014年第5期，第13~17页。

我私自和我那老彭相比。"① 若以此解，作为选家的孔子，其价值主体地位并不显在，他对三百余首诗的"阐释"就有在"相信""喜爱"古代文化前提下的一种"搬运"意味，此解稍显简略并掩蔽了诸多文化背景。杨乃乔以经学诠释学为理论起点，力图寻求"述而不作"的完整意义，他认为"述"只能解释为"遵循"，"作"解为"制作"与"兴作"。② 他从《诗》的本然地位以及诞生语境来解释"述而不作"，如此，"不作"具化为"不制作礼乐制度且不兴作而起"，"古代文化"具化为"周公及其礼乐制度"，"相信"还原为"信仰"。

孔子"删诗"就是"选"的事实发生，由信仰、遵循周公及其礼乐制度的"述"到"选"可以自然过渡，引起理解障碍的是"作"，我们借朱熹对此的评价辅助分析：

> 述，传旧而已。作，则创始也。故作非圣人不能，而述则贤者克及……孔子删《诗》《书》，定礼乐，赞《周易》，修《春秋》，皆传先王之旧，而未尝有所作也，故其自言如此……然当是时，作者略备，夫子盖集群圣之大成而折衷之。其事虽述，而功则倍于作矣，此又不可不知也。③

朱熹对"述"和"作"的价值判断非常鲜明，褒"作"贬"述"，所以二者对人的要求也有很大差异，但是孔子述而不作之举却须另作他解：彼时"作"者已不少，孔子在这种环境中能兼"作"与"述"，其"述"的功劳数倍于"作"。

也就是说，孔子"以述为作"，将自己的价值诉求熔铸到了文本之中。如杨乃乔所言，"述"是指涉诠释主体——孔子，在思想（形而上）与行动（形而下）两个维度上，对圣人周公及其礼乐制度的崇圣性遵循。"④ 孔子自觉地将《诗》默示为传递周公礼乐制度的载体，以期通过"以心传心"的方式"定礼乐，正雅颂"。所以，从标举道德主体性以及强烈的价值诉求角度来看，"述"正是一种为了达到"作"的策略。此"作"即与《诗》的接受者产生了关联，接受者看到了文本背后蕴含仁者情怀的价值主体。孔子面对周礼文化的谦卑与价值拣选的审慎态度铸就了崇高的人格精神。我们可以说其价值主体性的凸显是以去主体性的方式完成，并由此实现了从一个信仰者到选家、诠释者的通约。

《诗》之后，《善文》《文章流别集》《昭明文选》等选本相继问世，选家有了越来越明晰的文学观，但其价值诉求也趋于多样。孔子的价值主体性呈现方式

---

① 杨伯峻：《论语译注》，中华书局 2006 年版，第 74 页。
② 杨乃乔：《中国经学诠释学及其释经的自解原则——论孔子"述而不作，信而好古"的独断论诠释学思想》，载于《中国比较文学》2015 年第 2 期，第 2～37 页。
③④ ［宋］朱熹集注：《四书章句集注》（上），上海古籍出版社 2006 年版，第 118 页。

在方法论和思想精神两方面对后世选本有深远启发。方法论方面，随着文学观的成熟，文学选本的"文学性"也体现得更为充分，"述而不作"在选本中逐渐凝结为"以选为评"的追求，这种方法在对保持文学自然质地与批评介入的平衡上有独到之处，还值得深入研究。精神承续方面，孔子通过述而不作，激活了人本心中"仁"的自觉意识，将礼乐文化内嵌为人的价值追求，选家多钦仰其崇高人格，将自我之"修身"与颇有"立言"色彩的选本编纂紧密连接，赋予选本以文学价值之外的精神价值。

古代文论的现代转化是文艺学研究的热点问题。新文化运动造成了主流文学形态由诗文变为小说，古代文论的许多命题、范畴因之失去了批评对象，转换之任务也就因古今文学现象的差异而异常艰难。选本作为文学作品一种载体，从《诗》开始绵延至今，而考虑到古代选本不仅承担淘洗经典的功能，更是文学批评的重要形式，所以在文学现象、文学制度的讨论上可成为连接古今文论的一个极佳中介。除了本节大略探讨的批评机制之外，选本批评中富有民族特色的批评方法以及理想选家等论题均对当下文学批评与理论建设有借鉴意义。①

第二节　中国现代文学价值观念考察

以中国传统的文艺思想为理论渊源，又在输入和吸纳以日本、欧美、俄苏等为主要代表的外来文论资源的基础上，中国现代文学的话语呈现出了一种"整合的文论"② 的总体面貌。如果站在价值论的角度审视，可发现存在真实性、功用性与审美性三种主要文学价值观念。

一、现代文学的真实性价值观念

所谓文学的真实性价值观念产生于文学批评家将文学视为对生活所做的审美、能动反映的一种预设，即认为文学"是以生活真实作为基础，通过概括集中、加工提炼、变形想象等手法创造出来的、具有审美效应的具体生动的艺术形

---

① 本部分内容出自葛瑞应：《古代选本批评的价值追求及其当代启示》，载于《文学与文化》2019年第4期，第54～59页。

② 边利丰：《"中国现代文学批评理论学术研讨会"综述》，载于《文学评论》2002年第2期，第184～186页。

象状态，它表现出社会生活的某些本质、意蕴和规律"。① 可以说，文学的真实性价值观念就是文学批评家以文学作品反映现实生活的准确和客观实在程度，以及文学形象所产生的真实感及其可信程度为标准做出评判的结果。根据现代中国的历史具体性，以及文学批评家本人的特定理解，从其外延来看，这一真实性价值观念主要涉及了文学的情、景、事、意等方面，既有从内容、形式的层面，也有从与阶级性、主客观因素关系等层面出发对于文学真实性价值的思考；与之对应，其内涵则随"世情""时序"的波动振荡而"与世推移"，主要包括了以"欧西文思"为内容的真实性、客观现实决定的真实性、政治性决定的真实性、"主观精神"决定的真实性以及真实性存在的"境界"和真理形态等涵义。

由此，可以将中国现代文学的真实性价值观念概括为两种不同的向度："历史"之真与"诗歌"之真，前者比较接近于亚里士多德所理解的"历史的真实"，主要是以现实世界中的必然性逻辑考量文学作品的环境描写、情节构造以及人物设计等方面，认为二者的相符程度决定了文学作品真实性价值的实现程度。可大体分为四个子维度。

（一）文学"历史之真"的"欧西文思"之维

从文学有助于改良社会的政治理想出发，梁启超偏重从文学的内容方面理解文学之真实性价值，要求文学作品应表现出西方现代的思想精神。在"诗界革命"中，梁启超认为诗歌能运用来自欧洲的新语句和新境界是实现其真实性价值的关键所在，因而他对于不能以新的意境和语句作为诗料的王士禛、袁枚、龚自珍等清代诗坛的宗匠级人物的诗作极为不满，批评他们的诗歌已沦为鹦鹉学舌之作，严重影响了诗歌真实性价值的实现。在"文界革命"中，梁启超则批评以桐城派古文为代表的中国散文界存在着矫揉造作、内容空虚的弊端，这造成了严重脱离现实的失真感，损害了散文应有的真实性价值的实现。针对此失真弊病，梁启超认为应以日本新闻主笔德富苏峰为榜样，提倡学习其以"欧西文思"入文，② 同时又积极关注现实社会生活的文体。同样，在"小说界革命"中，梁启超也强调小说真实性价值的实现与否，主要取决于其中是否蕴含着欧洲的科学和理性的思想精神。

（二）文学"历史之真"的"现实人生"之维

从文学与现实人生间的密切关系出发，茅盾批评了中国新旧派小说在文学真

---

① 董学文、张永刚：《文学真实的范畴厘定和价值探微》，载于《北京大学学报》（哲学社会科学版）2000 年第 4 期，第 204～210 页。
② 欧西文思，指对于欧洲的科学、理性等现代思想精神的表现。

实性价值上存在的问题，认为其主要表现为在描写方法上缺少客观的态度与在题材上缺少正确的目的两个方面。对此，他认为现代文学要实现其真实性的价值，就要学习自然主义的方法，因为自然主义以"真"为最根本的目标，自然主义文学的本质就是将文学与科学相类比，要求作家先运用科学的方法去综合地观察现实人生的各个方面，而丝毫不掺入作者主观的态度，然后再以科学的方法来整理、描写，"实地的观察""客观的描写"① 是其核心要义。从此出发，茅盾提出了要以文学来"表现人生"的主张，而出于强烈的责任意识和历史使命感，在他看来，文学所表现的人生，就是要通过科学的考察和研究整个社会、民族的状况，来达到对全民族、全社会之客观、深刻的表现，从而揭示出社会—民族中的病根。因此，茅盾要求作家要从由生活的广度、深度、密度组成的"生活的三度"② 着手，深入到广泛的现实生活中去。在他看来，惟其如此，他们创作出的文学作品才能具有真实性的价值。

（三）文学"历史之真"的"政治"之维

作为"左翼"文艺理论家的周扬，在思考文学的真实性价值时，首先从唯物论的角度出发，认为一部文学作品的真实性价值要以对社会生活的客观认识和反映为前提。以此为基础，他进一步强调，作家唯有站在无产阶级的立场，从无产阶级世界观出发，才能真正地认识和反映出社会生活的规律和"本质的真实"，然后还要通过塑造典型将前者形象地表现出来，惟其如此才能实现文学的真实性价值。文学真实性价值的如此理解，在毛泽东那里得到了进一步深化、系统化的阐释。毛泽东一方面将自然形态的现实生活视为文艺创作的唯一源泉，认为文学的真实性要以此为基础，另一方面，从无产阶级革命家和政治家的视野出发，明确强调文学对现实的反映高于实际生活。要求作家的文学创作要与无产阶级的政治方向相一致，即文学作品题材和内容，反映和体现人民群众创造历史、推动历史进步的革命活动。尤为应该表现中国民主主义革命主体的农民的革命性和光明性特质，反映他们的反抗斗争精神。可以看到，在周扬和毛泽东那里，文学真实性价值基础的社会生活，被无产阶级政治与阶级性所决定和规约。③

（四）文学"历史之真"的"主观精神"之维

"左翼"文艺理论家的胡风，承认文学真实性价值应以对现实生活的反映为

---

① 《茅盾文艺杂论集》（上集），上海文艺出版社 1981 年版，第 109 页。
② 《茅盾文艺杂论集》（下集），上海文艺出版社 1981 年版，第 989 页。
③ 焦亚娟：《茅盾文学批评中的文学价值观及其当代意义》，山东理工大学博士论文，2014 年，第 11 页。

基础的前提下，更强调作家还要采取积极能动的反映论立场，即要求作家以自己的"主观精神"与现实生活发生化学作用并提炼和概括，反映现实基础上，向读者揭示出社会历史发展的动力和方向。具体来看，胡风认为，作者"主观精神"的发挥表现为主客体相互递进的辩证过程。首先，他强调作家的主观因素在辩证关系中起着关键作用。主观因素主要是指作家的"人格力量"和"战斗要求"，是"实践的精神状态"，它要求作家在创作过程燃烧自身真正的喜悦和痛苦、欢乐和悲哀等战斗意志和真挚感情，来"突入""拥合""发酵""燃烧""蒸沸"客观的对象，使其经过"我们的精神世界这一盆圣火"的洗礼。胡风认为，藉此主体与对象之间就能够达到一种相生相克的辩证关系，即主体与对象实现了在思想、情绪上的拥合，使作家探寻到隐秘在历史深处的真实性意蕴。

中国现代文学真实性价值观念中的第二种向度表现为一种"诗歌之真"，比较接近于亚里士多德所说的"诗歌的真实"，即文学按照可然律或必然律，可以反映普遍性规律性内蕴的真实、本质的真实。该向度包括两种子维度类型。

1. 文学"诗歌之真"的"境界"之维

王国维在文学批评中，将文学的真实性价值理解为"境界"中存在的真实性。在他看来，"境界"是由真景物与真感情结合而成，"境界"要求既能写出真景物，即表现出豁人耳目、如在目前之景，又能写出真感情，即忠实的抒发作者纯真、率真之情。真感情与真景物结合成的"境界"的真实性价值，王国维称之为"不隔"。"不隔"是对生动、贴切，又不显得刻意为之的语言创造的艺术形象的整体性描述。读者可获得"如在目前""身临其境"的体验。"不隔"的反面是"隔"，"隔"是文辞修饰下了很多工夫，但不能真切表达所感，读者感到雾里看花。这样的文学作品就是"隔"。王国维认为，造成"隔"与"不隔"，全在于作者"真切之表达"而使"语语都在目前"之与否。他指出实现"不隔"境界，创作主体要有宇宙人生由"入"而"出"的经历，有个写之得其"生气"到观之得其"高致"的循序深入过程。

2. 文学"诗歌之真"的"真理"之维

鲁迅认为文学的真实性价值由作品"真的声音"体现，由真情和真相融合而成，是作家内心真实情感，以及对于所观照的现实人生做出的坦率真诚、毫无伪饰的表达。关键是要保证人的主观内面精神的张扬和发展，避免物欲蒙蔽所致的唯物极端，由此作家方能以真挚情感和事实真相，揭露和刺破陷入瞒和骗的假象。鲁迅清楚地意识到，这种真实性仅属于"精神界之战士"，即狂人/哲人以"凡事须得研究，才会明白"[①]的寻根究底态度，质疑常人世界秩序的正当性以

---

① 《鲁迅全集》（第1卷），人民文学出版社1981年版，第423页。

及合理性，对之否定和颠覆之后，对于终极真理或者说理想生活的执着追问。

二、现代文学的功用性价值观念

现代文学的功用性价值观念，缘于文学批评家将文学视为社会能量流通的一种形式，具有意识形态功能的预设属性。"在历史现实与意识形态之间有一种普遍的社会能量在往返流通，从具体的社会事件到笼统的社会现实都具有一种能量，它'具有产生、塑造和组织集体身心经验的力量'"，而"文艺既是社会能量的载体和流通场所，也是社会能量增殖的重要环节。"① 与"现代中国"多元、复杂的时代主题相呼应，中国现代文学的功用性价值观念，外延方面，主要从文学与外部世界的关系着眼，考察文学对于个人与社会、民族与国家的建构作用。由此其内涵则以"立人"与"立国"为焦点，又随时代的变化，展现出了不同的具体面向，可分为文学的功利性之用和文学的自治性之用两种类型。功利性之用的理解超越了文学自身的范围，强调以文学直接或间接介入社会和文化的建构。包括五种价值子维度。

（一）文学功利性之用的"启蒙"之维

1. 梁启超

面对着晚清时期蜩螗羹沸的困局，梁启超强调文学对于民族国家、社会人生都具有非常重要的作用。因此，在"三界革命"之中，他积极提倡以文学传播西方的启蒙思想，发挥其"开民智""改良群治"的功用性价值。在"诗界革命"中，梁启超认为诗歌能够起到教育人的精神的作用，因此，他一方面要求诗歌在内容上要关注中国的社会现实尤其是民族危机，从而以诗歌干预现实，"以诗补史"，唤醒民众、重铸民魂；另一方面，他还要求诗歌在形式上要多采用那些包含了"欧西文思"的"新语句"。在"文界革命"中，梁启超则从社会的文明程度与其文章之间具有直接的关系出发，指出文章的功用应在于通过传播文明思想来提高国民的文明程度，进而实现改良社会的目的。他认为其中最重要之点，是以俗语创作使民众易于阅读接受的文章，打破艰深的古文与广大民众之间的隔阂。"小说界革命"中，梁启超明确地将小说更容易使人接受并感到快乐的特征，与群治、新民等功用密切联系起来，强调"小说为国民之魂"，从小说着手使中国的国民彻底获得新生。

---

① 张进：《"批评工程论"——新历史主义批评理论的当代意义》，载于《文艺理论研究》2005年第1期，第56~65页。

"五四"时期，鲁迅、周作人和茅盾结合新的时代语境，分别对文学的"启蒙"功能做出了新的阐发。

2. 鲁迅

从人之物质性与精神性区分的理解出发，鲁迅认为文学以其"使观听之人，为之兴感怡悦"① 的本质特性，只与人的精神世界相关，功用性价值在于"撄人之心"——文学以其所蕴含的美伟强力的思想情感，提供现实生活之外的理想境界，使读者心灵震撼，激发反抗和进取的决心，塑造积极健康的国民精神。

3. 周作人

在"人的文学""平民文学"以及"人生的文学"三种递进逻辑的口号之下，周作人有自己文学价值的理解。他认为文学关注人生诸问题，物质的和道德的，理想的和平常的，因此是"于人生很切要的一种工作"。② 他将文学视作重新发现人的手段，通过传播人道主义的思想给读者，将人们思想和情感提升到更健康、更高级的水平，改变非人生活为理想生活，"养成人的道德，实现人的生活"③。

4. 茅盾

在茅盾看来文学应当是"为人生"的，而且是为表现这人生服务的，这就是它的功用性价值所在，即一方面文学要"指出现人生的缺点"，去揭露出社会的病根，另一方面，它还要有"指导人生的能力"，即"提出一个补救缺憾的理想"，使人不悲观，指人以正道，从而唤起人们参与改造社会的行动之中。按此理解，他指出文学作品必须紧密地反映出时代精神，作品的题材要具有普遍性、重大性，即作家在其文学作品中要表现出对现实问题"给予一个正确解答"的思想性；也要在其创作中以理想为骨子，具有"理想性"，从而指示出"未来的途径"。

（二）文学功利性之用的"政治"之维

从无产阶级革命的现实需要出发，周扬认为文学是专为无产阶级的政治服务的宣传工具。他要求文学要肩负起政治动员、教育人民群众，以及打击、消灭敌人的重要作用，"在政治斗争非常尖锐的阶段，每个无产阶级作家都应该是煽动家，他应该把文学当做 Agitprop④ 的武器……而且越是好的文学越有 Agitprop 的效果"。⑤ 毛泽东在此基础上进一步深化和权威化了这种文学功能的理解。承认

---

① 《鲁迅全集》（第 1 卷），人民文学出版社 1981 年版，第 71 页。
② 周作人：《文学研究会宣言》，载于《晨报》1920 年 12 月 13 日。
③ 周作人：《人的文学》，载于《新青年》1918 年第 5 期，第 6 页。
④ 即宣传鼓动。
⑤ 《周扬文集》（第 1 卷），人民文学出版社 1984 年版，第 36 页。

经济基础决定地位的前提下，毛泽东对文艺与政治之间的辩证关系做出了专门说明，一方面，"文艺是一种社会意识形态，它对物质经济基础的服务往往需要政治作中间环节，文艺不能脱离政治是客观规律"，另一方面，文艺对于政治还具有重大的能动作用，"文艺是从属于政治的，但又反转来给予伟大的影响于政治"。① 因此，他认为革命文艺是革命事业必不可少的"齿轮和螺丝钉"，推动革命事业向前发展，是革命事业的有力武器。具体表现在文学为人民大众服务、为工农兵服务。以工农兵生活作为文学作品反映的主要对象，为他们创作也为他们所利用。《在延安文艺座谈会上的讲话》要求作家以文艺大众化方法，建立无产阶级立场和世界观。

现代文学的自治性之用将文学视为自由的精神创造活动，认为文学绝非为文学之外的目的，它就有独立自足的功用性价值，即"能对社会的情感系统、人的精神家园的建构发挥特殊作用，对社会的信仰体系、对人的诚信理念的建设发挥积极作用。"② 其主要包括了三种价值子维度。

1. 文学自治性之用的"审美"之维

（1）王国维。从文学独立自足的特性——"可爱玩而不可利用是已"③ 出发，王国维认为文学无实际的功利性之用，却以其"无用"而成就某种"大用"，通过对人的审美熏陶，使人忘物我之关系，获得精神慰藉和超脱，摆脱现实欲望纠缠等人生困惑和痛苦，形成对于现实的反抗和超越，"美术之务在描写人生之苦痛与其解脱之道，而使吾侪冯生之徒，于此桎梏之世界中，离此生活之欲之争斗，而得其暂时之平和。此一切美术之目的也"。④

（2）朱光潜。与王国维相似，朱光潜也认为文学是独立自足的存在，但又"可以有一番真正的成就"。他认为文学的功用，表现在由个人到社会的两个层面。对个人来说，一方面，通过审美陶冶和道德影响，提升人的自我修养；另一方面，"能够伸展同情，扩充想象，增加对于人情物理的深广正确的认识"⑤，从而使读者感受到人生世相的新鲜有趣并从中吸收和推展生命的活力。社会层面说，他认为"文学以其所营造的与现实社会中的道德、政治不具有任何必然性联系的纯粹意象世界，提供出了一种超越性的维度，由此美感世界，人类就可以摆脱、超越和征服现实的实用世界"⑥，使人生痛苦得到暂时解脱。

---

① 《毛泽东选集》（第3卷），人民出版社1991年版，第865~866页。
② 程金城、冒建华：《中国现代文学价值选择的启示》，载于《文学评论》2006年第6期，第154~159页。
③ 姚淦铭、王燕：《王国维文集》（下部），中国文史出版社2007年版，第17页。
④ 姚淦铭、王燕：《王国维文集》（上部），中国文史出版社2007年版，第6页。
⑤ 《朱光潜全集》（第1卷），安徽教育出版社1987年版，第324页。
⑥ 李伟长：《中国现代文学批评的多元价值维度研究》，南开大学博士学位论文，2019年，第154页。

2. 文学自治性之用的"情感"之维

（1）梁启超。远离政治中心并游历欧洲之后，梁启超对于欧洲的启蒙理想产生了深刻怀疑和反思。文学功用性价值的理解也随之明显转变。他不再认为传播西方启蒙思想实现国民性改造是文学之用，他转而强调文学对于个人乃至整个民族的情感、趣味的积极影响。他认为，文学是情感教育的最大利器，文学既由情感所产生又是情感的载体。"音乐、美术、文学这三件法宝，把'情感秘密'的钥匙都掌握住了。艺术的权威，是把那霎时间便过去的情感捉住他，捉住他令他随时可以再现；是把艺术家自己'个性'的情感，打进别人们的'情阈'里头，在若干期间内占领了'他心'的位置。因为他有怎么大的权威，所以艺术家的责任很重，为功为罪，间不容发。"① 与之相关，梁启超认为由文学之美的特性使然，还有为人类培育积极、健康的趣味的重要作用，"美术的功用，在把这种麻木状态恢复过来，令没趣变为有趣。换句话说，是把那渐渐坏掉了的爱美胃口，替他复原，令他常常吸收趣味的营养，以维持增进自己的生活康健"。②

（2）周作人。随着"五四"退潮之后，时代和实事的推移变化，周作人也放弃了早期所主张的"个人主义的人间本位主义"思想，转而追求个人的精神自由以及返归自我的人生观。受此影响，他对于文学价值的理解也明显转变。他认为文学的功用表现为通过作者之情思的表达，使读者获得既不是鼓动也不是教训的单纯快意和益处，周作人将之称为被除的作用，或所谓文学作为"精神上的体操"，意思是文学通过排解与发泄读者心中的仇恨与愤怒等不良的情绪，让人感到快乐的作用。"一位现还在世的英国思想家，他以为文学是一种精神上的体操。当我们用功的时候，长时间不做筋肉的活动，则筋肉疲倦，必须再去作些运动，将多余的力量用掉，然后才觉得舒服。文学的作用也如此。"③

3. 文学自治性之用的"人性"之维

沈从文将文学认定为"人性的治疗者"。在他看来，文学独特的功用性价值，是以审美本性表达积极健康的人性理想，给予读者博大的精神力量，让读者以想象和情感的光辉超越现实的得失成败，不再因生活苦难而彷徨和恐惧，看到光明的未来。这种功用性价值与乡愿道德的价值绝然不同。乡愿道德价值只让人成为普通意义的好人，文学价值却展现对于生命的深刻启示，将人生向"善"。在人们满足饮食起居和生息繁衍需求之外，进而追求抽象崇高的理想境界，提升人的精神世界，让人性完善起来。"我们得承认，一个好的作品照例会使人觉得在真美感觉之外，还有一种引人向善的力量。我说的向善，这个词的意思，并不属于

---

① 《梁启超全集》（第7册），北京出版社1999年版，第3922页。
② 《梁启超全集》（第7册），北京出版社1999年版，第4018页。
③ 周作人：《中国的新文学源流》，华东师范大学出版社1995年版，第14~15页。

社会道德一方面做好人的理想，我指的是这个：读者从作品中接触了另外一种人生，从这种人生景象中有所启示，对人生或生命能作更深一层的理解。"①

三、现代文学的审美性价值观念

文学的审美性价值观念，是将文学视为"一种具有审美特质的社会意识形态"②，即从无功利性、形象性、情感性与功利性、思想性和认识性相互交织成的审美意识形态的预设出发而做出的价值理解和评判。从外延来看，这种价值观念或从文学本身的特性出发，或从文学与外部世界的关系出发，考察文学的审美性价值。内涵方面，表现认定文学的审美性价值是独立自足的存在，注重在文学自身规律探索中思考审美性价值问题。审美性价值成为工具性手段，有满足文学之外目的的两种理解。其一，依附性的审美性价值维度，其二，独立性的审美性价值维度。现代文学批评范围中，依附性审美性价值维度，从文学改造社会人生、推动革命政治任务实现的作用出发，思考和定位文学审美性价值。具体有两种子维度。

（一）文学依附性之美的"启蒙""情感"之维

以文学之美可实现"新民"、改良群治，以及情感教育和趣味培养为目的。梁启超就文学审美性价值是这样理解和阐释的。其一，认为人生的目的多种多样，诗歌之美自然也不是单调、唯一的，可以有多种。可以是独立自足的"为爱美而爱美"，为作诗而作诗；可以通过诗歌表达社会人生的痛苦与黑暗，抒发郁结的情感，读者阅读后受到刺激，发生酣畅淋漓的快感。梁启超强调这两种诗歌之美都合理，不应偏废。其二，专门阐释了小说的审美性价值。梁启超强调小说不同于经史的独特性质："文章之真谛，笔舌之能事"③，小说的审美性价值表现在两个方面：人们日常生活知其然不知其所以然的微妙情感，习以为常却难以言传，小说却有能力充分得体地表现，这就是"写实派"之美。其三，凭借想象创造现实世界之外的"他境界"，小说形成"理想派"之美。在这种理解的基础上梁启超提出了小说的"熏、浸、刺、提"批评标准。

---

① 沈从文：《抽象的抒情》，复旦大学出版社 2004 年版，第 18 页。
② 童庆炳：《文学概论》，武汉大学出版社 1996 年版，第 60 页。
③ 梁启超：《〈新小说〉第一号》，载于《新民丛报》1902 年 11 月 14 日。

（二）文学依附性之美的"政治"之维

文学依附性之美的"政治"之维，典型体现在毛泽东文艺观念中。从文学服务于革命政治的目的出发，毛泽东考虑的是文学审美性价值的接受。在他看来，既然文学服务对象是工农兵群众为主体的人民群众，工农兵自然是文学审美性价值的主要接受者和评判者。所以，毛泽东指出，为了创作符合人民群众期待视野的文学作品，要处理好"普及"与"提高"的关系，实现"普及"为主导基础的二者辩证统一关系。此后，毛泽东在标准向度渗透了他的审美"政治"之维的思想，强调艺术性是文学具备特征，"反对只有正确的政治观点而没有艺术力量的所谓'标语口号式'的倾向"，"缺乏艺术性的艺术品，无论政治上怎样进步，也是没有力量的"。① 文学的审美性价值落实点在于：作家善于运用形象思维，"艺术作品还要有动人的形象和情节，要贴近实际生活，否则人们也不爱看。把一些抽象的概念生硬地装在艺术作品中，是不会受欢迎的"。② 人物和情节应当比现实的生活更高、更强烈、更有集中性、更理想、更带普遍性。

再说独立性审美价值。这是从文学自身特性出发思考审美性价值的结果。这个路径上的文学批评家认为，文学审美性独立自足，无关乎文学之外的目的。有四种价值子维度。

1. 文学独立性之美的"境界"之维

王国维将西方美学的唯美主义思潮和中国文学传统的"境界""意境"等思想予以融合创新，赋予"境界"全新内涵：文学之美即于"境界"。"境界"整体性地说明文学作品审美性价值的本质。"境界"来自想象与情感有机融合，来自作者自然、真切的摹写与表达。以情感"沁人心脾"的抒发，景物"如在目前"的描画，以及人事"脱口而出"的述说。依据情与景、人与事之间的不同关系，进而将"境界"分为有我之境与无我之境两种类型。前者是情感直接明白地贯穿在景物、人事摹写中，展现意余于境的关系。后者是情感表达与景物、人事摹写融为一体，为意境两浑关系；从"境界"入人之深浅不同而感染力强弱看，又分为诗人之境界与常人之境界。诗人之境界是对现实人生本质深刻体验感悟后抵达的形而上认识，是常人所不能完全理解的；常人之境界是形而下层面的日常生活诸如羁旅行役的种种事件以及悲欢离合之种种情感的单纯表达，常人能感觉和理解，其入人尤为之深并得到广泛流传；王国维就创作论提出创造"境界"有造境与写境两种主要方法。"有造境，有写境，此'理想'与'写实'二

---

① 《毛泽东选集》（第3卷），人民出版社1991年版，第870页。
② 《毛泽东文艺论集》，中央文献出版社2002年版，第17页。

派之所由分"①，两种方法不能截然区分。

2. 文学独立性之美的"趣味"之维

大量的散文批评文章中，周作人提出了以"趣味"为核心的散文批评理论，体现了他关于文学审美性价值的独特理解。"我很看重趣味，以为这是美也是善，而没趣味乃是一件大坏事。这所谓趣味里包含着好些东西，如雅，拙，朴，涩，重厚，清明，通达，中庸，有别择等，反是者都是没趣味。"② 周作人的"趣味"是"趣"和"味"的融合，"其中的'趣'又包括情感的性情和自我的个性两个方面，其中的'味'又包括味道的朴实、苦涩、自然，以及回味的魅力、气韵、不自觉等。"③ 周作人进而将散文作品的"趣味"之美概括为了三种形态，理、情、趣融为一体的风趣谐味；一种苦涩雅致的趣味；平淡自然之味。

3. 文学独立性之美的"美感经验"之维

朱光潜以"美感经验"的切入点理解文学的审美性价值。他认为"美感经验"的本质"就是形象的直觉"，"直觉除形象之外别无所见，形象除直觉之外也别无其他心理活动可见出"。④ 朱光潜具体地指出"移情作用"是构成美感经验的内在机制，审美主体与观赏对象之间"不即不离"的"距离"是形成"美感经验"的外在机制。具体文学批评实践中，他拈出"趣味"一词作为"美感经验"的具体表现，以此衡量文学艺术审美性价值。所谓的"趣味"，是创作主体和对象情趣往复回流和交互渗透产生的"美感经验"，并呈现于作品，是情趣、意象和语言的融合整体。

4. 文学独立性之美的"恰当"之维

沈从文以作家身份进入文学批评，立足创作实际问题和丰富体验，以"恰当"统领他理解的文学之美。在他看来，"恰当"是以"适中"为原则的恰到好处。作者认识并掌握人类情感的同差性特征，深刻理解共通的人性，严密思索人事，在作品只透彻地安排一切；在此基础上，以文字的敏锐感受力和以精微的形式，表达对共同人性的理解。这来自作家平时的功夫：善于运用文字的技巧，实现"文字的德性与效率"。"我以为一个作品的恰当与否，必需以'人性'作为准则。是用在时间和空间两方面都'共通处多差别处少'的共通人性作为准则。一个作家能了解它较多，且能好好用文字来表现它，便可望得到成功，一个作家对于这一点缺少理解，文字又平常而少生命，必然失败。"⑤

---

① 姚淦铭、王燕：《王国维文集》（上部），中国文史出版社 2007 年版，第 76 页。
② 《周作人散文全集》（第 6 册），广西师范大学出版社 2009 年版，第 754 页。
③ 赖博熙：《审美现代性视域下周作人文学思想研究》，辽宁大学博士论文，2012 年，第 92 页。
④ 《朱光潜全集》（第 1 卷），安徽教育出版社 1996 年版，第 214～215 页。
⑤ 《沈从文批评文集》，珠海出版社 1998 年版，第 142 页。

四、真实、功用与审美性：中国现代文学价值观念的"聚合性"文本

上述梳理与分析可见：中国现代文学的多元复杂价值观念和子维度类型。它们正分布于以真实性、功用性以及审美性价值观念为组合轴与聚合轴的坐标系。现代中国"非艺术"历史语境中，三种价值观念及其子维度，得到重视程度不同，有主导与边缘的区别。组合轴或者聚合轴两方面，占主导话语地位的都是与现实功利性需求密切的价值取向。因为现代中国时代主题复杂多元性，影响社会乃至文学发展的因素复杂多样，各种占据不同地位的文学批评价值观念和子维度，都有存在合理性和必要性，都有各自相对独立的言说空间。概言之，主流与边缘的价值观念和各个子维度间相互对立又互相补充，以此形成制衡机制，以及"多元共构互补"的话语形态。各自空间的言说，构成"多样性中的自由统一"特征的"聚合性"文本。有些类似巴赫金的"复调"特征：各种独立与不相混合的价值声音处于平等对话和竞争关系；但"聚合性"又有统一性，多种不声音之间存在组织和支配的权威声音，即统一性思想或主导话语。中国现代文学多元价值观念中，以毛泽东和周扬等所提出的文学的"人民性"范畴为合力，构成多元共生文学生态。这是文学批评家们面对现代中国具体国情的合理选择，同时其产生的偏颇也需要省思和矫正，见表 4-1 是中国现代文学价值观念类型，图 4-2 是中国现代文学价值观念坐标系。

表 4-1 　　　　　　　　中国现代文学价值观念类型

现代文学的真实性价值观念	文学的"历史之真"	"欧西文思"之维、"现实人生"之维、"政治"之维、"主观精神"之维
	文学的"诗歌之真"	"境界"之维、"真理"之维
现代文学的功用性价值观念	文学的功利性之用	"启蒙"之维、"政治"之维
	文学的自治性之用	"审美"之维、"情感"之维、"人性"之维
现代文学的审美性价值观念	文学的依附性之美	"启蒙"之维、"情感"之维、"政治"之维
	文学的独立性之美	"境界"之维、"趣味"之维、"美感经验"之维、"恰当"之维

现代文学的 功利性之用： "启蒙"之维 "政治"之维	现代文学的 "历史之真"： "欧西文思"之维 "现实人生"之维 "政治"之维 "主观精神"之维	现代文学的 依附性之美： "启蒙"之维 "情感"之维 "政治"之维
现代文学的 自治性之用： "审美"之维 "情感"之维 "人性"之维	现代文学的 "诗歌之真"： "境界"之维 "真理"之维	现代文学的 独立性之美： "境界"之维 "趣味"之维 "美感经验"之维 "恰当"之维
功用性价值观念	真实性价值观念	审美性价值观念

图 4 - 2   中国现代文学价值观念坐标系

第三节   中国少数民族文学价值观念考察

1949 年以来的中国少数民族作家文学，处于马克思主义思想和社会主义文艺观念宏观导向中。本节以中国新文学的整体视野，叙述和分析少数民族文学价值观念，及其主要评价实践。

一、少数民族文学批评的社会主义价值观念

少数民族文学当代发展基于中国当代社会现实。国家层面宏观价值引导，对少数民族文学创作和评论起着决定性作用。总括 1949 年以来不同时期，可大致分为两方面：其一，维护民族团结为中心的价值观念。其二，以服务人民为中心的价值观念。

279

（一）以民族团结为中心的价值思想

本书稿第二章的第三节，已经就中国少数民族文学提出和命名做过介绍。本节避开重复部分。"少数民族文学"一词由茅盾先生在 1949 年《人民文学》创刊的《发刊词》的第四项任务中提出："开展国内各少数民族的文学运动，使新民主主义的内容与少数民族的文学形式相结合，各民族间互相交换经验，以促进新中国文学的多方面的发展。"① 这是"少数民族文学"概念第一次出现，定下了基本任务的调子：表达新民主主义内容，呈现并交换各民族的经验，以促进新中国文学的发展。核心是表达新民主主义内容，"各民族的经验"指新民主主义在少数民族地区的不同经验，由此才能形成"新中国文学的多方面的发展"。同时"少数民族文学"作为"新中国文学"组成部分，首先要满足发刊词提出的第一项任务："积极参加人民解放斗争和新民主主义国家建设，通过各种文学形式，反映新中国的成长……。"②

"提出这一号召的茅盾不仅是一位享誉中外的文学大师，而且是新中国文化界和文学界的主要领导人，号召的内容体现了新中国的民族政策、文化政策和文艺政策。"③ 可证明少数民族文学在新中国得到了前所未有的重视。首先是政治层面的重视，强调国家建设中少数民族文学的重要意义。随着新中国各项事业的建设发展和国际国内环境变化，这种重视不断强化。1960 年 7 月，全国第三次文学艺术工作者代表大会的报告中，茅盾再一次强调："反映少数民族在共产党领导下的革命斗争、解放后的幸福生活、建设社会主义的冲天干劲以及民族间的友爱团结的作品，近几年在数量上和质量上都有很大成就。"1960 年 7 月，老舍先生在中国作家协会第三次理事（扩大）会议上所作的《关于少数民族文学工作的报告》中说道："我国各少数民族文学中都出现了崭新的社会主义文学……在加强民族团结上……这些新文学也都发生了不容忽视的作用。"④

如果说，茅盾 1949 年的发刊词中，尚未明确提出"民族团结"这一政治层面的要求，那么，1960 年茅盾和老舍的报告中，"民族团结"成了核心词汇之一，意味着要求少数民族文学由反映"各民族经验"转为"加强民族团结"。诚然，加强民族团结需要文学反映各民族的经验，描写各民族在生产建设中的新现象，歌颂新中国、歌颂共产党。反映"各民族经验"的落脚点正是繁荣各民族文化、促进民族大团结。但是"加强民族团结"，显然含有更加明确的政治倾向。

---

①② 茅盾：《人民文学·发刊词》，载于《人民文学》1949 年第 1 期。

③ 李鸿然：《中国当代少数民族文学史论》（上），云南教育出版社 2004 年版，第 84 页。

④ 老舍：《关于少数民族文学工作的报告》，载于《中国少数民族文学经典文库》，云南人民出版社 1999 年版，第 4 页。

意味着少数民族文学的核心功能是繁荣民族文化、促进民族团结；评价少数民族文学的首要价值立场，是体现民族团结倾向的社会主义价值。李长中在梳理 1949 年以来少数民族文学评价的价值迁移时亦指出：新中国成立伊始，国家话语必须强化多民族凝聚力/民族团结，以使其政权/统治有一个强烈内聚力的"民族化"基础，为此，必须在多民族国家内部展开"民族识别"工作。"少数民族文学"概念的发明/实践，在这一叙事框架内才能得以理解。少数民族文学价值表述顺势被确定为在加强民族团结。①

总之，中国少数民族文学发展与社会的变迁、国家宏观导向关系紧密。1949 年以来少数民族文学评价的核心价值之一是社会主义价值，其中之首要便是加强和维护民族团结，这是少数民族文学评价的基本立场。例如少数民族文学最高奖项——"骏马奖"，从一开始便强调"民族团结"的价值。评奖条例在 2020 年以前多次修订中，指导思想部分，强调国家重要政治思想之后，紧跟着的都是"维护祖国统一、民族团结"，评选标准明确强调："有利于倡导民族团结、社会进步、人民幸福的思想和精神"；2020 年最新修订的《全国少数民族文学创作骏马奖评奖条例》中，引言部分就明确"不断铸牢中华民族共同体意识，维护和巩固国家统一、民族团结"，指导思想部分强调"坚持文化认同是最深层的认同，坚持以人民为中心的创作导向"。概言之，维护民族团结、树立中华民族共同体意识依然是当前少数民族文学的首要价值。

（二）以服务人民为中心的价值思想

毛泽东在延安文艺座谈会上明确指出："为什么人的问题，是一个根本的问题，原则的问题。"② 从毛泽东伊始，邓小平明确"文艺为人民服务、为社会主义服务"的"二为"方针，江泽民、胡锦涛等国家领导人亦多次强调坚持以人民为中心的创作导向。人民性始终是中国文艺建设的根本宗旨。

2014 年 10 月 15 日，习近平总书记在文艺工作座谈会上发表了重要讲话，全面而深刻地论述了新时代中国特色社会主义文艺工作的性质、功能、评价标准以及存在的问题等。在讲话中，人民性作为新时代文艺的核心价值被再度强调和科学阐释，但历史语境较之以前已有巨大改变，赋予了人民性更具时代性更具包容性的阐述。习近平强调："以人民性为中心，就是要把满足人民精神文化需求作为文艺和文艺工作的出发点和落脚点，把人民作为文艺表现的主体，把人

---

① 李长中：《表述的边界：以多民族文学评论价值迁移为中心》，载于《文学评论》2019 年第 3 期，第 29~36 页。

② 毛泽东：《在延安文艺座谈会上的讲话》，载于《解放日报》1943 年 10 月 19 日。

民作为文艺审美的鉴赏家和评判者，把为人民服务作为文艺工作者的天职。"①
此处"人民"，不仅是集合性概念，"人民不是抽象的符号，而是一个一个具体
的人，有血有肉，有情感，有爱恨，有梦想，也有内心的冲突和挣扎"。② 虽然
"人民"在整体上阐述，却由一个个具体的人组成的整体。之所以以人民为中
心，是要满足新形势下人民日益增长的精神文化需求，是因为人民是文艺的根
本源泉。

细致地看，新的人民性价值暗含着对文学民族性、当代性、世界性的内在
强调。

习近平在讲话中特别强调："文艺工作者要讲好中国故事、传播好中国声音、
阐发中国精神、展现中国风貌，让外国民众通过欣赏中国作家艺术家的作品来深
化对中国的认识、增进对中国的了解。"所谓"中国声音""中国精神""中国风
貌"，强调的是在当前世界之林里中华民族的整体性价值。此处潜在的对比是中
华民族与世界其他民族，要求中国文艺应该展现出中华文化的精神，展现出与众
不同的魅力和风貌。虽然没有用"民族性"这样的术语，但从上引段落中，可以
肯定中国文艺以更高的民族性价值屹立世界精神之林是人民性的题中之义。因
此，"中国声音""中国精神"其实就是"中国性"，也就是中国的民族性。中华
民族多元一体，强调民族性，首先是在一体的层次上，是相对于世界上其他民
族，特别是当前全世界文化交流越来越频繁的趋势下。强调中华民族性、中华民
族认同是必然的要求，也是文艺的本质特点之一。当然，从中华民族内部来细
看，确实又是多元的，存在不同的民族，在不同的地理环境下产生各有特点的文
化形态。习近平特别强调："我国少数民族能歌善舞，长期以来形成了多姿多彩
的文艺成果，这是我国文艺的瑰宝，要保护好、发展好，让他们在祖国文艺百花
园中绽放出更加绚丽的光彩。"③ 列举我国优秀文艺成果时，讲话也特别提到
《格萨尔王传》《玛纳斯》《江格尔》等少数民族文学。这些具有民族特性的文艺
成果，反映的是特定人民群体的生活世界，刻画的是特定人民群体的人物形象，
因此，它必然是人民性和民族性的统一。

当代性与人民性必然关联，人民性是当代性的根本宗旨，当代性是人民性的
必然要求。习近平强调："文艺只有植根现实生活、紧跟时代潮流，才能发展繁
荣；只有顺应人民意愿、反映人民关切，才能充满活力。"④ 在谈到文艺创新时，
习近平指出互联网技术和新媒体改变了文艺形态，催生了一大批新的文艺类型，
也带来文艺观念和文化实践的深刻变化。他要求在面对这些文艺类型的时候，要
以全新的眼光，要引导他们成为繁荣社会主义文艺的有生力量。同时强调："文

---

①②③④ 习近平：《在文艺工作座谈会上的讲话》，载于《人民日报》2015 年 10 月 15 日。

艺也是不同国家和民族相互了解和沟通的最好方式……因为文艺是世界性语言，谈文艺，其实就是谈社会、谈人生，最容易相互理解、沟通心灵。"① 习近平不仅列举了自己阅读车尔尼雪夫斯基的《怎么办？》、歌德的《浮士德》等作品的故事，还列举了世界上许多对人类文明作出贡献的文艺作品。从所列举的作家作品来看，不限于一个地域，也不限于一种风格，既有现实主义，也有古典主义、浪漫主义、存在主义等流派。这传递出了新时代文艺的基本倾向：在人民性的基本原则下，新时代中国的文艺要以更宏阔的视野参与到世界文学中去，在创作方法上不独尊一派。

二、少数民族文学批评的民族文化价值观念

20 世纪 80 年代以来，在多元文化理念驱动下，民族性是衡量少数文学的核心价值之一。

（一）20 世纪 80 年代之前的文学民族性思想

国内首次提及"民族性"概念的，当属茅盾。他在 1922 年一场名为"文学与人生"的演讲中说道："大凡一个人种，总有他的性质……民族的性质，和文学也有关系。"② 在茅盾这里，虽然没有直接用到"民族性"三个字，但"民族的性质"已经是指一个民族的根本属性了，这种根本属性也被归结到文化层面。1925 年，蒋光赤在《民国日报》副刊发表文章《现代中国社会与革命文学》，文中说道："中华民族一定要产生几个伟大的文学家！一定要产生几个能够代表民族性，能够代表民族解放精神的文学家！"显然，这里的"民族性"缩小到了革命文学以及阶级性层面上。1927 年 12 月 19 日，鲁迅在评价陶云庆的诗歌时说："他以新的形，尤其是新的色来写出他自己的世界，而其中仍有中国向来的魂灵——要字面免得流于玄虚，则就是：民族性。"③ 在鲁迅看来，新形新色，只是一种外在形式，是一个载体，其根基还是中国向来的魂灵："他并非'之乎者也'，因为用的是新的形和新的色；也不是'yes''no'，因为究竟他是中国人。"④ 鲁迅所言"民族性"，是指一个民族的精神文化特质，其立足点是文化层面的民族主义。鲁迅之后，因为中国所面临的民族危机，"民族性"的概念基于

---

① 习近平：《在文艺工作座谈会上的讲话》，载于《人民日报》2015 年 10 月 15 日。

② 《茅盾全集》（第 18 卷），人民文学出版社 1989 年版，第 269 页。

③ 《鲁迅全集》（第 3 卷），人民文学出版社 1981 年版，第 549 页。

④ 《鲁迅全集》（第 3 卷），人民文学出版社 1981 年版，第 550 页。

更强烈的民族主义而偏重政治层面。

抗日战争期间，关于文艺民族形式的讨论是当时政治、文化领域的大事件，这一场声势浩大的讨论在中国文学史上也具有非常重要的影响。1938 年 10 月，毛泽东在《中国共产党在民族战争中的地位》中提出："洋八股必须废止，空洞抽象的调头必须少唱，教条主义必须休息，而代之以新鲜活泼的、为中国老百姓所喜闻乐见的中国作风和中国气派。把国际主义的内容和民族形式分离起来，是一点也不懂国际主义的人们的做法，我们则要把二者紧密地结合起来。"① 王实味对毛泽东的民族形式论进行了准确阐释："把人类的进步文化……按照我们民族的特点来应用，就是文化的民族形式，文艺的民族形式自然也是如此……只断章取义抓住'老百姓喜闻乐见'，而把'新鲜活泼'（进步）丢在脑后，于是强调'旧形式'和'民间形式'为万应药，进一步武断的判定老百姓不能接受新文艺——一切这类的意见，也都应该受到批判。"②

20 世纪 80 年代以前的文学民族性相关文艺思想中，胡风的观点值得重视。他认为："在文艺上面，对象是民族的现实，方法是现实主义……这就是国际性和民族性的矛盾的统一，'新民主主义的内容'和'民族的形式'的矛盾和统一。所以民族形式，不能是独立发展的形式，而是反映了民族现实的新民主主义的内容所要求的、所包含的形式。"③ 有学者分析后总结出：胡风的"民族形式"由三个部分组成——"有机统一体""力感"和"活性"。具体包括四个层次：第一，"民族形式"从本质上讲，是深深植根于民族土壤的，其所表现的内容、它的主题功能也是"民族的"；第二，民族形式不是"国粹"般的古董，而是具有鲜活生命力的有机体，是一种开放的形态，是民族文学与世界文学双向交流、有机融合的结果；第三，它也是主观与客观有机统一的形态；第四，从整体上讲，它又是内容与形式的统一体。④ 由此可见，胡风的民族形式非常具有包容性、开放性和现代性，既能放在世界文学的领域里宏观考查，又特别强调民族品格。

简而言之，1949 年之前中国国局危机，在强烈的民族主义情绪中，文艺应该为政治服务的理念占据主要地位，文学创作强调现实性、本土性成为必然的需求；十七年间，新中国百废待兴，带着胜利喜悦的民族主义情绪让知识分子充盈着前所未有的文化自豪感，文学创作强调本土文化传统依然是最正确的选择。

---

① 《毛泽东选集》（第 3 卷），人民出版社 1991 年版，第 534 页。
② 王实味：《文艺民族形式问题上的旧错误与新偏向》，载于《中国文化》1941 年 5 月 25 日。
③ 《胡风评论集》（中），人民文学出版社 1984 年版，第 257～258 页。
④ 谭好哲、任传霞、韩书堂：《现代性与民族性：中国文学理论建设的双重追求》，社会科学文献出版社 2005 年版，第 352 页。

（二）20 世纪 80 年代文学民族性思想

20 世纪 80 年代，西方的文学文化思潮迅速传入，极大影响了中国当代文学的发展。与此同时，席卷全国的"向外转"潮流也引发了学界的担忧：中国文学的民族特性如何存在？此担忧实际上是激发 80 年代文学民族性讨论的主要因素。同时，80 年代开始，在中断多年后，一大批经典的西方人类学民族学著作被译介进来，文化人类学的多元文化理论和民族学对"民族性"的关注，让当时本就有文化危机感的知识分子找到了理论支撑。另外，国产电影《老井》（吴天明执导，1987 年）和《红高粱》（张艺谋执导，1988 年）分别在国际上获奖，这激发了国内文艺工作者的自信心，亦深化了文学艺术界关于民族性的讨论。当时的学者说道："一向不太引人注目的文学民族性的研究，继电影《红高粱》的一鸣惊人之后，又成为文化界研究的一个热门课题。"①

与之前的政治危机不同，这场大讨论的核心基调是文化危机感。"民族性"的内涵无疑是这场争论的焦点，当时主要有四种观点：第一，以朱宜初、许明晶、孙世军等为代表的民族生活论。他们认为民族性体现在民族生活之中，文学要真实描述民族现实世界，如许明晶认为："要真实地描写民族的生活，因为民族意识、民族性格、民族气质都具体地存在于民族生活之中。"② 第二，以杨曾宪、李明生等为代表的民族审美特征。杨曾宪直言："所谓艺术民族性，是作为民族精神生活一部分的民族艺术所必然具备或呈现出的整体性审美特征"③，李明生亦认为："文学的民族性是民族审美意识的产物。"④ 第三，以许奕谋等为代表的调和论，他认为："文艺的民族性是以一定民族的社会生活土壤为其生活条件，与一定的民族精神、民族心理素质及民族审美观点联系在一起的。"⑤ 第四，以猛谋、以民等为代表的民族眼光论。猛谋《论民族性》提出："所谓民族性是指某一个民族在其共同语语言、共同地域、共同经济生活、共同文化及共同心理素质基础上形成的，该民族特有的，有别于其他民族的思维方式、行为方式、情感和习俗，它是一个长期存在的民族差别。"⑥

实际上，80 年代的文学民族性论争，受到了别林斯基的较大影响。早在

① 刘长：《论文学民族性的社会基础》，载于《昆明师专学报》（中）1989 年第 3 期，第 6～13 页。

② 许明晶：《文艺民族性问题随想》，载于《朔方》1984 年第 4 期，第 72～74 页。

③ 杨曾宪：《论艺术民族性与民族化问题》，载于《文谭》1983 年第 11 期，第 5～9 页。

④ 李明生：《文学的民族性：民族生存需要的内聚与外现》，载于《广西民族学院学报》（哲学社会科学版）1988 年第 3 期，第 30～36 页。

⑤ 许奕谋：《文艺的民族性与世界性》，载于《西北民族学院》（哲学社会科学版）1985 年第 1 期，第 137～142 页。

⑥ 猛谋：《论民族性》，载于《内蒙古社会科学》（哲学社会科学版）1987 年第 3 期，第 51～56 页。

1978 年，程代熙就撰文阐述和介绍别林斯基的文学民族性思想。[①] 1985 年和 1986 年，向云驹、张春吉等又分别撰文讨论。[②] 别林斯基特别看重文学的民族性，他认为民族性是文学的根本，"文学是民族意识、民族精神生活的全部花朵和果实。"[③] 同时，他认为民族性的内涵即民族精神，文学创作的根本任务就是表达自己所属民族的民族精神。别林斯基强调："文学中的民族性是什么？那是民族特性的烙印，民族精神和民族生活的标记……"[④] 毫无疑问，别林斯基的上述思想影响了我国 80 年代中后期乃至其后很长一段时间的文学民族性观念。以别林斯基的思想为基础，80 年代的讨论将民族性归结为"民族眼光""民族精神"，但对何为民族精神尚缺乏清晰和统一的界定。

80 年代国家对少数民族文化的重视促进了少数民族文学的蓬勃发展，民族性成为少数民族文学评价的核心价值之一，这体现为对少数民族文学的内涵和学科任务的关注。

少数民族文学的内涵问题，即哪些文学作品应该被归入"少数民族文学"的范畴。当时流行的民族题材论、民族风俗论、民族情感论等主要观点逐渐得到反思，"少数民族文学"的判定依据作家的民族归属这一思想逐步确立，成为后来约定俗成的观点。孟广来的《论民族文学和文学的民族性》一文在逐一考察批判前述三种流行观点后认为："判别民族文学的主要依据，只能是作家的族籍，即作家属于哪一个民族，他的作品也就应该属于哪一个民族的文学。"[⑤] 他认为学界往往混淆了"依据"和"评价"，亦即不能用评价的标准来定义民族文学。划分民族文学的依据，和对民族文学的要求和评价，这是两个概念范畴。以作家的族籍作为划分民族文学的依据，这只是划分各个民族文学的方法，它是研究民族文学的一个起点，而这种方法可以帮助研究者澄清民族文学研究中或编写民族文学史上的某些混乱。[⑥] 这一思想非常有见地，放在当下依然是学界反思多民族文学时需要审慎考虑的。

关于少数民族文学的主要任务，民族文学研究专家扎拉嘎的观点具有代表性。他认为：反映民族的社会生活是民族文学的首要的、根本的特征，这在我国的社会主义民族文学中表现得尤为突出。大力提倡少数民族作家主要面向本民族

---

① 详见程代熙：《略论别林斯基的文学民族化思想》，载于《社会科学战线》1978 年第 2 期，第 190～195 页。

② 详见向云驹、周国茂：《别林斯基文学民族性思想试探》，载于《民族文学研究》1985 年第 2 期，第 17～24 页；张春吉：《别林斯基的文学民族化理论》，载于《厦门大学学报》（哲学社会科学版）1986 年第 1 期，第 137～143 页。

③ 《别林斯基论文学》，梁真译，上海新文艺出版社 1958 年版，第 73 页。

④ 《别林斯基文学论文选》，满涛、辛未艾译，上海译文出版社 1999 年版，第 98 页。

⑤⑥ 孟广来：《论民族文学和文学的民族性》，载于《民族文学研究》1985 年第 2 期，第 3～8 页。

社会生活和本民族群众进行创作，同时提倡和鼓励能够运用本民族文字进行创作的少数民族作家，主要运用本民族文字进行创造活动，这应该是新时期社会主义民族文学的一项坚定不移的方针。① 与此相应，少数民族文学批评逐步深入民族性层面。如安尚育对彝族文学民族性的思考："彝族文学作品就是要表现出彝族特有的民族自我意识的觉醒和民族意识的强化。"② 又如杨继国对张承志的回族题材作品的研究，认为张承志对于民族心理的内在把握，使其作品达到了民族性与历史性的统一。③

（三）20世纪90年代以降的文学民族性思想

20世纪90年代伊始，学界便将民族性的核心定为民族精神，闻慧在1990年《谈文学的民族性和世界性》一文中明确提出：文学民族性最主要的内容是民族精神，以为它是民族性最集中、最充分、最本质的体现，体现在作品的语言运用、结构、体裁等技巧方面。④ 1992年，吴元迈在《人民日报》发表《民族特色和吸收借鉴》一文，也认为民族性体现为形式和内容两个层面，他认识到民族性是一个动态发展的概念，并非停滞不前，而是历史地开放和历史地发展的，是稳定性和开放性、变化性的辩证统一。⑤ 该文产生了广泛而重要的影响。同年，吴重阳先生撰文指出："民族特色，是少数民族文学赖以独特存在的基础。它表现在文学作品的内容和形式两方面，生活题材——生活画面与特定人物、主题思想——作家的审美判断和民族心理，属于内容的方面；语言文字、体裁样式、表达的形式和技巧，属于形式的方面，都不同程度地表现文学的民族特色。"⑥ 这篇文章还将少数民族文学置于中华民族文学的视域中，较早地提出了"多民族性"这一概念。从少数民族文学到多民族文学，其背后是看待中国多元文化和多元文学的一次大的理念突破。

由此可见，民族性与世界性的关系才是重中之重。此问题的实质是中华文学与世界文学的关系，其基本共识是中华文学有其独特传统和民族特性，同时中华文学又必然是世界文学的一个组成部分，两者辩证统一。90年代末期，王庆生、

---

① 扎拉嘎：《文学的民族性与新时期的少数民族文学》，载于《民族文学研究》1984年第3期，第55～67页。

② 安尚育：《关于民族性、现代意识和彝族文学的思考》，载于《贵州民族学院学报》（社会科学版）1987年第2期，第38～43页。

③ 杨继国：《民族性与历史性的统一——评张承志回族题材的作品》，载于《民族文学》1989年第5期，第84～90页。

④ 闻慧：《谈文学的民族性和世界性》，载于《北京社会科学》1990年第1期，第68～73页。

⑤ 吴元迈：《民族特色和吸收借鉴》，载于《人民日报》1992年2月20日。

⑥ 吴重阳：《中华文学的多民族性散论》，载于《文艺争鸣》1992年第4期，第46～50页。

樊星在《文学评论》上发表的《新中国文学民族性的回顾与反思》可以看作是对这一命题较好的总结。他们认为：一是中国文化源远流长，民族性根基非常深厚；二是传统是在长期的历史演进中形成的，它深深植根于民族生活土壤之中，既有稳定性的一面，也有保守性的一面，需要创造性的转化；三是任何民族文学都是世界文学的一个组成部分，民族性与世界性不是矛盾的，而是一致的。[①]

回到少数民族文学，随着文学人类学特别是原型批评理论在 20 世纪 90 年代的炙热，集体无意识、潜意识等理论被借鉴到少数民族文学研究领域，将"民族精神"的理解推进到民族集体心理积淀的层次，民族精神被一致认为是民族文学的根基。

21 世纪伊始，中国在世界政治、经济、文化领域扮演的角色越来越重要，与之相应的是中国面向全球打开的大门也越来越宽，全球化逐渐成为一个高频词汇。因此，在此时代氛围中，全球化与民族性成为焦点论题。2001 年，吴元迈撰文重申其在 20 世纪 90 年代就已基本提出的理念：文化民族性并不是一个封闭的、静止的、纯粹的、一次定型的概念，而是一个开放、变化、发展和革新的动态过程和动态概念。一个国家或民族的优秀文化总是具有浓郁的民族性，也总是密切关注时代潮流的变幻和发展。[②] 2002 年，在《湖南师范大学社会科学学报》所组织的一次关于"全球性语境中的文学民族性问题"笔谈中，童庆炳先生认为应该持有一种"开放型的民族性"，其基本特点是：文化的发展必须保持文化的民族个性；开放的民族性在建设新文化中是开放的流动的，向世界各民族开放，不断地吸收世界一切民族优秀的文化因素，在对话中交流中融合中熔铸出具有现代性的新质的文化来。[③] 与此相似，杜书瀛亦认为：文化全球化并不与文化的民族性相矛盾。文学艺术的全球化应理解为文学价值和艺术价值的全人类共享。这种全球化的价值共识与价值共享，能够促成全球性的人类文化繁荣。[④]

21 世纪以来，以民族性为重心的少数民族文学理论研究蓬勃发展。特别是历次多民族文学论坛，是民族文学理论话语的碰撞和交流。2004 年，首届"中国多民族文学论坛"在四川大学举行，此次论坛的议会主题有三个特点：第一，理论性。会议的第三个主题明确为"理论"，特别强调了解决西方后殖民批评的相关理论。第二，宏阔性。基于全球化的视野对中国多民族文学进行整体的观照，聚焦批评方式、发展走向等大问题。第三，跨学科性。与会人员来自不同的

① 王庆生、樊星：《新中国文学民族性的回顾与思考》，载于《文学评论》1999 年第 4 期，第 27～35 页。

② 吴元迈：《经济全球化与民族文化——兼论文化的民族性与世界性》，载于《中国社会科学院研究生院学报》2001 年第 2 期，第 50～56 页。

③ 童庆炳：《建立全球化时代的开放型民族文化》，载于《湖南师范大学社会科学学报》2002 年第 4期，第 95～97 页。

④ 杜书瀛：《文化的全球化与民族性问题》，载于《民族艺术研究》2002 年第 3 期，第 12～17 页。

学科，会议主题中也暗示了本次会议与人类学、社会学等学科的关联。通过跨学科思想的交锋、跨学科方法的展示，本次会议既是对以往民族文学研究理论与批评的总结，同时也极大地促进了民族文学研究的发展。第二、第三届多民族文学论坛延续了第一届论坛对民族文学概念、民族身份认同的关注，也引起了学界对此的大讨论。2007 年 11 月 2 日至 4 日，第四届"中国多民族文学论坛"在西南民族大学召开，这次会议的核心议题是"中华多民族文学史观"的理论建构。如议题所示，构建中华多民族文学史观获得了与会学者的一致认同。这确立了当代学界看待中国少数民族文学的基本视野。随后的第五、第六、第八、第九、第十届多民族文学论坛中，与"中华多民族文学史观"都非常重要的议题。

在相关会议的推动下，新世纪的少数民族文学研究发展迅速，"民族性"是民族文学研究的根本问题之一。此前，学界虽然公认民族性应该是民族文学的根本属性，公认民族性不是僵化不变的，但这个根本属性的内涵、性质、特点这一问题却众说纷纭。新世纪以来，这一问题暂时达成了共识，民族性的灵魂和核心便是民族精神。虽然最终还是回到了别林斯基"民族眼睛"论这一观点，但对民族精神却有了更深入的理解。民族文学研究专家朝戈金先生的观点具有深度，他认为文学民族性主要有五个阐释维度：历史的维度、形式/内容的维度、功能的维度、比较的维度和文化的维度。历史的维度说明民族性在不同时代、不同民族是不一样的，形式/内容的维度强调有的形式是有的民族独特的、有的内容是有的民族偏爱的，功能的维度说明在有些民族文学具有实用的、具体的等与通常不一样的作用，比较的维度要求民族性要在世界文学的语境中进行比较研究，文化的维度说明民族性既根植于文化又参与和推动文化的发展。[①]

三、少数民族批评的审美价值观念

中国当代少数民族文学的发展既是文学现象，亦是文化现象，更是政治现象。因此，随着 1949 年中国社会的转型、文化思潮的变迁，少数民族文学也发生了相应的变化。在价值观念层面，相对较为稳定和清晰，社会主义价值和多元文化价值是两种主要的价值观念。前者指向维护民族团结、以人民为中心，后者则强调民族文化的多元价值。当然，两者实际上是内在相连的——强调民族文化价值的背后是认可各民族文化的平等和共融。与此同时，文学毕竟属于艺术的一种，虽然社会主义价值和多元文化价值在不同时段各有侧重，但都要在文学中以审美的方式呈现。因此，在少数民族文学评价中，审美价值观念是与社会

---

① 朝戈金：《文学的民族性：五个阐释维度》，载于《民族文学研究》2014 年第 4 期，第 5～10 页。

主义价值观念、民族文化价值观念融合在一起的。随着 20 世纪 70 年代末期至80 年代初期，在批判、反驳、重建的国家政策和文艺声音下，少数民族文学迎来了真正的发展机遇，审美价值观念也逐步成为评价少数民族文学的核心范畴之一。

1979 年，梁一孺在谈到文艺的民族风格时，就强调民族风格由三个要素构成：体现民族心理素质、审美观念的人物性格和形象画面；反映特定社会生活面貌和时代精神的民族题材；以语言为第一标志的民族形式。[①] 1980 年的全国少数民族文学创作会议和次年颁发的首届少数民族文学创作奖都一致地强调少数民族文学的艺术性。到 1983 年，在杨曾宪的《论艺术民族性与民族化问题》一文中，审美价值观念已成为核心。作者认为："所谓艺术民族性，是作为民族精神生活一部分的民族艺术所必然具备或呈现出来的整体性审美特征。它影响渗透于民族艺术的形式、内容、方法、技巧、流派皆因素之中，形成鲜明的民族特色，构成艺术民族性的多层次的规定性。"[②] 这篇文章里，有两个思想特别值得注意：其一，民族性和民族特色是作为审美特征而被强调的；其二，作为审美特征，它又具体存在于形式、内容、方法、技巧等层面。次年，徐季子撰文论述审美情趣本书的民族性，认为："一方面民族意识，民族感情，民族习俗，从内容上影响着一个人的审美情趣，另一方面喜闻乐见的审美习惯，又从形式上影响着一个人的审美情趣。"[③] 时任《民族文学研究》编辑部主任的扎拉嘎更明确地说："民族文学是能够体现出民族审美理想和用民族的语言反映民族社会生活的文学。毋庸置言，在一种民族文学中，民族的社会生活、民族的语言和民族的独特审美理想，总是有机地融为一体，互相依存，不可截然分割的。"[④] 由此可以发现，随着改革开放的正式开启，少数民族文学创作和评价的价值观念迅速发生了转变，审美性（艺术性）已被作为和思想性同等重要的价值观念；同时，这一审美价值观念，已不是一个空洞的词汇，已从形式、技巧、民族审美心理等层面进行具体分析。

但是，20 世纪 80 年中后期至 90 年代前期，学界对少数民族文学的审美价值进行系统性论述的文章其实并不多，以上提到的一些，也常常是在强调"内容"前提下去强调"审美"，也就是说"美"的形式是为了反映真实的"内容"。到 1995 年，关纪新、朝戈金出版了民族文学理论的奠基之作——《多重选择

---

① 梁一孺：《文艺民族风格刍议》，载于《内蒙古师范大学学报》1979 年第 2 期，第 57～68 页。
② 杨曾宪：《论艺术民族性与民族化问题》，载于《文谭》1983 年第 11 期，第 7～11 页。
③ 徐季子：《审美情趣的民族性》，载于《宁波师院学报》（社会科学版）1984 年第 2 期，第 19～22 页。
④ 扎拉嘎：《文学的民族性与新时期的少数民族文学》，载于《民族文学研究》1984 年第 3 期，第 55～67 页。

的世界》，这本书对少数民族文学的审美意识进行了较为系统细致的论述，可以归纳为：少数民族文学的审美意识源于本民族文化的审美理想和审美情趣，会自觉不自觉地体现出来，这是少数民族文学的民族特质之一。民族审美意识的载体和体现是语言、声音、意象、象征、事件、人物、背景、性格、素材、题材、风俗等各个方面。① 在此，关纪新、朝戈金两位学者借鉴了荣格的"集体无意识"理论和英加登的文本层次理论，分析了审美意识的存在形态，并以具体的作家作品进行了说明。这无疑是少数民族文学审美价值研究的一次大的突破。即便在今天，作者的下述句子依然具有警醒意义："蒙古史诗中的这些特质绝不能简单地与蒙古民族审美心理联系起来，特别不能通过一些肤浅的分析就冒然归纳所谓'民族审美心理'。"②

遗憾的是，关纪新和朝戈金开创的民族文学理论研究相对民族民间文学研究、少数民族文学批评、族别文学研究等领域受关注较少，以至于关纪新在21世纪初仍然认为少数民族文学的理论批评处于困顿局面，呼吁"打造全向度的民族文学理论平台"。③ 此一时期正是学界热议"中华多民族文学史观"的阶段，学界多把目光聚焦到少数民族文学研究的总体观念、目标、合法性等问题上。到2010年，刘俐俐的《"美人之美"为宗旨的民族文学理论与方法的几个论域》是本领域具有较大影响力的文章。该文除了确立了少数民族文学研究的宗旨、性质、方法、标准之外，另一较大的意义在于作者立足于文艺学的角度强调少数民族文学研究的审美立场和文本中心，其基本观念是：人类学、民族性、文化学、民间宗教学等学科的研究有其价值，但都必须回到文本，回到文本形态本身；少数民族文学的批评标准，应该由文化相对主义分析转换到审美价值判断及其关键问题。④

此后，少数民族文学的审美价值标准受到了一些学者的重视：马明奎从意象、叙事等角度聚焦少数民族文学的审美特质；⑤ 傅钱余认为要深化少数民族文学的审美研究，将少数民族文学首先看作"文学"，在文本细读的基础上，对文学作品的语言、意象、形象、叙事、修辞、意境、风格等表意技巧的特点及创新

---

①② 关纪新、朝戈金：《多重选择的世界——当代少数民族作家文学的理论描述》，中央民族大学出版社1995年版，第101~112页。

③ 关纪新：《打造全向度的民族文学理论平台——既往民族文学理论建设的得失探讨》，载于《西南民族大学学报》（人文社会科学版）2004年第12期，第102~105页。

④ 刘俐俐：《"美人之美"为宗旨的民族文学理论与方法的几个论域》，载于《文艺理论研究》2010年第1期，第61~68页。

⑤ 详参马明奎：《多民族文学意象的叙事性研究》，中国社会科学出版社2016年版。

进行研究，进而揭示作者和读者的审美体验；① 刘家民更为推崇以文学作品的审美特性的阐发为核心，且兼容其他价值思想的人文批评；② 李长中强调"回到文本""充分发挥批评主体对批评对象的审美想象力、艺术感知力与意义阐释力"。③

综上所述，社会主义价值观念、民族文化价值观念和审美价值观念是当代少数民族文学批评的三种主要的价值观念。社会主义价值观念主要体现为以民族团结为中心和以人民为中心两种价值思想；民族文化价值观念体现为对少数民族文学民族性的强调，民族性则往往被理解为民族精神；审美价值观念强调以文本为中心、聚焦文本的审美特性，认为少数民族文学的其他价值最终都需要通过审美表达而得以实现。这三种主要的价值观念，与少数民族文学的使命以及客观功能，与批评标准思想和批评实践的衡量尺度等互相渗透交织，这个特点在本书的实然性功能、标准和价值观念的少数民族文学三个专节中得到了充分体现。局部有所重复也缘于此特点。

第四节　中国儿童文学价值观念考察

人类现代意义上儿童文学的产生本身是一种价值判断、价值选择的结果，是基于"发现儿童"，尊重儿童主体独立精神之需要而专门提供的"有价值"的文学。儿童文学价值观念是评价主体对于儿童文学"什么有价值"之回答，是儿童文学价值认知在观念形态上的表现，它是社会实践与文学实践的具体产物。现代中国儿童文学历经一个多世纪的发展演变，在价值关怀与观念建设上始终是中国社会处于现代化转型过程中的一个有机组成部分。基于不同时期的社会与文化语境，儿童文学"应该如何"的问题被从多重价值维度予以呼应与回答，其中也深刻地浸润着知识界对"儿童"的科学认知与对"童年世界"的审美体验。

---

① 傅钱余：《论中国民族文学研究的价值标准和前景》，载于《中国社会科学评价》2016年第3期，第89～98页。

② 刘家民：《文学批评的当下状况与价值重构》，载于《重庆社会科学》2017年第2期，第81～88页。

③ 李长中：《当代少数民族文学批评的"文本转向"——基于本土批评谱系的考察》，载于《内蒙古社会科学》（人文社会科学版）2018年第3期，第107～114页。

一、民族国家想象视域内诞生的现代中国儿童文学

我国现代意义上儿童文学的自觉发生是在上个世纪初，属于社会变革与思想启蒙的一个有机组成部分，也是 19 世纪下半叶以来世界范围内儿童问题逐步走向系统的科学研究的一个产物。儿童"被发现"是社会进步、人类自我认识深化的一个结果。受西方思想影响，中国的这一问题域在 19 世纪末 20 世纪初被关注并敞开，一种现代的、崭新的儿童观、儿童教育观被确立并逐步传播开来。童年视阈的扩展既是思想启蒙的重要内容，也构成为推动思想变革的有力工具。无论是梁启超的"少年中国说"，还是鲁迅的"救救孩子"，"儿童"一词所包蕴的价值内涵在其时被阐释与倡扬时，它是被放置在一个足够纵深开阔的历史与时代的语境中去进行的。这些伟大的思想家都把"儿童"与国家、民族重生的动力与思想资源直接关联，基于文化现实境遇放大了"儿童"一词的语义，使它在文学层面上被"象征"地使用。因此，"儿童问题"在现代中国跃出历史地表时，它就是"中国问题"提出的结果，是其重要内容，同时也是解决问题的有效出路。

"'五四'时代的开始注意'儿童文学'是把'儿童文学'和'儿童问题'联系起来看的，这观念很对。记得是一九二二年顷，《新青年》那时的主编陈仲甫先生在私人的谈话中表示过这样的意见，他不很赞成'儿童文学运动'的人们仅仅直译格林童话或安徒生童话而忘记了'儿童文学'应该是'儿童问题'之一"。[①] 茅盾的观点一语中的，现代中国儿童文学一出现，思想家们就将其置于民族与国家的大"结构"内定位。儿童教育与儿童发展、儿童文学、儿童艺术、民族振兴，这些均在一个思想体系内。周作人、鲁迅等人的观点最具冲击力。1914 年周作人在《儿童问题之初解》一文中，言简意赅地指出了"儿童与一国兴衰"的关系："盖儿童者，未来之国民，是所以承继先业，即所以开发新化。如其善遂，斯旧邦可新，绝国可续；不然，则虽当盛时，而赫赫文明难为之继，衰运转轮，犹若旦莫，其源竭也。"[②] 而鲁迅所倡扬的"救救孩子"的呼声不过是他"救救中国"理念的另一表达罢了。

"新人"是"新国"的逻辑前提，这是儿童问题进入民族国家想象视域的关键。"所以从实际来看，儿童被放置于社会结构的基础层面上，又被放置于通向未来的入口点上，只要儿童被错误的思想捆绑，被社会不公平压迫，被忽视，社

① 茅盾：《关于"儿童文学"》，载于《文学》第 4 卷第 2 号，1935 年 2 月 1 日，署名江。
② 周作人：《儿童问题之初解》，载于《绍兴县教育会月刊》6 号，1914 年 3 月，引自张铁荣、陈子善编：《周作人集外文 1904—1925》，海南国际新闻出版中心 1995 年 9 月第 1 版，第 165 页。

会整体上不理解他或她的未来，那么中国就不会向前……在'儿童的解放'问题上，存在着中国的拯救。"①"新人"又需要新的教育材料与精神营养，所以，专门写给儿童阅读的、以满足他们嗷嗷待哺状态的"儿童的"文学便应运而生了。

20 世纪早期，文化知识界首先经历了对"儿童文学""是什么"的"事实认知"，期间有各式各样的"定义"表达，这些定义的共同趋向是从儿童文学的样态、对儿童的价值功能等角度立言的，例如"由儿童的感官可以直接诉于其精神的堂奥者"②、"应儿童天性最高部分之要求"③、"唤起儿童的兴趣和想象"④等。实际上，这些"事实认知"中包含着对"儿童"与"儿童文学"两个层面的认知，经由新思想的洗礼，国人更加注重以科学的态度去尊重儿童的本能、天性需求，尊重其自然的心理诉求，因此提供的文学材料要符合其认知发展的规律，是以儿童为本位的。这样的文学观念中既有对儿童科学意义上的"真实"的追问，又内含着我们"应该"给儿童什么"价值认知"层面的判断，定义中被频繁提及的如"想象""情感""趣味""艺术"等层面的关键词汇则主要指向"审美"。再加之"儿童问题"最初缘起的动因又是"国家民族"的存亡与发展，本质上诉诸于政治功利色彩。

我国现代儿童文学观念从一诞生起，就面临着几重价值观念的交织融合，"功利—审美—真实"⑤这三个维度紧跟中国现代文学整体文学价值观的变化趋势，但也在自身的类别范畴内演绎着具体的特征，或完成着自身的文学目标与任务。在百年的发展历程中，应每一时代特点的要求，儿童文学价值观念在三个维度的重心不一，对三者关系的内涵辩证思考不一，且同一时代不同的人对三个维度内涵的理解也存在差异性，同时，由于儿童文学的文学世界存在两类主体的"质"的规定性，这其中"儿童与成人"两类主体之间实际上始终存在着"话语权限制"的问题，也即两类主体在对待功利、审美、真实之间存在着内部"对抗"，或即便在成人主体内部，又因不同诉求而伸张着差异性价值追求，使得儿童文学的价值观念在不同时期便面貌与内涵殊异。

① Farquhar, Mary Ann. *Children's Literature in China: from Lu Xun to Mao Zedong.* New York: M. E. Sharpe, 1999.1.

② 周邦道：《儿童的文学之研究》，载于《中华教育界》第 11 卷第 6 期，1922 年 1 月。

③ 张圣瑜：《儿童文学研究》，商务印书馆 1928 年版，第 3~8 页。

④ 严既澄：《儿童文学在儿童教育上之价值》，载于《教育杂志》第 13 卷第 11 号"讲演号"，1921 年 11 月 20 日。

⑤ 童庆炳在《中国现代文学理论价值观的演变》的"导言"中指出，"功利—审美—真实三元之间的紧张与调适，成为一百年现代文学的价值取向"，见童庆炳等著：《中国现代文学理论价值观的演变》，北京大学出版社 2005 年版。

二、以儿童为本位打造一个审美的儿童世界

在我国现代早期儿童文学的发生时期，思想文化界从多种路径去理解与阐释儿童文学及童年作为精神资源的价值意义。立足于儿童本位，以"人"的价值视野去看待健全童年的深刻意义，这种价值观念吸纳了西方现代文明的思想认识，颠覆了中国封建正统观念中"父与子"的关系模型，赋予了儿童绝对的主体地位。鲁迅在那时说，"又因为中国亲权重，父权更重，所以尤想对于从来认为神圣不可侵犯的父子问题，发表一点意见。总而言之：只是革命要革到老子身上罢了"。[①]"父亲"代表象征的是成人之于儿童控制的"威权"，鲁迅清醒地认识到儿童的自由来自"我们现在怎样做父亲"，"革老子的命"是中国现代性思想的一个表现。"儿童"是成人文化、思想观念建构的产物。新文化运动为中国"新儿童"形象的建构创造了可能，而这种可能的权柄完全握在成人的手中，它就渗透在日常生活的每一个细节中，无处不在。仅从一个照相的细节，鲁迅就看出了其中本质的差异。同样一个孩子，在中国照相馆和在日本照相馆照出来的照片是不一样的，一边是拘谨驯良，一边是满脸顽皮，其根本缘由全在摄影师。[②] 因此，"如何"儿童本位？从本质上看便不是一个"儿童问题"，而是一个"成人问题"。五四时期在此方面的思想启蒙其实都是针对成人的，"成人"是"儿童"的逻辑前提，任何一个时期从事于儿童问题工作的人首先、最终面对的都是成人之于儿童的"价值关系"的建立。

"儿童本位"的可能在于成人对儿童的尊重，身体力行、具体而微关注后的"同情"。"儿童本位"原本没有那么高大上，事实上它就是琐碎的，日常的，以儿童的生活为根本延伸开来的。周作人对这一点体悟得很深刻。他关心孩子的啼哭，他们的委屈、游戏、玩具，甚至是一个不倒翁，当然更重要的是给孩子的读物，大人的教育方式等，从1912年到1963年，周作人写作的儿童主题的文章有100篇。[③] 周作人对儿童的"同情"是超越时代限制的。他在《阿丽思漫游奇境记》一文中说："……但就儿童本身上说，在他想象力发展的时代确有这种空想作品的需要，我们大人无论凭了什么神呀皇帝呀国家呀的神圣之名，都没有剥夺他们的这需要的权利，正如我们没有剥夺他们衣食的权利一样。人间所同具的智与情应该平匀发达才是，否则便是精神的畸形。"[④] 周作人的认识与立论完全是

① 鲁迅：《我们现在怎样做父亲》，载于《新青年》月刊第6卷第6号，1919年11月，署名唐俟。
② 鲁迅：《从孩子的照相说起》，载于《新语林》第4期，1934年8月20日，署名孺牛。
③ 钟叔河编：《周作人文类编⑤·上下身》，湖南文艺出版社1998年版，"本卷说明"第1页。
④ 周作人：《阿丽思漫游奇境记》，载于《晨报副镌》1922年3月12日，署名仲密。

从儿童自身的精神健康着眼的,他力主为儿童提供适宜他们所用的精神产品,所以他在很早的时候便征求绍兴儿歌童话①,以为儿童教育之资材。他最早推动了中国古代儿歌研究②,将古代被"谶纬"之说禁锢的儿歌解放出来,还原其"儿童歌讴之词"的"儿童的文学"的地位。他研究古童话,探索原始思维与儿童思维的相通性,为童话的艺术地位正名。③ 他的这些文化建设都是破旧立新的,在我国现代儿童文学意识的萌芽之时,他率先自觉地从民族文化资源中勘探深挖,积极为儿童获取文学养料,他对"儿童本位"的践行既是理论的,又是实践的。

我国现代儿童文学发生时最重要的贡献就是在精神层面创建出一个"儿童世界",这个世界就是专门提供给孩子们的,让他们在其中自由徜徉,这在古代封建社会是不可能存在的。但是这个世界的获得必须经由成人的体悟与认同,由成人的文学创造将其具象化。也就是说,一个"儿童世界"的艺术现象得来于成人对童年精神的自觉浸染,且这种浸染能与其个体的心性、思想境界合拍,他能感悟、体验、相信、执念于这个独有世界的魅力。这种状态不是每个成人都能轻易为之的,毕竟它是"非成人""非现实"的一种状态。

1921年郭沫若在《儿童文学之管见》④ 一文中,从儿童文学对人性熏陶的宏伟效力谈起,指出建设儿童文学的重要性与迫切性。在辨析与描述儿童文学的本体属性时,郭沫若使用了很多空灵般的、"银光幻境"效果的语词去努力形容与再现一个"儿童的世界"。他说,"儿童文学不是些平板浅薄的通俗文字""儿童文学当具有秋空霁月一样的澄明,然而决不象一张白纸。儿童文学当具有晶球宝玉一样的莹澈,然而决不象一片玻璃",他引用太戈尔《新月集》中《婴儿的世界》进一步表达儿童世界的圣洁与光华:"此世界中有种不可思议的光,窈窕轻淡的梦影;一切自然现象于此都成为有生命、有人格的个性;不能以'理智'的律令相绳,而其中自具有赤条条的真理如象才生下地来的婴儿一样。所以儿童文学的世界总带些神秘的色彩。"郭沫若虽在以理论的方式表达对儿童文学的理解,但他总是情不自禁地使用很多感性的语言去对应儿童文学的审美特质。我们能深切地感受到他在这个表达过程中的"同情"与喜悦,他甚至写到了自己儿时的体验。

1921年11月15日,叶圣陶创作了第一篇童话《小白船》,这篇童话的样貌最典型地代表了我国现代儿童文学在初生期对经典童话特质的文学理解。"小白

---

① 周作人:《征求绍兴儿歌童话启》,载于《绍兴县教育会月刊》第4号,1914年1月。
② 周作人:《儿歌之研究》,载于《绍兴县教育会月刊》第4号,1914年1月。
③ 周作人:《童话研究》《童话略论》,1912年作。
④ 郭沫若:《儿童文学之管见》,载于《民铎》第2卷第4号,1921年1月15日。

船"是一个非常唯美、有童年质感的"摆渡"意象，它载着两个纯真可爱的孩子，在纯粹的、美的自然世界里遨游，抵达浪漫的田园人生。这就是叶圣陶对儿童世界的想象与描绘，也代表了一个时期知识分子内心的"圣殿"与对理想人生的憧憬。"小白船"毫无疑问是一个可能的载体，一种通道。从表面看它是大人为孩子创造的，是孩子们嬉戏游玩的工具。但从其深层的语义象征看，它凝结表达的是一代知识分子在变革的大时代的惶惑中为自己寻觅的安顿心灵的居所。这一居所有"去往"的意旨，指向的是理想与自由。也就是说，"儿童世界"与成人作家们的心灵追求形成了同构的思想效能。

1922年1月7日，中国最早的儿童文学刊物《儿童世界》创刊，由郑振铎主编。这份专门办给孩子们的刊物被命名为《儿童世界》，今天咀嚼起来其意味更为隽永。这应该是一份既能满足孩子们的阅读需求，又在很大程度上可以寄托、放飞五四知识分子不羁心灵的精神园地。在1922年3月11日发行的《儿童世界》的第10期上，发表有郑振铎（署名ST）自己写的一首诗歌，题名为《云与燕子》。在诗歌中，作者轻吟道："云在天上飞／燕子在水面上飞／轻絮般的白云呀／我如能坐在你上面／任风吹送到海之边／那是多少有趣呀"。作者的遐想充满了孩子般的天真，但字里行间浸透了真情。在理解与阐释"儿童世界"这一新生事物时，这一代知识分子都自觉不自觉地勘探出了其巨大的精神生态价值，并将自我也自然地放置了进去。

这种放置甚至形成为了"儿童崇拜"。"儿童崇拜"是一种精神信仰。丰子恺在1928年所作的《儿女》[①]中，他这样表达："近来我的心为四事所占据了：天上的神明与星辰，人间的艺术与儿童。"我们看他并列的这几种事物，"神性""诗性""童真"，在丰子恺的心目中是具有等同的价值的。通过观察与"同情"身边自己的孩子，丰子恺写下了大量抒发童真情怀、给孩子们阅读的文字。他说，"天地间最健全的心眼，只是孩子们的所有物，世间事物的真相，只有孩子们能最明确、最完全地见到"[②]，"世间的人群结合，永没有像你们样的彻底地真实而纯洁"，他想挽留孩子的黄金时代在画册里，但是一想到孩子一长大他的画在世间已无可印证，便是何等可悲哀的事啊！[③] 丰子恺的"儿童崇拜"指向了"拒绝长大"，他对童年精神生态的体悟与表达代表了我国现代儿童文学时期一个特殊的高度，体现出那一时代学人对童年思想认识的深度。

---

①② 丰子恺：《儿女》，载于《小说月报》第19卷第10号，1928年10月10日。
③ 丰子恺：《给我的孩子们》，载于《文学周报》第4卷第6期，1926年12月26日。

三、从文学走向现实，向儿童揭示一个真实的人生

受不同民族国家、历史文化、社会进程的深刻影响，儿童文学的审美意识形态属性呈现出鲜明的民族性、国别性与时代性特征。"文化是人类客观化的一个历史过程。一个国家的文化水平和质量，仰赖于让年轻人融入该社会的社会化过程——该过程使年轻人接受适宜的社会规范与价值标准，以利社会政治系统正常运作及保障该社会的持续性。"[1] 意识形态是儿童文学与生俱来的属性，上个世纪 20 年代，我国原创儿童文学一起步时，马上就面临了价值选择问题，这一点在叶圣陶身上体现得最为充分。

从 1921 年 11 月 15 日创作《小白船》开始，叶圣陶在短短一年的时间里，共创作童话 23 篇，1923 年 11 月题名为《稻草人》结集出版。[2] 这是中国有史以来的第一本原创童话集，鲁迅将其判定为"是给中国的童话开了一条自己创作的路的"[3]。这"自己创作的路"是饶有深意的，这条路就是叶圣陶在以《小白船》为代表的美丽的童话梦境书写之后的痛苦选择，他从对"儿童世界"的美丽想象转向童话的批判现实主义功能，这一价值观念的逆转深刻地说明一个道理，作为"给定的"儿童文学，其文学表现形态首先且主要取决于成人，取决于成人的思想观念及精神状态，而成人的这一切又取决于社会，取决于一时代的发展状况以及对个体提出的具体要求。叶圣陶的个案经验很清晰地折射出社会环境之于"儿童文学"——这一特殊的文学类型的根本影响作用，叶圣陶以自己的文学实践探索了我国现代早期儿童文学的本土化道路，"现实主义"理路成为那个时代儿童文学所必然认同的价值归宿。

中国现代儿童文学是思想启蒙运动的直接产物。从其一诞生起，它就被置于了"儿童与现代中国建设"之精神高度来认识对待，其文学基因里承载了强烈的"国家""民族"等意义诉求。因此，在 20 世纪 30 年代社会政治形势的变革潮流中，儿童文学"责无旁贷"地承担起了时代的发展使命与责任，在文化思想领域开始扮演着更为重要的角色。左翼文艺运动高度重视儿童文学事业，赋予其更高的社会价值地位，增进了促进其内涵发展的各种外部条件建设，如机构平台，创作、出版及传播力量等，左翼文艺运动使儿童文学在有组织的规划中获得更为系统深入的发展。

---

① 这是杰克·齐普斯的观点，转引自约翰·史蒂芬斯：《儿童小说中的语言与意识形态》，安徽少年儿童出版社 2010 年版，第 1 页。

② 张香还：《中国儿童文学史（现代部分）》，浙江少年儿童出版社 1988 年版，第 131~134 页。

③ 鲁迅：《〈表〉译者的话》，载于《译文》月刊第 2 卷第 1 期，1935 年 3 月。

20 世纪 30 年代是中国儿童文学的关键转型期。正如王泉根在他对这段历史的研究中所指出的，"1930 年前后的中国儿童文学在对自身价值功能的选择上是一个极其重要的历史性时刻。这一选择主要体现在两个方面：一方面，右翼势力试图让儿童文学'羽翼传经'重开历史倒车的逆流遭到了批判，儿童文学的文学地位、现代精神与艺术个性进一步得到了巩固与加强；另一方面，左翼文坛则从阶级斗争、民族振兴的角度出发，要求儿童文学与整个左翼文学一样注入'革命范式'的理想主义激情，强化文学与时代、文学与革命的关系。"[1] 左翼文艺运动将儿童文学直接带入社会政治思想变革的最前沿，确立了极具本土价值趋向的儿童文学观念，这一文化行为在儿童教育乃至现代中国思想史上都留下了非常重要、值得勘探研究的精神财富，同时也提供了可资反思借鉴的经验教训。

左翼文艺运动在儿童文学事业的推动上做了很多具体的、有的放矢的工作。左联刚成立没多久，就对儿童文学价值功能作了明确定位——"竭力和一切革命的斗争配合起来"[2]，这是中国现代儿童文学自发生以来第一次并轨于政治的转折点。众多的左联成员参与了左翼儿童文学的建设，创造出中国成人作家介入儿童文学创作的一个最高峰。由于"阶级斗争"对儿童文学发展明确的规定性，左翼儿童文学作品在思想内容与创作风格上形成了显著的特色。直接切入社会生活、揭露社会阴暗面、反帝爱国方面的题材较为集中，苦难儿童与革命洪流里成长的红色少年成为常见人物形象，英雄主义情怀亦是作家努力追求的。"真实性"与"现实感"是此一时期作家创作的价值指针，儿童文学的现实主义精神被注入了更多的时代内涵，儿童形象的塑造呈现出作家强烈的人文关怀，蹲下身子来，或弯下腰来注目与同情如此众多的"被压迫"的孩子们，成为左翼作家们一个共同的情感与思想的着力点。成人作家这样大量、集中地对童年社会的"倾心"注视，创造出了一个非常重要的人文精神视域，"阶级斗争"的阐释视角容易遮盖其更为深刻的文化史意义。左翼作家们从童年视域这个重要的维度展开的创作丰富了其时文学再现生活的广度和深度，儿童文学的社会干预功能得到空前强化。左翼文艺运动使现实主义快速地成为儿童文学的主流，甚至这种价值倾向也影响到儿童文学的译介工作中。

适应时代变革需求调整儿童文学的价值观念与美学形态，这是 20 世纪中国儿童文学非常显著的一种人文特色，左翼儿童文学是 30 年代此一特征的一个具体反映。现实的政治需求催化了儿童文学的内生动力，也因此而创造出其他任何时代所不可能具备的文学业绩。但政治诉求的急迫性与功利性也必然会影响到文

---

① 王泉根：《现代中国儿童文学主潮》，重庆出版社 2000 年版，第 61 页。

② 《〈大众文艺〉第二次座谈会记录》，载于《大众文艺》2 卷 4 期，引自《1913—1949 儿童文学论文选集》，少年儿童出版社 1962 年版，第 136～139 页。

学表现的丰富性，限制了艺术磨砺与打造的成熟感，主题先行与概念化创作成为其时作家们难以逃逸的软肋与通病，但毫无疑问，30 年代的左翼儿童文学就是在这样的矛盾统一中承前启后，为中国现代儿童文学书写出了属于自己的文学篇章。

四、回到"儿童"的儿童文学价值关怀

从 20 世纪早期儿童文学发生至 40 年代，我国儿童文学价值观念集中体现在"民族国家想象、'儿童本位'与'儿童世界'、'现实主义'与社会政治功能的强化"等这些维度，关于儿童文学有价值之理解游移在童真世界内部，以及其与外部客观现实的密切关联上。"解放以后，从事儿童文学者都特别注重于作品的教育意义，而又把所谓'教育意义'者看得太狭太窄，把政治性和教育意义等同起来，于是就觉得可写的东西不多了，这真是作茧自缚。"① 新时期儿童文学置身于崭新的时代语境，重振秩序，围绕向儿童与向文学的双重回归开始了价值重建。之后到 90 年代，乃至新世纪，价值观念随时代变化不断演绎出新的特征。

新时期初，在百废待兴的儿童文学园地，理论界根据实践是检验真理的唯一标准这一原则，重新讨论"童心论"与"儿童文学特殊论"。② 陈伯吹自己也专门著文《"童心"与"童心论"》，对当年的批判事件及他个人对"童心"的理论思考作了非常深入细致的分析。陈伯吹在文章开篇的题记中写道："在儿童文学创作道路上：童心啊，童心啊，你是一只拦路虎，还是一匹千里马?"③ 这一意味深长的询问，内含了非常丰富的历史感悟，与我国学人对儿童文学中最基础理论问题的困惑与无奈。陈伯吹于 1956 年、1958 年在两篇文章中所论的"儿童文学的特殊性"，以及针对创作与编辑提到的"童心"问题，完全都是尊重儿童文学自身规律，立足"儿童"原点展开的思考，而他因此遭受的不公正待遇也从一个侧面反映出我国现代儿童文学价值观念推进的曲折与艰难。

对于一段时间以来观念被极"左"思想禁锢的儿童文学来说，新时期价值观念重建的任务主要是找回儿童文学自己，而这种找回主要又从重新看待儿童切入。"重新审度'人'的价值和修正评价标准是 20 世纪八十年代儿童文学'人'的主题之首要内涵。70 年代以前，中国儿童文学有关'人'的价值的理解和评价完全体现于一个充满道德色彩的'好孩子'观念之中……于是有见识的作家们

① 茅盾：《中国儿童文学是大有希望的》，载于《人民日报》1979 年 3 月 26 日。
② 《作协上海分会儿童文学组座谈"童心论"》，见《儿童文学研究》（第 3 辑），少年儿童出版社 1980 年版。
③ 陈伯吹：《"童心"与"童心论"》，见《儿童文学研究》（第 3 辑），少年儿童出版社 1980 年版。

便纷纷起而探寻现代化的'好孩子'之标准，一时间'塑造 80 年代少儿形象'蔚为风气，成为人们兴奋的热点。"① 这种新标准的确立主要体现在对儿童主体性的尊重上，与之相对应的是成人对传统教育观的批判反思。刘健屏写于 1982 年的《我要我的雕刻刀》是一篇标志性作品，就如作品题名以孩子的口吻明确宣扬的一样，这篇作品的叙事以教师"我"的视角对传统的"权威"进行了解构，以我所经历的"父子"两代学生为典型的对比，形象地说明了时代的变迁所带来的儿童主体性的变化轨迹，80 年代孩子"章杰"的独立自主与其个性追求，显然令成人"我"感到震惊。

随后，范锡林的《一个与众不同的学生》、庄之明的《新星女队一号》、李建树的《蓝军越过防线》、铁凝的《没有纽扣的红衬衫》等都延伸了对新儿童形象认同的理念，共同标志着崭新的时代儿童观已经形成。1984 年 6 月文化部在石家庄召开全国儿童文学理论座谈会，这是新中国成立以来第一次召开的全国性儿童文学理论工作会议，其历史地位与重要性不言而喻。本次会议着重讨论了四个方面的问题，其中第一个便是"儿童文学的特点和文学的一般规律的关系"，第三个是"80 年代少年儿童的特点和如何塑造新的人物形象"②。这两个议题，特别是第三个议题直指时代儿童观主音，及时呼应创作现象，并引导作出理论探索，对推动 80 年代儿童观的进步发展有重要意义。

与小说界的探索相对照的是，童话界由于其自身文体的特殊性，在儿童观的拓新创造上也有不菲的业绩，而且还形成了 80 年代主要的儿童文学思潮，这便是"热闹派"童话的崛起。这其中显著的个案作家便是郑渊洁。郑渊洁 1979 年发表了第一篇童话《黑黑在诚实岛》，这仍是一篇典型的按照传统模式创作的教育童话。但到了 1982 年，他却以张扬的个性挟着他的童话新人"皮皮鲁"正式亮相。皮皮鲁彻底颠覆了传统教育童话的道学气，无羁的想象力、童话逻辑的无法之法、天马行空、闹剧般的美学特征是其时人们对这一新型童话美学风格的基本定位。有趣的是，本年度与本土"皮皮鲁"交相辉映的还有一个"洋皮皮"（任溶溶翻译的《长袜子皮皮》），他们二者无意中的联手——共同的"皮"劲，以巨大的艺术效应冲击着人们的视野，令整个儿童文学界为之一振，共同参与激活了"热闹派"童话的形成。"热闹派"这一称谓极富动感，充满了儿童在场的气象，将儿童彻底推向前台，以游戏精神的张扬与解放赢得了儿童的热爱，由此创造出当代儿童文学读者接受的一个高潮，郑渊洁也因此成为知名度极高的儿童文学作家。

---

① 汤锐：《比较儿童文学初探》，湖北少年儿童出版社 1990 年版，第 142 ~ 143 页。
② 《全国儿童文学理论座谈会纪实》，收入陈子君编选：《儿童文学探讨》，河北少年儿童出版社 1991 年版，第 277 ~ 286 页。

从文学现象及对接儿童读者的效果来看，80年代童话的效用似乎胜过小说，这其中有童话文体的特殊性，更多原因还是基于"热闹派"童话站在儿童这一边的艺术表现。之后，有关"热闹派"童话与"抒情派"童话之争，构成了80年代很重要的文学思潮，可能二者最根本的区别还是价值观念诉求之异，前者主张对儿童天性的释放，后者强调文学审美价值对儿童的引领；前者主体凸显在儿童维度，后者主体凸显在成人维度。两类形态丰富了80年代童话的艺术探索，从不同立场为儿童文学的艺术可能展开了深度实践。

与新时期初创作界在价值观念上的突破呼应，理论批评界对"儿童"的研究逐步深入系统开来。在陈伯吹的"童心"观点重新被正名后，儿童文学的"儿童"特点被给予充分的尊重。蒋风1983年从儿童的心理需求出发较全面地论述了"趣味性"的问题，特别是分析了趣味性所内含的各因素。① 班马于1984年提出的"儿童反儿童化"② 可谓振聋发聩，他指出，由于"童心"观点缺少比较具体的理论内容，没有分清低幼与中高年级儿童文学理论的层次性，笼统以"童心"对待缺失理论应有的指导性。班马深入实际，注意到儿童心理视角的"向上"特征。以此为理论基础，1985年他又进一步提出新观测方位的儿童文学观③，那就是研究儿童文学作者—儿童文学作品—儿童文学读者之间的整体结构关系，走出"自我封闭系统"。儿童文学应是一个与成人社会和世界息息相关，与各学科领域息息相通的开放式系统。

将童年问题确立为儿童文学的逻辑起点，在80年代的理论界很快达成了共识，1988年朱自强发文提出儿童观是儿童文学的原点④。同一年，他又发表了《论中国当代儿童文学的儿童观》一文，以儿童观为视角，研究我国当代儿童文学对儿童生命世界的观照。方卫平写于1988年的论文《童年：儿童文学理论的逻辑起点》⑤ 也清晰地表达了这一认识：儿童文学理论可能的展开方向是以我们对童年这一现象的理解为基础的，儿童文学理论研究的逻辑起点为童年，童年本身的结构构造是复杂多层次的，其意义来源及伸展的可能均具有广阔的空间，我们认识童年的深度与广度直接决定了我们对儿童文学理解与表达的深度与广度，

① 蒋风：《儿童文学的趣味性》，载于《浙江师范学院学报》1983年第1期，第33~39页。
② 班马：《视角研究——中高年级儿童文学的审美特点》，1984年6月"全国儿童文学理论座谈会"论文。收入陈子君编选：《儿童文学探讨》，河北少年儿童出版社1991年版，第396~417页。
③ 班马：《对儿童文学整体结构的美学思考——突破儿童文学的美学意识自我封闭系统》（1985），载于《儿童文学评论》1987年第1期，参见蒋风编：《中国儿童文学大系（理论2）》，希望出版社2009年版，第670页。
④ 朱自强：《儿童观——儿童文学的原点》，载于《文艺报》1988年11月12日。
⑤ 方卫平：《童年：儿童文学理论的逻辑起点》，载于《浙江师范大学学报》1990年第2期，第1~6页。

握定了这一逻辑起点，实际上也就等于进入了儿童文学艺术世界的腹地。

今天来看，整个 80 年代至 90 年代，无论是创作界还是研究界，关于儿童文学价值观念突破的最大兴奋点应该就是聚焦在"儿童"问题的认识上，它成了原点问题，成了理论与创作可以突破的根基。90 年代以来，班马在前期研究的基础上，形成了他的儿童美学思想，关注儿童文学审美形态中的各类机制问题，特别是基于儿童身体与情感的审美心理及其行为的模式研究，形成了他的《前艺术思想》著作，提出将儿童美学作为儿童文学本体的根基的呼吁。

五、在儿童与成人之间建构丰富的主体性内涵

童年与童心均不是抽象孤立的范畴。儿童文学是因童年而生的文学，但由于生产、制作、驾驭儿童文学的主体是成人，又由于儿童一定会走向成人的必然性，因此任何形态的儿童文学最终都是成人认为"应该如何"的儿童文学，是成人对儿童的需要据以时代精神判断后的结果。但这一判断过程充满了双主体的声音，它是一个成人与儿童同在的领域。这就是儿童文学主体性内涵充满了复杂性与无数变数与魅力的根本原因所在。新时期以来儿童文学价值观念的深化发展也正体现在对其主体性内涵的不断辩证思考与拓展研究上。

在不断追问儿童文学的本质特征这一问题上，王泉根在梳理五四以来"儿童本位"说，以及之后的"教育说""情趣说""多功能说"等众多观念之后，发现本质特征混沌一团的根本原因是研究方法的问题，是没有厘清幼年、童年、少年三个年龄层次的差异性，进而延伸对待其文学形态的差异性所致。关于儿童文学的年龄分层问题，五四时期曾有讨论，但不系统深入，王泉根在新时期进一步明确了该问题领域，界定了多层次儿童文学分类的规则，并澄清了儿童文学界长期纠缠不清的一些问题，如教育性与趣味性、成人化与儿童化、写光明与写黑暗、类型与典型等更具体的美学问题。[①]

有关儿童文学的双主体性是新时期理论研究的重要突破。五四时期讲"儿童本位"，60 年代讲儿童文学是"教育儿童的文学"，这两种极端对立的观念各自强调了两个"主体"之一端，都有一定的局限性。新时期以来的研究者与前期相比，对此问题认识掘进的核心表现在不去"孤立"地凸显任一方，而是全面地考量"儿童文学"生成中的价值元素，把"成人与儿童"纳入在"关系"中，纳

---

① 王泉根：《论少年儿童年龄特征的差异性与多层次的儿童文学分类》，该文提纲构思于 1984 年，最先发表于 1985 年 8 月在大连召开的"全国儿童文学教育研究会第三届年会"，后刊于《浙江师范大学学报》1986 年"儿童文学研究专号"。

入在一个"系统"中去辩证思考其间互动丰富的意义张力。如王泉根以"理解与超越：徜徉在两种审美意识之间"来对此结题，指出儿童审美意识与成人审美意识两种审美意识的互补调适与交融提升乃是儿童文学创作成败的关键所在，也是理解与实现儿童文学审美本质的"阿基米德点"。[①] 方卫平指出："儿童文学的本体构成既不是单纯的成人（创作主体）世界，也不是单纯的儿童（接受主体）世界，而是两者在儿童文学活动中实现的沟通和融合，是两者熔铸而成的新的艺术实体。"[②] 汤锐以"双逻辑支点"结题，深入分析了成人与儿童（作者与读者）两种审美意识的相互协调与双向交流机制，最终得出"现代儿童文学的本质体现为成年人与儿童在审美领域的生命交流"这一论题。[③]

双主体性内涵的明确是新时期以来我国儿童文学理论研究最关键的成果。但有关两大主体的关系问题在 20 世纪 90 年代后期的中国儿童文学界依然是一个争论不休的问题。1996 年第 1、第 2 期《儿童文学研究》的"热点争鸣"栏目，班马、刘绪源、方卫平有关儿童文学的本体特征展开了学术争辩。班马坚持以"儿童性"作为儿童文学的本体根基，而刘绪源提出"儿童文学就是成人文学"的命题，方卫平论证其是两个世界交流融合而成的新的有机整体。这一争论本身的存在恰恰说明了儿童文学主体内涵的复杂性。

从创作实践看，20 世纪 80 年代中后期乃至 90 年代的儿童文学界，一直涌动着探索性的文学思潮，并在积极阐发着一代年轻作家对儿童文学主体性内涵的理解。1988 年汤锐以"酒神的困惑"为题[④]，对 1984 年常新港的《独船》开始的一系列作品，包括班马的《鱼幻》、金逸铭的《长河—少年》、赵冰波的《神奇的颜色》等展开了"印象"分析。汤锐将其视为一股新的创作潜流，其基本特征是都具有强烈的主体意识和内向化的特征，具有扩大审美空间和思想容量的倾向，具有文体实验的性质，追求某种浪漫的、诗化的、悲剧性的审美效果。汤锐将此一趋向与新时期初重视接受者心理、强调娱乐和宣泄的大众化流向作了并置对比，既肯定它的探索精神，但也不无忧虑地表达了自己的困惑——对探索与实验逸出儿童接受的担忧。最后她希望新时代的课题能在两种流向间保持必要的平衡与适度的张力。汤锐从创作现象出发触及的理论问题仍是儿童文学主体性内涵的内部层次问题，实际上，"双主体"思想在理论界的辨析与澄清，在具体对接创作的时候，在短时间内它还很难做到理论的现实化。

---

① 王泉根：《理解与超越：徜徉在两种审美意识之间》，载于《文艺报》1989 年 11 月 11 日。

② 方卫平：《儿童文学本体观的倾斜及其重建》，载于《儿童文学研究》1988 年第 6 期，参见方卫平：《思想的边界：方卫平儿童文学理论卷二》，明天出版社 2006 年版，第 22～33 页。

③ 汤锐：《现代儿童文学本体论》，江苏少年儿童出版社 1995 年版，第 114 页。

④ 汤锐：《酒神的困惑——近年儿童文学速写之一》，载于《文艺报》1988 年 4 月 23 日。

　　吴其南在 1991 年也著文非常深入地阐述了他对于探索性少儿文学的"探索",指出它是新时期少儿文学领域人文主义思潮兴起的一种反映,是少儿文学的文学化运动,它试图在新的基点上建立作家与读者对话关系的可能性。但吴其南同时也中肯地对其文学观作出了批评性的反思,指出它的创作经验对整个少儿文学不一定具有普适性。[①]

　　站在今天儿童文学发展状态整体来看,探索性少儿文学的文学性与思想性都很强,在儿童文学的现代性意义探求上与当时的成人文学界保持一致,它对儿童读者的接受能力要求高,更多体现为价值引领的状态。而在八九十年代我国儿童文学阅读生态整体上还没有被推进到较高水平的阶段时,它的出现似乎早了一些,但作为新时期我国儿童文学价值观念革新的先驱,它的出现及其探索从文学史的意义上看又是十分重要的,且其中积淀形成的丰富的文学经验,今天恰恰又值得我们去重新捡拾、品味、思考、借鉴。

六、市场大潮中儿童文学价值观念走向分化

　　20 世纪 90 年代的儿童文学是过渡中的发展。它承接了 80 年代的喧哗与躁动,酝酿了新世纪市场化背景下的新图。这一时期儿童文学多元化的社会文化内涵被打开,市场经济与多媒体电子语境冲击着儿童文学的创作与出版生态。在长篇作品与理论研究均有不错业绩的背景下,令人尴尬的是"儿童读者正在疏远儿童文学"[②],这是方卫平通过实证研究获取的结论,也一针见血地指出了整体儿童文学事业的发展瓶颈。为此方卫平提出了"重建经典品质"这一老而常新的价值观念,实则是对一种评价标准的吁求,那就是我们的儿童文学还比较缺乏对于儿童文学经典美学品质的强烈关注、认同和着意发掘、培育,我们还相当缺乏那种充满了浓郁的儿童情趣、蓬勃的艺术想象、强劲的艺术幽默并融之以深刻思想内涵的作品。90 年代末方卫平提出的重建经典品质,既是对新时期以来儿童文学艺术发展的总结,也是批评与反思,他的评价标准里提出了几重要素,其关键与首要的便是儿童情趣。

　　从新时期初到新世纪初,突出儿童情趣,尊重儿童主体性,并进而在广大儿童读者中获得拥护的代表作品与人物形象有三个,正好以每隔十年的时间长度在推进。80 年代初是郑渊洁,他以"皮皮鲁"形象张扬了游戏性;90 年代初是秦

---

　　① 吴其南:《他们开辟了少儿文学的新边疆——"探索性"少儿文学之探索》,载于《温州师院学报》1991 年第 2 期,第 32~38 页。

　　② 方卫平:《九十年代儿童文学印象》,载于《济南日报》1995 年 5 月 26 日。

文君，他的"男生贾里"以轻喜剧式的幽默与对儿童自我的书写，贴近了少年读者；到了2003年，杨红樱的"马小跳"出现了，白描语言、快节奏的情节推进、鲜活的时代生活、极富主体性的男孩形象广泛赢得了儿童喜爱，创造了儿童文学阅读与出版的奇迹。这三个形象的变迁可以看作是我国当代儿童观解放的轨迹，观念变革的进程。文学现象充分说明，儿童文学的核心艺术问题依然在"儿童"这一维度，特别是"儿童形象"的塑造。理论研究中所强调的"双主体性"，内在地成就并构成了儿童情趣与艺术幽默。

毫无疑问，90年代中后期至新世纪，时代的变化带来社会环境的变化，儿童文学的发展语境有了全新的面貌，其自身内部的艺术问题也逐渐开始分化并趋向多元。学者们纷纷从不同角度关注并记录了其新变特征。1997年8月4~9日，孙建江应邀出席在韩国召开的"世界儿童文学大会"，在会上他发表了题为"艺术的儿童文学与大众的儿童文学"的大会主题演讲，发言题目为大会指定，也是本次大会的一个分主题。但孙建江个人对"艺术的儿童文学与大众的儿童文学"两个概念所作的学理辨析，已经深层次地体现出他对这个问题的超前思考。因为1997年的中国儿童文学还未进入如当下发展形态下的充分市场化，也即"艺术与大众"的文学与阅读现象还并未发生清晰的分野，文化实践本身并未提供相当的经验去概括形成理论命题，在这样的背景下，孙建江能透彻解读这两个概念，并对其接受效应与价值取向作出辩证分析，实属难得。

新世纪以后，以杨红樱的"淘气包马小跳"为代表的儿童文学畅销书日益取得瞩目成绩，巨大的市场化成功效应引发了众多的跟风之作，童书出版市场突然变得充满了活力，同时也开始躁动不安。"马小跳"的出现似乎恰逢其时，社会经济发展与文明进步的推动，教育革新的内在诉求与现代儿童观的更新发展，杨红樱个人对儿童文学的长期耕耘与艺术探索，童书出版业的观念跟进等，共同铸就了"马小跳"的成功，由此也极大地促动了中国原创儿童文学产业的进步。新世纪以后中国儿童文学进入了黄金十年，目前被认为是进入了第二个黄金十年。这一迅猛的发展态势有点让人猝不及防，引发了儿童文学界持续不断的争议，特别是在2003年"马小跳"出现后，2004年以来，面对杨红樱童书热销现象，理论、出版、阅读推广界出现了较激烈的批评、争论声音，一直到现在评论界对杨红樱的评价都迥然不同，这一个案深刻地体现出评价标准的模糊与不确定。这一瓶颈问题已经成为制约中国儿童文学发展的最大难题。

杨红樱的"马小跳"的确是儿童观解放的产物，"马小跳"这一形象在中国儿童文学史上自会占有其应有的位置。但奇趣的是，它的出现同时伴随了市场化的复杂问题，批评界面对它时更多会从"市场"的利与弊作出分析，进而延伸讨论儿童文学的大众化或通俗化问题，较少去对接中国具体社会与教育现状，从儿童真实需要出发去理解定位它的意义与价值。但无论怎样评价它的是非功过，有一个客观事实需要我们正视，那就是"马小跳"之后，中国儿童阅读生态发生了极大改变，原创儿童文学创作与出版格局发生了彻底的变化，儿童文学的天空突然变得开阔蔚蓝起来。自然，儿童文学价值观念的多元形态更加令人眼花缭乱，争论不休。

2006年，朱自强基于对新世纪儿童文学发展走向的深入思考，提出了"分化"一词来试图厘清一些儿童文学重要动向的"内在关联"，后来他成文系统表达了"分化期"的具体表现，特别提出了要建立通俗儿童文学理论的问题，实际是建立不同评价标准的问题。[1] 在多元价值观念并存的特殊时期，王泉根努力澄清主流，在和成人文学对照分析的基础上，指出儿童文学的基本美学特征与价值追求是"以善为美"；[2] 在消费文化语境中，方卫平一直持一种建设的态度，提出儿童文学在顺应消费文化的同时，要致力于通过培养儿童读者的文化批判意识来推动当代童年文化与未来社会文化的积极建构；[3] 刘绪源则坚持在商业童书背景下，儿童文学必须以中外优秀儿童文学为评价基准；[4] 梅子涵长时间以来致力于对西方经典儿童文学的阐释，主张儿童文学应具备天真的趣味和深刻的智慧。

近年来，随着儿童文学创作、出版、阅读推广愈益繁荣发展，文学思想与价值观念更加趋于多元，评价混乱、价值标准模糊、批评不能及时发言等发展窘况愈益突出。2015年全国儿童文学创作出版座谈会重点研讨的议题就是"文学与市场纠缠不清"的问题，提出如何探寻市场化背景下儿童文学发展的价值坐标，创作、出版、批评如何各自坚守自己的价值使命等重大时代课题。2016年，井冈山儿童文学创作出版研讨会提出的重点议题也是建立儿童文学新的评价标准。

整体来看，在我国儿童文学步入新世纪以来第二个黄金十年发展的关键时期，价值观念——认识儿童文学价值之落点、向度，厘清儿童文学何以有价值，或价值应该如何的问题，已成为制约儿童文学学科发展的瓶颈问题。有趣的是，这些问题的出现正与我国儿童文学事业的繁荣发展同步。

---

① 朱自强：《论"分化期"的中国儿童文学及其学科发展》，载于《南方文坛》2009年第4期，第38~41页。

② 王泉根：《论儿童文学的基本美学特征》，载于《北京师范大学学报》2006年第2期，第44~54页。

③ 方卫平、赵霞：《论消费文化背景下的儿童文学创作与出版》，载于《南方文坛》2011年第4期，第43~47页。

④ 刘绪源：《杨红樱现象：商业童书与批评标准》，载于《文艺报》2008年11月22日。

第五节　文艺本性研究中的审美概念与审美价值观念考察

这一节主要任务是梳理、考察和辨析文艺本性研究领域实然性的审美概念和审美价值观念。

文艺活动作为人类感知、意志、情感与思想特殊精神定向的产物，与人类其他活动相比，有其自身的特点，人们进入文艺活动，总是伴随着一定的审美感受与评价。所以，自古至今，传统观点一直把文艺活动作为一种特殊的审美经验类型看待。正如有国内学者所指出的："由于审美经验总是和艺术作品联系在一起，传统美学的普遍看法是将审美经验当成艺术的特征和评判艺术价值的标准，这种看法很多年来一直占据着统治地位，即使在当代，它仍然影响着很多非常杰出的艺术哲学家。"① 尽管这种传统观点在现当代美学和文艺理论研究中受到一些理论家的质疑和排斥，但并未能够从根本上否定它。在我国新时期以来的文艺理论和美学发展中，文艺具有审美本性与价值的观点也得到了较为普遍的理论认同，审美价值论成为重要的文艺价值学说。不过，在我国文艺理论和美学界，除个别论者之外，大部分学者并不是孤立地来看文艺的审美本性与价值，而是将它作为文艺的特殊性质，并在与其他性质的结合中对其加以论析，其中最有代表性的当属审美反映论、审美意识形态论的文艺本性观。然而，由于这一问题理论言说的历史异常悠久，涉及的理论观点纷繁多样，究竟应该如何理解审美概念与审美价值问题，并没有共识性的认识，因此今天依然有对此问题加以梳理和辩正的理论必要。

一、审美价值作为文艺本性的历史追溯

文艺与审美的关系问题，无论在中国还是西方，都很早就提出来了，而且一直延续到当代文艺美学的研究之中，成为当代美学研究和文艺美学理论建构不能不面对的一个重要问题。

中华民族是一个有着悠久的文学艺术历史的国度，而且很早就开始了对于文艺问题的品评与思考。在先秦时代，不仅已经形成了"艺"的一些基本活动类型

---

① ［美］诺埃尔·卡罗尔：《超越美学》，"译后记"，李媛媛译，高建平校，商务印书馆 2006 年版，第 716 页。

与"中和之美"的观念，而且儒家美学的奠基人孔子还开始将"尽美尽善"作为文艺鉴赏和批评的最高标准，《论语》"八佾"篇里记载："子谓《韶》尽美矣，又尽善也。谓《武》尽美矣，未尽善也。"在先秦其他典籍里，还包含了许多有关文艺审美问题的言论。在此后几千年的文艺发展中，特别是古代儒家美学传统中，美善统一向来都是文艺家们共同追求的艺术价值和境界。这种传统至今仍然影响着当代国人的文艺审美趣味与取向，以及学人对于文艺价值的思考与取舍。

在西方，艺术与美的关系也很早就被建立起来。古希腊时期的基本文艺观点是模仿论，也就是比较强调文艺的求真作用、认识作用，但是美的追求也蕴含其中。古希腊人的艺术观念表现在 Techne（通常译为"艺术"）这一概念中，它意味着有技艺的生产，是凭借着技艺进行的生产性精神活动，由于靠技艺，所以便需要具备某些专门的知识。艺术家就是靠着他所掌握的某些专门的知识，在技艺性的精神创造活动中来模仿外在的现实。然而，这样的技艺性模仿现实的活动与审美、与对美的追求并不是全然不同的活动。正如波兰著名美学史家塔塔科维兹所指出的："就希腊人而言，后来被人们称之为优美艺术的艺术并未构成一个单独的种类。他们没有把艺术分为优美艺术和工艺。他们认为所有艺术都能被称之为'优美艺术'。他们想当然地认为所有艺术中的名匠都能达到审美的境界，并且都能成为一位大师。"①

古希腊人"想当然地认为"的这样一种观念，在当时的思想家那里都获得了相应的理论表述。在毕达哥拉斯学派和赫拉克利特那里，美在于和谐，和谐起于差异的对立、对立的统一，而艺术之美也是按照这样的原则形成的。毕达哥拉斯学派认为："音乐是对立因素的和谐的统一，把杂多导致同一，把不协调导致协调。"② 赫拉克利特也认为："互相排斥的东西结合在一起，不同的音调造成最美的和谐；一切都是斗争所产生的。"他又说："自然是由联合对立物造成最初的和谐，而不是由联合同类的东西。艺术也是这样造成和谐的，显然是由于模仿自然。绘画在画面上混合着白色和黑色、黄色和红色的部分，从而造成与原物相似的形相。音乐混合不同音调的高音和低音、长音和短音，从而造成一个和谐的曲调。书法混合元音和辅音，从而构成整个这种艺术。"③ 在他们之后，柏拉图也从真善美相统一的角度，抨击那些在创作中一味摹仿罪恶、放荡、卑鄙和淫秽的模仿艺术，要求诗人和艺术家在作品里描写和表现善的东西和美的东西的影象，

① ［波］沃拉德斯拉维·塔塔科维兹：《古代美学》，杨力等译，杨照明校，中国社会科学出版社1990年版，第40页。
② 北京大学哲学系美学教研室编：《西方美学家论美和美感》，商务印书馆1980年版，第14页。
③ 北京大学哲学系美学教研室编：《西方美学家论美和美感》，商务印书馆1980年版，第15页。

以自然和人性中的优美方面来滋养青少年的心灵，使它们"天天耳濡目染于优美的作品，象从一种清幽境界呼吸一阵清风，来呼吸他们的好影响，使他们不知不觉地从小就培养起对于美的爱好，并且培养起融美于心灵的习惯"。① 基于这种要求，他明确提出"真正的爱只是用有节制的音乐的精神去爱凡是美的和有秩序的"，因此音乐教育的讨论，其他艺术教育的讨论也是如此，应该恰好结束在理应结束的地方，这就是"音乐应该归宿到对于美的爱。"② 作为学生，亚里士多德虽然并不同意柏拉图对艺术与真理隔着三层的价值判断以及他对模仿艺术家的激烈抨击而肯定了艺术的摹仿价值，但却依然坚持了艺术与美相联系的看法，认为艺术的模仿中包含着对美的更为集中的表现。在《诗学》里谈到"美的事物"之所以为美时，他指出"美要依靠体积与安排"，也就是美的东西的大小要合适，各部分之间的结构安排要合于比例，从而具有显示于人的感知的"整一性"③。在《政治学》里，他又指出："美与不美，艺术作品与现实事物，分别就在于美的东西和艺术作品里，原来零散的因素结合成为一体。"④ 可见，在亚里士多德那里，艺术的构成原则与美的构成原则是一致的，或者说艺术就是按照美的原则构成的。正因如此，亚里士多德认为，文学和艺术的模仿不仅比现实和历史更具有普遍性、更理想化，而且也更美。他说："像宙克西斯所画的人物或许是不可能有的，但是这样画更好，因为画家所画的人物应比原来的人更美。"他还认为在这一方面诗人应该向画家学习，因为"他们画出一个人的特殊面貌求其相似而又比原来的人更美。"⑤

总体上来看，正如在我国的先秦时期，美善统一的标准是以善为基础的，而且常常把美理解为善或者说以善为美，在希腊人的古典美学时期通常也是在伦理的意义上而不是现代美学的意义上谈论它，所以古希腊人在谈论艺术时，看到的主要还不是艺术和美的联系，而是艺术和伦理之善、和真实、和功利之间的联系。但是，应该指出的是，孔子关于《武》乐《韶》乐的音乐评论表明，在我国先秦时期已经有了美、善并用时的相对概念区分，古希腊人也是如此。比如亚里士多德在谈论艺术应该比现实更美、诗人要向画家学习时是这样说的："既然悲剧是对于比一般人好的人的模仿，诗人就应该向优秀的肖像画家学习；他们画出一个人的特殊面貌，求其相似而又比原来的人更美；诗人摹仿易怒的或不易怒的或具有诸如此类气质的人（就他们的'性格'而论），也必须求其相似而又善

---

① ［古希腊］柏拉图：《文艺对话集》，朱光潜译，人民文学出版社1963年，第62页。
② ［古希腊］柏拉图：《文艺对话集》，朱光潜译，人民文学出版社1963年，第65页。
③ ［古希腊］亚里士多德：《诗学》，罗念生译，人民文学出版1962年版，第25页。
④ 北京大学哲学系美学教研室编：《西方美学家论美和美感》，商务印书馆1980年版，第39页。
⑤ ［古希腊］亚里士多德：《诗学》，罗念生译，人民文学出版社1962年版，第50、101页。

良。"①在这里，美和善也是在并列对举、有所区分而不是相等同的意义上加以使用的。所以，正如塔塔科维兹所指出的，美学问题在西方古代社会的发展中也是在逐渐发生演变的，其中之一便是"从艺术必须符合道德法则和真实逐渐演变出相反的观点，即强调艺术与美的自主性。这种观点的古典时期代表在诗歌领域中有阿里斯多芬，音乐中有达曼，哲学中有柏拉图。这一新的观点最先为亚里士多德提出，后来又为希腊化时期的美学家所强调"。"只是经过了希腊文化向希腊化文化的转变之后，古典美学的标准才开始为一些更接近我们自己的新美学标准所取代。正是在那个时候，艺术中的创造力观点得到了绝对的重视，艺术和美之间的联系开始被理解。在这个时期还有另外的一些变化，如艺术理论中的思维向想象的转移，经验向概念的转移，艺术规律向艺术家的个人能力的转移。"②比如关于诗和美的关系，塔塔科维兹指出："尽管在希腊化时期诗的真实和道德的善比起古典时期来较少被强调，但美的作用增加了。无论如何，对于愉悦和愉悦的事物给予了更多的关注。"③关于绘画、雕塑等造型艺术，提利的玛克希莫斯在《演说》中说："画家从所有人体的每一细部中搜集美，他艺术地把许多形体集中为一个形体，用这种方法，他创造出健康的、适当的、内部和谐的美的形体。你永远也不会在现实中找到一个与雕像相同的人体，因为艺术的目的是寻求最高的美。"④关于建筑，维特拉维斯在《建筑十书》里写道："在建筑时应当考虑到强度、功用、美……当作品的外观既优雅又令人愉悦，各构成部分被正确地计算而达到对称时，我们就获得了美。"⑤此外，琉善不仅写下了《华堂颂》《画像谈》《画像辩》《论舞蹈》等谈论各种艺术之美的篇章，而且明确地将赞美美作为艺术的目的，在《查瑞德玛斯》中，他写道："几乎在人类所有的事情中，美都是某种类似普遍模式的东西……为什么我要谈到以美为目的的事情？因为我们当然要竭尽全力创造出尽可能美的必需品。""几乎任何一个想研究艺术的人都会得出结论说，他们都注视着美，并不惜任何代价获得它。"⑥由这些引述可见，把追求美作为艺术的目的，是希腊化时期比较普遍的看法。

---

① ［古希腊］亚里士多德：《诗学》，罗念生译，人民文学出版社1962年版，第50页。

② ［波］沃拉德斯拉维·塔塔科维兹：《古代美学》，杨力等译，中国社会科学出版社1990年版，第432页。

③ ［波］沃拉德斯拉维·塔塔科维兹：《古代美学》，杨力等译，中国社会科学出版社1990年版，第313页。

④ ［波］沃拉德斯拉维·塔塔科维兹：《古代美学》，杨力等译，中国社会科学出版社1990年版，第391~392页。

⑤ ［波］沃拉德斯拉维·塔塔科维兹：《古代美学》，杨力等译，中国社会科学出版社1990年版，第364页。

⑥ ［波］沃拉德斯拉维·塔塔科维兹：《古代美学》，杨力等译，中国社会科学出版社1990年版，第394页。

如果说在古代时期，艺术与美的关联还是在艺术与现实的模仿关系、美与善的纠缠中加以论述的，也就说只是艺术模仿功能的一个附属性的方面、是善的延伸的话，那么近代以后艺术与美的关系问题就上升到艺术论的主要方面了。如前所述，在西方的古代时期，艺术概念仅仅意味着技巧性的遵循规则的生产，直至整个中世纪，也没有其他的含义。进入文艺复兴时期以后，美或审美便逐渐成为标志艺术之为艺术的一个关键性概念。同时，这一时期，对美的理解不再像古希腊时期那样与道德上的善不可分离，也不再像中世纪那样具有浓烈的神学性质和形而上学意味。"与这些观念完全不同，文艺复兴时代的美的概念开始具有现代意义，它首先被用来指艺术中所存在的那种和谐。"① 据考证，16 世纪间，弗朗西斯科·达·赫兰达在论及视觉艺术时，最早提出"美的艺术"或"美术"概念，但他当时用的是葡萄牙文"boas artes"，未能引起注意。此后，法兰西学院的夏尔·佩罗在 1690 年出版的《美术陈列室》中也用了"美的艺术"（beaus arts）的概念。最重要的变化发生于 1747 年，这一年查里斯·巴托在其《论美的艺术及其共性原理》一著中使用了这一概念，并明确地将绘画、雕刻、音乐、诗歌与舞蹈归入"美的艺术"范围，还加上两种相关的艺术——建筑与雄辩。西方美学史家极为重视巴托对"美的艺术"（beaus arts）概念的使用及对其指涉范围的确定，认为"这乃是一项意义重大的改变""是一个具有清楚之界限的名辞""'美术'一辞深入十八世纪学者们的谈论之中，并且在下一个世纪也保持着相同的情形"。② 国内也有学者指出，巴托的这部著作"在前辈学者的基础上更明确地确立了'美的艺术'概念的权威性，并把它系统化"，它标志着"西方现代艺术体系"的提出，也"标志着古代的艺术概念终于让位于现代的概念"。③ 从此以后，不仅"美的艺术""美术"（即现代意义上的艺术）从古代广义的艺术活动和门类中独立出来，与此同时，美与艺术的内在关系问题，也就是文艺的审美本质和审美价值问题也被越来越多的研究者所重视与认同。伴随着审美理论在哲学美学研究中的流行，发展到 18 世纪末 19 世纪初的德国古典美学，美学由传统上偏重对美和美感问题的形而上研究逐渐艺术哲学化，甚至与艺术哲学等同起来。特别是在谢林与黑格尔那里，艺术成为美的专属领域，"美的艺术"成为美学的唯一研究对象，与此同时，美学成为单纯的艺术哲学，即"美的艺术"的哲学。

美学研究对象的上述变化，在 20 世纪以来的现当代美学中得到了进一步强

---

① 朱狄：《当代西方艺术哲学》，人民出版社 1994 年版，第 21 页。

② ［波］沃拉德斯拉维·塔塔科维兹：《西洋六大美学理念史》，刘文潭译，联经出版事业公司 1988 年版，第 14 页。

③ 朱狄：《当代西方艺术哲学》，人民出版社 1994 年版，第 32～33 页。

化，美学界将美学的这种演化趋向称为"美学的艺术哲学化"。玛丽·玛瑟西尔在《美的复归》一文中指出："现代美学已逐渐被等同于艺术哲学或艺术批评的理论，……许多熟悉的美学问题现在都已证明它们涉及的是和艺术作品的解释和价值相关的'关联性问题'。"① 可以说，自 19 世纪以来，伴随着美学研究中"审美态度"说和"审美经验"理论的孳生与发展，文艺作品越来越被作为审美经验的研究对象加以对待，文艺的审美本质、审美价值也在不同时期得到了主流学界理论上的承认。比如，阿奇·J. 巴默在《美学能否成为一门普遍的科学》一文里就认为艺术正是为产生美的经验的目的而组成的。② 此外，美学理论和美学史家比尔兹利也认为："艺术的概念和审美的概念是紧密相连的，作为一种社会事业的艺术是依赖于审美目的被理解的……因此，对艺术作品的判断要依赖于审美上的成就。"③ 这样一些观点在西方现当代美学中是比较具有代表性的。虽然 20 世纪初期兴起的西方先锋派艺术试图在他们的创作中颠覆西方传统艺术观念对艺术美及其创造性的张扬，一些现代美学理论也对艺术的审美特性和审美价值提出质疑和挑战，有的理论家和批评家甚至用"艺术消亡"一类的提法和主张强化现代艺术与传统艺术的对立，但是另外的一些美学家却并不为之所动，他们不仅依然坚持传统的观点和看法，甚至认为先锋派作品并不缺乏审美价值，而是具有一种新的类型的审美价值，先锋派艺术实际上是扩大和丰富了审美价值的范围并发展了它的接受者的审美敏感性。④ 在美学研究中，20 世纪以来在西方美学界还发生了关于艺术定义的争论，反对给艺术下定义的美学家认为艺术并不存在共同的本质包括审美本质，艺术的审美价值也不是唯一的，所以不能据此而给艺术下定义。与之相反，美学界的主流则坚持艺术存在着共同的本质和主导性的价值，而且"在坚持艺术可以下定义的美学家中，仍然有不少美学家坚持用审美本质来对艺术作出规定。认为艺术的目的就在于去创造出具有审美价值的客体，并反对任何一种反本质论的观点。"⑤ 由此可见，艺术与美相联系，具有审美本质和审美价值的观点，在现当代许多美学家那里是根深蒂固的。

二、文艺审美本性的马克思主义美学依据

将审美价值作为文艺本性研究的基本问题，或者说作为文艺本性的基本规

---

① ②　朱狄：《当代西方艺术哲学》，人民出版社 1994 年版，第 3 页。

③　［美］M. C. 比尔兹利：《对审美价值的辩护》，转引自朱狄：《当代西方艺术哲学》，人民出版社 1994 年版，第 389 页。

④　朱狄：《当代西方艺术哲学》，人民出版社 1994 年版，第 75 页。

⑤　朱狄：《当代西方艺术哲学》，人民出版社 1994 年版，第 83 页。

定，在马克思主义美学的思想系统中也有其学理根据。马克思不仅提出了"人也按照美的规律来构造"① 的基本认识和"劳动生产了美"② 的论断，而且还提出了"艺术对象创造出懂得艺术和具有审美能力的大众"③ 的论断。可见，在马克思那里，艺术的创造是审美价值的生产活动，而艺术的接受或欣赏则是审美价值的再生产活动，它创造了具有审美能力、能够欣赏美的大众，因而从总体上来说，艺术活动是一种审美价值的生产与再生产活动，艺术活动中的主客体关系就是一种审美关系，审美是艺术固有的性质。然而，在马克思主义文艺理论的发展中，马克思的这样一种美学思想并没有得到直接的理论传承，在苏联和中国当代的美学研究中，对文艺的审美本质和审美价值问题的理论确认经历了一个艰难探索的曲折过程，而且在这一过程中还不断伴随着理论认识上的歧见与纷争。

在 19 世纪末至 20 世纪上半叶的很长一段时期内，基于对资产阶级颓废的"形式主义""唯美主义"文艺思想的批判态度，文艺与审美之间的内在联系并没有获得主流马克思主义文论界的关注和认同。在庸俗社会学盛行的时期，艺术的审美价值甚至成为被排斥的东西。斯托洛维奇曾经这样写道："庸俗社会学在其极端表现中不禁轻视审美价值问题，而且企图把它彻底根除。譬如，在耶祖依托夫的论文《美的终结》中就直接断言：'而我们无产阶级的现代生活，我们标准的马克思主义美学既否认美的客观标准，又否认美的主观标准，因为它……反对整个美。'"④ 这种观点在当时是非常具有代表性的。苏联文艺学家和美学家格·尼·波斯彼洛夫在对苏联文艺学的发展进行反思时，曾将十月革命后苏联文艺学的理论进程分为前 20 年、20 世纪 30 年代中后期到 50 年代初期、50 年代中期以后三个不同阶段。在十月革命后的前 20 年间，苏联文艺学界的理论家们把注意力集中在意识形态宣传的任务和由此而来的同方法论上的敌对理论展开论争的任务上，强调的是"艺术内容的意识形态方面"，而且把意识形态抽象地"理解为用理论形式固定下来的社会观点的总和"。"在这种理解下，艺术作品内容的主要的和决定性的方面，便被认为是它的思想倾向性。但在这种情况下，人们把思想倾向性同它与艺术家所反映的生活特点的具体联系割裂开来看，这样，就忽略了所反映的现实本身的规律性对于作品的思想倾向性的影响"⑤，从而助长了"庸俗社会学"观点的发展。20 世纪 30 年代后半期开始，这种片面性被克服了，但又走向另一个极端，开始把反映在艺术家社会意识中的生活的一般规律性提到

---

① ［德］《马克思恩格斯文集》（第 1 卷），人民出版社 2009 年版，第 158～159 页。
② ［德］《马克思恩格斯文集》（第 1 卷），人民出版社 2009 年版，第 163 页。
③ ［德］《马克思恩格斯文集》（第 8 卷），人民出版社 2009 年版，第 16 页。
④ ［苏］斯托洛维奇：《现实中和艺术中的审美》，凌继尧、金亚娜译，生活·读书·新知三联书店 1985 年版，第 8 页。
⑤ ［苏］格·尼·波斯彼洛夫：《论美和艺术》，刘宾雁译，上海译文出版社 1981 年版，第 11 页。

文艺评论价值体系的理论建设与实践研究

首位，评定作品社会价值的标准不再是思想倾向性，而是作为忠实反映生活的原则的现实主义了。这一阶段，理论家们特别强调艺术与科学在认识客观现实方面具有共同的任务与对象，但只限于说明艺术与科学内容的共同属性而不愿去看他们内容上各自所特有的东西，同时，他们仅仅从形式的范围，从艺术和科学借以认识现实的"方式"中去寻找科学与艺术的区别，并把这种区别定位于"形象性"方面。概括而言，苏联文艺学界在这一时期对文艺本质的认识可以称为"形象反映说"或"形象认识说"，从对社会生活的反映或认识方面来理解文艺的意识形态属性，从"形象性"方面来理解文艺的特征或特殊性属性，是理论界的共识性见解。比如，苏联著名文艺学家季摩菲耶夫在其1948年出版的《文学理论》（中译本译为《文学原理》）中就明确指出："形象是艺术底反映生活的特殊形式……清楚地说明形象的反映生活的基本性质是完全必要的。这是文学原理的核心，它解答文学最基本的问题，即文学作品的要素是什么。我们如何回答这问题，便决定我们研究文学科学所引起的其余问题的理解。因此我们必须集中注意在这个定义上，必须找出一定的公式来包括文学的基本性质。"[①] 再如女作家格·尼古拉耶娃在1953年发表的一篇文章中也写道："艺术和文学的特征的定义：'用形象来思维'，是大家公认的。""'形象'和'形象思维'是艺术特征的定义的中心。这个真理是这样地不容争辩，以致斗争不是在以其他任何范畴顶替'形象'这方面进行的，而主要是在错误地解释'形象'和'形象思维'的概念这方面进行的。"[②]

"形象认识说"虽然在文艺性质的理解上比前一阶段有所进步，但也存在一些共同的缺陷，比如相对忽视文艺的思想倾向性，否认艺术内容上的特殊性，此外还有一个重要的错误，这就是对于艺术的审美价值和意义的忽视。为此，波斯彼洛夫批评苏联文艺学界没有继承德国古典美学和俄国革命民主主义美学的传统，既研究艺术形象的特性问题，又研究艺术中美的问题并进而研究一般的美的问题，反而很少从事美学本身问题的研究，因而不仅未能在唤起社会对于生活的审美认识方面、艺术的审美意义问题以及人民群众中的审美教育问题的兴趣方面发挥促进作用，甚至反而使得人们不再关心这些问题了。这个缺陷在第一阶段当然也是存在的。所以，波斯彼洛夫批评说："他们忘记了，具有特殊形象性的艺术，是社会意识中唯一的领域，对于它，除了别的评价标准之外，还必须运用审美的评价标准。因此，我们的理论家在他们活动的两个时期都很少从事美学问题

---

① ［苏］季摩菲耶夫：《文学原理》，查良铮译，平明出版社1955年版，第18～19页。

② ［苏］格·尼古拉耶娃：《论艺术文学的特征（作家的意见）》，见《苏联文学艺术论文集》，学习杂志社1954年版，第145页。

本身的研究，从而破坏了悠久的传统，而他们似乎是应该继承这个传统的。"①可以说，正是在反思这样一些理论缺陷的基础上，20世纪50年代中期以后，苏联文艺学对于文艺本性的认识进入到了第三个阶段："同基本上无视艺术的审美方面的那种从抽象的意识形态意义方面和抽象的认识意义方面理解艺术性质的观点相对立，出现了另一种艺术观，它认为艺术的主要意义在其审美方面。这样，在我国一般艺术科学中便出现了一个与从前的各种流派相对立的新的流派。"②波斯彼洛夫把这一新的流派称为"审美学派"。审美学派在当时的苏联学界是一个人多势众的"革新派"，主要代表人物有斯托洛维奇、鲍列夫、万斯洛夫、塔萨洛夫、巴日托诺夫、戈尔登特利赫特、布罗夫等人，他们并未从根本上否认文艺的意识形态性质，而主要针对的是"形象认识说"，用"审美"取代"形象"来重新规定艺术的特质。在这其中，布罗夫的《艺术的审美实质》和斯托洛维奇的《现实中和艺术中的审美》，是两部具有代表性的论著。

在1956年出版的《艺术的审美实质》一书中，布罗夫指出，马克思列宁主义确定艺术是一种特殊的社会意识形态，因此美学科学不仅要揭示艺术与其他社会意识形态在性质和职能上具有的共性及其发生、发展的一般客观规律，而且还必须阐明其特殊的规律性，这意味着主要指出艺术的特点，指出哪些是艺术区别于其他一切意识形态的特征，这些特征规定了艺术的质的特殊性，从而规定了艺术在于其他意识形态并列时的相对独立性。对此，布罗夫写道："一般来讲，艺术的这一特征究竟具有怎样的性质呢？当然，这就是审美的特征。艺术的一切特殊方面和规律性，就是审美的方面和规律性。因此，艺术的质的规定性，它的实质，也就是审美的规定性和实质。"③布罗夫认为形象认识说把艺术看作是同一个科学内容和哲学内容的表现，只是从形式方面来理解形象，没有从特殊的内容寻找艺术的特殊性，不能真正揭示艺术的特征。艺术的特殊性首先在于其内容的特殊性，进而言之是在其反映对象的特殊性。艺术的特殊对象就是作为生动的整体的社会的人，以及他的各种各样的人的特性和关系。而作为崇高的、完美的生活体现者的人，是绝对的审美对象。因此，"绝对的审美对象和艺术的特殊对象是一个东西。这就是说，艺术和审美具有同样的客观基础，即具有同样的内容的特征。因此，不仅艺术的形式，而且艺术的全部实质，都应该肯定是审美的。艺术无论在形式方面，还是在内容方面，都是按照审美规律进行创作的最集中、

① ［苏］格·尼·波斯彼洛夫：《论美和艺术》，刘宾雁译，上海译文出版社1981年版，第14页。
② ［苏］格·尼·波斯彼洛夫：《论美和艺术》，刘宾雁译，上海译文出版社1981年版，第17页。
③ ［苏］阿·布罗夫：《艺术的审美实质》、高叔眉、冯申译，上海译文出版社1985年版，第9页。

最高度的表现。"① 作为对布罗夫观点的呼应，斯托洛维奇在其 1959 年出版的《现实中和艺术中的审美》一著里支持布罗夫肯定艺术的本质是审美这一观点，并且也认为艺术的形象性特征来源于艺术的特殊内容和反映对象的看法，但是他不同意仅仅将人作为艺术的特殊对象，而是将现实的审美属性作为艺术的特殊对象。他指出："艺术作为一种独特的社会意识形式，其目的是培育人对世界的思想—情感的、审美的关系。从而，艺术主要地反映使它有可能实现自己特殊的社会改造功用的那些属性。现实的审美属性就是这样的属性，因此，它们就是艺术认识的独特对象。"② 他还认为，艺术形象之所以具有审美意义，归根到底还是在于它是对特殊对象——现实审美属性反映的结果，艺术内容的审美—艺术性也就决定了表现这种内容的艺术形象形式的必然性。"艺术形式是表现艺术内容的唯一手段。抽象概念作为对现实的科学认识的形式，不能够表现审美—艺术内容；只有通过形象的具体可感的形式，才能够表达对现实的思想—情感关系，因为世界的审美属性本身具有具体可感性。在以具体可感的、独特的形式表现社会的、人的内容时，艺术形象就具有审美属性。"③《现实中和艺术中的审美》是审美学派的一部代表性著作，波斯彼洛夫称这部著作使审美学派的基本论点得到最彻底的系统化。

不过，在其后的美学研究中，斯托洛维奇没有简单重复《现实中和艺术中的审美》的基本观点和思想理路，而是将对于艺术审美意义的理解进一步推进到艺术审美价值的系统思考上来。在 1972 年出版的《审美价值的本质》里，他批评布罗夫的文章《论艺术概括的认识论本质》和著作《艺术的审美实质》对艺术的对象和特征问题的解决一贯地利用认识论来分析问题，"它的作者虽然把艺术的实质叫做审美实质，然而没有超越认识论一步。因为他甚至把美同真相提并论，这样，就把美看作为认识论的范畴"。与此相对应，斯托洛维奇认为，需要再向前跨越一步，"不是通过拒绝任何一种认识论，而是通过认识审美关系的价值本质，才有可能解决艺术的对象和特征的问题"。④ 为什么必须认识审美关系的价值本质呢？这是因为，"人的审美关系历来是价值关系，没有价值论的态度，要认识它原则上是不可能的。审美关系的客体本身具有价值性。审美价值和反映它们的范畴，首先是美，不能不归于美学的对象。各种等级的审美意识的价值倾

① ［苏］阿·布罗夫：《艺术的审美实质》、高叔眉、冯申译，上海译文出版社 1985 年版，第 218 ~ 219 页。

② ［苏］斯托洛维奇：《现实中和艺术中的审美》，凌继尧、金亚娜译，生活·读书·新知三联书店 1985 年版，第 198 页。

③ ［苏］斯托洛维奇：《现实中和艺术中的审美》，凌继尧、金亚娜译，生活·读书·新知三联书店 1985 年版，第 214 页。

④ ［苏］斯托洛维奇：《审美价值的本质》，凌继尧译，中国社会科学出版社 1984 年版，第 16 页。

向性是无可争议的。审美感知和审美体验在本质上是评价的。审美趣味和审美理想是审美评价的主观标准。另一方面，趣味和理想说明人个性的价值性质。艺术为审美关系主客观方面的综合，既反映现实的价值，同时——用车尔尼雪夫斯基的话来说——又得出自己对生活现象的'评判'，即对它们进行审美评价。而艺术作品本身是价值的特殊形式——艺术价值"。① 这段话可以说是概括地表达了斯托洛维奇对艺术审美价值的总体看法，《审美价值的本质》一著便是对这一总体看法的逻辑展开。该著以外，斯托洛维奇还在几部新著中对艺术审美价值问题作了进一步的拓展性研究。1985 年出版了《艺术活动的功能》，把审美价值的社会文化概念运用于艺术家和艺术作品的接受者和体验者的活动功能中，特别是阐明了艺术审美价值的综合性。1994 年出版了《美、善、真：审美价值学史概论》，以理论史的材料论证自己关于价值，特别是审美价值的社会文化概念。应该说，斯托洛维奇对艺术审美价值的研究将对艺术审美问题的研究提高到了一个新的阶段。正如苏联美学界有人所指出的，在 20 世纪 70 年代，"审美价值问题是作为一个相当新的问题出现的，自从斯托洛维奇的专著问世后，美学家们在自己的著作中广泛使用'审美价值'这个术语"。②

这里需要注意的一个问题是，斯托洛维奇之所以认为艺术美学问题的研究应该进入审美价值的研究这一层面，也与他对苏联此前艺术理论研究的反思有关。在《审美价值的本质》和《艺术活动的功能》中，他也把苏联艺术理论研究的历史分为 20 世纪 20 年代、30～40 年代和 50 年代以后三个时期。他指出："在二十年代，一些艺术理论家力图只从社会学观点看待艺术创作，轻视作品的艺术价值以及对它们的审美评价。"③ 在接下来的一个阶段中，确立了对艺术创作的认识论态度，强调艺术的反映本质，这有助于克服美学中的庸俗社会学概念。但是，"美学中认识论态度的绝对化（特别是如果把反映解释为镜子式的再现，使它同创作过程相对立的话），形成形而上学的另一极端。这种庸俗的认识论同庸俗的社会学观点一样，对于研究审美价值和艺术价值是没有成效的"。④ 只是到了第三个阶段以后，艺术的审美实质才随着审美学派的兴起而得到广泛的认同。不过，在斯托洛维奇看来，在这一阶段，有的研究者只是以审美价值来"补充"文艺的教育价值和认识价值，至于布罗夫的研究，也仍然囿于认识论，没有进入价值论的理论视域，而只有进入价值论的理论视域，将审美视为文艺价值的基础

---

① ［苏］斯托洛维奇：《审美价值的本质》，凌继尧译，中国社会科学出版社 1984 年版，第 20～21 页。

② ［苏］斯托洛维奇：《现实中和艺术中的审美》，"前言"，凌继尧、金亚娜译，生活·读书·新知三联书店 1985 年版，第 4 页。

③ ［苏］斯托洛维奇：《审美价值的本质》，凌继尧译，中国社会科学出版社 1984 年版，第 7 页。

④ ［苏］斯托洛维奇：《审美价值的本质》，凌继尧译，中国社会科学出版社 1984 年版，第 9 页。

与核心，才可能真正解决文艺的对象和特殊性问题。

三、文艺审美本性的中国理解与阐述

应该说，波斯彼洛夫与斯托洛维奇，特别是后者对苏联文艺本性研究历程的上述理论描述与分析，大致上也适用于中国文艺理论和美学界，而且从时间上看，在苏联所经历的几个阶段，在中国都稍微有些延后。自五四新文化运动时期马克思主义连同马克思主义文艺理论传入中国以来，在 20 世纪二三十年代是意识形态文艺观占据主导位置的时期，40～70 年代是文艺反映论主导并与意识形态论合流的时期，80 年代以后审美论方始崛起于文坛，以王元骧为代表的审美反映论，以钱中文和童庆炳为代表的审美意识形态论，以及以胡经之、周来祥、王世德、杜书瀛、曾繁仁等为代表的文艺美学研究，都为新时期以来审美论的崛起发挥了重要推动作用。特别令人瞩目的一个状况是，文艺审美论在 20 世纪 80 年代中国学界的发生，最初也是为了纠正以往形象反映论、形象特征说的不足，但很快一些学者就认识到，只是在反映论、认识论的思维模式下谈审美问题，许多问题依然谈不清楚，依然存在理论上的困境，而对此困境的一个重要突破方向，便是审美价值论的发生和理论探索。新时期以来，黄海澄、程麻、党圣元、李春青等人的相关论著都在这方面作出了开辟性探索，特别是朱立元明确提出文学价值是一个"以审美价值为中心的多元价值系统"，是一个"负载着以艺术（审美）为中心的多元价值的复合系统。"① 20 世纪 90 年代以来，不少论者已经不再是泛泛地用"审美"概念来标识文艺的特殊本质，而是明确地从"审美价值"角度来谈论问题了。比如，杨曾宪在其《审美价值系统》一著中就认为"从文化形态角度讲，艺术则是具有审美价值的文化符号"②，他还提出艺术中具有艺术本体美和艺术表现美双重审美价值，只有二者兼备才能使艺术获得全面审美价值。"换言之，就是在真正的艺术中，作为构成艺术作品本体的多种形态、多层形式、繁复内容所具有的审美价值因素，本身都是文化创造物，都应当同时具有文化审美价值；只有艺术文化创造和表现本身是具有创造性的，具有审美价值的，才能使艺术文化所创造的艺术品本体具有全面审美价值。"③ 此外，杜书瀛在其《价值美学》中把文艺创作列为"主导性的审美价值生产活动"，以与"从属性的生产性审美活动"相对，并对艺术审美价值生产的类型、媒介、审美

---

① 朱立元：《论文学的多元价值系统》，载于《益阳师专学报》1989 年第 2 期，第 12～17 页。
② 杨曾宪：《审美价值系统》，人民文学出版社 1998 年版，第 210 页。
③ 杨曾宪：《审美价值系统》，人民文学出版社 1998 年版，第 213 页。

消费等作了较为全面的研讨和阐述①；李咏吟在其《价值论美学》和《审美价值体验综论》里，将文艺实践作为审美价值创造与体验的重要形式②；张世英在其《美在自由》将超越有限性的程度作为决定艺术审美价值高低的尺度。③ 尤其值得一提的是，作为审美反映论的代表，王元骧在近 20 多年来的文艺研究中在哲学基础上逐渐从认识论走向实践论，在对文艺性质的认识上逐渐从审美反映论走向审美超越论。他认为文学艺术定义不只是"实体性的"，同时也应是"功能性的"，这样，对文学艺术的思考就应该把认识与实践联系为一体。他说："文学不是科学，它反映的不是'实是'而是'应是'，不是事实意识而是价值意识。价值意识是一种实践的意识，所以在文学理论中，我是从价值论的观点认为文学就其性质来说是实践的，它不仅给人以知识，而更是作用于人的行为。我觉得我国的马克思主义文学理论长期以来受认识论观点的限制而未能顾及文学的实践本性"。④ 为此，他提出，认识论文艺观在很大程度上制约了我们对文艺性质的全面认识和对文艺功能的准确理解，"要使得我们的文艺理论有所推进，很有必要突破认识论文艺观的这一思想局限，吸取自浪漫主义以来的人生论文艺观——实际上也就是一种价值论、实践论的文艺观的合理因素来加以丰富和充实，否则就难以完全说明文艺问题"。⑤ 以上这些学者的论著，从不同方面和层次推进了文艺审美价值论的研究，在一定程度上代表了中国当代学人对文艺价值问题新的思考与探索，从而为当代文艺美学元问题的系统建构提供了很有价值的理论参照。

由于受中文语言习惯和释义方式的影响和局限，中国理论界对于美学的理解，以及对于审美活动的理解，往往脱不开"美"字的缠绕，简单地将美学视为与美有关的学问，将审美视为主体对于美的对象的观照和审视，新时期以来的美学研究其实早已纠正了这种认识上的偏颇。今天，在讨论文艺是审美这一概念时，应该特别强调恢复审美一词所原本具有的感性学含义，不能将审美仅仅局限于跟真和善相区别的美上，过多地在美字上做文章，容易造成释义上的问题，容易遮蔽文艺所具有的其他属性和价值，从而不能真正将审美、审美价值的概念及其与艺术的关系问题讲清楚。

就艺术审美关系的理论逻辑而言，艺术"审美"问题的确是与艺术"美"的问题相关联的，要想真正厘清艺术"审美"的含义，必先对于什么是艺术"美"有所厘定。这就是说，在对于文艺的理论认识上，首先应该对"艺术美"

---

① 参见杜书瀛：《价值美学》，中国社会科学出版社 2008 年版。
② 参见李咏吟：《价值论美学》，浙江大学出版社 2008 年版；《审美价值体验综论》，中国社会科学出版社 2009 年版。
③ 参见张世英：《美在自由》，人民出版社 2012 年版。
④ 王元骧：《论美与人的生存》，浙江大学出版社 2010 年版，第 340 页。
⑤ 王元骧：《审美超越与艺术精神》，浙江大学出版社 2006 年版，第 323 页。

与"艺术审美"这两个概念加以辩证理解。一般而言，在文艺活动中谈论"美"，就是在谈论文艺作品的美。它可以在三种意义上来理解：一是就文艺的基本性质而言，说它是美的，黑格尔在《美学》中所使用的"艺术美"概念亦即"美的艺术"，就是在这个意义上使用的；二是就单个的文艺作品而言，说它是一个美的作品；三是指文艺作品之中的美，指文艺作品中反映内容的美或表现形式的美。这三种理解都突出了文艺活动的基本价值是追求美。威勒克、沃伦在他们的《文学理论》里探讨文学的本质时指出："看来最好只把那些美感作用占主导地位的作品视为文学，同时也承认那些不以审美为目标的作品，如科学论文、哲学论文、政治性小册子、布道文等也可以具有诸如风格章法等美学因素。"① 在这里，威勒克和沃伦是把文艺作品视为服务于审美目的的创造物，具有审美因素和美感作用。学者王梦鸥在写作《文艺美学》时，十分看重威勒克、沃伦的这个观点，并据此定义"文学是表现美的文字工作"，将文字、表现、美当作文学的三大要素，并指出三大要素的关系在于"所谓'文字'工作，是为'表现'而设；而'表现'则又为'美'的目的所有"。② 如果这样来看文艺与美的关系的话，关于艺术美的上述三种理解在理论上都是可以讲得通的，通常情况下把它们称为审美的对象也不会有多少异议。

但是，在上述第三种情况下，会发生一定的理论认识上的分歧或冲突。这是因为，作为反映对象而存在于文艺作品中的社会内容不都是美的，其中有美丽也有丑陋、有崇高也有卑下、有悲剧也有滑稽、有真善也有假恶；同时，就表现形式而言有些作品并没有达到美的程度，而在某些现代先锋派艺术那里，还常常用怪诞不经的题材和表现形式来颠覆艺术是美的传统观念，这就是西方当代文艺理论中有的理论家之所以反对将艺术与美直接相连，反对以审美价值作为艺术的基本价值的原因所在。比如英国艺术理论家里德就认为，以为艺术就是美的，不美的就不是艺术的区分会妨碍对艺术的鉴赏。"在艺术非美的情况下，这种把美与艺术混同一谈的假说往往在无意之中会起一种妨碍正常审美活动的作用。事实上，艺术并不一定等于美。"无论从历史角度还是社会学角度来看，"我们都将会发现艺术无论在过去还是现在，常常是一件不美的东西"。③ 那么，在里德所指出的这样一种情况下，我们还可以在一般意义上谈论艺术美吗？不美的艺术还能够具有审美价值、作为"审美"的对象而存在吗？对此，斯托洛维奇作出了比较好的理论回答和分析。他说："艺术是否属于审美价值，对这个问题的回答在许

---

① ［美］雷·威勒克、奥·沃伦：《文学理论》，刘象愚等译，生活·读书·新知三联书店1984年版，第13页。
② 王梦鸥：《文艺美学》，远行出版社1976年出版，第131页、29页。
③ ［英］H. 里德：《艺术的真谛》，王柯平译，辽宁人民出版社1987年版，第4页。

多方面取决于对'审美'范畴的理解。如果把审美仅仅归结为美，那么，不言而喻，艺术不能被纳入这种'审美'，因为它不仅包括美。但要知道，不能把审美关系只归结为一种美！审美关系包括审美属性的所有光谱，包括审美价值和审美反价值之间的相互关系的全部多样性。因此，丑、卑下、悲和喜在艺术中的反映，不能成为把审美和艺术对立起来的理由。"① 在这段话中，斯托洛维奇明确地指出了两点：其一，"审美"范畴不意味着仅仅只是对"美"的观审，也包括了对艺术中那些具有"审美反价值"因素的观审；其二，具有"审美反价值"的因素是可以在与审美价值因素的对立中纳入艺术审美关系之中，从而具有艺术审美价值的。此外，斯托洛维奇还指出，在被人们纳入"艺术"领域中的作品中间，可以见到没有审美价值的作品——没有才能的或者潦草塞责的作品以及多少有些巧妙的艺术仿制品、艺术代用品等。但是，这些作品其实也没有艺术价值，是一些无价值涵义的"缺乏艺术性的艺术作品"，"而作为艺术价值的作品，在其本质上不可能不是审美现象，因为艺术价值是审美价值的变体"。② 在苏联美学界，齐斯也对艺术中反映对象自身的丑恶与艺术美的关系问题有过与斯托洛维奇大致相近的论述，他说："艺术是美的一个特殊领域。在生活中，我们既可以找到美的现象又可以找到丑的现象。在艺术中一切都是美的，艺术和丑是不相容的。这当然并不意味着艺术仅仅再现客观世界美的现象，在艺术中我们可以发现美的和丑的现象、悲剧性的和喜剧性的、崇高的和卑劣的——总而言之，可以发现无限多样的整个生活的反映。艺术中的形象总是美的，而它的原型却可能令人厌恶。"③

既然"艺术美"有其不同层面上的含义，因此对"艺术审美"也不能单纯从汉语的造词习惯去理解，仅仅将它理解为对美的观审。结合汉语的造词习惯和"审美"一词在西语中本有的感性学的含义，大致上也可以在三个层次上理解艺术"审美"：一是按照汉语用词习惯，在狭义上将"艺术审美"看作对艺术"美"的观审；二是以审美享受为目的，以审美的态度观赏艺术，并对其审美价值作出评判；三是在感性学的含义上，将艺术活动作为感性化的活动，将艺术作品作为感性的对象来理解。感性学意义上的审美概念，首先包含着前两个层次上的审美涵义在内，因此包含着狭义上所讲的美的因素和内容。这一点，从汉语"美感"语词的英语对应词中便可有所体认。美感在英语中有两种常见的语词表达：一是"the sense of beauty"；二是"the aesthetic feeling"。前一种表达明显地与美（beauty）直接相关，而后一种表达直译就是审美快感的意思，这里的审美就是指那种感性状态的情感，也就是一种起伏波动、难以用概念抽象直言的情感

---

① ［爱沙尼亚］斯托洛维奇：《艺术活动的功能》，凌继尧译，学林出版社2008年版，第23～24页。
② ［爱沙尼亚］斯托洛维奇：《艺术活动的功能》，凌继尧译，学林出版社2008年版，第24页。
③ ［苏］A. 齐斯：《马克思主义美学基础》，彭吉象译，中国文联出版公司1985年版，第221页。

状态。这后一种意义上的美感，可能与狭义的美、与作为审美对象的美相关，也可能不直接相关，但却一定与审美价值的追求相关。所以说，艺术审美的概念一定是包含着上述审美概念的头两层涵义在内的，这一点必须肯定。但是，还要看到，由于有第三层涵义，所以又不能仅从狭义的审美价值来看艺术审美。

　　基于上述的辨析，可以这样辩证地来看艺术审美关系中美与审美的关系：一方面，审美本来具有感性的含义，但西方的一些学者，尤其是中国的许多学者后来从美的关照的角度来理解它，也不能说就完全没有一点道理，因为艺术活动和艺术作品的确是与美有关系的；另一方面，反过来说，现在我们提出要把审美恢复到其原初意义即感性的意义上，也并不是要在艺术的理解中完全抛弃美的属性，而是要求在确认艺术的感性特征的基础上对艺术审美作更具价值包容性的理解，不仅仅局限于狭义的审美性质和审美价值方面。所以，对于审美概念，是可以从不同层面作出不同的理解的，在艺术审美价值的研究中，不应该以其某一个层面的含义来否定其他方面的含义。文艺审美价值包含着广义和狭义两个层面的界定。在狭义上，文艺审美价值仅仅是标示文艺的审美特殊性的概念，是与文艺的自律性相关，与文艺的其他社会价值如认识价值、伦理价值、经济价值、交往价值等不同的概念；而在广义上，文艺审美价值是一个以文艺的审美性为基础、融多种社会价值为一体的概念。在广义上，审美价值融含着其他种种非审美的社会价值，而在狭义上，审美价值也不等同于对美的价值的认识与反映。因此，在艺术价值问题的研讨和争鸣中，一定要弄清自己和他人是在什么语境关联、什么意义和层面上使用艺术美、艺术审美、审美价值这类概念的，不应用自己所固执着的某种理解来对之强加界定，或对他人的观点妄加褒贬。总之，要充分意识到审美概念语词涵义上的多样性以及由此带来的使用过程中的游移性。

第六节　当代西方文论中的价值观念在中国的本土化吸收考察

　　"当代西方文论"是一个外延相对固定的概念，指的是没有对中国现代文论带来过决定性影响的欧美文论，一般而言包括俄苏形式主义文论与西方马克思主义文论，但是通常并不包括经典马克思主义文论与苏联现实主义文论，因为后者借助主流政治话语对中国现代文论带来过决定性影响。在当代世纪西方文论中，包括文学价值观念的一系列文学理论的基本问题都得以重新建构。此前课题组已将 20 世纪西方文论中的文学价值观念分为客观形式论批评、读者导向批评和外部标准批评这三大类别，并根据时间线索单独考察了"后"理论语境下的西方文论中的文学价值观念。①

当代西方文论本身尽管包含了多元的价值观念，但它们的共同特征是不同程度地存在将包括价值观念在内的一系列批评话语科学化的倾向，其中也交织着人文主义传统与新的批评标准激烈交锋，这些价值观念显然深刻影响了中国现代文论建设的进程。面对建设我国文艺评论价值体系这一新的目标，我们有必要重新回到现代中国对西方文论的接受与吸收史这一命题，以文学价值观念这一新的回顾角度总结得与失。根据当代西方文论价值观念在现代中国文论中所扮演角色的变化，本节将主要在文学价值观念视野中考察当代西方文论在百年中国文论史中的本土化吸收，并通过对五个不同阶段的梳理，总结其历史进程为今日学界所带来的经验与教训，为当代文艺评论价值体系的理论与实践建设提供学术史方面的参考。

一、1919 年至 1942 年：诞生与萌芽

本时期的中国文论界首次吸收了几乎同一时期崛起的西方文论中的诸多价值观念，并演变为两种对立的文学价值观念且在这一阶段保持了势均力敌的交锋态势。伴随五四运动所到来的、以"民主"与"科学"为纲的新文化运动，使得人文社会科学领域首次出现科学化的倾向，文学则在其中扮演了急先锋的角色。而从文学批评标准方面而言，"艺术标准"与"现实标准"这一组二元对立始终作为主流的两股对立力量在现代中国文论界进行着激烈的初步交锋。程金城认为，正是从五四开始，文学介入社会价值体系重建，出现了两股旗帜鲜明的文学价值观念：以文学研究会为代表的现实主义思潮，偏重文学介入社会和"为人生"的价值目标，文学的价值属性定位于对社会现实的反映与批判；以创造社为代表的浪漫主义文学思潮，偏重文学对主体的内心世界和生命意识的表现，文学的价值属性被理解为对内心情感的抒发和意志的张扬。② 这一时期的文学价值观念主要体现在对于批评标准的争鸣，"艺术的"与"现实的"批评标准之争实际上反映的是"美"与"真"这两大价值维度在具体的文学评价过程中互不相容的观念预设。

何以如此？这需要从当代西方文论对早期中国现代文论的影响中去寻找答

---

① 参见陈新儒：《20 世纪西方文论中的文学评价观述论》，载于《社会科学动态》2017 年第 2 期，第 11 ~ 21 页。

② 程金城：《20 世纪中国文学价值系统与传统文学价值观》，载于《科学·经济·社会》2006 年第 2 期，第 55 ~ 57 页。

案。在抗日战争全面爆发前的十几年间，西学东渐乃至"全盘西化"正是社会主流思潮，国内学术氛围相对宽松，与外界交流频繁，文学批评与研究明显受到来自西方的同步影响。来自19世纪俄国文论中的现实主义文学价值观念经过马克思主义文论的重新阐释，率先为中国现代文论树立了一种"文学真理观"。它将文学是否准确反映了现实作为衡量文学作品价值的主要标准，即"真"大于"美"。其实早在五四之前，已经有包括王国维在内的一些理论家借助德国古典主义美学，试图将"美"与"真"的问题在批评标准的维度上进行分离，主张"美"大于"真"的文学批评标准。但限于当时国内的政治形势，并未对当时中国主流的文学价值观念带来根本性的影响，尤其是在"五卅惨案"之后，国内的知识分子阶层对待现实的态度开始发生根本转变：由关注自我转向关注社会，由关注精神层面的个人情感转移向关注现实世界的社会情感，由思考文学的自由独立价值转向关注文学的社会文化内涵，由关注文学的审美价值的塑造转向关注文学所传达的社会意义。[①] 于是，关注文学的革命性、社会性与批判性的左翼文论成为相当长一段时期国内理论界两支主导话语中的一支。

而对于"美"在形式上的价值探讨，进而提倡"美"大于"真"的文学批评标准，则借助英美新批评（同时也包括方兴未艾的象征主义）在国内的初步传播开始形成一定的气候。1929年，新批评派的先驱瑞恰慈首次来华执教，这吸引了一大批当时顶尖青年学者的关注。随着瑞恰慈的代表作《科学与诗》的翻译出版，新批评主力们的著作与文章陆续在30年代间译介到国内，其中就包括了艾略特与瑞恰慈的多篇重要论文。[②] 1937年，瑞恰慈第二次来华执教，同时也是他的学生燕卜逊首次来华执教，形式论批评在国内的影响力进一步扩大，国内学界出现了一批从内部视角进行文学评价的论著，作者主要为卞之琳、钱钟书、吴世昌、曹葆华、袁可嘉等新批评著作的译者，尤其是袁可嘉所提出的"新诗现代化"主张，即是借助新批评对国内诗歌批评的具体理论建构，其中的"纯诗"理论明显将对诗歌的批评标准落到语言形式本身之上。这种美学主导的文学价值观念尽管还没有如同日后一般受到西方文论的系统化影响，但其在相对自由的思想环境下，得到了较为充分的发展空间。

此外，还有一批以朱光潜、李健吾为代表的留洋文论家，也不同程度上在自己的论著中批判吸收了包括形式论和心理学批评在内的西方文论中的文学价值观念，其中具有代表性的包括高觉敷对精神分析理论的引介与评论、鲁迅在《苦闷

① 王一川等：《西方文论中国化与中国文论建设》，经济科学出版社2012年版，第137页。
② 其中包括瑞恰慈的《文学批评原理》《批评理论的分歧》以及艾略特的《批评底功能》《传统与个人才能》等。详见张惠：《"新批评"在中国的早期译介研究》，载于《吉首大学学报》（社会科学版）2011年第5期，第88~91页。

的象征》的译介中对西方文论的间接引用等。朱光潜出版于 1936 年的《文艺心理学》可以说是本阶段的集大成者，尽管本书主要还是以论述比较西方当时流行的文艺理论为主，并未建立起自己的理论系统，但在很多方面已经有了初步的批判与反思，不仅在书中分别细致考察了当时流行的各个西方批评思潮的优缺点，更是站在审美心理距离的角度辨析了"写实派"和"理想派"（实际上即前文所说的"现实的"和"艺术的"）两种对立价值观念各自的合理性和片面性，并最终得出结论认为，不同类型的文艺作品所依据的批评标准也应该不同，不应局限于写实或理想、主观与客观的任何一种。[①]

二、1942 年至 1979 年：沉寂与蛰伏

由于受到现实政治的影响，西方文论在本时期的很长一段时间内被打入"冷宫"，关于文学批评标准的论争被中断。随着抗战救亡运动的全面开展，"救亡压倒启蒙"作为政治口号被提出，以新批评为首的客观形式论批评所带来的价值观念难以适应国内具体形势的变化，除了钱钟书的《谈艺录》等涉及中西文论之间比较阐发的极少数著作吸收并自觉运用了部分西方文论中的文学价值观念，左翼文论所提倡的革命文学价值观念基本主导了当时的文论话语，其他话语很快便被视为边缘排除在主流文论话语之外。1942 年，毛泽东发表《在延安文艺座谈会上的讲话》，其中明确提到了文艺批评的两大标准——政治标准与艺术标准，同时规定了政治标准应大于艺术标准。新中国成立以后，政治标准与艺术标准相统一、政治标准主导艺术标准更是成为当时文论中唯一正确的批评标准。这样一来，之前在中国现代文论中所提倡的"现实标准"逐步被"政治标准"所取代，国家意识形态对文学创作与文学批评带来了空前巨大的影响。在这种大环境中，尽管文论界就两种批评标准的论争一直延续到了 20 世纪 40 年代末，但上述论争也很快沉寂。

新中国成立后，特别是在 50 年代后期以来，1962 年，由中国社科院翻译、作家出版社出版的《现代美英资产阶级文艺理论文选》是此时期唯一一本论及当代西方文论的著作，囊括了一战后至 1960 年间主要的文艺理论，其中包括艾略特、瑞恰慈、布鲁克斯、兰瑟姆、伯克等几乎所有新批评主力，并对当时的批评家按照阶级理论进行了划分：对于一些积极关心政治、表现出"左"倾倾向，"认真走向马克思主义"的资产阶级文人，该书认为他们"基本上已经"超出了资产阶级的范畴，不予选择；而对于那些"一时投机"，"搬弄马克思主义词句

---

① 朱光潜：《文艺心理学》，安徽教育出版社 1997 年版，第 20～36 页。

的文艺论著的文章"，就性质说，"形成了资产阶级文艺理论的一个变种"，因此编为一辑，并将其直接定性为"反动"。[1] 尽管存在政治干预的问题，但《现代美英资产阶级文艺理论文选》客观上还是让当时许多年轻的知识分子首次接触到了西方 20 世纪前半叶主流文论的许多重要观点，日后本书的多次再版也证明了其学术翻译的价值。

三、1979 年至 1985 年：回归与探索

改革开放以来，政治形势的变化直接影响了西方文论中国化的整体进程，而直接涉及价值判断的文学价值观念首当其冲，终于迎来了全新的发展契机。1979 年 12 月，第四次文代会召开，邓小平倡导尊重艺术规律，捍卫批评自由，不再提"文学为政治服务"等口号，这是国家权力有限度地退出文艺领域的标志，同时也意味着文艺界的全面"解冻"，为西方文论的大量传入提供了急需的健康学术环境。

首先出现的是"翻译热"。这主要基于当时国内学界的一个共识：中国社会各领域百废待兴，通过译书来了解西方、认识西方成为第一要务。[2] 文论界首先出版了一批在新中国成立前就已经出版过的古典译著，然后很快发展为对当代西方文论著作的全面翻译，包括西方马克思主义、俄国形式主义文论、结构主义/符号学在内的一大批经典西方文论都首次被引介到中国学界。其中值得一提的是韦勒克、沃伦的《文学理论》在 1984 年的翻译与出版。该书从批评标准的差异上区分了文学的内部研究与外部研究，这在"表面上不偏不倚，承认外部研究的重要性……在美国语境下，可能是从新批评立场后退一步，承认外部研究的重要性；在中国几十年只有外部研究的环境下，内部研究的提出，就是一个振聋发聩的提醒，就是在提出一个重大的补缺"。[3] 这不仅标志着以新批评为代表的当代西方文论重新回到主流学界的视野，也预示着两种文学批评标准论争的回归。此外，还有许多西方文论家的重要论文的译介，发表在一些学术期刊上。通过这时期大量翻译成果，当代西方文论首次对中国现代文论的本土化建设发生了直接影响。不难发现，这些著作传达的内容，都是相当长时间内被冠以"形式主义"的文艺自律论，所涉价值观念基本限定在内部美学范畴，乃是对于此前多年强调现

---

① 中国科学院文学研究所西方文学组编：《现代美英资产阶级文艺理论文选》，作家出版社 1962 年版，第 7 页。

② 高建平：《当代中国文艺理论研究》，中国社会科学出版社 2011 年版，第 469 页。

③ 周小仪、张冰主编：《新中国 60 年外国文学研究（第四卷：外国文论研究）》，北京大学出版社 2015 年版，第 16 页。

实的乃至政治的文学批评标准的强力反拨。

与"翻译热"相映成趣的是"引介热"。学界主要通过发表期刊论文和出版学术专著的方式,将当代西方各种文论流派在短短几年间大量介绍给了国内读者。① 这种"学术再发现"尽管依然停留在介绍阶段,较少涉及具体的阐释与批判,但它们无疑都为日后中国现代文论的自主建设进行了必要的知识性储备。值得一提的是,1985 年,后现代主义理论大师、西方马克思主义文论代表人物詹姆逊来华讲学,开设"后现代主义与文化理论"专题课,这是新时期西方重要文论家首次直接与国内学界展开交流,其中对于后现代主义特征的描绘,在国内学界产生深远影响。随着这些思想与理论的对中国现代文论中价值观念的不断影响与渗透,文学批评标准中的现实性被进一步削弱,而艺术性则不断被强调。

最后是这一时期的"美学热":美学在中国重新回到了康德的审美自律语境,受到了大众的普遍重视,美学在此时的中国学界本身成为超越其他学术话语的"先锋理论",这也赋予了美学研究者非凡的社会地位。美学家成为最炙手可热的学术明星,美学著作成为最为畅销的书籍类型,美学研究生的入学考试更是"千军万马来挤独木桥"。② 这一时期对于美学的重新重视可以说是一种必然,其根本原因在于对过去数十年文艺价值观念极端路线的"急刹车"和"强转弯"。"美学热"来到文论领域,便发展为对于"纯文学"价值的强调,以与之前强调外部研究的"杂文学"价值观相对立。从这个意义上说,我们似乎又回到五四年代:翻译传播、借鉴移植、拿来主义,却很少有自己的东西。至少在当代消费社会的条件下,审美话语以及抽象的艺术形式已经成为金融资本的文化触角。③ 在政治环境得到极大改善的新时期,中国现代文论对于当代西方文论中价值观念(主要仍是批评标准)实际上并未很快得出清晰客观的认识,而是首先秉承"拿来主义",在已经有了"孰高孰低"的文学价值观念的基础上,再去西方文论资源中寻找和拣选符合自身预设立场的理论话语作为权威。

---

① 其中重要的包括:以 1980 年杨周翰的《新批评派的启示》与 1981 年赵毅衡的《新批评——一种独特的形式主义》为标志,新批评的形式论研究重新被学界所认识;1981 年夏仲翼的《陀思妥耶夫斯基艺术创作散论》首次介绍了巴赫金学派;1981 年江天骥的《法兰克福学派:批判的社会理论》最早对法兰克福学派做了介绍;1981 年张裕禾的《新批评——法国文学批评中的结构主义流派》最早介绍了结构主义文论;1982 年袁可嘉的《关于"后现代主义"思潮》是当时最早关于后现代主义的介绍;1983 年李辉凡的《早期苏联文艺界的形式主义文论》首次从正面介绍了俄苏形式主义文论;1983 年张隆溪的《关于"接受美学"的笔记》首次向国内介绍了阐释学与接受美学文论;1985 年安和居的《"符号学"与文艺创作》首次向国内介绍了符号学批评。

② 高建平编:《当代中国文艺理论研究》,中国社会科学出版社 2011 年版,第 447 页。

③ 周小仪、张冰主编:《新中国 60 年外国文学研究(第四卷:外国文论研究)》,北京大学出版社 2015 年版,第 100 页。

四、1985 年至 1995 年：吸收与拓展

20 世纪 80 年代后期，国内文论界开始自觉将西方文论中的文学价值观念运用到各自具体的研究对象中，并试图发展出具有中国经验的本土化理论范式。

首先是文学主体性理论对于文学评价主体的重新认识。建立在哲学主体性理论的基础上的文学主体性理论，以刘再复发表的一系列论文为标志。刘再复提出，要"赋予作家以创造主体的地位，赋予文学形象以对象主体的地位，赋予读者以接受主体的地位，作家的大脑不是生活的简单容器，文学形象不是任凭作家摆布的玩偶，读者不是只能呆板地接受作家的教育"。① 至此，中国现代文论中的文学价值观念走出了以往在西方文论影响下仅仅讨论文学批评标准的局限。这种部分借鉴了接受美学与读者反应批评的思想，不仅批判了以往的文艺理论对评价主体与评价对象存在的定位模糊的问题，而且传统文学价值观念中的机械反映论（即认为最有价值的文学作品是最能真实反映现实的）所暴露出的局限性进行了及时的纠正。此外，文学主体性理论也对当代形式主义文论中的文本中心主义提出质疑，认为有必要从具体的作者、读者与接受语境出发来重新认识文学的多元价值。正是基于此，相当一批中国现代作家作品的文学价值得以重新发现，并提出"重写文学史"的口号。接受美学与读者反应批评也由前一时期的纯粹引介变为这一时期国内学者的理论武器。80 年代末，大量以"文学主体性"为价值坐标的中国现当代文学史论著得以纷纷涌现。然而，这种对于文学主体超越时代与历史的无限拔高，使得文学主体性理论又带有强烈的主观色彩，尽管确认了文学评价主体是作为独立个体的读者，而非虚无缥缈的"人民群众"，但是却有将文学批评标准归于虚无的危险。

其次，当代西方文论的译介工作仍在继续深化，俄苏形式主义、结构主义/叙事学、接受美学与读者反应批评、西方马克思主义和批判理论等经典西方文论，都在此时不同程度地加深了译介的力度。1987 年，西方马克思主义文论代表学者伊格尔顿的《二十世纪西方文学理论》是这一时期最具代表性的译介成果，这也是国内学界首次译介对当代西方文论思潮进行系统梳理与反思的著作，其中伊格尔顿对于各家文论的批判性解读和自身旗帜鲜明的以政治批评为评价立场的观点给此时依然热衷于"内部研究"的国内学界带来强大的观念冲击。与此同时，对于上述当代西方经典文论的本土化吸收已不再局限于引介，而是进入方法论甚至本体论层面，用以具体分析和解决国内文学研究所面对的对象。这种方

---

① 代迅：《西方文论在中国的命运》，中华书局 2008 年版，第 151 页。

法论的运用，在历史上是具有很大的积极意义的。我国现代文论在一个相当长的时期内，所使用的文学批评方法依旧来自俄国社会主义文论以及之后的苏联马列主义文论，造成评价单一、形式陈旧的"模式化"评价陷阱，这显然无法适应新时期对文学研究的要求。于是，许多国内学者将目光投向当代西方文论，试图借助方法论的移植来解释自身所面对的文学现象。以叙事学为例，从80年代末到90年代初，一系列运用西方经典叙事学理论来分析中国古典文学与现当代文学的论文和专著问世，并间或讨论了中国文化背景下所孕育的独特叙事特征及叙事模式。但是这样一来，许多学者就陷入了当年新批评与结构主义所陷入的同一个误区：将批评方法直接用来当作对文学作品的批评标准，乃至于只做意义分析，回避正面的评价，具体的作品批评到最后变成了"文学公式"的总结。"充满热情的存在主义让位于高举科学大旗的结构主义"① ——其深层原因乃是对之前过分强调评价立场的一种修正，但是这种修正同样难免矫枉过正之嫌。

　　1986年，"中外文艺理论信息交流会"在天津召开，会议确定了对于当代西方文论的方针，即先用来吸收与借鉴，而不是先贴标签与定性。在此方针指导下，西方文论的引介工作进入了一个更为深入的阶段。一大批活跃于当代的西方文论大家如洛特曼、福柯、拉康、德里达、德曼等人作为"学术明星"被首次引介到国内并受到热烈追捧，包括女性主义、新历史主义、叙事学、后殖民理论、文化研究等在西方理论话语中占据主导地位的一批"显学"也首次被大量介绍给了国内学界，甚至还有相当数量的西方自然科学方法论也进入了国内文学研究者的视野当中。一时间，各种理论百花齐放，令人眼花缭乱，最终呈现为井喷的态势。然而，表面上的文论繁荣掩盖了潜在的弊端：在中国现代文论、中国传统文论与当代西方文论众声喧哗、各抒己见的话语竞争与比较参照之下，结合中国发展的特殊语境，往往会出现令人尴尬的"误读"与"错位"。例如，当代西方文论中涉及评价方面的"陌生化""含混""结构"等术语，无论如何也难以同"冲淡""比兴""风骨"等中国古代文论中的词汇一一对应，"以西方文学观念为基准来梳理古代文论话语显然就不得不舍弃那些与之相左的或者不搭界的内容，这样的研究无疑是遮蔽了中国古代文论话语资源的丰富性与独特性"。② 此外，在评价当代中国大众文化的众多著述中，普遍存在将法兰克福大众文化批判理论的描述——评价框架机械运用到中国的大众文化批评的倾向，而没有对这个框架在中国的适用性与有效性进行认真的质疑和反省。

---

① 王一川等：《西方文论中国化与中国文论建设》，经济科学出版社2012年版，第186页。
② 王一川等：《西方文论中国化与中国文论建设》，经济科学出版社2012年版，第284页。

五、1995 年至今：对话与反思

从 20 世纪 90 年代后期开始，学界对当代西方文论中价值观念进行更深刻的反思，其中包括评价主体、评价对象和批评标准在内的各种文学价值观念都在这一时期得到更加深入的检验。

1995 年，由曹顺庆提出的"中国文论失语症"这一论题引发了学界的普遍关注与热烈讨论。所谓"失语"，就是放弃自身文论话语的固有立场，转而照搬或借用西方文论中的一套话语，这样才能证明自己观点的合理性。而具体到文学价值观念中，就意味着只能通过引用西方文论所涉及的关于评价主体、评价对象和批评标准等一系列方面，来建立对某个具体的文学现象或作家作品的合理批评体系。在一些学者看来，"中国文论失语症"的实质，在于"把对中国古典文学理论和中国古典文艺理论的研究权和阐释权出卖给西方，这是在理论意识形态上对西方后殖民主义文化的一种更深刻、更彻底和更自觉的膜拜"。[1] 长此下去，这种典型的"后殖民症候"不仅会使我们无法对于当前正在发生的文学进行合理的评价，甚至无法对中国古代文学史有清晰的认识。围绕着"失语症"所出现的学术争鸣表明，中国现代文论对于西方文论中价值观念的本土化吸收已进入了新的阶段，这突出地体现在对于来自西方的诸多"后"理论的误读与阐释之中。尽管杰姆逊早在 80 年代中期就已经来华传播后现代主义的基本思想，但直到 90 年代中后期，后现代主义才随着后结构主义、后殖民主义、后经典叙事学等"后学"真正进入中国现代文论话语体系中。这些"后学"尽管各有侧重，但都具备同一种十分强烈的价值观念：反本质主义——而这也是国内学界最早拿来化用的理论武器。面对"失语症"的焦虑，反本质主义可以很好地消解一切边缘与中心的二元对立，在文论的语境下，则便于建立新的文学评价主体与文学批评标准。具体而言，反本质主义将"现实"与"艺术"都视为可评价的对象，而不是凝固的"真理"。此时的国内文论界关注的重点不再是如何反映现实（因为不存在确定无疑的唯一的现实），也不再是封闭于文学作品内部的"艺术形式"或主观的"文学性"，而是作品生产、传播、接受并被判断为"文学"的过程，这就出现了评价主体（精英与大众）、评价对象（文学与非文学）与批评标准（精英认可的与大众认可的）的这三组新的二元对立。

几乎同一时期，当代西方文学批评界的领军人物布鲁姆出版专著《西方正典》，书中关于文学经典价值问题的讨论很快就为国内学界所关注，并引发了关

---

① 陶东风、和磊：《当代中国文艺学研究》，中国社会科学出版社 2011 年版，第 494 页。

于中国文学经典价值重估的新一轮思考。不久后，围绕金庸是否应该入选《百年中国文学经典》这一问题，学界展开了激烈的辩论。有学者认为，金庸对于文学史的意义，在于他的作品以通俗手法表现了深厚的文化与美学意义，体现了雅俗共赏的中国文学发展方向，但也有许多学者坚持认为，武侠小说只是一种低档次的畅销书，不足以进入经典行列。① 这一论争很快上升到对于文学价值观念的基本界定问题，同时将大众文化与消费文化在文学评价中所起到的作用也纳入了讨论中。随着国内大众文化研究的进一步发展，一些原本处于文学边缘地带的大众文化的研究价值开始受到注意，源自西方大众文化研究的"消费社会"与"日常生活审美化"成为此时学界的两大热门关键词。这一方面是对于"杂文学"观念的一种复归，开阔了文学研究的视野，文学的边界即文学评价的对象被一再扩大。但另一方面，也存在着忽视文艺内部规律，误将经济标准作为终极批评标准的危险。有学者不无担忧地指出，在今天，"文艺从属于市场"已作为一种强大的现实而被普遍默认——在大众文化、消费社会、文化研究及所谓的"日常生活审美化"等讨论中就存在着这种倾向。②

此时来华访问的西方文论家往往是抱着平等对话的心态与中国学者进行交流的。当文学从"经典"跌落入与电视节目、电子游戏同等场域的大众消费品中，关于今日文学地位和文学作品价值的讨论随着希利斯·米勒在 2001 年在北京学术会议上提出"文学终结论"得以迅速升温，国内学者纷纷对此著文作出回应，其中经历了从一开始的误读与批评到后来的理解与共识，这场论争日后被认为是"是中国文艺理论界透过他者之镜对自身境遇的反思和审视，是进入新世纪以来中国文艺学学科发展中的一场极具象征意义的事件"。③ 通过围绕"文学终结论"的讨论可以看到，中国文论工作者已经逐步开始在同西方文论的对话交流中形成批判性的文学价值观念：西方的"后学"固然是有力的消解手段与批判武器、怀疑一切原则与中心，但同时也可能滑向一种嬉皮士式的游戏一切的"潇洒"，在"人人都是批评家""一切皆可成为艺术品"这类无限度的批评自由的背后是真正自由的丧失。④ 进入新世纪以来，中国现代文论对于西方文论中的价值观念不再一味地吸收或排斥，而是在面对自身独特的问题时灵活运用、取其精华，并反思是否有不适用的成分，特别是在西方"后"理论的语境下，开始摆脱非此即彼的僵化思维模式，走出泛本质主义的理论范式，从不同的评价主体与评价对象中寻求多元化的批评标准。

---

① 详见陶东风、和磊：《当代中国文艺学研究》，中国社会科学出版社 2011 年版，第 468 页。
② 高建平编：《当代中国文艺理论研究》，中国社会科学出版社 2011 年版，第 299 页。
③ 朱立元：《"文学终结论"的中国之旅》，载于《中国文学批评》2016 年第 1 期，第 34～48 页。
④ 陶东风、和磊：《当代中国文艺学研究》，中国社会科学出版社 2011 年版，第 578 页。

而近年来学界围绕"强制阐释论""本体阐释论""公共阐释论"等所进行的新一轮争鸣，同样紧密着围绕当代西方文论中的价值观念所进行的理论反思。在这场争鸣中，学界已经深刻认识到，上世纪中叶之前盛行的旧文学价值观念在新的历史时期已不符合当代文学与文论的发展潮流，新世纪中国文艺学应立足于当代哲学人文学术的研究成果，寻找符合当代需要的理论范式，回应今天的文学文论现实，推动文艺学开拓出新的发展道路。[1] 在程金城所提出的"二十一世纪中国文学价值重建"这一论题中，便谈到了"后"学中的价值观念所带给我们的启示："文学价值冲突、失范与多元化的相互纠缠，无法建立较为稳定、相对合理而又具有主导倾向的价值观念体系。文学现象越来越丰富多彩和多样化，但同时也愈发难以进行价值定位。在认识论和价值理念上，对新形势下如何融通和建构主流价值体系缺乏认识，也存在疑虑，并且往往把价值多样混同于价值相对主义，把文学自由与无价值目标、无是非观混淆起来。"[2] 曾军同样指出，中国学者运用西方文论阐释中国经验，经历了从"以中国经验印证西方理论"的学习阶段到"以中国经验来修正西方理论"的反思阶段，后者正是中国学者在积极与西方文论对话的过程中中国经验进而推进理论创新的一种努力。[3]

中国现代文论对当代西方文论中的价值观念的本土化吸收，表面上看以采纳西方理论话语体系为主，但是隐藏在背后的始终是一种"中国中心"的问题意识与价值取向，这其中包含着这样几个关键性环节：选择中的"文化过滤"、理解中的"文化误读"与接受中的"文化改写"。通过对当代西方文论中的文学价值观念在百年现代中国的理论旅行进行的细致梳理，可以发现这次旅行大致上经历了从单向引介到沉寂以及之后的回归，再到近年的双向对话与反思的过程，这实际上也是百年中国文论借助西方文论资源，从认识论到方法论再向本体论渐进发展的历史进程，这种借鉴吸收，并不是单方面的亦步亦趋或照抄照搬，而是根据不断变化的中国现实语境，有选择、有批判、有目的地学习借鉴和创造性地吸收转化，是中西互鉴、"西化"与"化西"既博弈又融合的辩证演进过程。

① 单小曦：《从"反本质主义"到"强制阐释论"——中国当代文艺学的"本质论"迷失及其理论突围》，载于《山东大学学报（哲学社会科学版）》2016年第5期，第94~102页。
② 程金城、冒建华：《关于21世纪中国文学价值重建的思考》，载于《甘肃社会科学》2006年第6期，第70~75页。
③ 曾军：《西方文论对中国经验的阐释及其相关问题》，载于《中国文学批评》2016年第3期，第43~44页。

第五章

应然性文学价值观念假说

本章为应然性文学价值观念假说，包括应然性批评标准在内，缘于标准也以价值观念假说的理念和思路呈现。本章共计七节。

第一节 批评家的位置

批评家的中介位置是指批评家位于文艺评论价值体系内外的关联位置。对内要求尊重审美规律和各部分和谐统一机制，对外要求关注关切社会环境变化中的审美现象及其文艺活动，以社会主义核心价值观为坐标，担负国家和民族赋予的重大责任。内外相互结合互动，确定批评家的中介位置，目的在于发挥文艺批评作为"文艺创作的一面镜子、一剂良药，是引领创作、多出精品、提高审美、引领风尚的重要力量"[1] 之作用。

---

[1] 《习近平总书记在文艺工作座谈会上的重要讲话学习读本》，学习出版社 2015 年版，第 32 页。

一、实然性考察借鉴与文学批评辨析

（一）实然性考察借鉴

实然性文学功能、标准和价值观念考察显示若干线索和理论提示，如下：

1. 使命与功能的关系问题

实然性考察显示了任何时代的国家层面，都将文艺配合国家政治和社会发展的视野，看待和定位文艺及其功能。同时，批评家则从不同观念出发理解文学属性、批评标准与功能。国家和批评家个人如此两种同中有异的规律，尤其体现在中国现代文学和中国当代少数民族文学的考察中。考察显示了在功能、标准和价值观念三方面提出和践行的主体均分为两大类：国家层面及其文艺机构的文艺理论家，以及一般文艺理论工作者和实际批评家。两大类主体在功能、标准、观念定位等方面均有差异。贯穿前一主体的是"使命"概念和意识，贯穿后一主体的是"功能"概念和意识。从静态和动态区分角度看，二者在动态性前提下各有差别。前者"使命"的确定和变化，均根据国家民族利益和时代性时期性基本任务。后者的功能理解则对此有所疏离，较为侧重文化思潮等的影响。如民族文学概括出的文化身份认同功能、文化记忆和文化阐释功能以及文学民族志功能等。中国现代文学概括出的价值观念分为真实性价值、功用性价值、审美性价值三部分。真实性价值观念中分别有文学的历史之真、诗歌之真、功利性之真三个维度。功用性价值观念中分别有功利性之用（包括启蒙之维和政治之维）与自治之用（包括审美之维、情感之维、人性之维）两者。审美价值观念中分别有依附性之美（包括启蒙、情感、政治三个维度）与独立之美（包括境界、趣味、美感经验和恰当四个维度）。所以，必须首先辨析使命与功能的区别和关系。

2. 使命与功能的关系辨析

"使命"最早见于《左传·昭公十六年》："会朝之不敬，使命之不听，取陵于大国，罢民而无功，罪及而弗知，侨之耻也。"[1]《国语辞典》解释为：（1）出使的人所领受的任务。近义词为任务。《北齐书·卷三七·列传·魏收》："李谐、卢元明首通使命，二人才器，并为邻国所重。"（2）应负的责任。例如："每一个炎黄子孙都应该担负起发扬中华文化的神圣使命。"[2]《辞海》对"使

---

[1] 蒋冀骋点校：《左传》，岳麓书社 2006 年版，第 277 页。
[2] 《国语辞典》，商务印书馆国际有限公司 2011 年版，第 859 页。

命"的解释为：使者所奉的命令；奉命出使的意思；任务。① 《现代汉语词典》（第七版）解释为："派人办事的命令，多指重大的责任。如历史使命，神圣使命。"② 马克思说："作为确定的人，现实的人，你就有规定，就有使命，就有任务，至于你是否意识到这一点，那都是无所谓的，这个任务是由于你的需要及其与现存世界的联系而产生的。"③ 何怀宏从伦理学的"良心"角度辨析了命有在天者和在人者。他强调在人者："在人者，即在他人者，在社会者，而在人者之'使命'则要落实到自己。"由此，何怀宏将社会性的使命和个人对使命的担当关联起来，根据为人是社会关系的总和，上承马克思主义唯物史观的人与社会的观念。进而他落脚在人以良心担当使命的思想："天命纵有，亦常常是未定之天，且是在事过、成败之后言之。故世事不可不为，不可不博。即便真不可为，知道了天命已定，道将不行，个人亦应尽其使命。处不可为之时，亦须有必当为之行。不管这世界会变得怎样，人应当尽自己的责任和使命。况且，历史未曾没有从一线之天中开出新世界的可能，若人人都仅凭有关可不可为的一己之知就束手不为，人世间将一无可为。"④ 这就是良心转换为使命担当的思想。概括表述为：使命发出者非个人，是关系国家民族大利益和大前途的伟大任务。由此，这就可以理解"中国共产党的初心使命，反映了人类社会发展规律和中国社会历史发展的必然趋势，体现了的马克思主义唯物史观历史哲学基础"。⑤ 使命是历史赋予的重大责任。其次，使命落实到群体并通过群体落实到勇于担当的个人。人是全部社会关系的总和，个人不能脱离社会和时代，"使命"担当落实于个人组成的群体。个体的"人应当尽自己的责任和使命。"再次，"使命"担当践行"有处不可为之时，亦须有必当为之行。"如何将不可为转换为可为，引申出依循规律而行的担当涵义。依如上原理来看，实然性考察反复出现使命和功能的不同言说立足点并不矛盾并可以互相印证。

（二）文学批评辨析

1. "批评家"概念

本书第一章第一节的"文学批评"部分，已经就文学批评有所介绍。梳理辨析的主要对象有《不列颠百科全书》中的"literary criticism"，解释为"文学评

---

① 《辞海》（第 6 版），上海辞书出版社 2011 年版，第 4057 页。
② 《现代汉语词典》（第 7 版），商务印书馆 2016 年版，第 1189 页。
③ 《马克思恩格斯全集》（第 3 卷），人民出版社 1995 版，第 329 页。
④ 何怀宏：《良心论—传统良知的社会转化》，上海三联书店 1994 年版，第 374 页。
⑤ 骆郁廷、付玉璋：《中国共产党人初心使命的哲学基础》，载于《西安交通大学学报》（社会科学版）2021 年第 4 期，第 13～21 页。

论"；M. H. 艾布拉姆斯所著《欧美文学术语辞典》中 "criticism" 解释是 "文学批评"；中国学者以 "形态学" 涵义为原则区分了 "理论批评" 与 "实际批评"。本书强调理论批评与实际批评的交叉与重合，认为两种批评应有相互联系，通过联系产生新质。第一章介绍过的本节简略，侧重通过实然性研究所获的新理解。

"批评家" 这一概念历史久远。英语的 critic 一词来自中古法语的 critique（英语中至今有此用法，即 "评论/批评" 的名词形式），critique 来自古希腊语 κριτικός（判断，分辨）等。所谓批评家位置问题是我国当代语境的文艺评论价值体系建设题中应有之义。研究最初即强调必须语境化，并构建动态与静态有机统一体。海德格尔存在论以及现象学方法，在某些方面可能帮助提出有价值的理论与实践问题。[①] 下面分别探究几个问题。

2. 以文学批评为中心

为什么文艺评论价值体系概念下却仅论及文学批评？绪论已有论及。诸方面理论和事实依据简要概括如下：受苏联学术命名和规范影响，我国 "文艺学" 所指为文学学；文学 "审美意识形态" 论，文学作为审美意识形态并可兼顾到其他艺术门类；中西方理论发展事实也为支持依据等。[②] 文学媒介是语言，文学阅读是脑海中将文字转换为形象来感受体悟以接受。语言较其他媒介更善于贮存和蕴藉地表达复杂微妙的感情，舞蹈、绘画和其他艺术形式无法与之相比。理论家已经意识到，"没有艺术的帮助，我们的经验就没有多少是能够进行比较的；而缺乏这种比较，关于哪些经验更为可取，我们就难以指望达到共识"。[③] 语言文字的蕴藉性便于解决这个困难："微妙或隐秘的经验对于大多数人却无从交流而且难以言表，……在诸门艺术中，我们发现了唯一形式的记载，其中上述各种都是能从经验里记载下来的。"[④] 质言之，语言文字为媒介的文学更有能力让人们体验感悟含有价值的微妙复杂经验。这就是人们推崇文学（诗人）的奥秘，也是将评论限定在 "文学" 的另一理由。

我国理论界对文学批评的基本理解分为广义和狭义。狭义的文学批评指对文学作品的分析评论，通常称为 "实际批评"；广义的文学批评则包括 "理论批评"。"理论批评主要是从理论上探讨应当如何来看待文学以及如何对待文学作品进行认识判断。"[⑤] 从牛津英语词典最新网络版就 critic 的解释看，有两个涵义。第一个涵义为批评者/评论者：声明对某事或某人进行判断的人，尤其指进行严

[①] 现象学方法，指胡塞尔的现象学方法，作为方法论在局部本体论意义上予以借鉴。存在论，指海德格尔的存在论观念，作为局部解释和阐述予以借鉴。

[②] 参见刘俐俐：《我所理解的文艺评论价值体系的理论建设》，载于《江汉论坛》2016 年第 5 期，第 71 ~ 79 页。

[③④] ［英］艾·阿·瑞恰慈：《文学批评原理》，杨自伍译，百花洲文艺出版社 1992 年版，第 26 页。

[⑤] 赖大仁：《文学批评形态论》，作家出版社 2000 年版，第 4 ~ 5 页。

厉或不赞成的判断的人；审查的人；挑错的人；提出为难问题的人。此涵义为泛指。第二个涵义为批评家/评论家：擅长对文学或艺术作品的质量和价值进行判断的人；这类判断作品的作者；书籍、绘画、戏剧等作品的专业评论者。本论题论域取第二个涵义。从释义可知，英文 critic 对应狭义的文学批评（critique），即"实际批评"。美国文艺理论家 M. H. 艾布拉姆斯的《欧美文学术语词典》说："文学批评是有关解释、分类、分析和评价文学作品的一种研讨"，我理解他所指的也是"实际批评"。他还说："理论化文学批评（theoretical criticism）的宗旨是在一般批评原理的基础上，确立一套统一的批评术语，对作品加以区分归类的依据，以及评价作家和作品的标准。亚里士多德的《诗学》是这类文评最早期的杰出论著……"[①] 此即"理论批评"。回到我们的问题："实际批评"的涵义与价值体系的文艺评论相吻合，但在构建中又将"实际批评"与"理论批评"两者互相关联。从主体角度看，狭义的"实际批评"主体是文学批评家，广义的"理论批评"主体则是文学理论工作者。"理论批评"属于大概念的文学理论，包括文学创作论、作品论、鉴赏论以及从鉴赏论的接受性质延伸出的批评论，价值体系建设自身为"理论批评"，两种主体既区分又重合，缘由恰如热奈特在《叙事话语/新叙事话语》所说："我必须承认在寻找特殊性时我发现了普遍性，在希望理论为评论服务时我不由自主地让评论为理论服务。"[②] 热奈特说的理论即文学批评理论，评论即"实际批评"。所以，我们研究的理路为："理论批评"展开逻辑是理论与批评实践及批评实践的抽象相向而行，互相比照参考和辩证。如此区分、联系、重合交叉前提下的"实际批评"批评家，与英语 critic 的第二涵义相吻合：即"擅长对文学或艺术作品的质量和价值进行判断的人"。如上辨析将置于文艺评论价值体系视野和任务之中。

二、文艺评论价值体系特质决定批评家的"关系"位置

（一）文艺评论价值体系的特质

绪论已经阐述了体系的特质以及文艺评论价值体系的属性，此处不再详述。此处予以提出文艺评论价值体系依托和置身于上层建筑中的文化和意识形态。文

---

① ［美］M. H. 艾布拉姆斯：《欧美文学术语词典》，朱金鹏、朱荔译，北京大学出版社 1990 年版，第 64 页。

② ［法］热拉尔·热奈特：《叙事话语/新叙事话语》，王文融译，中国社会科学出版社 1990 年版，第 4 页。

化和意识形态以核心价值观为根本。目前我国文化定位和表述为"在 5 000 多年文明发展中孕育的优秀传统文化，在党和人民伟大斗争中孕育的革命文化和社会主义先进文化，积淀着中华民族最深层的精神追求，代表着中华民族独特的精神标识"。[①] 依三种文化顺序，在各自前面分别冠以"弘扬""继承""发展"三个动词。社会主义核心价值观则是聚焦于国家之善、社会之善和个人之善的十二个范畴，三种文化以核心价值观为灵魂。反之，"中华优秀传统文化是中华民族的精神命脉，是涵养社会主义核心价值观的重要源泉"。[②] 如上即为文艺评论价值体系建设置身和依托的纵/横向相互交织的外在环境。动态"发展"中的文化环境是文艺评论价值体系建设的理论资源。概言之，价值体系和外部环境互动是价值体系基本特性之一。

除了与外部形成互动以保持自身生命力的特质，体系的另一个重要特质是自身内部各部分为有机构成状态。体系主要内容为价值观和批评标准，两者都由若干部分和层次组成，价值观和批评标准又互相包容和激发，共同合成有机整体。各部分和各层次位置相对稳定，又随外部环境变化，为了有机融合和保持生命力而不断调整，稳定与活动相辅相成。如果仅从"文学"性质角度看活动状态，"文体"是纵向发展变化且呈现于横截面的事物，此"文体"和西方文体概念不同但有关联。西方的"文体"（style）"指散文或韵文里语言的表达方式，是说话者在作品中如何说话的方式"。这似乎仅从语言层面界定文体，其实有今人文学体裁涵义在内。他们说："我们可以用一部作品或一位作者的'措辞'（diction）（或言辞的选择）、句子结构和句法、比喻的类型和的数量、节奏、语言组合和其他的文学形式特征上的格式及其修辞目的和手段，来分析这部作品或这位作家的文体"。[③] 这段话的文体涵义与我们今天的诸如长篇小说、中篇小说和短篇小说这样文学体裁的意思大致相当。当今，我们面对的现实是：比如，民间提出"平民艺术"的小小说，就是近 30 年新出现的写作样式，目前正以文学文体名义努力汇入文体序列的小说家族。此外，新媒体时代的网络文学已然成为势不可挡的文学文体。此外，原有某些文体逐步失去活力乃至退出文体序列。比如记叙性文体的"寓言"，"通过人物、情节，有时还包括场景的描写，构成完整的'字面'，也就是第一层意思，同时借此喻彼表现另一层相关的人物、意念和事

---

① 习近平：《在庆祝中国共产党成立 95 周年大会上的讲话》（2016 年 7 月 1 日），人民出版社 2016 年版。

② 《习近平总书记在文艺工作座谈会上的重要讲话学习读本》，学习出版社 2015 年版，第 28 页。

③ ［美］M. H. 艾布拉姆斯：《欧美文学术语词典》，朱金鹏、朱荔译，北京大学出版社 1990 年版，第 354 页。

件"。① 但文学经验层面人们使用"寓言"文体日益趋少；政府的选拔性评奖系统显示："全国优秀儿童文学奖"原来设计有寓言奖，但除第一届和第五届有获奖之外，其他八届均为空缺，这缘于寓言悖于新时期以来儿童本位和儿童文学性的逐步深入体认，为观念变化所发生的文体冷热变化。这种调整的现象呈现，除了文体冷/热变化之外，还有主流/非主流、大众/精英、经典/非经典、高雅/通俗等一系列区分性现象。

（二）文艺评论价值体系为什么与批评家位置相关

文艺评论价值体系乃是人为建构性质，追求科学适用与静态动态统一。价值体系的实践主体是"实际批评"者，即批评家。中国学者和批评家意识并看重评论的文学特点，他们说："一篇评论文章的自足性——它的说服力，感染力，以及它的语言和形式的完满程度。如果是一篇美文，那就更好。……它必须是'文学的'，必须能给人带来文学性的满足，换句话说，它必须赋予思想以诗的韵味，赋予理以趣的魅力。"② 西方如哈罗德·布鲁姆等追求唯美的批评家也说过："在我的实践中，文学批评首先是具有文学性的，也就是说是个人化而富有激情的。……是一种智慧文学，也就是对生活的参悟。"③ 虽然如此，批评与创作毕竟具有本质性区别。批评是基于文学而又超越文学的理性活动。历来占统治地位的意识形态，都是将创作与批评放在不同论域来看。仅以习近平总书记在文艺工作座谈会上的重要讲话来看，对艺术家是号召鼓励："最根本的是要创作生产出无愧于我们这个伟大民族、伟大时代的优秀作品。……文艺工作者应该牢记，创作是自己的中心任务，作品是自己的立身之本，要静下心来、精益求精搞创作，把最好的精神食粮奉献给人民。"④ 文艺批评则被置于"第五个问题：加强和改进党对文艺工作的领导"部分论及："要高度重视和切实加强文艺评论工作""有了真正的批评，我们的文艺作品才能越来越好。"⑤ 从政治社会和体系界定看，文艺评论价值体系置于"社会整体中与自己关系最直接密切的上层建筑中的文化和意识形态"这样特质的外在环境中，必须相互吻合互动。外在环境决定了价值体系的批评活动，处于体系与内在各部分及外在环境的中介位置。批评

---

① ［美］M. H. 艾布拉姆斯：《欧美文学术语词典》，朱金鹏、朱荔译，北京大学出版社 1990 年版，第 7 页。

② 雷达、李建军主编：《百年经典文学评论》，"选编说明"，长江文艺出版社 2004 年版，第 1 ~ 2 页。

③ ［美］哈罗德·布鲁姆：《影响的剖析——文学作为生活方式》，金雯译，译林出版社 2016 年版，第 3 页。

④ 《习近平总书记在文艺工作座谈会上的重要讲话学习读本》，学习出版社 2015 年版，第 7 ~ 8 页。

⑤ 《习近平总书记在文艺工作座谈会上的重要讲话学习读本》，学习出版社 2015 年版，第 33 页。

家的位置及其理想状态随批评活动位置而确定。此说也具有美学依据。

（三）批评家位置的美学依据："关系"契机

批评家位置，可以让批评既符合审美特质又符合外在环境需求。在美学上有怎样的依据？"文学本质和作用，自从可以作为在概念上被广泛运用的术语与人类其他活动和价值观念相对照以来，基本上没有改变过。"所以，"整个美学史几乎可以概括为一个辩证法，其中正题和反题就是贺拉斯（Horace）所说的'甜美'（dulce）和'有用'（utile），即诗是甜美而有用的……这两个形容词，如果单独采用其中任何一个，就诗的作用而言，都要代表一种趋向极端的错误观念……"① 我们并不赞同简单地站在"甜美"或者"有用"的任何一方。批评家的中介位置和贺拉斯提出的问题有异曲同工之妙。借用康德《判断力批判》的思路，可以解释批评家的中介位置。

符合外在环境要求，可大致理解为"有用"，符合审美特质，可大致理解为"甜美"。康德《判断力批判》就"美的分析"有质、量、关系和模态四个契机。康德的审美静观和审美无功利的思想，各自单独看，确实经不起实践的推敲。但是"关系"契机让康德获得了走向辩证和广阔天地的机会。他说："鉴赏判断的第三契机，按照在它们里面观察到的目的关系看的。"② 所谓"关系"，指处于主观合目的性与客观合目的性两方面之间的"关系"，这意味兼容辩证地看到两者各自特点及其相互关系。主观合目的性即康德说的审美只涉及快乐和不快乐，是普遍性的、无利害诉求性的感受体验，可以描述与体悟，却不能分析和逻辑推理，这合乎审美特性。客观合目的性则不能感受和体验，但是康德给出了其内涵以及分析路径："客观合目的性只能经由多样性对于一定目的的关系时，所以只能经由概念而被认识，但从这点就可以证明：美，它的判断只以单纯形式的合目的性，即无目的的合目的性为根据的：那就是说，是完全不系于善的概念，因为后者是以客观的合目的性，即对象对于目的的关系为前提。"③ 这段话既坚持了鉴赏判断的性质，也给客观合目的性划出来一条拓展道路。康德给客观的合目的性的拓展道路，采用了区分和细化概念的方式。区分指的是，"客观的合目的性是或为外在的，即有用性，或为内在的，即对象的完满性"。④ 细化指的是，进一步回应鉴赏判断的性质，或者说通过联系鉴赏判断的质和量来论证客观合目的性，这样的细化又依赖于区分。从康德这段话我们知道，客观合目的性包括两方

---

① ［美］勒内·韦勒克、奥斯汀·沃伦：《文学理论》，刘象愚等译，江苏教育出版社 2005 年版，第21页。
② ［德］康德：《判断力批判》（上），宗白华译，商务印书馆 1963 年版，第57页。
③④ ［德］康德：《判断力批判》（上），宗白华译，商务印书馆 1963 年版，第65页。

面，即"外在的，即有用性"和"内在的，即对象的完满性"。前者用如今文学理论表述，需要理论家和批评家的考察和认定，但始终不能离开"鉴赏判断除掉以一对象的（或它的表象样式的）合目的性的形式作为根据外没有别的"。[①]"有用性"是演绎出来的。后者即"内在的，即对象的完满性"："但客观的内在的合目的性，即完满性，却已接近着美的称谓。"[②] 此节以"鉴赏判断完全不系于完满性的概念"为标题，似在强调鉴赏判断纯粹快感的性质。但是从"关系"角度，则具有鉴赏判断依赖"合目的性的形式作为根据外没有别的"。所依赖的是理论家可以分析出来的并且认识到的"完满性"。

康德的"关系"契机论认为，理论家只有站在"关系"立足点，才能看到审美无目的性的合目的性的根本机制在哪里，也才能看到"外在的，即有用性"和"内在的，即对象的完满性"两者的关系，沿着康德的理路，我们可以继续推导出"有用性"和"完满性"两方面相互依托的关系："有用性"依赖鉴赏对象的"完满性"程度，还依赖对象在现实语境被接受的程度等；对象的"完满性"，既依赖于对象形成的纵向历史积累和艺术序列的位置，也依赖当下新元素加入等，以及与历史曾有过什么用处、当下语境有怎样用处的关系。质言之，对待两者必须相互依托辩证地探究。这个原理甚至在新批评理论家那里也得到明确表述。韦勒克和沃伦说："当某一文学作品成功地发挥其作用时，快感和有用性这两个'基调'不应该简单地共存，而应该交汇在一起。"[③] 这里的"内在的，即对象的完满性"，指艺术作品的审美特质，在本议题中可理解为也是包括在客观合目的性范围之内的。这也说明，艺术特性自身有它的客观和目的性。发现、分析、判断和评价"内在的，即对象的完满性"，已非单纯感性活动可实施的任务，是超越于感性审美鉴赏的理性活动，毋庸置疑就是批评家的任务，这也就是课题组此前提出过的，文艺评论价值体系理当包括作品艺术价值，[④] 所以，作品艺术价值构成机制分析和探究当然是批评家的任务，这正是康德美学的"关系"契机所给予的理论支撑。

三、文学批评家诸活动中的分析问题

为什么单单提出文学批评家诸活动中的分析问题？

---

① ［德］康德：《判断力批判》（上），宗白华译，商务印书馆1963年版，第59页。

② ［德］康德：《判断力批判》（上），宗白华译，商务印书馆1963年版，第65页。

③ ［美］勒内·韦勒克、奥斯汀·沃伦：《文学理论》，刘象愚等译，江苏教育出版社/凤凰出版传媒集团2005年版，第21页。

④ 详见刘俐俐：《我所理解的文艺评论价值体系理论建设》，载于《江汉论坛》2016年第5期，第71~79页。

（一）价值判断凸显了分析问题

文艺评论价值体系要求批评必须有价值判断，而价值判断的涵义有两个：资格判断与品质判断。

何为资格？为什么要有资格判断？文艺活动缘于人们体悟美感而实现精神追求和寄托。精神追求和寄托需求是审美活动的第一原则，文艺形态和样式随第一原则变化。即精神需求潜在地规约文艺发展。回顾中国诗歌从古诗到近体诗的绝句律诗，以及词和散曲等，小说从记言记行的准小说《世说新语》到唐宋传奇再到话本，直至明清长篇小说。新文艺形态乃至新的文学文体现象，伴随人们精神需求必然出现。我们当今生活在核心价值观主导的国情和语境中。习近平说："核心价值观是一个民族赖以维系的精神纽带，是一个国家共同的思想道德基础"，①必须有"底线"。也就是说，低于此底线则为文学所不容。鉴于这两方面，"资格判断"就是判断是否为文学作品，而不是宣传品、广告等其他东西，即承认它具有文学的基本品质，而且必须在底线之上。比如，小小说就需要"资格判断"性质的文体辨析和认定工作。②"资格判断"并不判断是否达到了怎样"伟大的"或者是优秀作品的水平，因为其本身即为这样一种价值判断：漫长的审美精神活动中人类已约定俗成地以高雅、值得推崇的美好事物来认定文艺。

那么与之相对的，何为品质？为什么要有品质判断？"品质"就是在认定其是文学作品前提下，考量它的文学特性达到了怎样的水平，风格如何，艺术效果如何产生等。"品质评价"包括两部分，既指不以比较性为主的作品评价，也指以比较而选拔出来的作品评价。选拔性评价是认可前提下沿着"推崇和推广"方向的深化行为。逻辑上说，比较和选拔等级较高产生的"品质评价"结果，就是最"优秀的""伟大的"作品。各类文学评奖尤其是政府文学评奖即属于此类。③为什么要有品质判断？除了上面资格评价的理由之外，还在于"价值"概念本身即具导向性质，价值体系更缘于依托和置于外在环境而随之具有的导向性质。选拔性评价标准的原则凝聚着倡导的方向，即"导向"。质言之，怎样的"导向"，依托作品"内在的，即对象的完满性"与外部环境需求的引导方向两个方面合力。可见，价值判断和评价凸显了分析问题。那么，分析在批评行为中处于怎样的逻辑位置呢？

---

① 《习近平总书记在文艺工作座谈会上的重要讲话学习读本》，学习出版社2015年版，第24页。
② 参见刘俐俐：《活动状态的小小说文体建设与批评的基本原则与理路》，载于《中国文学批评》2019年第4期，第94～101页。
③ 参见刘俐俐：《中国文学场域视野文学评奖综合考察研究的理论发现与问题》，载于《社会科学辑刊》2019年第6期，第153～161页。

（二）分析处于最终价值判断和艺术效果描述两者之间

先说分析与艺术效果描述的关系。分析一部文学作品，意味着认可了它具有艺术作品资格。具有资格突出体现在它凭借艺术特质让读者有了审美感知，它让人不以任何现实功利性目的来阅读，它感染了读者。感染是生活化语词，对应的术语则是"彰显"，即彰显了艺术魅力。艺术魅力只有阅读才能感受到，所以批评家最初以鉴赏性质在活动，被鉴赏即艺术效果的体现。批评家却绝非止步于体悟艺术效果，他接着要问：审美感知效果凭借什么发生？追究清楚"凭借什么"的问题，只有分析能担当。质言之，先有阅读效果即艺术审美感知，而后有对于审美感知的描述，最后方可进入分析。这是由果溯因的逻辑，即先以阅读证实了艺术效果，再反之追究效果的原因，原因可称为艺术价值形成的机制。恰缘于此，文学作品批评也可以叫作"文本分析"，即以"分析"为重要任务的文学批评。笔者曾表述过"文本分析重在探索艺术价值形成的机制，不断地抵达文学的艺术作品的艺术奥妙"。[①]

理论支持在哪里？概而言之，基于认识论、现象学方法以及其他哲学美学的批评理论基本认可分析的作用，但将分析置于逻辑位置则没有被充分讨论，原因大概在于文学观念不同致使批评最终指向不同，即目标不同。如新批评很重视分析，但分析结果仅止步于作品内部。就分析的作用在于探究清楚"艺术价值形成的机制"，波兰的文学理论家罗曼·英加登的理论可为支持。虽说英加登师从现象学家胡塞尔，但是他在自己的《文学的艺术作品》和《艺术作品本体论》中，为异质存在的、纯粹意向客体（existentially heteronomous purely intentional objects）建立了一种局部的本体论。英加登认为，文学研究必须回答两个问题，第一个问题是文学的艺术作品有着怎样的结构，以及它是怎样存在的。第二个问题是，认识文学的艺术作品要经过哪种或哪些过程，有哪些可能的认识方式以及我们可以期待从这种认识中得到什么结果？《文学的艺术作品》解答了第一个问题，《对文学的艺术作品的认识》则回答了第二个问题。[②] 本书课题组的理解是，文学艺术作品的结构和它存在的方式，与它是否具有以及具有怎样程度的艺术魅力相关，要想搞清楚它的结构和存在方式，就要有些认识过程。综合如上两个问题，可以得知，两个问题都与分析相关。前者是分析面对的对象，与课题组提出的"资格评价"和"品质评价"都有关系。或者说，要想获得关于资格和品质

---

① 刘俐俐：《经典文学作品文本分析的性质、地位、路径和意义》，载于《甘肃社会科学》2008 年第 3 期，第 9～16 页。

② 参见［波］罗曼·英加登：《对文学的艺术作品的认识》，陈燕谷、晓未译，中国文联出版公司 1988 年版，鲁恩·安·克劳利、肯尼斯·R. 奥尔森《英译者序》。

的把握，都需要回答第一个问题。凭借怎样渠道回答呢？需要以某种或诸种方法。分析就是运用方法的外在表现。① 如何运用方法为方法论问题，此处从略。

将以上理解和确认置于文艺评论价值体系框架，则出现了分析（以某种或诸种方法说清楚对象怎样）——阐述（进一步论述）——判断（价值判断和评价）的逻辑。需要说明的是，西方艺术哲学学者常用的"阐释""说明""解释"等与本论题的分析意思一致："艺术谈论有种种不同的逻辑方式，人们通常所认识到的这个总的类别，包含了三种逻辑方法：描述、解释和评价。"② 杜夫海纳也从功能角度说批评功能无外乎三种：说明、解释、判断。③

（三）分析之前"一个经验"引出的艺术效果描述问题

分析的由果溯因逻辑，可用杜威的《艺术即经验》来讨论。杜威从体验主体角度将艺术效果叫作"一个经验"。杜威说："因此，一个思维的经验具有它自身的审美性质。它与那些被公认是审美的经验在材料上不同。美的艺术的材料是由性质所构成的：那些具有理智结论的经验的材料是一些记号和符号，它们没有自身的内在性质，但却代表着那些可以在另一个经验中从性质上体验到的事物，这种差别是巨大的。这是为什么严格的理智的艺术将永远也不会像音乐一样流行的原因之一。然而，经验本身具有令人满意的情感性质，因为它拥有内在的、通过有规则和有组织的运动而实现的完整性和完满性。艺术的结构也许会被直接感受到。"④ 这段话中"完整性和完满性"很重要，似乎与此前我们论及过的康德的说法大致相似。我们理解为当人们与对象发生关系，如果感觉到其"完整性和完满性"，那么这个经验就具有审美性质。完整性更侧重对象，完满性更侧重体验者。如上这些话，意思集中在通过分析达到对艺术作品发生艺术魅力的机制（原因/完整性……）的解释和说明。论及此，就可推导出，批评家分析艺术价值形成机制之前，已经获得了"一个经验"。质言之，他已经当过一位鉴赏者了，他已经有审美感知，获得审美体验了。所以，分析之前，必须有一个对自己审美感受即艺术效果的描述。这样就要重新梳理批评诸活动的逻辑关系：审美性阅读——艺术效果描述——艺术价值形成分析——阐述——评价。这个逻辑显示出"分析"居于批评的枢纽位置。

---

① 参见刘俐俐：《外国经典短篇小说文本分析·导读〈聚焦于文本的愉悦〉》，北京大学出版社 2004 年版；《中国现代经典短篇小说文本分析·导读〈文学经典：一个开放性的研究课题〉》，北京大学出版社 2006 年版。

② ［美］奥尔德里奇：《艺术哲学》，程孟辉译，中国社会科学出版社 1986 年版，第 111 页。

③ ［法］米盖尔·杜夫海纳：《美学与哲学》，孙非译，中国社会科学出版社 1985 年版，第 156 页。

④ ［美］约翰·杜威：《艺术即经验》，高建平译，商务印书馆 2013 年版，第 45 页。

四、分析的枢纽位置引发的理论问题与基本看法

(一) 问题的发现

什么问题? 王元骧教授有个看法:"不少学者在谈论艺术活动时,把它看作只是由这四个要素所组成的一种外在关系和外部的流程,而没有深入发掘它们之间的联系。这就回避了问题的根本性质。因为活动是人的一种有目的的行为,是人为达到一定目的所采取的一切动作的总称;对于文艺活动来说,就是为了实现作家创作目的所形成的一系列动作的流程。"① 这是在艺术哲学视野中发现的问题。转换为我们的问题是:"分析"之前有审美感悟与艺术效果描述活动阶段。那么批评家鉴赏环节必会因人而异,批评家准确的分析和判断根据什么才可靠?

(二) 批评家鉴赏的因人而异性与准确分析和判断的依据

批评家的审美感知也具有鉴赏的一般特性:因人而异,"一千个读者就有一千个哈姆雷特"。这就是我们提出如何理解批评家鉴赏环节的因人而异的问题。具体地说,就是批评家的鉴赏与一般读者的区别何在? 我们从现象学方法和海德格尔的存在观念,即以具体的"缘在"(dasein) 和"同缘在"(mitsein) 两个概念来分析上面的问题。

关于"缘在"。海德格尔认为,人是"在世界之中存在","这个符合名词的造词法就表示它意指一个统一的现象。这一首要的存在实情必须作为整体来看"。② "在世界之中存在"就有"缘在"的意思在其中。按照张祥龙在《海德格尔思想与中国天道——终极视域的开启与交融》的解释:"在其中","不是指在一个现成的存在界之中",而是指"正在构成或缘生之中"。③ 这话既有缘分、给定的意思,也有不断动态地构成的意思,即指此时此刻。即"此在"处于动态中。存在如此地"此在"。所以,海德格尔较多地用"缘在"(dasein) 概念。"缘在"就是"我们自己总是的那样一种是者或存在者"。缘在(或缘存在) 与存在本身之间的一种相互牵引和相互构成。缘在的在世,可分为"缘在与世界""缘在与'人们'"两个方面理解。前一个的意思是,从来就没有一个无世界

---

① 王元骧:《探寻文艺学的综合创新之路》,载于《社会科学战线》2006 年第 2 期,第 258~263 页。
② 海德格尔:《存在与时间》,陈嘉映、王庆节译,商务印书馆 2016 年版,第 79~80 页。
③ 参见张祥龙:《海德格尔思想与中国天道——终极视域的开启与交融(修订第 3 版)》,中国人民大学出版社,2011 年版,第 91 页。

（weltlos）的缘在，也从来没有一个无缘在的世界。即是相互缘起的从根本处就分不清你我界限的构成域式的"关系"。后一个的意思，就是"同缘在"（mit-sein）。① 用"缘在"具有的涵义看批评家的审美感知，可以理解为批评家的鉴赏是一种缘在性存在，即意向性构成的存在。批评家有自己的兴趣、价值取向以及批评涵养。这决定了他意向性地面对作品，批评家聚焦在哪部作品就是一个缘在性的存在：与存在本身之间的一种相互牵引和相互构成。一般鉴赏分别由自己的意向性存在，并各自形成自己的缘在。这是散漫的无法规约现象。批评家则处于价值体系中介位置，他的意向性存在的"缘在"潜在地有评价要求，以此与一般鉴赏相互区别。

关于"同缘在"。对"缘在"的"缘在与'人们'"方面的理解，就是"同缘在"。它意味着缘在共同地存在，又意味着每个缘在总已经"在世界中"与他人（die anderen）一同在缘（mit da sind）了。当然，这个"同"不是现成的并存，而是"此在"的并存，即动态的相互对撑着的一同在缘。② 用这个思想方法看批评家，可以理解为，批评家总是与某种趣味取向、价值观念相当的人"一同在缘"（mit da sind）。而且总是与人们当下阅读活动同步，当然同步阅读含有历史地走来的元素在内。这就与批评家鉴赏趣味的此时此地的空间/时间性关联和吻合了。这种鉴赏趣味与此地此时文化特质与价值观念"同缘在"。

（三）如何保证批评家的鉴赏可以为他打下准确分析和正确判断的基础

得知了批评家鉴赏的特性，那么因人而异的批评家鉴赏，是否必定无法获得准确的分析，也难有准确判断？这是个涉及多方面的复杂问题，我们仅在综合上面批评家鉴赏的"缘在"和"同缘在"的分析基础上尝试讨论和概括。

第一，批评家审美趣味以及个人审美价值观念，既是"缘在"的，即不可对比的就此存在而且不断生成地此在着，同时也是"同缘在"的，即必定与某些人的审美趣味有重叠交织地同缘地共存。某些人既是个体性的人，更是社会性的人，人是全部社会的综合体。这就可推理为"某些人"与批评价值体系依托的当下主导价值观的"导向"以及正项审美趋向有吻合或部分吻合的关系，但终究不是相悖关系。当然，更可能是体现了历史发展方向，从而与主导价值观的导向与

---

①② 参见张祥龙：《海德格尔思想与中国天道——终极视阈的开启与交融（修订第3版）》，中国人民大学出版社2011年版，第80~101页。

347

第五章 应然性文学价值观念假说

正项美感深度吻合。① 这个规律从存在论角度说明了批评家的素养和价值观念为什么会影响到他的分析和判断。其实，不同学科都从各自的学理依据论及过文学的价值问题，可以从不同角度与如上基本看法相呼应。

第二，因为每次分析依据的审美阅读和艺术效果描述，都会因为"缘在"和"同缘在"的此时此地性而有所差异，这说明分析也是此时此地的，这个"此时此地"绝非否定分析的正确和可信，意思是分析可以随着时间空间的"缘在"和"同缘在"，出自不同角度地不断深化。这个规律特别体现在文学经典作品的品质评价活动中的分析："对艺术效果的描述和对效果的追根溯源性分析紧密结合这个特点，还来自我另一个维度的思考：审美价值的延伸与艺术价值的重新发现密不可分。因为文本有较高的艺术价值，所以，可能被理论家在更加开阔的视野中不断地发现。因为文本有较高的艺术价值，所以，在当代阅读中，审美价值才能获得延伸。而审美价值的延伸，是可以得到描述的。描述审美价值，意味对于艺术价值的研究有待深入"。②

第三，处于领导地位的党与国家意志对批评家的要求具有学理依据。即批评家的准确分析与正确判断，最终价值依据是代表社会进步的价值观念和标准。由于核心价值观的包容性和历史延承性，决定了它有宽阔的容纳各种鉴赏与艺术效果描述的空间，自然给予了分析缘于不断发现和不同方法介入而出现的反复性、多次性以合理性。

第二节　审美连续性的文艺价值观念

审美连续性的文艺价值观念，采用"文艺"而非"文学"，因为此观念涉及文艺评论可能触及的最大审美活动范围。

一、审美连续性的文艺价值观念的提出

（一）审美经验超越艺术类型的严峻现实挑战

现实审美连续性文艺价值观念的提出，来自文艺评论价值体系建设中遭遇了

---

① "正项美感"概念，可参见刘俐俐：《"正项美感"亦可覆盖"异项艺术"：文艺评论价值体系的导向与底线》，载于《探索与争鸣》2018年第11期，第121～129页。

② 刘俐俐：《中国现代经典短篇小说文本分析·导读〈文学经典：一个开放性的研究课题〉》，北京大学出版社2006年版，第11页。

现实的严峻挑战。价值体系以文学批评为中心，但并不排斥文艺评论。文艺与如今各门类艺术总称大致相当。艺术的概念晚于审美活动及其概念。技艺逐步演化为"美的艺术"，经历了漫长过程。直到夏尔·巴托（Charles Batteux，1746）发表了《归结为同一原理的美的艺术》，人类才有艺术分类的大致体系。中国当下生活和艺术创作现实有许多溢出既有艺术分类的复杂现象。这些现象并不规范地隶属既有分类。如小小说，30 余年前，因为短小和叙事，倡导者说"小小说是平民艺术"，[①] 期望归入文学艺术的小说文体，传达出很明显的文体认定期望。要求文艺理论概括特性特点，说清楚各种文体元素汲取与合成机制，期望以某种名分纳入小说文体序列。此外还有一些现象，比如突破了文字限定的文学，对于"当下河北地区民间故事活动价值发生研究"。[②] 少数民族文学与人类学的民族志结合等。这是既有审美经验又有既定文体基础的现象，理论对此挑战的回应尚不困难。最难的挑战是另种情形：人们在日常生活状态中将几种传统艺术元素融合，创造出既有审美经验，又有几种传统艺术元素融合的制作物。恰恰此制作物如何定性遇到了困难，因为既有理论尚未有此种类型的概括和阐述。换句话说，它无法纳入既有艺术类型的序列。按说，文艺评论可以不予关注，但既然已有审美经验发生，我们不能仅认可艺术品，而忽略审美经验。回想我国的《诗经》《左传》和元曲等，欧洲莎士比亚的戏剧等，其产生之时并未在当时艺术类型序列中，确有审美经验发生是它们得以传播诸种原因之一。后世经过反复地以审美方式被接受，其文体逐步纳入艺术类型。可以说，审美经验和艺术类型两者不相吻合之时，应以前者为原则。习近平总书记在文艺工作座谈会上的重要讲话中明确提出"坚持以人民为中心的创作导向"。"人民需要文艺。人民的需求是多方面的。……满足人民日益增长的精神文化需求，必须抓好文化建设，增加社会的精神文化财富。……人民对精神文化生活的需求时时刻刻都存在。"[③] 2021 年，中央宣传部、文化和旅游部、国家广播电视局、中国文联、中国作协五部门联合印发了《关于加强新时代文艺评论工作的指导意见》，有更加具体的意见，强调文艺评论作用是"发挥价值引导、精神引领、审美启迪……。"而且提出"把人民作为文艺审美的鉴赏家和评判者"。尊重人民群众在文艺审美中的地位和作用，是其重要指导思想。文艺审美自然包括已经被认定而且在艺术类型序列中的艺术，"文艺审美"的审美鉴赏主体和评判者都是人民，那么，审美经验自然应得到重视。所以，在审美经验超越艺术类型的严峻现实挑战面前，立足于"人民作为文艺审美的鉴赏家和评判者"，当以审美经验为第一原则。

---

① 杨晓敏：《小小说·文学梦》，载于《文艺报》2014 年 3 月 26 日。
② 张琼洁：《当下河北地区民间故事活动价值发生研究》，南开大学博士学位论文，2018 年。
③ 《习近平总书记在文艺工作座谈会上的重要讲话学习读本》，学习出版社 2015 年版，第 14～16 页。

（二）审美连续性资源借鉴与我们的界定

审美连续性的观念，较早和突出地呈现于杜威的《艺术即经验》。杜威提出要恢复艺术与非艺术之间的连续性："恢复作为艺术品的经验的精致与强烈的形式，与普遍承认的构成经验的日常事件、活动，以及苦难之间的连续性。"① 杜威所说的恢复艺术与非艺术之间的连续性，包括几个层次：第一，是艺术品的经验与日常生活经验之间的连续性。第二，高雅艺术和通俗艺术之间的连续性。第三，杜威还试图建立美的艺术与实用的或技术的艺术之间的连续性。他的思想和观念特点是，不以既有艺术样式束缚自己视野，认为艺术即经验，审美经验优先于艺术样式。我们面对的问题基本都可以覆盖在杜威的连续性概念之下，但由于价值体系属性限定，我们必须考虑当代社会生活人们精神生活需求，除了承认连续性之外，还有更实际具体问题，即如上述现象的最后一个，生活中发生了审美经验，也可以确认属于审美活动。但是活动的制作物，如何定性却遇到了极大困难。所以，我们的审美连续性价值观念，除了包括杜威所说的两种连续性之外，与杜威试图建立的美的艺术与实用的或技术的艺术之间的连续性相似但有所不同。不同关键在于我国语境当下的现象以及价值指向，价值指向就是审美启迪和满足人民对美好生活的向往。所以，我们议题的审美连续性观念更富有关怀，不仅认可连续性审美经验，进而还提出艺术类型和样式的命名问题，既是观念又超越观念，追求实实在在的落地。我们采取从具体个案入手分析继而展开的方式。

二、"事件"性个案简述与审美活动及其经验分析

（一）"事件"性个案简述和"一个经验"的理论资源借鉴

1. 作为"事件"的个案

作为西方事件哲学理念及其理论，"事件"是根据突发和无先例逻辑，使其具有批评和否定本质主义的合理性，同时又保持一定程度本体存在的合理。该理论认为："事件不纯粹是一个事实的出现，而且它也是从没有位置（no-place）向占据某个位置（place）的转变。"② 没有位置，表明既定理论脉络中没有位置，

---

① ［美］杜威：《艺术即经验》，高建平译，商务印书馆 2005 年版，第 1～2 页。
② 蓝江：《面向未来的事件——当代思想家视野下的事件哲学转向》，载于《文艺理论研究》2020 年第 2 期，第 150～158 页。

那就要创造位置，创造位置需要实体，所以，事件哲学否定本质又允许"事件"实体存在。事件哲学思维的探索性，适合运用来看待本节选取的个案：某位对古典诗词、绘画、摄影、书法、篆刻制印等方面均有兴趣和修养的退休干部，以说明书自学烘焙面包，很快达到果料搭配适宜、品相口感俱佳水平。随后动起了多余面包送朋友的念头。购买面包袋，内装袋绘画、题诗词、自刻印章。绘画有人物和花鸟，书写唐宋诗词，外装袋抄写《心经》等古典文献。一袋一题一印一画，视朋友个性确定。自言："做吃的玩出文化来了。"

2．"事件"特质分析

第一，全过程均出自兴趣、偏爱，自由自觉，体现了"尽善尽美"的精神追求。局限于生活状态却又有审美元素。第二，主体的多重性：通过学习掌握了烘焙技巧的面包烘焙师；通过学习训练而成的业余书法家、篆刻家和习画者、读书人等文人身份，水平如何则另当别论；创意主体：面包烘焙、设计题字、画画钤印，装袋并将两者合成为礼物送朋友方式的创意主体。多重主体如何统一？以怎样身份界定他？第三，消费品和鉴赏品双重性质。面包最终一定会被吃掉，精美书法、绘画和篆刻艺术，则可能被朋友存留鉴赏。消费品和鉴赏品，归属两个领域。第四，此事属生活状态，但书法、绘画、题字、篆刻以及与面包袋之合成性具有独创性，如何定位和阐述这个独创性？这些问题是此前没有理论综合予以回答的。以"事件"称之不为错。

（二）事件主人阶段的审美活动及其经验的分析

怎么判断是否有审美经验？就杜威审美经验连续性观念中的"一个经验"的思想，该书译者高建平教授有简洁清晰的概括："只要具有一种自身的整一性，从而具有意味，就成为'一个经验'。""只要经验获得完满发展，就成了'一个经验'。'一个经验'不一定就是'审美经验'，但它的确是具有审美性质的经验，而'审美经验'只是'一个经验'的集中与强化而已。"① 那么，这个事件的经验是否得到了完满发展？是否"集中"和"强化"？如果得到了肯定性回答，即可确认审美经验的发生。

首先，主人公具有始于实用性而终于交流性的独特意念。

事件始于做面包满足吃饭的实际需要，追求面包做得圆满。烘焙技艺及其过程产生了美感经验，最初实践对象中获得肯定式感知和审美愉悦：成己成物。客观地印证了劳动产生美感的基本原理。最初肯定式感知和审美愉悦，激发并启动了后续的想象性活动：面包与个性化面包袋合二为一，定位于送朋友，有交流性

---

① ［美］约翰·杜威：《艺术即经验》，高建平译，商务印书馆2013年版。

的明确目的。这个独特意念让我们看到了主人公的审美能力："审美从目的上来说，是一种肯定式的、交流性的、以愉悦为目的的感知世界的方式"。① 他的愉悦和送朋友意念，无疑具有肯定、交流的特性。经验得到了"强化"和"集中"，具有审美特质。

其次，创意性意念得以延展。

确实，最初烘焙面包的肯定式感知方式，产生的送朋友念头，促成了合成物的创意性意念，那么，此意念凭借什么得以延展？个案叙述的事实，可做这样归纳：原有艺术熏陶与教化，形成了意念实施和审美经验延展的合力，也可称为能源：个性化面包袋，汲取和体现了几个艺术领域的多种艺术元素，也透露出平日积累。题诗词，来自平日阅读、熟悉和体悟了诗词之美。题书法，来自日常临帖经历以及龙飞凤舞之美感。钤印，来自篆刻功夫之日久与娴熟，体悟过"钤"之愉悦感。美学家以为，人的审美能力是先天机制和后天习得两者的合一。将诗词、书法和钤印三者合为一体，这是创意的产物。创意，绝非人人均具备，是一种独特的自由想象能力。创意付诸实现，则依赖后天习得和训练。可以概括为，日常分散的审美经验，汇合于现实目的，获得了肯定性感知、激情体验等，乃至通过独特创意，走向综合性的美感经验，而且延展开来。概言之，"事件"凝聚了艺术积累和日常生活审美感受，将零碎经验铸了完整经验。体现了"审美从来源来说，是一种可习得的社会性的能力"的原理。②

再次，经验延展过程手段与目的内在融合。

杜威的《艺术即经验》中有个"做"与"受"合一的思想。做与受，通俗地说，就是审美体验即实践主体和审美对象的关系，贯穿于审美经验过程。杜威在"各门艺术的共同实质"中认为，体验者使用的工具如果成了媒介，工具与审美效果就合二为一，实现了"做"主体与"受"客体的合一。概言之，目的与手段相互"内在性"产生审美效果。诗词选取与题写，篆刻印章钤印等，最终均以媒介特性进入了合成物的面包袋。此合成物可能具有艺术品特质。合成过程显示了实践主体善于捕捉特殊而且适宜的材料作为表现媒介，"善于"，并不是说他就是艺术家，而是说他具有"艺术家素质"。用黑格尔的话说，就是"想象的活动和完成作品中技巧的运用，作为艺术家的一种能力单独来看，就是人们通常所说的灵感"。③ 至于是生活艺术家，还是某门类艺术的艺术家，那是另外需要讨论的问题。

---

①② 刘旭光：《"什么是审美"？——当今时代的回答》，载于《首都师范大学学报》2018 年第 3 期，第 80～90 页。

③ ［德］黑格尔：《美学》（第 1 卷），朱光潜译，商务印书馆 1979 年版，第 363 页。

最后，生命体验为基础，交感反思获得愉悦。[①]

生命体验，是指完全自由自觉，没有外在功利之牵扯。反思愉悦，是指整个过程处于精神自由放松状态。驰骋想象力，指脑海中事先想象出完成品样子的能力，而且善于发挥和借用既有美感经验，充满了和谐感、幸福感和满足感，何以得来？可以想像和描述：主人书法运笔、诗词选取和题写、钤印等工具性物质，转换为媒介成为合成物的审美元素之时，内心必有生命意义的自豪、自由，必有对美的合成之期盼，必有对于漫长积累过程的有趣回忆：忆往昔阅读诗歌的感觉和激情，挥毫泼墨时的洒脱和灵动，绘画时的意象渲染。此外，几种艺术逐步合成完善之后，想象送朋友的快乐和友情。此愉悦含有对自己能力、与朋友交流之意义和价值的判断，由此，愉悦中含有反思判断。

如上分析概括为：事件主人这个阶段，起步于做面包的实际用途，引发持续的审美活动，其经验得到了"集中"和"强化"完满发展，可以确认，审美经验实际发生了。

（三）事件的接受主体阶段的审美活动及其经验分析

接受主体，是指礼物接受者，我们称为事件的接受主体阶段。称作阶段，意思是与主人阶段共同处于同一个事件。处于同一个事件，这个说法的学理根据是文学活动论。文学活动论将创作者、作品和接受者看作一个完整活动。活动论属于外在关系性范畴。审美经验则是此活动中潜在性范畴。两者的逻辑有所区别。我们依托外在关系性逻辑，探寻潜在的审美经验。那么，怎样判断接受者阶段，是否也获得了"一个经验"的"集中"和"强化"？

首先，共时性交流传递历时性故事。

故事是超越文学和艺术一样的范畴，涵义很宽。但无论怎样的故事，都凭借各自语言形态的叙述，实现与他人分享。物也会讲故事。此事件的合成物，就具有故事讲述功能。想想看，当朋友接受此物，他将此物送达朋友，此物就开始讲述既往诗词阅读熏陶经历，叙说书法练习，篆刻训练，最新面包烘焙手艺的学习……这些绝非买个现成面包送人可比。所以说，共时性的交流，重新叙述了历时性故事。

其次，接受者自己的感受，同时让发出者增强了审美感受，使之具有了人文交流的性质。

描述性的语言说，接受者所获之物，蕴含感情和美的元素，让接受者接触了

---

① 刘旭光：《"什么是审美"？——当今时代的回答》，载于《首都师范大学学报》2018 年第 3 期，第 80 ~ 90 页。

美，有了审美对象，形成审美经验在情理之中。何以见得？我们应注意"送朋友"的想法，所谓朋友，是在涵养、文化情趣和价值观等方面，处于同一或大致在同一层次，审美经验才可传递。如同康德所说：美伴随着对每个人都来赞同的要求而使人喜欢，这时内心同时意识到自己的某种高贵化和对感官印象的愉快的单纯感受性的超升，并对别人也按照他们判断力的类推准则来估量其价值。① 接受了携带审美经验的物件，意味着对合成物的审美认可，其实就是给予事件主人以审美能力的认可。事件主人与接受者都获得了美感的提升，提升至善的境地。发出者与接受者形成了美感交织和互动，彰显了此合成物不同于一般商品，是以审美体验做交流渠道，属性为人文交流，含有艺术陶冶和人文感情流动内涵，而非一般信息的社会交流。

（四）"事件"的主人与接受主体的审美经验与幸福感

为什么审美经验最后联系到幸福感问题？

幸福属于伦理学及其相关研究领域，"幸福"形成原因和属性也分属若干重要派别，主要有德性幸福、现实德性幸福、美感幸福等。将美感视为幸福来源，或者说将幸福与美联系起来，典型表述为早期维特根斯坦的"美是使人幸福的东西"观点。他的《1914—1916 年笔记》核心观点是：美与人的幸福息息相关。维特根斯坦宣称：艺术的目的是美（the end of art is beautiful），美是使人幸福的东西（the beautiful is what makes happy）。此思想一直有所延续，延续过程在此暂不细致陈述，仅说中国美学家蒋孔阳教授的观点。他在《美感新论》中认为，美感是人的本质力量得到对象化或者自身显现之后，人们对它的感受、体验、观照、欣赏和评价。这些具体美感形式，在内心引起满足感、愉快感、幸福感、和谐感和自由感。换句话说，"美感的内容包括了满足感、愉快感、幸福感、和谐感和自由感"。② 在我们看来，蒋孔阳教授将美感区分为两个层次：具体感受层次和提升性层次。前者是美学中美感研究领域的术语，后者是超越于美学领域并且可能扩展到伦理学等领域的术语。因此，后者与美感主体的语境，以及其中的属人的实践活动等，距离更近，提示了在美感分析置于动态社会历史语境的合理性，让美感获得与国家民族追求的目标联系起来，也可看作美感经验进入社会学研究的逻辑通道。本节讨论事件的语境，是国家层面提出："……使人民获得感、幸福感、安全感更加充实，更有保障，更可持续。"③ 毋庸置疑，事件所涉主人

---

① ［德］康德：《判断力批判》，邓晓芒译，人民出版社 2002 年版，第 200 页。
② 蒋孔阳：《美学新论》，人民文学出版社 2006 年版，第 277 页。
③ 见宁夏新闻网，https：//www.nxnews.net。

和接受者，美感产生的物质精神生活条件，就是当下中国语境、美感经验与国家追求的幸福感奋斗目标完全吻合。这个思路，为后续探究生活艺术化和鉴别艺术品与否的基本理论逻辑和视野。

下面要解决的问题是，如果通过以上分析，可以认定此事件是个具有连续性的审美活动，而且也有审美经验发生，那么，最起码可以被覆盖在怎样的价值观念之下？或者换个提问方式：应有怎样的价值观念，对应和认可这种审美活动及其经验？

三、"生活本身成为艺术"的观念及其可能

（一）相关概念辨析

"生活本身成为艺术"[①] 提法，来自"生活艺术化"观念，此观念与"日常生活审美化"的命题最为相近。日常生活审美化这一命题是英国诺丁汉特伦特大学社会学与传播学教授迈克·费瑟斯通（M. Featherstong）最早提出来的，指的是审美活动超出所谓纯艺术、文学的范围，渗透到大众的日常生活中的一种文化现象。我们取"生活本身成为艺术"的提法，理由在于我们的议题，与杜威的审美连续性观念密切相关，意图在连续性观念覆盖之下，探索生活审美之产物，如何给予艺术定性的问题。而且，"生活本身成为艺术"，即生活艺术化观念来自实用主义哲学美学，舒斯特曼深受杜威思想影响。费瑟斯通"日常生活审美化"思想，主要是认为日常生活审美化正在消弭艺术和生活之间的距离，在把"生活转换成艺术"的同时也把"艺术转换成生活"。日常生活审美应包括两个层面：一是艺术和审美进入日常生活，被日常生活化。二是日常生活中的一切，特别是大工业批量生产中的产品以及环境被审美化。[②] 这个思想所涉的范围要更广泛。中国学者提出"日常生活审美化"，最早见于陶东风论文《日常生活的审美化与文化研究的兴起——兼论文艺学的学科反思》。[③] 陶东风的核心观点有两个方面：其一，审美活动已经超出了原来的纯文学/艺术领域而渗透到大众日常生活中，因此当代生活出现了大量泛审美、准艺术的现象；其二，既然如此，从事文学理

---

① ［美］理查德·舒斯特曼《通过身体思考》，"中译者前言"，张宝贵译，北京大学出版社 2020 年版，第 8 页。

② 参见费瑟斯通 1988 年 4 月在新奥尔良"大众文化协会大会"上作的题为《日常生活审美化》的演讲。

③ 陶东风：《日常生活的审美化与文化研究的兴起——兼论文艺学的学科反思》，载于《浙江社会科学》2002 年第 1 期，第 166～172 页。

论研究的学者就不能拘泥于经典文学研究而要打破文艺既有的藩篱，进入日常生活中去，如酒吧、广告、时装表演、城市广场等。中国学者的这种理论取向，体现了边界移动的、多元的对作品的认知方式。日常生活审美化的提出，伴随的是"文学终结论"背景，呼吁"文化研究"登场。可见"日常生活审美化"的提出，诉诸理论目标远远超出本议题。

（二）"生活本身成为艺术"观念

"生活本身成为艺术"的提法，是中国学者张宝贵在翻译美国哲学家美学家理查德·舒斯特曼的《通过身体思考》而写的《中译者前言·生活本身成为艺术》中提出的，汲取了舒斯特曼"生活艺术化"观念之精华。本节提出的审美连续性的文艺价值观念，意图在于包容生活中审美经验发生和艺术归类两个阶段，因此，选"生活本身成为艺术"作为生活审美经验发生阶段的理念，认为此理念具有审美经验与艺术品定性具有沟通的逻辑通道。

关于舒斯特曼的生活艺术化的思想。中国学者认为，"马克思和舒斯特曼世界改造的设想中，无论'现实幸福'抑或'美好生活'，指的都是美的生活，他们的目的都是让生活本身成为艺术。"① 辞源考察得知，"生活"包括"活着"和"如何活"两方面涵义。"活着"是前提，"如何活"则是以"活着"为前提的进一步追问。艺术化，可以理解为是审美化，何为审美化？怎样活？按照马克思的说法，就是以"美的规律"活。马克思说："一个种的整体特性、种的类特性就在于生命活动的性质，而自由的有意识的活动恰恰就是人的类特性。"② "自由的有意识的活动"，可以分为"有意识"和"自由"两个语词来理解。"有意识"，主要指可以把任何东西当作自己的对象，认知、把握和自如运用。所谓运用，就是服务于自己想要的生活。"自由"指的则是人有目的选择的自由，指人能够按照自己的个性和意愿来生活。这是构成真正人"类特性"的两个要点，规定了美的规律的两个尺度。一个是外在他物的尺度，另一个是自己的尺度。前者为认知性质，后者为价值性质。两者能够合一，体现了"人生本来就是一种较广义的艺术。每个人的生命史就是他自己的作品，这种作品，可以是艺术的，也可以不是艺术的"。③ 显然，生活艺术化的观念，和日常审美经验

---

① 陶东风：《日常生活的审美化与文化研究的兴起——兼论文艺学的学科反思》，载于《浙江社会科学》2002年第1期，第166~172页。

② [德]马克思：《1844年经济学哲学手稿》，见《马克思恩格斯文集》（第1卷），人民出版社2009年版，第162页。

③ 朱光潜：《慢慢走，欣赏啊——人生的艺术化》，见朱光潜《美是一生的修行：朱光潜散文》，北京联合出版社2015年版，第205页。

积累有关，审美经验构成，相当一部分来自善于运用外在他物的尺度来衡量。善于，则如同把顽石"雕成一座伟大的雕像"，而不善于，则"不能使它成'器'，分别全在性分与修养"。① 可见日常生活的艺术熏陶和美感体验之重要，也可以看到，生活艺术化在历史前进的过程中，已经逐步成为被认定和看重的观念。

（三）"生活生成艺术的不同途径"②

中国实用主义美学家发现，在生活艺术化观念上，"以生活本身为目的，投入而专注地活着，应该是马克思和舒斯特曼共同的想法"。③ 即出发点都出自对人生存的关切，在这点没有本质区别。但是，马克思与舒斯特曼在生活成为艺术的途径问题上，却有所不同。马克思更重视物质生产实践；舒斯特曼的思想，则由实用主义美学出发，追溯到物质生产实践的其他领域的实践，包括所有的感性生活实践。感性生活实践，落实到审美体验和经验，顺其自然，合情合理。张宝贵教授说，马克思和舒斯特曼在让生活成为艺术这样的共同目标相一致的前提下，他们在关键因素的选择方面不同，但"两者的不同更多应该是种互补而非对立"。④

生活生成艺术的马克思主义的途径，在马克思的总体思想中，生活是最为基本的一个概念。经济学、政治学理论等都是改造世界、让生活变得更美好的关键领域的研究，所以马克思的生活是过程性的，物质生产意义上的实践，可以从过程性转换为更加具体的语境。我们今天已经进入平稳经济建设时期，国家和社会环境面对的重要问题是，如何让生活艺术化成为可能。

（四）社会范围内培养人们的审美能力是"生活本身成为艺术"的根本途径

我们赞同一位美学家的看法。他认为，美学史上没有人明确地分析什么是"审美能力"，但"美育"和"心理学"的研究领域，"审美能力"却经常被提到，并且将其概括为："审美能力就是人类在完成一次审美活动时，所需要的总

---

① 朱光潜：《慢慢走，欣赏啊——人生的艺术化》，见朱光潜《美是一生的修行：朱光潜散文》，北京联合出版社2015年版，第205页。
②③ ［美］理查德·舒斯特曼：《通过身体思考》，"中译者前言"，张宝贵译，北京大学出版社2020年版，第14页。
④ ［美］理查德·舒斯特曼：《通过身体思考》，"中译者前言"，张宝贵译，北京大学出版社2020年版，第19页。

体的行为能力与认知能力。"① 美学理论提出了审美能力问题，具体落实则要在"美育"领域了。可是，如杜卫教授指出的，美育的哲学研究与美育的方法论研究存在着严重的脱节，作为它们之间的桥梁——美育心理学研究，还没有得到应有的重视关注，没有发挥应有的中介作用，因此在当前我国关于审美能力以及审美意识等审美发展的研究还十分薄弱。②

回到我们的"事件"性个案。这个"一袋一题一印一画，视朋友个性确定"的事件，是感性生活实践，体现了手段与目的统一于具体生活行为当中。手段，可看作他的画、书法、篆刻等，目的则为在此合成物中体验自由的生命激情绽放的愉悦，将此物送朋友之情谊引发的体验，这些都可用朱光潜《美是一生的修行》中的情趣来表述。事件主人有广博的趣味，让他把人生雕成了一座伟大的雕像，重要原因在于平时审美熏陶和训练。可见我国倡导广泛阅读古典诗词，以及民间蔚然成风的书法练习等，具有不可小觑的审美能力培养功效。如果中国人都具有这种审美能力，新时代的奋斗目标就实现了一大截。恰是从生活艺术化的角度，我们看到了其与审美能力的关系。而审美能力培育，固然落实到个人并在个人层面体现为生活艺术化，但审美能力的培养更关乎社会，社会范围内培养人们的审美能力是"生活艺术化"的根本途径。讨论至此，已经开始接触到文艺评论价值体系为什么要关心并要讨论这类生活中审美现象的问题了。

可以这样概括"生活本身成为艺术"观念的内涵：以人的幸福为根本，倡导人遵从自由心灵又以能灵活自如地以万物的尺度，按照"美的规律"审美地生活和创造，把人生"雕成一座伟大的雕像"。这种人生，当仅考察其生活阶段时，理论就可以认定，他的"生活本身成为艺术"了。这是审美连续性文艺价值观念在生活阶段的观念和标准。当代中国语境，"生活本身成为艺术"是值得追求并有可能的价值导向。

四、阐释、艺术制度以及空间的艺术类别确认观念与可能

为什么将阐释、艺术制度以及空间三个概念合成为"艺术类别确认观念"？

概括地说，三个概念都来自描述性艺术定性的逻辑。艺术定性有规范性定义和描述性定义两大类型。规范性定义，是"制定一个标准，将符合这个标准的说成是艺术，而不符合这个标准的，就宣布它不是艺术。这是一种充满野心的艺术

---

① 刘旭光：《审美能力的构成》，载于《文学评论》2019年第5期，第71~79页。
② 详见杜卫：《美育论》，教育科学出版社2000年版，第169页。

定义法，很武断，要为艺术立法"。① 我们讨论的个案，前面已经确认发生了审美经验，但"活动的制作物，如何定性却遇到了极大困难，因此，所谓的制作物，常是几种原有艺术样式的合成。理论未曾有类型定性和阐述"。所谓困难，说白了，就是无法纳入规范性定义，只能在描述性定义中寻求出路。描述性定义，即以说明它为什么是艺术品的思路定义艺术品。随之更复杂的问题就出来了：说明出自主体怎样的立足点？在怎样范围以怎样的视野和目的来说明？据美学家介绍，在描述性定义的逻辑中，西方主要有艺术制度决定论和寻求解释两种方式。前者以美国分析美学家乔治·迪基提出了著名的艺术制度论（institutional theory of art）为代表，"他认为，一物之所以成为艺术品，是由于艺术制度"。②后者以阿瑟·丹托的"艺术界"理论，寻求一种哲学的解释为代表。

（一） 阐释

依赖什么给艺术定性？阿瑟·丹托的"艺术界"理论，是寻求一种哲学的解释为代表的思想。丹托认为，一物是不是艺术，不是由哪个人说了算，而是精神发展到一定程度所形成的结果。艺术品与非艺术品的区别，可能从外观上看不出来，是不可辨识的。一物成为艺术，不是由于一物所可能具有的光泽和造型，而是由于它获得了解释，从而被注入了一种精神性。杜尚的《泉》成为艺术品，就是解释的结果。至于它为什么能够获得这种解释，也是由于某种外在于此物的东西，即精神史。③ 关键词是"精神史"，精神史是精神现象历史走到当下的凝结，就是艺术观念的历史。精神史具有社会属性。在我们看来，所谓"精神史"，是说描述依托的精神、思潮和文化等环境来源，有了来源，就可以知道此解释是如何产生的。它关联的是艺术品定性问题，而不是审美特质问题。只能说某物的产生与审美机制相吻合与否，具不具有审美经验等，是解释的可能条件，但不是必备条件。以《泉》为例，1917 年，杜尚受邀成为某个由一些纽约独立艺术家创办的展览董事会成员，杜尚从洁具购物商处买来一只现成的挂便器，并在底部署名"R. Mutt, 1917"，但被董事会拒绝了。该"事件"激发了杜尚和他的好友办起了自己的期刊——《盲人》（*The Blind Man*）。该刊以明确态度回应了外界对《泉》的艺术品性质的否定，于是，如下观念得以问世：《泉》的艺术价值在于，它否定了"艺术"；否认了当时社会默认且公认的艺术形态（审美导向）；《泉》是艺术走向从审美性往思想偏移的转折点。《泉》被定性并命名为"现成物品艺术"。现成物品艺术家（包括杜尚在内）所干的事情，就是去功能化，再赋予其

---

①②③　详见高建平：《艺术定义的意义》，载于《文史知识》2015 年第 10 期，第 7 页。

新的解释意义。① 可见，《泉》获得"现成物品艺术"定性，有特定观念在发生作用。但是，该观念中的脱离审美性，本书不同意，不符合本论题思路。

除了杜尚的《泉》凭借阐释获得艺术定性和命名之外，还有其他许多阐释定性和命名的经验。以一个与本个案相似的例证来讨论。德国艺术史学者沃纳·霍夫曼有部题为《现代艺术的激变》的著作。该书前言说，1948 年冬季他开始思考"架上绘画的危机"问题，他回顾了 1890 年到 1917 年欧洲发生的艺术重心转移问题，他称这个历史进展中并不突出的"微小步伐"，引发了他思考这场危机释放了怎样的力量，又将会产生什么样的艺术。考察所获最直接的判断是："相近的艺术种类之间迄今为止一直具有约束力的界限被跨越了。现在绘画与雕塑、雕塑与建筑、艺术品与日常用品的混血儿数不胜数。新达达主义、新现实主义、欧普（Op）艺术、流行艺术和最近的 A－B－C 艺术（运用最小的空间结构）可为佐证。"② 沃纳·霍夫曼列出了一系列这样由二维绘画转移到三维物理空间的艺术作品。他认为综合的时代已经到来，由二维到三维的艺术作品转变，"获得了多重价值，实现了多种功能，从这些价值或功能中一种'转移'到另一种，是通过观众的感知活动来完成的，也为观众的感知所许可"。③ 霍夫曼所说的这种从架上的绘画转换到三维综合艺术，已经过去了 100 年，并且进入艺术史记载。除了他在该书附上数量不小的三维艺术的图片，当今经验也证实了此种艺术存在及其影响。霍夫曼在分析的基础上，将其描述为从绘画转换而成的三维综合艺术。这是通过阐述，描述性地给予一种艺术以定性。

从如上两个通过阐释而定性命名的例子，引发了相应的问题：站在怎样立场上的怎样身份的人在做阐释？霍夫曼的三维综合艺术定性及其阐释，来自艺术史学者。《泉》的"现成物品艺术"认定的阐释，来自杜尚等艺术家的观念革新和努力，但围绕这样的阐释，都有时代语境和导向。艺术定性来自阐释，作为描述性定义的规律，可以被承认，但阐释者立足点的问题，尤其是批评家阐释的情况下，"批评家位置"问题还值得深入思考和研究。④ 由阐释主体问题，就进入了艺术制度的概念了。

（二）艺术制度

艺术制度本身就是个重要的理论实践结合性问题。

---

① 参见微信公众号《利维坦》2016 年 10 月 23 日《当我们在谈论杜尚的〈泉〉》。
② ［德］沃纳·霍夫曼：《现代艺术的激变》，薛华译，广西师范大学出版社 2002 年版，"前言"第 3 页。
③ ［德］沃纳·霍夫曼：《现代艺术的激变》，薛华译，广西师范大学出版社 2002 年版，第 121 页。
④ 详见刘俐俐：《论"批评家位置"与"批评分析"问题》，载于《文艺论坛》2020 年第 3 期，第 4～12 页。

艺术制度分有侧重观念层面的理解和概括，也有狭义的理解和概括。就观念层面来说，与艺术相关的体制的核心要素之一，就是某一时期内占据统治地位的艺术观念和美学理论，这是长期历史发展演变而成的定型化的普遍惯例，它既是艺术活动中的行动者协作和互动的结果，反过来又是公众从事艺术生产活动时必须遵循的逻辑，它起到了规范个体行为、整合整个艺术界各种资源和各方力量的作用。[①] 顺着其逻辑可以推导出，其实现需要依托国家意志的推行，这就进入了狭义的艺术制度了。按照狭义的艺术制度概念，在中国，诸如国家层面的文学和艺术评奖，文学艺术刊物的出版发行、博物馆、艺术馆、美术馆、主题博物馆等，都属于艺术制度范围。国家文学奖项之一的鲁迅文学奖，当网络文学发展到一定程度之后，将其增列为评奖奖项。小小说随后也被纳入评选。文学制度让小小说和网络文学等，堂堂正正地有了艺术之名。艺术制度发挥怎样作用，与国家意识形态和立足于谁的利益及其导向有内在关系。为什么属于国家艺术制度中的文学评奖制度，会纳入新近发展起来的文类？这是以新时代语境的需求出发，立足人民对美好生活向往的奋斗目标，美好生活又具体地落实到人民不断获得和增强满足感、幸福感和安全感。美感与幸福感具有内在联系，这个民族国家利益的立场，让艺术制度发挥了应有作用，可见艺术制度定义艺术品的路径，国家意志非常重要。

（三）空间

艺术品归类，需要艺术制度，艺术制度可以提供某种空间。空间让准艺术"物件"得到认可和命名。空间，应做宽泛理解，不仅指物理空间，也泛指文类容纳的空间等。我们来看一个他国的例子。笔者曾经参观过马来西亚《姐弟共骑》的合成性艺术品。在一面陈旧斑驳的墙壁上，绘有姐弟两人骑自行车彩色绘画，姐姐扎着早已过时的小辫子，弟弟抱着姐姐的腰，姐弟均有笑容。画面没有自行车，实物自行车靠墙摆放，形成姐弟骑在自行车的直观视觉。以"冠军壁画"冠名，表明将其归入已有的"壁画"类，但其实为绘画与实物的合成艺术。该艺术品属性的确定条件是什么？槟城老城区，位于乔治市，2008年马六甲和乔治市联合申请并成功地列入世界文化遗产名录。"马六甲和乔治市已有500年的贸易历史，亚洲和欧洲的影响力，赋予其有形与无形的特殊多文化遗产。这里的建筑和城市景观都是独一无二的，也是东亚和东南亚任何一个城市都无法比拟

① 参见《布莱克威尔社会学词典》对于体制的定义，转引自匡骁：《西方艺术体制理论研究》，华东师范大学博士学位论文，2013年，第1~2页。

的。"① 艺术制度造成环境。国际的世界文化遗产名录就是一项制度。凭借这项制度，槟城——马六甲申遗成功后，槟城老城区形成了文化旅游的环境，在这个世界文化遗产保护地的空间中，《姐弟共骑》壁画得以成功。概言之，借助于世界文化遗产保护区这座露天博物馆，《姐弟共骑》壁画的艺术品资格得到解释和确认。会心、幽默、赞叹、忆旧、韵味深长等，则是它的审美效应，与老城区的历史记忆、怀旧等特质吻合。

借助"姐弟共骑冠军壁画"设想，以后我国可否设计建座疫情博物馆，博物馆是国家制度乃至具体的文化制度的产物，是典型的制度性空间，让此合成物置于其中。设想一下，博物馆空间置此"合成物性艺术——三维空间艺术"，普通百姓、事件主人及其朋友、批评家和理论家，可以处于同一空间，共时性讨论此物艺术与否、各自的命名及其分歧。面对"姐弟共骑冠军壁画"人们有不同议论和艺术史定位，饶有意味。这是制度性定性空间中融多种解释性定性的设想。

讨论至此，将阐释主体、艺术制度、空间三者合一，可以理解为三者交融于一体。关系在于：国家为主体的艺术制度，可以给予空间，批评家和艺术史家可以参与其中，予以描述性阐释来定义描述对象。阐释、艺术制度以及空间的艺术类别确认观念的内涵可以概括如下：立足在国家主导价值取向及其艺术制度所可能的空间，理论家和艺术史家以及公众共同参与阐述和描述，在审美经验发生和基本艺术元素具备前提下，给予溢出既有艺术种类定义的各种准艺术品以定性。

需要说明的是，我们以为即便描述性地定义为艺术品，以需要审美经验的发生。回顾霍夫曼分析三维艺术时，他有几个关键概念："没有牺牲个性的力量""独立的存在""多种功能""一种'转移'到另一种""观众的感知""感知所许可"等。② 以这几点与我们的事件之产物对照看，其一，"没有牺牲个性的力量"。面包袋事件，始终保留了主人的审美经验和经历。其二，"独立的存在"。面包袋是多种艺术元素借助创意为"合成物"，具有"独立的存在"特性。其三，"多种功能""一种'转移'到另一种"。面包袋事件，具有日常生活休闲功能、与朋友联络感情、交流审美经验功能等，确为从一种转移到另一种。其四，"观众的感知""感知所许可"，③ 面包被食用，食用后的遗留，即个性化的手工面包袋有可能被保存，作为纪念物收藏，因自由心灵的互动、想象性造成的独创性以及超越现实功利性，具有了存留私人手中的准艺术品。此说大致可以成立。

当然，确如美学家的看法，"描述性的定义以后，还是需要规范性定义的回归，在种种形式定义之后，还是需要审美评价性定义的回归。回归不是复古，而

① 世界教科文组织声明的文字。
②③ ［德］沃纳·霍夫曼：《现代艺术的激变》，薛华译，广西师范大学出版社 2002 年版，第 121～122 页。

是当下对艺术的更深一层认识的体现"。①

五、审美连续性的文艺价值观念的涵义与意义

(一) 涵义

审美连续性的文艺价值观念，是相对于实然型的应然型价值观念。属于值得期待和看重的价值观念。该观念依托和尊重审美经验为基本原则，覆盖生活审美和艺术归类两个阶段。由两个阶段的两个分属观念组成。其一，认可和倡导"生活本身成为艺术"的生活艺术化观念；其二，认可和倡导阐释、艺术制度以及空间的艺术类别确认观念。审美连续性的文艺价值观念，强调两者之间的连续性，旨归在于提高人民审美能力，将审美能力看作人民幸福感获得的重要来源，与国家提出的人民对美好生活向往的奋斗目标相一致。

(二) 意义

审美连续性的文艺价值观念的理论价值，分别体现于生活阶段和艺术归类阶段。可概括为：是美学、文艺学和文化研究有机融合的产物，有助于贯通和寻找三者之间的共通点、共同点，生发出更有挑战性问题，仅论如下两点。

1. 建立起"生活本身成为艺术"与社会再生产之间的内在联系

匈牙利马克思主义哲学家阿格妮丝·赫勒的《日常生活》中有个重要思想。她提出作为个体的再生产，其意义不仅在于自己。因为"如果个体要再生产出社会，他们就必须再生产出作为个体的自身。我们可以把'日常生活'界定为那些同时使社会再生产成为可能的个体再生产要素的集合"。② 社会进步和国家富强与发展，与社会进步基本可对应理解。社会再生产依赖个体的再生产。个体再生产被提到了此前没有的重要地位。而个人再生产怎样实现呢？阿格妮丝·赫勒认为，个体的再生产，依赖于生活中具有了创造性实践（思维）。她认为，日常生活是重复性实践（思维）占主导地位的领域。重复性实践（思维）带来"经济"和"实用"的效果。但是，如果人的日常生活中，仅有重复性实践（思维），那人就始终处于"自在"状态，即异化的非人道的状态。怎样才能摆脱重复性实践（思维）呢？其实，不是摆脱，而是个体能够认识到，为了日常生活的成功进行，何时必须求助于重复性实践（思维），凭借日常生活结构与图式而活动；何时应

---

① 高建平：《艺术定义的意义》，载于《文史知识》2015 年第 10 期，第 7 页。
② ［匈牙利］阿格妮丝·赫勒：《日常生活》，衣俊卿译，黑龙江大学出版社 2010 年版，第 3 页。

当终止实用主义、过分一般化、重复性实践（思维）等日常生活图式，而求助于创造性思维与创造性实践。这时，个体就是以相对自由的方式，同日常生活的规范体系打交道了。这个"知道""认识"依托的条件，就是将科学、艺术和哲学等"自为的对象化"引入日常生活领域，这样，日常生活领域就不再是一个相对封闭的自在和异化的领域了。赫勒的这个思想，是从效果角度印证了生活和艺术之间的审美连续性。倒过来看，意味着认可和秉承审美连续性的文艺价值观念，其中的"生活本身成为艺术"是生活中具有创造性实践（思维）的另一表述。同时，也可以给予重复性实践（思维）中发现创造性实践（思维）以理据。即在日常生活中发现审美经验以及人生艺术化的情形，确认创造性实践（思维）之存在。概言之，建立起"生活本身成为艺术"与社会再生产之间的内在联系，给予全社会审美培育以极大理据。

2. 探索艺术类别确认的新途径

阐释、艺术制度以及空间的艺术类别确认观念，认可艺术史家、批评家和艺术制度及其国家支撑力量诸方面因素，关涉艺术归类诸多基本理论问题，阐释者的身份、位置和立场，定性角度和方式，艺术制度拓展和提供的空间形式等，提出了探索艺术类别确认的新途径、新方法和问题，形成辐射性理论生长点。

实践意义在于，提供了面对生活中审美经验发生产生物件无法归类的文艺批评的审美经验第一、艺术类别第二的基本原则，给予批评活动更多可能与斡旋空间。

第三节 "正项美感"与"异项艺术"

"正项美感"可以覆盖"异项艺术"，既是判断亦为价值观念。

一、"正项美感"可以覆盖"异项艺术"问题的提出

本书依据和坚守理想与底线的理念。

本书就是文艺理想，不同文论家的观点和表述纷繁多样，我们暂且不予系统梳理。由于文艺评论价值体系特质决定，本书选取国家民族最高利益立足上的文艺理想，定位在"文艺是时代前进的号角，最能代表一个时代风貌，最能引领一个时代的风气"。理想文艺是"无愧于我们这个伟大民族、伟大时代的优秀作品"。这是从民族国家所处时代的需求和前途的定性。理想文艺是"传播当代中

国价值观念、体现中华文化精神、反映中国人审美追求、思想性、艺术性、观赏性有机统一的优秀作品。"这是从理想文艺的使命担当和应有功能，以及它的基本标准角度的定位。"优秀作品并不拘于一格、不形于一态、不定于一尊，既要有阳春白雪，也要有下里巴人，既要有顶天立地，也要有铺天盖地。只要有正能量、有感染力，能够温润心灵、启迪心智、传得开、留得下，为人民群众所喜爱，这就是优秀作品。"① 这是从理想文艺具有极大覆盖性、包容性和接地气角度的要求，也可以理解为就是中国新时代的"正项美感"，只不过暂时尚未以"正项美感"表述而已。

底线既是思维方式，也是人为性的实体性设置。就伦理的底线说法可以借鉴："不管人们追求什么样的生活方式或价值目标，都有一些基本的规则不能违反，有一些基本的界限不能逾越。"② 此前课题组确定了底线的几个维度：以审美为基点的审美感受为底线；以道德范畴之友善为底线；以纷繁艺术中之异项为底线；以社会主义先进文化为最大外延之底线；文学价值生成性与延伸性之底线等。综合这些底线维度，是否可以这样说，伦理学领域的"不能违反"可大致对应于价值体系的以审美为基础，认定文艺的审美属性，即以审美属性和艺术标准认定和要求文艺。"不能逾越"可大致对应于价值体系的社会主义核心价值观的个人之善的最后一个"友善"。这就从意蕴价值和艺术属性两方面理解了底线。从具体操作角度看，也可如此理解"底线"，将其确定为两方面涵义。其一，限定性涵义：怎样一些基本价值维度和基本规则不能违反。如违反则属于底线之下的负面。以此为观察文学现象、某类或某部作品可否被认定，可否给予某方面或某几方面水平的评价。质言之，限定性涵义为基础性涵义。其二，品质性涵义：具有通往"理想文艺"目标的逻辑通道。即确认为底线之上的对象、事实和理论，具有向"理想文艺"目标趋近和实现的逻辑通道，即学理依据。限定性涵义和品质性涵义两者互相锁合。

为何采用文化符号学的"正项美感"和"异项艺术"概念来理解和确定理想与底线？因为"理想文艺"即"正项美感"的确认比较容易，而艺术创作则是极富个人情感感受的活动，作品也必定千变万化而无一定之规。很多优秀作家有意识地提醒自己不要扼杀文学的神秘性，并且小心翼翼地呵护这种神秘性。而且有些作品的原初情境后人很难感觉和把握到，作为批评应该轻轻地拨开作家可能有意的遮蔽，洞幽烛微地去发现即复原那个原初情境。当这些批评工作尚未展开之前，这些艺术就可能是异项的。我们采用"异项艺术"的术语并且与"正

① 《习近平总书记在文艺工作座谈会上的重要讲话学习读本》，学习出版社 2015 年版，第 1～34 页。
② 何怀宏：《我为什么要提倡"底线伦理"》，载于《北京日报》2012 年 2 月 20 日第 20 版。

项美感"对应的目的,就是为了不遮蔽和漏掉那些特异的作品。具体的目的在于,引入符号学形式命题的概念和方法,可以从符号学命题模式重新提出课题的问题,获得更开阔视野。

二、符号学和四概念方阵介绍及其关联

(一)文化符号学概述

符号学为传播学之下的一个二级学科,其形成于多方学科资源,最主要为索绪尔语言学,语言学在索绪尔手中成了语言符号学,也来自哲学家,实用主义哲学家皮尔斯即是其一,他"在另一种语境中创造出了另一种不同的逻辑学符号学(semiotics)"。[①] 此外,哲学家海德格尔从现象学哲学出发建设了现象学符号学,提出了现象学存在论符号观。我们所采用的是文化符号学概念,借助于我国符号学家赵毅衡教授依托皮尔斯理论深入并延展出的"符号学",[②] 赵毅衡教授对符号学的表述为:"符号就是意义,无符号即无意义,符号学即意义学""符号学要处理的对象,是从本质上'意义歧出丰富'的社会与人文学科,很难处理以'强编码'为目标(不管是否已经达到了这个目标)的学科。"[③] 该著作延展部分均为人文社会科学领域,所以我们名之以"文化符号学"。文化符号学研究成果一般以形式命题表述,研究的问题却属于积极命题,因为要陈述问题来源、语境和以往观点,不同意或者与此前观点讨论的理由等,有语境、内容和描述。比如该著作探究"符号过程,不完整符号"问题,来自一个可描述的具体问题:究竟符号是否与意义同时在场?这是有争议的问题。赵毅衡认定符号在意义就不在,是否如此,其他哲学基础的符号学家有不同观点。赵毅衡确实进入了具体语境讨论了具体问题,讨论过程及其观点和表述都为积极属性。符号学家对自己的研究对象乐此不疲,始终跟着那些"处于具体语境描述具体信息或提出具体话题的命题"走是根本原因。特此说明。

(二)艺术符号学四概念方阵介绍

艺术符号学四概念方阵介绍。四概念实则为两对概念,一对是正项美感和异

---

① 赵奎英:《艺术符号学基础的反思与存在论现象学重建》,载于《南京社会科学》2017 年第 4 期,第 118~125 页。

② 赵毅衡:《符号学》,南京大学出版社 2012 年版。

③ 赵毅衡:《符号学》,南京大学出版社 2012 年版,"引论"第 3~19 页。

项美感,另一对是正项艺术和异项艺术。成对区分界定符号,来自符号学"标出性"基本原理,作为"标出性"原理典型体现的诸多现象之一,就是艺术符号学的"当代艺术的标出倾斜"现象。艺术符号学具有较为具体的内容和问题,可认为"当代艺术"概念表述和论证虽说以形式命题为主,属性却为介于形式和积极两种命题的过渡。"积极命题"概念借用冯友兰《中国哲学简史》对形式命题对举表达的涵义。冯友兰认为,老子的"道","这个概念也只是一个形式命题,而不是一个积极命题。这就是说,它对万物所由来的这个'由来',并没有作任何描述",即"它没有对话题提供任何信息"。① 通俗地说,即当某命题没有具体语境,没有所指内容及其描述,就属于形式命题。数学以及物理学等理科的一些公式和公理等,都属形式命题。与此对举,凡有具体语境并对所指内容有具体描述的命题,就是积极命题。

四个概念的涵义如下:

第一个概念:正项美感。正项美感是在人们位于文化正常状态中所感到的愉悦。大多数文化局面中,非标出性是文化稳定性的一部分。非标出性的正项美感,与"真""善"等概念相联系。这个规律,在既有的西方美学史中得到了诸多阐述:"美就是对于善的令人愉悦的表现"(史莱格尔);"美是道德的象征;并且也只有回顾这一层(这对每个人是自然的,也要求着每个人作为义务),美使人愉快并提出人人同意的要求。"(康德)符号学家发现这个特质与语言学家提出的所谓表意的"乐观假定"(即"波利亚娜假定")有类似机制,以此能够很好地解释"首善之区"的心理原因。②

第二个概念:正项艺术。正项艺术是在与正项美感的关系中得到界定的:正项美感可以激发艺术,激发出来的艺术就是正项艺术。正项美感激发的正项艺术,根本标志就是艺术之美与社会公认之美取向一致。比如,社会主流美感是依托于真实与善良而产生,概而言之,就是社会主流的意识形态为根本的美感激发创作的艺术,可直接满足这种正项美感需求,与此氛围和心理相吻合,这种艺术形态就是正项艺术。所以,"正项美感为此类艺术提供了美的标准"。③

第三个概念:异项艺术。异项艺术体现了文化中的标出性。"正项美感以温淑良善的女性为美,小说却以多病善愁的林黛玉,或性情难测的'野蛮女友'为美;正项美感以民族文化核心礼仪为美,艺术以'蛮夷'民族装饰、风尚、仪式、'原始艺术'为美;……""异项艺术,可以被理解为对非标出性主流的不

---

① 参见冯友兰:《中国哲学简史》,天津社会科学院出版社 2005 年版,第 88 页。
② 参见赵毅衡:《符号学》,南京大学出版社 2012 年版,第 307~308 页。
③ 赵毅衡:《符号学》,南京大学出版社 2012 年版,第 309 页。

安和抵制。"①

第四个概念：异项美感。何为异项美感？符号学家对此没给出明确界定，可见此概念之麻烦复杂。可尝试理解和表述如下：按照符号学"标出性"二项对立思维方式，"正项美感"必有与之对应的"异项美感"。符号学家的解释是：从趋势看，"越到当代"越看到更多地用异项文本形式，描写异项美（如金斯堡的《嚎叫》）。异项本来并无美感，其美感要靠异项艺术来"发现"；"异项艺术美就是标出性之美，此种美感大体只存在于艺术中，因为这些带标出性的表意（如'快意恩仇'）并没有得到文化中项认同。文化中项欣赏的却只是其艺术表现，一旦在现实中见到这种异项，就会觉得过分，转而寻求正项的社会秩序"。②

艺术符号学将两对概念放在一起介绍讨论："从文化标出性的组合来看，美的感觉有两种，即正项美感、异项美感；艺术也有两种，即正项艺术、异项艺术。这四者之间并不等同。"③ 我们认为，两对概念客观上形成四角方阵，可表述为"四概念方阵"。两对概念各自均依据"中项"及其"翻转"机制，使之具有互动机制。不仅每对之间有关系，它们相互之间是否也有关系？这丰富了问题的维度。比如，按艺术符号学的观点，异项艺术尚未得到公认美感认可。正项美感无法覆盖和包容它，没有某种审美标准鉴定和评价它，但它作为人们感知得到的"艺术表现"存在了。基于这样的分析和基本看法可得出：两对四个概念组成关系性质的方阵，如图 5-1 所示。

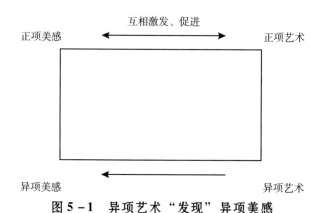

图 5-1　异项艺术"发现"异项美感

① 赵毅衡：《符号学》，南京大学出版社 2012 年版，第 309～310 页。
② 赵毅衡：《符号学》，南京大学出版社 2012 年版，第 307～310 页。
③ 赵毅衡：《符号学》，南京大学出版社 2012 年版，第 307 页。

（三） 借鉴四概念方阵重新提出的问题与内在逻辑

借鉴四概念方阵重新提出"理想"与"底线"关系的问题。合理性何在？

价值"理想"的实现范围是在社会系统中。"理想"具有导向的涵义为：把优秀的文学作品介绍给人们，引导人们欣赏和理解；给作家合理的建设性意见；说清楚作品称为艺术的理由；给文学理论建设提供有价值的经验概括等。由此文艺评论价值体系与社会文化体系的相融互动才具有生命力。价值体系和社会文化的受益对象均为社会上最大多数人，按理应指向社会主流文化，加之"文艺"这个具体对象。所有如上因素，合乎逻辑地与"正项美感"涵义大致吻合。因为"正项美感"是文化稳定性的一部分。"底线"涵义之一为"限定性"，对评价对象的作品，起码应被认定具有文艺作品的资格。关于文学作品资格，最易引发歧义的是那些人们不熟悉和不认可或者说似乎与社会主流文化不吻合的异类作品。"异项艺术"涵义与之具有关联性。

概而言之，"理想"的导向性与"正项美感"相吻合，"底线"因为"资格"引申出的"异类"与"异项艺术"相吻合。理想与底线关系的问题，转换成"异项艺术"与"正项美感"关系的问题。转换更主要的理由在于，作为符号学关键性概念的"标出性"及其"中项"的学理价值和依据同时也是最值得质疑和讨论的。可以说，表面平稳周正的四概念方阵中，沉潜着动态变化的机制。"标出性"是不容易界定的概念。符号学理论家给出的大致表述："当对立的两项之间不对称，出现次数较少的一项，就是'标出项'（the marked），而对立的使用较多的那一项，就是'非标出项'（the unmarked）。因此，非标出项，就是正常项。"[1] 四概念方阵中的"异项美感"和"异项艺术"均为标出项，正项和异项之间变化起作用的重要概念则是"中项"及其翻转机制。

符号学就"中项"的界定为：中项的特点是无法自我界定，必须靠非标出项来表达自身。赵毅衡教授建议，将这种现象称为中项偏边。中项偏向的一边，就是正常的，中性的；中项离弃的"异项"，认知上是异常的，边缘化的。中项无法自我表达，甚至意义不独立，只能被二元对立范畴之一裹卷携带，即是只能靠向正项才能获得文化意义。但是这个被动表现的中项，对决定哪一项标出，有决定性意义：它与正项联合起来，标出异项，排除异项。[2] 对应于四概念，"正项美感"与"异项美感"之间有个中项，"正项艺术"和"异项艺术"之间也有个"中项"。符号学的非标出项，必须能够代表中项即大多数，意味着非标出项必须

---

① 赵毅衡：《符号学》，南京大学出版社 2012 年版，第 279 页。
② 赵毅衡：《符号学》，南京大学出版社 2012 年版，第 283 页。

第五章　应然性文学价值观念假说

能够代表大多数。而且中项具有移动与可变化性，此即"标出性的历史翻转"原理。"文化的发展，就是标出性变化的历史。"所谓变化，就是翻转。文化的标出特征很不稳定。"标出性的翻转，来自中项标准的翻转，……中项的站位一旦变动，原先非标出性的标准，就不再是理所当然，甚至变得不可理解。"① 当前国家倡导繁荣文艺的理念，"诗文随世运，无日不趋新。"习近平总书记在文艺工作座谈会上的重要讲话提出："文艺创作是观念和手段相结合、内容和形式相融合的深度创新，是各种艺术要素和技术要素的集成，是胸怀和创意的对接。要把创新精神贯穿文艺创作生产全过程，增强文艺原创能力。"② 在认定和遵循"正项美感"作为文艺理想的前提下，提出正视"异项艺术"，善于在纷繁复杂的文艺现象中发现和确认能够被"正项美感"所覆盖的"异项艺术"，是文艺批评的任务。那么，在怎样的视野，以怎样的理路发现和确认能被"正项美感"覆盖的"异项艺术"？视野回答，较为容易理解和回答，即动态思维方式，扎根人民生活中审美需求及其经验的土壤，善于侧重文学活动的各个环节，如此构成的视野，便于发现和确认异项艺术。前面的《审美连续性的文艺价值观念》，即应扎根人民对审美的需求及其经验的土壤，已经确定以审美经验为第一原则，发现和确认尚未进入艺术类型序列的新的创造，此即对于异项艺术的发现和确认。文学活动的各个环节，主要指不能仅局限于作品，而要尊重艺术需求和审美感受，同时尊重艺术创作经验，而不以是否有艺术家身份为准则，这恰是对审美连续性中探究事件的艺术创作主体的革命性理解。下面，我们集中在以怎样的理路发现和确认能被"正项美感"覆盖的"异项艺术"的问题。

三、发现和认定异项艺术的理路

（一）"异项艺术"发现和认定以审美感觉为基础

"异项艺术"的发现和认定，谁为这些动词的施动主体呢？文学作品的接受主体，简单说为一般读者，但他们的阅读目的并非发现和认定是否为异项艺术，他们更看重感受到了什么，以及在感受中实现了怎样的审美、休闲、娱乐和认知乃至提升精神境界的效应。这个表述适合"正项艺术"和"异项艺术"的所有艺术作品。质言之，一般读者不担负发现和认定"异项艺术"的任务，但阅读经验可为批评家、理论家提供重要参照资源。可以说，发现和认定异项艺术的施动

---

① 赵毅衡：《符号学》，南京大学出版社 2012 年版，第 286～293 页。
② 《习近平总书记在文艺工作座谈会上的重要讲话学习读本》，学习出版社 2015 年版，第 1～34 页。

主体是批评家和理论家，并以一般读者阅读经验为参照。因此，一般读者事实上汇入了发现和认定主体。

艺术接受以审美感觉为基础，以感性体悟为主要方式。"异"给人异质感受。《辞海》解释"异"有如下六种意思：不同；分开；其他、别的；新异、奇异、变异；不平常的、特殊的；惊异、诧异等。"异项艺术"的感觉占了六种意思的大多数。尤其与"新异、奇异、变异""不平常的、特殊的"和"惊异、诧异"意思相吻合。可概括为："异项艺术"诉诸人感觉之新异、奇异，令人感觉"惊异"和"诧异"。其实这样描述就是艺术作品的独一无二、不可复制等特点，原本就是文学基本原理之一。德勒兹的观念可进一步作为旁证。德勒兹反对柏拉图主义将理式（Model/Idea/Ideal Type）、摹仿（copy）、模拟（Simulacrum）按照价值从高到低进行排列的看法，恰恰相反，他认为柏拉图最看不上的 Simulacrum 最有价值，因为它否定了原件和拷贝件，体现了人类的创造力。如果说，柏拉图主义产生熵，那么 Simulacrcm 则产生负熵，是正能量。在 Simulacrcm 中，有一种疯狂、颠覆，回避同一性，突破相似性。再看俄国形式主义的"陌生化"原理，虽未直接和"异项艺术"概念相关，"标出优势"原理与"陌生化"更新人们感知的原理不谋而合，都以特异引起新奇从而延缓审美进度。这启发我们：以人的感觉/直觉为切入点，是接触令人"惊异、诧异"现象的最准确切入口，一般读者的最原始感知即是如此。

那么，"惊异、诧异"等在怎样的位置最可能被感受到？我们分别从文本之内外两方面入手，先从审美感受的文本之外角度描述与分析。

（二）审美感受之异的文本之外体现

文本之外是开放性环境，最大语境是社会文化。借助符号学理论关于文本携带一大堆"伴随文本"的原理，我们选取离文本最近的伴随文本进行考察。伴随文本是文本依托的各种文化语境的具体形式，即文学作品的文体、发表刊物及栏目、出版社，以及作品的作者等，虽说存在于文本之外，但伴随符号文本一道发送给接受者。"伴随文本决定了文本的解释方式。……隐藏于文本之后、文本之外或文本边缘，却积极参与文本意义的构成，严重地影响意义解释。"① 伴随文本除了决定文本解释方式，最主要可能引发人们"惊异、诧异"等感受。现在选取文体、作者等"伴随文本"考察。

1. 文体稀少或过渡性让人"惊异""诧异"

文体属于文学自身，不应看作伴随文本。但我们以为，文体需要获得理论确

① 赵毅衡：《符号学》，南京大学出版社 2012 年版，第 143 页。

认和表述并在文体系列具有稳定位置才可称为文体，这是需要经过文学阅读经验积累和历史文化凝练的过程。西方文体的英文词为 style，即风格/文体。与之相应，西方有关于文体、风格的研究，形成文体学/风格学（stylistics）。中国的文体概念，如张少康教授所说，"包含有两层意思，一是指文学作品的不同体裁形式，如诗、赋、赞、颂、檄、移、铭、诔等；二是指文学作品的风格特点"。①可见，从形式和风格两方面涵义来看，中西方的文体学概念大致一致。新文体对阅读经验富有挑战性和新鲜性，产生惊异感。当某作品以不属于此前在体系中获得稳定位置的文体出现时，即为"标出性"的"异项艺术"。文体作为"异项艺术"的情况，一般有两种：文类稀少性和文体过渡性。所谓文体稀少性，是指此文体出现次数少，少见且人们不熟悉。所谓文体过渡性，是指在原有两种或多种文体之间形成交叉产生的文体，处于原有文体之间的过渡状态，也是稀少的。稀少性和过渡性两者不可截然区分。产生机制都可能来自类似生物学物种交叉繁衍的特质。文类稀少的典型例证，是 2015 年诺贝尔文学奖颁发给了白俄罗斯作家、记者斯韦特兰娜·阿列克谢耶维奇以及她的代表作《切尔诺贝利的回忆：核灾难口述史》。颁奖词上这样说：她的复调书写，是对我们时代的苦难和勇气的纪念。这是时隔 60 年，诺奖再次颁给"非虚构文学"。上一次是 1953 年颁给丘吉尔的《二战回忆录》，可见其稀少。文类过渡性的典型例证，是 2016 年获得雨果奖的郝景芳的《北京折叠》。此作的过渡性，指它从"空间旅行"与"时间旅行"合成的"奇异旅行"发展而来，"奇异旅行"又与"关于技术的故事"相结合。《北京折叠》具有这发展脉络的各种元素，处于杂交过渡位置，特点是没有清晰确定历史传承的文体，没有多少科幻元素或者说不够科幻。与其他非常正宗的科幻作品相比属于出现较少文类，自然被看作"异项艺术"。有趣的是，如上两例文体特异作品，却都获了奖。获奖意味经过了选拔，得到了高级别认可，为什么它们还被看作"异项艺术"？文学资格认定与异项艺术关系的更复杂问题显露出来了。回答的初步原则有二，第一，获奖语境均是别种语境之奖项。第二，此异类作品处于迅速移动变迁中，典型地体现了"标出性"优势规律。

2. 创作主体身份模糊与不确定让作品有异项之感

创作主体身份模糊是"伴随文本"突出特点之一。新中国以来我国文艺语境的传统观点是：文学作品乃作家所为，作家是那些以此为职业的人们。某作家作品，在某文学刊物的某文体栏目出现，是正常稳定的非标出性符号特征。如此观念正在发生着变化，当下文学书写的明确作家身份业已或逐步被打破。如网络文

① 张少康：《中国文学理论批评史教程》，北京大学出版社 1999 年版，第 88 页。

学书写者身份就是模糊的；民间自由职业者书写增多。创作主体身份模糊与不确定现象日增，已不再引发"惊异、诧异"。此外的另一种情况是，即距离文学较远领域的其他职业从业者的文学书写，依然易于引发"惊异、诧异"。突出例证是科幻文学书写主体。有些科幻写作者，如王晋康，最初也曾引起人们惊异，但有了名望之后，其作品就不再被感觉特异了，其实他是高级工程师，而非专业作家。[①] 近年来随着多媒体日益凸显，科幻创作队伍增加了不少身份模糊的作者，从学生到高工，到诸多层次科学技术人员：摆脱传统文学观念束缚；文学观念开放自由；文学书写乃为生活本身，绝不在意作家身份等，与"正项艺术"的传统迥然有别。概而言之，诸种特异因素互为因果，乃为其作品被感觉为"异项艺术"的综合性原因。

（三）审美感受之异的文本之内体现

1. 想象方式之异产生的空间构成之特异

我国古人早就知道"标出性优势"引发接收者惊异产生兴趣的道理，拟话本小说与唐宋传奇有很多体现。想象方式之异有诸多表现，可仅从一个角度切入：一般虚构总概念之下区分出虚构和虚拟两种，这种区分即来自对我国古代小说"标出性"的发现和归纳。[②] 虚构覆盖之下的"虚构"，指的是采用与现实世界时空逻辑相一致的想象方式构造虚构世界，绝大部分写实的叙事文学作品都属此类。虚构覆盖之下的"虚拟"，指采用与现实世界时空逻辑不一致的想象方式构造虚构世界，如唐传奇中的张鷟的《游仙窟》、沈既济的《任氏传》等，以及蒲松龄《聊斋志异》诸多篇目。这种虚拟方式以其"标出性优势"引发人们"惊异、诧异"。虚拟的特异基因连绵不绝，传递到如今的科幻文学，如《北京折叠》乃为虚拟。不仅虚拟，时空构成也突破了既有想象方式。空间印象是作品直接诉诸读者的物质形象，原本线性时间与空间相一致的感受轨道，因虚拟发生了空间变异，造成读者感受之特异。《南柯太守传》《游仙窟》等空间都让读者惊异，《北京折叠》更造成空间折叠的奇异感受。缘于感受之奇异可认定其为"异项艺术"。特别要说明，不只是虚构性创作，非虚构也可因想象方式与空间构成而发生特异性，即非虚构并不是说不奇异，因为，非虚构文学写作可以在"诚实

---

① 王晋康，1948 年出生，曾获 1997 国际科幻大会颁发的银河奖，全球华语科幻星云奖终生成就奖，2016 年腾讯书院文学奖年度小说家奖等，代表作品《西奈噩梦》《七重外壳》《最后的爱情》《解读生命》《与吾同在》等，长篇小说《类人》等。他的作品风格是苍凉沉郁，冷峻峭拔，富有浓厚的哲理意蕴，善于追踪 20 世纪最新的科学发现尤其是生物学发现，常表现人类被更高级形式生命所取代的主题。

② 参见刘俐俐：《鲁迅〈故事新编〉故事与小说的人类学思考》，载于《文艺理论研究》2013 年第 2 期，第 103～111 页。

原则"下通过特别在意"细节"而产生奇异感:选取怎样的细节,以怎样的视角,将此细节扩展到怎样的程度,放置到怎样的位置,期望获得怎样的艺术效应等。如何努力将故事元素或者从点到面或者从面到点,或者以小见大,或者单线直叙或者多线并程等,特异想象自然形成不同空间特点。[1]

2. "兴寄"之异造成接受理解的"惊异"与"诧异"

我国古代文论与"兴寄"意思大致相当的语词不少,选择"兴寄"的考虑在于:"兴寄"大致相当于现在的"内涵",但"兴寄"较"内涵"多了内涵发出主体的意思,即是谁之"兴寄",这就开辟出了"兴寄"的主体维度。主体维度与创作和感受之异具有关联性。"兴寄"来自初唐陈子昂,当时他提出"兴寄"含有强调内容充实以及注意整体审美形象塑造两方面的意思。[2] 无论哪个时代,正项艺术还是异项艺术,仅有"彩丽竞繁,而兴寄都绝"终究不为文学艺术。作品之内都需有出自某主体眼中的充实社会内容,更要以整体审美形象呈现。兴,指感兴、意兴。文学家浮想联翩,形象思维活跃的状态。寄,指寄托,隐含作品审美意象中的现实寓意。形象思维活跃,可与前面的特异想象方式造成空间特异感受关联。现在说感兴、意兴,是主观感受体悟的结果。主观感受体悟绝非与社会隔绝的纯粹个体性。或者表述为,"惊异""诧异"的主观感受来自于也发生于社会系统,是个人体悟和感受性的社会现象。审美本来就是通过独特、新颖给人以陌生感,又让人喜欢、可理解并认可,审美性质的"惊异""诧异"同理,这是感受特异新奇但让作品被认定为"异项艺术"的合理性。但问题也出来了:凭什么理由让理论家、批评家认定这种新奇特异感受可以与审美融合?或者问,新奇特异乃至诧异的感受,其内涵是否与人类精神健康发展、与社会进步和人类福祉方向相一致?这是决定如何看待此种"兴寄"之特异可否向"正项艺术"翻转,以及与"正项美感"如何关系的关键点,也是作为关键点在下面将要深入讨论的问题。

四、"正项美感""正项艺术"和"异项艺术"的关系

为了很好解决发现和确认可被"正项美感"覆盖的"异项艺术",我们需要解决四项之间的某些关系:首先,"异项艺术"与"正项艺术"的差异究竟在哪里;其次,"正项美感"等四个概念方阵为静态模式,借此转换的问题进入了具

---

① 详见［美］雪莉·艾力斯编著:《开始吧!非虚构文学创作》,刁克利译,中国人民大学出版社2010年版。

② 详见张少康:《中国文学理论批评史教程》,北京大学出版社1999年版,第112页。

体语境，需要以动态思维方式在具体语境重新界定和理解"正项美感"；最后，是"异项艺术"翻转为被"正项美感"覆盖语境中批评家的任务。下面逐一解决。

（一）"异项艺术"与"正项艺术"的差异究竟在哪里

"发现和认定异项艺术的理路"分析，其实就是动态观察和思维方式的具体体现，始终遵循时间迁移和跟随接受语境的变化，显示出"异项艺术"某些异项特质逐步占据"中项"翻转到"正项艺术"方面，归属于"正项艺术"。"某些异项特质"，意思是不再将艺术符号整体的"异项艺术"作为整体，而是分解为若干"异项特质"。所以，翻转不是原样的艺术符号整体的翻转，而是"某些异项特质"的翻转，潜台词是：某些异项特质不翻转。质言之，对艺术符号学的符号"翻转"有所保留。下面从动态思维和观察点来看。

1. 外部差异的解决

文体的稀少或过渡性让人"惊异""诧异"，在审美感受中处于历时性经验。当某稀少或过渡性文体逐步被人们熟悉和接受，它的"标出性"就消失了，这方面异项特质就翻转到"正项艺术"方面了。创作主体身份模糊与不确定让作品有异项之感，也属于历时形态的审美经验。事实是，对于一些文体而言，读者已不在意作者的身份是否为职业作家。例如，科幻文学在人们观念中已经习惯性地不再认为只属于职业作家的创作领域了，但这并不影响科幻作品逐步被人们喜欢和阅读。再如小小说，它的短小让人们感觉似乎人人可为，是人人都有的"先验综合判断"能力，许多人参与这种写作时并未把自己当作家。其中固然有如冯骥才、聂鑫森等知名作家带着自觉成熟、别具特点的审美意识进入小小说领域，但更多的是人们以这样的小小说书写印证自己有写作能力，让生活更充实和有意思。这恰恰体现了社会中人们生活质量在逐步改变。可以预想，随着人们生活状态和观念变化，作家身份与否和创作主体身份模糊与不确定等因素，未来不会继续成为让作品在接受中有"标出性"的一面，这类异项特质如此就翻转到"正项艺术"方面了。想象方式之异产生的空间构成之特异，是审美感受之异的文本之内体现。艺术创作来自不同于常人的艺术想象，虚构或者非虚构，都可以发挥独特想象，可以说，创作主体的艺术想象能力和独特性，决定他们构筑的空间是否新颖和独特，这是所有艺术的共同点，也是"正项艺术"和"异项艺术"的共同点。所以，这方面的特异只是"异项艺术"特定风格的同义词而已。

2. 内部的差异："兴寄"

现在仅剩下内部差异的"兴寄"了。"兴寄"是所有文学作品都应具备的东西。"兴寄"的"兴",为艺术创作之主体,即作家或者隐含的作者。"兴寄"之"寄",是有所"寄",寄予何处?寄予此处原因何在?这些都是值得讨论的重要问题。以唐诗来说,既可以有王维的山水田园诗:"春眠不觉晓,处处闻啼鸟。夜来风雨声,花落知多少",抒写和寄予个人的隐逸情怀;也可以有杜甫描写战乱民生凋敝的诗作:"国破山河在,城春草木深。感时花溅泪,恨别鸟惊心",抒写和寄予家国之思和身世之感;亦可以有白居易讽喻诗,如《观刈麦》《村居苦寒》等,寄予同情民众苦难和揭露谴责上层达官贵人腐化生活愤懑情怀……这些诗人及诗作,经过漫长历史淘洗,已入各种版本的《中国文学史》,可以认为已得到学术界以及主流意识形态认可。或者换个说法,这些诗作之所"寄"已被覆盖于历史性的审美视野之下。在我国当代文化和文学价值观语境,可以毋庸置疑地以"正项艺术"定义其属性。但也有特例,比如李商隐,改革开放之前,李商隐作为诗人,未能入刘大杰和游国恩等文学史家各自主编的《中国文学史》,通俗地说:没有给予李商隐文学史地位。但改革开放40多年来,李商隐以一章的分量进入了袁行霈等主编的《中国文学史》,他的艺术世界朦胧、隐晦,用典凄绝而且意象独特,歧义纷出,构成了特异艺术风格,在尊重艺术特质规律的文学理念环境中,李商隐这种毋庸置疑原本为"异项艺术"诗作获得文学品质认可,而且具有进入文学史的优秀品质。他所"寄"的诸如可以追求美、艳与爱情生活的哀婉以及对唐王朝命运忧思的哀感凄艳的情绪情怀,都得到了认可。这是文化环境和文学观念改变由"异项艺术"转换为"正项艺术"的典型例证,也可以理解和表述为,李商隐诗歌所"寄"已经与"正项艺术"之所寄没有区别了,他的诗歌艺术特点和特质,与李白、杜甫、杜牧等诗人及诗作,仅为风格区分而已,所"寄"之被认可是关键。

可以概括为,在认可艺术具有较为恒定的性质和特点的前提下,"异项艺术"与"正项艺术"之差异仅在于所"寄"之不同。所以不同的关键,是两者是否可在历时维度的大历史视野被覆盖于共时性"正项美感"之下。李商隐诗作就是经过历史变迁和观念变化,在现时代的共时性"正项美感"的涵义下,被与此前认定为"正项艺术"的杜甫、李白、白居易等诗人诗作,同被现时代的"正项美感"所覆盖了。于是,"正项美感"的问题突出了。

(二)具体理解当下语境的"正项美感"

"正项美感"是人们位于文化正常状态中所感到的愉悦。

"正项美感"与"真""善"等概念相联系。这是静态的艺术符号学定义。在当下语境就转换为:"文化正常状态"在当下语境如何界定?"真""善"是如何具体体现在"文化正常状态"的?

当下我国政府对文化建设的表述是"社会主义先进文化"。此表述是与我国优秀传统文化和革命文化的连续性思维中被确定:"弘扬""中华优秀传统文化","继承""革命文化","发展""社会主义先进文化"。三个动词对应三个名词,贯穿了尊重历史、尊重文化传承性和继承传统的理念。可以理解为,目前正在"发展"的"社会主义先进文化",即为当下所处的"文化正常状态"。发展的目标和理想中蕴含"真"与"善"。社会主义先进文化具有发展性,那就是按照人类健康美好的理念方向发展。

"社会主义先进文化"包含哲学、历史、文学艺术等诸多处于意识形态部分的各领域。其中自然蕴含审美理想,基于"弘扬""继承"而"发展"的理念在逻辑上具有承续性,以及缘于承续性所具有的极大包容性和覆盖性。上面分析的"弘扬"和"继承"等动词已经可以说明何为承续性:在历史纵深的河床中积累淘洗,任何一种文化都与此前文化有着千丝万缕之联系,汲取传递优秀元素,可容纳多种文化元素和丰富内容,所以具有包容性。极大包容性和被覆盖性,其实是一个意思:从上向下说,是具有包容性;从下向上说,是具有被覆盖性,因为承续性而具有包容性和可覆盖性。

从横截面看,"社会主义先进文化"是个极宽泛的概念。包括思想、哲学、历史,也包括文学艺术、美学理想等,其中蕴含审美理想。"正项美感"是历史发展到特定社会凝练而成,寓于当下"文化正常状态"。因为社会主义先进文化具有承续性而具有包容性和可覆盖性,所以,"正项美感"也具有承续性,因承续性而具包容性和可覆盖性。从蕴涵角度看,包容性和覆盖性体现在:凡人类伦理底线之上的诸如友善等最基础性德行,都可被包容和覆盖。此处简单给予如此表述,后面会详述。主要从文学自身特质看,包容性和覆盖性体现在:允许各种艺术风格、文体、各种阶层和职业的人们,以任何特异的想象方式,虚构或者非虚构他们心目中的文学。而且,只要符合优秀传统和革命文化的内涵,都可被包容和覆盖。

综上所述,避开从"正项美感"本身界定这个概念,转而从它的特性特点把握这个概念,在此基础上,简单概括为:当下语境的"正项美感",就是指以社会主义先进文化为最大外延,可被中国人广泛体会、喜欢、热爱和接受,占据社会主流的审美共识。这种审美共识是中华民族的漫长审美经验之历史积淀与当下文化凝练而成,乃为"文化正常状态"。

(三)"异项艺术"翻转为被"正项美感"的语境中批评家的任务

当下语境的"正项美感",具有包容性和覆盖性。按照艺术符号学理论,作为社会普遍的审美理想,它可激发出"正项艺术"。但借助前面分析,已确认

"正项艺术"和"异项艺术"之区别仅在"兴寄"方面。那么，如果"兴寄"被感悟到为异项，又以什么判定与"正项"之所寄没有本质区别？比如，李商隐那些《无题》诗歌，除了艺术风格和写法之异，因文学观念变迁已被认可，并给予很高评价之外，其所"寄"的：追求美、艳与爱情生活的哀婉以及对唐王朝命运忧思的哀感凄艳的情绪情怀，从原本被认为病态缠绵，到现在被可认和接受，说明李商隐诗歌这样的"异项艺术"所"寄"与其他诗人如杜甫的"正项艺术"诗歌之所"寄"，都覆盖于当下语境的"正项美感"。这显示出社会主义先进文化环境中，所"寄"只要符合这种文化，就是"文化正常状态"，就可被"正项美感"覆盖和认可。

由此，辨析"异项艺术"所"寄"之异的性质、归属与命名的任务就提给了批评家。

文学蕴涵的主要东西是感情而非概念。文学是对人们感情和感悟的敏锐发现，文学作品渗透的感情，千变万化纷繁复杂，范围和微妙远远超过伦理道德的有限概念和术语。微妙复杂的感情呈现于文学是很正常的现象，却给批评提出了难题：辨识和命名这种感情，在此基础上建立与人类伦理底线之上的各种美德的关联性判断和定位。以我国社会主义核心价值观的最后一个范畴"友善"为例。"友善"是概念，并不等同于复杂感情。具体到某个作品的意涵，还是回到李商隐诗作，诸如对爱情的若即若离感受，哀婉和失落情怀等，与人类伦理底线的"己所不欲，勿施于人"，以及与伦理底线之上的"友善"是怎样的关系？批评的任务就是能够分辨作品的感情，搞清楚此感情经过怎样的理路，是否可以与伦理底线和伦理底线之上导向方向的某范畴相关联，或者问是否在一个方向上。搞清楚之后给予命名，一旦命名了，这种感情有名分，就被人们在形象世界被记住了，也在理论世界被记住了。辨识（分辨与底线伦理和导向伦理范畴的方向性关联）——命名（辨识后的确认和给予名字，以让其固化而不至于流失）——评价（在值得肯定的价值观念系统中给予认定和评价）。那么，被确认后的"异项艺术"对"正项美感"有怎样的作用？

这个任务，主要针对"异项艺术"的所"寄"。即假设某作品，其文体属于稀少过渡性质，其想象空间也让读者感到"特异""诧异"，所"寄"在当下暂时尚未被辨析，虽说可被"正项美感"所覆盖，但其感情感受毕竟冷僻、怪异。所以，需要辨识、命名和评价。

异项艺术具有丰富和繁荣正项美感的重要社会作用。

基于如上讨论和理解，我们可以对前图予以修改（见图5-2）。

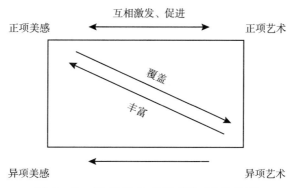

图 5 - 2　异项艺术"发现"正项美感

五、初步结论

通过以上分析，可以得出以下结论。

（一）文艺评论价值体系视野的"正项美感"与"异项艺术"之关系

第一，"正项艺术"与"异项艺术"仅是风格区分而已，不具有艺术本质性差异。"异项艺术"之异的许多特质都可借助社会文化环境而不再让人"特异""诧异"，从而翻转到"正项艺术"去。而且，在当下我国语境中，要求而且需要以教育为主要功能的文学有其存在合理性；以探索为旨归力图获得艺术更多可能性的文学有其存在合理性，以发现人类特异感受感悟而诉求于别样形式的文学也有其存在合理性，所以，可分别而且暂时地分别归入"正项艺术"和"异项艺术"中去。第二，"异项艺术"并不必须翻转为"正项艺术"便可得到"正项美感"的覆盖和认定，这有其直接与"正项美感"发生关联的学理依据。第三，文学批评家和理论家辨析"异项艺术"之所"寄"之异，并予以命名，以发现某种人类美好感情与人类进步的发展方向和基本价值观曲折微妙的联系。这是"异项艺术"借助批评家和理论家所具有的重要作用，更是反向作用于"正项美感"的原理所在。这是个理论与实践相结合的复杂问题，须另外单独讨论。第四，确认"异项艺术"可以被"正项美感"所包容和覆盖，确认两者之间有关系，至于怎样的关系，特别是如果说"异项艺术"不必翻转到"正项艺术"方可影响或反作用于"正项美感"，那么，"异项艺术"是通过怎样的其他具体路径依托于怎样的原理对"正项美感"发生反作用的？这也是个更复杂的问题，属于另外一个单独研究的题目。也正是这个原因，如图 5 - 2 所示的"异项艺术"

379

和"正项美感"的双向箭头，仅为权宜之计。

（二）文学批评建设如何借鉴艺术符号学问题

如上结论已显示了，既通过借鉴艺术符号学而重新提问题，同时，辨析和结论也显示了质疑赵毅衡教授的《符号学》的某些观点。我们的研究显示了艺术符号学从静态的模式转换为动态模式所拓展的空间，拓展目的是借助符号学更好地描述现实文化艺术现象，力求更准确地发现其规律，以有助于文学理论建构。也许，赵毅衡教授已经意识到这一点并业已修正既有研究成果，他的论文《从符号学定义艺术：重返功能主义》可以看到这种趋势。他说："艺术是否可以定义，甚至是否有必要定义，成为近半个世纪以来艺术哲学讨论的中心课题"，虽然他看到"程序主义"兴起试图代替定义艺术的学术追求，而且分析了"程序主义"的几个内在缺陷，但是他同时也意识到，艺术在当代社会的地位越来越重要，迫使人们重新思考艺术何为。他在这篇论文中，"主张回到功能主义，但不是回到已经被放弃的几种功能说，而是从符号学出发，建议一种新的艺术'超脱'定义，把艺术视为藉形式使接收者从庸常达到超脱的符号文本品格"。① 所谓从庸常达到超脱的符号文本品格，在我们理解，赵毅衡教授的超脱说，来源就是"异项艺术"，达到超脱需要通过一个过程，这需要时间。这就在形式和实践两个维度上提示我们：第一，形式自身就是存在。形式可为符号的同义词，并不是符号在意义就不在，而是形式永远在（符号永远存在），这就逐步与海德格尔的现象学存在论符号观接近，而且含有认定形式之存在的意义了。第二，符号意义之发挥，是在依托于时间的社会实践中实现的。他认为，超脱说，迫使"程序主义祭出'体制——历史论'以挽救艺术的，是当代实验主义艺术"。他还认为，"超脱说"这个定义是开放的，能容纳将要出现的新的艺术，这点很重要，因为艺术家永远不断地在创新，创新本身是艺术取得超脱的原因。而这一点恰好与海德格尔关于艺术符号学的"显示"与"实践活动"对符号学建构的思路逐步接近。"海德格尔的现象学存在论符号观的第三点根本内容正在于，它特别强调符号显示与生活实践活动的关系。在这里，符号不是理性认识的工具，而是此在世界要用到的东西，是此在在世首先要遇到的前来照面的存在者。……符号的显示还意味着'实践活动'。"② 我们的观点是：积极命题的展开和力求获得有价值的理论发现，借鉴符号学资源时，需要在最基础的符号学层面，即存在论现象学基础

---

① 赵毅衡：《从符号学定义艺术：重返功能主义》，载于《当代文坛》2018 年第 1 期，第 4～16 页。
② 参见赵奎英：《艺术符号学基础的反思与存在论现象学重建》，载于《南京社会科学》2017 年第 4 期，第 118～125 页。

上，广泛采用诸如皮尔斯理论形成的艺术符号学四概念方阵这样的形式命题，综合予以参照运用。这样的借鉴和研究，方有大的斡旋空间，并给予动态研究和人文诉求以合理性和可能性。

第四节　文学批评价值秩序的终极依据

第三节的"正项美感"可以覆盖"异项艺术"潜在地提出了文学批评价值秩序的终极依据问题。本节即论述此问题。

一、由"冲动"引发的价值秩序问题

"冲动"是个具体概念，频繁地出现于作家文学创作过程和作品人物心理活动中。"冲动"不是孤立心理现象，文艺评论价值体系视野中，从价值秩序角度定位"冲动"是个基础性问题。

（一）"冲动"的概念

文学批评理论中的"冲动"概念来自英国文学理论家艾·阿·瑞恰慈（1893—1979）的《文学批评原理》。瑞恰慈既启迪又超越了英美新批评，是20世纪开宗立派的理论家。他立志建设文学批评原理，"直接把心理学方法引入了文学研究和批评，从而对由来已久的主观武断的批评传统形成了动摇其根基的挑战"。①《文学批评原理》提出一系列心理学概念与批评方法。"冲动"即为其重要概念之一。什么是冲动呢？他用的英文是 impulse，指一种突然、强烈且不经思考想要做某事的动力或欲望。该著第七章"心理学价值"多处谈及"冲动"："总能发现一些冲动，或同类相应的冲动，它们以各种方式介入或抵触其它冲动，这可以通过直接或间接的方式。有些冲动从心理学来看本身就是互不相容的，还有一些只是间接地相互排斥，通过外部世界产生相反的作用。"② 瑞恰慈认为，"人实际上都宁愿满足较多而非较少的相等的欲念"。欲念得到满足，就是这方面价值的实现。由于冲动（欲念）很多，某种欲念如果要实现，就有可能会妨碍或破坏其他欲念的实现，那么，如果以一个无关紧要欲念的实现，妨碍或破坏了更

---

① ［英］艾·阿·瑞恰慈：《文学批评原理》，杨自伍译，百花洲文艺出版社1992年版，第1页。
② ［英］艾·阿·瑞恰慈：《文学批评原理》，杨自伍译，百花洲文艺出版社1992年版，第39页。

重要的欲念的实现，这就是损失。所以，"任何个人的生活片段都离不开极其错综复杂而在有限程度上又是极其理想的冲动协调"。① 冲动协调问题就这样被推了出来。他认为，人们的冲动协调能力有差异，由此有成功、不太成功乃至失败等各色人的区别。可见冲动应有所协调，所谓协调，就是按照某种原则将多种冲动予以排列，让其有秩序。所以，协调就是让各种冲动秩序化。瑞恰慈表述为："凡是能满足一个欲念而同时又不挫伤某种相等或更重要的欲念的东西都是有价值的。换言之，可以举出不满足某个欲望的唯一理由是更重要的欲望将会由此而被挫败。"② 这就是瑞恰慈关于冲动的多样性、秩序和组织的思想，可用如下关键词表述：多样性、普遍性、冲突性、秩序性、价值性。

（二）文学批评中"冲动"的三层次区分

"冲动"及其排列秩序是人的动物禀赋、人性禀赋和人格性禀赋的体现。③ 文学是人的活动，"冲动"体现在文学活动全过程。文学活动论是我国新时期文艺学的重要理论收获。它基本的内涵是：文学活动是满足人的高层次需要的一种高级精神活动；人的需要作为人的活动的动力，决定着活动的本质。④ 文学活动具有哪些要素呢？"人的活动的要素共有两个：主体及其能动性，客体及其属性。所谓活动就是这两个要素之间所产生的复杂关系。具体到文学活动，其要素是四个：第一主体及其能动性（作家），第一客体及其属性（生活），第二主体及其能动性（欣赏者），第二客体及其属性（作品）。这四个要素，构成了两组关系，即第一主体及其能动性与第一客体所形成的关系（作家与生活的关系），第二主体及其能动性与第二客体所形成的关系（欣赏者与作品的关系）。"⑤ 这个文学活动的思想与美国学者 M. H. 艾布拉姆斯的"艺术批评的诸座标"即四要素的思想，从不同角度谈论不同问题，但显示出基本一致的思想，可谓殊途同归。现在，在文学活动论视野中，从主体与客体发生关联思路出发，就文学批评的"冲动"问题，发现并整理为如下层次：第一，作为作家创作结晶的文学作品中诸因素的多种冲动的排列（作品）。第二，接受者多种冲动的排列（读者）。第三，批评家多种冲动的排列（批评家）。质言之，"冲动"排列的秩序问题可能发生在三个层次。那么，"冲动"在文学批评活动中处于怎样的位置？

---

① ［英］艾·阿·瑞恰慈：《文学批评原理》，杨自伍译，百花洲文艺出版社1992年版，第44页。
② ［英］艾·阿·瑞恰慈：《文学批评原理》，杨自伍译，百花洲文艺出版社1992年版，第40页。
③ 详见［德］康德：《单纯理性限度内的宗教》，李秋零译，中国人民大学出版社2003年版。
④ 详见童庆炳：《文学活动的审美维度》，高等教育出版社2001年版，第54页。
⑤ 童庆炳：《文学活动的审美维度》，高等教育出版社2001年版，第62页。

（三）文学批评活动视野中"冲动"的位置

按说，文学活动全过程都是批评的对象。我们将问题探究的范围定位在文学作品，即前述的"第一，作为作家创作结晶的文学作品中诸因素的多种冲动的排列（作品）"。诸因素指哪些呢？以叙事性文学为例，主要体现如下方面：首先，是人物性格的多种冲动，以及作家如何处理人物诸种冲动的序列关系。人物性格批评既往主要使用"典型环境中的典型性格"、圆形人物和扁平人物之区分等术语。瑞恰慈率先从心理学角度介入作品，提出"冲动"排列秩序与人物形象塑造的关系问题。其次，是作品中人物关系设置和情节呈现的对于各种冲动的处理及体现的价值倾向。如上两大方面均与读者接受相关。读者是活生生的人，有七情六欲，自然也有诸种冲动及其排列问题，阅读中他们感悟和认可怎样的冲动秩序？怎样感悟和认可，究其实是理解问题。质言之，是接受主体与作品客体发生关系的意义实现。那么，"冲动"在文学批评活动中处于怎样的位置？要搞清楚"冲动"在文学批评活动中的位置，就要搞清楚与"冲动"关联的一系列环节，这些环节是："内在价值""意义""功能""价值"。

何为"内在价值"？①"内在价值"概念也来自瑞恰慈。我们综合瑞恰慈多处表述将"内在价值"的涵义概括为：文学所以能够触及人类丰富复杂的精神世界，缘于它有艺术效应的内在机制，也可以说是读者感受体悟的内在合理性，我们曾将之称为"艺术价值形成的内在机制"。"对文学的艺术作品进行研究的前审美认识，目的是发现那些使它成为一部艺术作品的特性和要素，……这种东西是有价值的。……我所做的文本分析，其实就是在探寻作为文学的艺术作品的'艺术价值'，以及这样的艺术价值是怎样形成的，即分析出这些经典文学作品何以在那么漫长的时间里能够徐徐不断地挥发出艺术魅力的原因。"② 如果内在形成机制是成功的，文学作品触及的人类隐秘复杂的心灵世界，读者就能体悟和感觉到。读者体悟和感觉到的东西，理论可将之称为"意义"的发生。

何为"意义"？汉语中的"意"，是"意思""愿望/意图""料想/猜测"等，和"义"合为一个词，则是"内容/含义""意思/思想"等。比如唐朝韩愈的《昌黎集》之《十六·答侯继书》："仆少好学问，自五经之外，百氏之书，未有闻而不求，得而不观者，然其所志，惟在其意义所归。"英语中作为名词的"meaning"，其含义为"what is meant by a word，text，concept，or action"（一个词语、文本、概念或行为所表示的意思）。参照中英文的该词的含义，可以概括

① ［英］艾·阿·瑞恰慈：《文学批评原理》，杨自伍译，百花洲文艺出版社1992年版，第38页。
② 刘俐俐：《外国经典短篇小说文本分析》，北京大学出版社2004年版，第2页。

为，属于人主体性质的诸如意思、思想以及意味等。那么，在文学接受活动中，这些主观性的思想、对内容的体悟和概括、猜测、料想等如何获得的？从"意义"和"内在价值"（"艺术价值构成机制"）两个概念的关联性来看，可以表述为，文学作品的"内在价值"有某种能力或特性引发"意义"的发生。原理在于，语词本身是无所谓意味的，只有在加以运用时才具有意义，也就是维特根斯坦所说的"意义即用法"。文学作品中的语词就是被组织到一个文本的复杂整体中了，"有水平的读者的反应可能具有相似性"。① 而且瑞恰慈研究专家归纳出，在瑞恰慈看来，文学的经验与日常生活里最有价值的经验非常类似，即文学的价值与社会生活的价值有一致性。② "意义"是作品可以起到某种"功能"的主体方面的心理性因素，或者说是"功能"的心理基础。

何为"功能"？"功能"对应的英文是function，意思是"作用"或者"其作用""行使职责"等。中文涵义相同，就是有什么用处，可以起到怎样的作用。具体到本论题，就是文学有什么用，某类某部文学作品可起到怎样的作用等。

何为"价值"？"价值"对应的英文是value，名词的意思是价值、意义、重要性等，动词的意思是评价、重视、看重、估价等。课题组论题中取其名词涵义，即意义、价值、重要性。从哲学角度看，价值是关系性概念，指客体以怎样的特质满足了需求它的主体，以及满足程度如何等，因此是主体和客体两者的关系性概念。价值一词的主要元素为：满足、需要、程度。同时，价值也是评价性概念。我们在此特别提出，本节将"功能"与"价值"是区分的。两者确有相似，但是，"功能"属于以描述追究的"真"范畴，"价值"属于以评价判断的"善"范畴。从文学价值来说，文学的诸多功能可以满足人们不同方面的需求，不同方面需求的潜台词是文学价值多种多样并可兼容，即文学价值以价值体系方式表述更为合理。由此可推导出：只有立在社会的、全局俯视角，以动态维度准确判断和评价某类、某阶段文学具有哪些价值，以静态维度准确判断和评价文学总体有哪些价值。从这个意义看，文学评价是社会性行为。

上述陈述和介绍可知，以作品为主要批评对象的范围内，"冲动"属于文本范畴，确切地说属于"内在价值"，"内在价值"概念在"意义""功能""价值"等相关的逻辑链中为起点，和其他几者的关系是："冲动"是"内在价值"的题中应有之义，阅读文本之内的"冲动"，可引起"意义"的发生。"意义"是作品发生"功能"的心理性因素，有了功能，就可在社会大视野中予以评价。概而言之：由文本的"内在价值"产生"意义"，由"意义"发生了"功能"，

---

① ［英］艾·阿·瑞恰慈：《文学批评原理》，杨自伍译，百花洲文艺出版社1992年版，第5页。
② 参见黄一：《敢于面对"文学与现实"的严峻命题》，载于《社会科学报》2017年2月16日第5版。

有了"功能",才能谈及有怎样的价值。同时,缘于文学作品静态存在,阅读主体动态地存在于各个时代社会环境的不同国度,动态性主体存在对应静态性客体存在,意义于是变成了动态,价值也随之成为动态的。动态,不仅有历时维度的变化涵义,还有共时维度的多样多层涵义。历时和共时两个维度决定了价值不是单一的,而是复合型体系性存在的,[①] 这是从文学作品价值可能性角度而言。

(四) "冲动"何以存在的价值秩序问题:以利维斯《伟大的传统》为例

"冲动"来自人的内在世界,多种"冲动"如何处理即如何排序问题,瑞恰慈在"心理学价值理论"那一章已经从理论阐述清楚了。现在我们将"冲动"问题置于文学批评活动中再次提出。批评家既然面对文本,就要准确理解人物冲动的排列和处置等艺术现象,就要意识或者说预测到读者面对冲动如此排列和处置会发生怎样的意义,还要考虑到如此"意义"的发生可能产生怎样的"功能"。所以,如上所陈述的,冲动排列秩序可发生在三个层次:作品中诸因素的多种冲动的排列;接受者多种冲动的排列;批评家多种冲动的排列。为什么特别提出批评家来说?因为,读者不可计数不可规约。批评家既是读者,又是读者中的特殊者,他的活动是理性的。由理性会引申出关于文学批评更宏观和更重要的问题,后面会具体提出和展开阐述,此处暂不涉及。

我们以较为典型的批评个案,展示和讨论批评家如何处理冲动的排列。英国批评家弗·雷·利维斯(F. R. Leavis),是英国剑桥大学教授,他"始终立足剑桥,以《细察》为喉舌,以唐宁学院为中心,一步一个脚印地追求他的批评与文学理想"。[②]《伟大的传统》是以"伟大的传统"为原则选取作家作品的文学批评著作。特点为,其一,利维斯认为,文学批评所以非常重要,乃由于"经典"显然用得过滥,批评家应予以甄别,让读者看出作家作品的差别。其二,"甄别"的目的让"利维斯在喜好的作家中,采取苛刻的取舍标准"。[③] 他选取和确定的英国小说的伟大传统由菲尔丁、理查逊和范妮·伯尼为铺垫,简·奥斯丁奠定了英国小说的伟大传统,从此乔治·艾略特、亨利·詹姆斯、约瑟夫·康拉德等形成一条发展之链。[④] 由此,利维斯将诸多英国文学大家屏蔽在"伟大的传统"之

---

① 参见刘俐俐:《建设科学实用的文艺评论价值体系》,载于《中国社会科学报》2017 年 2 月 6 日第 5 版。

② [英] F. R. 利维斯:《伟大的传统》,袁伟译,生活·读书·新知三联书店 2002 年版,"序"第 5 页。

③ [美] 雷纳·韦勒克:《近代文学批评史》(第 5 卷),上海译文出版社 2009 年版,第 402 页。

④ [英] F. R. 利维斯:《伟大的传统》,袁伟译,生活·读书·新知三联书店 2002 年版,"序"第 15 页。

外。其三，利维斯的"伟大的传统"不仅是文学的传统，主要是道德意义的传统，他选取的最重要的小说大家之特点是，"他们不仅为同行和读者改变了艺术的潜能，而且就其所能促发的人性意识——对于生活潜能的意识而言，也具有重大的意义"。[①] 品评这些伟大作品中的人物时，利维斯说，这些人物以坦诚虔敬之心面对生活，有巨大的吐纳经验的能力和显著的道德力量。由于此著绝非严谨的理论，就"伟大的传统"未有严格的理论界定。从统领作用第一章"伟大的传统"对两百年来英国小说的描述，可见利维斯理解重点放置在"人性意识""生活潜能""道德力量"等这些关键词上。作家之比较、取舍和评价均围绕这些关键词展开。概而言之，利维斯臧否作品的标准基本以道德为出发点。[②] 缘此，此著屡受新批评及其他一些理论家诟病，但利维斯的批评实践，在人物分析方面确有明显的"冲动"组织视角，不过他尚未如此意识且缺乏较深入的"内在价值"分析而已。比如，利维斯在他认可的小说大家"乔治·艾略特"这一章分析和高度评价了乔治·艾略特的《费利克斯·霍尔特》，"乔治·艾略特正是在《费利克斯·霍尔特》里描写特兰萨姆夫人的这一部分中，进入了具有独创性的艺术大家之列。"这位太太有着女王般的仪态风度，但是她的生活却为一段隐衷所苦。她婚后与家庭律师有染并生有一子，不久发觉律师工于心计，失望中默默忍受痛苦。但是她从不在言语和行为中流露出屈辱感。她决定决不"与这人"争吵，"决不把自己对他的看法告诉他"。[③] 这已成为习惯，她把那份女人的自尊和敏感保护得完好无损。确实，特兰萨姆夫人有诸多"冲动"：后悔、恐惧、苦涩、痛苦、挫折感、无奈、自尊等，但其中有一种秩序，那就是人性的尊严。批评家的利维斯认为，这个人物的魅力恰来源于因为人性尊严让诸种"冲动"有了秩序，这样此人物就产生了让读者同情并赞美她的人格，为之钦佩。这个人物的艺术效应，利维斯看得很准确，那就是人物悲剧性意味，读者并没有产生反讽的感受。如果放置在时代氛围来看，就更能看出其价值。此作为维多利亚时代的文学作品，维多利亚时代（Victorian era，一般定义为1837—1901），时代的社会风气以崇尚道德修养和谦虚礼貌而著称，也是一个科学、文化和工业都得到很大发展的繁荣昌盛的太平盛世。而特兰萨姆夫人"早年失足的处理竟然没有一点维多利亚时代道德家的气息"，[④] 特兰萨姆夫人显示了"道德平庸"中造出的悲剧。因为特兰萨姆夫人所处的维多利亚时代，所以，这个效果可回溯性地从两种可能分

---

① ［英］F. R. 利维斯：《伟大的传统》，袁伟译，生活·读书·新知三联书店2002年版，第3~4页。

② ［英］F. R. 利维斯：《伟大的传统》，袁伟译，生活·读书·新知三联书店2002年版，"序"第16页。

③ ［英］F. R. 利维斯：《伟大的传统》，袁伟译，生活·读书·新知三联书店2002年版，第101页。

④ ［英］F. R. 利维斯：《伟大的传统》，袁伟译，生活·读书·新知三联书店2002年版，第97页。

析。第一种可能，顺应当时社会崇尚道德修养和谦虚礼貌的风气，那么，人物则是时代风貌的顺向刻画，效果则是助力和彰显。第二种可能，逆着时代风貌的反向刻画，这就成了艾略特笔下的特兰萨姆夫人形象了。所以利维斯说，这个人物竟然没有一点维多利亚时代道德家的气息，这一点非比寻常。人物多种冲动的排列，最大意义是刻画个性化人物形象，让人物性格有了深度。人物刻画恰是作品艺术魅力的重要方面。显然，利维斯认可并如此理解了乔治·艾略特对这个人物"冲动"的排列和艺术处置。

从这个批评个案展示，应该说，利维斯已经代表有水平的读者读懂了并获得了特兰萨姆夫人的"冲动"及其秩序的"意义"。那么，我们不妨追问：利维斯依据什么理念或者说价值观来看待和评价特兰萨姆夫人的"冲动"及其秩序？这已经涉及终极依据问题，但暂且放下，后面将会展开这个追问。我们此处想说，该个案再次印证了"冲动"涉及作家、作品、人物、读者和批评家。现在我们强调的是，批评家处于非常重要的地位。那么，从文学批评必须处理诸种"冲动"价值秩序的角度，价值秩序的终极依据问题就被提了出来。

二、终极依据的涵义与思路

（一）终极依据的涵义

如前所述，文学批评需要也应起步于"内在价值"的分析与评价，这可看作是确认文学作品资格的基本审查阶段。"内在机制"和可能发生的意义是一体两面，所以，"内在价值"分析已经涉及了意义。无论作家潜意识还是显意识关于"意义"的提前预想，抑或读者与作品相遇发生的"意义"，还是批评家的理性对作品意义的理解，都是特定社会精神生活的存在。将这些予以概括后可提出这样的问题：批评家对作品意义的确认、对读者可能获得意义的判断，凭借和参照的是什么呢？所以此问题主要从批评家角度提出，缘于"以批评家自居就等于以价值鉴定者自居。……因为文学是对生存的一种评价"。① 而且在瑞恰慈看来，批评原理主要包括两方面：一种是有根有据的价值理论是批评的必要条件；另一种是理解文学艺术中发生的一切乃是价值理论所需要的。质言之，无论批评家是否自觉意识到，他们实际上确实需要一个可做参照的坐标系。如果将该坐标系定为最高等级，那么就是终极依据。终极依据既然要起到凭借和参照系作用，那么必定是高度凝练的观念形态。概而言之：终极依据就是对文学批评价值判断和评

---

① ［英］艾·阿·瑞恰慈：《文学批评原理》，杨自伍译，百花洲文艺出版社 1992 年版，第 51 页。

价给予合理性支持和可凭依的观念形态。这种观念形态可靠、科学而且实用。那么，从哪些方面可进一步认识终极依据的必要性？

（二）从"道德的基础"是"诗人奠定的"看终极依据的必要性

虽说瑞恰慈的文学批评原理是从心理学角度介入，存在诸多问题，受到诸多理论质疑，但是，他将批评和价值相联系却是极有见地的，其深刻和独到也来自于此。他认为，人类对于客观可见的物理世界诸多事物的经验都可比较并交流，但人们心理世界的经验却难以被他人看见，自然也无法形成交流。而文学创作则可发现、描写隐秘的经验而为人们交流提供空间和可能，又由于文学专长发现人们隐秘细腻复杂的心理经验，所以他采用"冲动"概念，这就是他的心理交流理论。在第八章《艺术与道德》中他进而提出，道德家只是就最抽象有限的若干道德概念来讨论，诸如善良等，"我们如果始终根据善与恶这类大的抽象概念去思维，那就永远无法理解什么是价值和哪些经验是最有价值的"。面对文学处理的细腻复杂微妙的经验，只有艺术家乃是"细枝末节"方面的专家，"道德家对艺术的这种忽略几乎意味着他们没有资格谈论道德。正如雪莱所强调的，道德的基础不是由说教者而是由诗人奠定的"。① 但是，文学依然需要道德，这也是瑞恰慈始终清醒意识到并予以强调的，他从道德与冲动的关系入手，"道德规范这个问题，于是就变成了冲动组织的问题，……"或者说，因为冲动需要秩序，自然需要一个系统性的道德支持。由此，他进一步的思想是，无论是道德，还是价值，都是有系统的，"无庸置疑，没有系统，价值便消失了，因为处于一团混乱的状态时，重要的和微末的冲动都同样遭到挫伤"。② 所以，从"冲动"与道德的关联性，即从"道德的基础"是"诗人奠定的"可看清终极依据的必要性。

（三）从文学批评价值体系的理论建设看终极依据的必要性

文学有多方面功能，自然价值也就多样。建设科学合理实用的文艺批评价值体系的任务自然提了出来。何为价值体系？价值已然明了。现在说体系，综合汉语和英语相关语词可知体系性质与特点："体系"为一整套同时运作的事物，是结构性的具有内部联系的组成部分的复合整体，在自身调整以及与外在环境互动中保持生命活力。文艺评论价值体系，是就文艺评论活动中凭借的关于文艺以其怎样的特质对人有怎样用处、用处大小、如何等价值观念和评价的复合性整体，

---

① ［英］艾·阿·瑞恰慈：《文学批评原理》，杨自伍译，百花洲文艺出版社 1992 年版，第 52 页。
② ［英］艾·阿·瑞恰慈：《文学批评原理》，杨自伍译，百花洲文艺出版社 1992 年版，第 50 页。

是合乎客观规律基础上主观性人为建构。"价值体系"具有如下本质性要求:其一,"体系"排除单一价值独尊,确认多种价值同时运作并构成其内部联系的复合性整体的合理性。其二,体系只有同外界保持联系与互动方具活跃的生命力。其三,人是全部社会关系的总和。价值需求主体总是具体社会历史语境的人,与价值体系既有关联又从属于外在环境。其四,价值客体的文学作品作为语词凝固体,是"历史流传物"。综合这些特质,可以推导出,文艺评论价值体系理当有个更大于它的体系,那个价值体系是社会性的,可以表征活跃的社会生活,因此,也就具有了外界的特质。文艺评论价值体系只有与其保持联系和互动,才能有生命力。仅从文艺评论价值体系理论建设的学理来看,就需要找到属于外在于文学的具有社会动态性质的那个更大的价值体系,那个价值体系就是课题组所谓的终极依据。

(四) 从社会主义核心价值观看终极依据的必要性

综合从"道德的基础"是"诗人奠定的",以及文学批评价值体系建设这两个终极依据必要性的理由,可以做如下理解:我们要建设的文艺评论价值体系,需要一个可依托并与之互动以激活生命力的那个属于外在环境性质的体系。瑞恰慈已经触及了"最佳组织",他推崇和赞同社会道德体系对文学批评中处理冲动组织系统的决定性质,但他没有系统论思想方法,而且不是目前中国语境的理论家。回到我国自己的语境与问题,可提出如此理论假设:在我国当下语境中,文艺评论价值体系与主导意识形态的社会主义核心价值观之间是彼此蕴含与包容的互动关系,此理论假设,可以得到哪些支持呢?

社会主义核心价值观是国家意识形态的体现,共计十二个范畴。按照该领域研究专家的看法,乃为国家之善、社会之善和个人之善三组,每组四个范畴。我们理解为,十二个范畴是中国文化传统积淀到如今,并根据如今我国人民利益诉求以及未来发展需要概括而成,是文化传统而非传统文化的积淀。希尔斯在《论传统》一书中认为,就广义而言,传统是指从过去传延到今天的事物。就外延而言,凡是被人类赋予价值和意义的事物,传延三代以上的都是传统;就主要用法而言,传统多指文化传统,即世代相传的思想、信仰、艺术、制度。传统的功能是保持文化的连续性,为社会带来秩序和意义。传统功能的实现以敬畏传统为条件。希尔斯还指出,传统是人类智慧在历史长河中的积淀,是世代相传的行为方式,是对社会行为有规范作用和道德感召力的文化力量。[1] 社会主义核心价值观的十二个范畴,每个都是融汇了文化传统的智慧、精华并经过历史验证的积极经验。尽管有些并非我国文化传统现成的范畴,含有西方范畴的元素,但因凝聚为

---

① 参见 [美] 希尔斯:《论传统》,傅铿、吕乐译,上海人民出版社 2014 年版,第 12~19 页。

一个整体而具有了整体性的中国性质与特色。十二个范畴遍布于制度、思想、信仰等方面。关于信仰，学界目前共识为，信仰对象既可为宗教，更可为诸如品质、操守、道德等在内的优秀文化传统，因为文化传统已经过历史检验确认其优秀，漫长的历史经验铸就了其不容置疑的可靠性。十二个核心价值观还有一个突出特质，就是相互之间有互相关联的内在逻辑性和层次性。人本来就是全部社会关系的总和，内在逻辑性和层次性保证了价值观的全面性，所以，是最可靠的具有中国本土特点的价值坐标。那么，具体到文学批评，如果将其作为终极依据，从哪里入手并具操作性呢？我们以既有思考凝聚的理论设想为"友善"范畴。

三、"友善"价值观与文学批评

现在落实到"友善"价值观与文学批评关系问题，侧重探究"友善"在文学批评中作为判断与评价依据的合理性。

"友善"的涵义是什么？"友"的文字源流为"会意字，甲骨文和金文中的友像两只方向相同的手。友的本义指志趣相同的人，即朋友，引申指相好、亲近。友也表示结交为友的意思，用作动词"。[1]　"善"的文字源流也为会意字，"善在古文字中是会意字。在金文中，这个字由表吉祥的羊和言（两个言合成的字，此字字典没有查到，特说明）组成，合起来表示吉利话、吉祥的言辞。善的基本义是美好，特指人的言行、品德符合道德规范。善又作动词用，表示使事物向好的方面发展，把事情做好，由此引申为善于、擅长，又引申为容易出现的或经常发生的。善也用作意动，表示认为好之义，由此引申表示同意，为应对之词。善还指双方关系融洽，作形容词。善也作副词用，指尽心尽力地。"[2]　以上梳理分别考察"友""善"两个词，均显现出绝大多数词义都具有现代合成词"友善"的词素，由此，"友善"可囊括诸多涵义：与人友好、融洽地相处、亲近、协力、团结、符合道德规范、努力将事情引向好的方面等。

"友善"价值观与文学批评的关系如何？或者更具体地问："友善"是否可为文学批评的基本参照点？

（一）人性中具有"友善"的可能

文学是关于人的书写，更确切说是关于人性的有艺术感染力的书写。既然如此，前述的"冲动"即可置于人性所有欲求之内并被覆盖。那么，如果将"友

① 《新华大字典》，商务印书馆国际有限公司 2014 年版，第 1043 页。
② 《新华大字典》，商务印书馆国际有限公司 2014 年版，第 764 页。

善"作为批评的基本参照点，就要说清楚人性中有没有"友善"的基因，或者换个词，是否有"向善"的可能性，如果人性中有这种可能，"友善"作终极性基本参照点就是可行的。

康德对此问题有过一个经典表述："论人的本性中的向善的原初禀赋。"所谓原初禀赋，意味着人都有这些禀赋，"向善"的禀赋是"友善"的前提。由此逻辑，以"友善"来做参照就是合理性的。康德提出，人有动物性、人性、人格性三种原初性禀赋。原初指人作为存在物所必然具有，而且三种原初禀赋均具有且合成为人之本性：第一，动物性禀赋，来自人作为一种有生命的存在物，这种禀赋不以理性为根源，而且可能顺着动物性欲求出现诸种恶习。第二，人性的禀赋，出自人基于比较的自爱（为此就要求有理性）的总名目下。这种禀赋虽然是实践的，但却以隶属于其他动机的理性为根源，因此也可能产生诸如忌贤妒能、幸灾乐祸等不正当欲求和恶习。上述两种禀赋，都有可能产生与善相反方向的欲求和恶习，但绝非必然。第三，"人格性的禀赋是一种易于接受对道德法则的敬重，把道德法则当作任性的自身充分的动机的素质。这种易于接受对我们心中的道德法则的纯粹敬重的素质，也就是道德情感。这种情感自身还没有构成自然禀赋的一个目的，而是仅仅当它是任性的动机时，才构成自然禀赋的一个目的。由于这种道德情感，只有在自由的任性把它纳入自己的准则时才是可能的，所以，这样任性的性质就是善的特性：善的特性一般与自由任性的任何特性一样，都是某种只能获得的东西。但尽管如此，要使它可能，就必须有一种禀赋存在于我们的本性中，在这种禀赋之上，绝对不能嫁接任何恶的东西。……它就是人格性本身（完全在智性的意义上看，它就是人性的理念）。但是，我们把这种敬重，作为动机纳入自己的准则，其主观根据显得就是人格性的一种附加物，因而理应被称作一种为了人格性的禀赋"。① 这第三种禀赋以自身就是实践的，但却无条件地以立法的理性为根源。关于第三种禀赋中的"任性"概念，我们以为，就是将外在的道德法则内化为自己的情感。或者说，这是一种可以将外在道德法则内化为自己内心道德情感的禀赋。这就将人虽说具有动物禀赋、人性禀赋，但由于同时也有人格性禀赋中内化能力，由此，人性中具有"向善"的可能。这就是康德表述的，人身上所有这些禀赋，都不仅仅是（消极的）苦的，也就是与道德法则没有冲突，而且都是向善的禀赋，即它们都促使人遵从道德法则，它们都是原初的。我们认可康德的这个观念，认为如果人格性禀赋发生了作用，那么，它就抑制了人的动物性禀赋和人性禀赋可能"嫁接"出的各种各样恶习，既保留人之为人的本性，又充分发挥人格性中"向善"的禀赋。可见，"友善"在人来说是可

---

① ［德］康德：《单纯理性限度内的宗教》，李秋零译，商务印书馆2012年版，第20～23页。

能的，此为"友善"将纳入文学批评参照基点的根本依据。

（二）"友善"与文学书写的"冲动"多样性、复杂性的双向兼容

所谓双向兼容，第一是指给予空间，第二是指给予限定。

先说第一种兼容，即给予空间。康德讨论人的本性中的"向善"的原初禀赋，既给予人"向善"的可能性，也给予了人性各种丰富复杂表现以空间。动物性禀赋可产生生存、繁衍的欲求，产生与其他人共同生活的社会本能，人性禀赋能产生出自爱，在意他人对自己的评价和看法，能产生争强好胜的性格等。这两种禀赋更可产生诸般恶习。所以，作为复合体的人的本性中的三种禀赋，与文学书写的"冲动"多样性、复杂性具有兼容性。因为，文学书写特别是叙事性文学对人物的刻画、对人与人之间关系的设置，不仅有人格性禀赋为主的性格展示，也会有动物性、人性禀赋"嫁接"出的恶习及其性格展示，所以，人性原初的"向善"禀赋的思想，以及以"友善"为基本参照点，是本书所谓双向兼容的第一种。可表述为，作为终极依据并不限制而是给予文学书写以开阔空间。

再说第二种兼容，即给予限定。作为文学批评终极性依据的"友善"，处于社会主义核心价值观体系之内，具有"社会价值导向性"特质，这与人类的伦理底线具有本质区别。所谓伦理底线，指全世界的伦理学家、宗教学家力求探寻超越与党派、种族、国度、宗教和意识形态的人类可共同认可并遵从的共同约定，最具体地体现在世界宗教会议于 1993 年在美国芝加哥通过的《全球伦理宣言》中。该宣言的"基本要求"为"每个人必须被当作人来对待"，"数千年以来，人类许多宗教和伦理传统都具有并维系着这样一条原则，黄金原则：己所不欲，勿施于人！或者换成肯定的说法，即你希望人怎样对待你，你也要怎样待人！这应当成为所有的生活领域中不可取消和无条件遵循的规则，不论是对家庭、社团、种族、国家和宗教，都是如此"。这项原则衍生出四项宽泛而古老的人类行为准则，也就是"四种不可取消的律令"，那就是"不可杀人！……不可偷窃！……不可说谎！……不要奸淫！"① 这就是人类伦理底线，即对人之为人的最起码的限定。所谓限定，是指此底线之下的则不为人，将受到法律的制裁。底线与导向是相反的两个方向。质言之，"友善"的价值导向性与这四个"不可"的限定性由此形成了两个方向，两者互补。伦理学家从公民道德建设角度，对于导向与底线两者区别与互补的关系有个非常好的表述："每个人都有自己的人生目标和价值欲求，但人必须先满足一种道德底线，然后才能去追求自己的生活理想。严守道德底线需要得到人生理想的支持，而去实现任何人生理想也要受

---

① 参见［德］孔汉思：《世界伦理手册》，邓建华、廖恒译，生活·读书·新知三联书店 2012 年版。

到道德底线的限制。所以说，强调道德底线与基本义务，提倡人生理想与超越精神又是紧密联系、完全可以互补的。"① "友善"的导向性而非限定性，从而可作为文学批评基本参照。

（三）"友善"为文学批评终极性依据的"大众方向"导向

社会主义核心价值观，是国家层面具有主流意识形态性质的导向。前面业已论证社会主义核心价值观作为终极性依据的合理性，现在具体论证"友善"作为文学批评终极性依据的合理性。人性中具有"友善"的可能，以及"友善"与文学书写的"冲动"多样性、复杂性具有双向兼容性，已经论证，现在继而从"大众方向"导向性论证其合理性。"价值导向""这是一个由中国人针对中国问题创造出来的地地道道的'中国话语'。""价值导向"这个概念有一个逐步形成的中国语境和过程。② 所谓导向，就是在"个体觉醒和个人的权利意识增长之后，如何遏制相对主义的蔓延，以免造成个体与社会之间的鸿沟的扩大。……'价值导向'的概念就是一个旨在实践中解决实际问题的概念，具有很强的实践性和操作性"。恰恰因为"价值导向"是地道的中国话语，所以早在1991年冯契先生在"改革开放与社会价值导向"研讨会上的讲话就提出："应以价值论的角度来考虑，这是一个理论问题，不仅善，而且美、真、功、利都有一个价值导向的问题。从这个角度看，价值导向就是要坚持价值观的大众方向。"③

何以坚持以及如何实施价值观的"大众方向"？冯契先生的思路是，只有把握住"大众方向"，才能有效实施价值导向。直白地说，即为了有效实施价值导向，只有坚持"大众方向"。什么是"大众方向"？就是把功利和道义、功利的价值和精神的价值统一起来，目的是实现理想。总归一句话，就是价值观上要有宽容精神，不强求一律。因为，价值是多方面的，多层次的，每个人品德的培养要经历过程，不能一下子达到理想，因人而异。宽容还体现在大众在理解基础上的自觉自愿。朱贻庭教授在理解冯契先生此讲话的文章中更具体地说，"这就把每个人的全面而自由发展的理想与中国的历史和现实非常具体地结合在一起，使得理想不再是遥远的东西，而成了活生生地引领现实的价值导向。"④

"友善"处于核心价值观的最末一位，并非它档次低，而是它与人的本性最

---

① 何怀宏：《底线伦理是建设公民道德的可行之路》，载于《光明日报》2007年9月13日。

② 参见赵修义：《"价值导向"：地道的中国话语》，载于《探索与争鸣》2016年第9期，第35～38页。

③ 冯契：《坚持价值导向的"大众方向"》，载于《探索与争鸣》2015年第11期，第4～6页。

④ 朱贻庭：《社会价值重建要坚持价值导向的大众方向》，载于《探索与争鸣》2016年第9期，第38～42页。

近。从文学作为感性存在物来看，"美是道德的象征；并且也只有回顾这一层（这对每个人是自然的，也要求这每个人作为义务），美使人愉快并提出人人同意的要求，在这场合人的心情同时自觉到一定程度的醇化和昂扬，超越着单纯对于感官印象的愉快感受，别的价值也按照着它的判断力的一类似的规准被评价着。"①"友善"就是康德所说的"别的价值"中最贴近人本性的价值，也是与道德象征的美最底线性吻合的范畴。以"友善"为文学批评基本参照，就是将文学接受定位在读者作为人，均具有"向善"的本性，文学书写"友善"可能折射的诸多"冲动"，既有了组织秩序，是人民大众可广泛接受的，也具有导向功能。文学与人们站立的地气相接壤，这可表述为文学批评导向的大众化，可证明文学批评导向的大众化的一个旁证是伦理学领域的"底线伦理是建设公民道德的可行之路"的思想。该思想认为，全面道德建设应立在底线伦理上，而不是要求人们成为圣贤或者职业模范。我们以为，这即是全民道德建设的"大众方向"，学者就此观念的表述都是极为大众化的："总之，只要你是一个社会的成员，你就必须履行某些义务。不管你是什么信仰，追求什么价值观念和生活方式，也不管你多有权、多有钱或多有名，有一些基本的东西你是不能丢的。……某种做人的底线你是不能退的。"②

四、"友善"价值观作为文学批评基本参照的实用性与理论空间

（一）"友善"作为文学批评终极性基本参照的实用性：以《北京折叠》为中心

郝景芳的《北京折叠》2016 年获国际雨果奖，已然被确认为科幻小说。我们通过查阅学习既有科幻文学理论著作，认为在科幻小说范围内，此作属于"空间旅行"和"时间旅行"合成的"奇异旅行"支脉。它顺叙地讲述了一个故事，以科学幻想思维形成了三个空间可折叠的"框架式"模式，以老刀在三个空间依次穿行、返回的新奇旅行，造成折叠式空间这种他异样态引发的陌生感。在现实生活中，我国语境的读者熟悉社会已经分层以及各阶层的生活方式有极大的反差这样的现实。这样，陌生感的他异样态与读者熟悉的同质样态的感知之间就形成了在场和互动的机制，读者得以在一个潜在革命性的新视角中来理解我们自己的生命状态，有了艺术感受和感悟。我们以批评家的视角代读者表述阅读心理，可

---

① [德]康德：《判断力批判》（上），宗白华译，商务印书馆 1987 年版，第 201 页。
② 何怀宏：《底线伦理是建设公民道德的可行之路》，载于《光明日报》2007 年 9 月 13 日。

以表述为：（1）发现：发现现实生活原来有如此不堪的一面；（2）同情：同情老刀生活于困窘的第三空间；（3）欣慰：第一空间依然有善良的人而欣慰；（4）警觉：为人类未来可能会面对如此情境而警觉。意义之发生就是依托于可在这样多种冲动中理出一个秩序。如果说认可了警觉为最重要的"冲动"并起到组织和统领作用，那么，意义发生就可以概括出来了：警觉，是发现了生活如此真实的状况并同情老刀，为老刀暂时得以解脱而欣慰，为了避免老刀这样阶层的如此状况未来成真，警觉发生了。这些属于心理范畴的动词，都可以"友善"为基本参照。发现来自关注；关注的对象是他人处境和社会；关注而产生了对他人的同情，因为有同情，而为他人暂时安全感到欣慰。可见发现、关注、同情、欣慰均为将自己和他人联系起来的立足点，如同我国传统文化表述的"老吾老以及人之老，幼吾幼以及人之幼"的德行，均来自人类本性中对外在于自己的正常社会生活和道德规范的敬畏而产生的"向善"的禀赋，甚至有对社会对人类未来的责任心。"警觉"及其表现，这是读者接受立足于"友善"而逐步向更上级价值观范畴的空间开拓。

（二）"友善"的范畴关联度与理论空间

上面《北京折叠》的批评实践，显示了诸种"冲动"以"友善"为基本依据的实用性，也显示了与"友善"相关联的范畴。我们以为，因为"冲动"概念本来就是瑞恰慈从心理学借用到文学批评原理来的，而且如上将"冲动"与社会主义核心价值观及其与文学最贴近的"友善"范畴相联系，由此，我们就有理由继续借助心理学资源，以"友善"为中心，建立起具有关联度性质的谱系。我们的基本理论设想是，仅仅一个"友善"，固然可为终极性依据的底线，但就此一个范畴毕竟有限，而这个范畴又确实与诸多心理学、伦理学术语可能形成交织。因为交织而产生若干与"友善"相关联又有所区别的范畴，范畴丰富起来，在文学批评中操作性就会更强。将若干与"友善"相关联的范畴排列，或者形成以"友善"为中心的环形范畴圈，这就是所谓的谱系。显然，谱系的建设需要参考和借鉴心理学、伦理学、美学、文学批评理论、修辞学等学科的既有术语、概念及其元素，是一件细致烦琐的工作，但如果构建起如此谱系，也就形成一个开拓性理论空间，目前仅为理论设想，即便可行也将是复杂细致的工作。仅以近期读到的医学和心理学相结合而发现的"意念对健康的影响，大到不可思议"的规律，重要的是这个发现列出了一个融心理学和医学结合的谱系表，此发现来自美国的戴维·霍金斯博士。[①] 他通过百万次试验测定得出这个结论。他提出，没有

---

① 《意念对健康的影响，大到不可思议！》，腾讯网，https://new.qq.com/rain/a/20200826A02W2N00。

爱会生病。凡是生病的人一般都有负面的意念,他们喜欢抱怨、指责、仇恨别人,不断指责别人过程当中就会削减自己很大的能量。这些意念的振动频率低于200,这些人容易得很多不同的疾病。反之,慈悲、爱心、宽容、柔和等心理则促使人健康。他列出了一个正面意念的图标,即正能量层级,从低到高的层次为:勇气/淡定/主动/宽容/明智/爱/喜悦/平和/开悟。由他的展示可以发现,所有这些层级均与人类"友善"范畴相关。比如,"主动"层级的表述是:"全然敞开、成长迅速,真诚友善、易于成功"。"爱"层级的表述是:"聚焦生活的美好、真正的幸福"。"喜悦"层级的表述是:"慈悲、巨大耐性、持久的乐观"等。这就从医学与心理学结合的案例,看出作为价值观的"友善"范畴与文学批评理论结合而生成新的理论空间的可能性与合理性。

第五节 最高标准与具体作品对举的文学批评理念与实践理路

本书秉持最高标准与具体作品对举的文学批评理念与实践理路,兼具应然性文学价值观念与文学批评方法论双重性质,融汇观念、标准和方法为一体。

一、马克思主义文论系统中的最高标准与具体化

(一)马克思主义文学批评的最高标准

马克思主义文学理论系统中,最早的批评标准是"美学和历史的"标准。该标准是恩格斯1847年的书评《卡尔·格律恩〈从人的观点论歌德〉》首次提出。恩格斯将其作为最高标准的表述是1859年5月18日《致拉萨尔》:"您看,我是从美学观点和历史观点,以非常高的、即最高的标准来衡量您的作品的。"[①] 学界认为,自此开始,"美学和历史的"标准便成为马克思主义文艺理论评价文艺作品的经典论述,吸引着那些对马克思主义文艺批评有着浓厚兴趣的艺术家、理论家、政治家。[②] 在创作和批评实践中,这一最高标准始终在探索和努力实现过

---

① 《马克思恩格斯论文学与艺术》(一),人民文学出版社1982年版,第182页。
② 丁国旗:《正确认识"美学和历史的"批评标准》,载于《中国社会科学报》2019年3月25日第1659期。

程中，诚如理论研究揭示的：该标准将永久性地具有不平衡性；是个遥不可及的目标；给后来人以及今人认识和解决该问题提出了挑战；激发艺术家和批评为追求美学的和历史的两者之平衡而不断探索；该标准也将成为创作与批评的一般标准。① 马克思主义经典作家提出并论述过存在于歌德、巴尔扎克、托尔斯泰等作家作品中的不平衡现象。同时，我国文艺理论家也已注意到俄国的托洛斯基、卢那察尔斯基，我国的鲁迅，甚至我国新时期文艺的"审美意识形态"属性的探讨和论证，都存在追求两者平衡的现象。② 我国学者通过考察进而确认，"美学和历史的"标准提出之后，马克思主义经典作家并没有对这一命题再做更多的阐释或发展。

（二）马克思主义系统的最高标准具体化

恩格斯在给拉萨尔的信中，说过含有文艺最高标准思想因素的一段话："您不无理由地认为德国戏剧具有的较大的思想深度和意识到的历史内容，同莎士比亚剧作的情节的生动性和丰富性的完美的融合，大概只有将来才能达到，而且也许根本不是由德国人来达到的。无论如何，我认为这种融合正是戏剧的未来。"③ 我国学者的共识是：这是恩格斯对于现实主义文学发展未来的预测，也可以把它视为对现实主义文学所提出的最高要求。"完美融合"所包含的三个方面清晰有力具有逻辑性，④ 更具有秉承最高标准之精髓切入文艺批评的可操作性。其中的"莎士比亚剧作的情节的生动性和丰富性的完美的融合"之下，还需要承接恩格斯给哈克奈斯信件的草稿所说的"据我看来，现实主义的意思是，除细节的真实外，还要真实地再现典型环境中的典型人物"。⑤

依据如上我们获得了三个关键性概念：意识到的历史内容；较大的思想深度；莎士比亚剧作的情节的生动性和丰富性。恩格斯认为三者的完美融合是批评的最高标准，但依然不可企及。"除细节的真实外，还要真实地再现典型环境中的典型人物"则是对于"莎士比亚剧作的情节的生动性和丰富性"的更加具体化理解和表述。至于如何形成批评的具体标准，依然没有解决。

①② 详见丁国旗：《正确认识"美学和历史的"批评标准》，载于《中国社会科学报》2019年3月25日第1659期。
③ 《马克思恩格斯论文学与艺术》（一），人民文学出版社1982年版，第178页。
④ 详见童庆炳等主编：《马克思与现代美学》，高等教育出版社2001年版，第80~81页。
⑤ 《马克思恩格斯论文学与艺术》（一），人民文学出版社1982年版，第188页。

（三）中国马克思主义文论的批评标准具体化

以中国共产党为代表的政治家继承马克思主义文论脉络，并提出具体的批评标准。基本特点是所提出的标准均为原则性的，指导性的，而非具体性的。首先是毛泽东的《在延安文艺座谈会上的讲话》指出："文艺批评有两个标准，一个是政治标准，一个是艺术标准"。学术界研究认为，作为政治家的毛泽东，"他对政治标准的描述不能作为一个严格的定义来看，只是一种权宜之策。但仅从当时的时代状况来看，这个定义的内涵还是非常明确的。对于艺术标准是什么，毛泽东却是直接绕过了对它的界定，仿佛视之为一个自明的命题，只是提出了艺术性高低，相应地存在着好与坏的问题。然而，艺术性并不是一个自明的概念，何谓艺术性，何谓艺术性高，而又何谓低，这些需要做出规定的概念他都没有再做进一步的说明。"① 我们认为，这个分析和判断客观、精准，也就是本书强调的国家层面的文艺观念、功能确认和批评标准都是立足于国家民族最高利益，随着国家民族当时语境的突出任务和使命而确定，而且只有原则性、指导性，才能给予理论阐释和语境变化以开阔空间。党的十八大之后，习近平总书记提出"创作无愧于时代的优秀作品"，涉及标准的表述有："传播当代中国价值观念、体现中华文化精神、反映中国人审美追求，思想性、艺术性、观赏性有机统一的优秀作品。""优秀作品并不拘于一格、不形于一态、不定于一尊，既要有阳春白雪，也要有下里巴人，既要顶天立地，也要铺天盖地。""精品之所以'精'，就在于其思想精深、艺术精湛、制作精良。" 如上与标准相关的表述，可概括为，在以人民为中心的基本导向前提下，更加尊重艺术自身规律，这是缘于新时代的人民对于文艺有了更高更丰富的需求，有了提出较为具体的批评标准的条件。但是，国家层面提出的标准，总体特点是原则性的，指导性的，而非具体性的。此外，必须予以说明的是，中国马克思主义文论的批评标准具体化的研究者，其工作是梳理和辨析。如本书第五章第五节的系统梳理，如谭好哲教授的《百年中国马克思主义文艺价值观的思想谱系与理论积淀》。②

---

① 高建平主编：《当代中国文艺理论研究（1949—2009）》，中国社会科学出版社 2011 年版，第 102 页。
② 谭好哲：《百年中国马克思主义文艺价值观的思想谱系与理论积淀》，载于《文学评论》2021 年第 3 期，第 5~14 页。

二、衔接问题与解决的基本观念及理路

（一）衔接问题与学界的努力

既然最高标准遥不可及，是文艺的最高理想，艺术活动又是最活跃自由的精神活动，仅以文学作品来说，创新性极强且纷繁多样，可以说文学作品本质特征之一就是不具有规约性。遥不可及的最高理想和没有规约性的作品如何衔接，或者换个提问方式，批评标准如何落实于千变万化的具体作品，怎样具体的标准可以适应作品的相异样态？

学术界意识到此问题并做了大量工作。最突出的工作是批评概念术语研究，为批评提供标准和操作方法的目的很明确。在我们看来，批评概念和术语实际上具有批评标准作用。此类研究又分两种：一种是经过中国学界阐释和改造过的。另一种是西方各种批评理论著述或者工具书，尚未经过阐释和改造但在我国已有广泛影响并被理论家和批评家运用。第一种，代表性的如胡亚敏主编的《西方文论关键词与当代中国》，该书导言就说明了："19 世纪中叶以来，中国现代文学批评理论的孕育、建构和发展就与西方文学批评在中国的传播和影响交织在一起，尤其在当代中国，西方文论一些关键词经过阐释和实践逐渐被吸收和改造，衍化为中国文学的一部分。"[1] 可以概括为：性质是批评理论，研究重要批评理论在中国的传播，探寻其在中国的接受、挪用和改造轨迹，进而考察其与中国批评理论范式的重构问题。翻检 10 个关键概念：话语、文本、叙事、文学性、反讽、隐喻、延异、意识形态、身体、他者。第二种，进入中国文学理论视野的还有尚未经过阐释和改造的。代表如 M. H. 艾布拉姆斯的《欧美文学术语词典》，译者前言说得很清楚："采用短文形式对每个术语所代表的文学概念和流派的产生、发展、特点和变异以及在文学批评中的作用与影响，作了概观性的论述并举例说明。"[2] 此类还有英国学者雷蒙·威廉斯的《关键词》。威廉斯讨论关键词的词义时偏重历史考察，不过他在词源学上的兴趣是与他的政治关怀难分彼此的。这部类似辞典的《关键词》，性质是文化关键词，"威廉斯本人强调历史意识，热爱文学艺术，没有他对历史和文学的出色理解，就不会有《文化与社会》和《关键词》。……威廉斯关心并研究各种非文字的交流方式（如电影），反对狭隘

---

[1] 胡亚敏主编：《西方文论关键词与当代中国》，中国社会科学出版社 2015 年版，"导言"第 1 页。

[2] ［美］M. H. 艾布拉姆斯：《欧美文学术语词典》，朱金鹏、朱荔译，北京大学出版社 1990 年版，第 1 页。

地理解'文学'一词，但如果文化研究彻底脱离文学遗产并以此为荣，作为祖师的威廉斯或许会剥夺某些信徒的文化遗产继承权。"① 可见该著作是将文学及其他艺术都纳入文化视野中的工具书。该书中的文学批评毋庸置疑地属于批评理论，是被放置在文化领域中的关键词书，这是一种泛化文学批评理论辞典。与泛化走向相反的是深入文学作品内部特性，如胡壮麟、刘世生编译的《西方文体学辞典》。该书"不仅提供一些专业词汇的译名，更主要的是对文体学相关的理论概念做出概括的解释"。② 这是编译性质一类的书。此外，罗伊丝·泰森所著《当代批评理论实用指南》共十三章，其中十二章都分别冠以诸如"女性主义批评""新批评"等理论流派名称，但是写法则将每一种理论流派都予以细化，而且都从作品实际出发，理论就变得灵活可爱。比如第六章"读者反应批评"，基本原则是"如果你感觉到，读者反应批评涵盖了各种见解相异的立场，那就对了。事实上，如果某篇文章分析的是阅读行为或读者反应，我们就可以把它当作读者反应批评。"③ 而且他将读者反应批评理论细化，所谓细化，就是允许做多样理解。如"投射读者：《了不起的盖茨比》的读者反应分析"，他始终依托读者阅读的各种具体情况。如上这些具体化的工作，为解决衔接做了重要理论贡献，提供了资料借鉴价值。

（二）解决的基本观念及其理路

最高标准与具体标准如何衔接并落实到批评实践是兼容理论与实践的重要问题，此问题一方面需要有基本原则和理路，另一方面需要进行实践性尝试和探索。这是一项需要时日的工作，课题组仅就基本原则和理路做理论假说性设计。

解决问题的基本观念为，阅读者与批评家是衔接性批评标准的共同主体。这个观念来自文学活动论，接受者包括读者和批评家，就两者关系，本章第一节探究批评家位置已有讨论和阐述，既认可批评家本人也是一般读者，与一般读者有相通性一面，又强调批评家应有的价值观念和标准。两者辩证地理解，就是第一节所说的：批评家审美趣味以及个人审美价值观念，既是"缘在"的，即不可对比的就此存在而且不断生成地此在着，同时也是"同缘在"的，即必定与某些人的审美趣味有重叠，交织地同缘地共存。某些人既是个体性的人，更是社会性的人。人是全部社会的综合体。这就可推理为"某些人"与批评价值体系依托的当

① ［英］雷蒙·威廉斯：《关键词——文化与社会的词汇》，刘建基译，生活·读书·新知三联书店2005年版，第10页。
② 胡壮麟、刘世生编译：《西方文体学辞典》，清华大学出版社2004年版，"出版说明"。
③ ［美］罗伊丝·泰森：《当代批评理论实用指南》（第2版），赵国新等译，外语教学与研究出版社2014年版，第169页。

下主导价值观的"导向"以及正项审美趋向有吻合或部分吻合的关系，但终究不是相悖关系。当然，更可能是体现了历史发展方向，从而与主导价值观的导向与正项美感深度吻合。这个观念的实践意义在于，重视批评家的审美性阅读，也重视批评家以核心价值观以及尊重、遵循文艺规律。换句话说，就是将文学交给广大读者，也交给合理的社会核心价值观。概言之，既有外在社会环境的价值坐标，也满足审美属性和规律。

基本理路在于，最高标准与作品具体批评两者相向而行。具体描述此理路，就是回到具体作品的实际阅读效应，从其艺术魅力的效果出发，由果溯因地探寻作品艺术价值形成的内在机制，也就是找到内在的艺术价值产生的原因，找到原因并说清楚了，就具有了与最高标准衔接的合理性。原理很朴素："美作为道德性的象征。"① 如何相向而行地衔接并凝练为批评标准，是个兼具理论与实践的复杂任务。课题选取电视连续剧《大江大河》为批评实践个案开始探索，并作个案内的初步概括，理论凝练任务暂且搁置。

三、中国"智慧"的艺术与批评经验

顺着观赏的艺术直觉，突出感觉是中国智慧的艺术生发力量。尊重这种审美经验，暂且从"智慧"入手。

(一) 中国传统文化的智慧与剧情

先说智慧。《辞海》的"智慧"辞条与本议题相关的涵义有两个。其一："对事物能认识、辨析判断处理和发明创造的能力。如智慧过人。"其二："犹才智、智谋。《孟子·公孙丑上》'虽有智慧，不如乘势'。"② 这是从辞意角度的用法和解释。"智慧"在人文学科和人文科学两个概念中，有与辞意相关但内涵更丰富的定位和定性。"人文学科"又作 liberal arts。《不列颠百科全书》该辞条的概括性表述是："涉及人类及人类文化的诸学科，亦指涉及探讨此类学科的诸分析方法与评价方法的科学。"③ 这个表述已含有"人文科学"的意思。我国人文科学研究领域学者，在与人文学科关联性中如是界定："人文学科（The Humanities）归属教育学教学科目分类，人文素养概念即定位于人文学科教育原理；人文科学（The Human Sciences）则从哲学高度对包括人文主义与人文学科在内的

---

① ［德］康德：《判断力批判》（上），宗白华译，商务印书馆 1963 年版，第 200 页。
② 《辞海》（1999 年版缩印本），上海辞书出版社 2002 年版，第 2202 页。
③ 《不列颠百科全书》（第 8 卷），中国大百科全书出版社 2007 年版，第 242 页。

人文活动原理的系统研究理论。"① 他们明确提出，人文科学的系统研究理论中，"智慧"是五种"人文科学方法的若干代表性形态"之一，② 其余四种为理解、直觉、描述和个案性。该定位对于"智慧"的定性是："智慧，在其最独特的意义上，是指面临不易直接用逻辑分析解决的矛盾时，凭藉生活与实践经验所采取的非常规的应对态度与方法。"并在与亚里士多德所区分的 Techne（技术）与 Phronesis（实践智慧）相对应中，明确提出：Phronesis 与汉语的"智慧"相对应。"智慧，往往是基于对人性（或世态）的深刻洞察和了解。""这种智慧洞察往往是直觉性的。""智慧在东方传统社会中往往以特定的文化哲学（如无为而无不为的老庄思想）为背景，特别运用于人际矛盾化解而转化为权术和管理艺术。""智慧的闪现，往往是基于人文主体性的认知意志、情感和心理结构素质、当下现场的情景式反应。""但智慧的范围不限于人际关系的伦理交往。智慧同样还体现于人对器物的技艺性探索中。"③ 根据上文梳理和介绍，本议题规范性地表述为：文学功能指凭借审美情感影响意志和认知，智慧基于人性的深刻洞察和了解，审美情感因人性而渗透智慧，智慧将体现于审美特性的艺术作品。智慧在共同文化中的人们中具有天然遗传性，易于发生共鸣而成为审美接受基础，具有走向共同价值评价的合理性与可能性。此外，智慧的"非常规"性而与趣味、曲折和戏剧性相关，是艺术构成潜在资源。缘于以上初步理解，以中国电视剧《大江大河》的智慧为抓手进入讨论。

再简要说说《大江大河》（包括1、2两部）。该剧是近年来的优秀电视连续剧之一，引起了广泛关注和热议。《大江大河》以改革开放的80年代初期到90年代中期为大背景，其中大部分时光即"摸着石头过河"时期。以宋运辉为主要人物的东海化工、以雷东宝为主要人物的小雷家村的村办企业，以杨巡为主要人物的个体经商者等，三者相互关联又各自独立，共同构成宽阔丰富而且漫长的改革开放故事，呈现了农民宋运辉起伏挫折中创新拓展，创办集体企业，雷东宝沉浮起落，以及贫穷出身的杨巡在艰难商海中奋斗以争得人的尊严等三个主要故事，伴随分支故事，即美国洛达投资公司代表梁小姐认识中国的故事。概言之，故事总体背景为南方讲话后出现重大转折和改革深化，社会主义经济建设成为一切工作的重点。突出特点为叙述曲折漫长，审美蕴含多层次和多角度。情节和人物综合复杂，始终蕴藉着"在其最独特的意义上，是指面临不易直接用逻辑分析解决的矛盾时，凭藉生活与实践经验所采取的非常规的应对态度与方法。"④ 有理由说，从智慧角度切入有其道理。下面我们主要顺着恩格斯对于现实主义文学

---

① 尤西林：《人文科学导论》，高等教育出版社2002年版，第1页。
②③ 尤西林：《人文科学导论》，高等教育出版社2002年版，第94～96页。
④ 尤西林：《人文科学导论》，高等教育出版社2002年版，第94页。

提出的最高要求的三方面分析。

（二）"较大的思想深度"艺术体现及其枢纽

"较大的思想深度"，是恩格斯根据莎士比亚以来的现实主义文学传统基础而提出。"思想"是思考和凝练的结果，体现出倾向性。马克思和恩格斯明确提出，"现实主义文学并不反对倾向性，即不反对在作品中表露作者的主观思想和情感。相反，他们认为，许多著名的作家，都具有鲜明的倾向性"。① 可以理解为，艺术以感性形象呈现，较大的思想深度，就是有倾向性的感性形象，落脚在叙事性艺术，通俗说法就是讲述了怎样的故事。"深度"指"倾向性"超越于一般的平庸的想法，值得琢磨品味。

基于这样理解来看《大江大河》。倾向性首先体现在真实地呈现了改革开放是历史必然现象。必然就是虽有挫折、失败、错误，更有悲欢离合，但一直不改初衷地持续前行。因此，挫折、失败、错误和悲欢离合，格外富有艺术魅力。其中一些惨烈情景最能触动观众心底的柔软部分：小雷家村的老书记因贪污而自责上吊自杀；宋运辉以技术为理想，开拓进取却屡屡受挫；雷东宝一心为小雷家村的村民们富裕奔忙，却经历了失去妻子和入狱……可是这些并未让锐意改革的人们停下脚步。从个体性承包到联合为集体企业，再到分配与劳动效应结合制度，从计划经济到双轨再到市场化，走向海外销售自主权……"摸着石头过河"很艰难，探索中的挫折势必不可避免，历史却依然如此走，此倾向何其强烈！"思想深度"体现在艰难而必然。

其次，体现在主宰改革历史潮流的是人民。改革历史潮流不能离开人，更确切地说不能离开人民。"人民"作为集体名词，是文学批评的"中国形态的出发点和归宿"。对于"人民"，在马克思恩格斯那里始终处在理解和阐释的调整过程中，② 中国主流意识形态的理解和阐释也如此，从战争年代工农兵为主到范围覆盖更广的"人民"。该剧情中的人民包括技术干部、领导干部、农民、工人、个体工商者以及其他诸方面的人，均为改革实践中动态的个性化的具体人，他们是"人民"概念的当代具体组成形态。如前面提到的视野开阔、懂技术又敢于锐意开拓的技术型领导宋运辉，也有公正但守成求稳的东海化工厂马保平厂长，个性外露但眼光短浅的韩则刚副厂长，更有见风使舵庸碌无为的高副厂长……金州化工阶段则有费厂长、闵忠生副厂长、刘总工和水书记等各色领导干部。至于农民，恰如雷东宝说的，农民就是那些凡事想自己为主，想到他人很少的人们，但

---

① 童庆炳等主编：《马克思与现代美学》，高等教育出版社 2001 年版，第 80 页。
② 参见胡亚敏：《马克思主义文学批评中国形态的当代建构》，人民出版社 2020 年版。

所有农民都想过好日子，因此也是勤劳奋斗的人们。如此的"人民"与改革开放必然性有机融合的内在机制何在？也可以问：在"摸着石头过河"的"非常规"态的历史进程中，两者如何合一？回到中国传统文化找找看。

剧情有所提示。在水书记和宋运辉的谈话中，劝说和告诫性地提到了"和光同尘"；宋运辉在梁思申审阅东海化工资质资料的办公室里，针对梁思申对美国同仁忽略的苗头，对梁思申也提到了"和光同尘"，提醒她团结美国同事。按说，叙事文学忌讳重复。当改革创新遭遇保守等阻力而面临更大困难的时候，宋运辉去北京找过曾经的县委书记、现在的徐主任。徐主任和宋运辉的两次谈话，或显或隐地也涉及"同光和尘"思想。

"和光同尘"最早见于《道德经》。其第四章说："挫其锐，和其光，同其尘；是谓玄同。湛兮似或存。"到了唐人房玄龄等人编撰的《晋书》中，则化用老子《道德经》思想为："和光同尘，与时舒卷，戢鳞僭翼，思属风云。"①《晋书》继承了老子的思想，增添了以"和光同尘"为气度而顺应时势的思想元素，形成了"和光同尘"具有动态特质，随时态变化而自由舒卷的效果，实现最大成就，所谓"戢鳞僭翼，思属风云"是也。改革开放是中国历史千年不遇的最亮的一道"光"，其热量和力量的辐射度怎样评价都不为过。此改革之"光"能够同化、团结一切可以团结的人们，可以寄托宋运辉、雷东宝、水书记等这些胸怀和眼光开阔人们的最美好理想，也可以容纳和施展他们的智慧和能力，还可以给普通百姓过上好日子的朴素理想以实现可能，同时也给予刘总工、马厂长等人们以活动和转变空间，是为"同尘"，由此而形成"与时舒卷""摸着石头过河"的实践性、探索性，顺着"和光同尘"而"与时舒卷"。概言之，"和光同尘，与时舒卷"智慧，既可作为改革开放历史必然性的形象概括，又是必然性与"人民"深度融合的原理，可为"较大的思想深度"的枢纽，枢纽指它有覆盖融通贯穿的特点。

（三）"意识到的历史内容"之艺术体现及其精髓

作为恩格斯关于现实主义文学最高理想内涵之一，"意识到的历史内容"可理解为，有"意识到的"就有未"意识到的"历史内容，意味着恩格斯对此有更高要求：作品反映的社会历史内容并不是纯粹客观地、不自觉地展现出来的，而是作家把握和充满主体意识的内容，体现了作家选择和理解的自觉意识。我们以为，就此可以理解为，艺术呈现其实是某种社会本质和历史规律的反思，但

---

① ［唐］房玄龄等：《晋书》（第1册），中华书局1974年版，第21页。

是以艺术方式所呈现。[①] 对于批评理论来说，反思性是值得研究的关键性概念。就此剧的一句话概括就是：改革开放历史形象呈现为螺旋形发展的规律。"形象呈现"可以回到许多具体方面，简要描述一些：改革者"摸着石头过河"，如雷东宝等确实成就了一番事业，变革和转折过程中既有保守势力的束缚，又有法制及规范不健全等特点，这种语境是雷东宝们成功的条件，也为他们不规范行动等埋了单。随着法规法律的健全，改革者时有触碰雷区，如雷东宝因不规范行为入过狱，他随意终止合同，为了小雷家人们共同富裕，合同不到期就要征用忠富承包的鱼塘；购买原料从计划批准到市场运作过程的交错复杂引发尖锐矛盾……到了第二部时，逐步走出"摸着石头过河"的时期，法律和规章制度逐步健全，改革也随之走入深水区。如追求短期效益与遵从科学规律的技术改革之关系、资金不足用土地换设备共同开发等。

螺旋形发展过程，既来自复杂人性，也是人性充分表现的机遇和过程，是该作品"意识到的历史内容"之一，也是反思的结果。所谓"沧浪之水清兮，可以濯我缨，沧浪之水浊兮，可以濯我足"。人性复杂，老书记一心为公，支持雷东宝改革，带领村民走向富裕，但却一时糊涂而贪污。此贪污最重要原因在于分配制度尚不健全造成的心理失衡，也在于人性的复杂。宋运辉如此优秀的改革者，在程开颜父亲的有意设计和开颜的追求中，酿成了并不圆满的婚姻。同为水书记徒弟的闵忠生和宋运辉，前者热爱技术但善于以技术换取权力和地位，后者则以技术为理想，这是人性之差异。再如水书记眼光锐利，心胸开阔，却错用了虞山卿。这样的"意识到的历史内容"，恩格斯有过形象生动的概括。恩格斯1890年9月21～22日《致约·布洛赫》的信中说："历史是这样创造的：最终的结果总是从许多单个的意志的相互冲突中产生出来的，而其中每一个意志，又由于许多特殊的生活条件，才成为它所成为的那样。这样就有无数交错的力量，有无数个力的平行四边形，而由此就产生出一个总的结果，即历史事变，这个结果又可以看作一个作为整体的、不自觉地和不自主地起着作用的力量的产物。"[②]改革开放就是依托人性的无数个力的平行四边形成为历史必然。这样的"意识的历史内容"内涵，以反思角度回应和印证了"较大的思想深度"的艺术魅力。

如上"意识的历史内容"凭借什么可意识到？回到接受效果，随改革开放一路走来的中老年人喜欢，感觉真实、熟悉和亲切，没有经历过的年轻人也喜欢，原因在于它特殊的认知效应。该剧秉承艺术本质性真实的精神，不回避复杂人性和改革现实交织的各种矛盾：老书记贪污自杀，改革过程诸多阶段性问题，水书

---

① 参见童庆炳等主编：《马克思与现代美学》，高等教育出版社2001年版，第81页。
② 《马克思恩格斯选集》（第4卷下），人民出版社1972年版，第478页。

第五章 应然性文学价值观念假说

记如此高水平领导也与班子成员有心理较量，可是改革潮流一路向前，显示出人性与改革关系的自身深层逻辑关系，足以唤起观众本能地感受和体悟，这是年轻观众以往无所知无所感的，新颖又启人耳目，历史本质性认知效应就是这样发生的。如今回顾"摸着石头过河"的改革开放岁月，其"历史事变"已然发生并成功，靠着无数个宋运辉、雷东宝、小拉、徐主任、梁思申等人物，这些人物和"历史事变"融洽地合一，其思维和主导性精髓即"和光同尘，与时舒卷"的智慧。也可以说，中国传统文化中的"和光同尘，与时舒卷"的智慧，沉潜在"中国的脊梁"① 的意识乃至潜意识中，"摸着石头过河"的"非常规"历史阶段，发挥了弹性的软性的又无损于改革志向的重要功能。在当时历史进程中不一定如何自觉和明晰，间隔几十年时光沉淀之后的艺术创作，则成为"意识到的历史内容"。我国改革开放凭借"和光同尘"，实现了"与时舒卷，戢鳞偃翼，思属风云"的时代效果。反思后业已成为"意识的历史内容"：历史螺旋形发展和人性复杂关系链接互相渗透影响，其中关联和贯穿的精髓是"和光同尘，与时舒卷"的智慧。

（四）"莎士比亚剧作的情节的生动性和丰富性"之艺术体现及其根基

恩格斯熟悉欧洲文学艺术，曾经批评过"席勒式地把个人变成时代精神的传声筒"。恩格斯提倡和赞赏"莎士比亚剧作的情节的生动性和丰富性"。他一方面赞赏有倾向的诗人，另一方面赞赏"更加莎士比亚化"，认为两者应该融合。对于"更加莎士比亚化"，恩格斯说："倾向应当从场面和情节中自然而然地流露出来，而不应当特别把它指点出来；同时我认为作家不必要把他所描写的社会冲突的历史的未来的解决办法硬塞给读者。""场面和情节"，还包括人物，共同构成现实主义的艺术真实。"据我看来，现实主义的意思是，除了细节的真实外，还要真实地再现典型环境中的典型人物。"② 综合这些表述，可以说恩格斯赞赏的艺术标准是，既有广阔丰富的社会背景内容，但是艺术家的主观思想情感，必须融于丰富生动的情节之中，必须依赖真实的细节和再现典型环境中的典型人物。"主观思想情感"的涵义，在我们看来，就是"较大的思想深度"与"意识到的历史内容"的合一。落实到"莎士比亚剧作的情节的生动性和丰富性"，就构成了恩格斯所说的"我是从美学观点和历史观点，以非常高的、即最高的标准

---

① 鲁迅：《中国人失掉自信力了吗?》，见《鲁迅全集》第6卷，人民文学出版社1982年版，第118页。
② 《马克思恩格斯论文学与艺术》（一），人民文学出版社1982年版，第174、184、188页。

来衡量……作品的"。① 而且恩格斯还认为，"较大的思想深度"与"意识到的历史内容"，以及"莎士比亚剧作的情节的生动性和丰富性"三者完美的融合，"大概只有在将来才能达到，而且也许根本不是由德国人来达到的。无论如何，我认为这种融合正是戏剧的未来"。② 这话意味着这个极高的标准，给予艺术探索实践和探索方式以多样化的合理性和可能性，是全人类普遍探索追求艺术的权利和路径。现在，我们欣喜地从"和光同尘，与时舒卷"角度发现了与"莎士比亚剧作的情节的生动性和丰富性"和"真实的细节和再现典型环境中的典型人物"的关系。"和光"的"和"有"相安""谐调""跟""同"等意思，"光"在中国文化语境有"光明""光线"等意思。前面谈及过，"和光"意为让光明光亮以及引申出的"希望"等让人希冀盼望的东西，具有覆盖普施的作用。"同尘"，"尘"有"尘土""尘世""多样"等意思。"尘世"在佛家和道家指人间，和他们所幻想的理想世界相对。合在一起可以理解为：为了最有价值的目标，让目标蕴藉之的希望和光明温暖融合不同观念、性格的人，作为观念或态度的实践形态，就是顺应时势、求同存异、善于团结同伴的处人处事方式，由此而有"与时舒卷"的效果。概言之，此智慧符合人与人组成的社会规律，置于叙事文学的作用在于，拓展艺术构思的宽阔空间和激活思维方式：人物之间矛盾的设置处理和人物性格刻画、设置和推进丰富生动的情节、描写张力十足和趣味盎然的细节、场面等。概言之，充分发挥"较大的思想深度"与"意识到的历史内容"，并落实在艺术创新。

先说情节的生动性和丰富性。生动和丰富就是多样化和引人入胜，一环扣一环。情节之间有内在逻辑关联，逻辑关联越具有"意识到的历史内容"，就越会耐人回味，既然"和光同尘，与时舒卷"是"较大的思想深度"的枢纽，是"意识到的历史内容"的精髓，那么，顺理成章地也就是情节之间内在逻辑及其转换推进的深层根基所在。金州化工厂的费厂长、刘总工和水书记，构成了改革开放之初最常见的人际关系，涉及利益和权利、观念与思维方式等，这个矛盾影响并造成了小宋在厂里被同事孤立等遭遇，检查设备和归纳技术档案最忙之际，让小宋放假回家。情节转换的逻辑就来自于此，凡是让观众印象深刻的情节均据此根基。细节的魅力也来自于此：剧中老猢狲是个人人嫌弃的坏人，长毛兔毛收购困难，需要有人去上海纺织厂批量推销但没有合适人手时，雷东宝决定让老猢狲和四宝一起去，也确实基本实现了预期效果，虽说仅是权宜之计，也体现了即便"尘"如老猢狲，也以"和光"而同之。此细节刻画出老猢狲做事很有心计，

---

① 《马克思恩格斯论文学与艺术》（一），人民文学出版社1982年版，第182页。
② 《马克思恩格斯论文学与艺术》（一），人民文学出版社1982年版，第178页。

随带着刻画了四宝的无能，更刻画了雷东宝的开阔心胸，可以说一箭三雕。何为典型环境的典型人物？"摸着石头过河"的特殊历史时期，落实到具体的如小雷家、金州化工、东海化工等具体环境的人与人之间的关系，就是造就和刻画人物的典型环境，"和光同尘"的复杂过程动态地塑造了典型人物。一个有趣的情节也是细节值得关注：雷东宝从监狱出来的第一时间不是回到他关切和思念的小雷家村里，村里人在等他，而是守在乡政府门口等楚乡长，由此有了一番和楚乡长的对话，也形成了一个内涵丰富又能够刻画人物性格和人物差异的极好机会。这是个对话的场合，雷东宝说了许多，关键是他说小雷家的人，就是农民，什么是农民，他比楚乡长清楚，就是想过上好日子，但是想自己多、想他人少的人们。这是他提出回村后要组建乡里集团收购融合周边二十几个效益差的小企业的所谓集团化的构想的基础。他认为，这是带领小雷家和周边乡亲们过上好日子的正确道路，能够开工资、发养老保险，报销医药费等。楚乡长赞同他的设想，但指出他还要进一步学习，带领乡亲们致富，不仅仅是输血，而是要造血。这个细节的意义在于，雷东宝朴实但准确地说出了农民的本性，可以看出他在监狱中的反思成果。这就是他的性格：挫而不折。还在于，楚乡长说出了"输血"和"造血"的区别，意味着雷东宝依然有他的局限性，有进一步学习的空间。这个细节的极大弹性也来自于"和光同尘，与时舒卷"智慧。

（五）智慧的两个基本问题概述

以"智慧"为切入点，分析评价文艺作品，几个基本问题概述如下：

首先，智慧内涵各个相异，运用于文艺创作的角度和作品中的位置以及作用等也各个相异。接受鉴赏、理解和体悟方式和结果也不同，需要区别分析对待。拿"和光同尘"智慧作为切入点，从现实主义文学理想的三个方面分析评价《大江大河》，"和光同尘"智慧的地位和作用表现在：位于"较大的思想深度"的枢纽，是"意识到的历史内容"之精髓和"莎士比亚剧作的情节的生动性和丰富性"的根基。确实，本电视剧"和光同尘"智慧，具有客观规律和主观态度两方面的涵义。客观规律方面，因为智慧本身具有探索性和过程性特点，所以，该剧"摸着石头过河"的改革开放初期以及逐步走向有条不紊推进的形象化过程，真实准确呈现了"和光同尘"的基本特点和规律，是对于历史真实的艺术发现和表现。主观态度方面，指人们选取和努力学习特殊时代的"和光同尘"态度和行为方式，叙事和人物关系设置显示出对之予以赞美和认可。其实，我国传统文化文学中的智慧，本身就多种多样。笔者曾分析过李渔话本《十二楼》中的《合影楼》。该作故事性强，有趣味。趣味主要来源在于路公的智慧，面对屠观察的别扭和拒绝，如何让自己女儿和相爱的屠观察儿子成就美满婚姻？路公："堕

巧计爱女嫁媒人　凑奇缘媒人赔爱女",即"欺之以理"的妙招,正如路公说与屠观察的:"小弟中年无子,他时常劝我立嗣,我如今只说立了一人,要聘他女儿为媳。他念相与之情,自然应许。等他许定之后,我又说小女尚未定人,要召令郎为婿,屈他做个四门亲家,以终夙昔只好。……待我选了吉日,只说一面娶亲,一面赘婿,把二女一男并在一处,使他各畅怀抱,岂不是桩美事?"路公的智慧成就了曲折有致的故事,设计关键性情节,智慧本身值得品味。显然,《合影楼》中的这个智慧,处于构成情节的因素和影响构思走向的位置。类似的智慧运用,在古代还有如《左传·隐公元年·郑伯克段于鄢》。①

　　其次,智慧是分析方法而非价值评价尺度。智慧是人文科学方法观的若干代表性形态,是面对非常规境况的"应对态度与方法"。就本性来说,智慧是实践智慧(phronesis)。《大江大河》的分析显示了运用"和光同尘"可在三个方面切入的方法特性。同时,上面分析也显示了无论改革过程规律性"和光同尘",还是主观态度和行为方式的"和光同尘",在艺术作品的形象画面和价值取向中都获得了正面价值判断和艺术肯定。机制何在?或者问,其基本原因是什么?在于"和光同尘"与历史已经验证的改革开放的合一,肯定了改革开放的成就,客观规律和主观态度行为同时亦随之被认可和赞美。概括地说,文化属性的智慧切入分析,依赖背景、语境及其核心价值观念为参照坐标。为什么说智慧绝非价值评价尺度呢?所谓价值评价尺度,也叫作"评价标准"。用评价标准评价的对象是价值事实。价值事实是一种主体性事实,对于某主体有意义有价值,才叫价值事实。因此,人们内心深处的评价标准系统,都依托着价值观念,或者反过来说:"价值观念构成了人们内心深处的评价标准系统。"② 特定社会核心价值观念,构成"人们内心深处的评价标准系统"的终极依据,也是潜在曲折影响人们评价标准的重要因素。文艺评论"处于价值体系与内在各部分及外在环境的中介位置",③ 以核心价值观为参照坐标,分析范畴同时具有了价值评价标准属性。

　　"智慧"是我们在艺术感觉基础上寻找到的切入点或关键词,只适合这部剧。换句话说,每个作品都可概括出适合自己的关键词或切入点,这是体悟、发现和既有批评范畴的灵活运用,更是话语转换。"和光同尘,与时舒卷"智慧,既是贯穿电视连续剧《大江大河》的最高思想和基本主题,也验证了沿着"完美的融合"文艺批评的可行性,彰显了"智慧"作为分析范畴的有效运用,并在社

---

　　① 详见刘俐俐:《传统文化的智慧与我国白话小说的叙事艺术——以李渔〈合影楼〉为例》,载于《南开学报》2010 年第 5 期,第 73~79 页。

　　② 李德顺:《价值论——一种主体性的研究》,中国人民大学出版社 2013 年版,第 153 页。

　　③ 刘俐俐:《论"批评家位置"与"批评分析"问题》,载于《文艺论坛》2020 年第 3 期,第 4~12 页。

会主义核心价值观坐标系参照下，分析范畴同时具有了评价标准属性。"智慧"即路径之一，意味着还有诸多可能性路径。回到中国文化中探寻这些路径，恰是中国文艺评论话语体系建构这一时代性话题的内容之一。[①]

第六节　基于"中华民族共同体"的
中国民族文学价值观念

民族文学的独特性是提出中国民族文学价值观念的根本原因。

实然性少数民族文学考察之发现和规律，启示我们：国家层面始终以"使命"规范和要求少数民族文学功能。不同时期的"使命"与国家和中华民族基于最高利益的具体目标相吻合。由此，少数民族文学"使命"分别为：1949 年至 20 世纪 70 年代末的第一时期：促进民族团结，宣传民族政策；1980 年至 20世纪 90 年代的第二时期：共同繁荣发展、建立新型民族关系；20 世纪 90 年代至今的第三时期：办好民族文学，促进民族团结进步。概括地说，"使命"属性的少数民族文学即"社会主义的民族文学"。与之对应的是"民族的少数民族文学"，其功能属于客观发现和理解的功能，均受当时文化文学思潮影响，也受立场角度的制约，发现和概括的"功能"必定复杂纷繁。课题组集中所做的文化身份认同等功能仅为若干方面。[②]"使命"与一般功能的区分及其规律，启示我们把"基点"定在"中华民族共同体"，这是应然性价值观念的关键。

基于"中华民族共同体"的中国民族文学价值观念，基本涵义为："中国民族文学"基于"中华民族共同体"属性并得到规定，是 56 个民族文学组成的整体性概念，中国民族文学是多民族一体的文学。"基于""中华民族共同体"思维和体认方式，是从中国到世界，明确区别于从"中华民族"之外的诸如东北亚、南亚或者西亚等视角看中国，也区别于从华夏边缘的方法看中国。[③] 基于"中华民族共同体"的中国民族文学观念，依据历史与现实，力求符合价值体系

---

① 参见张伯江：《文艺评论话语建设的学术基础》，载于《中国文艺评论》2020 年第 3 期，第 74 ~ 81 页。

② 具体分析详见刘俐俐：《文艺评论价值体系建设中文学功能研究的考察与初步分析》，载于《社会科学动态》2021 年第 6 期，第 65 ~ 77 页。

③ 比如葛兆光的《宅兹中国：重建有关"中国"的历史叙述》（中华书局 2011 年版）和王明珂的《华夏边缘：历史记忆与族群认同》（上海人民出版社 2020 年版）。前者力求在历史中理解中国，从交错的亚洲、东亚与中国的关系看中国，这是一种特殊的理解亚洲与中国历史的方法。后者力求从族群边缘的形成与变迁角度，探讨华夏民族生长和扩张的历史，为推进中国史的研究提供了新的范例。

之内外特质和要求。对内坚守文学作为情感活动的审美属性，尊重文学艺术发生发展规律。对外符合社会发展现状和前途，吻合"人类命运共同体"的理念和学理。即内外均具有合理性与可能性。提出与倡导这种价值观念，也具有落实到文学批评上的意义。

一、历史与现实的合理依据

（一）"中华民族共同体"是 2000 多年历史实体和现实的准确表述

"中华民族共同体"并不纯粹是"想象的共同体"，[①] 是依托历史、现实与话语的多重的实在性存在。[②]"中华民族"作为概念和称谓出现于 20 世纪初，最初由梁启超提出。梁启超在 1905 年的《历史上中国民族之观察》和 1922 年《中国历史上民族之研究》两篇文章中，从"中国民族""大民族"和"中华"等思考一步步演进，最终比较完整和系统地提出和阐释了"中华民族"概念。虽说概念和称谓提出在 20 世纪初，"中华民族"的历史事实却久远厚重。至少在 2000 多年前秦统一后，随着多民族统一国家的出现，中华民族的基本构架就已初步形成，并在中国数千年历史进程中逐步发展起来。概括地说，"先有中华民族这个实体的出现，之后才出现了称谓与概念。""中华民族"称谓与概念一经提出，即"被中国社会所接纳，得到迅速传播并成为广泛共识。根本原因正在于中华民族这个实体早就存在。"[③] 从"中华民族"到"中华民族共同体"，是新中国成立后得到强化性理解的结果。"中华民族共同体"这一语词，早在 20 世纪 60 年代我国学者研究中华民族形成时即有所涉及。中国共产党和政府层面明确提出"中华民族共同体"概念是 2014 年 9 月中央民族工作会议上习近平的讲话。习近平总书记指出："坚持打牢中华民族共同体的思想基础，使各民族人民增强对伟大祖国的认可、对中华民族的认同、对中华文化的认同、对中国特色社会主义道路的认同，构建各民族共有精神家园，是国家统一之基、民族团结之本、精神力量

---

① ［美］本尼德克特·安德森：《想象的共同体——民族主义的起源与散布》，吴睿人译，上海人民出版社 2016 年版。

② 详见刘大先：《多民族文学的中华民族共同体意识问题》，载于《中国当代文学研究》2021 年第 3 期，第 192~199 页。

③ 详见石硕：《"中华民族"是近代才有的建构吗？》，中国新闻网，http://www.chinanews.com/gn/2021/07-18/9522675.shtml，2021 年 7 月 18 日。

之源。"① 从"中华民族"到党的十八大之后提出"中华民族共同体"的现实依据在于，当前我国国情为"中国特色社会主义进入新时代，我国社会主要矛盾已经转化为人民日益增长的美好生活需要和不平衡不充分的发展之间的矛盾"。"为了实现中国梦，我们确定了'两个一百年'奋斗目标。"② 概言之，"中华民族共同体"是凝聚中华民族力量，为实现中华民族的宏伟目标而提出，是"中华民族"在新时代的自然延展。

（二）"中国民族文学"的历史与现实的依据

"中华民族"的各民族文学，有着共同心理基础和互相影响渗透的历史经验和特性。从心相通角度说，各民族都以善良为本并体现在文学中。我国古代哲学无论从性本善出发还是从性本恶出发，都不离恻隐之心，恻隐之心就是最本真原初的人性中的善良。恻隐之心与善良相通。孟子提出："恻隐之心，仁之端也。"③ 善良深潜于汉族和其他各民族文学中。关心民生疾苦、悲天悯人的同情心是其重要蕴含。如古代少数民族诗人萨都剌的《鬻女谣》《过居庸关》《征妇怨》《过淮阴》，元好问的《南阳县令题名记》《宛丘叹》等。《鬻女谣》写道："道逢鬻女弃如土，惨淡悲风起天宇"，④ 表现了生逢乱世，老百姓卖儿鬻女的悲惨境地。元好问的《宛丘叹》更是痛彻发问："君不见刘君宰叶海内称，饥摩寒拊哀孤惸。碑前千人万人泣，父老梦见如平生。"⑤ 善良还体现在劝善黜恶。这类善良经常是古代少数民族诗歌、格言中直接的主题。大约创作于北宋时期的维吾尔族古典长诗《福乐智慧》赞颂道："生者终会死去，以黄土为被褥，如果行善而死，将会流芳千古。"⑥ 对于坏行恶行，诗歌中讲，"坏事好比烈火，会将人焚烧，烈火蔓延的路上，难寻渡口。"⑦ 另外，古代藏族的哲理格言诗《萨迦格言》也有类似说法："施舍是最大的财宝，善心是最大的幸福，博学是最好的装饰，信用是最好的朋友。"⑧ 当代少数民族文学作品中人性的善良和光辉更是不胜枚举。哈萨克族作家叶尔克西·胡尔曼别克的散文作品《永生羊》描写了这样

① 《习近平关于民族工作的重要讲话》，中国军网，http：//www.81.cn/gnxw/2017–3/12/content_7527209_4.htm，2020年1月12日。

② 《决胜全面建成小康社会，夺取新时代中国特色社会主义伟大胜利——在中国共产党第十九次全国代表大会上的报告（2017年10月18日）》，人民出版社2017年版，第8页。

③ 朱熹：《孟子集注》，齐鲁书社1992年版，第44～45页。

④ 萨都剌：《雁门集》卷二，上海古籍出版社1982年版，第63页。

⑤ 施国祁：《元遗山诗集笺注》卷二，人民文学出版社1989年版，第81页。

⑥ 优素甫·哈斯·哈吉甫：《福乐智慧》，郝关中、张宏超、刘宾译，民族出版社1986年版，第35页。

⑦ 优素甫·哈斯·哈吉甫：《福乐智慧》，郝关中、张宏超、刘宾译，民族出版社1986年版，第36页。

⑧ 萨班·贡嘎坚赞：《萨迦格言》，次旦多吉等译，西藏人民出版社1985年版，第54页。

一种场景，每当宰杀一只羊时，哈萨克们都会讲："你生不为罪过，我生不为挨饿，原谅我们！"乌热尔图的森林小说《一个猎人的恳求》《七叉犄角的公鹿》《琥珀色的篝火》，郭雪波的大漠小说《大漠狼孩》《沙狼》《银狐》等，还经常将人性置于动物世界和整个大自然的环境中进行思考，凸显博大的善良和生命力。此外，敬畏生命的善良更是激发各民族作家创作的内在驱动力，如藏族作家阿来最新推出的长篇小说《云中记》等。心相通另一个方面是对世界感受的相通。《礼记·乐记》说："凡音之起，由人心生也。人心之动，物使之然也。感于物而动，故形于声。声相应，故生变；变成方，谓之音；比音而乐之，及干戚羽旄，谓之乐。乐者，音之所由生也；其本在人心之感于物也。"① "中华民族"的各民族文学艺术的兴起和思维方式都遵循这个规律，比兴和隐喻等修辞方式在所有民族文学被普遍运用。如唐代诗人杜甫有"感时花溅泪，恨别鸟惊心"②，彝族当代作家阿库乌雾的人类学散文集《神巫的祝咒》中的异想天开随处可见。他在其中的《世袭之痛》篇中写道："我们的生命发源于雪山，雪与灵掌在我们的典籍中混用；我们的身体成长于杉林，杉与记忆在我们的母语中同音；我们的爱情萌芽于森林，我们把山谷中一种古老的树木叫做'情树'……。"③ 再从情通角度说，审美情感蕴含思想，或者反而言之，任何思想都可以在审美情感依存的文学中寻觅到踪迹。《周易·乾卦·象》："天行健，君子以自强不息。"④《周易》要人们效法天体运行，努力向上，不断进取。这种自强不息的思想和情感在各民族文学都有体现。爱国情感也是如此。陆游的《示儿诗》有"死去元知万事空，但悲不见九州同。王师北定中原日，家祭无忘告乃翁。"⑤ 各民族自觉和不自觉的理解表达之相同相似更是处处可见。《中国少数民族文艺理论集成》中可见到"乐生"现象在很多少数民族文学中非常明显，何以"乐生"，生存之艰辛，乐生才能恢复和养足力气再次投入生产和生活中。毛南族"心中烦闷爱唱歌"。阿昌族说："不哭就要唱。"侗族说："不唱山歌日子怎么过？饭养身子歌养心吃！"⑥ 汉族则有孔子的"诗可以怨"，司马迁的"发愤著书"以及韩愈的"不平则鸣"等文艺思想。让我们以一组同一题材文学创作为例。鄂温克族作家乌热尔图生活与情感的小说世界中文化身份认同，具有国家认同和鄂温克族认同的双重性，更具有经历情感和思想历程的和动态性，显然来自真善美的凝聚。汉族作家迟子建获得茅盾文学奖的长篇小说《额尔古纳河右岸》，也以生活在额尔

---

① 陈澔注：《礼记》，金晓东校点，上海古籍出版社 2016 年版，第 424 页。

② 萧涤非：《杜甫诗选注》，上海古籍出版社 1983 年版，第 42 页。

③ 阿库乌雾：《神巫的祝咒》，中国戏剧出版社 2010 年版，第 42 页。

④ 王弼、韩康伯注，孔颖达疏：《周易注疏》，中央编译出版社 2012 年版，第 23 页。

⑤ 《陆游诗选》，广东人民出版社 1984 年版，第 257 页。

⑥ 彭书麟等：《中国少数民族文艺理论集成》，北京大学出版社 2005 年版，第 696 页。

古纳河右岸的鄂温克人生活、人生态度与历史变迁为题材，其中所流动的情感和对于土地、家园、生产和生活方式的追求与理解，与乌热尔图没有什么差异。他们作品的情感和思想，乃至蕴含其中的道理如此相似，最有力印证了"中国民族文学"是"中华民族共同体"的必然产物。

二、审美情感与艺术规律的合理性

基于"中华民族共同体"的中国民族文学价值观念，具有审美情感与艺术规律的合理性与可能性。

（一）"中华民族共同体"理念给予"为我们意识"以最大外延的可能

"为我们意识"的概念来自西方马克思主义的布达佩斯学派学者阿格尼丝·赫勒（Agnes Heller）的《日常生活》。[①] 在她看来，人天生是以自我为中心的，天然具有排他"特性"，但人也有能力和机制从"特性"跳出来形成"个性"。"个性"是人从"自在"状态走向"自为"，向类本质的努力。由于人总是出生于特定环境和家庭，所以在自我为中心的"特性"阶段就开始逐步具有将自我与一个共同体联系而产生"为我们意识"（we-consciousness），即"个人的'为我们意识'（we-consciousness）是同自我意识同步发展的"。"为我们意识"既可分属为家庭的"我们"、为民族的"我们"以及为国家的"我们"等各种层次和阶段的区分，同时也有因文化教化和环境氛围影响不断递升的合理性和可能性。固然，"为我们意识"并不表明自动地摆脱了自私的自我中心的"特性"，完全可能挟持着"为我们意识"，或者将自己的失误和错误推诿于团体的"我们"；或者借为我们而行个人私利。赫勒看到了"为我们意识"的双面效应。[②]

"中华民族共同体"理念给予"为我们意识"以最大外延的可能。中国任何民族的任何个人，在多重认同中最重要的应是国家和民族的双重认同，基本条件就是"中华民族共同体"历史和现实依据。少数民族文学功能考察显示：新中国我国少数民族文学始终保持国家和民族的双重认同。例如，文学描述蒙古族或者白族等任何民族的生活变迁，都以新中国历史变迁为大背景，热爱和珍视自己民族悠久独特文化的情感，都以认同是中国人为基本认同前提，文学事实证明了少数民族文学具有最大外延"为我们意识"的可能性。

---

① ［匈］阿格尼丝·赫勒：《日常生活》，衣俊卿译，重庆出版社 2010 年版，第 43 页。
② 详见［匈］阿格尼丝·赫勒：《日常生活》，衣俊卿译，重庆出版社 2010 年版，第 8～48 页。

国家奋斗目标和社会文化环境也是"为我们意识"实现最大外延的可能条件。

我国凭"共同历史记忆"和"人民对美好生活的向往就是我们的奋斗目标"的氛围和理想,让中华民族共同体的所有成员"愿意继续共同生活"[①],造就了后天教化以实现个体摆脱自我中心的"特性"的条件,从而顺着家国一体逻辑向上提升"为我们意识",或者表述为国家核心价值观营造的外在价值氛围是提升的客观条件。"中华民族共同体"的"我们"内涵,给出了多民族文学资源共同享有,发展中国民族文学的空间与可能,也为审美情感与艺术规律筑下了一块基石。

(二)"我们"文学传统与资源的共享

当资源远离人类活动,它仅仅是自在之物而并非资源。只有当资源同一定社会活动目标联系在一起的时候,才能被称为资源。人类学家费孝通说:"人类通过文化的创造,留下来的、可以供人类继续发展的文化基础,就叫人文资源。"[②]最大外延的"为我们意识",可能整体看待和开掘"中华民族共同体"的文学传统和资源。文学传统和资源共享,表现在很多方面:口头文学与书面文学的共享和交织互渗,文学文体的借鉴互渗与发展,审美风格和审美情趣的影响和借鉴等。

首先,口头文学与书面文学的资源共享。我国各民族均有口头诗歌、谚语、故事、传说及神话等,原本是为了生存繁衍及发展而出现的,只是后来文人收集记录才得以存留。政府从 20 世纪 80 年代开始组织编辑了囊括覆盖汉族和少数民族的《中国民间故事集成》《中国歌谣集成》《中国谚语集成》"三套民间文学集成"。此外,还有 21 世纪初编辑的中国民间故事全书,以及现在正在编撰中的"中国民间文学大系"等。作家文学借助这些资源的改写以及再创作的现象很多。比如万玛才旦基于藏族民间故事《尸语故事》创作的短篇小说《尸说新语·枪》,阿来基于藏族史诗《格萨尔》故事底本改写的现代小说《格萨尔王》,蒙古族英雄史诗《嘎达梅林》滋养了后世同名的民歌和电影,再如乌热尔图小说中借助鹿和熊的传说进行再创造等。

其次,文体的资源共享。小说、诗歌、戏剧、散文等文体形态在现代世界各

---

① 中外关于民族有众多定义。我们认为法国学者欧内斯特·勒南(Ernest Renan)提出的民族定义,是一种更本质、更综合的定义。转引自中新社记者对石硕教授的访谈实录,见 http://www.chinanews.com/gn/2021/07–18/9522675.shtml。

② 方李莉主编:《从遗产到资源——西部人文资源研究报告》,学苑出版社 2010 年版,"总序"第1页。

国都臻于成熟，而且文体理论研究较为充分。少数民族作家借鉴汲取现代文体形式而成功的作家很多。依然以彝族作家阿库乌雾的人类学散文集《神巫的祝咒》为例。该人类学散文集的名称是他自己确定的，是人类学与文学交叉性文体，落脚为"散文"文体。已有共识是《尚书》《孟子》《庄子》《国语》以及唐宋散文等，依托语言为汉语。汉语散文是中华文学文化河床诞生而且历史悠久的文体。散文作用和风格，如韩愈所说的他心目中的散文，鸣不平之事，借题发感慨议论，或庄或谐，随事而发，讲究气势，追求"如长江秋清，千里一道，冲飚激浪，瀚流不滞"。① 客观地说，彝族自来并无散文文体，彝族经籍文学包括经籍化的民间文学和民间化的经籍作品，即因毕摩记录、加工、改造或再创作而经籍化的彝族民间文学作品。经籍文学的主体层面是毕摩文学作品。彝文经籍文学全部为诗体，所以不存在以骈体/散体的分类原则，只能以内容/功能为分类原则。依据彝族文学研究专家巴莫曲布嫫的研究得知，彝族经籍文化漫长发展过程中逐步形成的文体有：祝咒诗、祀神诗、祭祖诗、送灵诗、招魂诗、哲理诗、训喻诗、咏史诗、述源诗、叙谱诗等。② 诗体的彝族文学自然没有散文，阿库乌雾将自己的书写名之为散文，显然借鉴了现代意义的狭义散文概念：即一种题材广泛、结构灵活，注重抒写真实感受、境遇的文学体裁。从非韵文的角度看，阿库乌雾的散文不同于彝族经籍文学，继承了彝族经籍文学的诸多文学因素，又是对彝族经籍诗体文学的超越，更是借鉴汉语散文传统，并与人类学结合的文体。如是现象恰如刘大先所说的："中国多民族文学的实践中，……一方面各个不同民族有其自身悠久的文化传统和文学传承，从而形成了风姿各异的文类、体裁、题材、审美心理和美学风格；另一方面，经过文学的现代性变革，各民族在文体上逐渐有着向小说、诗歌、戏剧、散文等体裁规范化方向转变。"③

最后，各民族交织互渗的审美情感共享。"为我们意识"本身就是含有不同层次和不断提升变化的过程性原理。"中华民族共同体"理念规范的"为我们意识"，有理由形成"为我们"的"我们"认同和理解的变化及其过程，这个过程必定会酝酿丰富复杂的人文情感，在文学领域沉淀为共同具有的审美情感。这是只有多民族一体的国家才会出现的效应。仅就"少数民族的民族文学"，从"文化身份"的历史阶段梳理和反思的第二阶段来看，我们曾以如下关键词连缀做过表述："民族文化的自我意识觉醒与凸显，促使民族作家回到自己民族的历史纵深，寻找文化之根，重新认识本民族原有的包括民间口头文学在内的文学形态，

---

① 韩愈：《韩昌黎文集注释》，阎琦校注，三秦出版社2004年版，第207页。
② 参见巴莫曲布嫫：《鹰灵与诗魂》，社会科学文献出版社2002年版，第36页。
③ 详见刘大先：《多民族文学的中华民族共同体意识问题》，载于《中国当代文学研究》2021年第3期，第192～199页。

创造性拓展文类及其文体，自觉地以'文化持有者的内部眼光'，描绘本民族历史文化及其延伸，呈现不为外人知晓的文化景观。本民族文化确认前提下，追求传播到广大范围和族群。曾经的文学现象，有诸如魔幻现实主义、人口极少民族的文学写作、双语写作、人类学散文等。可大致概括为'多元'为基调的文化确认与传播功能。"① 如今反思这个过程，必然伴随珍视和保护自己民族文化，或者担心自己民族在国家认同中丧失，与其他民族文化比较，以及本民族文化在中华民族一体的文学语境得到扶植、认可和发展传播的切身体悟和复杂微妙的情感。经历了这个阶段，经过国家文学制度层面的少数民族文学骏马奖多年来支持和扶植，使得少数民族文学提升到前所未有的繁荣和艺术水平。② 进入新时代之后，少数民族作家眼界更开阔，立足点更高。从情感到理念已经移到中华民族共同体的自觉意识，乃至逐步体悟了"人类命运共同体"的理念和审美价值。如阿来的长篇小说《云中记》就是"生命共同体"思考的叙事。"5·12"汶川大地震，村镇家园迁建，但有多少埋葬在废墟里的亡魂需要安抚啊。小说中"云中村"就是一个被遗弃的埋葬无数魂灵且即将沉入江中的荒村，祭师阿巴怀着使命、信仰和乡情独自回到云中村，为死去的亡魂作法招魂，同荒村一起沉入江中。这种生命共同体离不开情感的连带，这种情感与汉族情感既相通又交叉融合。概言之，各民族"相互关系深得很，分都分不开"。③ 中华民族一体审美情感的你中有我、我中有你和互相渗透是最大的文学资源。

三、基于"中华民族共同体"的"中国民族文学"走向世界的合理性和可能性

（一）"人类命运共同体"理念呼吁"中国民族文学"走向世界

2012 年党的十八大明确提出"要倡导人类命运共同体意识，在追求本国利益时兼顾他国合理关切"。"人类命运共同体旨在追求本国利益时兼顾他国合理关

---

① 详见刘俐俐：《走近人道精神的民族文学中的文化身份意识》，载于《民族研究》2002 年第 2 期，第 47～55 页；刘俐俐：《中华民族共同体的理念导向与民族文学功能》，载于《民族文学研究》2020 年第 5 期，第 24～29 页。

② 详见翟洋洋：《"骏马奖"评奖标准的历史演变：分析与启示》，载于《民族文学研究》2018 年第 1 期，第 103～114 页。

③ 费孝通：《谈深入开展民族调查问题》，载于《中南民族学院学报》1982 年第 3 期，第 2～6 页。

切，在谋求本国发展中促进各国共同发展。"① 习近平总书记在党的十九大报告中说："构建人类命运共同体，建设持久和平、普遍安全、共同繁荣、开放包容、清洁美丽的世界。""相互依存国际权力观、共同利益观、可持续发展观、全球治理观为建设人类命运共同体提供了基本的价值观基础。""中国提出的和谐世界观与全球价值观有异曲同工之妙。和谐世界观包括五个维度，即政治多极、经济均衡、文化多样、安全互信、环境可续。"②

人类命运共同体理念中人类命运不可分割的理念，与全球价值观有异曲同工之妙的和谐世界观中的文化多样性，给予中国民族文学走向世界以合理性。

（二）合理性和可能性

合理性之一，"历史和现实都表明，人类文明是由世界各国各民族共同创造的"。中华民族的创造也汇入人类文明。习近平总书记说："从我国的老子、孔子、庄子、孟子、屈原、王羲之、李白、杜甫……从《格萨尔王传》《玛纳斯》到《江格尔史诗》，从五四时期新文化运动、新中国成立到改革开放的今天，产生了灿若星辰的文艺大师，留下了浩如烟海的文艺精品，不仅为中华民族提供了丰厚滋养，而且为世界文明贡献了华彩篇章。"③ 这是对中国民族文学业已走向世界的历史事实的精炼概括。

合理性之二，今天中国更有责任和能力走向世界。我国提出"人类命运共同体"理念，表明了中国是负责任的大国。中国民族文学基于"中华民族共同体"，具有口头文学与书面文学的资源共享、文体的资源共享、各民族交织互渗的审美情感共享等优势。而且中国人的眼界空前开阔，立足国家现实走中国道路的意识空前自觉，给予中国民族文学走向世界以能力。恰如习近平总书记所说："有的同志说，天是世界的天，地是中国的地，只有眼睛向着人类最先进的方向注目，同时真诚直面当下中国人的生存现实，我们才能为人类提供中国经验，我们的文艺才能为世界贡献特殊的声响和色彩。说的是有道理的。"④

四、中国民族文学价值观念的文学批评意义

中国民族文学价值观念的文学批评意义是多方面的。

① 《中共首提"人类命运共同体" 倡导和平发展共同发展》，人民网，http：//cpc.people.com.cn/18/n/2012/1111/c350825 - 19539441.html.
② 曲星：《人类命运共同体的价值观基础》，载于《求是》2013 年第 4 期，第 53～55 页。
③④ 《习近平总书记在文艺工作座谈会上的重要讲话学习读本》，学习出版社 2015 年版。

（一）　对内具有"铸牢中华民族同体意识"的使命价值

2014 年 9 月中央民族工作会议上习近平的讲话中指出："加强中华民族团结，长远和根本的是增强文化认同，建设各民族共有精神家园，积极培养中华民族共同体意识。"文学批评是"铸牢中华民族同体意识"多重力量之一。文学批评和文学理论是学者的志业。学者为国家大政方针、民族理论和民族政策提供重要的知识支撑和咨政参考，学术话语可以转化成为官方话语和民众话语，学术关键词会变成政府和百姓的关键词，学术资源是社会资源的一部分，也可以将智库和智囊的形式转化为政府资源。学界关于民族事务的理论观点、对策建议至关重要，这也决定了学界铸牢中华民族共同体意识的重要性。从少数民族文学实然性考察，已然得知学界在功能、标准和价值观念等方面可能存在诸多看法。缘于学科背景、知识积累和学术立场的差距。当难以求同存异而达成"重叠共识"的时候，则应服从和牢固树立"铸牢中华民族共同体意识"的使命。这个表述与总书记关于文艺评论的要求相吻合："文艺批评是文艺创作的一面镜子、一剂良药，是引导创作、多出精品、提高审美、引领风尚的重要力量。"①

（二）　具有更加全面客观准确的批评眼光和角度

中国民族文学概念不同于少数民族文学概念。中国民族文学价值观念含有以中国多民族一体的整体立足点，从整体看各个少数民族的文学，具有纵向历史和横向互相关联的辩证眼光。少数民族文学审美价值以整体文学的审美价值为参照系，可以得到更准确定位和评价。一体性和多元性、同一性和差异性等批评需求都可得到实现。当下少数民族文学批评已经触及这种眼光和角度。例如李长中的《表述的边界：以多民族文学评论价值迁移为中心》描述了批评经验，提出以"多民族"研究范式与批评价值体系的对接："少数民族文学与主体民族互生共融表述着典型的'中国经验'，少数民族文学评论却在'表述中国'与'表述民族'间发生价值迁移：前者以'同'化'异'的方式抑制了少数民族主体性生产，后者以'异'代'同'的方式驱逐了少数民族文学的多民族国家属性，引入'多民族'研究范式，在民族性、中华性与世界性构拟的边界内共享价值体系，表述全球化进程中的完整中国，是多民族文学评论价值建设的规约性框

---

① 《习近平总书记在文艺工作座谈会上的重要讲话学习读本》，学习出版社 2015 年版。

架。"① 我们认为，所谓引入的"多民族"研究范式的内涵，早已内置于基于"中华民族共同体"的"中国民族文学"概念。而且，如果将论文描述的少数民族文学评论中的"价值迁移"的"迁移"作"游移"理解，则应该看作从片面走向全面的过程。我们现在提出的价值观念，则直接从观念本体到批评眼光和方法等均避免了游移，进一步证实了基于"中华民族共同体"的"中国民族文学"价值观念的合理性。

（三）更加明确了向世界展示整体性与差异性兼容的中国民族文学的批评任务

基于"中华民族共同体"的中国民族文学价值观念，倡导整体性民族文学研究和评论，以整体性的中华民族文学特点面向世界，而绝非藏族、彝族或者蒙古族等任何哪个具体民族的民族文学特点。中国民族文学不仅是少数民族的精神文化产品，更是全人类的财富。阿来就曾说，"我并不认为我写的《尘埃落定》只体现了我们藏民族的爱与恨、生与死的观念，爱与恨、生与死的观念，是全世界各民族所共有的。"② 中国民族文学走向世界展现中华文化的多样性，不仅是民族作家拓展精神世界提升人生格局的需要，也是中国树立大国形象的一部分。近年来，国家新闻出版总局、中国作协陆续开展了"少数民族作家海外推广计划""当代少数民族文学对外翻译工程"等大的译介工程，阿来、叶梅、马金莲、叶尔克西、金仁顺等大批作家的作品在国外的大型书展、读书节等场合亮相。《人民文学》的英文版对外期刊《路灯》自 2011 年起也选译了数十位作家近千篇作品走向世界。此外，民族作家通过各种渠道"走出去"，例如阿库乌雾的母语诗歌在北美学界和学生中颇受欢迎，吉狄马加的作品更是被译成 20 多种文字在近30 个国家和地区出版发行。在 2011 年"全球视野下的诗人吉狄马加学术研讨会"上，美国耶鲁大学终身教授温茨洛瓦评价吉狄马加"既是民族之子，又是世界公民"。③ 总之，文学批评向世界展示整体性与差异性兼容的中国民族文学，使之逐步成为世界多元文化组成部分的任务更加明确。

---

① 李长中：《表述的边界：以多民族文学评论价值迁移为中心》，载于《文学评论》2019 年第 3 期，第 29 ~ 36 页。该篇论文是课题组少数民族文学子课题成果。对此，应然性价值观念建设有所借鉴更有所保留。

② 冉云飞、阿来：《通往可能之路——与藏族作家阿来谈话录》，载于《西南民族学院学报》（哲学社会科学版）1999 年第 5 期，第 8 页。

③ 马钧：《既是民族之子，又是世界公民——诗人吉狄马加学术研讨会侧记》，载于《世界文学》2015 年第 5 期，第 318 ~ 320 页。

第七节 以"同情"为基础的儿童文学价值观念

儿童文学的独特性是提出儿童文学价值观念的根本原因。

一、"同情"为基础的儿童文学价值观念的提出

"同情"之为基础的儿童文学价值观念为应然性价值观念。以儿童文学实然性的功能、标准和价值观念考察提供的经验为参照，以文艺美学命题方式呈现，追求理论独特性、科学性、唯一性和价值导向性。

实然性考察有怎样的参照和提示？世界范围自觉意识的儿童文学创作仅300年历史，我国儿童文学批评发生至今的历史仅有100年左右，期间大半属于前科学向科学过渡阶段。观念和标准考察显示了大致五个阶段的五副面孔：西方人类学资源促使人的发现，随之发现了儿童是不同于男人女人的一种人。儿童本位观念以及迎合儿童心理的批评标准由此诞生；随之军阀混战、国力衰弱以及外敌入侵的战争等历史环境，苦难中国语境的"真实反映世界"的观念及其标准发生；新中国成立后立足国家民族前途的儿童是未来希望等理念，强调了极有意义的儿童文学教育效益的功能；20世纪80年代文学作品艺术构成及其文学性成了聚焦点，儿童文学艺术创新的观念及其批评标准产生；21世纪以来出现了"儿童文化塑造"观念及其标准，"儿童文学"被拓展到"儿童文化"领域。五副面孔的五种观念及标准历时性发生及转换，又共时性交叠、递进和交叠共存。突出了各自的时代性、语境性和价值取向性，均具某种真理性的同时也均具片面性。遗留的主要问题在于：迎合儿童心理的功能性目标是什么？与国家民族的价值期待有什么关联？儿童文学审美属性如何？以怎样的审美感知和美的形式"真实反映世界"？儿童文学"反映"的"世界"包括哪些方面？理想的教育效益是什么？如何实现？"童年文化塑造"的立足点何在？以怎样价值的文化塑造？……将这些问题概括归结会发现：根本症结在于区别于一般文学的儿童文学的价值属性和审美属性阙如，所谓的"儿童文学艺术创新"无原则也无准绳。儿童文艺美学建设任务已然摆在文艺学学者面前。"同情"之为基础的儿童文学价值观念，即为儿童文学美学范围的侧重功能和价值取向的综合性论题。此论题理当在伦理学、教育学、人类学、美学等学科资源互相借鉴参照的平台展开。

二、"同情"是儿童文学之美的基础

"同情"之美包括审美主体和客体。主体指创作者的成人和接受者的儿童，客体指儿童文学艺术属性及其形式美。由此分为"同情"之美的主体和客体两个方面。主体审美属性是基础，客体属性随主体属性而确定。

(一)"同情"之美感

儿童与原人的同构奠定了儿童文学"同情"之美感基础。我国儿童意识觉醒得益于五四前后的人类学资源。周作人说："童话者，原人之文学，亦即儿童之文学，以个体发生与系统发生同序，故二者感情趣味约略相同。"[1] 我们有理由将人类童年的"同情"与儿童的"同情"贯通，以之为方法论来探究"同情"为基础的儿童文学价值观念。

1. "同情"的伦理学基本特性

孟子是中国"同情"思想的源头。他说："所以谓人皆有不忍人之心者。今人乍见孺子将入于井，皆有怵惕恻隐之心。非所以内交于孺子之父母也，非所以要誉于乡党朋友也，非恶其声而然也。由是观之，无恻隐之心，非人也；无羞恶之心，非人也；无辞让之心，非人也；无是非之心，非人也。恻隐之心，仁之端也；羞恶之心，义之端也；辞让之心，礼之端也；是非之心，智之端也。人之有是四端也，犹其有四体也。""恻隐之心"作为人皆有的原初人性被定在"仁之端也"位置。恻隐之心即"同情"，具有本能性、自发性、内生性和普遍性。孟子的"恻隐之心"无关血缘和荣誉功名之驱动。周作人的儿童文学思想与之吻合。周作人就儿童审美无功利说道："我觉得最有趣的是有那无意思之意思的作品。"[2] 他推崇的安徒生童话《丑小鸭》《小伊达的花》等以同情心为基础，又是符合"无意思之意思"的理念。

西方人就同情的人性问题有系列性思想和不同分支性言说。在此我们提取英国的亚当·斯密《道德情操论》来看。此著以开篇位置"论同情"。斯密说："无论人会认为某人怎样自私，这个人的天赋中总是明显地存在着这样一些本性，……这种本性就是怜悯或同情，就是当我们看到或逼真地想象到他人的不幸遭遇时所产生的感情。我们常为他人的悲哀而感伤，这是显而易见的事实，不需要用什么实例来证明。这种情感同人性中所具有其他原始感情一样，绝

---

① 《周作人论儿童文学》，刘绪源编，海豚出版社、中国国际出版集团 2012 年版，第 28 页。
② 《周作人论儿童文学》，刘绪源编，海豚出版社、中国国际出版集团 2012 年版，第 186 页。

不只是品行高尚的人才具备，虽然他们在这方面的感受可能最敏锐。"① 所谓的"看到"就是现实的同情，所谓的"逼真地想象到他人的不幸遭遇……"就是文学的同情。现实同情和文学同情一样，都是无功利的，自然与文学相通。从斯密的言说，还可以合乎逻辑地推导出来，人性之基础的"同情"就像表达能力一样，人人都能感受，但绝非人人都能将感受描摹出来并带到他人眼前。同情和表达能力一样需要天赋，通过后天培养可以提高。

2. 儿童文学"同情"的特殊性：范围遍及宇宙万物

伦理学领域关于"同情"实施对象的范围，大致分为人类社会说和万事万物说两类。就前者看，中国古代儒家沿着"仁"的理念，"同情"实施范围基本确定在人与人之间即社会生活范围，孟子、王阳明、杨万里以及二程等均在此类。虽说时有涉及天地万物，但目的是讨论人的良知，天地万物本身并不参与人的社会生活。就后者看，西方诸多说法中美国的玛莎·努斯鲍姆具有代表性。她提出同情是"指向其他生物（creatrue）或生物们（creatures）重大苦难的一种痛苦情感"。学界认为努斯鲍姆将"同情作为跨越狭隘自我的媒介"。生物不仅指是人类，还包括动物。努斯鲍姆认为"非人类动物会关心和悲痛；它们体验到同情和失去。"② "很多动物可以在环境中辨别事物的好和坏。所以，它们也能产生同情。可见，在努斯鲍姆的同情观中，同情的主体被扩展了，不仅包括人类，也包括了非人类动物。……同情的对象更为广泛，包括所有生物。"③ 伦理学的这个资源可资借鉴。

原始宗教认为万物有灵，所以人类童年与万事万物的"共情"自然而且合情合理。因"共情"而物我不分。人类童年与万物的"共情"与人类成熟之后的"同情"有共同点也有区别。原人的"共情"包括同情但并无能力予以区分。"共情"是"同情"的原发土壤，"同情"是人类的成熟状况。既然儿童与原人为同构关系，那么，儿童之"同情"必然撒向宇宙的万事万物，也自然具有"共情"的特点："儿童没有一个不是拜物教的，他相信草木能思想，猫狗能说话，正是当然的事。""儿童相信猫狗能说话的时候，我们便同他们讲猫狗说话的故事，不但要使得他们喜悦，也因为知道这过程是跳不过的。"④ 概言之，儿童的同情范围与人类本初共情心理机制契合，此原理奠定了儿童"同情"的审美感知的极宽基座。这是共同点和关联，区别在于共情建立在体验上，同情建立在理解上，侧重点不同，从范畴特性看是如此。体验性是文学培养同情心的基础，与

① ［英］亚当·斯密：《道德情操论》，蒋自强等译，商务印书馆2013年版，第5页。
② 邓凯文：《玛莎·纳斯鲍姆论同情教育》，载于《教育学报》2019年第2期，第10~16页。
③ 详见邓凯文：《玛莎·纳斯鲍姆论同情教育》，载于《教育学报》2019年第2期，第10~16页。
④ 《周作人论儿童文学》，刘绪源编，海豚出版社、中国国际出版集团2012年版，第123~124页。

一般的教育存在根本差异。而且，儿童的成长阶段难以截然区分，共情中有同情，在同情的理解中逐步成长和认知。

3. 美学领域的同情思想资源及其借鉴

美学领域也有探究"同情"审美机制的思想可以参照。法国 18 世纪下半叶表现主义逐步占有优势之后将同情引入美学。首先是儒弗瓦将客体一方的"令某人愉悦"理解为主体一方的"某人同情于"，开辟了一条基于内在形似性的情绪感发途径。"但是在儒弗瓦那里艺术同情尚与其他领域的同情混为一谈，"接下来的"维龙则把它推举为一种高级审美能力。他指出，情感在人群中的普遍可复制性不仅发生在感受、状况、观念、利益等方面近似的人之间，而且发生于人面对虚构性的事实之时。后一种情况展现出更高的同情能力，它构成艺术的头等重要的事实"。维龙将同情与审美主体感受性关联起来，"也就是对美感的规定：一方面，创作主体的主观情感能力成为艺术作品价值的判定标准；另一方面，对创作者情感的领悟能力成为艺术欣赏的要求"。沿着同情脉络，维龙以"快感"替换了儒弗瓦的"愉悦"。快感是美感的低级层次。人皆有之，但"要想把快感提升为真正的美感，还需融入对艺术家的同情式仰慕（admiration sympatique）。这就超越了一般水准的被动感受性，来到了美感的高级层次"。"同情式仰慕"是"艺术家所融入作品的情感吁求与欣赏者面对作品的情感呼应所形成的共鸣局面。"[①] 维龙将同情理解为审美的深层机制的借鉴意义在于，"同情式仰慕"概念本身携带着被认可被追求的涵义，同情具有美感发生以及提升的合理性。美学家提供的如上资源和研究成果的启示在于，同情将快感提升为美感，一方面需要借助创作主体的情感能力和表达能力，内化于具体作品之中，成为文学客体属性并以之为价值实现的基础。另一方面，读者的同情能力，共情特征（如儿童共情动物非生物）是美感得以实现的必要条件。由此方可能将单向灌输转换为儿童文学的审美接受，实现儿童文学的双重主体性。[②]

4. 儿童"同情"的审美机制："交叉重叠迁移性发生"

基于以上借鉴和阐述，探寻儿童感知特殊性及其审美机制。

意大利的维科在《新科学》提出了"诗性智慧"的概念。"诗性智慧的起源"是"粗糙的玄学"。何为"粗糙的玄学"，维科并没有解释，但他说："智慧是一种功能，它主宰我们为获得构成人类的一切科学和艺术所必需的训练。"诗

---

① 此部分主要来自于张颖：《19 世纪法国美学中的表现与同情》，载于《文艺争鸣》2021 年第 1 期，第 88～98 页。

② 方卫平在《儿童文学本体观的倾斜及其重建》中指出："儿童文学的本体构成既不是单纯的成人（创作主体）世界，也不是单纯的儿童（接受主体）世界，而是两者在儿童文学活动中实现的沟通和融合，是两者熔铸而成的新的艺术实体。"载于《儿童文学研究》1988 年第 6 期，见方卫平《思想的世界》卷 2，明天出版社 2006 年版，第 31 页。

性就是原人的异教世界里人物我不分的感悟世界方式。所以，既是智慧的又是诗性的。维科认为，"诗性智慧"是各门学问产生的源泉。"诗性智慧的说明和划分"① 就是遵循这个逻辑。黑格尔继承了维科的思想，从人类学拓展到美学领域，他在《美学》中认为，人类心智纵向发展过程曾出现过三种观照方式，分别为"原始诗的观念方式""散文的观念方式""从散文气息中恢复过来的诗的观念方式"等。② 所谓"原始诗的观念方式"就是原人的方式，即天然地无意识地以物我不分的方式表达和交流，绝非如今日有意识之修辞。与原人同构的儿童同情实施到万事万物并与之直接对话、沟通信息和情感及表达期望，就是"原始诗的观念方式"的结果。今人的移情、想象等审美范畴在原人和今日儿童那里，则是生命本真状态。就此维科有个系定理概念，对于我们探究儿童审美机制极有借鉴价值。他说："凡是最初的比譬（tropes）都来自这种诗性逻辑的系定理或必然结果。"此系定理就是维科的 120 条："由于人类心灵的不确定性，每逢堕在无知的场合，人就把他自己当作权衡一切事物的标准。"③ 即"人通过理解一切事物来变成一切事物，这种想象性的玄学都显示出人凭不了解一切事物而变成一切事物。……因为人在理解时就展开他的心智，把事物吸收进来，而人在不理解时却凭自己来造事物，而且通过把自己变形成事物，也就变成了那些事物"。译者朱光潜就这段话的页脚注释为："这些就是近代美学中的'移情作用'，empathy。"④ 由维科这个系定理以及朱光潜的注释，可以概括为，由于儿童处在本我占上风的阶段，超我的能力尚低，以自我的基础产生与万事万物的共情，从自己出发理解世界，同时又凭借想象让自我超越，将其他事物代入脑海来理解世界而产生同情。由此，出现了随时随地双向移情：把自己变成万物，把万物变成自己。这就是儿童文学审美机制的原理，即"交叉重叠迁移性发生"。所谓双向移情就是如上所说的。那么，为什么又说是"交叉重叠迁移性发生"呢？儿童处于成长过程，"把事物吸收进来"与"把自己变成事物"此消彼长，所以，儿童文学文体随年龄变化并且种类繁多，原因就是这个此消彼长。不过因为尚未有儿童文艺美学，此原理并未被理论表述和概括而已。周作人说的一段话可为注脚："儿童相信猫狗能说话的时候，我们便同他们讲猫狗说话的故事，……然而又自然的会推移过去的，所以相当的对付了，等到儿童要知道猫狗是什么东西的时候到来，我们再可以将生物学的知识供给他们。"⑤ 继而可推导出：随着儿童年龄

① 详见维科：《新科学》（上册），朱光潜译，商务印书馆 1989 年版，第 171～180 页。
② 黑格尔：《美学》（第 3 卷下册），朱光潜译，商务印书馆 1981 年版，第 56～63 页。
③ 维科：《新科学》（上册），朱光潜译，商务印书馆 1989 年版，第 98 页。
④ 维科：《新科学》（上册），朱光潜译，商务印书馆 1989 年版，第 201 页。
⑤ 《周作人论儿童文学》，刘绪源编，海豚出版社、中国国际出版集团 2012 年版，第 123～124 页。

和接受的不同文体与功能的不同侧重点，审美感受机制必有具体情形，需要细细探究阐述，后面会有所涉及。

（二）"同情"之美

接受者特殊接受情况决定了客体（文学）属性的特殊性。儿童文学同情发生的审美感知机制决定了"同情"之美，即取决于"同情"实施范围变化的书写题材、文体等诸方面的变化趋势。周作人将儿童文学分为四个阶段：1～3岁为婴儿期；3～10岁为幼儿期；10～15岁为少年期；15～20岁为青年期。他说的儿童文学就是小学校里的文学教育。小学校里的儿童包括幼儿期和少年期的前半段。① 80年代以来我国儿童文学界修正为以"前运算阶段"的3至6岁、7岁幼儿为受众的幼儿文学，以"具体运算阶段"的6～12岁儿童为受众的童年文学，以"形式运算阶段"的12～18岁以下青少年为受众的少年文学。② 三阶段文学统称为广义的儿童文学，各阶段艺术样式和文体形式区别明显。幼儿文学以绘本、故事、歌谣、童话等形式为主；童年文学是狭义的儿童文学，属于儿童文学中的主体与核心，以文字性为主的绘本、故事、短篇小说、诗歌、童话等形式为主；少年文学以少年小说、少年诗歌、少年散文、少年报告文学等形式为主。我们以三阶段划分为分析口径。

从经验层面可以概括出，就书写题材来看，越是低幼儿童文学，书写范围越趋向于宇宙万物，不以复杂社会生活为题材，缘于越是低幼儿童越多保留原人感知方式，天然的拜物教特点越浓郁。随年纪增长逐步脱离物我不分感知方式，同情逐步过渡到人与人的关系即社会生活范围。文体变化与同情实施范围变化吻合。今日的所谓少年小说的同情，实施范围和书写题材集中在社会生活。因为幼儿"到了后期，观察与记忆作用逐渐发达，得了各种现实的经验，想象作用也就受了限制，须与现实不相冲突，才能容纳；若表现上面，也变了主动的，就是构成的想象了。少年期的前半大抵也是这样。"③ 前面我们曾叙述过我国现代曾有的"真实反映世界"的儿童文学观念及其批评标准，认为此观念和标准无力言说以怎样的审美感知和美的形式去"真实反映世界"。文艺美学意义的儿童同情之美的理论，则能够解决审美感知方式和美的形式问题。所谓的真实反映世界，将更适宜和具体。概言之，由审美机制来到审美客体方面的美学原则给予具体解决

---

① 详见《周作人论儿童文学》，刘绪源编，海豚出版社、中国国际出版集团2012年版，第124～125页。

② 详见王泉根：《论少年儿童年龄特征的差异性与多层次的儿童文学分类》，载于《浙江师范大学学报》1986年"儿童文学研究专辑"，第22页。

③ 详见《周作人论儿童文学》，刘绪源编，海豚出版社、中国国际出版集团2012年版，第125页。

渠道。再从修辞、氛围和风格色彩角度看，低幼文学读物趋向于人与万物天然性对话，童趣、氛围越趋向于简单和阳光。少年阶段的少年小说等艺术形式，沉重性书写题材增多，趋向于沉重、悲伤、难过、遗憾、悲悯等复杂情感。

三、"同情"作为培育善的起点及其功能

（一）人性基础之"同情"是教育的基础和起点

"同情"的教育基础性质基本有共识。叔本华说："只有同情才是一切自发的正义和仁爱之真正基础。只有发自同情的行为才有其道德价值。"[①] 休谟说："同情原则使我们摆脱了自我的圈子，使我们对他人的性格感到一种快乐或不快。"[②] 我国教育学家也论及了"同情"的人性基础及其在教育过程的重要位置："基于同情共感机制，教育者要为儿童提供丰富的活动，引导儿童深入社会生活以获得真切的社会体验，倾听他者的声音以促进主体间理解，体验他人感受以实现情感共鸣，学习榜样以认同社会所信仰的正义价值，借助移情投射以激发争议的想象，促进儿童形成一种厌恶不义、渴望正义、依据正义行动的正义感。"[③] 进而提出"同情教育应从小抓起"。他们借鉴西方伦理学的努斯鲍姆思想，认为"同情的发展是一个过程，孩童时代的情感发展会影响到成年后对事物的看法。因此，我们应该从孩童时就开始培养同情，让同情在生命的初期生根发芽。"[④] 教育学界还认为，应采取广泛途径让儿童体验同情，广泛途径的另一涵义就是社会，个人性同情必定在社会同情中实现。"社会同情"概念盖缘于此。[⑤] 儿童文学区别于体验同情的其他途径的最根本之处是以审美活动的感知方式，即以"双向移情的交叉重叠迁移性发生"，作为儿童文学以"同情"培育善的起点，实现其功能。

儿童文学审美属性和教育属性相伴而行，儿童文学的应有作用或使命就是培育善。"善"的涵义是好，善的，汉语词义是美好、善良；友好、亲善；擅长、善与；做好；多、容易；爱惜；熟悉；妥善地、好好地。此外就是作为伦理学概念，与"恶"相对。[⑥] 我国儿童文学作家曹文轩概括了"儿童文学的使命在于为

---

① 叔本华：《伦理学的两个基本问题》，商务印书馆1996年版，第234页。
② 休谟：《人性论》，商务印书馆1980年版，第621页。
③⑤ 胡金木：《社会同情与儿童正义感的培育》，载于《教育研究》2021年第5期，第77~85页。
④ 邓凯文：《玛莎·努斯鲍姆论同情教育》，载于《教育学报》2019年第2期，第10~16页。
⑥ 详见《辞海》（第六版），上海辞书出版社2011年版，第3856页。

人类提供良好的人性基础。"① "良好的人性基础"：第一个是"道义"："慢慢地沉淀下一些基本的、恒定的东西：无私、正直、同情弱小、扶危济困、反对强权、抵制霸道、追求平等、向往自由、尊重个性、呵护仁爱之心……。"第二个是"情调"："天长日久，人类终于找到了若干表达这一切感受的单词：静谧、恬淡、散淡、优雅、忧郁、肃穆、飞扬、升腾、圣洁、朴素、高贵、典雅、舒坦、柔和……。"他说："情调大概属于审美范畴。"第三个是"情感"。② 就此他没有给予定义，但婉转表达了情感最核心的是"悲悯情怀"。"情调"属于审美范畴。"道义"和"情感"则属于善。具体到儿童文学，"善"就是培育完善的人格。人格包括许多方面。"道义"的各方面就是人格的具体化。曹文轩所谓的沉淀的、基本的、恒定的东西，即：无私、正直、同情弱小、扶危济困、反对强权、抵制霸道、追求平等、向往自由、尊重个性、呵护仁爱之心……都是基础性的同情心之上的具体善，可以继续补充：理解他人、爱好多样、善于学习、性格开朗、积极阳光、勇敢、富有正义感，勇于担责……

（二）"双向移情的交叉重叠迁移性发生"审美机制与完善人格培育的关系

"双向移情的交叉重叠迁移性发生"如何具体落实在完善人格培育功能中？如今已无法考察原人诗性智慧运用的心理感受，但从儿童娱乐性阅读过程，可以重现到他们的兴趣和趣味。兴趣指自觉自愿，趣味指体会了其意思意味并感到快乐。由此反转看"双向移情"的"把自己变成万物"和"把万物变成自己"，不受限制的自由境界的乐趣和快乐可想而知。乐趣和快乐作为动力，继而产生兴趣，兴趣推动了趣味，趣味反转激发兴趣，形成的良性循环就是功能实现的基本原理。周作人从发现儿童起步探究儿童文学尤其童话，他有一段话与上面说的审美机制非常吻合："小学校里的正当的文学教育，有这样三种作用：（1）顺应满足儿童之本能的兴趣与趣味；（2）培养并指导那些趣味；（3）唤起以前没有的新的兴趣与趣味。这（1）便是我们所说的供给儿童文学的本意，（2）与（3）是利用这种机会去得一种效果。"③ 概言之，即唤起儿童的兴趣，保护好他们的兴趣，唤起他们新的兴趣。"双向移情的交叉重叠迁移性发生"审美机制在兴趣持续增长中实现完善人格的培养。儿童文学创作出版的文体、书写题材、审美风格和情调色彩等同情之美的各方面，均应循此原理。儿童文学创作出版和批评当有合乎规律的标准。

---

①② 曹文轩：《阿雏》，接力出版社 2016 年版，第 1~9 页。
③ 《周作人论儿童文学》，刘绪源辑笺，海豚出版社 2012 年版，第 124 页。

（三）儿童文学的经验及其初步总结

翻检儿童文学幼儿、童年和少年文学及其绘本，可大致发现如下规律：幼儿、童年文学多以绘图为主并伴有简短文字的绘本形式，依托复杂程度不一的叙事。所叙之事的范围遍及孩子、大自然中植物、动物、星空乃至宇宙。与努斯鲍姆对同情实施范围的理解和界定相吻合。同情流荡在"把自己变成万物"和"把万物变成自己"互动交流中。孩子的"我"和万事万物处于互相理解帮助的友好关系，蕴含诸如善意、了解、爱惜、体谅、帮助等感情。周作人多次提起安徒生童话中的《小伊达的花》，小伊达理解了花，给花提供跳舞和休息的方便，与跳舞的花一起快乐，也体验并享受了同情理解和帮助他人的幸福。再如《穿越法国的猫》讲述人与猫的故事：猫有人的感受和能力，经历了人可能经历的困难乃至磨难，也有猫和人的复杂感受互动："他在老奶奶怀里缩成一团"，老奶奶去世后，猫没有家了："还得逃脱流浪狗的追赶""他孤零零地躲在谷仓里""踏上旅程""他学会了捕捉田鼠和小鸟""他勇敢地沿着宽阔的街道向前奔跑"，以形容人的形容词与动词来描写猫："神气活现""饱经磨难""孤独、疲惫""舒舒服服躺下"，猫经过漫长奔波，终于回到人们中，"一个男孩和一个女孩正站在他身边说着话。地板上放着一盘食物，还有一碗清水。""他知道自己到家了。"人与猫的"同情"，延展出克服困难、体谅、帮助和感受善良的温暖。[1] 幼儿绘本叙事常在孩子和动物玩具间展开。如《一个人睡我不怕》意识到恐惧是人类情感中的负面感受。"这时，如果有某种能扭转负面心情的东西出现，就会带着他们进入愉快的幻想世界，渡过快乐的时光。"[2] 由此，讲述了布娃娃青蛙对小姑娘依依相互同情共同克服了恐惧的故事。同情贯通到无生命的布娃娃。依依把自己变成娃娃，把娃娃变成自己。在"同情"中克服恐惧，这是孩子优秀个性和修养的重要一环。再如绘本《胆小鬼和机灵鬼》讲述胆小鬼无论遇到什么事情都恐惧，恐惧处处发生。好朋友机灵鬼不断帮他探究究竟是些什么事物，揭开真相，战胜恐惧。故事最后，机灵鬼也有一次产生了恐惧，胆小鬼帮助了机灵鬼。封底刊登的《学校图书馆杂志》重点评论说："胆小鬼和机灵鬼的互动，为孩子们创造了一个非常好的安全空间，让他们去探索自己心里的恐惧。"[3] 这个表述启示

---

[1] ［美］凯特·班克斯，［法］乔治·哈朗斯勒本：《穿越法国的猫》，馨月译，二十一世纪出版社2014年版。

[2] ［日］赤羽淳子，［日］于保诚：《一个人睡我不怕》，彭懿、周龙梅译，化学工业出版社2017年版。

[3] ［英］梅格·罗索夫，［美］苏菲·布莱科尔：《胆小鬼和机灵鬼》，王斌译，二十一世纪出版社2014年版。

成人：赞赏互动，对于恐惧不用回避，可以通过探索战胜恐惧。从我们的议题来说，则是借助"同情"克服恐惧，走向积极阳光的心境。

通过作品描述与理论阐述相互映照，可以经验性概括为：越是低幼儿童绘本，同情遍布范围拓展到宇宙一切的特点越凸显；"把自己变成万物"和"把万物变成自己"的原始诗性智慧特点越明显；流动在艺术世界中并可激发孩子的趣味越浓厚；起步于"同情"的人格培育内涵和空间越宽阔；寓意了儿童文学担负着从"同情"的"仁之端也"向"义之端也""礼之端也"和"智之端也"的提升拓展的使命。最后，需要指出，低幼儿童的绘本基本没有反面角色及其恶性，或者说，受到污染而人性麻痹的"有疾之人"尚未进入所叙之世界。由此，有了下面的内容。

四、"同情"拯救人性之原理与功能

（一）"同情"与人性问题

孟子奠定了"同情"乃人性之基础的思想，中国儒家沿此思想并以动态思维入手，有诸多同情与人性之变化的思想。南宋诗人杨万里的《孟子论》中对孟子的恻隐论动态性地发挥说："隐也者，若有所痛也。恻也者，若有所悯也。痛则觉，觉则悯，悯则爱。人之手足瘫而木者，则谓之不仁。盖方其瘫而木也，搔之而不醒，扶之而不恤，彼其非不爱四体也，无痛痒之可觉也。至于无疾之人，误而拔一发则百骸为之震，何也？觉其痛也，觉其一发之痛则爱心生，不觉四体之痛则爱心息……"[1] 他区分出了对痛有感觉和无感觉两种人，即"有疾之人"和"无疾之人"。有疾之人，就是无"恻隐之心"的"瘫而木"者，可见他看到和意识到了人性基础部分的"同情"之丧失。《二程集》则从天地一体的思路谈及仁之消失："医书言手足痿痹为不仁，此言最善名状。仁者，以天地万物为一体，莫非己也。认得为己，何所不至？若不有诸己，自不与己相干。如手足不仁，气已不贯，皆不属己。人之一肢病，不知痛痒谓之不仁，人之不仁亦犹是也。"[2] 他也认为，不知痛痒即不仁，同情心为"仁之端也"，不知痛痒即丧失了"恻隐之心"。如何让无痛感的人觉得痛而醒过来，恢复痛痒之感，回到"仁之端"？王阳明认为，人人都有的良知容易被私欲蒙蔽，因此需要"致良知"，将

---

[1] 曾枣庄、刘琳主编：《全宋文》（第238册），上海辞书出版社、安徽教育出版社2006年版，第330页。

[2] 程颢、程颐：《二程集》，王孝鱼点校，中华书局2004年版，第15页。

人人生而具有的"恻隐之心"扩充到底，从而使人人相互同情，走出威胁人们的生存危机。没有同情心，丧失基本人性，已然为当今社会现实，可见提出拯救人性的问题，既有理论支撑又有现实依据。如何拯救？社会学、伦理学、教育学以及政治学等各有自己的思考和策略。

文学审美领域如何看待人性丧失和拯救人性？儿童文学作家曹文轩从经验层面说："冷漠甚至不再仅仅是一种人际态度，已经成为新人类的一种心理和生理反应。人的孤独感已达到哲学与生活的双重层面。""甚至是在这种物质环境与人文环境中长大的儿童（所谓的'新人类'）都已引起人类学家们的普遍担忧。而担忧的理由之一就是同情心的淡漠（还谈得上有什么悲悯情怀）。"[①]

他说的"儿童文学的使命在于为人类提供良好的人性基础"与此体认密不可分。当代美学家从美育功能角度说，"美育的功能主要也就是培育人的'爱'与'敬'的情感，以维护和提升人性中固有的同情心和敬畏感。在当今科技理性和物质文明导致的人的不断物化和异化的险境中，这不失为对人性的一种拯救。"[②]审美感知具有抵达伦理教化和道德建设的功能。儿童文学拯救人性的功能理当被意识并汇入儿童文学使命。我们概括为："拯救人性以致使同情心得到恢复。继续向善的方向培育。"儿童文学借助审美感知恢复同情心以拯救人性。

（二）"同情"拯救人性的儿童文学经验及其审美机制问题

中国经验层面代表性作家曹文轩的少年小说书写，即针对同情心丧失现象。代表作是获得 2016 年国际安徒生奖的少年短篇小说自选集《阿雏》。阿雏六岁失去父母。一次偶然机会他得知，当船翻了溺于水中的爸爸死死拉住大狗的老子胳膊，大狗老子用一根手电筒摆脱了爸爸的求救。"说这话时，大狗老子的脸很活，很有光泽，显得自己的智慧比别人优越许多。"这个真相深深刺伤了阿雏。从此"他固执地认为村里人都欠他的。他的吃相很凶，像条饿极的荒原狼崽，不嚼光吞，饭菜里一半外一半，撒一桌、一地，鼻尖上常粘着米粒在外面闲荡。"从此他欺负其他孩子，尤其是欺负侮辱大狗。一次大狗和阿雏陷入绝境，人们远远地呼喊着"大狗"，却没有人呼喊"阿雏"。大狗已经奄奄一息，阿雏拼命找来吃的，大狗活过来了，大狗在人们找到他时絮絮叨叨地说："阿雏，阿雏哥把他的裤衩和背心都脱给了我……""阿雏哥走了，阿雏哥是光着身子走的……""世界一片沉默。""人们去寻阿雏。""阿雏！""阿雏——""男人的、女人的、老

① 曹文轩：《文学：为人类提供良好的人性基础（代序）》，见曹文轩《阿雏》，接力出版社 2016 年版，第 1 页。
② 王元骧：《拯救人性：审美教育的当代意义》，载于《文艺研究》2012 年第 3 期，第 5～12 页。

人的、小孩的呼唤声，在方圆十几里的水面上，持续了大约十五天时间。"这个叙事触及人内心最柔软的地方，它形象地呈现了人失去了恻隐之心如同恶性传染病：阿雏由于大狗爸爸的冷漠而失去了天然的同情心，专门与人为恶，可见同情心在社会生活中有多么重要。生命绝境之际，阿雏体会了大狗对他依然保留的爱意，这唤醒了阿雏的恻隐之心，他感觉了痛，痛而悯，悯而爱，爱心转换为要救大狗生命的坚强意志。……作品闪光之处在于写出了同情心的消失和再度唤醒。所叙之事很沉重，沉重中有希望，传递了同情唤起同情的哲理。

同情唤起同情的审美机制如何呢？两个同情有区别。前者是审美性质的"同情"，叙事中人与对象"共情"的艺术美激发的审美感知效应：少年儿童的读者进入虚构艺术世界，沉浸于同情意蕴氛围中，被感染并且激活了想象力，借助感官收到的固定与明确的形象，得以分解融会并化为新的统一体。同情心已经淡化或者受损伤的少年读者则通过想象力的飞扬，感悟到同情心的美好，似乎自己也寓于其中，沉睡了的恻隐之心慢慢苏醒。所以，后者是被唤起的同情心，是艺术效应的体现。再从作品之美角度看，阿雏霸凌欺弱以及最后的人性苏醒，依赖艺术描画渲染的特殊情境：大狗面对死亡的人性之善，软化了阿雏的硬心肠，也激发了他的想象力，读者可以猜想到当时的阿雏：回忆、悔恨、反思、心痛等感受和情感在想象力作用下发生了，结局顺乎自然，合情合理。再从读者接受角度看，对于恻隐之心依旧的孩子，作品会强化他们感受同情之美，激励和继续拓展善良。对于恻隐之心受损的孩子，会同阿雏一样感觉痛而悯而爱，由此返回到"同情"这一"仁之端"，实现拯救人性的效应，并向义、礼、智、信方面继续提升。

上述同情唤起同情的审美机制仅停留在经验层面的描述，尚不具有儿童文艺美学原理性。拯救人性的儿童文学审美心理值得研究。如曹文轩这种侧重书写"因失去爱而误入歧途的少年阿雏，在危难中唤醒了内心的善良"[①] 的作品，常有难堪或悲惨场面，失落、痛苦和悲伤情感，已然不同于低幼的儿童文学侧重"同情"作为培育善起点的作品。侧重拯救人性的儿童文学必有独特审美特点。前述的"双向移情的交叉重叠迁移性发生"审美机制固然可为基础，但此类书写的特殊审美机制何在？康德关于美和崇高的区分对此问题可借鉴。首先康德确认"美和崇高在下列一点上是一致的，就是二者都是自身令人愉快的。再则两者的判断都不是感官的，也不是伦理地规定着，而是以合乎反省判断为前提：因此那愉快既不系于一感觉，像快适那样，也不系于一个规定的概念，像对善的愉快那样，但是仍然关联到概念，尽管是不确定的任何概念"。在此基础上，康德注意

---

① 曹文轩：《阿雏》，接力出版社 2016 年版，"内容提要"。

到了"（崇高的情绪）是一种仅能间接产生的愉快；那就是这样的，它经历着一个瞬间的生命力的阻滞，而立刻继之以生命力的因而更加强烈的喷射，崇高的感觉产生了。……对于崇高的愉快不只是含着积极的快乐，更多的是惊叹或崇敬，这就可称作消极的快乐"。[①] 上述曹文轩这类"作品透过贫瘠生活中的少年形象与童年状貌，抒写真情至爱，始终聚焦于忧伤中人性的光辉，以优美的诗化语言、优雅写作姿态、悲悯的人文关怀创造出一个独特的艺术世界"，以拯救人性为旨归的文学审美接受，其审美机制与康德的崇高感产生机制既有相似点也有不同点。其一，儿童文学必有适合儿童的艺术形式及其相应艺术魅力。演绎的诸如"拯救人性"等功能性概念，必定是独属于儿童，可以审美实现演绎出来的概念。吻合审美不系于概念但又关联到概念的原理。其二，共同点是都有"瞬间的生命力的阻滞"，并都"继之以生命力的因而更加强烈的喷射"。但儿童文学审美不同于一般审美之处，在于儿童的后期即少年阶段的儿童心理特性的"瞬间的生命力的阻滞"，与一般审美的"阻滞"程度必然存在差别。把握差别程度，并诉诸适宜的艺术形式，才可实现小读者的"继之以生命力的因而更加强烈的喷射"。其三，共同点都为"消极的快乐"。但是儿童审美体验到的"消极的快乐"，不仅有"惊叹或崇敬"，更应有适合儿童的软性心理的诸如：安全感、归宿感、安慰感和信心等。所获快乐更吻合童心尚未完全消失的实际，目的是真正让这类儿童文学成为向义、礼、智、信方面逐步培育和提升的起点。

（三）"同情"拯救人性遗留问题的提出与简要概括

遗留了怎样的问题？讨论"同情"情感范围遍及宇宙万物的时候，是从人与人还是人与宇宙万物的空间角度所说的。但是，教育学家从教育角度理解和界定的"同情"，采用的英文是"sympathy"。该词表述的"同情"涵义："指称个体通过想象去体验他人所经历的痛苦、愉悦或者其他类别的情感，从而在情感上产生共鸣，感同身受，同喜同悲。"[②] 此说法意味同情实施对象，既可以是苦难、灾害，也可以是喜乐，因为包括了"愉悦或者其他类别的情感"，"同喜同悲"，只要"产生共鸣，感同身受"地"共情"，都可包括在同情实施范围。

反观中国古代同情思想资源，同情投射对象都集中在苦难。孟子说的是"乍见孺子将入于井，皆有怵惕恻隐之心"。宋明理学同情思想的关键概念也是苦难。张铭说的是："尊高年，所以长其长；慈孤弱，所以幼吾幼。……凡天下疲癃残

---

① ［德］康德：《判断力批判》（上），宗白华译，商务印书馆1963年版，第84～85页。
② 胡金木：《社会同情与儿童正义感的培育》，载于《教育研究》2021年第5期，第77～85页。

疾莩独鳏寡，皆吾兄弟之颠连而无告者也。"① 伦理学界认为，"宋明理学的同情观则侧重于对他人苦难的同情，而相对忽略对他人欢乐的同情和对他人福利的增进。宋明理学的恻隐之心只是对他人维持生存最低限度的物质欲求的同情"。② 西方伦理学家也认为："同情是一种针对他人痛苦或缺少好生活的情感。"而且，康德在《纯粹理性限度内的宗教》一书中提出"我们有理由把这种原初禀赋与其目的相联系分为以下三类，来作为人的规定性的要素：（1）作为一种有生命的存在者，人具有动物性禀赋；（2）作为一种有生命的存在者，人具有人性的禀赋；（3）作为一种有生命的存在者，人具有人格性的禀赋。"③ 就人性的禀赋，康德认为，人性的禀赋，体现为出自人比较的自爱，担心他人强过自己而不安全，所以会有比较。比较对象一般是与自己相当的人们和力量。常见的忌贤妒能和幸灾乐祸等心理，即比较心理作祟。依据人性的禀赋的原理，落脚于同情实施对象时，只适合对方悲惨、苦难之时，而不适宜于对方幸福、快乐，即同情不可能施予幸福者的快乐事情。这个思想与前述中国古代与西方同情思想暗合。从东西方伦理学不约而同地触及此人性，而且经验层面也很容易找到事实证据。我们的问题是，现实中同情主要投向悲惨不幸境地的对象，对于处于幸福顺利处境的人，按伦理学说的人性禀赋原理来看，一般不会引发同情心。那么，文学毕竟不是现实，文学以幸福顺利快乐处境为书写对象，会不会引发接受者的同情？按说，文学不是现实，不存在现实中的人和文学虚构世界中人物的比较及其产生的嫉妒，那么，具体到儿童文学的书写题材和人物设置，在此维度会有怎样具体情形？

儿童阶段尤其是幼儿阶段，天然而单纯，应该尚无比较能力，更无因比较而生的自爱和嫉妒等心理，文学叙事自然将同情实施到他人的好事情，他人的幸福快乐，与他人共享幸福快乐，经验层面可得到诸多证据。但到了少年文学阶段，诸如少年小说，将同情投给幸福快乐顺境的人物，在题材选取和文学书写乃至艺术魅力等方面，会有怎样具体问题？或者问，少年已经不同程度涉世，对现实中校园霸凌欺辱同学等现象有所了解。那么，同情施予对方获得成功并感到幸福快乐具有合理性吗？此种题材的功能何在？文学本该有的"情调""韵味"还会产生吗？是否符合美学原理？这是关涉如何理解儿童文学的复杂问题，也必定是儿童文艺美学题中应有之义。此处仅向理论提出问题，暂无展开讨论。

概言之，儿童文学的主要功能，主要包括以"同情"作为培育善的起点和以"同情"拯救人性两方面。每个方面还可分诸多更具体功能。两种主要功能有共

① 李敖主编：《周子通书张载集二程集》，天津古籍出版社 2016 年版，第 82 页。
② 叶青春：《儒家同情观伦理探微》，载于《忻州师范学院学报》2006 年第 6 期，第 8 ~ 10 页。
③ ［德］康德：《单纯理性限度内的宗教》，李秋零译，商务印书馆 2012 年版，第 20 ~ 21 页。

同的审美机制，也有独属各自的特殊审美机制。

五、"同情"与儿童文学之真：与人格培育和拯救人性功能相伴随

儿童文学之真指儿童文学具有获得知识概念和真实社会人生的认知的客观和目的性。"鉴赏判断除掉以一对象的（或它的表象样式的）合目的性的形式作为根据外没有别的。"① 儿童文学的合目的性的形式，"同情"之美部分已经确定。儿童文学三个阶段的题材、体裁、"同情"实施范围、情调和功能有所区别，审美机制也有所区别，同理，"同情"贯穿于儿童文学对真的认知的意趣旨归亦有所区别，分别论述。

（一）儿童文学认知功能的基本规定性

儿童文学对真的认知功能有怎样的特点呢？

首先，儿童认知尤其依赖于"期待着每个人的赞同"。康德说得很清楚："美是那不凭借概念而普遍令人愉快的。"② "如果在一定的概念的制约下一对象被认为美，这个鉴赏判断是不纯粹的。"③ 而且共通感属性更加突出。康德说："鉴赏判断期望着每个人的赞同；谁说某一物为美时，他是要求着赞美这当前的对象并且应该说该物为美。"④ 儿童文学中诸如幼儿绘本一般是家长讲述给孩子听，或者指给孩子看，即成人和儿童之间互动中看和听，一对一的互动是最基础的共通感，孩子之间互动更加依赖"期待着每个人的赞同"。实际经验也可证实孩子们期望每个人都赞同。孩子尚未完全社会化的原始性感受能力更易于趋向一致。这是儿童文学认知的第一个基本特点。

其次，儿童文学难以归结出客观的意志或者是知识的合目的性。

儿童文学审美接受依赖趣味和兴趣，单纯跟着趣味走是突出特点。康德说，鉴赏判断只要求合乎主观的审美感受目的性。但是演绎分析可以归结出客观的意志或者是知识的合目的性。但是，儿童文学却可能不然，康德认为，美的艺术需要想象力、悟性、精神和鉴赏力。其中"想象力在它的自由活动里适合着悟性的规律性却是必要的。……判断力，它在美术事务中从自己的原则有所主张，宁可

---

① ［德］康德：《判断力批判》（上），宗白华译，商务印书馆1963年版，第59页。
② ［德］康德：《判断力批判》（上），宗白华译，商务印书馆1963年版，第57页。
③ ［德］康德：《判断力批判》（上），宗白华译，商务印书馆1963年版，第67页。
④ ［德］康德：《判断力批判》（上），宗白华译，商务印书馆1963年版，第76页。

损及自由和想象力的富饶，而不损及悟性。所以美的艺术需要想象力、悟性、精神和鉴赏力。"① 此说法有个原注："前三种机能通过第四种才获致它们的结合。休谟在他的历史著作里使英国人理解，他们在他们的作品里涉及前三种特性的证据分开求看时，不逊于任何民族。但涉及那使三种结合的鉴赏力却不及他的邻邦法国人。"可见各民族各种心理机能性有所差异，以鉴赏力综合其他三种的能力也不同，儿童更是如此：想象力、悟性、精神和鉴赏力均处于生长和培养过程，审美感受获得的客观认知尤其概念等，即便社会认知之所获也以模糊朦胧形态存在。这是儿童文学对于真的认知的独特性。

最后，儿童文学教育功能与认知功能无法分割，呈现为混沌性认知。

儿童文学认知功能始终与诸如"同情"作为培育善的功能及拯救人性的功能等相伴生。认知功能不可能存在独立，因为独立存在是教科书的目标。"同情"与儿童文学之真的涵义，是指通过儿童文学"同情"之美感，客观地实现让儿童"知道"了一些事物，至于是否认知到事物概念的程度，这并不重要；获得了对某些非事物的事情的认知，学习到一些社会知识。至于这些社会知识是否归入哪些理论以及理解准确及深度如何并不重要。因此，可假设性将儿童文学之认知称为混沌性认知。经验层面描述沿用此前功能部分所谈作品，为了印证上述理论假设。

（二）"同情"培育善的功能与儿童文学认知功能

培育善的功能与认知功能两者不能分割并互为促进。特点在于，第一，实物认知与故事相始终。幼儿和童年阶段儿童文学，如果"以童话语儿童，既足以餍其喜闻故事之要求，且得顺应自然，助长发达，使各期之儿童得保其自然之本相，按程而进，正蒙养之最要义也。"通俗地说，此阶段特别强调故事性。故事编撰之范围遍及万事万物。事物必以名词代之，诸如儿童文学绘本中，事物之名词伴之以事物之图片，一道进入儿童接受视野。儿童感知图文互相印证的对象，都有生命有情节和喜怒哀乐。第二，认知以"知道"为特征。培育孩子健全心智和人格的同时，也实现了对事物的认知即"知道"。知道和理解有区别，知道，就是此前没有见过和听说过，现在听说见过了。认识了一种新东西，越是低幼儿童绘本，此认知特点越突出。第三，认知与兴趣互为锁链不断良性循环，此即正当的文学教育的规律，顺应满足儿童之本能的兴趣与趣味，并不断培养和指导这些趣味，唤起以前没有的新的兴趣与趣味。儿童接受角度说就是，事物之认知引发对新事物的兴趣和趣味，如同滚雪球般扩大"知道"的范围。

---

① ［德］康德：《判断力批判》（上），宗白华译，商务印书馆1963年版，第168页。

前面讨论过的《穿越法国的猫》中出现了一系列动物：狗，而且是"流浪狗"；牛，"牛吃草"等。还有一系列植物：草（绿草茵茵）、薰衣草（长满薰衣草的田野唤起了他心底的记忆）、（沙沙声）的枯树叶、柠檬（渐渐成熟）等。还有一系列没有生命的大自然：大海（的气息）、古墙（的阴凉里）、（轰隆隆开过来的）火车、（来来往往的）汽车和自行车等。一系列名词表述并时有冠以形容词的万事万物，被串联在这只猫穿越法国的故事里。故事宣泄了猫的悲伤，抒发了猫的归宿感和慰藉：同情贯穿始终，培育着孩子的善心和丰满的人格。儿童跟随猫的经历知道了这些事物叫什么，将它们看作有生命有情感的存在，与它们心灵感应和默认，情感交流对话过程中扩大了认知范围。再如幼儿绘本《沙发底下藏着什么》是典型地以事物贯穿于帮助爸爸找车钥匙的事情，不断地从沙发底下翻找出各种都有名字的事物：一些毛线、一枚钻石、一块菠萝、一条鳗鱼、一个小零件、一片面包、一张唱片、一盒大头钉、妈妈的平底锅、漂亮的小扇子、一堆面包渣、一把梳子……不仅是名词，更有每个名词的单位。这个绘本的逻辑在于，似乎从沙发下面可以无限地有新发现。新发现符合人类追求新奇的心理，其乐无穷，寻找、发现、确认以致无穷。

（三）"同情"拯救人性的功能与儿童文学的社会认知

"同情"拯救人性的功能主要发生在少年文学阶段，并以少年小说为主要文体。少年小说"同情"的实施范围主要在于人类社会生活领域，而且业已出现了丑恶、欺骗等各种社会现象，已有人性堕落的场景和情节，这些都被编织在故事中。那么，这类小说实现以"同情"拯救人性功能的同时，社会认知功能是如何实现？或者问：社会认知功能实现机制如何呢？

社会认知包括范围很广，少年年龄界定在 12～18 岁，仅就少年读者也有 6～7 岁的差异，况且读者审美感受程度各个相异。社会认知机制在于，进入存留在小读者脑海的，以兴趣引导而发生的感性形象和故事情节影响小读者的心灵世界。感性形象包括性格各异的小说人物，特别是决定命运的特异情境场面等，如《阿雏》中阿雏和太狗的生命绝境场景。故事作为感性的有机完整性形象，读者会反复品味，随着年龄增长，社会认知的内涵会不断丰富和深化。换句话说，就是此认知不以某些概念方式存留给读者并发生效应，而是始终伴随整体性的故事形态和生动人物形象动态的变化。认知始终鲜活，富有发散增长的生命力。

附录一 国际文学奖数据统计

一、历届诺贝尔文学奖获奖数据统计

表 A1－1 历届诺贝尔文学奖获奖作家统计

单位：人

年份	获奖者的性别		获奖者领奖时的年龄					获奖者所来自的地区							
	男性	女性	50岁以下（含50岁）	51~60岁（含60岁）	61~70岁（含70岁）	71~80岁（含80岁）	81岁以上	西欧	东欧	北美	拉美	亚洲	澳洲	非洲	多地区
1901~1910	10	1	1	2	2	5	1	10	1	0	0	0	0	0	0
1911~1920	9	0	3	4	1	1	0	8	0	0	0	0	0	0	0
1921~1930	8	2	2	5	2	1	0	8	1	1	0	0	0	0	0
1931~1940	8	1	2	2	4	0	0	5	0	2	0	0	0	0	1
1941~1950	5	1	0	3	1	3	0	4	0	1	1	0	0	0	1
1951~1960	10	0	1	4	2	3	0	6	1	1	0	0	0	0	2
1961~1970	10	1	0	4	5	2	0	4	3	1	1	1	0	0	1
1971~1980	11	0	0	1	6	4	0	6	1	1	1	0	1	0	1
1981~1990	10	0	1	2	0	6	1	3	1	0	2	0	0	2	2

续表

年份	获奖者的性别		获奖者领奖时的年龄					获奖者所自的地区							
	男性	女性	50岁以下（含50岁）	51~60岁（含60岁）	61~70岁（含70岁）	71~80岁（含80岁）	81岁以上	西欧	东欧	北美	拉美	亚洲	澳洲	非洲	多地区
1991~2000	7	3	0	3	3	4	0	4	1	1	1	1	0	1	1
2001~2010	7	3	0	3	3	3	1	3	2	0	1	0	0	1	3
2011~2020	6	4	0	3	2	4	1	4	2	3	0	1	0	0	0
共计	101	16	10	35	30	34	4	65	13	11	7	4	1	4	12

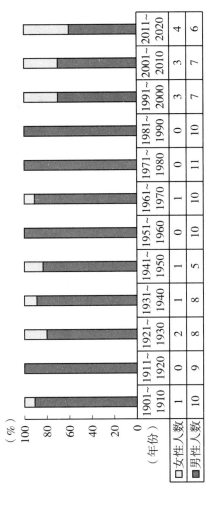

年份	1901~1910	1911~1920	1921~1930	1931~1940	1941~1950	1951~1960	1961~1970	1971~1980	1981~1990	1991~2000	2001~2010	2011~2020
女性人数	1	0	2	1	1	0	1	0	0	3	3	4
男性人数	10	9	8	8	5	10	10	11	10	7	7	6

□女性人数　■男性人数

图 A1-1　历届诺贝尔文学奖获奖者性别

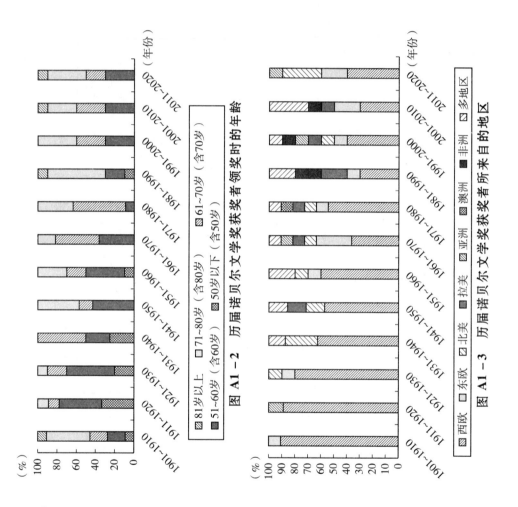

图 A1-2 历届诺贝尔文学奖获奖者领奖时的年龄

图 A1-3 历届诺贝尔文学奖获奖者所来自的地区

表 A1-2

历届诺贝尔文学奖获奖作家作品统计

单位：篇/部

年份	获奖者作品所使用的文类				获奖者主要使用的语言							
	诗歌	小说	戏剧	其他	英语	法语	德语	西班牙语	意大利语	北欧语言	俄语	其他
1901~1910	6	5	3	2	1	2	3	1	1	2	0	1
1911~1920	5	6	3	0	1	2	2	0	0	4	0	1
1921~1930	3	6	3	1	3	2	1	1	1	1	0	1
1931~1940	2	6	2	0	3	1	0	0	1	2	1	0
1941~1950	4	3	0	1	3	1	1	1	0	1	0	0
1951~1960	6	6	3	1	2	3	0	1	1	2	1	0
1961~1970	4	9	3	1	2	2	1	1	0	0	2	4
1971~1980	6	6	2	0	2	0	1	2	1	2	0	3
1981~1990	5	7	2	0	3	1	1	3	0	1	0	2
1991~2000	5	6	5	0	4	0	1	0	1	0	0	4
2001~2010	2	9	4	0	4	1	2	1	0	0	0	2
2011~2020	4	6	2	3	4	1	1	0	0	1	1	1
共计	52	75	32	9	32	16	14	11	6	16	5	19

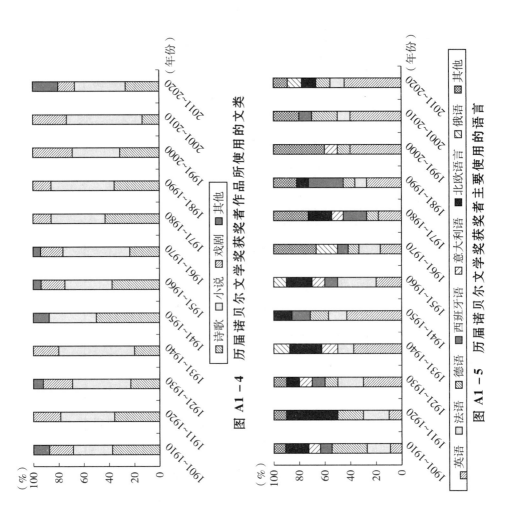

图 A1-4　历届诺贝尔文学奖获奖者作品所使用的文类

图 A1-5　历届诺贝尔文学奖获奖者奖主要使用的语言

文艺评论价值体系的理论建设与实践研究

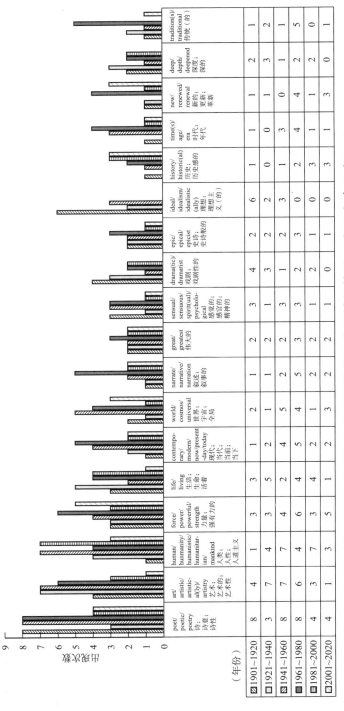

年份	poet/ poetic/ poetry 诗人; 诗意; 诗性	art/ artistic/ al(ty)/ artistry 艺术的; 艺术; 艺术性	human/ humanity/ humanistic/ humanitarian/ mankind 人类; 人性; 人道主义	force/ power/ powerful/ strength 力量; 强有力的	life/ living 生活; 生命; 活着	contempo-rary/ modern/ now/present -day/today 现代; 当代; 当前; 当下	world/ cosmos/ universal 世界; 宇宙; 全局	narrate/ narrative/ narration 叙事的	great/ greatest 伟大的	sensual/ sensuous/ spirit(ual)/ psycholo-gical 感觉的; 感官的; 精神的	drama(tic)/ dramatist 戏剧; 戏剧性的	epic/ epical/ epicist 史诗; 史诗般的	ideal/ idealism/ idealistic (ally) 理想; 理想主义(的)	history/ historic(al) 历史; 历史感的	time(s)/ age/ era 时代; 年代	new/ renewed/ renewal 新的; 更新; 革新	deep/ depth/ deepened 深度; 深的	tradition(s)/ traditional 传统(的)
1901~1920	8	4	1	3	3	1	2	1	2	3	4	2	6	1	1	1	2	1
1921~1940	3	7	4	3	5	2	1	1	2	1	3	2	2	0	0	1	3	2
1941~1960	8	7	7	4	2	4	5	2	2	3	1	2	3	1	3	0	1	1
1961~1980	8	6	4	6	4	5	4	5	3	3	2	3	0	2	4	4	2	5
1981~2000	4	3	7	4	4	2	1	3	2	2	2	1	0	3	1	1	2	0
2001~2020	4	1	3	5	1	2	3	2	2	1	0	1	0	3	3	3	0	1

图 A1-6 诺贝尔文学奖授奖词评价关键词统计（出现十次以上）

表 A1－3　　历届诺贝尔文学奖授奖词出现次数统计

单位：次

关键词	年份						共计
	1901 ~ 1920	1921 ~ 1940	1941 ~ 1960	1961 ~ 1980	1981 ~ 2000	2001 ~ 2020	
poet/poetic/poetry 诗；诗意；诗性	8	3	8	8	4	4	35
art/artistic/artistical（ly）/artistry 艺术；艺术的；艺术性	4	7	7	6	3	1	28
human/humanity/humanistic/humanitarian/mankind 人类；人性；人道主义	1	4	7	4	7	3	26
force/power/powerful/strength 力量；强有力的	3	3	4	6	3	5	24
life/living 生活；生命；活着	3	5	2	4	4	1	19
contemporary/modern/now/present-day/today 现代；当代；当前；当下	1	2	4	5	2	2	16
world/cosmos/universal 世界；宇宙；全局	2	1	5	4	1	3	16
sensual/sensuous/spirit（ual）/psychological 感觉的；感官的；精神的	3	1	3	3	1	1	12
drama（tic）/dramatist 戏剧；戏剧性的	4	3	1	2	2	0	12

续表

关键词	年份						共计
	1901~1920	1921~1940	1941~1960	1961~1980	1981~2000	2001~2020	
narrate/narrative/narration 叙述；叙事的	1	1	2	5	2	2	13
great/greatest 伟大的	2	2	2	3	2	2	13
epic/epical/epicist 史诗；史诗般的	2	2	2	3	1	1	11
ideal/idealism/idealistic（ally）理想；理想主义（的）	6	2	3	0	0	0	11
history/historic（al）历史；历史感的	1	0	1	2	3	3	10
time（s）/age/era 时代；年代	1	0	3	4	1	1	10
new/renewed/renewal 新的；更新；革新	1	1	0	4	1	3	10
deep/depth/deepened 深度；深入的	2	3	1	2	2	0	10
tradition（s）/traditional 传统（的）	1	2	1	5	0	1	10

续表

关键词	年份						共计
	1901 ~ 1920	1921 ~ 1940	1941 ~ 1960	1961 ~ 1980	1981 ~ 2000	2001 ~ 2020	
true/truly/truth 真实的；真相	3	3	2	1	0	0	9
realism/reality/realistic 现实；现实主义（的）	0	0	0	1	6	2	9
lyric（al） 抒情诗；抒情的	2	0	4	2	1	0	9
create（s/ed）//creative/creation（s）/creativeness 创造；创造力	2	1	1	1	2	1	8
rich（ly） 丰富（的/地）	1	2	0	1	4	0	8
imagine（d）/imagination/imaginative 想象（力）	3	0	1	1	3	0	8
master/mastery/masterpieces 大师；杰作	2	1	2	1	0	1	7
combine/combination 结合；杂糅	1	0	2	2	2	0	7
fresh（ly）/freshness 新鲜（感）	4	0	1	0	1	1	7

续表

关键词	1901~1920	1921~1940	1941~1960	1961~1980	1981~2000	2001~2020	共计
			年份				
culture (s)/cultural/multicultural 文化；多元文化（的）	0	0	0	3	2	1	6
compassion/sympathy/sympathetic 同情；怜悯	1	2	0	1	2	0	6
express/expression 表达；表现	1	1	1	2	0	1	6
form (s/ed) 形式；形成	0	2	0	1	3	1	7
individual/unique/special/distinctive 独特的；特殊的	4	0	1	1	0	0	6
vision (ary) 视觉；预言；远见	1	0	1	0	3	1	6
wide/broad 广阔的	1	0	1	1	3	0	6
thought/mind 思想	2	0	2	1	1	0	6
depict (s/ed)/depiction 描述；描绘	0	1	0	2	1	1	5

447

续表

关键词	年份						共计
	1901~1920	1921~1940	1941~1960	1961~1980	1981~2000	2001~2020	
emotion（s）/keen/passion 富有情感的；激情的	0	0	2	2	1	1	6
wit/intellect（ual）/intelligence 智慧（的）	1	1	1	1	1	0	5
style 风格	1	1	3	0	0	0	5
nation/national/country 国家	0	3	0	2	0	0	5
freedom/liberating 自由	0	0	1	3	1	0	5
sensitive/sensibility/sensitivity 敏感；感性	1	0	0	3	0	0	4
classic（al） 经典的；古典的	0	2	2	0	0	0	4
bold（ness）/courage 勇气	0	1	2	0	0	1	4
high（est/ly） 高级的	0	2	2	0	0	0	4

文艺评论价值体系的理论建设与实践研究

续表

关键词	年份						共计
	1901~1920	1921~1940	1941~1960	1961~1980	1981~2000	2001~2020	
brilliant 极好的；聪明的	1	2	1	0	0	0	4
outstanding 显著的	2	0	1	1	0	0	4
lofty 高尚的	4	0	0	0	0	0	4
destiny/destinies 命运	0	0	0	3	0	1	4
image（s）/imagery 意象	0	0	0	1	1	2	4
original（ity） 原创的；独创的	3	1	0	0	0	0	4
skill 技巧	1	1	0	1	0	0	3
conflict（s） 冲突	0	1	0	0	2	0	3
resist/revolt/against 抵抗	0	0	0	1	0	2	3

续表

关键词	年份						共计
	1901~1920	1921~1940	1941~1960	1961~1980	1981~2000	2001~2020	
vivid 生动的	1	0	1	1	0	0	3
monument/monumental 丰碑	2	0	0	0	0	1	3
beauty/beautiful 美丽（的）	1	1	0	0	1	0	3
experience 经历；体验	0	0	1	0	0	3	4
perceptive/perception 敏锐的	1	0	0	1	0	1	3
portray (s/ed) 肖像	0	1	0	0	1	1	3
society/social 社会（的）	0	0	0	2	0	1	3

二、历届国际安徒生奖获奖数据统计

表 A1-4 历届国际安徒生奖作家奖获奖者所在地区

单位：人

年份	地区								
	北欧	西欧	中欧	南欧	北美	南美	东亚	西亚	大洋洲
1956~1986	4	2	4	2	3	1	0	0	1
1988~2018	1	4	1	0	2	2	4	1	1
总计	5	6	5	2	5	3	4	1	2

表 A1-5 历届国际安徒生奖作家奖获奖者主要使用的写作语言

单位：人

年份	语言							
	英语	北欧语	德语	西班牙语	葡萄牙语	日语	汉语	其他
1956~1986	5	4	3	1	1	0	0	3
1988~2018	6	1	0	1	1	3	1	3
总计	11	5	3	2	2	3	1	6

附录二 中国四大文学奖数据统计

一、历届茅盾文学奖获奖数据统计

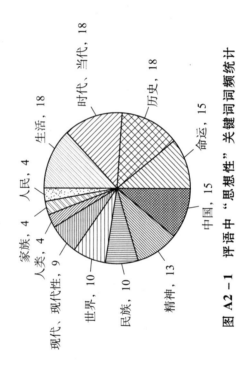

图 A2-1 评语中"思想性"关键词词频统计

时代、当代，18
生活，18
历史，18
人民，4
命运，15
家族，4
中国，15
人类，4
精神，13
现代、现代性，9
民族，10
世界，10

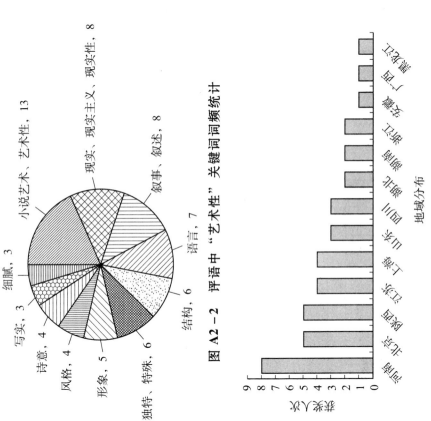

图 A2 - 2 评语中"艺术性"关键词词频统计

图 A2 - 3 获得者地域分布

	第一届	第二届	第三届	第四届	第五届	第六届	第七届	第八届	第九届	第十届
女	0	1	3	0	2	2	1	0	0	0
男	6	2	3	4	2	3	3	5	5	5

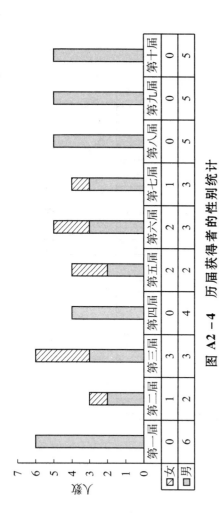

图 A2－4　历届获得者的性别统计

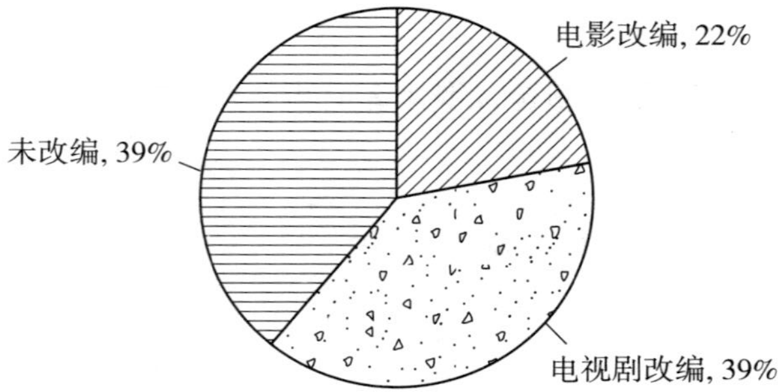

图 A2－5　作品影视改编所占比例

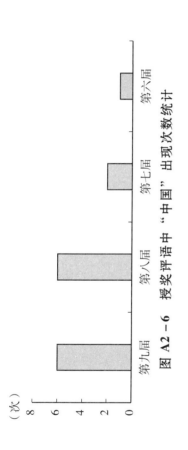

（次）

图 A2 - 6　授奖评语中"中国"出现次数统计

二、历届鲁迅文学奖获奖数据统计

表 A2 - 1　历届获奖作品数量（第一届至第七届）

单位：篇/部

届别	中篇 小说奖	短篇 小说奖	报告 文学奖	诗歌奖	散文 杂文奖	文学理论 评论奖	文学 翻译奖	散文奖	杂文奖	荣誉奖— 散文杂 文奖	荣誉奖— 文学翻 译奖
第一届 （1995～1996）	10	6	15	8	15	5	5	10	5	6	25
第二届 （1997～2000）	5	5	5	5	5	5	5				
第三届 （2001～2003）	4	4	5	5	5	4	2				
第四届 （2004～2006）	5	5	5	5	4	5	3				

续表

届别	中篇小说奖	短篇小说奖	报告文学奖	诗歌奖	散文杂文奖	文学理论评论奖	文学翻译奖	散文奖	杂文奖	荣誉奖—散文杂文奖	荣誉奖—文学翻译奖
第五届（2007~2009）	5	5	5	5	5	5					
第六届（2010~2013）	5	5	5	5	5	5	4				
第七届（2014~2017）	5	5	5	5	5	5	4				

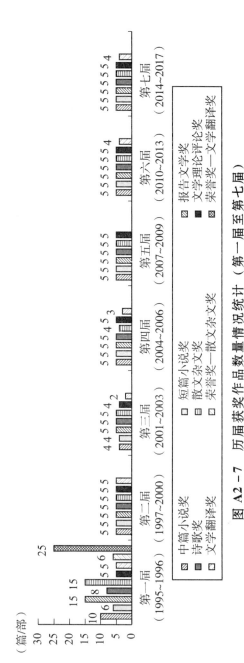

图 A2－7　历届获奖作品数量情况统计（第一届至第七届）

表 A2 - 2　参评作品及提名作品数量统计（第五届至第七届）

届别	参评作品数量（篇/部）	作协推荐数量（篇/部）	比例（%）	提名作品数量（篇/部）	提名作品比例（%）	获奖作品数量（篇/部）	获奖作品比例（%）
第五届	1 006	488	49	130	13	30	3
第六届	1 359	668	49	71	5	34	3
第七届	1 373	635	46	70	5	34	2

单位：篇/部

表 A2 - 3　网络文学参评情况（第五届至第七届）

网络文学	参评数量	提名数量	获奖数量
第五届	28	1	0
第六届	5	0	0
第七届	5	0	0

表 A2 - 4　获奖评语关键词（第五届至第七届）按照奖项类别统计出现次数

单位：次

获奖评语关键词	命运、生命、精神、省思	艺术、张力、诗意、构思	情感、文化、记忆、情怀	现实主义、当下、城乡	地域、风俗、风物	战争、军人、历史、时代	家庭、婚姻、日常、女性	生态、科技、扶贫
中篇小说奖	12	9	8	5	4	2	3	0
短篇小说奖	8	6	7	6	4	3	4	0
报告文学奖	5	2	5	9	2	6	0	7
散文杂文奖	6	10	9	3	7	4	2	0
诗歌奖	11	11	5	6	4	1	4	0

457

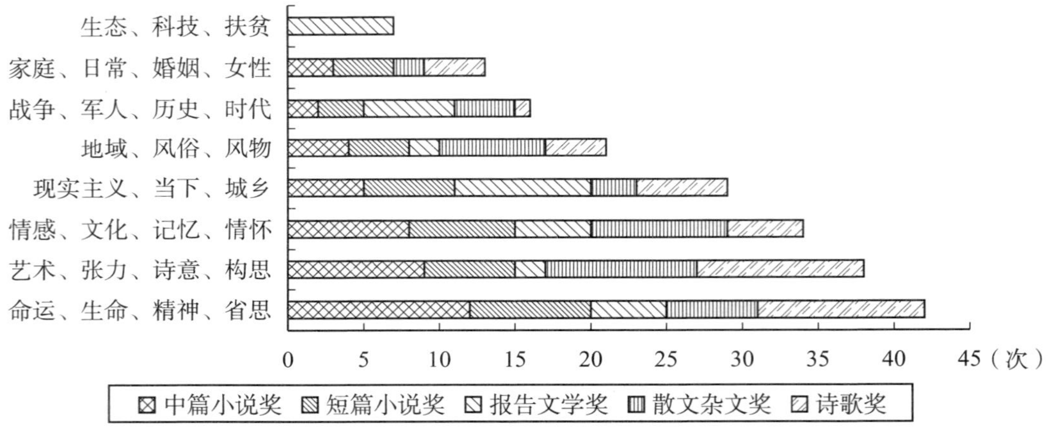

图 A2-8　第五届至第七届获奖作品获奖评语关键词出现次数统计

图例：☒中篇小说奖　☐短篇小说奖　☐报告文学奖　☐散文杂文奖　☐诗歌奖

表 A2-5　获奖评语关键词（第五届至第七届）按照获奖届别统计出现次数

单位：次

获奖评语关键词	命运、生命 精神、省思	艺术、张力 诗意、构思	情感、文化 记忆、情怀	现实主义 当下	地域、风俗 风物	战争、历史 军人、时代	家庭、日常 婚姻、女性	生态、科技 扶贫
第五届	16	10	15	8	5	8	7	0
第六届	14	16	8	10	6	5	1	2
第七届	12	12	11	11	10	3	5	5
总计	42	38	34	29	21	16	13	7

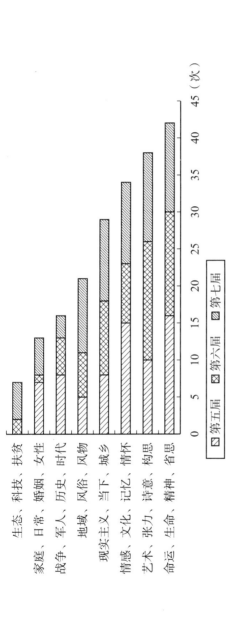

生态、科技、扶贫
家庭、日常、女性
战争、军人、历史、时代
地域、风俗、风物
现实主义、当下、城乡
情感、文化、记忆、情怀
艺术、张力、诗意、构思
命运、生命、精神、省思

0　5　10　15　20　25　30　35　40　45（次）

第五届　第六届　第七届

图 A2－9　第五届至第七届获奖评语关键词统计出现次数

表 A2－6　获奖作家统计（第一届至第七届）

获奖作家总人数	277 人
获奖 3 次	2 人
获奖 2 次	8 人
获奖 1 次	267 人

从获奖作家获奖次数来看，首届评奖至今，共有 277 人获得鲁迅文学奖，获奖作品共计 289 部，其中有 2 人（李鸣生、杨黎光）获奖三次，8 人（史铁生、铁凝、毕飞宇、迟子建、何建明、李春雷、阎连科）获奖两次，其余 267 人获奖一次。从获奖作家身份来看，几乎所有的获奖者均为中国作协或其分支机构的会员，其中有些获奖者是在获奖前入会，有些是在获奖后入会。

三、历届全国少数民族文学创作骏马奖获奖数据统计

表 A2－7　历届获奖作品数量（第一届至第十二届）

单位：篇/部

届别	获奖作品总数	长篇小说奖	中短篇小说奖	诗歌奖	散文奖	报告文学奖	儿童文学奖	翻译奖	理论、评论集	少数民族特别奖	特别奖	新人新作	电影文学	剧本	荣誉奖
										各类获奖作品数量					
第一届	140	7	29	59	14	3	8	0	0	0	0	0	4	5	11
第二届	121	4	50	32	10	2	0	5	5	0	0	0	0	0	13
第三届	83	7	13	10	3	2	3	4	1	0	22	18	0	0	0
第四届	99	6	28	25	7	4	3	6	4	0	0	16	0	0	0
第五届	63	8	14	13	7	3	1	3	4	0	0	10	0	0	0
第六届	62	7	15	14	10	2	4	5	4	0	1	0	0	0	0
第七届	55	6	17	10	9	3	2	4	4	0	0	0	0	0	0
第八届	31	5	5	5	5	5	0	1	5	5	0	0	0	0	0
第九届	39	5	5	7	5	3	0	4	5	0	0	0	0	0	0
第十届	29	5	5	5	5	5	0	4	0	0	0	0	0	0	0
第十一届	27	5	5	5	5	4	0	3	0	0	0	0	0	0	0
第十二届	30	5	5	5	5	5	0	5	0	0	0	0	0	0	0
总数	779	70	191	190	85	41	21	44	32	5	23	44	4	5	24

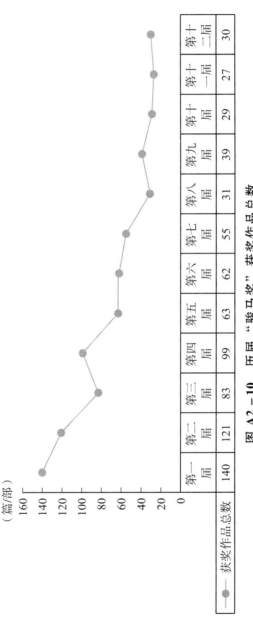

	第一届	第二届	第三届	第四届	第五届	第六届	第七届	第八届	第九届	第十届	第十一届	第十二届
获奖作品总数	140	121	83	99	63	62	55	31	39	29	27	30

图 A2－10　历届 "骏马奖" 获奖作品总数

附　录

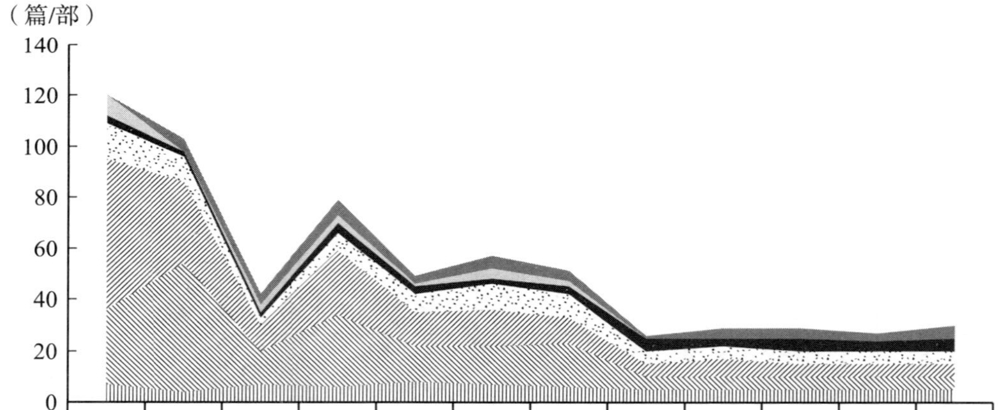

	第一届	第二届	第三届	第四届	第五届	第六届	第七届	第八届	第九届	第十届	第十一届	第十二届
翻译奖	0	5	4	6	3	5	4	1	4	4	3	5
儿童文学奖	8	0	3	3	1	4	2	0	0	0	0	0
报告文学奖	3	2	2	4	3	2	3	5	3	5	4	5
散文奖	14	10	3	7	7	10	9	5	5	5	5	5
诗歌奖	59	32	10	25	13	14	10	5	7	5	5	5
中短篇小说奖	29	50	13	28	14	15	17	5	5	5	5	5
长篇小说奖	7	4	7	6	8	7	6	5	5	5	5	5

图 A2－11　历届"骏马奖"主要奖项获奖数量

表 A2－8

第十届"骏马奖"参评及评奖情况

第十届	参评数量（篇/部）	初选数量（篇/部）	初选比例（%）	获奖数量（篇/部）	获奖比例（%）
长篇小说	71	15	21	5	7
中短篇小说	44	15	34	5	11
诗歌	43	15	35	5	12
散文	52	15	29	5	10
报告文学	21	15	71	5	24
译者	11	4	36	4	36
总计	242	79	33	29	12

表 A2－9

第十一届"骏马奖"参评及评奖情况

第十一届	参评数量（篇/部）	初选数量（篇/部）	初选比例（%）	获奖数量（篇/部）	获奖比例（%）
长篇小说	99	15	15	5	5
中短篇小说	46	15	33	5	11
诗歌	79	15	19	5	6
散文	63	15	24	5	8
报告文学	22	15	68	4	18
译者	12	3	25	3	25
总计	321	78	24	27	8

表 A2－10

第十一届"骏马奖"参评及评奖情况

第十一届	参评数量（篇/部）	初选数量（篇/部）	初选比例（%）	获奖数量（篇）	获奖比例（%）
长篇小说	107	15	14	5	5
中短篇小说	57	15	26	5	9
诗歌	96	15	16	5	5
散文	79	15	19	5	6
报告文学	37	15	41	5	14
译者	20	13	65	5	25
总计	396	88	22	30	8

表 A2－11

获奖作家民族统计（第六届至第十二届）

届别	获奖作品总数	人口较少民族获奖总数	其他主要获奖民族获奖数量										
			蒙古族	维吾尔族	藏族	朝鲜族	回族	彝族	满族	苗族	哈萨克族	土家族	壮族
第六届	62	11	8	6	2	5	6	3	3	4	2	2	1
第七届	55	6	9	6	3	4	3	3	3	3	4	4	2
第八届	31	3	4	4	1	3	4	3	2	0	1	3	1
第九届	39	7	5	4	4	2	1	2	2	2	3	0	1
第十届	29	1	4	3	5	3	2	1	2	1	1	0	1
第十一届	27	1	3	3	5	2	2	1	0	2	1	1	2
第十二届	30	1	4	2	3	2	2	4	2	1	0	2	1
总计	273	30	37	28	23	21	20	17	14	13	12	12	9

文艺评论价值体系的理论建设与实践研究

表 A2 – 12

获奖作品使用语言统计（第七届至第十二届）

届别	获奖作品总数（篇/部）	汉语作品总数（篇/部）	汉语作品所占比例（%）	非汉语作品总数（篇/部）	非汉语作品所占比例（%）
第七届	55	38	69	17	31
第八届	31	22	71	9	29
第九届	39	25	64	14	36
第十届	29	20	69	9	31
第十一届	27	19	70	8	30
第十二届	30	27	90	3	10

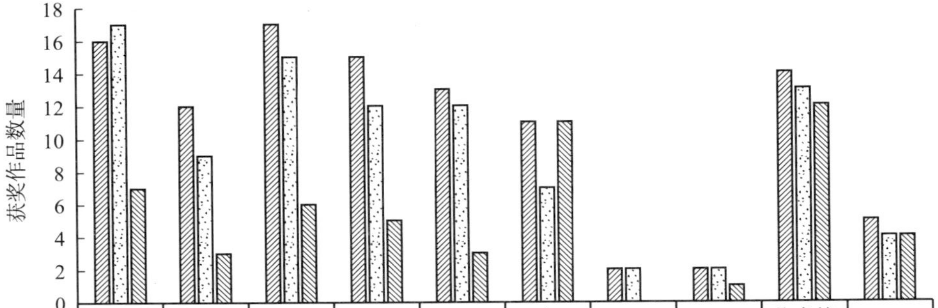

	民族、民俗	乡村、农村、游牧、乡土	人物、人性、人文关怀	生命、生存、生活	历史、文化、传统	现实、现代、时代、当代	女性、女性主义	自然风光、地理	艺术特色、叙事、语言	变迁、变革、改造
第十届	16	12	17	15	13	11	2	2	14	5
第十一届	17	9	15	12	12	7	2	2	13	4
第十二届	7	3	6	5	3	11	0	1	12	4

图 A2 – 12　获奖评语关键词统计

四、历届全国优秀儿童文学奖获奖数据统计

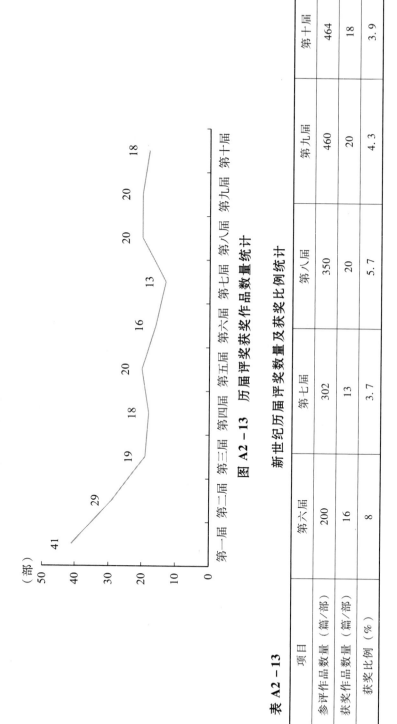

图 A2－13　历届评奖获奖作品数量统计

表 A2－13　新世纪历届评奖数量及获奖比例统计

项目	第六届	第七届	第八届	第九届	第十届
参评作品数量（篇/部）	200	302	350	460	464
获奖作品数量（篇/部）	16	13	20	20	18
获奖比例（%）	8	3.7	5.7	4.3	3.9

表 A2 - 14

历届评奖中各奖项获奖数量统计

单位：篇/部

奖项 届别	小说	诗歌 （含散文诗）	童话	寓言	散文	报告文学 （含纪实文学、传记文学）	科幻文学	幼儿文学	青年作者 短篇佳作	历届评奖 获奖作品 总数
第一届	19	5	9	1	4	2	1	0	0	41
第二届	14	3	5	0	4	0	3	0	0	29
第三届	8	2	4	0	3	0	0	2	0	19
第四届	8	1	4	0	1	1	0	3	0	18
第五届	6	2	1	1	3	2	1	1	3	20
第六届	5	1	3	0	1	1	0	2	2	16
第七届	6	1	2	0	1	1	1	0	1	13
第八届	9	1	3	0	1	1	2	1	1	20
第九届	7	2	4	0	2	0	2	2	1	20
第十届	7	1	4	0	1	1	2	2	0	18

表 A2－15　　第七、八、九、十届全国优秀儿童文学奖获奖作品授奖词关键词统计

单位：次

授奖词关键词

届别	生命、生存、爱、自然、人性、人文关怀、人文情怀	幻想、想象、奇幻、科幻	现实、当代、现代、真实	成长、自我、尊严、自尊	农村、乡村、乡土、留守、农民工	民族、民间、文化自信、传统	历史、抗日、抗战、记忆、回望	冒险、儿童思维、游戏精神
第七届	9	3	3	2	3	0	1	1
第八届	11	7	6	5	4	4	2	0
第九届	8	7	5	3	5	1	2	1
第十届	6	3	3	4	0	4	2	1
四届总数	34	20	17	14	12	9	7	3

附录三 民间奖小说金麻雀奖数据统计

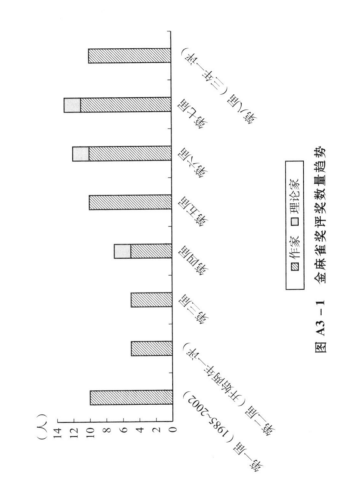

图 A3－1 金麻雀奖评奖数量趋势

表 A3－1　　获奖作家身份统计

届数	作家身份标识															获奖作家总数
	作协、文联主席/副主席	小小说学会会长、副会长	专职作家、文化工作者、教授	中国作协会员	业余写作者	小小说创作为主	多文体创作	只提及小小说创作	理论创作	出版过文集	发表过大量作品	作品多次被转载或获奖	作品改编影视	作品收入课外教材、改成试题	作品被翻译	
第一届	5	2	3	4	0	3	7	0	0	9	8	4	0	1	3	10
第二届	1	0	1	1	3	0	2	3	0	2	4	2	1	0	0	5
第四届	0	2	1	2	2	0	0	5	2	7	0	5	0	0	0	7
第五届	3	1	6	5	0	6	4	0	1	10	0	4	0	1	1	10
第六届	4	3	4	6	0	0	3	7	2	12	0	8	1	0	1	12
第七届	5	5	2	7	0	0	4	7	2	13	4	8	0	0	0	13
第八届	0	0	1	3	0	1	6	3	1	7	5	10	2	6	3	10
总计	18	13	18	28	5	10	26	25	8	60	21	41	4	8	8	67
占比（%）	27	19	27	42	7	15	39	37	12	90	31	61	6	12	12	

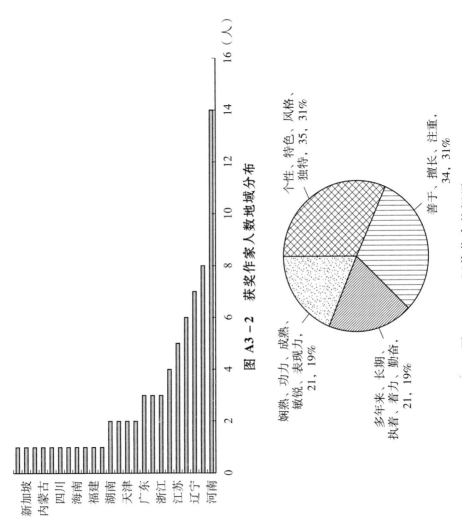

图 A3 – 2　获奖作家人数地域分布

图 A3 – 3　评价作家的词语

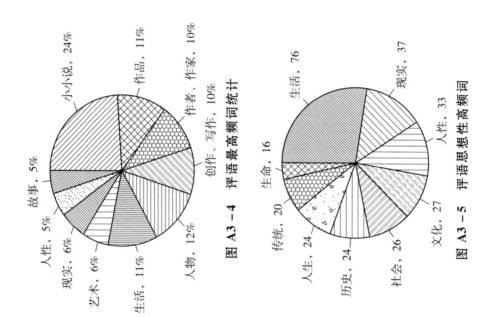

图 A3 - 4　评语最高频词统计

图 A3 - 5　评语思想性高频词

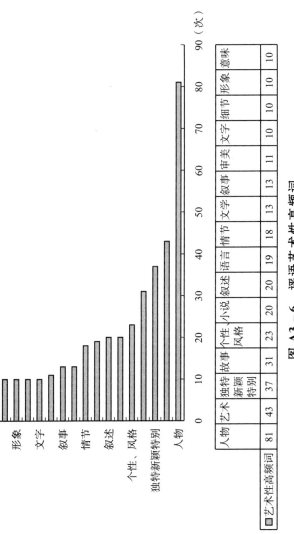

	人物	艺术	独特新颖特别	故事	个性、风格	小说	叙述	语言	情节	文学	叙事	审美	文字	细节	形象	意味
艺术性高频词	81	43	37	31	23	20	20	19	18	13	13	11	10	10	10	10

图 A3－6 评语艺术性高频词

参考文献

中文著作：

[1] 谢榛：《四溟诗话》，人民文学出版社 1961 年版。

[2] 阮元校刻：《十三经注疏》，中华书局 2009 年版。

[3] 马其昶校注、马茂元整理：《韩昌黎文集校注》，上海古籍出版社 1987 年版。

[4] 王利器：《元明清三代禁毁小说戏曲史料》，上海古籍出版社 1981 年版。

[5] 王充：《论衡》，上海人民出版社 1974 年版。

[6] 范晔：《后汉书》，中华书局 1997 年版。

[7] 朱一玄、刘毓忱：《水浒传资料汇编》，百花文艺出版社 1981 年版。

[8] 余嘉锡：《世说新语笺疏》，中华书局 1983 年版。

[9] 范文澜：《文心雕龙注》，人民文学出版社 1958 年版。

[10] 曹旭：《诗品集注》，上海古籍出版社 2011 年版。

[11] 萧统：《文选》，中华书局 1977 年版。

[12] 班固：《汉书》，中华书局 1962 年版。

[13] 李贽：《焚书》，岳麓书社 1990 年版。

[14] 李贽：《藏书》，中华书局 1959 年版。

[15] 纪昀总纂：《四库全书总目提要》，商务印书馆 1935 年版。

[16] 魏征等：《隋书》，中华书局 1997 年版。

[17] 姚思廉等：《梁书》，中华书局 1997 年版。

[18] 房玄龄等：《晋书》，中华书局 1997 年版。

[19] 严可均辑：《全三国文》，中华书局 1965 年版。

[20] 罗烨：《醉翁谈录》，古典文学出版社 1957 年版。

[21] 张潮：《虞初新志》，上海书店 1986 年版。

[22] 杨伯峻：《论语译注》，中华书局 2015 年版。

[23] 郑玄注、刘宝楠注：《论语正义》，上海书店 1986 年版。

［24］张居正：《四书直解》，九州出版社 2010 年版。

［25］王叔岷：《钟嵘诗品笺证稿》，中华书局 2007 年版。

［26］吴文治：《宋诗话全编》，江苏古籍出版社 1998 年版。

［27］沈德潜：《古诗源》，中华书局 2006 年版。

［28］苏辙：《栾城集》，上海古籍出版社 2009 年版。

［29］苏轼：《苏轼文集》，中华书局 1986 年版。

［30］萧望卿：《陶渊明批评》，北京出版社 2014 年版。

［31］王运熙：《汉魏六朝唐代文学论丛》，上海古籍出版社 2014 年版。

［32］孙希旦：《礼记集解》，中华书局 1989 年版。

［33］刘勰：《文心雕龙义证》，詹瑛义证，上海古籍出版社 1989 年版。

［34］龙树：《大智度论》，鸠摩罗什译，社会科学文献出版社 2014 年版。

［35］侯文正辑注：《傅山文论诗论辑注》，山西人民出版社 1985 年版。

［36］俞平伯辑：《脂砚斋红楼梦辑评》，中华书局 1960 年版。

［37］周维德集校：《全明诗话》，齐鲁书社 2005 年版。

［38］张彦远著、俞剑华注释：《历代名画记》，江苏美术出版社 2007 年版。

［39］俞剑华编：《中国古代画论类编》，人民美术出版社 1998 年版。

［40］杨万里著、辛更儒笺校：《杨万里集笺校》，中华书局 2007 年版。

［41］沈括：《梦溪笔谈》，中华书局 2009 年版。

［42］傅璇琮主编：《全宋诗》，北京大学出版社 1995 年版。

［43］潘运告编注：《中国历代书论选》，湖南美术出版社 2010 年版。

［44］唐志契：《绘事微言》，山东画报出版社 2015 年版。

［45］郑燮：《郑板桥集》，上海古籍出版社 1962 年版。

［46］杨大年编：《历代画论采英》，河南人民出版社 1984 年版。

［47］遍照金刚撰、卢盛江校考：《文镜秘府论汇校汇考》，中华书局 2015 年版。

［48］董其昌：《画禅室随笔》，山东画报出版社 2007 年版。

［49］胡仔纂集：《苕溪渔隐丛话》后集，人民文学出版社 1962 年版。

［50］黄宗羲：《明儒学案》，中华书局 2008 年版。

［51］黄宗羲原著、全祖望补修：《宋元学案》，中华书局 1986 年版。

［52］李贽：《李贽文集》，社会科学文献出版社 2000 年版。

［53］袁宏道著、钱伯城笺校：《袁宏道集笺校》，上海古籍出版社 1981 年版。

［54］江盈科：《江盈科集》，岳麓书社 2008 年版。

［55］唐顺之：《唐顺之集》，浙江古籍出版社 2014 年版。

[56] 何绍基：《何绍基诗文集》，岳麓书社1992年版。

[57] 丁福保辑：《历代诗话续编》，中华书局1983年版。

[58] 孟元老著、邓之诚注：《东京梦华录注》，中华书局1982年版。

[59] 毕沅编：《续资治通鉴》，中华书局1957年版。

[60] 应劭：《风俗通义》，中华书局1981年版。

[61] 司马迁：《史记》，中华书局1959年版。

[62] 苏舆撰：《春秋繁露义证》，中华书局1992年版。

[63]《习近平总书记在文艺工作座谈会上的重要讲话学习读本》，学习出版社2015年版。

[64]《辞海》编辑委员会：《辞海》，上海辞书出版社1989年版。

[65] 新华大字典编纂委员会：《新华大字典》，商务印书馆2014年版。

[66] 中国社会科学院语言研究所词典编辑室：《现代汉语词典》，商务印书馆1983年版。

[67] 中国作家协会、中国编译局：《马克思恩格斯列宁斯大林论文艺》，人民文学出版社1980年版。

[68] 人民出版社编：《中国共产党第十九次全国代表大会文件汇编》，人民出版社2017年版。

[69]《文学理论》编写组编：《文学理论》，高等教育出版社2009年版。

[70] 国家民委政策研究室编：《中国共产党主要领导人论民族问题》，民族出版社1994年版。

[71] 发星工作室编：《当代大凉山彝族现代诗选》，中国文联出版社2002年版。

[72] 国学整理社编：《诸子集成》，中华书局1954年版。

[73] 山东省作家协会编：《山东作家作品年选》，作家出版社2014年版。

[74] 少年儿童出版社编：《1913—1949儿童文学论文选集》，少年儿童出版社1962年版。

[75]《马克思主义文艺理论研究》编辑部：《美学文艺学方法论》，文化艺术出版社1985年版。

[76] 北京大学哲学系美学教研室编：《西方美学家论美和美感》，商务印书馆1980年版。

[77] 童庆炳：《文学理论导引》，高等教育出版社1988年版。

[78] 童庆炳：《文学活动的审美维度》，高等教育出版社2001年版。

[79] 童庆炳：《文学理论教程》，高等教育出版社2004年版。

[80] 童庆炳：《在历史与人文之间徘徊——童庆炳文学专题论集》，北京师

范大学出版社 2007 年版。

[81] 童庆炳：《从审美诗学到文化诗学》，首都师范大学出版社 2014 年版。

[82] 童庆炳主编：《20 世纪中国马克思主义文艺理论研究》，北京大学出版社 2012 年版。

[83] 童庆炳等：《中国现代文学理论价值观的演变》，北京大学出版社 2005 年版。

[84] 童庆炳、谢世涯、郭淑云：《现代学术视野中的中华古代文论》，北京出版社 2002 年版。

[85] 赵毅衡编：《新批评文集》，百花文艺出版社 2001 年版。

[86] 赵毅衡：《符号学：原理与推演》，南京大学出版社 2011 年版。

[87] 赵毅衡：《广义叙述学》，四川大学出版社 2013 年版。

[88] 赵毅衡：《哲学符号学：意义世界的形成》，四川大学出版社 2017 年版。

[89] 朱光潜：《谈美谈文学》，人民文学出版社 1988 年版。

[90] 朱光潜：《朱光潜美学文集·文艺心理学》，上海文艺出版社 1982 年版。

[91] 朱光潜：《西方美学史》，商务印书馆 2017 年版。

[92] 高建平：《全球与地方：比较视野下的美学与艺术》，北京大学出版社 2009 年版。

[93] 高建平：《当代中国文艺理论研究（1949—2009）》，中国社会科学出版社 2011 年版。

[94] 聂鑫森：《最后的绝招》，吉林出版集团有限责任公司 2010 年版。

[95] 聂鑫森：《时间存折》，地震出版社 2017 年版。

[96] 聂鑫森：《紫绡帘——中国当代名家小小说精粹》，河南文艺出版社 2006 年版。

[97] 李咏吟：《价值论美学》，浙江大学出版社 2008 年版。

[98] 李咏吟：《审美价值体验综论》，中国社会科学出版社 2009 年版。

[99]《茅盾全集》，人民文学出版社 1989 年版。

[100]《毛泽东选集》，人民出版社 1991 年版。

[101]《胡风评论集》，人民文学出版社 1984 年版。

[102] 马步升：《青白盐》，敦煌文艺出版社 2008 年版。

[103] 马步升：《一九五〇年的婚事》，作家出版社 2011 年版。

[104] 马步升：《小收煞》，作家出版社 2016 年版。

[105]《胡适文集》，北京大学出版社 1998 年版。

[106] 胡适著，唐德刚整理：《胡适口述自传》，安徽教育出版社 2005 年版。

[107] 阿来：《遥远的温泉》，作家出版社 2017 年版。

[108] 阿来：《瞻对：终于融化的铁疙瘩——一个百年的康巴传奇》，四川文艺出版社 2014 年版。

[109] 阿来：《空山》，作家出版社 2009 年版。

[110] 阿来：《瞻对：终于融化的铁疙瘩》，四川文艺出版社 2015 年版。

[111] 阿来：《尘埃落定》，人民文学出版社 2018 年版。

[112] 张承志：《心灵史》，花城出版社 1991 年版。

[113] 张承志：《回民的黄土高原——张承志回族小说》，青海人民出版社 1993 年版。

[114] 《张承志作品精选》，长江文艺出版社 2006 年版。

[115] 郭绍虞：《中国文学批评史》，上海古籍出版社 1979 年版。

[116] 郭绍虞：《诗品集解》，人民文学出版社 1981 年版。

[117] 郭绍虞：《沧浪诗话校释》，人民文学出版社 1983 年版。

[118] 郭绍虞笺释：《元好问论诗三十首小笺》，人民文学出版社 1978 年版。

[119] 郭绍虞编选：《清诗话续编》，上海古籍出版社 1983 年版。

[120] 袁枚著、郭绍虞辑注：《续诗品》，人民文学出版社 2005 年版。

[121] 祁志祥：《乐感美学》，北京大学出版社 2016 年版。

[122] 祁志祥：《中国现当代美学史》，商务印书馆 2018 年版。

[123] 刘俐俐：《外国经典短篇小说文本分析》，北京大学出版社 2004 年版。

[124] 刘俐俐：《中国现代经典短篇小说文本分析》，北京大学出版社 2006 年版。

[125] 刘俐俐：《文学"如何"：理论与方法》，北京大学出版社 2009 年版。

[126] 刘俐俐：《小说艺术十二章》，上海教育出版社 2014 年版。

[127] 刘俐俐：《文学经典·故事·方法论》，安徽教育出版社 2015 年版。

[128] 张世英：《美在自由》，人民出版社 2012 年版。

[129] 张世英：《张世英文集》，北京大学出版社 2016 年版。

[130] 王元骧：《审美反映与艺术创造》，杭州大学出版社 1992 年版。

[131] 王元骧：《审美超越与艺术精神》，浙江大学出版社 2006 年版。

[132] 王元骧：《论美与人的生存》，浙江大学出版社 2010 年版。

[133] 曾繁仁主编：《中国美育思想通史》，山东人民出版社 2017 年版。

[134] 曾繁仁：《美育十五讲》，北京大学出版社 2012 年版。

[135] 曾繁仁：《生态美学导论》，商务印书馆 2010 年版。

[136] 李德顺：《价值论——一种主体性的研究》，中国人民大学出版社

2013 年版。

[137]《鲁迅杂文选集》，外文出版社 1975 年版。

[138]《鲁迅全集》，人民文学出版社 2005 年版。

[139] 梁启超：《饮冰室文集点校》，云南教育出版社 2001 年版。

[140] 叶嘉莹：《迦陵论诗丛稿》，河北教育出版社 1997 年版。

[141] 赖大仁：《文学批评形态论》，作家出版社 2000 年版。

[142] 尤西林：《人文科学导论》，高等教育出版社 2002 年版。

[143] 伍世昭：《中国 20 世纪文学理论批评价值取向研究》，人民文学出版社 2009 年版。

[144] 汪晖：《现代中国思想的兴起》，生活·读书·新知三联书店 2008 年版。

[145] 张大明编：《李健吾创作评论选集》，人民出版社 1984 年版。

[146] 黄曼君：《中国 20 世纪文学理论批评史》，中国文联出版社 2002 年版。

[147] 敏泽、党圣元：《文学价值论》，社会科学文献出版社 1997 年版。

[148] 刘锋杰等：《文学政治学的创构——百年来文学与政治关系论争研究》，复旦大学出版社 2013 年版。

[149] 陈寿立：《中国现代文学运动史料摘编》，北京出版社 1985 年版。

[150] 周扬序：《中国新文学大系·1927—1937》，上海文艺出版社 1987 年版。

[151] 徐懋庸：《文艺思潮小史》，上海生活书店 1936 年版。

[152]《瞿秋白文集》，人民文学出版社 1998 年版。

[153] 肖斌如、伍加伦、王锦厚编：《郭沫若佚文集》，四川大学出版社 1988 年版。

[154]《王国维文集》，中国文史出版社 1997 年版。

[155] 李渔：《十二楼》，浙江古籍出版社 2012 年版。

[156] 洪子诚：《问题与方法：中国当代文学史研究讲稿》，北京大学出版社 2010 年版。

[157] 任东华：《茅盾文学奖研究》，中国社会科学出版社 2011 年版。

[158] 周作人：《艺术与生活》，上海文艺出版社 1999 年版。

[159] 钱谷融：《艺术·人·真诚——钱谷融论文自选集》，华东师范大学出版社 1995 年版。

[160] 杨春时等：《文学概论》，人民文学出版社 2002 年版。

[161] 关纪新：《20 世纪中华各民族文学关系研究》，民族出版社 2006 年版。

[162] 姚新勇：《寻找：共同的宿命与碰撞——转型期中国文学多族群及边缘区域文化关系研究》，中国社会科学出版社 2010 年版。

［163］刘柏青主编：《日本学者中国文学研究译丛·新时期文学专辑》，吉林教育出版社 1993 年版。

［164］铁穆尔：《裕固民族尧熬尔千年史》，民族出版社 1999 年版。

［165］乌热尔图：《蒙古故地》，青岛出版社 2006 年版。

［166］林继富、王丹：《解释民俗学》，华中师范大学出版社 2006 年版。

［167］陈孝祥等：《皮亚杰学说及其发展》，湖南教育出版社 1983 年版。

［168］叶舒宪主编：《神话：原型批评》，陕西大学出版社 1987 年版。

［169］刘大先：《文学的共和》，北京大学出版社 2014 年版。

［170］费孝通主编：《中华民族多元一体格局》，中央民族大学出版社 1999 年版。

［171］刘守华：《中国民间故事史》，商务印书馆 2012 年版。

［172］钱仲联、马亚中主编：《陆游全集校注》第四册，浙江教育出版社 2011 年版。

［173］许奉恩撰：《兰苕馆外史》，黄山书社 1996 年版。

［174］董晓萍：《现代民间文艺学讲演录》，广西师范大学出版社 2008 年版。

［175］陈勤建：《文艺民俗学》，上海文化出版社 2009 年版。

［176］白崇人：《民族文学创作论》，广西民族出版社 1992 年版。

［177］郑晓云：《文化认同论》，中国社会科学出版社 2008 年版。

［178］张泽忠：《蜂巢界》，民族出版社 2003 年版。

［179］《周恩来论文艺》，人民文学出版社 1979 年版。

［180］李列：《民族想象与学术选择》，人民出版社 2006 年版。

［181］吉狄马加：《为生命和土地写作——吉狄马加访谈及随笔录》，青海人民出版社 2011 年版。

［182］帕蒂古丽：《百年血脉》，北京时代华文书局 2014 年版。

［183］刘安海、孙文宪主编：《文学理论》，华中师范大学出版社 1999 年版。

［184］马明奎：《多民族文学意象的叙事性研究》，中国社会科学出版社 2016 年版。

［185］包丽英：《蒙古帝国Ⅲ：忽必烈统一中国》，安徽文艺出版社 2007 年版。

［186］谢立中主编：《理解民族关系的新思路——少数族群问题的去政治化》，社会科学文献出版社 2010 年版。

［187］唐正序等：《马克思主义文艺批评学》，四川人民出版社 1999 年版。

［188］陆贵山、周忠厚：《马克思主义文艺论著选讲》，中国人民大学出版社 2003 年版。

［189］徐新建：《多民族国家的文学与文化》，人民出版社 2016 年版。

[190] 钱穆：《民族与文化》，东大图书股份有限公司 1989 年版。

[191] 汪晖、陈燕谷主编：《文化与公共性》，生活·读书·新知三联书店 1997 年版。

[192] 尹向东：《风马》，作家出版社 2016 年版。

[193] 达真：《康巴》，浙江文艺出版社 2009 年版。

[194] 达真：《命定》，四川文艺出版社 2011 年版。

[195] 包丽英：《蒙古帝国 I——成吉思汗》，云南人民出版社 2010 年版。

[196] 徐新建：《多民族国家的文学与文化》，人民出版社版 2016 年版。

[197] 吴义勤主编：《文学制度改革与中国新时期文学》，文化艺术出版社 2013 年版。

[198] 张隆溪：《比较文学译文集》，北京大学出版社 1982 年版。

[199] 王铭铭编：《中国人类学评论》（第 9 辑），世界图书出版公司 2009 年版。

[200] 费孝通：《全球化与文化自觉——费孝通晚年文选》，方李莉编，外语教学与研究出版社 2013 年版。

[201] 梁治平主编：《法律的文化解释（增订本）》，生活·读书·新知三联书店 1994 年版。

[202] 朱立元：《马克思主义文艺理论中国化研究》，经济科学出版社 2009 年版。

[203] 马学良、梁庭望、张公瑾：《中国少数民族文学史》，中央民族大学出版社 2001 年版。

[204] 关纪新、朝戈金：《多重选择的世界——当代少数民族作家文学的理论描述》，中央民族学院出版社 1985 年版。

[205] 马新国主编：《西方文论史》，高等教育出版社 2012 年版。

[206] 谭好哲：《现代性与民族性：中国文学理论建设的双重追求》，社会科学文献出版社 2005 年版。

[207] 陈思和：《中国当代文学史教程（第二版）》，复旦大学出版社 2016 年版。

[208] 陆贵山、周忠厚主编：《马克思主义文艺论著选讲》，中国人民大学出版社 1989 年版。

[209] 波玉温、康朗英、康朗甩：《三个傣族歌手唱北京》，作家出版社 1960 年版。

[210] 王和平、郎纬伟编：《民族团结的历程》，四川民族出版社 1989 年版。

[211] 吴文藻：《吴文藻人类学社会学研究文集》，民族出版社 1990 年版。

［212］吴重阳：《中国当代民族文学概观》，中央民族学院出版社 1986 年版。

［213］玛拉沁夫、吉狄马加主编：《中国新文艺大系（1976—1982）〈少数民族文学集〉》，云南人民出版社 1983 年版。

［214］单德兴：《故事与新生：华美文学与文化研究》，南开大学出版社 2009 年版。

［215］方李莉编：《全球化与文化自觉——费孝通晚年文选》，外语教学与研究出版社 2013 年版。

［216］王明珂：《华夏边缘：历史记忆与族群认同》，浙江人民出版社 2013 年版。

［217］樊星：《当代文学与地域文化》，华中师范大学出版社 1997 年版。

［218］芮逸夫：《中国民族及其文化论稿》，台湾大学人类学系 1989 年版。

［219］迟子建：《额尔古纳河右岸》，人民文学出版社 2010 年版。

［220］杨彬、田美丽、沙媛等：《中国当代少数民族小说的审美特色研究》，中国社会科学出版社 2012 年版。

［221］谷禾：《云南跨境民族身份认同研究》，中国社会科学出版社 2017 年版。

［222］羌人六：《伊拉克的石头》，四川文艺出版社 2016 年版。

［223］樊义红：《文学的民族认同特性及其文学性生成：以中国当代少数民族小说为中心》，中国社会科学出版社 2016 年版。

［224］陈祖君：《汉语文学期刊影响下的中国当代少数民族文学》，中国社会科学出版社 2009 年版。

［225］乌丙安：《民间口头传承》，长春出版社 2014 年版。

［226］江帆：《民间口承叙事论》，黑龙江人民出版社 2003 年版。

［227］葛兆光：《中国思想史导论思想史的写法》，复旦大学出版社 2007 年版。

［228］钱南扬辑录，宋元戏文辑佚：《王祥卧冰》，上海古典文学出版社 1956 年版。

［229］李豫、李雪梅、孙英芳、李巍编著：《中国鼓词总目》，山西古籍出版社 2006 年版。

［230］赵景深：《曲艺丛谈》，中国曲艺出版社 1982 年版。

［231］费孝通：《乡土中国》，生活·读书·新知三联书店 2013 年版。

［232］钟敬文：《新的驿程》，中国民间文艺出版社 1987 年版。

［233］袁学骏，李保祥主编：《耿村民间文化大观》，北京图书馆出版社 1999 年版。

［234］王铭铭：《中间圈："藏彝走廊"与人类学的再构思》，社会科学文献出版社 2008 年版。

［235］伍蠡甫主编：《现代西方文论选》，上海译文出版社 1983 年版。

［236］傅修延：《文本学：文本主义文论系统研究》，北京大学出版社 2004 年版。

［237］冯天瑜：《中国文化史断想》，华中理工大学出版社 1989 年版。

［238］吕思勉：《吕着中国通史》，华东师范大学出版社 2005 年版。

［239］谭家健编：《中国文化史概要》，高等教育出版社 1988 年版。

［240］张岂之：《中国思想史》，西北大学出版社 1993 年版。

［241］李泽厚：《美的历程》，安徽文艺出版社 1999 年版。

［242］宁稼雨：《魏晋士人人格精神》，南开大学出版社 2003 年版。

［243］宗白华：《美学散步》，上海人民出版社 1981 年版。

［244］谭家健编：《中国文化史概要》，高等教育出版社 1988 年版。

［245］陈水云：《中国文学批评史学术档案》，武汉大学出版社 2012 年版。

［246］方孝岳：《中国文学批评》，生活·读书·新知三联书店 2007 年版。

［247］傅庚生：《中国文学批评通论》，商务印书馆 1947 年版。

［248］陈水云主编：《中国文学批评史学术档案》，武汉大学出版社 2012 年版。

［249］王利器：《元明清三代禁毁小说戏曲史料》，上海古籍出版社 1981 年版。

［250］王学泰、李新宇：《〈水浒传〉与〈三国演义〉批判》，天津古籍出版社 2004 年版。

［251］李庆立：《〈诗家直说〉》，齐鲁书社 1987 年版。

［252］敏泽、党圣元：《文学价值论》，社会科学文献出版社 1997 年版。

［253］徐师曾：《文体明辨序说》，罗根泽校点，人民文学出版社 1962 年版。

［254］申东城：《唐诗品汇研究》，黄山书社 2009 年版。

［255］余虹：《中国文论与西方诗学》，生活·读书·新知三联书店 1999 年版。

［256］钱钟书：《谈艺录》，商务印书馆 2011 年版。

［257］张圣瑜：《儿童文学研究》，商务印书馆 1928 年版。

［258］蒋风主编：《中国儿童文学大系》理论第 3 卷，希望出版社 1988 年版。

［259］王泉根：《现代中国儿童文学主潮》，重庆出版社 2000 年版。

［260］张香还：《中国儿童文学史》，浙江少年儿童出版社 1988 年版。

［261］刘御：《我和儿童文学》，少年儿童出版社 1980 年版。

［262］少年儿童出版社编：《儿童文学研究》第 3 辑，少年儿童出版社 1980 年版。

［263］汤锐：《比较儿童文学初探》，湖北少年儿童出版社 1990 年版。

［264］陈子君编选：《儿童文学探讨》，河北少年儿童出版社 1991 年版。

［265］汤锐：《现代儿童文学本体论》，江苏少年儿童出版社 1995 年版。

［266］方卫平：《享受图画书》，明天出版社 2016 年版。

［267］刘绪源：《儿童文学的三大母题》，复旦大学出版社 2015 年版。

［268］彭懿：《图画书：阅读与经典》，二十一世纪出版社 2006 年版。

［269］李学斌：《儿童文学与游戏精神》，二十一世纪出版社 2011 年版。

［270］朱自强：《儿童文学的本质》，少年儿童出版社 1997 年版。

［271］李学斌：《理论文集：儿童文学游戏精神》，明天出版社 2016 年版。

［272］王泉根：《中国儿童文学概论》，湖南少年儿童出版社 2015 年版。

［273］方卫平，张明舟主编：《国际安徒生奖大奖书系·走进国际安徒生奖》，张德让、方亚婷译，安徽少年儿童出版社 2014 年版。

［274］吴衡康、周黎明、任文：《牛津当代百科大词典》，中国人民大学出版社 2004 年版。

［275］吴子林：《童庆炳评传》，黄山书社 2016 年版。

［276］蒋孔阳：《美和美的创造》，江苏人民出版社 1981 年版。

［277］徐亮：《现代美学导论》，浙江大学出版社 2009 年版。

［278］陈鸣树：《文艺学方法论》，复旦大学出版社 2004 年版。

［279］赵宪章：《文艺美学方法论问题》，暨南大学出版社 2002 年版。

［280］胡经之、王岳川：《文艺学美学方法论》，北京大学出版社 1994 年版。

［281］李剑国：《古稗斗筲录》，南开大学出版社 2002 年版。

［282］张大春：《小说稗类》，广西师范大学出版社 2010 年版。

［283］张汝伦：《意义的探究：当代西方释义学》，辽宁人民出版社 1986 年版。

［284］张荣翼、李松：《文学理论新视野》，新锐文创出版社 2012 年版。

［285］孔汉思：《世界伦理手册》，邓建华、廖恒译，生活·读书·新知三联书店 2012 年版。

［286］冯友兰：《中国哲学简史》，赵复三译，天津社会科学院出版社 2008 年版。

［287］万之：《文学的圣殿：诺贝尔文学奖解读》，上海人民出版社 2015 年版。

［288］张少康：《中国文学理论批评史教程》，北京大学出版社 1999 年版。

［289］冯平：《评价论》，东方出版社 1995 年版。

［290］周煦良：《外国文学作品选（高等学校文科教材)》，上海译文出版社
1979 年版。

［291］李玉平：《多元文化时代的文学经典理论》，南开大学出版社 2010
年版。

［292］周煦良：《外国文学作品选》，上海译文出版社 1979 年版。

［293］朱维之：《外国文学简编》，中国人民大学出版社 2011 年版。

［294］以群：《文学的基本原理》，上海文艺出版社 1964 年版。

［295］蔡仪：《文学概论》，人民文学出版社 1979 年版。

［296］十四院校：《文学理论基础》，上海文艺出版社 1981 年版。

［297］朱志荣：《康德美学思想研究》，上海人民出版社 2016 年版。

［298］户晓辉：《民间文学的自由叙事》，社会科学文献出版社 2014 年版。

［299］蒋寅：《国学微读》，凤凰出版社 2017 年版。

［300］冯骥才：《俗世奇人》，人民文学出版社 2016 年版。

［301］陈伯海：《回归生命本原》，商务印书馆 2012 年版。

［302］朱狄：《当代西方艺术哲学》，人民出版社 1994 年版。

［303］杨曾宪：《审美价值系统》，人民文学出版社 1998 年版。

［304］杜书瀛：《价值美学》，中国社会科学出版社 2008 年版。

［305］王梦鸥：《文艺美学》，远行出版社 1976 年版。

［306］雷达、李建军：《百年经典文学评论》，长江文艺出版社 2004 年版。

［307］张祥龙：《海德格尔思想与中国天道——终极视域的开启与交融》，
中国人民大学出版社 2011 年版。

［308］张法：《中西美学与文化精神》，北京大学出版社 1994 年版。

［309］杜卫：《美育论》，教育科学出版社 2014 年版。

［310］徐葆耕：《瑞恰慈：科学与诗》，清华大学出版社 2003 年版。

中文译著：

［1］《别林斯基论文学》，梁真译，上海新文艺出版社 1958 年版。

［2］《别林斯基文学论文选》，满涛、辛未艾译，上海译文出版社 1999 年版。

［3］《巴赫金全集》，白春仁、晓河译，河北教育出版社 1998 年版。

［4］［俄］莫·卡冈：《艺术形态学》，凌继尧、金亚娜译，生活·读书·新
知三联书店 1986 年版。

［5］［俄］鲍列夫：《美学》，乔修业译，中国文联出版公司 1986 年版。

［6］［俄］列·斯托洛维奇：《审美价值的本质》，凌继尧译，中国社会科学

出版社 1985 年版。

[7]［俄］格·尼·波斯彼洛夫：《论美和艺术》，刘宾雁译，上海译文出版社 1981 年版。

[8]［俄］季摩菲耶夫：《文学原理》，查良铮译，平明出版社 1955 年版。

[9]［俄］格·尼古拉耶娃：《苏联文学艺术论文集》，学习杂志社 1954 年版。

[10]［俄］阿·布罗夫：《艺术的审美实质》，高叔眉、冯申译，上海译文出版社 1985 年版。

[11]［俄］斯托洛维奇：《现实中和艺术中的审美》，凌继尧、金亚娜译，生活·读书·新知三联书店 1985 年版。

[12]［俄］H. 里德：《艺术的真谛》，王柯平译，辽宁人民出版社 1987 年版。

[13]［俄］斯托洛维奇：《艺术活动的功能》，凌继尧译，学林出版社 2008 年版。

[14]［俄］A. 齐斯：《马克思主义美学基础》，彭吉象译，中国文联出版公司 1985 年版。

[15]《马克思恩格斯全集》，人民出版社 1995 年版。

[16]《共产党宣言》，人民出版社 1972 年版。

[17]《马克思恩格斯文集》，人民出版社 2009 年版。

[18]《马克思恩格斯论民族问题》，中国社会科学院民族研究所编，民族出版社 1987 年版。

[19]［德］马克思：《1844 年经济学—哲学手稿》，刘丕坤译，人民出版社 1979 年版。

[20]《康德著作全集》，李秋零主编，中国人民大学出版社 2003 年版。

[21]［德］席勒：《审美教育书简》，冯至，范大灿译，上海人民教育出版社 2003 年版。

[22]［德］黑格尔：《美学》，朱光潜译，商务印书馆 1981 年版。

[23]［德］阿斯特莉特·埃尔、冯亚琳主编：《文化记忆理论读本》，北京大学出版社 2012 年版。

[24]［德］马丁·海德格尔：《走向语言之途》，孙周兴译，时报文化出版企业有限公司 1993 年版。

[25]［德］马丁·海德格尔：《存在与时间》，陈嘉映、王庆节译，生活·读书·新知三联书店 1997 年版。

[26]［德］约翰·吕森：《历史思考德新途径》，綦甲福、来烟译，上海人民出版社 2005 年版。

[27]［德］卡尔·曼海姆：《意识形态与乌托邦》，黎鸣、李书崇译，商务

印书馆 2000 年版。

［28］［德］卡尔·曼海姆:《曼海姆精粹》,徐彬译,南京大学出版社 2005
年版。

［29］［德］尤尔根·哈贝马斯:《交往行为理论:行为合理性与社会合理
化》,曹卫东译,上海人民出版社 2004 年版。

［30］［德］埃德蒙德·胡塞尔:《伦理学与价值论的基本问题》,艾四林、
安仕侗译,中国城市出版社 2002 年版。

［31］［德］沃尔夫冈·伊瑟尔:《怎样做理论》,朱刚、古婷婷、潘玉莎译,
南京大学出版社 2008 年版。

［32］［德］汉斯－格奥尔格·伽达默尔:《诠释学的实施:美学与诗学》,
吴建广译,北京大学出版社 2013 年版。

［33］［德］汉斯－格奥尔格·伽达默尔:《真理与方法:哲学诊释学的基本
特征》,洪汉鼎译,商务印书馆 2007 年版。

［34］［德］哈贝马斯:《公共领域的结构转型》,曹卫东等译,学林出版社
1999 年版。

［35］［德］曼弗雷德·弗兰克:《论福柯的话语概念》,汪民安等编译,文
化艺术出版社 2011 年版。

［36］［法］茨维坦·托多洛夫:《俄苏形式主义文论选》,蔡鸿滨译,中国
社会科学出版社 1989 年版。

［37］［法］雅克·德里达:《文学行动》,赵兴国等译,中国社会科学出版
社 1998 年版。

［38］［法］安托万·孔帕尼翁:《理论的幽灵——文学与常识》,吴泓渺、
汪捷宇译,南京大学出版社 2011 年版。

［39］［法］格罗塞:《身份认同的困境》,王鲲译,社会科学文献出版社
2010 年版。

［40］［法］罗兰·巴特:《神话修辞术/批评与真实》,屠友祥、温晋仪译,
上海人民出版社 2009 年版。

［41］［法］保罗·利科:《阐释学与人文科学》,孔明安、张剑、李西祥译,
中国人民大学出版社 2012 年版。

［42］［法］福柯:《知识考古学》,谢强、马月译,生活·读书·新知三联
书店 2003 年版。

［43］［法］丹纳:《艺术哲学》,傅雷译,天津社会科学出版社 2004 年版。

［44］［法］列斐伏尔:《列斐伏尔文艺论文选》,作家出版社 1965 年版。

［45］［法］皮埃尔·布迪厄:《艺术的法则:文学场的生成和结构》,刘晖

译，中央编译出版社 2001 年版。

［46］［法］吕西安·戈德曼：《文学社会学方法论》，段毅、牛宏宝译，工人出版社 1989 年版。

［47］［法］吕西安·戈德曼：《隐蔽的上帝》，蔡鸿滨译，百花文艺出版社 1998 年版。

［48］［法］萨特：《萨特文论选》，施康强译，人民文学出版社 1991 年版。

［49］［法］狄德罗：《狄德罗美学论文选》，张冠尧、桂裕芳译，人民文学出版社 2008 年版。

［50］［法］孟德斯鸠：《罗马帝国盛衰原因论》，婉玲译，商务印书馆 1995 年版。

［51］［法］热拉尔·热奈特：《叙事话语新叙事话语》，王文融译，中国社会科学出版社 1990 年版。

［52］［法］阿尔贝·蒂博代：《六说文学批评》，赵坚译，生活·读书·新知三联书店 1989 年版。

［53］［法］米盖尔·杜夫海纳：《美学与哲学》，孙菲译，中国社会科学出版社 1985 年版。

［54］［英］艾勒克·博埃默：《殖民与后殖民文学》，盛宁、韩敏中等译，辽宁教育出版社 1998 年版。

［55］［英］艾瑞克·霍布斯鲍姆等编：《传统的发明》，顾杭、庞冠群译，译林出版社 2004 年版。

［56］［英］安东尼·D. 史密斯：《全球化时代德民族与民族主义》，龚维斌、良警宇译，中央编译出版社 2002 年版。

［57］［英］安东尼·D. 史密斯：《民族认同》，王娟译，译林出版社 2018 年版。

［58］［英］埃德蒙·利奇：《文化与交流》，卢德平译，华夏出版社 1991 年版。

［59］［英］奈杰尔·拉波特、乔安娜·奥弗林：《社会文化人类学的关键概念》，鲍雯妍、张亚辉译，华夏出版社 2005 年版。

［60］［英］马林诺夫斯基：《巫术科学宗教与神话》，李安宅译，上海社会科学院出版社 2016 年版。

［61］［英］柏拉威尔：《马克思和世界文学》，梅绍武等译，生活·读书·新知三联书店 1980 年版。

［62］［英］约翰·汤姆林森：《全球化与文化》，郭英剑译，南京大学出版社 2002 年版。

［63］［英］恩斯特·拉克劳:《我们时代革命的新反思》,孔明安、刘振怡译,黑龙江人民出版社 2006 年版。

［64］［英］齐格蒙特·鲍曼:《流动的现代性》,欧阳景根译,生活·读书·新知三联书店 2002 年版。

［65］［英］齐格蒙特·鲍曼:《立法者与阐释者》,洪涛译,上海人民出版社 2000 年版。

［66］［英］吉尔伯特编:《后殖民批评》,杨乃乔等译,北京大学出版社 2001 年版。

［67］［英］《不列颠百科全书·国际中文版》,中国大百科全书出版社 1999 年版。

［68］［英］彼得·亨特主编:《理解儿童文学》,郭建玲、周惠玲、代冬梅译,少年儿童出版社 2010 年版。

［69］［英］贝弗里奇:《科学研究的艺术》,陈捷译,科学出版社 1979 年版。

［70］［英］艾·阿·瑞恰慈:《文学批评原理》,杨自伍译,百花洲文艺出版社 1992 年版。

［71］［英］弗·雷·利维斯:《伟大的传统》,袁伟译,生活·读书·新知三联书店 2002 年版。

［72］［英］约翰·B. 汤普森:《意识形态与现代文化》,高铦译,译林出版社 2005 年版。

［73］［英］安妮·谢泼德:《美学——艺术哲学引论》,艾彦译,辽宁教育出版社 1998 年版。

［74］［英］伯克:《关于我们崇高与美观念之根源的哲学探讨》,郭飞译,大象出版社 2010 年版。

［75］［英］特里·伊格尔顿:《二十世纪西方文学理论》,伍晓明译,北京大学出版社 2007 年版。

［76］［英］特里·伊格尔顿:《理论之后》,商正译,商务印书馆 2009 年版。

［77］［英］特里·伊格尔顿:《文学阅读指南》,范浩译,河南大学出版社 2015 年版。

［78］［美］林毓生:《中国意识的危机——“五四”时期激烈的反传统主义》,穆善培译,贵州人民出版社 1988 年版。

［79］［美］M. H. 艾布拉姆斯:《以文行事:艾布拉姆斯精选集》,赵毅衡等译,译林出版社 2010 年版。

［80］［美］M. H. 艾布拉姆斯:《镜与灯》,郦稚牛、张照进、童庆生译,北京大学出版社 2004 年版。

［81］［美］M.H. 艾布拉姆斯：《欧美文学术语词典》，朱金鹏、朱荔译，北京大学出版社 1990 年版。

［82］［美］克利福德·格尔兹：《文化的解释》，纳日碧力戈等译，上海人民出版社 1999 年版。

［83］［美］哈罗德·布鲁姆：《影响的剖析：文学作为生活方式》，金雯译，译林出版社 2016 年版。

［84］［美］丹尼尔·戴扬等：《媒介事件》，麻争旗译，北京广播学院出版社 2000 年版。

［85］［美］杜赞奇：《从民族国家拯救历史：民族主义话语与中国现代史研究》，王宪明等译，社会科学文献出版社 2003 年版。

［86］［美］朱迪斯·赫尔曼：《创伤与复原》，施宏达、陈文琪译，机械工业出版社 2015 年版。

［87］［美］詹姆逊编：《全球化的文化》，马丁译，南京大学出版社 2002 年版。

［88］［美］詹姆逊：《晚期资本主义的文化逻辑》，陈清侨等译，生活·读书·新知三联书店 1997 年版。

［89］［美］杰姆逊：《政治无意识》，王逢振、陈永国译，中国社会科学出版社 1999 年版。

［90］［美］威廉·亚当斯：《人类学的哲学之根》，黄剑波、李文建译，广西师范大学出版社 2006 年版。

［91］［美］史蒂文·C. 布拉萨：《景观美学》，彭锋译，北京大学出版社 2008 年版。

［92］［美］大卫·达姆洛什、陈永国、尹星主编：《新方向：比较文学与世界文学读本》，北京大学出版社 2010 年版。

［93］［美］厄尔·迈纳：《比较诗学》，王宇根等译，中央编译出版社 1998 年版。

［94］［美］弗雷德里克·詹姆逊：《晚期资本主义的文化逻辑》，生活·读书·新知三联书店 1997 年版。

［95］［美］塞缪尔·亨廷顿：《我们是谁?》，程克雄译，新华出版社 2005 年版。

［96］［美］华勒斯坦等：《开放社会科学》，刘锋译，生活·读书·新知三联书店 1997 年版。

［97］［美］克利福德·吉尔兹：《地方性知识——阐释人类学论文集》，王海龙、张家瑄译，中央编译出版社 2000 年版。

［98］［美］乔治·莱考夫、马克·约翰逊：《我们赖以生存的隐喻》，何文忠译，浙江大学出版社 2015 年版。

［99］［美］温迪·J. 达比：《风景与认同：英国民族与阶级地理》，张箭飞、赵红英译，译林出版社 2011 年版。

［100］［美］乔治·E. 马库斯、米开尔·费切尔：《作为文化批评的人类学——一个人文学科的实验时代》，王铭铭、兰达居译，生活·读书·新知三联书店 1998 年版。

［101］［美］沃尔特·翁：《口语文化与书面文化》，何道宽译，北京大学出版社 2008 年版。

［102］［美］乔治·斯坦纳：《语言与沉默：论语言、文学与非人道》，李小均译，上海人民出版社 2013 年版。

［103］［美］梅维恒主编：《哥伦比亚中国文学史》，马小悟、张治、刘文楠译，新星出版社 2016 年版。

［104］［美］文森特·里奇：《当代文学批评：里奇文论精选》，王顺珠译，北京大学出版社 2014 年版。

［105］［美］约翰·杜威：《艺术即经验》，高建平译，商务印书馆 2010 年版。

［106］［美］约翰·克罗·兰色姆：《新批评》，王腊宝、张哲译，江苏教育出版社 2006 年版。

［107］［美］弗雷德里克·詹姆逊：《政治无意识》，王逢振、陈永国译，中国社会科学出版社 2011 年版。

［108］［美］马克·柯里：《后现代叙事理论》，宁一中译，北京大学出版社 2003 年版。

［109］［美］拉曼·塞尔登、彼得·威德森、彼得·布鲁克：《当代文学理论导读》，刘象愚译，北京大学出版社 2006 年版。

［110］［美］彼得·基维主编：《美学指南》，彭锋等译，南京大学出版社 2008 年版。

［111］［美］伊哈布·哈桑：《后现代转向：后现代理论与文化论文集》，刘象愚译，上海人民出版社 2015 年版。

［112］［美］爱德华·希尔斯：《论传统》，傅铿、吕乐译，上海人民出版社 2014 年版。

［113］［美］雪莉·艾力斯：《开始吧！非虚构文学创作》，刁克利译，中国人民大学出版社 2010 年版。

［114］［美］诺埃尔·卡罗尔：《超越美学》，李媛媛译，商务印书馆 2006 年版。

［115］［美］韦恩·布斯：《修辞的复兴》，穆雷等译，译林出版社 2009 年版。

［116］［美］韦恩·布斯：《小说修辞学》，傅礼军译，广西人民出版社 1987 年版。

［117］［美］迈克尔·格伦菲尔：《布迪厄：关键概念》，林云柯译，重庆大学出版社 2018 年版。

［118］［美］玛莎·努斯鲍姆：《诗性正义——文学想象与公共生活》，丁晓东译，北京大学出版社 2010 年版。

［119］［美］沃尔夫、吉伊根：《艺术批评与审美教育》，滑明达译，四川人民出版社 1998 年版。

［120］［美］奥尔德里奇：《艺术哲学》，程孟辉译，中国社会科学出版社 1986 年版。

［121］［美］杰拉德·普林斯：《叙述学词典》，乔国强、李孝弟译，上海译文出版社 2011 年版。

［122］［美］杰拉德·普林斯：《叙事学：叙事的形式与功能》，徐强译，中国人民大学出版社 2013 年版。

［123］［美］勒内·韦勒克：《近代文学批评史》，上海译文出版社 2009 年版。

［124］［美］勒内·韦勒克：《批评的概念》，张今言译，中国美术学院出版社 1999 年版。

［125］［美］勒内·韦勒克、奥斯汀·沃伦：《文学理论》，刘象愚等译，生活·读书·新知三联书店 1984 年版。

［126］［美］乔纳森·卡勒：《结构主义诗学》，盛宁译，中国社会科学出版社 1991 年版。

［127］［美］乔纳森·卡勒：《文学理论》，李平译，辽宁教育出版社 1998 年版。

［128］［美］苏珊·桑塔格：《反对阐释》，程巍译，上海译文出版社 2003 年版。

［129］［美］苏珊·桑塔格：《同时：随笔与演说》，黄灿然译，上海译文出版社 2009 年版。

［130］［日］绫部恒雄：《文化人类学的十五种理论》，中国社会科学院日本研究所社会文化室译，国际文化出版公司 1988 年版。

［131］［日］柳田国男：《民间传承论与乡土生活研究法》，王晓葵等译，学苑出版社 2010 年版。

［132］［日］藤井省三：《鲁迅〈故乡〉阅读史》，董炳月译，新世界出版社 2002 年版。

［133］［意］维柯：《新科学》，朱光潜译，商务印书馆 1989 年版。

［134］［意］马可·波罗：《马可波罗游记》，梁生智译，中国文史出版社 2011 年版。

［135］［意］托马斯·阿奎纳：《论存在者与本质》，段德智译，商务印书馆 2013 年版。

［136］［意］伊塔洛·卡尔维诺：《为什么读经典》，黄灿然、李桂蜜译，译林出版社 2006 年版。

［137］［匈］卢卡奇：《历史与阶级意识》，杜章智等译，商务印书馆 1992 年版。

［138］［匈］阿格妮丝·赫勒：《日常生活》，衣俊卿译，黑龙江大学出版社 2010 年版。

［139］［印］阿希斯·南迪：《民族主义、真诚与欺骗》，卢隽婷、彭嫣菡等译，上海人民出版社 2012 年版。

［140］［加］威尔·金丽卡：《少数的权利：民族主义、多元文化主义和公民》，邓红凤译，上海文艺出版社 2005 年版。

［141］［加］佩里·诺德曼、梅维丝·雷默：《儿童文学的乐趣》，陈中美译，少年儿童出版社 2008 年版。

［142］［荷兰］佛克马、易布思：《二十世纪文学理论》，林书武等译，生活·读书·新知三联书店 1988 年版。

［143］［荷兰］米克·巴尔：《叙述学：叙事理论导论》，中国社会科学出版社 2003 年版。

［144］［瑞士］让·皮亚杰：《发生认识论原理》，王宪钿译，商务印书馆 1981 年版。

［145］［瑞士］让·皮亚杰：《人文科学认识论》，郑文彬译，中央编译出版社 1999 年版。

［146］［澳］约翰·史蒂芬斯：《儿童小说中的语言与意识形态》，张公善、黄惠玲译，安徽少年儿童出版社 2010 年版。

［147］［古希腊］柏拉图：《文艺对话集》，朱光潜译，人民文学出版社 1963 年版。

［148］［古希腊］亚里士多德：《诗学》，罗念生译，人民文学出版社 1962 年版。

［149］［捷克］弗·布罗日克：《价值与评价》，李志林、盛宗范译，知识出版社 1988 年版。

［150］［波兰］塔塔尔凯维奇：《西方六大美学观念史》，刘文潭译，上海译

文出版社 2006 年版。

［151］〔波兰〕罗曼·英加登：《对文学的艺术作品的认识》，陈燕谷、晓未译，中国文联出版公司 1988 年版。

［152］〔以色列〕爱德华·赛义德：《世界·文本·批评家》，李自修译，生活·读书·新知三联书店 2009 年版。

外文书籍：

［1］Shih, Shu-mei. *Visuality and Identity*：*Sinophone and Articulations across the Pacific.* University of California Press, 2007.

［2］Mitchel, W. J. T. ed. *Landscape and Power.* University of Chicago Press, 1994.

［3］Douglas, Mary. *Purity and Danger*：*An Analysis of Pollution and Taboo.* Routledge, 1966.

［4］Bercovttch, Sacvan, *The Cambridge History of American Literature.* Cambridge University Press, 1999.

［5］Ward, Geoff. *The Writing of America*, *Literature and Cultural Identity from the Puritans to the Present Malden.* Polity Press, 2002.

［6］Scott James C. *Seeing Like a State*：*How Certain Schemes to Improve the Human Condition Have Failed.* Yale University Press, 1998.

［7］Lam, Tong. *A Passion for Facts*：*Social Surveys and the Construction of the Chinese Nation – State*, 1900 – 1949. University of California Press, 2011.

［8］Barcelona, Antonio ed. *Metaphor and Metonymy at the Crossroads*：*A Cognitive Perspective.* Walter de Gruyter, 2000.

［9］Relph, Edward. *Place and Placelessness.* Pion Sack R D. 1997.

［10］Colebrook, Claire. *Introducing Criticism the 21st Century.* Edinburgh University Press, 2002.

［11］Ward, Geoff. *The Writing of America. Literature and Cultural Identity from the Puritans to the Present Malden.* Polity Press, 2002.

［12］Bercovitch, Sacvan. *The Cambridge History of American Literature.* Cambridge University Press, 2002.

［13］Schutz. A. *Collected Papers.* Martinus Nijbof, 1962.

［14］Hunt, Peter. *Criticism*, *Theory and Children's Literature.* Basil Blackwell, 1991.

［15］ Stephens, John. *Language and Ideology in Children's Fiction.* Longman, 1992.

［16］ Meek, Margaret ed. *Children's Literature and National Identity.* Trentham Books, 2001.

［17］ Kolbas, E. Dean. *Critical Theory and Literary Cannon.* West View Press, 2001.

［18］ Guillory, John. *Cultural Capital: The Problem of Literary Canon Formation.* The University of Chicago Press, 1993.

［19］ Barthes, Roland. *Mythologies.* Noonday, 1972.

［20］ Batteux, Charles, *The Fine Arts Reduced to a Single Principle.* Oxford University Press, 2015.

［21］ Shiner, Larry. *The Invention of Art: A Cultural History.* The University of Chicago Press, 2001.

［22］ Diderot, Denis ed. *The Encyclopedia of Diderot & d'Alembert Collaborative Translation Project.* Michigan Publishing, 2003.

［23］ D'Alembert, Jean Le Rond. *Preliminary Discourse to the Encyclopedia of Diderot.* The University of Chicago Press, 1995.

［24］ Mendelssohn, Moses. *Philosophical Writings.* Cambridge University Press, 1997.

［25］ Carroll. Noel, *A Philosophy of Mass Art.* Oxford University Press, 1998.

后 记

　　本书是教育部哲学社会科学重大课题攻关项目"文艺评论价值体系的理论建设与实践研究"的最终成果。此项研究开始于 2016 年，前后经历六年，是跨越高校与科研院所并综合相关学科的合作性研究。

　　项目展开始终秉承南开大学提出的国家和教育部重大项目理当成为培养青年教师与研究生重要平台的理念，其间在重大项目平台完成并获得了博士学位的论文有 5 篇，完成并获得了硕士学位的论文有 3 篇。项目进行期间以课题署名发表的论文有 100 篇。这些工作为项目最终完成奠定了基础。著名学者谭好哲、赖大仁、李晓峰等对课题组给予了莫大的支持。其他参与者均为本人 20 余年来指导的博士生和硕士生，博士毕业生全部在各高校和科研院所任职。书稿各章节完成者为两种情况：单独撰写者和子课题组成果统稿者（文中均注明了采用成果的原作者成果及其出处），各章撰写作者和统稿者基本情况记录如下（首次出现时注明所在单位）。

　　第一章：刘俐俐（南开大学）。

　　第二章：第一节，田淑晶（三峡大学）；第二节，李伟长（天津职业技术师范大学）；第三节，刘俐俐；第四节，李利芳（兰州大学）；第五节，陈新儒（福建师范大学）；第六节，刘俐俐；第七节，刘俐俐。

　　第三章：第一节，田淑晶；第二节，刘俐俐；第三节，刘俐俐；第四节，孙铭阳（南开大学博士生）；第五节，刘俐俐；第六节，翟洋洋（南开大学）；第七节，葛瑞应（南开大学博士生）。

　　第四章：第一节，田淑晶；第二节，李伟长；第三节，傅钱余（重庆文理学院）；第四节，李利芳；第五节，谭好哲（山东大学）；第六节，陈新儒。

　　第五章：刘俐俐。

　　尽管我们倾尽全力，力求做出资料扎实充分和分析精到的实然性考察研究，力求做出创新程度较高的应然性文学价值观念假说，但相对于研究目标本身复杂性来说，目前所做的工作只是基础性的。受篇幅所限，结项成果的内容做了一定程度压缩，很多问题未能涉及和进一步展开，尤其是应然性价值观念建设部分，尚有进一步拓展和完善思考的余地。课题总负责人努力臻于完善，感兴趣的读者可检验和批评后续发表的论文。

借此结项之际，衷心感谢在课题论证、立项、研究和结项等过程中给予我们指导和帮助的各位专家；感谢文艺学及相关领域诸多学者的研究成果给予我们的滋养和启发；感谢南开大学文学院资助举办的国际学术研讨会，感谢《探索与争鸣》杂志以及兰州大学文学院、江西师范大学文学院协助举办的学术研讨会；感谢各位师长长期以来给予我本人的文学批评理论研究以及由此拓展的文艺评论价值体系建设以十分可贵的理解和支持，这种理解和支持是极大的鼓励和安慰，使我在年近七十之际能够顺利完成这个重大课题并圆满结项。

刘俐俐

2021 年 9 月

教育部哲学社會科學研究重大課題攻關項目
成果出版列表

序号	书　名	首席专家
1	《马克思主义基础理论若干重大问题研究》	陈先达
2	《马克思主义理论学科体系建构与建设研究》	张雷声
3	《马克思主义整体性研究》	逄锦聚
4	《改革开放以来马克思主义在中国的发展》	顾钰民
5	《新时期　新探索　新征程 ——当代资本主义国家共产党的理论与实践研究》	聂运麟
6	《坚持马克思主义在意识形态领域指导地位研究》	陈先达
7	《当代资本主义新变化的批判性解读》	唐正东
8	《当代中国人精神生活研究》	童世骏
9	《弘扬与培育民族精神研究》	杨叔子
10	《当代科学哲学的发展趋势》	郭贵春
11	《服务型政府建设规律研究》	朱光磊
12	《地方政府改革与深化行政管理体制改革研究》	沈荣华
13	《面向知识表示与推理的自然语言逻辑》	鞠实儿
14	《当代宗教冲突与对话研究》	张志刚
15	《马克思主义文艺理论中国化研究》	朱立元
16	《历史题材文学创作重大问题研究》	童庆炳
17	《现代中西高校公共艺术教育比较研究》	曾繁仁
18	《西方文论中国化与中国文论建设》	王一川
19	《中华民族音乐文化的国际传播与推广》	王耀华
20	《楚地出土戰國簡册［十四種］》	陈　伟
21	《近代中国的知识与制度转型》	桑　兵
22	《中国抗战在世界反法西斯战争中的历史地位》	胡德坤
23	《近代以来日本对华认识及其行动选择研究》	杨栋梁
24	《京津冀都市圈的崛起与中国经济发展》	周立群
25	《金融市场全球化下的中国监管体系研究》	曹凤岐
26	《中国市场经济发展研究》	刘　伟
27	《全球经济调整中的中国经济增长与宏观调控体系研究》	黄　达
28	《中国特大都市圈与世界制造业中心研究》	李廉水

序号	书 名	首席专家
60	《我国货币政策体系与传导机制研究》	刘 伟
61	《我国民法典体系问题研究》	王利明
62	《中国司法制度的基础理论问题研究》	陈光中
63	《多元化纠纷解决机制与和谐社会的构建》	范 愉
64	《中国和平发展的重大前沿国际法律问题研究》	曾令良
65	《中国法制现代化的理论与实践》	徐显明
66	《农村土地问题立法研究》	陈小君
67	《知识产权制度变革与发展研究》	吴汉东
68	《中国能源安全若干法律与政策问题研究》	黄 进
69	《城乡统筹视角下我国城乡双向商贸流通体系研究》	任保平
70	《产权强度、土地流转与农民权益保护》	罗必良
71	《我国建设用地总量控制与差别化管理政策研究》	欧名豪
72	《矿产资源有偿使用制度与生态补偿机制》	李国平
73	《巨灾风险管理制度创新研究》	卓 志
74	《国有资产法律保护机制研究》	李曙光
75	《中国与全球油气资源重点区域合作研究》	王 震
76	《可持续发展的中国新型农村社会养老保险制度研究》	邓大松
77	《农民工权益保护理论与实践研究》	刘林平
78	《大学生就业创业教育研究》	杨晓慧
79	《新能源与可再生能源法律与政策研究》	李艳芳
80	《中国海外投资的风险防范与管控体系研究》	陈菲琼
81	《生活质量的指标构建与现状评价》	周长城
82	《中国公民人文素质研究》	石亚军
83	《城市化进程中的重大社会问题及其对策研究》	李 强
84	《中国农村与农民问题前沿研究》	徐 勇
85	《西部开发中的人口流动与族际交往研究》	马 戎
86	《现代农业发展战略研究》	周应恒
87	《综合交通运输体系研究——认知与建构》	荣朝和
88	《中国独生子女问题研究》	风笑天
89	《我国粮食安全保障体系研究》	胡小平
90	《我国食品安全风险防控研究》	王 硕

序号	书　名	首席专家
91	《城市新移民问题及其对策研究》	周大鸣
92	《新农村建设与城镇化推进中农村教育布局调整研究》	史宁中
93	《农村公共产品供给与农村和谐社会建设》	王国华
94	《中国大城市户籍制度改革研究》	彭希哲
95	《国家惠农政策的成效评价与完善研究》	邓大才
96	《以民主促进和谐——和谐社会构建中的基层民主政治建设研究》	徐　勇
97	《城市文化与国家治理——当代中国城市建设理论内涵与发展模式建构》	皇甫晓涛
98	《中国边疆治理研究》	周　平
99	《边疆多民族地区构建社会主义和谐社会研究》	张先亮
100	《新疆民族文化、民族心理与社会长治久安》	高静文
101	《中国大众媒介的传播效果与公信力研究》	喻国明
102	《媒介素养：理念、认知、参与》	陆　晔
103	《创新型国家的知识信息服务体系研究》	胡昌平
104	《数字信息资源规划、管理与利用研究》	马费成
105	《新闻传媒发展与建构和谐社会关系研究》	罗以澄
106	《数字传播技术与媒体产业发展研究》	黄升民
107	《互联网等新媒体对社会舆论影响与利用研究》	谢新洲
108	《网络舆论监测与安全研究》	黄永林
109	《中国文化产业发展战略论》	胡惠林
110	《20世纪中国古代文化经典在域外的传播与影响研究》	张西平
111	《国际传播的理论、现状和发展趋势研究》	吴　飞
112	《教育投入、资源配置与人力资本收益》	闵维方
113	《创新人才与教育创新研究》	林崇德
114	《中国农村教育发展指标体系研究》	袁桂林
115	《高校思想政治理论课程建设研究》	顾海良
116	《网络思想政治教育研究》	张再兴
117	《高校招生考试制度改革研究》	刘海峰
118	《基础教育改革与中国教育学理论重建研究》	叶　澜
119	《我国研究生教育结构调整问题研究》	袁本涛 王传毅
120	《公共财政框架下公共教育财政制度研究》	王善迈

序号	书 名	首席专家
121	《农民工子女问题研究》	袁振国
122	《当代大学生诚信制度建设及加强大学生思想政治工作研究》	黄蓉生
123	《从失衡走向平衡：素质教育课程评价体系研究》	钟启泉 崔允漷
124	《构建城乡一体化的教育体制机制研究》	李 玲
125	《高校思想政治理论课教育教学质量监测体系研究》	张耀灿
126	《处境不利儿童的心理发展现状与教育对策研究》	申继亮
127	《学习过程与机制研究》	莫 雷
128	《青少年心理健康素质调查研究》	沈德立
129	《灾后中小学生心理疏导研究》	林崇德
130	《民族地区教育优先发展研究》	张诗亚
131	《WTO 主要成员贸易政策体系与对策研究》	张汉林
132	《中国和平发展的国际环境分析》	叶自成
133	《冷战时期美国重大外交政策案例研究》	沈志华
134	《新时期中非合作关系研究》	刘鸿武
135	《我国的地缘政治及其战略研究》	倪世雄
136	《中国海洋发展战略研究》	徐祥民
137	《深化医药卫生体制改革研究》	孟庆跃
138	《华侨华人在中国软实力建设中的作用研究》	黄 平
139	《我国地方法制建设理论与实践研究》	葛洪义
140	《城市化理论重构与城市化战略研究》	张鸿雁
141	《境外宗教渗透论》	段德智
142	《中部崛起过程中的新型工业化研究》	陈晓红
143	《农村社会保障制度研究》	赵 曼
144	《中国艺术学学科体系建设研究》	黄会林
145	《人工耳蜗术后儿童康复教育的原理与方法》	黄昭鸣
146	《我国少数民族音乐资源的保护与开发研究》	樊祖荫
147	《中国道德文化的传统理念与现代践行研究》	李建华
148	《低碳经济转型下的中国排放权交易体系》	齐绍洲
149	《中国东北亚战略与政策研究》	刘清才
150	《促进经济发展方式转变的地方财税体制改革研究》	钟晓敏
151	《中国—东盟区域经济一体化》	范祚军

序号	书 名	首席专家
152	《非传统安全合作与中俄关系》	冯绍雷
153	《外资并购与我国产业安全研究》	李善民
154	《近代汉字术语的生成演变与中西日文化互动研究》	冯天瑜
155	《新时期加强社会组织建设研究》	李友梅
156	《民办学校分类管理政策研究》	周海涛
157	《我国城市住房制度改革研究》	高 波
158	《新媒体环境下的危机传播及舆论引导研究》	喻国明
159	《法治国家建设中的司法判例制度研究》	何家弘
160	《中国女性高层次人才发展规律及发展对策研究》	佟 新
161	《国际金融中心法制环境研究》	周仲飞
162	《居民收入占国民收入比重统计指标体系研究》	刘 扬
163	《中国历代边疆治理研究》	程妮娜
164	《性别视角下的中国文学与文化》	乔以钢
165	《我国公共财政风险评估及其防范对策研究》	吴俊培
166	《中国历代民歌史论》	陈书录
167	《大学生村官成长成才机制研究》	马抗美
168	《完善学校突发事件应急管理机制研究》	马怀德
169	《秦简牍整理与研究》	陈 伟
170	《出土简帛与古史再建》	李学勤
171	《民间借贷与非法集资风险防范的法律机制研究》	岳彩申
172	《新时期社会治安防控体系建设研究》	宫志刚
173	《加快发展我国生产服务业研究》	李江帆
174	《基本公共服务均等化研究》	张贤明
175	《职业教育质量评价体系研究》	周志刚
176	《中国大学校长管理专业化研究》	宣 勇
177	《"两型社会"建设标准及指标体系研究》	陈晓红
178	《中国与中亚地区国家关系研究》	潘志平
179	《保障我国海上通道安全研究》	吕 靖
180	《世界主要国家安全体制机制研究》	刘胜湘
181	《中国流动人口的城市逐梦》	杨菊华
182	《建设人口均衡型社会研究》	刘渝琳
183	《农产品流通体系建设的机制创新与政策体系研究》	夏春玉

序号	书　名	首席专家
184	《区域经济一体化中府际合作的法律问题研究》	石佑启
185	《城乡劳动力平等就业研究》	姚先国
186	《20世纪朱子学研究精华集成——从学术思想史的视角》	乐爱国
187	《拔尖创新人才成长规律与培养模式研究》	林崇德
188	《生态文明制度建设研究》	陈晓红
189	《我国城镇住房保障体系及运行机制研究》	虞晓芬
190	《中国战略性新兴产业国际化战略研究》	汪　涛
191	《证据科学论纲》	张保生
192	《要素成本上升背景下我国外贸中长期发展趋势研究》	黄建忠
193	《中国历代长城研究》	段清波
194	《当代技术哲学的发展趋势研究》	吴国林
195	《20世纪中国社会思潮研究》	高瑞泉
196	《中国社会保障制度整合与体系完善重大问题研究》	丁建定
197	《民族地区特殊类型贫困与反贫困研究》	李俊杰
198	《扩大消费需求的长效机制研究》	臧旭恒
199	《我国土地出让制度改革及收益共享机制研究》	石晓平
200	《高等学校分类体系及其设置标准研究》	史秋衡
201	《全面加强学校德育体系建设研究》	杜时忠
202	《生态环境公益诉讼机制研究》	颜运秋
203	《科学研究与高等教育深度融合的知识创新体系建设研究》	杜德斌
204	《女性高层次人才成长规律与发展对策研究》	罗瑾琏
205	《岳麓秦简与秦代法律制度研究》	陈松长
206	《民办教育分类管理政策实施跟踪与评估研究》	周海涛
207	《建立城乡统一的建设用地市场研究》	张安录
208	《迈向高质量发展的经济结构转变研究》	郭熙保
209	《中国社会福利理论与制度构建——以适度普惠社会福利制度为例》	彭华民
210	《提高教育系统廉政文化建设实效性和针对性研究》	罗国振
211	《毒品成瘾及其复吸行为——心理学的研究视角》	沈模卫
212	《英语世界的中国文学译介与研究》	曹顺庆
213	《建立公开规范的住房公积金制度研究》	王先柱